위대한 유산 1

일러두기

- 이 책은 Charles Dickens, *Great Expectations*(Penguin Classics, 2002)를 우리말로 옮긴 것입니다.
- 인명, 작품명, 지명은 국립국어원 외래어표기법을 따르되 일부 명칭은 일반적으로 널리 쓰이는 표기를 따랐습니다.
- 단행본 및 정기간행물은 『 』, 그림, 영화, 희곡, 음악의 제목은 〈 〉로 구분했습니다.
- 주석은 모두 옮긴이 주입니다.
- 원서에서 저자가 강조 표시한 부분은 번역서에서 고딕 볼드체로 처리했습니다.

위대한 유산 1

Great Expectations

찰스 디킨스 지음

이세순 옮김

B:

머리말

19세기 영국 빅토리아조를 대표하는 소설가이자 근대 사실주의 소설의 거장인 찰스 디킨스는 셰익스피어에 버금가는 대문호로서, 전 세계의 독자들로부터 끊임없는 사랑을 받고 있을 뿐만 아니라 수많은 학자들의 연구 대상이 되고 있다.

디킨스는 조부모가 노비 신분이었고 아버지는 해군성 경리국의 하급 관리였던 하류계층의 빈곤한 가정에서 태어나, 주로 빈민촌을 전전하며 어린 시절을 보냈다. 게다가 그의 아버지가 빚을 져서 투옥되었을 때는 학업을 중단하고 열두 살의 나이에 몇 개월 동안 구두약 공장의 직공 노릇을 했는데, 이때 어린 디킨스는 자기 집안의 대를 이어 일군 신분 상승의 희망이 좌절된 가운데 천출로서의 냉대와 멸시와 모욕을 당하며 혹독한 인생 체험을 시작했다. 그는 아버지가 출감한 후 복교하여 학교를 마치고, 열다섯 소년으로 변호사 사무소의 서기로 일하면서 범죄로 얼룩진 사회의 단면과 약자들에게 가혹한 법조계의 실상을 목격하기도 했다. 그는 또 약관 20대에 의회와 신문사의 속기사, 신문사의 통신원과 기자 생활을 하면서, 도처에 만연한 사회의 부조리와 부패, 그리고 특히 산업혁명의 여파로 가치관이 전도되어 도덕성과 인격보다는 물질적 부를 앞세우는 시대적인 병폐를 속속들이 목격했다.

이렇듯 어린 시절은 고난으로 점철되었고 직장 생활은 고된 삶의 연속이었지만, 디킨스는 어려서부터 각별히 고전문학에 심취해 있었고 기자 생활 중에도 대영박물관 도서실에 수시로 들러 셰익스피어와 올리버 골드스미스 등의 작품을 두루 탐독하여 문필가로서의 소양을 쌓았다. 후일 그가 자신이 직접 경험한 빈곤층의 고단한 삶과 사회의 온갖 부조리와 병폐를 적나라하게 들춰내고 그것을 풍자와 해학이 넘치는 사실주의적인 사회소설로 승화시키는 소설가로 성장할 수 있었던 것은, 바로 어려서부터 고전문학에서 얻은 튼튼한 문학적 기반 위에 기자의 예리한 관찰력과 타고난 창의적인 표현력이 한데 어우러진 결과였음은 두말할 나위가 없다.

디킨스는 일찍이 20대 중반에 기자로서 영국 각지를 돌아다니며 취재 활동을 하는 동안 보고 들은 것들을 틈틈이 써서 '보즈Boz'라는 필명으로 신문과 잡지에 기고했고, 1836년에 이를 모은 책 『보즈의 소묘집*Sketches by Boz*』을 호평리에 출판함으로써 작가로서의 첫발을 내디뎠다. 그는 또 20대 말에서 30대 초부터는 직접 주간잡지와 월간잡지를 창간하여 본격적으로 작품을 연재하면서, 주옥같은 작품들을 쏟아내기 시작했다. 『보즈의 소묘집』에 이어 디킨스는 픽윅 클럽 회장 픽윅과 그의 동료 회원들이 여행 중에 겪는 일화들을 소개하는 일종의 악한소설picaresque 형식의 첫 장편소설 『픽윅 견문록*The Pickwick Papers*』(1836-37)을 분책으로 출판했고, 이 작품의 대성공으로 그는 일약 소설가로서의 명성을 누리게 되었다. 이후 그가 발표한 주요 작품들은 소재와 주제가 다양한 희비극적인 것들로, 런던의 도둑 소굴에 끌려가 고난을 겪다가 구출되는 어린 고아의 이야기인 『올리버 트위스트*Oliver Twist*』(1837-39), 학대받는 기숙학교 학생들을 소재로 쓴 『니콜라스 니클비*Nicholas Nickleby*』(1838-39), 한 수전노의 개과천선 과정을 그린

『크리스마스 캐럴*A Christmas Carol*』(1843), 자신의 유년 시절과 청년 시절을 다룬 자전적 소설 『데이비드 코퍼필드*David Copperfield*』(1849-50), 사촌남매간의 사랑을 다룬 탐정소설풍의 『황폐한 집*Bleak House*』(1852-53), 한 지방도시 노동자들의 파업을 다룬 『어려운 시절*Hard Times*』(1854), 런던과 파리를 배경으로 한 『두 도시 이야기*A Tale of Two Cities*』(1859), 그리고 작가 자신의 성장 과정을 그린 자전적 소설인 불후의 명작 『위대한 유산』(1860-61) 등이 있다. 이 『위대한 유산』이야말로, 그 기법과 문체 및 주제 면에서 볼 때 이전의 거의 모든 작품들의 진수를 한데 응축해 놓은 디킨스의 최고 걸작이다.

요즘 한국에서도 찰스 디킨스는 모르는 사람이 거의 없을 정도로 잘 알려져 있고, 꽤 여러 해 전부터 크리스마스 등 명절 때면 그의 『크리스마스 캐럴』이나 『올리버 트위스트』가 TV에서 방영되어 새로운 감명을 주고 있다. 그런데 그의 명성과 작품 수에 비춰볼 때, 디킨스가 한국에 소개된 것은 다른 작가들에 비해 그 역사가 일천하고 번역 소개된 작품도 많지 않다. 1885년부터 1950년까지의 서양 문학 이입사를 연구한 김병철 교수의 『한국근대번역문학사연구』(을유문화사, 1975)에 따르면, 디킨스가 한국에 최초로 알려진 것은 1907년 유승겸이 역술한 『중등만국사』를 통해서였고, 이 기간 동안 그의 작품이 단행본으로 소개된 것은 허야곱이 번역한 『성탄의 환희*A Christmas Carol*』(1926)와 임학수가 번역한 『이도애화*A Tale of Two Cities*』(1941) 단 두 편에 불과한 것으로 나타났으며, 1951년부터는 이에 관련된 조사 자료가 전혀 없어서 확인하기가 어렵다.

그리고 『위대한 유산』의 경우 1970년대 말에 들어와서야 비로소 국역이 시작되었는데, 최옥영(1978)의 초역을 시작으로 김재천(1988), 김태희(1994), 이순주(2007), 그리고 이인규(2009)의 번역판이 나왔다. 물론 이 번역판들은 한국 독자들이 디킨스 문학과 영국 문화를 이해하는 데 상당한 공헌을 했음이 틀림없다. 또한 최옥영의 초역은 후속 번역의 초석이 되었다는 점에서, 김태희의 번역은 평이한 번역으로 초중등학생들까지 독자층을 넓혀줬다는 점에서, 그리고 이인규의 번역은 정통 영문학자로서 원전의 의미를 비교적 잘 전달하고 있다는 점에서 각각 평가받을 만하다. 그러나 위 번역판들 중에는 비영문학자가 번역하여 원전과는 아주 거리가 멀고 오역이 많아 이전의 번역 수준을 후퇴시킨 것도 있다. 또 이 번역판들을 원전과 대조해 보면 번안에 가까울 정도로 변형된 것도 있고, 군데군데 한두 문장씩 빠진 것도 있고, 또 원작자의 의도와는 달리 너무 자의적으로 번역된 곳이 있는가 하면, 문법이나 문장 구조를 무시하고 엉뚱하게 번역해 놓은 것도 산견된다. 특히 『위대한 유산』이 많은 고등학교와 대학에서 교양 필독서로 지정된 중요한 작품임을 감안할 때, 이런 점들은 외국 문학의 정확한 전달을 추구하는 번역에서는 심각한 결점이라고 하지 않을 수 없다. 또한 외국문학 작품을 번역할 때는, 가능한 한 원전에 가깝게 번역하면서도 그것을 내국화하여 우리 독자들이 읽어도 똑같은 감명을 받을 수 있도록 해야 한다는 것이 나의 지론이다.

그래서 나는 위와 같은 지론에 입각하여 이 작품의 번역을 시도하게 되었고, 좀 더 완벽한 번역이 되도록 심혈을 기울였다. 그리고 고등학생 이상의 독자라면 누구나 쉽게 읽을 수 있도록 축자번역과 의역을 병용했고, 작가의 필력과 의도가 잘 드러날 수 있도록 긴 문장과 다양한 화법의 처리에 만전을 기했다. 또한 처음 나오는 고유명사와 특이한 낱말이나 어구에는 원어를 병기하여 정확한 정보 전달을 기했으며, 주석은 상세하되 정선하여 독자들이 추리하면서 읽는 묘미를 만끽할 수 있도록 배려했다.

사실 디킨스의 독특한 표현 방식과 다양한 문체, 장황하게 이어지는 문장, 그리고 빈번한 어휘의 의미전용 등등 때문에, 때로는 번역이 결코 쉽지 않아 꽤 긴 시간을 투자하지 않으면 안 되었다. 그렇지만 이런 노력과 투자에도 불구하고, 여전히 오류가 있을 것으로 생각되어 다소 걱정스런 마음이 앞선다. 하지만 나는 이것이 후속 번역자의 완벽한 번역의 디딤돌이 될 수 있으리라는 생각과 독자를 디킨스에게 한 걸음 더 다가가게 해주리라는 믿음으로 위안을 삼고자 한다.

끝으로, 어려운 상황에서도 젊음의 패기와 순수한 열정으로 오직 문화 창달을 위한 외국 문학의 번역 소개에 진력하며, 이 소설의 초판(2011)을 발행해 주셨던 누멘출판사의 고명선 사장님과 이번에 결연한 의지로 이 책의 복간을 결행해 주신 빛소굴의 이재희 사장님께 심심한 감사의 말씀을 전한다.

2024년 7월 30일
용인시 상하동 청로재에서
역자 이세순李世淳

주요 등장인물

핍	본명 필립 피립. 시골 출신의 주인공으로 누나의 손에 자란 고아. 매형의 도제가 되어 대장장이가 되려고 하다가, 미모의 부잣집 양녀 에스텔라를 만난 이후 오로지 그녀의 사랑을 얻기 위해 신사가 되기를 갈망한다.
가저리 부인	본명 조지애너 마리아, 핍을 길러준 누나. 매우 부지런하고 희생적이나 성미가 불같이 급하고 다혈질이며 폭력적인 기질의 소유자다.
조 가저리	핍의 매형. 정직하고 순박하며 긍지를 지닌 능숙한 시골 대장장이. 언제나 푸근하고 지혜롭게 핍을 보호하며 지도해 주는 절대적인 친구로서 참된 인간상의 표본이다.
비디	핍 또래의 소녀로 고아 출신의 시골 야간 학교 교사. 핍에게 글을 가르쳐준 착하고 헌신적이며 슬기로운 선생이자 친구.
펌블추크	가저리의 삼촌. 지극히 위선적이며 허세를 부리는 곡물 및 종자상으로, 변덕스럽고 야비한 아첨쟁이. 자칭 핍의 후견인 노릇을 한다.
미스 해비셤	결혼식 당일 남자에게서 소박을 당한 후, 시간과 기억을 정지시킨 채 햇빛이 차단된 집 안에 칩거하면서 남자에 대한 복수 일념으로 살아가는 거부의 여인.

에스텔라 남자에 대한 복수의 도구로 양육된 미스 해비셤의 양녀. 핍 또래의 여자로 매우 예쁘지만 교만하고 냉정하며, 핍으로 하여금 사랑의 열병을 앓게 하고 신분 상승에 대한 허황된 꿈을 꾸게 만들어주는 장본인.

허버트 핍의 개인 교사 매슈 포킷의 아들로 순수하고 쾌활한 핍의 막역한 친구. 핍이 런던에 올라온 이후 같은 셋방에 살면서 핍의 일이라면 무엇이든지 발 벗고 도와준다.

재거스 미스 해비셤의 자산 관리를 맡은 변호사이자 익명의 후원자로부터 핍의 후견인을 위임받은 런던의 변호사.

웨믹 재거스 변호사 사무소의 직원. 공과 사의 구분이 매우 엄격하고 아주 인간적인 인물로, 사적으로 핍과 밀접한 관계를 유지한다.

컴피슨 미스 해비셤의 연인이었던 인물.

프로비스 본명 에이블 매그위치. 탈옥수로서 어느 추운 겨울 교회 묘지에서 핍을 만나 도움을 받으며 핍과 인연을 맺게 된다.

목차

2권 목차

위대한 유산

1장

우리 아버지의 성씨는 피립Pirrip이시고 내 세례명은 필립Philip이었는데, 내 유년기의 혀로는 성씨와 세례명을 핍Pip보다 더 길거나 또렷하게 소리 낼 수가 없었다. 그래서 나는 나를 핍이라 했고, 이렇게 해서 나는 핍이라 불리게 되었다.

내가 아버지의 성씨를 피립이라고 대는 것은 대장장이와 결혼한 우리 누나 조 가저리 부인의 말에 의거한 것이다. 나는 아버지나 어머니를 전혀 본 적이 없는 데다가, 어느 한 분의 사진 같은 것도 전혀 본 적이 없어서(그분들의 시대는 사진이라는 게 나오기 오래전이었으니까), 그분들의 생김새에 대해 내가 처음 갖게 된 상상은 얼토당토않게 그분들의 묘비에서 시작되었다. 아버지 묘비에 새겨진 글자들의 모양새에서 나는 묘하게도, 아버지가 검은 곱슬머리에다 정직하고 억세며 살결이 거무스름했을 거라는 생각이 들었다. "**상기자의 부인 조지애너 역시 여기 눕다**"라는 비문의 글자꼴과 말투에서 나는 어머니가 주근깨가 나고 병약했었으리라는 어린애 같은 결론을 내렸다. 두 분의 무덤 옆에는 각각 그 길이가 45센티미터쯤 되는 조그만 마름모꼴 돌 묘비 다섯 개가 한 줄로 정연하게 배열되어 있었는데, 이것들은—먹고 살려는 노력, 즉 그 보편적인 생존경쟁에서 대단히 일찌감치 포기했던—내 다섯 남동생들을 추모하는 묘비들이었다. 이 묘비들을 보고 나는, 내 동생들이 모두 양손을 주머니에 넣고서 누운 채로 태어났으며,[1] 이승에 살고 있을 때도 결코 그들의 양손을 주머니에서 꺼낸 적이 없었을 것이라는 신앙적인 믿음을 가지게 되었다.

우리 고장은 강 하구에 있는 습지였는데, 강줄기가 굽이굽이 흘러 바다에서 약 30킬로미터도 못 미치는 곳이었다. 사물의 정체에 대한 인상이 나에게 처음으로 가장 생생하고 명료하게 각인된 것은 잊지 못할 음산한 어느 날 초저녁 무렵이었던 것 같다. 바로 그때 나는 분명히 알게 되었다—쐐기풀이 무성하게 자란 이 쓸쓸한 곳이 교회 묘지라는 것과, 이 교구에서 살다가 돌아가신 고故 필립 피립과 그분의 부인 조지애너가 죽어 묻혀 있다는 것과, 앞서 말한 두 분의 어린 자식 알렉산더, 바살러뮤, 에이브러햄, 토비아스, 그리고 로저가 죽어 묻혀 있다는 것과, 도랑과 흙무덤과 문들이 헝클어져 있는 교회 묘지 너머 소 떼가 흩어져 풀을 뜯고 있는 어둡고 평평한 황야가 습지라는 것과, 그 습지 너머 나지막한 납빛 선이 강이라는 것과, 바람이 몰아쳐 오는 저 먼 야수의 굴 같은 것이 바다라는 것, 그리고 그 모든 것이 두려워진 탓에 떨면서 울기 시작하는 조그마한 아이가 핍이라는 것을.

"찍소리 마!" 어떤 남자가 교회 현관 쪽에 있는 무덤 사이에서 불쑥 나타나 소름 끼치는 목소리로 외쳤다. "가만있어, 이놈아, 안 그러면 네 모가질 댕강 잘라버린다!"

온통 거친 회색 옷차림에 한쪽 발에는 큼직한 쇠고랑을 차고 있는 무시무시한 남자였다. 그 남자는 모자도 안 쓰고, 신발은 너덜너덜 망가지고, 머리엔 낡은 넝마 조각을 동여매고 있었다.

1 윗부분이 다소 넓은 마름모꼴의 작은 묘비를 보고, 어린 핍은 양손을 바지 주머니에 넣고 누워 있는 사람의 모습을 떠올린 것이다.

물에 흠뻑 젖었다가 진창에 푹 빠졌던 것 같고, 돌에 채여 다리를 절고, 단단한 돌에 베이고, 쐐기풀에 찔리고, 찔레나무에 찢긴 행장의 남자였다. 그는 절룩거리며 와들와들 떨었고, 나를 노려보면서 으르렁거렸다. 그리고 그가 내 턱을 움켜쥐었을 때, 이가 그의 머리에서 딱딱 부딪치는 소리를 냈다.

"아! 제 목을 자르지 마세요, 아저씨." 나는 두려워 애원했다. "제발 그러지 마세요, 아저씨."

"네 이름을 대라!" 그 남자가 말했다. "어서!"

"핍이에요, 아저씨."

"다시 말해봐." 그 남자가 나를 노려보며 말했다. "이름을 말해봐!"

"핍요, 핍요, 아저씨."

"어디 사는지 대봐." 그 남자가 말했다. "그곳을 가리켜봐!"

나는 교회에서 1.5킬로미터 정도 떨어져 오리나무들과 가지를 잘라낸 나무들로 둘러싸인 해안 가까이의 평지에 자리 잡은 우리 마을이 있는 곳을 가리켰다.

그 남자는 잠시 나를 쳐다보다가, 나를 거꾸로 뒤집어 세우고 내 주머니를 털었다. 내 주머니에는 빵 한 조각 말고는 아무것도 없었다. 교회가 제 모습으로 되돌아왔을 때—그가 아주 느닷없이 우악스럽게 그랬던 터라 내 앞에 있는 것이 거꾸로 뒤집혀서 교회의 첨탑이 내 발밑에 보였었다—놀랍게도, 내가 어느 높은 묘비 위에 앉혀서 벌벌 떨고 있는데, 그는 내 빵을 게걸스럽게 먹고 있는 것이었다.

"너 이 새끼." 그 남자가 자기 입술을 핥으면서 말했다. "볼때기 한번 참 통통하구나."

나는 내 두 뺨이 통통했었다고 믿는다, 비록 그 당시 나는 나이에 비해 몸집도 작고 튼튼하지도 못하긴 했지만.

"내가 네 볼때기를 못 먹을 줄 아냐?" 그 남자는 협박이라도 하듯 자신의 고개를 가로저으며 말했다. "내가 조금이라도 그럴 마음이 있다면 말이야!"

나는 그가 나를 잡아먹지 말기를 바란다고 진지하게 말하고는, 그가 나를 올려놓은 묘비를 더욱 세게 꼭 붙잡았다. 한편으로는 그 위에서 떨어지지 않으려고, 또 한편으로는 나오는 울음을 참으려고.

"자, 이놈, 날 똑바로 봐라!" 그 사나이가 말했다. "네 엄마는 어디 있지?"

"저기요, 아저씨!" 내가 대답했다.

그는 깜짝 놀라 몇 발짝 뛰어 달아나다가 멈춰서 어깨 너머로 돌아보았다.

"저-저기요, 아저씨!" 나는 겁에 질려 설명했다. "'조지애너 역시'……. 그게 우리 엄마예요."

"아아!" 그는 돌아오며 말했다. "그럼 네 엄마 옆에 있는 게 네 아버지고?"

"예, 아저씨." 나는 대답했다. "아버지도 거기 계세요. 이 교구에 살다가 사망한 분이에요."

"아하!" 그가 중얼대더니 골똘히 생각했다. "넌 누구하고 살 거냐? 내가 아직 마음을 정하지 못했다만, 내가 만약 친절하게도 널 살려준다면 말이다."

"우리 누나하고요, 아저씨……. 조 가저리 부인……. 대장장이 조 가저리의 부인이에요, 아저씨."

"대장장이라고, 어?" 그가 말했다. 그리고 그는 자신의 다리를 내려다봤다.

험악한 얼굴로 자기 다리와 내 다리를 여러 번 번갈아 보더니, 그는 내가 앉아 있는 묘비로 바짝 다가와서 내 두 팔을 잡고는 나를 놓치지 않을 정도로 한껏 뒤로 밀어젖혔다. 그는 아주 매서운 시선으로 내 눈을 내려다보았고, 나는 이러지도 저러지도 못하고 힘없이 그의 눈을 올려다보았다.

"자, 이놈, 날 똑바로 봐." 그가 말했다. "네 목숨이 왔다 갔다 하는 문제야. 너 줄[1]이 뭔지 알지?"

"예, 아저씨."

"그럼 움식물(음식물)[2]이 뭔지도 알 테지?"

"예, 아저씨."

매번 질문할 때마다 그는 나를 조금씩 더 밀어젖혀서, 나에게 점점 심한 무력감과 위기감을 안겨줬다.

"너, 가서 줄 가져와." 그는 또 나를 밀어젖혔다. "움식물도 가져오고." 그는 또 나를 밀어젖혔다. "그 두 가지 다 가져와." 그는 또 나를 밀어젖혔다. "안 그러면 네놈의 심장과 간을 꺼내버릴 거야." 그는 또 나를 밀어젖혔다.

나는 몹시 두렵고 너무 어지럽기도 해서, 두 손으로 그를 꼭 잡고 말했다. "저를 제발 똑바로 앉혀주신다면, 아저씨, 아마 제 현기증이 사라지고 아저씨 말씀도 더 잘 들을 수 있을 거예요."

그는 아주 무섭게 나를 끌어내려 한 바퀴 휙 돌렸다. 그래서 교회가 풍향계를 훌쩍 뛰어넘어 한 바퀴 돌았다. 그런 다음 그는 나를 두 팔로 잡아 묘비 위에 똑바로 앉혀놓고, 이런 무시무시한

1 양편에 잔 이가 있어 쇠붙이를 깎고 다듬거나 자르는 데 쓰이는 막대기 모양의 강철로 된 연장.

2 남자가 'victuals[vítlz](음식물)'를 'wittles[wítlz]'로 발음한 것을 나타내기 위해 이렇게 표기했다.

말을 계속했다.

"너, 내일 아침 일찍 내게 그 줄과 음식물을 가져와야 한다. 그것들을 저 건너편 옛 포대터로 가지고 와. 그렇게 하는 거야. 그리고 입을 한마디도 뻥끗하지 말고, 나 같은 사람이나 누군가 어떤 이를 만났다는 기색도 절대 보이지 마라. 그러면 내 너를 살려주마. 내 말대로 안 하거나 특히 내 말을 눈곱만큼이라도 어기기만 해봐, 그러면 네놈 심장과 간을 떼어내 구워 먹어버린다. 지금, 나는 네가 생각하고 있는 것처럼 혼자가 아니야. 젊은이 하나가 나와 함께 숨어 있는데, 그에 비하면 나야말로 천사지. 그는 내가 하는 말을 듣고 있거든. 자기만이 가지고 있는 특수한 비법으로 소년에게 접근해서 심장과 간을 뜯어내거든. 소년이 그에게서 숨으려고 해봤자 소용없지. 너만 한 소년이 아무리 방문을 잠그고, 침대 속에 따뜻하게 들어가서 이불을 뒤집어쓰고, 침대보를 머리 너머까지 덮어쓰고, 편안하고 안전하다고 생각한대도, 그는 소년에게 살금살금 기어가서 그를 찢어버리고 말거든. 나는 지금 이 순간에도 그가 너를 해치지 못하게 아주 힘겹게 막고 있는 참이라고. 그를 네놈의 배때기에서 떼어놓기가 무척 힘들단 말이야. 자, 어쩔 테냐?"

나는 그에게 줄을 가져다주겠다고, 될 수 있는 대로 먹다 남은 음식물이라도 가져다주겠다고, 그리고 그런 것들을 가지고 이튿날 아침 일찍 포대터로 그를 찾아오겠다고 말했다.

"어기면 하느님께 맞아 죽는다고 말해!" 그 사람이 말했다.

내가 시키는 대로 말하자, 그는 나를 묘비에서 내려놓았다.

"자." 그는 말을 이었다. "너 네놈이 약속한 거 기억해 둬. 그리고 그 청년을 잊지 말고, 그만 집으로 꺼져버려!"

"아-안녕히 계세요, 아저씨." 나는 말을 더듬었다.

"안녕은 무슨 놈의 안녕이야!" 그는 춥고 축축한 습지 위로 주변을 흘긋 보며 말했다. "내가 개구리나 뱀장어라면 좋겠구먼!"

그와 동시에, 그는 덜덜 떨리는 자기 몸뚱이를 양팔로 껴안고—마치 자기 몸뚱이를 한데 모으려는 양 자신을 죄면서—나지막한 교회 담장 쪽으로 절룩절룩 걸어갔다. 그가 쐐기풀과 초록빛 무덤들을 뒤덮고 있는 가시덤불 사이를 이리저리 헤치며 가고 있는 것을 보고 있노라니, 내 어린 눈에는 그가 마치 무덤에서 조심스럽게 뻗쳐 나와 그의 발목을 비틀어 잡고 무덤 속으로 끌어들이려는 죽은 사람들의 손을 피하고 있는 것처럼 보였다.

나지막한 교회 담장에 다다르자, 그는 두 다리가 마비되어 뻣뻣한 사람처럼 그 담장을 넘어갔다. 그런 다음 그는 나를 돌아다보았다. 그가 몸을 돌이키는 것을 보고서 나는 집을 향해 젖 먹던 힘까지 다해 달렸다. 그러나 내가 막 어깨 너머로 돌아보니, 그가 다시 강 쪽으로 가고 있는 것이 보였다. 여전히 양팔로 몸을 껴안은 채, 비가 심하게 오거나 밀물이 들 때 징검다리로 쓰려고 습지 여기저기에 놓아둔 커다란 돌들 사이를 아픈 두 발로 더듬거리며 나아가고 있었다.

내가 발길을 멈추고 그를 눈으로 좇아봤을 때, 그때는 습지들이 그저 한 가닥 길고 검은 지평선 같기만 했다. 그리고 그렇게 넓지도 그렇게 검지도 않지만 강도 역시 또 하나의 수평선 같았고, 하늘은 그저 성난 붉은 줄들과 짙은 검은 줄들이 섞인 한 가닥 긴 줄과 같았다. 강의 가장자리에는 모든 풍경 가운데 똑바로 서 있는 듯한 오직 두 개의 물체만이 희미하게 보였다. 그중 하나는 가까이 가보면 꼴사나운 물건인—테두리 없는 술통을 기둥에 얹어 놓은 것처럼 생긴—선원들의 뱃길을 인도하는 등대였고, 나머지 하나는 예전에 해적 하나를 목매달았던 쇠사슬이 걸려 있는 교수대였다. 그 남자는 이 교수대 쪽으로 절룩거리며 가고 있었는데, 마치 되살아난 해적이 교수대에서 내려왔다가 다시 올가미에 매달리려고 돌아가고 있는 모습 같았다. 그런 생각이 들자 소름 끼치는 공포가 한 차례 밀려왔다. 그리고 풀을 뜯고 있던 소들이 고개를 들어 그를 쳐다보는 것이 눈에 띄자, 나는 저 소들도 혹시 그런 생각을 했을까 궁금했다. 나는 그 무시무시한 청년이 어디 있나 하고 사방을 살펴봤으나, 그의 흔적은 보이지 않았다. 하지만 나는 금방 또다시 겁에 질려, 쉬지 않고 집으로 달렸다.

2장

우리 누나 조 가저리 부인은 나보다 스무 살이나 위였으며, 나를 자기 "손으로" 길렀기 때문에 스스로 자부심을 갖고 있었고, 이웃 사람들에게도 평판이 좋았다. 그 당시 나는 그 말의 뜻을 스스로 알아내야만 했고, 누나가 손이 단단하고 억세며 걸핏하면 내게뿐만 아니라 자기 남편에게까지도 손찌검을 하는 버릇이 있는 것을 알고 있었기에, 나는 누나가 매형 조 가저리와 나를 모두 "손으로" 길렀다고 생각했다.

우리 누나는 잘생긴 여자가 아니었다. 그래서 나는 누나가 자기 "손으로" 조 가저리가 자기와 결혼하도록 만들었음에 틀림없다고 막연히 생각하기도 했다. 매형 조는 살결이 흰 사람으로, 털이 나지 않은 민숭민숭한 얼굴 양쪽에는 담황색 곱슬머리가 흘러내렸고, 눈은 아주 연한 하늘색이어서 아무래도 흰자위와 섞여 있는 것 같았다. 그는 온순하고, 심성이 착하고, 품성이 고우며, 느긋하고 바보 같은 정겨운 인물이었다—강점과 약점 양면에서 헤라클레스[1]와 같은 인물이었다.

검은 머리에 검은 눈을 가진 우리 누나 조 부인은 살결이 전반적으로 어찌나 빨갛던지, 나는 때때로 누나가 비누 대신에 육

1 헤라클레스는 제우스 신과 알크메네 사이에서 태어난 그리스 신화 속 인물로, 괴력을 지닌 최대의 장사였지만 머리가 모자랐다고 한다.

두구[1] 강판으로 몸을 씻는 것이 아닌가 하는 의구심을 가져보곤 했었다. 누나는 키가 크고 뼈만 앙상하게 말랐으며, 거의 언제나 거친 앞치마를 등 뒤에서 두 개의 고리 매듭으로 몸에 동여매 입고 있었다. 그리고 그 앞치마의 앞에는 정사각형의 견고한 가슴받이가 있었는데, 거기에는 핀과 바늘이 잔뜩 꽂혀 있었다. 누나는 그 앞치마를 입는 것을 굉장한 장점이자 조에 대한 강력한 비난거리로 삼았다. 왜 자기가 이 앞치마를 그렇게 많이 입어야 하느냐는 것이었다. 누나가 도대체 왜 그 앞치마를 입어야만 했었는지, 혹은 앞치마를 입더라도 도대체 왜 평생 하루도 그것을 벗지 않았었는지, 나는 진정 그 까닭을 지금도 모르고 있지만.

매형 조의 대장간은 살림집에 붙어 있었는데, 우리 집은 우리 고장의 다른 많은 집들처럼 목조건물이었다—당시에는 대부분의 집들이 목조건물이었다. 내가 교회 묘지에서 집으로 뛰어왔을 때 대장간은 닫혀 있었고, 조는 부엌에 혼자 앉아 있었다. 조와 나는 수난을 함께 겪는 동료였고 그런 동료로서 속마음을 터놓고 지냈던 터라, 내가 출입문의 빗장을 올리고 출입문 반대편 굴뚝 모퉁이에 앉아 있는 조를 슬쩍 들여다보자 그는 즉시 나에게 비밀을 털어놓았다.

"네 누나가 너를 찾으러 열두 번이나 나갔다 왔어, 핍. 이제 막 열세 번째로 나갔어."

"누나가?"

"그래, 핍." 조가 말했다. "게다가 설상가상으로 따초리[2]까지 가

1 육두구의 씨앗을 감싸는 육두구꽃은 선명한 붉은색을 띠며, 건조 후 향신료로 이용된다.

2 원문의 '따끔따끔 아프게 하는 것Tickler'과 '회초리cane'를 합성하여 옮긴 말. 원래 'Tickler'는 '간질이는 것'을 의미하지만, 원문의 문맥상 때리면 '따끔따끔 아프게 하는 것'으로 옮기는 것이 적합하다.

지고 나갔어."

이 무서운 정보에, 나는 하나뿐인 내 조끼의 단추만 뱅글뱅글 비틀어대며 무척 침울한 심정으로 벽난롯불을 쳐다보았다. 따초리란 끝에 밀랍이 발라져 있고 내 얼얼한 몸뚱이를 하도 때려서 반질반질하게 닳아빠진 회초리였다.

"네 누나는 앉아 있다가," 조가 말을 이었다. "일어나더니 따초리를 움켜쥐고 화가 나서 펄펄 뛰며 나갔어. 그렇게 펄펄 뛰며 나갔지." 조는 부지깽이로 벽난로의 아래쪽 쇠살대 사이를 쑤셔 불길이 살아나게 하고서, 그것을 바라보며 말을 이었다. "펄펄 뛰며 나갔다고, 핍."

"누나 나간 지 오래됐어, 조?" 나는 항상 그를 덩치 큰 어린이처럼 다루고, 내 또래 이상으로 대하지 않았다.

"글쎄." 독일제 벽시계를 흘끗 올려다보며 조가 말했다. "누나가 마지막으로 화를 내며 뛰쳐나간 것이 5분쯤 되는구나, 핍. 누나가 오고 있어! 어이 친구, 문 뒤로 숨어서 잭 타월[3]로 몸을 가려."

나는 그 충고를 따랐다. 우리 누나 조 부인은 문을 활짝 열어젖히다가, 문 뒤에 무슨 장애물이 있음을 발견하고는 즉각 그 원인을 알아냈다. 그러고는 따초리를 써서 일부러 더 조사를 벌였다. 누나는 나를 매형에게 던지는 것으로 끝냈다—나는 종종 누나와 조 부부간의 날아가는 무기, 즉 미사일 역할을 했다—매형은 어떻든 기꺼이 나를 받아 굴뚝 있는 곳으로 옮겨놓고는 그의 커다란 다리로 소리 없이 나를 막아줬다.

"어디 갔었던 거니, 이 꼬마 장난꾸러기 녀석아?" 발을 구르며

3 수건 양끝을 맞꿰매어 회전식 수건걸이에 매다는 수건, 즉 긴 고리 수건을 말한다.

조 부인이 말했다. "당장 말해, 무슨 짓을 하느라고 초조와 놀람과 걱정으로 내 애간장을 녹였는지. 안 그러면 네 녀석을 그 구석에서 끌어낼 테니까, 핍 너 같은 놈이 오십 명이 되고 네 매형 가저리 같은 자가 오백 명이 된다고 해도 말이야."

"교회 묘지에 갔다 왔을 뿐이에요." 나는 걸상에 앉아 울며 아픈 곳을 비벼대면서 말했다.

"교회 묘지라!" 누나가 되풀이했다. "나 아녔으면, 너는 이미 오래전에 그 교회 묘지에 가서 처박혔을 거야. 누가 널 손수 길렀지?"

"누나가요." 내가 말했다.

"그럼 왜 그랬는지, 한번 말해봐!" 누나가 고함을 쳤다.

나는 훌쩍이며 말했다. "난 몰라요."

"**나도** 모르겠다!" 누나가 말했다. "두 번 다시 그런 짓은 안 할 거다! 정말이야. 정말이지 난 이 앞치마를 벗어본 적이 없었어, 네가 태어난 이후로는 말이야. 대장장이, 그것도 저 가저리의 아내가 되는 것으로도 모자라서 내가 네 엄마 노릇까지 해야 하다니 참."

내가 수심에 잠겨 벽난롯불을 쳐다보고 있노라니, 내 생각은 그 문제에서 딴 데로 흘러갔다. 왜냐하면 저 바깥 습지에 있는 발에 쇠고랑을 찬 그 도망자, 그 신원불명의 청년, 줄, 음식물, 그리고 나의 피신처인 누나 집에서 도둑질을 하기로 한 그 무서운 맹세 등이 복수하듯 이글거리는 석탄불 속에서 내 눈앞에 떠올랐다.

"하하!" 조 부인은 따초리를 제자리에 갖다놓으며 말했다. "교회 묘지겠지, 정말로! 두 사람 모두 교회 묘지 운운하는 것도 당연하지." 말이 나왔으니 말이지, 우리 둘 중의 하나는 교회 묘지라는 말을 전혀 하지 않았다. "조만간 둘이서 **나를** 교회 묘지로 싣고 가겠지. 그럼, 오, 나 없이 둘이서 조－오－흔 단짝이 되시겠구려!"

누나가 차를 준비하느라고 정신이 없을 때 매형 조는 자기 다리 너머로 나를 슬쩍 내려다보았는데, 그는 마치 마음속으로 자신과 나의 역할을 나누고, 누나가 슬쩍 비친 그 슬픈 상황에 처하면 우리가 실제적으로 어떤 유형의 짝이 될지 계산해 보고 있는 것 같았다. 그런 다음 그는 앉아서, 분위기가 심상치 않을 때면 항상 그런 태도를 취하듯이 오른쪽 얼굴의 담황색 곱슬머리와 구레나룻을 만지작거리며 그의 파란 눈으로 조 부인을 이리저리 좇았다.

우리 누나는 우리에게 버터 바른 빵을 잘라주는 철저한 방식이 있었는데, 그 방식은 바뀐 적이 없었다. 먼저 누나는 왼손으로 빵 덩어리를 움직이지 않게 앞치마의 가슴받이에 붙여 단단히 고정시켰다. 때로는 거기에 꽂혀 있던 핀이, 또 때로는 거기에 꽂혀 있던 바늘이 빵 속으로 들어가 나중에 그것이 우리 입속으로 들어가기도 했다. 그런 다음에 누나는 칼에 버터를 (너무 많지 않게) 약간 묻혀가지고, 마치 약제사와 같은 방식으로 고약을 바르기라도 하듯이 빵 덩어리에 그 버터를 얇게 발랐다—아주 민첩한 솜씨로 칼의 양면을 사용하여 빵 껍질 주위의 버터를 다듬고 매끄럽게 펴 발랐다. 그런 다음 누나는 고약(처럼 버터가 발린 빵의) 가장자리에다 마지막으로 칼을 한 번 쓱 닦아내고서, 매우 두껍게 빵을 한 조각 썰어냈다. 그리고 마지막으로 누나가 그 조각을 빵 덩어리에서 떼어내기 전에 절반씩 잘라놓으면, 그 중 한 조각은 매형이 차지하고 나머지 한 조각은 내가 차지했다.

그날 저녁의 경우에는, 비록 배가 고프기는 했지만 나는 내 빵 조각을 먹을 엄두가 나지 않았다. 밖에서 만난 그 무서운 사람과 그보다 훨씬 더 무서운 청년인 그의 동료를 위해 뭔가를 남겨놔야 한다고 느껴서였다. 나는 조 부인의 집안 살림살이가 아주 알뜰하다는 것, 그래서 내가 음식물을 훔치려고 뒤졌을 때 찬장에는 아무것도 없을지 모른다는 것도 알고 있었다. 따라서 나는 내 몫의 버터 바른 빵 조각을 내 바짓가랑이에 넣어두기로 작심했던 것이다.

이 목적을 달성하는 데 필요한 결단의 노력은 실로 대단하리라는 것을 나는 알았다. 그것은 마치 내가 높은 집 꼭대기에서 뛰어내리거나, 굉장히 깊은 물속으로 뛰어들 결심을 해야 하는 것과 마찬가지였다. 게다가 아무것도 모르고 있는 조 때문에 사정은 더욱 곤란해졌다. 앞서 말한 수난 동지로서의 상호 우애적 이해심과 착한 심성으로 나와 친구가 되어주는 매형 조 때문에, 저녁이면 우리가 각자의 빵 조각을 뜯어먹는 방식을 견줘보는 것이 습관이었다. 때때로 말없이 빵 조각들을 들어 보임으로써 상대방의 찬탄을 이끌어내기도 했고, 이것이 우리를 자극하여 더 열심히 빵을 베어 물도록 자극했다. 이날 저녁에도 조는 빠르게 줄어드는 자신의 빵 조각을 보여줌으로써 여러 차례나 평소와 같이 우호적인 경쟁을 하자고 청했다. 그러나 매번 그는 내 한쪽 무릎에는 손잡이 달린 노란 찻잔이, 그리고 내 다른 쪽 무릎에는 건드리지도 않은 버터 바른 빵이 놓여 있는 것을 발견할 뿐이었다. 마침내 나는 내가 계획하고 있는 일이 실행되어야 하며, 그것도 처한 상황에 맞춰 가장 그럴싸한 방식으로 실행되어야만 한다고 죽기 아니면 살기 식으로 생각했다. 나는 매형 조가 나를 쳐다본 직후의 순간을 이용해서, 내 버터 바른 빵을 바짓가랑이 밑으로 넣었다.

조는 내가 식욕을 잃은 것으로 여기고 심기가 불편한 것이 역력했다. 그는 깊은 생각에 잠긴 채 빵 조각을 한 입 뜯었지만, 입맛이 없어 보였다. 그는 마치 빵에 대해 깊이 생각을 해보기라도 하듯이, 여느 때보다도 훨씬 오랫동안 빵을 입에서 우물거리다가 결국 알약이라도 되듯이 꿀꺽 삼켰다. 그는 막 또 한 입 뜯으려는 참이었다. 그런데 그가 한 입 제대로 잘 뜯으려고 머리를 한쪽으로 기울인 순간 그의 시선이 나를 향했고, 내 빵이 없어진 것을 알아차렸다.

조가 막 빵을 뜯으려다 말고 놀라서 당황스럽게 나를 응시하는 모습이 너무나도 뻔해서 누나의 눈에 띄지 않을 수가 없었다.

"무슨 일이야, 또?" 누나가 찻잔을 내려놓으면서 야멸차게 물었다.

"이봐, 있잖아!" 조가 매우 심각한 충고라도 하는 듯이 머리를 가로저으며 내게 속삭이듯 말했다. "핍, 이봐! 그러다가는 탈 날 거야. 필시 어디에 얹히지. 넌 씹었을 리가 만무해, 핍."

"무슨 일이냐니까 **또**?" 누나가 아까보다 더 날카롭게 되물었다.

"기침을 해서 조금이라도 뱉어낼 수 있으면, 핍, 그렇게라도 했으면 좋겠구나." 조가 기겁해서 말했다. "식탁 예절도 예절이지만, 더 중요한 건 네 건강이잖아."

상황이 이쯤 되자 우리 누나는 아주 눈이 뒤집혀 버렸다. 그래서 누나는 매형에게 와락 달려들어 그의 양쪽 구레나룻을 잡고서 한참 뒤쪽 벽에다 그의 머리를 짓찧었다. 그동안 나는 꺼림칙한 마음으로 방관하고 있었다.

"자, 무슨 일인지 자기가 말해주겠지." 숨을 헐떡거리며 누나가 말했다. "꼼짝도 않고 쳐다보기만 하는 이 큰 돼지 같은 양반아."

조는 힘없이 누나를 쳐다보았다. 그러더니 힘없이 빵을 한 입

뜯고서 나를 다시 쳐다보았다.

"있잖아, 핍." 조는 완전히 우리 둘만 있기라도 한 것처럼, 이제 막 뜯은 빵을 볼 안에 넣은 채 근엄하게 은밀한 음성으로 말했다. "너와 나는 언제나 친구지간이야. 나는 언제라도 너를 고자질할 사람이 아니야. 그렇지만 그렇게," 그는 의자를 움직이고서 우리 둘 사이의 부엌 바닥을 둘러보더니 다시 나를 쳐다보며 말을 이었다. "아까처럼 그렇게 급하게 삼키다니!"

"음식을 급하게 삼켰다고, 재가?" 누나가 소리쳤다.

"있잖아, 이봐 친구." 조는 자기 부인이 아니라 나를 쳐다보면서, 볼 안에 아직도 빵을 넣고 있는 채로 말했다. "나도 말이야, 네 나이 때는, 음식을 급하게 삼켰었지—자주 말이야—그리고 소년 시절엔 음식을 급하게 삼키는 그런 많은 아이들 가운데 하나였어. 하지만 너처럼 그렇게 급하게 삼키는 사람은 처음이야, 핍. 목이 막혀 죽지 않은 것이 참 다행스런 일이다."

누나는 나에게 달려들어 머리채를 낚아채더니 끔찍한 말을 했다. "따라와서 약 먹어."

그 당시에 어떤 짐승 같은 의사라는 자가 타르수를 잘 듣는 약이라고 유행시켜 놨었는데, 조 부인은 그 용액을 찬장에다 항상 간수하고 있었다. 조 부인은 그 맛과 냄새가 역한 만큼 약효가 있다고 믿었던 것이다. 상황이 제일 좋은 경우조차도 특선 강장제라고 해서 이 용액이 나에게 지나치게 다량 투여되는 나머지, 나는 새로 칠한 울타리 같은 냄새가 풍기는 것을 의식하면서 돌아다녔었다. 이 특수한 날 저녁에는 내 상태가 위급하다고 이 혼합 용액 0.5리터가 처방되어, 크게 안정시킨다는 목적으로 내 목구멍에 쏟아부어졌다. 이때 조 부인은 장화 벗는 기구에 장화를 끼우듯이 내 머리를 자기 겨드랑이에 끼고 있었다. 조는 절반만

먹고 풀려났다. 그러나 (불 앞에 앉아 천천히 빵을 우적우적 씹으면서 생각에 잠겨 있던 그로서는 무척 당혹스럽게도) "메스꺼움을 일으켰다고 해서" 그것을 억지로 들이킬 수밖에 없었다. 하지만 내가 판단하건대, 전에 그런 증세가 전혀 없었다면 조의 메스꺼움은 분명 그 약을 복용한 후였다고 말할 수 있다.

양심이란 그것이 어른이든 소년이든 가슴을 뜨끔거리게 하면 참 무서운 것이다. 그러나 소년의 경우에는 그 비밀스런 짐이 바짓가랑이 아래쪽에 있는 또 다른 비밀스런 짐과 상호작용을 하게 되면, 그것은 (내가 입증할 수 있듯이) 엄청난 형벌이 된다. 내가 조 부인의 물건을 훔치려 한다는—집 재산 가운데 어떤 것도 조의 것이라고 여겨본 적이 없었기에, 내가 조의 물건을 훔치려 한다는 생각은 전혀 해보지도 않았다—죄의식이, 앉아 있을 때나 잔심부름으로 부엌을 이리저리 돌아다녀야 할 때, 항상 한쪽 손을 바짓가랑이에 감춘 빵에 대고 있어야 하는 불가피한 사정과 겹쳐져서 나를 거의 미칠 지경으로 몰아갔다. 게다가 습지에서 부는 바람이 벽로의 불을 빨갛게 너울거리며 타오르게 할 때, 비밀을 지키라고 내게 맹세를 시킨 발에 쇠고랑을 찬 그 사람이 내일 아침까지 굶을 수도 없고 굶고 싶지도 않으니 지금 당장 먹을 것을 달라고 주장하는 목소리가 밖에서 들려오는 것만 같았다. 또 어떤 때는, '그 청년이 가까스로 나를 피로 물들이는 것을 참아왔는데, 제 타고난 성급함에 무너지거나 시간을 착각하여 내일이 아니라 이 밤에 내 심장과 간을 뜯어먹어도 되는 것으로 여기기라도 한다면 어쩌나!' 하는 생각마저 들었다. 만일 어떤 사람의 머리카락 끝이 공포 때문에 쭈뼛 선다면, 그때 내 머리카락이 틀림없이 그랬을 거다. 하지만, 혹시라도, 사람의 머리카락이 정말 그럴 수 있을까?

그 밤은 성탄 전야였다. 그래서 나는 다음 날 먹을 푸딩을 독일제 벽시계로 7시부터 8시까지 구리 막대로 저어야만 했다. 나는 바짓가랑이에 빵을 둔 채 저어보려고 했는데(그것 때문에 **자기** 다리에 쇠고랑을 찬 그 남자가 다시금 생각났다), 몸을 움직이는 바람에 버터 바른 빵이 자꾸만 내 발목에서 빠져나오려고 해서 어떻게 해볼 길이 없었다. 다행스럽게도 나는 부엌에서 살짝 빠져나와 내 양심을 찌르는 그 골칫덩어리를 내 다락방 침실에다 꺼내 두었다.

"들어봐!" 푸딩 젓기를 마치고 나서 침실로 올라가기 전에 부엌의 벽로 굴뚝 모퉁이에서 마지막으로 불을 쬐고 있던 내가 말했다. "그거 대포 소리였지, 조?"

"아!" 조가 말했다. "죄수가 또 하나 탈옥한 게로군."

"그게 무슨 말이야, 조?" 내가 물었다.

언제나 설명을 맡아주는 조 부인이 퉁명스럽게 말했다. "도망쳤다고. 도망쳤단 거야." 타르수 용액 처방처럼 정의를 내려줬다.

조 부인이 바느질을 하느라고 머리를 숙이고 앉아 있는 동안, 나는 입 모양으로 조에게 물어봤다. "죄수가 뭐야?"[1]

조 역시 **자기** 입 모양으로 대답을 해줬는데, 어찌나 상세한 답변이었던지 나는 "핍"이라는 단어 하나 말고는 아무것도 이해할 수가 없었다.

"간밤에 죄수 하나가 탈옥했대." 조가 큰 소리로 말했다. "일몰 대포 후에 말이야. 그래서 탈옥수를 조심하라고 발포했던 거지. 그런데 지금 또 다른 탈옥수를 조심하라고 발포하는 것 같구나."

1 쉬운 말로 'prisoner'라고 했으면 핍이 알아들을 수도 있었을 텐데, 조가 'conwict', 즉 'convict(죄수)'라는 어려운 단어를 썼기 때문에 되묻는 것이다. 교육을 제대로 받지 못한 조는 'v'를 'w'로 잘못 발음했다.

"누가 쏘고 있는 거야?" 내가 물었다.

"저 성가신 녀석 같으니라고." 누나가 바느질감 너머로 얼굴을 찡그리며 끼어들었다. "저 녀석 질문도 참 많아. 질문 좀 그만 해라, 그래봐야 거짓말만 듣게 될 거다."

내가 비록 질문을 좀 했다고 해서 자기가 나한테 거짓말을 해줄 것이라고 암시를 하는 것은, 내가 생각하기엔 누나 자신에게도 매우 예의가 아니었다. 하기야 누나는 결코 예의바른 적이 없었다, 손님이 있을 때를 빼고서는.

바로 이때, 매형 조가 굉장히 애를 써서 입을 아주 넓게 벌려서는 내가 보기엔 "골났어"로 보이는 단어의 입 모양을 지어보여서 내 호기심을 크게 증폭시켰다. 그래서 나는 당연히 조 부인을 가리키면서, 입 모양으로 "누나가?"라고 말했다. 그러나 조는 내 말은 전혀 들으려 하지 않고, 다시 입을 아주 크게 벌려서 매우 강의적인 단어의 모양을 지어 보였다. 그러나 나는 그 단어를 짐작조차 할 수 없었다.

"조 부인." 나는 마지막 수단으로 물어봤다. "나 알고 싶은 게 있는데요—괜찮으시다면—저 대포 쏘는 소리는 어디서 나나요?"

"주여, 이 아이를 지켜주소서!" 누나는 정말 그게 아니라 그 반대를 의미하는 것처럼 고함쳤다. "감옥선[2]에서 나는 거다!"

"아하!" 나는 조를 쳐다보면서 말했다. "감옥선이라고!"

조는 마치 "글쎄, 내가 그렇게 말했잖아"라고 말하기라도 하려는 듯이 책망조의 기침을 한 번 했다.

"그런데 감옥선이 뭐죠?" 내가 물었다.

2 유형지에 보낼 죄수를 임시로 가둬두는 배.

"이 녀석이 이래요!" 누나는 고함을 지르면서 실 꿴 바늘로 나를 가리키고는, 나를 향해 고개를 내둘렀다. "한 가지 질문에 대답해 주면, 곧장 여남은 개의 질문을 해댄단 말이야. 감옥선이란 바로 저 숩지[1] 건너에 있는 감옥으로 쓰는 배들이야." 우리 고장에서는 늘 습지를 숩지로 불렀다.

"누가 감옥선에 가는지, 또 왜 가는지 궁금한데요?" 나는 막연하지만 꼭 대답을 듣겠다는 심정으로 말했다.

조 부인으로서는 더 이상 견딜 수 없었던지 즉시 자리를 박차고 일어났다. "내가 말해주지, 이 꼬마 녀석." 누나가 말했다. "내가 널 손수 기른 것은 사람들을 괴롭히라고 그런 게 아냐. 만약 내가 그랬다면, 내게 칭찬이 아니라 허물이 되겠지. 사람들이 감옥선에 가는 건 살인을 하기 때문이고, 도둑질하고 위조하고, 온갖 나쁜 짓을 하기 때문이야. 그리고 그런 놈들은 언제나 질문하는 것으로 시작하거든. 자, 가서 잠이나 자라!"

내가 잠자러 올라갈 때 비출 촛불은 결코 허락되지 않았다. 그래서 나는—누나가 가서 잠이나 자라는 마지막 말과 함께 탬버린을 치듯 골무로 내 머리를 쳤기 때문에—머리가 지끈거리는 가운데 어둠 속에 계단을 올라가면서, 감옥선이 내가 손쉽게 가기에는 아주 안성맞춤이라는 무서운 느낌이 들었다. 나는 분명 그곳으로 가는 길이었다. 나는 질문을 해댐으로써 발을 내디뎠고, 게다가 조 부인의 물건을 훔치려 하고 있었으니까.

그때 이후, 이제는 아주 오래전 일이지만, 공포에 빠진 젊은이에게 무슨 비밀이 있는지 아는 사람은 거의 없다고 나는 종종

1 원문에서는 늪지나 습지를 뜻하는 'marshes' 대신에 'meshes'라는 단어를 썼다. 원래 'mesh'는 그물, 망, 올가미 등을 의미하는 전혀 다른 단어지만, 이 지역 사람들은 이를 혼동하여 쓴 것이다. 역자는 이런 사정을 반영하여 '습지'와 '숩지'로 각각 번역했다.

생각했다. 공포가 아무리 터무니없는 것이라 해도, 공포는 여전히 공포다. 나는 내 심장과 간을 원하는 그 청년이 끔찍하게 두려웠고, 다리에 쇠고랑을 찬 채 나와 대화를 나눈 사람이 끔찍하게 두려웠고, 강제로 무시무시한 약속을 해주고만 나 자신이 끔찍하게 두려웠다. 전능한 힘은 있지만 고비마다 나를 퇴박만 놓는 누나에게 구원 같은 건 기대할 수조차 없었고, 남모르는 공포 속에서 필요에 따라 내가 무슨 짓을 했었을까 하고 생각만 해도 지금도 두렵기만 하다.

만일 내가 그날 밤 조금이라도 잠을 잤다면, 그것은 다만 강력한 급류에 실려 강물 따라 감옥선으로 떠내려가는 내 모습을 상상하는 것에 지나지 않았을 것이다. 상상 속에서 내가 교수대가 있는 곳을 지나갈 때 유령 같은 해적 하나가 확성기를 통해 내게 소리치기를, 미루지 말고 지금 강가로 올라가서 즉시 교수대에 매달리는 게 나을 것이라고 했다. 비록 잠은 자고 싶었지만 나는 잠자기가 두려웠는데, 그것은 다음 날 아침 첫새벽이 희미하게 밝아오자마자 내가 식료품 저장고를 털어야 한다는 것을 알고 있었기 때문이다. 밤에는 그 일을 할 수가 없었다. 당시에는 약간의 마찰로 불을 밝히는 것이 불가능했기 때문이다. 불을 붙이려면 부싯돌과 부시를 부딪쳐야만 했는데, 그러면 바로 해적이 쇠사슬을 덜그럭거리는 것 같은 소리가 났을 게 뻔하다.

내 작은 창문 밖 거대한 검은 벨벳 장막이 회색을 띠자마자, 나는 자리에서 일어나 아래층으로 내려갔다. 내려가는 층계의 판자마다, 판자의 갈라진 틈마다 "도둑 잡아라!", "일어나요, 조 부인!"이라고 내 뒤에서 소리 질렀다. 성탄절이라서 먹을거리가 여느 때보다 훨씬 풍부하게 쟁여져 있는 식품 저장고에서 나는 뒷다리로 매달려 있는 토끼 한 마리 때문에 간 떨어지게 놀랐는데, 내 생각에 그놈은 내가 등을 반쯤 돌릴 때 나에게 눈을 깜빡이기까지 하는 것 같았다. 늑장부릴 만한 시간이 전혀 없었으므로 음식을 확인할 겨를도, 고를 겨를도, 딴 짓을 할 겨를도 없었다. 나는 빵 조금, 치즈의 겉껍질 조금, 반 단지 가량의 민스미트[1]를 훔쳤고(이것들을 간밤에 남겨둔 빵 조각과 함께 내 손수건에 넣어 묶었다), 석병에 든 브랜디 조금(이것을 나는 그 취하게 만드는 술인 스페인 감초수[2]를 제조하기 위해 다락방에서 은밀히 사용했던 유리병에 가만히 따르고, 석병에는 부엌 찬장의 주전자에 있는 물을 부어 희석시켰다), 고기가 거의 붙어 있지 않은 뼈다귀 하나, 그리고 먹음직하고 속이 꽉 찬 둥근 돼지고기 파이도 훔쳤다. 그 돼지고기 파이는 모르고 나올 뻔했는데, 한쪽 구석에 뚜껑 덮인 질그릇 접시에 담아 그렇게 조심스럽게 둔 게 뭔지 보고 싶은 마음에 끌려 선반 위로 올라가 그것이 파이인 것을 알았다. 나는 이 파이가 곧 쓰려고 마련한 것이 아니기를, 그래서 한동안 없어진 것이 알려지지 않기를 바라면서 그것을 훔쳤다.

부엌에는 대장간으로 통하는 문이 하나 있었다. 나는 그 문의 자물쇠를 따고 빗장을 벗긴 다음, 조의 연장들 중에서 줄을 집었다. 그런 다음 자물쇠와 빗장을 원래 상태로 해놓고, 간밤에 집으로 뛰어왔을 때 들어왔던 그 문을 열고 나와 닫고서, 안개 낀 습지를 향해 달려갔다.

1 다진 고기에 잘게 썬 사과, 건포도, 기름, 향료 등을 섞은 것으로 보통 민스파이 속으로 쓰인다.

2 감초가 들어간 달콤한 음료수. 알코올 성분이 없어 마셔도 취하지 않지만, 어린 핍은 그것을 취하는 술로 알고 있다.

3장

서리가 내린 눅눅한 아침이었다. 나는 침실의 작은 창문 밖에 안개가 내려앉는 것을 보았는데, 흡사 어떤 도깨비가 밤새도록 거기에 앉아 울면서 창문을 손수건으로 쓰고 있는 것 같았다. 이제 그 안개는 마치 한층 굵은 거미줄처럼 앙상한 울타리와 마른 풀밭 위에 내려앉아서, 가지마다 풀잎마다 매달려 있었다. 모든 난간과 문은 젖어서 끈적끈적했고, 습지 안개가 어찌나 짙던지 사람들에게 우리 마을의 방향을 알려주는—그쪽으로 오는 사람이 아무도 없었기 때문에 이 안내를 아무도 따르지 않았는데—푯말 위의 나무 손가락이 내가 그 밑에 아주 가까이 다가가서야 비로소 보였다. 그때 내가 푯말을 올려다보니, 짓눌린 내 양심에는 그것이 물방울을 뚝뚝 떨어뜨리면서 감옥선에 나를 바치려는 유령과도 같았다.

내가 습지로 나왔을 때는 안개가 한층 더 짙었다. 그래서 내가 모든 사물들을 향해 달려가는 게 아니라, 온갖 사물들이 나에게 달려드는 것만 같았다. 이것은 죄의식을 갖고 있는 사람에게는 매우 불쾌한 노릇이었다. 출입문들과 도랑들과 강둑들이 안개를 뚫고 내게로 불쑥불쑥 튀어나와서, 있는 힘껏 분명하게 이렇게 외치는 것만 같았다—"다른 사람의 파이를 훔친 소년이다! 그놈 잡아라!" 소들도 똑같이 갑자기 내 앞에 불쑥 나타나 나를 노려보면서 콧구멍으로 김을 내뿜고 있었다. "어이, 꼬마 도선생!"이라고 하는 듯이. 그중에 하얀 목도리를 두른 황소—내 눈뜬 양심에는 뭔가 목사 같은 풍채를 지니기까지 한 황소—한 마리가 아주 집요하게 나만을 쳐다보고 있다가, 내가 몸을 돌려 움직일 때 몹시 꾸짖는 듯한 태도로 자기의 무뚝뚝한 머리를 따라 돌렸다. 그래서 나는 울먹이면서 그 황소에게 말했다. "어쩔 수 없었어요, 황소 아저씨! 내가 먹으려고 훔친 게 아닙니다!" 그 말에 황소는 머리를 수그리고 코에서 한 무더기 콧김을 뿜어내더니, 두 뒷다리를 한 번 걷어차고 꼬리를 한 번 휘두르며 사라져 버렸다.

그 사이 나는 강 쪽으로 줄곧 나아가고 있었다. 그러나 아무리 빨리 가도, 내 발은 뜨뜻해지지가 않았다. 내가 지금 만나러 달려가는 사람의 다리에 쇠고랑이 단단히 채워져 있듯이, 내 양 발에는 차가운 습기가 단단히 채워져 있는 것 같았다. 나는 포대터까지 꽤 곧장 가는 길을 알고 있었는데, 그건 어느 일요일 조와 함께 그곳에 내려가 본 적이 있기 때문이다. 그때 조는 한 낡은 대포 위에 앉아서, 내가 정식 계약을 맺고 자기의 도제가 된다면 우리가 여기 와서 재미있게 놀 거라고 말했었다! 그러나 안개 때문에 헷갈려서, 마침내 내가 너무 오른쪽으로 멀리 간 것을 알게 되었다. 그래서 나는 진흙과 조수를 막으려고 박아놓은 말뚝들 위로 돌들이 듬성듬성 놓인 강둑 위를 걸어 강변을 따라 되짚어와야 했다. 이곳을 따라 걸음을 재촉하다가 나는 포대터에 매우 가까이 있는 것으로 알고 있는 도랑 하나를 막 건너서 건너편의 둔덕을 막 기어올랐는데, 바로 그때 그 남자가 내 앞에 앉아 있는 모습이 보였다. 그는 나를 향해 등을 돌린 채 팔짱을 끼고서, 쏟아지는 잠 때문에 고개를 앞쪽으로 꾸벅거리고 있었다.

내가 아침거리를 가지고 그렇게 뜻밖의 방식으로 자기 앞에 나타나면 그가 더 기뻐하리라 생각하고, 나는 가만히 앞으로 다가가서 그의 어깨를 건드렸다. 그는 즉시 펄쩍 뛰어 일어났는데, 내가 만났던 그 사람이 아니라 다른 사람이었다!

그렇지만 이 사람 역시 거친 회색 옷을 걸치고 있었고, 다리에는 커다란 쇠고랑을 찼고, 절뚝거렸고, 쉰 목소리에 추워하고 있었으며, 얼굴이 다르고, 납작하고 챙이 넓으며 위쪽이 낮은 중절모자를 쓴 것 말고는 그 사람과 모든 것이 똑같았다.

내가 이 모든 것을 본 건 한순간이었다. 내가 살펴볼 시간이 단지 한순간밖에 없었기 때문이다. 그는 내게 한마디 욕을 하며 주먹질을 하더니—그것은 한 번 휘두른 약한 주먹질이라 나를 못 맞히고 자신만 비틀거리게 하여 거의 본인을 쓰러지게 할 뻔했다—안개 속으로 달아났다. 달아나면서 그는 두 번이나 비틀거리더니 내 시야에서 사라지고 말았다.

'그 청년이구나!' 그런 생각이 들었다. 그리고 그의 정체를 알게 되자 심장이 욱신거리며 아팠다. 아마도 나는 간에서도 통증을 느꼈을 것이다. 간이 어디 있는지 알았다면 말이다.

그 뒤, 나는 곧 포대터에 이르렀다. 그곳에서 약속했던 바로 그 남자가—마치 밤새도록 한 번도 멈추지 않고 그러기라도 했던 것처럼 자기 몸을 껴안고 절룩거리며 왔다 갔다 하면서—나를 기다리고 있었다. 분명히 그는 지독히 추워하고 있었다. 나는 저러다가 그 사람이 내 앞에서 팍 고꾸라져서 심한 추위로 동사하지나 않을까 하는 생각마저 들었다. 그의 눈도 어찌나 배고파 보였던지, 그가 내가 건네준 줄을 풀밭에 내려놨을 때 내가 가지고 간 음식 꾸러미를 보지 못했다면 줄이라도 먹으려고 했을 것이라는 생각이 들었다. 그는 이번에는 내가 가진 것을 가져가기 위해 나를 거꾸로 뒤집어 놓지 않고, 내가 꾸러미를 풀고 주머니에 들어 있는 것을 꺼내는 동안 똑바로 서 있게 놔뒀다.

"병 속엔 뭐냐, 꼬마야?" 그가 물었다.

"브랜디요." 내가 대답했다.

그는 이미 민스미트를 목구멍으로—뭘 먹고 있다기보다는 어디에다 무척 황급하게 치워두는 것 같은—굉장히 이상한 방식으로 밀어 넘기고 있는 중이었으나, 잠깐 멈추고 술을 좀 마셨다. 그는 시종 와들와들 떨고 있었는데, 너무나 심하게 떨어서 고작 입에 넣은 술병 주둥이를 이빨로 씹지 않고 이빨 사이에 대고 있는 것이 전부였다.

"오한이 드셨나 봐요." 내가 말했다.

"그런 모양이다, 꼬마야." 그가 대꾸했다.

"이 주변은 안 좋아요." 내가 그에게 말했다. "아저씬 습지에 계속 누워 계셨는데, 오한이 무척 잘 들죠. 관절염도 그렇고요."

"오한으로 죽기 전에 아침을 먹어야겠다." 그가 말했다. "먹고 봐야겠어, 비록 먹고 난 뒤에 바로 저 너머에 있는 저기 교수대에 목이 매달리게 된다고 할망정. 그때까진 오한을 물리칠 게다, 장담하지."

그는 민스미트, 고기 뼈다귀, 빵, 치즈, 그리고 돼지고기 파이를 한꺼번에 게걸스럽게 먹고 있었다. 그렇게 먹으면서 그는 우리 주변의 안개를 의심스럽게 살펴보았고, 또 종종 먹기를 멈추고—심지어는 씹는 것까지도 멈추고—귀를 기울이기도 했다. 무슨 실제의 소리나 상상의 소리가 나거나, 강에서 무슨 짤랑하는 소리가 나거나, 습지에서 어떤 짐승의 숨소리만 나도 그는 깜짝 놀라 갑자기 물어보았다.

"너 거짓말이나 하는 사기꾼은 아니겠지? 데리고 온 놈 없지?"

"예, 아저씨! 없어요!"
"네 뒤를 밟도록 아무에게도 신호를 보내진 않았겠지?"
"예!"
"그럼," 그가 말을 이었다. "널 믿지. 너는 정말 고약한 사냥개 새끼에 지나지 않을 거다. 만약 너 같은 나이에 불쌍한 악당—나 같은 가련한 악당처럼, 거의 죽을 지경으로 똥 더미에 처박히면서 쫓기고 있는 사람—을 뒤쫓는 것을 거들어준다면 말이지!"
그의 목구멍에서 뭔가 짤까닥하는 소리가 났는데, 그건 마치 그의 몸 안에 시계 같은 기계장치가 있어서 시간을 알리려는 참인 것 같았다. 그리고 그는 누덕누덕하고 거칠거칠한 소매로 눈 위를 문댔다.
그의 외로운 처지를 불쌍히 여기면서, 또 그가 점차 안정되어 파이를 먹는 것을 지켜보면서, 나는 담력 있게 말했다. "파이를 맛있게 드시니 기쁘네요."
"뭐라고 말했냐?"
"파이를 맛있게 드셔서 기쁘다고요."
"고맙다, 얘야. 맛있게 먹는다."
나는 종종 우리 집 큰 개가 밥 먹는 것을 지켜봤었다. 그런데 나는 그때 개가 먹는 방식과 그 사람이 먹는 방식 사이에서 분명한 유사점을 보았다. 그 사람은 꼭 개처럼 강하고 날카롭고 갑작스럽게 음식을 물어뜯었다. 그는 한 입 물어뜯을 때마다 너무 급하고 너무 빠르게 삼켰다. 아니, 삼켰다기보다는 낚아챘다. 그리고 그는 먹는 동안 곁눈질로 이리저리 두리번거렸는데, 마치 사방에 위험이 도사리고 있고 누군가가 와서 파이를 뺏어갈 위험이 있다고 생각하는 것 같았다. 내가 생각하기로, 그는 그 파이에 대해 아주 지나치게 마음이 불안해서 편안하게 음미할 수조차 없었거나, 누구와 나눠 먹지도 못하고 영락없이 같이 먹자고 하는 자를 턱으로 팍 찍을 것만 같았다. 이런 모든 특징에서 그는 우리 집 개와 참 똑같았다.

"이러다간 그 아저씨 몫을 하나도 안 남기실 것 같은데요." 나는 두려운 마음으로 말했다. 그런 말을 하는 것이 예의에 맞는지에 대해 망설이며 말을 아낀 뒤였다. "그걸 가져온 데선 더 이상 가져올 수가 없단 말이에요." 내가 그런 암시를 줄 수밖에 없었던 것은 바로 이 사실의 확실성 때문이었다.

"그 아저씨 몫을 남기라고? 그게 누군데?" 내 친구는 파이 껍질을 오도독오도독 씹다 말고 말했다.

"그 청년요. 아저씨가 말씀하신. 아저씨와 함께 숨어 있다는 분요."

"아아!" 그는 몹시 거친 웃음 같은 소리를 내면서 대꾸했다. "그 사람? 그래, 그래! **그는** 먹고 싶지 않다는구나."

"그 아저씨도 먹고 싶어 할 것같이 보이던데요." 내가 말했다.

그 사람은 먹다가 말고서 매우 날카로운 눈매와 크게 놀란 눈치로 나를 주시했다.

"보였다고? 언제?"

"방금 전에요."

"어디서?"

"저쪽에서요." 나는 손가락질하며 말했다. "저 너머에서 그분이 꾸벅거리며 자고 있는 걸 봤는데, 나는 그게 아저씨인 줄 알았어요."

그는 내 목덜미를 잡고 나를 뚫어지게 노려보았다. 그래서 나는 그가 내 목을 잘라버리겠다고 했던 애초의 생각이 되살아난 것이 아닌가 하는 생각이 들기 시작했다.

"아저씨 같은 옷차림인데, 저기 있잖아요, 모자만 썼어요." 나는 벌벌 떨면서 설명했다. "그리고…… 또," 나는 무척 세심하게 표현하고 싶었다. "그리고…… 줄을 빌리고 싶어 할 똑같은 이유가 있는 분이었어요. 엊저녁에 대포 소리 못 들으셨어요?"

"그러면, 발포가 있긴 **있었구나!**" 그는 혼잣말을 뇌까렸다.

"그 소리가 확실히 들리지 않으셨다니 놀랍네요." 내가 말을 받았다. "우리 집에서도 들렸으니까요, 우리 집은 멀리 떨어져 있는 데다가 문도 닫고 있었는데도요."

"야, 이봐!" 그가 말했다. "사람이 휑한 머리에 빈 뱃속을 한 채 추위와 굶주림으로 죽어갈 지경으로 이런 소택지에 혼자 있으면, 밤새도록 들리는 거라고는 대포 쏘아대는 소리와 추적대가 외쳐대는 소리뿐인 거야. 들리는 것뿐이냐? 앞에 들고 있는 횃불로 빨간 외투가 비치는 군인들이 자기를 에워싸고 다가오는 것도 보이지. 번호 부르는 소리도 들리고, 취조당하는 소리도 들리고, 소총이 덜거덕거리는 소리도 들리고, '준비! 조준! 그놈과 사정거리를 유지하라, 제군들!'이라고 명령하는 소리도 들리고, 그러곤 두 눈에 손이 놓이고……[1] 그러곤 아무것도 없지! 에, 간밤에 내가 한 추적대…… 질서정연하게, 젠장할 놈들, 저벅저벅 걸어오는 추적대……를 보았다면, 백 명은 보았겠지. 또 대포 소리라니! 글쎄, 환한 대낮이 된 뒤에도 안개가 대포 소리로 진동하는 것이 보이는 거야…….[2] 그런데 그 사람 말인데." 그때까지 줄곧 그는 내가 거기 있는 것을 깜빡 잊었던 듯이 말했다. "너 그

1 눈을 뜨고 죽은 사람은 손으로 눈을 감겨주거나 양쪽 눈 위에 동전을 올려놓는 경우가 있는데, 아마도 여기서는 전자의 경우를 암시하는 것 같다.

2 원문에서 이 부분은 과거형의 부사어구와 직설법 현재 내지 가정법 현재형이 뒤섞여 있는데, 이것은 탈옥수가 기진맥진한 가운데 비몽사몽간에 실제나 환상 속에서 체험한 것을 설명하려고 한다는 것을 암시한다.

사람한테서 뭐 눈에 띄는 것 있었냐?"

"얼굴에 심한 상처 자국이 있었어요." 나는 내가 알고 있는지도 거의 모르고 있던 것을 상기해서 말했다.

"여기 아니었냐?" 그 사람은 손바닥으로 자기 왼쪽 뺨을 사정없이 치면서 소리쳤다.

"예, 거기에요!"

"지금 어디 있지?" 그는 조금밖에 남지 않은 음식을 모두 회색 저고리의 가슴팍에 밀어 넣었다. "그자가 간 곳을 가리켜봐라. 경찰견처럼 내가 그놈을 붙잡을 테다. 까진 다리에 매달린 이 우라질 놈의 쇠고랑! 줄 손잡이 좀 건네봐, 꼬마야."

내가 그 사람이 안개 속으로 사라진 방향을 가리켜줬더니, 그는 잠깐 동안 그쪽을 바라다보았다. 그러나 그는 무성하고 축축한 풀밭에 주저앉아 미친 사람처럼 쇠고랑에 줄질을 해댔다. 그는 나나 자신의 다리에는 신경을 쓰지 않았다. 그의 다리는 이미 오래전 쓸려서 벗겨지고 피투성이였지만, 그는 그의 다리가 줄처럼 감각이 없는 것인 양 거칠 대로 거칠게 다루었다. 그가 이렇게 무섭게 허겁지겁 줄질을 했기 때문에, 나는 또다시 그가 몹시 무서워졌다. 마찬가지로 더 이상 오래 집 밖에 나와 있는 것도 몹시 염려가 되었다. 나는 그에게 집에 가봐야겠다고 말했지만, 그는 내 말에는 주의도 기울이지 않았다. 그래서 나는 내가 할 수 있는 최선의 방책은 슬그머니 도망치는 것이라고 생각했다. 내가 마지막으로 그를 봤을 때 그는 고개를 무릎 위로 숙이고 족쇄에 열심히 줄질을 하면서, 족쇄와 다리에 참을성 없이 투덜투덜 저주를 퍼붓고 있었다. 내가 안개 속에 멈춰서 귀를 기울여 마지막으로 그의 소리를 들었는데, 여전히 줄질이 계속되고 있었다.

4장

나는 경찰이 나를 잡아가려고 부엌에 와서 기다릴 거라고 거의 확신했다. 그러나 부엌에는 경찰도 없었고, 내 절도 행각도 아직 발각되지 않은 상태였다. 조 부인은 그날 벌일 축제를 위해 집안 채비를 하느라 엄청 바빴고, 조는 쓰레받기에 거치적거리지 않도록 내몰려 부엌문 계단에 나와 있었다—쓰레받기로 말하자면, 누나가 집안 바닥을 정력적으로 청소할라치면 언제나 조가 얼마 안 있다가 운명적으로 걸려드는 물건이었다.

"또 **넌** 도대체 어디 갔었니?" 나와 양심이 함께 나타났을 때 조 부인의 성탄 인사였다.

나는 크리스마스 캐럴을 들으러 갔었다고 했다. "아! 잘했구나!" 조 부인이 말했다. "더 못된 짓을 저지를 수도 있었을 텐데 말이다." '그야 의심할 여지도 없지요'라고 나는 생각했다.

"아마 내가 대장장이의 마누라가 아니라면, 그리고 (똑같은 것이지만) 앞치마를 못 벗는 노예가 아니라면, **나도** 크리스마스 캐럴을 들으러 갔을 텐데." 조 부인이 말했다. "나도 캐럴을 참 좋아하는 편이지, 그래서 그게 내가 캐럴을 통 듣지 않는 좋은 핑계란다."

쓰레받기가 우리 앞에서 사라지자 위험을 무릅쓰고 내 뒤를 따라 부엌에 들어왔던 조는, 그의 부인이 그를 쏘아보자 회유적인 태도로 코를 손등으로 문질렀다. 그러고는 부인이 그에게서 시선을 떼자, 조 부인이 화가 나 있음을 알리는 우리만의 표시로서 그는 몰래 두 손가락을 열십자로 꼬아 내게 보여줬다. 이것은 조 부인의 너무도 일상적인 상태였는지라, 조와 나는 종종 마치 기념비의 십자군들이 다리를 꼬고 있듯이 몇 주 동안 쭉 손가락을 꼬고 지내기도 했다.[1]

우리는 소금에 절인 돼지 다리와 야채, 그리고 속을 꽉 채워 구워낸 통닭 두 마리 등으로 이루어진 멋진 오찬을 할 예정이었다. 근사한 민스파이가 어제 아침에 만들어져 있었고(민스미트가 없어진 것이 들통 나지 않은 데는 이런 이유가 있었다), 푸딩도 이미 끓고 있었다. 이렇게 딱 벌어지게 상을 차리느라 우리는 아침을 격식을 따지지 않고 대충 때워야 했다. "그건 내가," 조 부인이 말을 이었다. "내가, 눈앞에 할 일이 첩첩태산인데, 격식대로 잔뜩 먹고 때려 넣고 설거지할 수는 없으니까, 아무렴 그렇고말고!"

그래서 우리는 집에 있는 한 어른과 아이가 아니라 강제 행군 중인 2천 명의 군대라도 되듯이 빵 쪼가리 몇 개를 받아먹었고, 조리대에 있는 주전자에서 우유와 물을 직접 따라 미안해하는 표정으로 꿀꺽꿀꺽 마셨다. 그동안 조 부인은 깨끗하고 하얀 커튼을 달고 넓은 벽난로 굴뚝을 가로지르는 낡은 꽃무늬 주름 장식을 새것으로 바꿔 달았고, 복도 건너편의 작은 귀빈 응접실의 덮개를 벗겼다. 그런데 다른 때는 이 응접실의 덮개가 벗겨진 적이 없고 이때를 제외하곤 1년 내내 시원한 안개 같은 은색 종이로 덮여 있었으며, 심지어는 벽로 선반 위의 도자기로 만든 하얀

1 영국 교회에서 십자군의 시체를 매장할 때 두 다리를 꼬아 놓았던 것처럼 이들은 두 손가락, 즉 두 번째 손가락에 세 번째 손가락을 꼬아 얹어서 행운을 빌며 조 부인의 폭력을 피했다는 뜻이다.

네 마리 푸들 강아지들까지도 은종이로 덮여 있었는데, 이 강아지들은 각각 검정 코에 입에는 꽃바구니를 물고서 서로 짝을 이루고 있었다. 조 부인은 매우 깔끔한 주부였으나, 자신의 청결을 불결한 먼지보다 더 불쾌하고 용납하기 어렵게 만드는 요상한 재주가 있었다. 청결은 독실한 신앙심 다음가는 것이어서, 신앙에서도 똑같은 행동을 하는 사람들이 있다.

우리 누나는 할 일이 너무 많아서 예배를 대신 드릴 예정이었다. 바꿔 말하면, 조와 나만 교회에 나갈 예정이었다. 작업복을 입으면 매형 조는 튼튼하고 품성 있어 보이는 대장장이였는데, 나들이 복장을 하면 그는 무엇보다도 넉넉한 집안의 허수아비 꼴이었다. 그 당시에는 무슨 옷을 입든지 그에게는 맞지도 않았고, 그의 옷 같지도 않았다. 그때는 그가 무슨 옷을 입든지 그의 살갗을 스쳐 벗겨지게 했다. 그 성탄축일에도 그는, 즐거운 종소리가 울리고 있을 때 일요일 참회자의 복장을 차려입고 목불인견의 모습으로 방에서 나왔다. 나로 말하자면, 내가 생각하기에 우리 누나는 나를 출생 담당 결창관이 (내 생일날) 체포하여 그녀에게 넘겨준 어린 범죄자라고 막연히 여겼던 것 같다. 그리고 그녀는 법의 권위가 침범당한 데 따른 처벌을 내리는 사람처럼 나를 다루었다. 나는 항상 내가 마치 이성과 신앙과 도덕의 명령을 어기고, 또 나의 가장 절친한 친구들의 만류에도 불구하고 태어나기를 고집했었던 것처럼 취급당했다. 심지어는 내가 새 옷을 한 벌 맞추러 누나에게 이끌려 양복점에 갈 때조차도, 누나는 양복점 주인에게 옷을 일종의 소년원 제복처럼 지으라고, 또 절대로 내 팔다리를 자유롭게 쓰지 못하게 하라고 주문했다.

그러므로 교회에 가는 조와 내 모습은 동정심 있는 사람들에게는 가슴을 뭉클하게 하는 광경이었을 것이 틀림없다. 하지만,

내가 겉으로 겪는 고통은 속으로 겪는 것에 비하면 아무것도 아니었다. 조 부인이 식료품 저장실에 가까이 다가가거나 방에서 나올 때 나를 엄습했던 공포는 내 손으로 저지른 일을 떠올리며 느끼는 양심의 가책에 맞먹을 정도였다. 내가 저지른 불의의 비밀의 무게에 짓눌려서, 나는 만일 교회에서 내가 비밀을 밝힌다면 교회가 충분한 힘을 발휘하여 그 무서운 청년의 복수로부터 나를 보호해 줄지 깊이 생각해 보았다. 나는 결혼 공지가 낭독되고 목사님이 "그것을 지금 선언하시오!"[1]라고 말할 때야말로 내가 일어나 교회 부속실에서의 개인 면담을 신청할 시간이라는 생각이 들었다. 그날이 성탄절이 아니라 보통 일요일이었더라면, 내가 이런 극단적인 행동으로 소수의 우리 교회 신도들을 깜짝 놀라게 했을 것이 확실했다.

교회 서기 웝슬 씨가 우리와 오찬을 함께할 예정이었고, 수레목수 허블 씨 부부, 그리고 가장 가까운 읍내의 부유한 잡곡상이자 자신의 이륜 유람마차를 몰고 다니는 펌블추크 삼촌(원래는 매형 조의 삼촌인데 누나가 자기 삼촌으로 삼았다)도 함께할 예정이었다. 오찬 시간은 1시 반이었다. 조와 내가 집에 도착했을 때는 식탁이 마련되어 있었다. 조 부인은 옷을 차려입고 오찬 준비를 마무리하고 있었고, 손님들이 들어오도록 현관문이 열려 있었으며(다른 때는 전혀 그런 적이 없었는데), 모든 것이 아주 근사했다. 그리고 아직 도둑맞았다는 소리는 한마디도 없었다.

내 불안한 감정은 조금도 누그러들지 않은 채, 시간이 되니 손님들이 왔다. 웝슬 씨는 매부리코에 넓고 반짝이는 벗겨진 이마

1 영국 국교에서는 신도들 간의 결혼식이 있을 경우 결혼식 3주 전부터 주일예배 때마다 목사가 결혼식을 예고한 뒤 이의가 있는 사람은 그것을 선언하게 하는 절차를 밟는다.

를 하고, 본인이 매우 자랑으로 여기는 낮고 굵은 목소리를 지니고 있었다. 실로 그의 지인들 사이에서는, 그에게 마음껏 말할 기회만 주면 목사조차 무색할 정도로 낭독할 것이라는 말이 돌았다. 그 자신도 고백하기를 만일 교회가 "개방된다면," 즉 경쟁 체제가 된다면 자기가 교회에서 명성을 얻는 것이야말로 따놓은 당상이라고 했다. 교회가 "개방되지" 않았기 때문에 그는, 내가 말한 대로 우리 교회의 서기로 있었던 것이다. 그러나 그는 엄청나게 큰 소리로 아멘을 했으며, 시편을 낭독할 때는—언제나 절 전체를 낭독했는데—마치 "여러분은 위에 있는 내 친구[2]가 읽는 것을 들으셨습니다. 자, 내가 읽는 방식에 대해 여러분의 고견을 주시기 바랍니다!"라고 말하기라도 하듯이 먼저 좌중 전체를 빙 둘러보았다.

나는 손님들에게 문을—그 문을 여는 것이 우리 집 관습인 척 하면서— 열어주었는데, 맨 먼저 웝슬 씨에게, 그다음은 허블 씨 부부에게, 그리고 맨 마지막으로 펌블추크 삼촌에게 문을 열어주었다. 유의 사항. **나는** 그를 삼촌이라고 부르는 게 허락되지 않았으며 이를 어길 경우 엄한 벌이 따랐다.

"조 부인." 펌블추크 삼촌이 말했다. 몸집이 크고 숨이 가쁜 중년의 굼뜬 남자인 그는, 물고기 같은 입을 하고 흐릿하게 노려보는 눈에다가 머리에 꺼칠꺼칠한 머리카락이 곧추 서 있어서, 마치 숨이 막혀 거의 죽을 뻔했다가 그 순간에 소생한 사람처럼 보였다. "성탄절 인사차 이거—이거, 질부, 셰리주 한 병 가져왔고—또, 질부, 포트와인도 한 병 가져왔네그려."

성탄절마다 그는 자기가 무슨 정중한 귀빈인양 어긋남 없이

2 위쪽 높은 설교대에 있는 목사를 말한다.

똑같은 말을 건네면서 나타나는데, 마치 아령 같은 술병 두 개를 가지고 왔다. 성탄절마다 조 부인은 지금처럼 똑같은 말로 대답했다. "오, 펌-블-추크 삼-촌! 친절도 하셔라!" 그러면 성탄절마다 그도 역시 지금처럼 똑같은 말로 받아넘겼다. "질부의 공덕이지. 댁내 모두들 잘 지내고. 그리고 찔찔이 녀석은 잘 있나?" 그건 나를 두고 하는 말이었다.

이런 날에 우리는 부엌에서 오찬을 하고, 응접실로 자리를 옮겨 견과류며 오렌지며 사과를 먹었다. 그런데 응접실은 매형 조가 작업복에서 일요일 나들이옷으로 갈아입는 것과 매우 똑같이 바뀌어 있었다. 누나는 이날의 경우 보기 드물게 활기가 넘쳤는데, 실로 다른 손님보다는 허블 부인과 어울리면 대체로 더 호의적인 편이었다. 내 기억에 허블 부인은 하늘색 옷을 입은 작은 체구에 곱슬머리를 한, 날카로운 인상의 사람이었으며 판에 박은 듯이 어린 소녀 같은 태도를 유지했는데, 그것은 그녀가—얼마나 오래전인지는 모르지만—남편보다 훨씬 어렸을 때 허블 씨와 결혼했기 때문이었다. 내 기억에 허블 씨는 강인하고 어깨가 높으며 구부정한 노인으로 톱밥의 향긋한 냄새를 풍기며 양다리가 엄청나게 넓게 벌어져 있었다. 그래서 내가 키가 작았던 시절에 좁은 시골길을 올라오는 그를 마주칠 때면 언제나 그의 양다리 사이로 몇 킬로미터에 걸친 들판을 보곤 했다.

이렇게 훌륭한 손님들 사이에서라면, 내가 비록 식품 저장고를 털지 않았다손 치더라도 나로서는 부적절한 자리에 있다고 느끼지 않을 수 없었을 것이다. 그것은 내가 가슴팍까지 올라오는 식탁에서 펌블추크 삼촌의 팔꿈치가 내 눈에 닿을 정도로 손님들 틈에 끼어 식탁보의 예리한 모서리에 앉아 있기 때문도 아니었고, 내가 말하는 것을 허락받지 못했기 때문도 아니었고(나는 말을 하고 싶지 않았다), 비늘처럼 벗겨지는 닭다리 끝머리나 돼지가 살아 있을 때는 가장 자랑스러워하지 못했을 애매한 부위의 돼지고기로 융숭하게 대접받았기 때문도 아니었다. 그렇다. 나는 그런 것을 전혀 개의치 않았을 것이다, 그들이 그저 나를 그냥 놔두기만 했더라도 말이다. 하지만 그들은 나를 그냥 놔두려고 하지 않았다. 그들은 때때로 대화의 화살촉을 나를 향해 겨누고, 그 끝을 나에게 찔러넣지 않으면 절호의 기회를 놓쳤다고 생각하는 듯했다. 나는 어느 스페인 투우장의 불운한 어린 황소와 같은 처지였고, 이들의 도덕적인 말의 막대기로 너무나도 따갑게 온몸을 찔렸다.

나에 대한 공격은 오찬을 하기 위해 자리에 앉자마자 시작되었다. 웝슬 씨가 극적인 열변조—내가 지금 보기엔 〈햄릿*Hamlet*〉[1]에 나오는 유령과 리처드 3세[2]가 종교적으로 뒤섞인 것 같은 어조—로 식전기도를 했는데, 우리가 진정으로 감사해야 한다는 매우 합당한 기원으로 기도를 마쳤다. 그 기도를 듣고서 누나는 나를 뚫어지게 바라보며, 책망하는 낮은 목소리로 말했다. "저 말씀 들었지? 감사할 줄 알아야 돼."

"특히," 펌블추크 씨가 말했다. "감사해야 된다, 얘야, 너를 손수 길러주신 분들께 말이다."

허블 부인은 고개를 가로젓더니, 내 인생이 쓸모없게 되리라는 슬픈 예감에서인 듯 나를 찬찬히 보면서 물었다. "도대체 왜 어린 것들은 감사할 줄 모르는 거죠?" 이 도덕적 불가사의는 손

1 윌리엄 셰익스피어의 4대 비극 중 하나. 동생에게 독살당한 햄릿의 아버지 유령이 밤에 햄릿에게 나타나 복수를 부탁하는 장면 참조.

2 영국의 왕으로서 재위 기간은 1483-85. 셰익스피어의 〈리처드 3세〉는 그를 주인공으로 한 사극이다.

님들에게 너무 버거운 문제인 것 같았으나, 마침내 허블 씨가 이렇게 말함으로써 간결하게 해결됐다. "천상적으로 억혀서지."[1] 그러자 모두가 "맞습니다!" 하고 중얼대더니, 유독 불쾌하고 개인적인 태도로 나를 쳐다보았다.

매형 조의 위치와 영향력은(그걸 행사할 수가 있다면) 아무도 없을 때보다는 손님이 있을 때 더욱 미약했다. 그러나 그는 늘 가능하면 자기 나름의 방법으로 나를 도와주고 편안하게 해주고자 했는데, 저녁 식사 같은 때는 고기 국물이라도 있으면 그것을 내게 퍼줌으로써 그렇게 했다. 오늘은 고기 국물이 많이 있었기 때문에 조는 이 오찬 시간에 내 접시에다가 2백 밀리리터가량의 국물을 떠주었다.

오찬 중에 조금 있다가 웝슬 씨가 그날의 설교를 다소 가혹하게 비판하고 나서 그는―교회가 "개방될" 경우라는 흔히 있는 가정하에서―**자기라면** 신도들에게 어떤 종류의 설교를 해줬을 것인가를 넌지시 비쳤다. 그는 그 설교의 몇 가지 주요 항목을 친절하게도 식사 중인 사람들에게 들려준 뒤, 그날의 설교 주제가 잘못 선택된 것 같다고 말했다. 그는 또 덧붙이기를, 그렇게 많은 주제들이 "즐비한" 마당에 설교 주제를 잘못 잡는 것은 더욱 용서받기 어렵다고 말했다.

"역시 맞는 말씀입니다." 펌블추크 삼촌이 말했다. "정곡을 찌르셨네요, 선생! 풍부한 주제들이 널려 있습니다. 주제를 선택할 줄 아는 사람들에게는 말입니다. 바로 그 점이 부족한 거죠. 사람이 지혜만 갖추고 있으면, 주제를 찾으러 멀리 갈 필요가 없는 겁니다." 펌블추크 씨는 잠시 생각에 잠기고 난 후 덧붙였다. "돼

1 "천성적으로 악해서지Naturally vicious"를 원문에서 "Naterally wicious"라고 한 허블 씨의 말투를 반영하여 옮겼다.

지고기를 보세요. 여기에도 주제가 있습니다! 주제를 원한다면, 돼지고기를 보세요!"

"맞습니다, 선생. 어린아이들을 위한 많은 교훈을," 웝슬 씨가 대꾸했다. 그리고 나는 그가 그 말을 하기 전에 나를 끌어들이리라는 것을 알고 있었다. "그 주제에서 끌어낼 수 있을 겁니다."

("너 이 말씀 잘 들어둬라." 엄숙한 대화의 틈을 타 누나가 내게 말했다.)

조는 내게 고기 국물을 좀 더 주었다.

"돼지는요." 웝슬 씨는 그의 아주 낮고 굵은 목소리로, 그리고 마치 내 세례명을 언급하고 있는 것처럼 자신의 포크로 내 빨개진 얼굴을 가리키면서 말을 이었다. "돼지는요, 탕자의 친구였습니다.[2] 식탐 많은 돼지가 어린아이들에게 보여줄 본보기로서 우리 앞에 놓여 있네요." (나는 돼지고기가 매우 보들보들 살도 찌고 즙이 많다고 이제껏 침이 마르게 칭찬하던 그에게도 이런 식탐이 적잖이 있다고 여겼다.) "돼지에게서 혐오스런 것은 소년에게서는 더 혐오스럽습니다."

"혹은 소녀에게서도 그렇죠." 허블 씨가 넌지시 말했다.

"물론, 소녀의 경우도 그렇죠, 허블 씨." 웝슬 씨가 꽤 민감하게 맞장구쳤다. "하지만 이 자리엔 소녀가 없는데요."

"그 밖에도," 펌블추크 씨가 매섭게 나를 돌아보면서 말했다. "네가 감사해야 할 것이 뭐가 있는지를 생각해 봐라. 네가 만일 꽥꽥거리는 것으로 태어났더라면……."

"혹시라도 아이가 그런 게 될 수 있다면, 재가 **그랬을** 거예요." 누나가 아주 강조하며 말했다.

2 누가복음 15:31-32, 탕자의 비유에서 인유한 구절.

조가 내게 고기 국물을 좀 더 줬다.

"글쎄, 하지만 내 말은 네발 달린 돼지를 뜻하는 겁니다." 펌블추크 씨가 말했다. "네가 만일 그런 걸로 태어났더라면, 지금 이 자리에 있을 수나 있겠냐? 너야말로 결코……."

"그런 꼴이 아니고는." 접시를 향해 고개를 끄덕이며 웝슬 씨가 말했다.

"하지만 나는 그런 꼴을 뜻하는 게 아닙니다, 선생." 말이 끊기는 것을 싫어하는 펌블추크 씨가 대꾸했다. "내 말 뜻은, 저 애는 손윗사람들과 함께 즐기고, 그들과의 대화로 자신을 향상시킨다든지 호사를 누리며 뒹굴 수는 없었을 거라는 말입니다. 저 애가 그럴 수 있었을까요? 아니, 그러지 못했을 겁니다. 그러면 너의 운명이 어찌 되었을 것 같으냐?" 다시 나를 돌아보며 말했다. "너는 시장 물가에 따라 돈 몇 푼에 처분되었을 테고, 그러면 백정인 던스터블이 지푸라기 속에 누워 있는 네게 와서 너를 낚아채 그의 왼쪽 겨드랑이에 끼고서 오른쪽 손으로 작업복을 걷어 올리고 조끼 주머니에서 주머니칼을 꺼내가지고, 너의 멱을 따 피를 뽑고 네 숨통을 끊어놨을 게다. 그러면 손수 기른다는 건 있을 수도 없지. 어림도 없는 일이야!"

조가 내게 육수를 더 주려고 했는데, 나는 그것을 받기가 겁이 났다.

"저 애는 큰 애물단지였지요, 부인." 허블 부인이 누나를 딱하게 여기며 말했다.

"애물단지라고요?" 누나가 그대로 받아 되풀이했다. "애물단지라고요?" 그런 다음 누나는 내가 걸렸던 온갖 질병들이며, 누나를 잠 못 들게 했던 나의 온갖 행위들이며, 내가 굴러 떨어졌던 모든 장소들이며, 내가 굴러 처박혔던 모든 낮은 장소들이며, 내가 스스로 입었던 모든 부상들이며, 내가 죽어서 묻히기를 바랐었지만 내가 오만하게도 무덤에 가기를 거부했던 모든 경우의 끔찍한 목록을 대기 시작했다.

나는 로마 사람들이 자신들의 매부리코로 서로를 몹시 성나게 했었음에 틀림없다고 생각한다. 아마도 로마 사람들은 그 결과로 침착하지 못한 민족이 되었을 것이다. 아무튼 누나가 내 못된 행동들을 열거하는 동안 웝슬 씨의 매부리코가 나를 너무나 화나게 해서, 나는 그가 울부짖을 때까지 그 코를 잡아당기고 싶었다. 그러나 내가 지금까지 견뎌온 모든 것은 누나의 열거가 끝나고 이어진 침묵이 깨질 때 나를 사로잡은 두려운 느낌에 비하면 아무것도 아니었는데, 그 침묵 동안에 모든 사람들이 분노와 혐오스런 눈길로(내가 고통스럽게 의식하고 있었듯이) 나를 바라보았다.

"그렇지만," 펌블추크 씨가 좌중을 빗나간 화제에서 원래의 화제로 되돌려 놓으면서 점잖게 말했다. "돼지고기는—성가신 것으로 간주되긴 해도—역시 영양분이 풍부하기도 합니다, 안 그래요?"

"브랜디 좀 드세요, 삼촌." 누나가 말했다.

오 맙소사, 드디어 올 것이 왔구나! 펌블추크 씨는 브랜디가 묽다는 것을 알아차릴 것이고, 그리고 그는 술이 묽다고 말할 것이다. 그러면 나는 죽은 목숨이다! 나는 식탁보 밑의 식탁 다리를 양손으로 꼭 잡고서 내 운명을 기다렸다.

누나는 브랜디가 든 석병을 가지러 가더니, 그 병을 가지고 돌아와서 펌블추크 씨에게 따라줬다. 다른 사람들은 아무도 안 마셨다. 그 야비한 인간은 술잔을 만지작거리며—술잔을 들어 올려 불빛에 비춰보고는 내려놓았다—나의 고통을 오래 끌었다.

그러는 동안 누나와 매형은 파이와 푸딩을 내오기 위해 식탁을 활기 있게 치우고 있었다.

나는 펌블추크 씨에게서 눈을 뗄 수가 없었다. 줄곧 식탁 다리를 양손과 양발로 꼭 잡고 있으면서 나는 그 불쌍한 인간이 술잔을 손가락으로 장난스럽게 만지다가, 잔을 들고 미소를 짓더니 고개를 뒤로 젖히고 브랜디를 들이키는 것을 보았다. 그 직후 식탁에 있던 사람들은 말할 수 없는 놀라움에 휩싸이고 말았다. 그가 벌떡 일어나 섬뜩한 발작적인 백일해 기침을 하면서 춤추듯 몇 바퀴 돌더니, 문 쪽으로 부리나케 달려갔기 때문이다. 곧이어 창문을 통해 그의 모습이 보였는데, 격렬하게 뛰며 기침을 해서 뱉어내려 했고, 굉장히 끔찍하게 찌푸린 얼굴을 보니 분명 제정신이 아니었다.

나는 식탁 다리를 꼭 잡고 있었고, 조 부인과 조는 펌블추크 씨에게 달려갔다. 내가 어떻게 그랬는지 몰랐으나, 아무튼 내가 그를 살해한 것이 확실했다. 이런 무서운 상황에서도, 그가 안으로 돌아와서 마치 **좌중**이 자기 말에 동의하지 않았었다는 듯이 사람들을 빙 둘러보고 나서 의자에 털썩 주저앉고는 "타르였어요!"라고 심각하게 헐떡이며 한마디 뱉었을 때, 한결 내 마음이 놓였다.

내가 주전자에 있는 타르수를 술병에 채웠던 것이다. 나는 그의 상태가 곧 악화될 줄 알고 있었다. 보이지 않게 식탁을 잡고 있던 힘으로 나는 요즘의 영매처럼 식탁을 움직였다.

"타르라고요!" 누나가 놀라서 외쳤다. "어머, 도대체 어떻게 거기서 타르가 나올 수 있다지?"

그러나 그 부엌에서 절대 권력을 지닌 펌블추크 삼촌은 그 단어를 들으려 하지도 않았고, 그 문제에 대해 말을 들으려 하지도 않았으며, 오만스럽게 손을 저어 그 모든 것을 물리치고는 물을 탄 뜨거운 진을 요청했다. 놀랍도록 생각에 잠기기 시작했던 누나는 정신을 번쩍 차리고 활발하게 움직여 진과 뜨거운 물과 설탕과 레몬 껍질을 가져다가 섞었다. 나는 적어도 그동안만큼은 화를 면했던 거다. 나는 여전히 식탁 다리를 잡고 있었지만, 이제는 열렬한 감사의 마음으로 부여잡고 있었다.

차차 나는 차분해져서 식탁을 잡고 있던 손을 놓고 푸딩을 함께 먹을 수 있었다. 펌블추크 씨도 푸딩을 함께 들었다. 모두가 푸딩을 같이 먹었다. 푸딩 순서가 끝나고 펌블추크 씨는 그가 마신 진의 기분 좋은 영향으로 밝게 미소를 짓기 시작했다. 나는 오늘은 무사히 넘기겠구나 하고 생각하려는 참이었는데, 바로 그때 누나가 조에게 말했다. "깨끗한 접시—찬 것으로요."

나는 즉시 또 한번 식탁 다리를 부여잡고서, 그것이 마치 내 청춘의 동반자이자 영혼의 친구라도 되는 듯이 그것을 내 가슴에 대고 눌렀다. 나는 무슨 일이 닥칠지 예견했고, 이번에는 정말로 끝장이라고 느꼈다.

"꼭 맛들 보셔야죠." 누나는 손님들에게 한껏 우아한 표정으로 말했다. "꼭 맛들 보시고, 펌블추크 삼촌이 가져오신 참 즐겁고 맛있는 선물로 끝내셔야죠!"

꼭 맛들 봐야 한다고! 맛보고 싶어 하지 말았으면!

"다들 아시겠지만," 누나가 일어서며 말했다. "파이예요. 맛 좋은 돼지고기 파이랍니다."

손님들은 칭찬의 말을 중얼거렸다. 자기가 그의 동료들 가운데 제일 자격이 있다고 느끼던 펌블추크 삼촌은—모든 것을 고려해 볼 때 아주 쾌활하게—말했다. "자, 조 부인, 우리도 최선의 노력을 다할 테니, 방금 말한 파이를 한 입 먹어봅시다."

누나는 파이를 가지러 나갔다. 나는 식품 저장고로 가는 누나의 발소리를 들었다. 나는 펌블추크 씨가 칼을 균형 있게 잡는 모습을 보았다. 나는 웹슬 씨의 매부리 콧구멍에 되살아나는 식욕을 보았다. 나는 허블 씨가 "맛있는 돼지고기 파이 한 조각이 그 무엇보다도 제일이지, 그러니 먹어도 괜찮겠지"라고 말하는 것도 들었고, 조가 "너도 좀 먹어라, 핍"이라고 말하는 소리도 들었다. 나는 공포에 질려 날카로운 비명을 질렀는데, 단지 마음속으로만 그랬는지 혹은 손님들이 실제로 들을 수 있었던 것인지는 전혀 확신이 가지 않았다. 나는 더 이상 견딜 수가 없었고, 그래서 도망치지 않으면 안 되겠다는 느낌이 들었다. 나는 식탁 다리를 놓고 필사적으로 달아났다.

하지만 나는 문간 이상 더 멀리 뛰어가지 못했다. 왜냐하면 거기서 소총을 소지한 한 무리의 군인들과 곤두박이로 부딪쳤기 때문이다. 그중 하나가 내게 수갑 한 벌을 내밀면서 말했다. "이 녀석 봐라, 앞을 잘 봐야지, 이런!"

5장

별안간 한 무리의 군인들이 등장하여 장전된 소총의 개머리판을 우리 집 현관문 계단에 텅텅 울리며 내려놓는 바람에 오찬을 들던 사람들은 당황하여 모두 식탁에서 일어났고, 빈손으로 부엌에 다시 들어오던 조 부인은 이상하다는 듯 한탄하며 "아이고 이런, 아이고 어째, 어디로 갔나—그놈의—파이가!"라고 소리 지르다 뚝 그치고 눈을 둥그렇게 떴다.

조 부인이 둥그런 눈으로 쳐다보며 서 있을 때, 하사와 나는 부엌에 있었다. 이 난국에서도 나는 부분적으로나마 말을 알아들을 수 있도록 감각을 회복했다. 나에게 말을 걸었던 사람은 바로 그 하사였는데, 그는 이제 오른손으로는 권유라도 하듯이 수갑을 사람들에게 내밀고 왼손은 내 어깨에 올려놓은 채, 방에 있는 사람들을 빙 둘러보았다.

"실례합니다, 신사 숙녀 여러분." 하사가 말했다. "문간에서 제가 이 명민한 사내아이한테 말한 것처럼," (그는 그런 말을 하지 않았다.) "저는 국왕 폐하의 이름으로 추적 중인바, 대장장이가 필요합니다."

"도대체 무슨 일로 **그 사람이** 필요한 거죠?" 누나는 매형 같은 사람이 필요하다는 말에 발끈 화를 내며 대꾸했다.

"부인." 씩씩한 하사가 대답했다. "제 의견을 말씀드리자면 '그 분의 훌륭하신 부인을 알게 되는 영광과 즐거움 때문'이라고 답변해야겠습니다만, 국왕 폐하를 대변해서 말씀드리자면 '어명을 다 완수하지 못해서'라고 답변 드리겠습니다."

이 답변은 하사로서는 꽤 말솜씨가 좋은 것으로 받아들여졌고, 그래서 펌블추크 씨는 모두에게 들릴 정도로 외쳤다. "훌륭합니다!"

"저, 대장장이 양반." 이때쯤 조가 대장장이라는 것을 눈으로 식별해 낸 하사가 말했다. "이 수갑이 문제가 생긴 탓에 한쪽 잠금장치가 고장 나서, 한 벌이 잘 작동되지 않습니다. 곧 이 수갑을 써야 하게 생겼으니 한번 봐주시죠."

조는 수갑을 살펴보고서, 이것을 고치려면 대장간 화덕에 불을 지펴야 하며 한 시간으로는 안 되고 두 시간 가까이 걸릴 것이라고 단언했다. "그래요? 그러면 당장 착수해 주시겠습니까, 대장장이 양반?" 하사가 거침없이 말했다. "폐하의 분부를 수행 중이니까요. 그리고 만일 내 부하들이 거들 게 있다면, 쓸모가 있을 겁니다." 그렇게 말하고 나서 즉시 그는 부하들을 불렀다. 그의 부하들이 부엌으로 우르르 몰려들어와 한쪽 구석에 그들의 무기를 쌓아놓았다. 그런 다음 그들은 군인들이 그러듯이 빙 둘러 서 있었는데, 어떤 때는 앞으로 양손을 느슨하게 깍지 끼기도 하고, 어떤 때는 무릎이나 어깨를 풀기도 하고, 어떤 때는 혁대나 가죽 탄대를 헐렁하게 늦추기도 하고, 어떤 때는 문을 열고서 높은 깃 너머로 목을 빳빳하게 세운 채 마당으로 침을 뱉기도 했다.

나는, 당시엔 내가 보고 있다는 것도 모른 채 이 모든 것들을 보았다. (잡힐지도 모른다는) 불안한 고통 속에 처해 있었기 때문이다. 그러나 그 수갑이 나를 잡기 위한 게 아니라는 것과, 군인들이 파이를 아주 멀리 해치워서 그걸 뒷전으로 밀쳐냈다는 것을 인식하기 시작하면서 나는 흐트러졌던 정신을 다소간 추슬렀다.

"지금 몇 시나 됐습니까?" 하사가 펌블추크 씨를 향해서 물었다. 마치 펌블추크 씨가 시간을 알 만큼의 분별력을 갖춘 사람이라는 판단이 가능하다는 듯.

"막 2시 반이 지났습니다."

"상황이 그리 나쁘진 않습니다." 하사가 생각하며 말했다. "내가 여기서 두 시간 가까이 지체해야 할지라도, 시간이 충분하겠습니다. 여러분들은 습지에서 이 부근까지 거리가 얼마나 된다고 보십니까? 1.5킬로미터 이상은 안 되겠지요? 제 생각입니다만."

"딱 1.5킬로미터랍니다." 조 부인이 말했다.

"그럼 됐습니다. 우린 어두워질 때쯤 그놈들을 포위하기 시작할 겁니다. 어두워지기 조금 전, 그게 제가 받은 명령입니다. 시간 충분합니다."

"죄수들인가요, 하사님?" 당연지사일 것이라는 식으로 웝슬 씨가 물었다.

"예!" 하사가 대답했다. "둘입니다. 놈들이 아직 습지에 숨어 있다는 것이 꽤 확실합니다. 놈들은 어두워지기 전에는 습지를 빠져나가려고 하지 않을 겁니다. 여기 계신 분들 중에 혹 그런 추적 대상자 같은 놈을 보신 분 없습니까?"

나를 제외하고는 모든 이들이 자신 있게 없다고 대답했다. 아무도 나를 염두에 두는 사람은 없었다.

"좋습니다!" 하사가 말했다. "놈들은 포위망에 걸려든 걸 알게 될 겁니다. 예상컨대, 놈들이 추측하는 것보다 더 빨리 말입니다. 자, 대장장이 양반! 당신이 준비되면 우리 국왕 폐하의 군대는 즉시 준비됩니다."

조는 상의와 조끼와 넥타이를 벗고, 가죽 앞치마를 걸친 뒤 대장간으로 건너갔다. 군인들 중에 한 사람은 나무 창문들을 열고, 다른 한 사람은 불을 지피고, 또 다른 한 사람은 풀무질을 하고, 나머지 군인들은 불 주위에 둘러섰는데 불길이 곧 솟아올랐다. 그러자 조는 탕탕 쨍, 탕탕 쨍 연신 망치질을 하기 시작했고, 우리는 모두 구경했다.

임박한 추적에 대한 관심이 전체의 주의를 빼앗았을 뿐만 아니라 누나를 너그럽게 해주기까지 했다. 누나는 군인들을 위해 통에서 맥주 한 주전자를 따라냈고, 하사에게는 브랜디 한 잔을 권했다. 그러나 펌블추크 씨가 날쌔게 말했다. "포도주를 드려요, 질부. 장담컨대 거기에는 타르가 없어요." 그래서 하사는 펌블추크 씨에게 고맙다 말하고, 자기는 타르가 없는 술을 좋아하니 굳이 폐가 안 된다면 포도주를 마시겠다고 덧붙였다. 포도주를 건네받자 그는 국왕 폐하의 건강을 기원하고 성탄을 축하하는 건배를 한 후, 한입에 다 마셔버리고 쩍쩍 입맛을 다셨다.

"좋은 술이에요, 안 그렇습니까, 하사님?" 펌블추크 씨가 말했다.

"말씀을 좀 드리자면," 하사가 대답했다. "그 술은 선생께서 가져오신 게 아닌가 합니다만."

펌블추크 씨가 기름진 웃음을 껄껄거리며 말했다. "아, 그래요? 그걸 어떻게?"

"그거야," 하사가 그의 어깨를 두드리면서 대답했다. "선생께서는 뭐가 뭔지를 아시는 분이니까요."

"그리 생각하세요?" 펌블추크 씨가 아까 같은 웃음을 껄껄거리며 말했다. "한 잔 더 하시죠!"

"함께 드시죠. 건배." 하사가 대꾸했다. "내 술잔의 꼭대기를 선생 술잔의 끝에—선생 술잔의 끝을 내 술잔의 꼭대기에—한 번 쨍그랑, 또 한 번 쨍그랑—유리잔 악기[1]의 최고의 선율이 아니겠습니까! 선생의 건강을 위하여. 만수무강하십시오. 선생 인생의 지금 순간에 그러하시듯이 한결같이 올바른 일을 가리는 훌륭한 심판자가 되십시오!"

하사는 또다시 단숨에 잔을 비우고는 확실히 또 한 잔 마실 준비가 된 듯했다. 내가 보니 펌블추크 씨는 친절을 베푸는 나머지 그 포도주가 자기가 선물한 것임을 깜빡 잊은 듯이, 조 부인에게서 술병을 빼앗아 흥에 겨워 온통 자기 맘대로 잔을 돌리고 다녔다. 나까지도 좀 얻어 마셨다. 그러더니 술에 너무 지나치게 후해져서 첫 번째 술병이 다 떨어지자, 그는 다른 술병까지 가져오라 해서는 역시 인색하지 않게 이리저리 돌렸다.

모두가 대장간 주위에 떼 지어 둘러서서 대단히 즐기는 모습을 지켜보면서, 나는 습지에 있는 내 도망자 친구가 오늘 오찬에 참 끔찍하게도 좋은 양념이 되고 있다는 생각을 했다. 그들은 연회를 4분의 1도 즐기지 못했었다. 내 친구 때문에 생긴 흥분으로 연회의 분위기가 달아오르기 전까지는 말이다. 그리고 이제는 그들 모두가 "그 두 악한들"이 붙잡히리라는 기대로 들떠 있고, 풀무는 도망자들을 잡으라고 으르렁거리는 듯하며, 불길은 그들을 잡으려 너울거리고, 연기는 그들을 추적하여 급히 사라지고, 조는 그들을 잡기 위해 탕탕 쨍 하고 망치질을 하고, 벽에 비친 모든 음산한 그림자들도 불길이 솟구쳤다 가라앉고, 빨갛게 달아오른 불꽃들이 떨어져 꺼질 때 그들에게 위협적으로 흔들리

1 여러 개의 유리잔을 긴 틀에 한 줄로 꽂아 놓은 다음, 각 잔에 물의 양을 다르게 붓고 손가락으로 연주하는 악기의 일종. 여기서는 술잔을 부딪칠 때 나는 소리를 유리잔 악기 소리에 비유했다.

고, 내 어린 마음으로는 바깥의 희미한 오후가 그들 불쌍한 도망자들 때문에 창백해진 것만 같았다.

드디어 조의 일이 끝나고 탕탕 하는 망치 소리와 으르렁거리는 불길도 멈췄다. 상의를 걸친 조가 용기백배하여 우리 중 몇 사람이 군인들과 함께 내려가 수색의 결과가 어떻게 되는지 보자고 제안했다. 펌블추크 씨와 허블 씨는 담배와 숙녀 집단을 핑계로 사양했지만 웝슬 씨는 조가 간다면 자기도 가겠다고 말했다. 조는 이에 쾌히 동의하면서, 만일 누나가 승낙한다면 나를 데리고 가겠다고 말했다. 우리는 결코, 내가 확신하건대, 이 일에 대해 전부 알고 싶고 어떻게 끝나는지 알고 싶어 하는 누나의 호기심이 없었던들 가도 된다는 허락을 받지 못했을 것이다. 그러나 실상 누나는 다만 이런 조건만을 달았다. "만일 저 녀석의 머리통이 총에 맞아 박살이 난 채 데려와도, 나더러 다시 붙여놓으라고 하기 없기예요."

하사는 숙녀들에게 예의 바르게 작별 인사를 하고, 펌블추크 씨와는 마치 전우와 헤어지듯이 작별했다. 다만 맨정신일 때도 술기운이 돌았을 때만큼이나 그 신사의 가치를 십분 깨닫고 있었을지는 의심스러웠지만 말이다. 그의 부하들은 집총하고 정렬했다. 웝슬 씨와 조와 나는 후미를 따라야 했고, 습지에 도착한 뒤에는 한마디도 하지 말라는 엄격한 지시를 받았다. 모두가 습하고 으스스 추운 밖으로 나와서 우리의 수색 임무를 향해 착착 나아가고 있을 때, 나는 반발심을 품고 조에게 속삭였다. "나는, 조, 우리가 그들을 못 찾았으면 하는데." 그러자 조도 내게 속삭였다. "만약 그들이 달아나 버렸다면 내가 1실링[1]을 주마, 핍."

근처를 배회하다가 우리와 합류한 마을 사람은 아무도 없었다. 날씨는 춥고 찌푸린 데다 길은 음산하고, 발 디디기는 거북스럽고, 어둠은 밀려오고, 게다가 사람들은 집 안에 따뜻한 불을 피워놓고 성탄절을 지내고 있었기 때문이다. 몇몇 얼굴들이 빨갛게 비치는 창가로 달려와 우리를 눈으로 좇기는 했지만, 밖으로 나온 사람은 아무도 없었다. 우리는 손가락 푯말을 지나 교회 묘지까지 곧장 갔다. 거기서 우리는 하사의 수신호를 받고 잠시 멈춰 섰고, 그동안 그의 부하 두세 명이 흩어져서 무덤 사이를 뒤지고 교회 현관도 수색했다. 그들은 아무것도 찾지 못한 채 다시 돌아왔고, 그런 다음 우리는 교회 묘지 옆문을 통해서 훤히 트인 습지로 힘차게 전진했다. 여기로 나오니 동풍을 타고 호된 진눈깨비가 우리에게 휘몰아쳤다. 그러자 조가 나를 업었다.

내가 여덟 시간이나 아홉 시간 전쯤에 와서 숨어 있는 두 사람을 봤었다는 것을 그들이 전혀 모르고 있는 황량한 황무지 같은 습지로 우리가 나왔을 때, 나는 몹시 두렵게도 처음으로 이런 생각이 들었다—혹시라도 우리가 그들과 마주치기라도 한다면, 나의 특별한 죄수는 여기까지 군인들을 데리고 온 것이 바로 나라고 생각하지 않을까? 그는 나에게 남을 속이는 사기꾼 아니냐고 물어봤었고, 만일 내가 그를 쫓는 일에 합류한다면 나야말로 고약한 사냥개 새끼일 것이라고 말했다. 그는 내가 정말로 사악한 사기꾼이자 비열한 사냥개처럼 자신을 배신했다고 믿지 않을까?

이제는 이렇게 자문해 봤자 아무 소용 없는 노릇이었다. 나는 조의 등에 업혀 거기 있었고, 조는 거기서 나를 업고서 사냥꾼처럼 도랑을 향해 돌진하며 웝슬 씨가 넘어져 매부리코로 코방아를 찧지 않고 우리를 따라오도록 격려하고 있었다. 군인들은 우

1 실링은 12펜스에 해당하는 영국의 백동전으로, 1971년 2월 15일에 폐지되었다.

리 앞에서 서로 간격을 두고 꽤 넓게 일렬로 퍼져 있었다. 우리는 내가 아침에 발을 디뎠다가 안개 속에 길을 벗어났던 그 행로를 밟고 있었다. 안개가 다시 끼지 않은 것인지 아니면 바람에 흩어져 버렸는지, 안개는 없었다. 나지막하게 깔린 석양의 붉은 노을 아래로 등대와 교수대와 포대 둔덕, 그리고 반대편 강기슭 등이 온통 축축한 납빛이었지만 똑똑히는 보였다.

조의 넓은 어깨에서 내 심장이 대장장이처럼 쿵쾅거리는 가운데, 나는 죄수들의 흔적이라도 있을까 싶어 사방을 두리번거렸다. 아무도 볼 수 없었고, 아무 소리도 들을 수 없었다. 웝슬 씨는 코 푸는 소리와 가쁜 숨소리로 나를 두어 번이나 깜짝 놀라게 했다. 그러나 이제 나는 그 소리를 알아듣고, 그 소리와 추적 대상을 분리해서 들을 수 있었다. 아직도 줄질하는 소리가 들린다는 생각이 들었을 때, 나는 소스라치게 깜짝 놀랐다. 그러나 단지 양의 방울소리일 뿐이었다. 양들은 풀 뜯기를 멈추고 겁에 질려 우리를 쳐다보았다. 그리고 소들은 바람과 진눈깨비로부터 고개를 돌리고, 마치 그 두 가지가 모두 우리들 탓이라는 듯이 성이 나서 우리를 노려보았다. 그러나 이런 것들과, 저무는 태양의 떨림이 풀잎마다 스며 있는 것을 제외하면 습지의 쓸쓸한 정적을 깨는 것은 아무것도 없었다.

군인들은 옛 포대터 방향으로 나아가고 있었고, 우리는 그들 뒤에 약간 처져서 나아가고 있었다. 바로 그때, 갑자기 우리는 모두 멈춰 섰다. 왜냐하면 비바람을 타고 한 가닥 긴 외침이 들려왔기 때문이다. 그 소리는 반복되었다. 동쪽 멀리서 나는 소리였으나, 길고도 컸다. 아니, 둘 혹은 그 이상의 외침이 어우러져 내는 소리 같았다—소리의 혼란 상태로 미루어 판단해 본다면.

이 소리들에 대해 하사와 그 가까이에 있던 부하들이 숨을 죽이고 이야기하고 있을 때, 조와 내가 그들에게 다가갔다. 다시 잠깐 귀를 기울여본 후 (판단을 잘하는) 조가 그들의 판단에 동감했고, (판단을 잘 못하는) 웝슬 씨도 동감했다. 결단력 있는 하사는, 그 소리에 응답을 해서는 안 되며 진로를 변경하여 소리가 나는 쪽을 향해 "속보"로 전진하라고 부하들에게 명령했다. 그래서 우리는 오른쪽(동쪽 방향)으로 비스듬히 방향을 바꿨고, 조가 어찌나 놀랍도록 쿵쾅쿵쾅 걸어갔던지 나는 떨어지지 않도록 꼭 잡고 있어야만 했다.

이제는 걷기가 아니라 정말 달리기였고, 조는 그것을 내내 단 두 마디 말로 표현했다. "이건 물가사의야."[1] 강둑을 내려갔다 올라갔다 하고, 출입문을 넘고 도랑에서 철벅거리기도 하고, 거친 골풀 사이를 헤치며 달렸다. 외치는 소리에 가까이 갈수록 그것이 한 사람 이상의 목소리라는 것이 점점 더 명백해졌다. 이따금 소리가 딱 멈춘 것 같은 때도 있었고, 그러면 덩달아 군인들도 멈췄다. 다시 소리가 터져 나오면 군인들은 소리가 나는 쪽을 향해 전보다 굉장히 빠른 속도로 나아갔고, 우리도 그들 뒤를 따라 달렸다. 잠시 후 우리는 그렇게 달려 내려가서, 한 사람은 "사람 살려!" 하고 외치고 또 한 사람은 "죄수들이다! 도망자들이다! 경비병! 이쪽에 탈옥 죄수들이 있습니다!" 하고 외치는 소리를 들을 수 있었다. 두 목소리는 몸싸움 속에서 막힌 듯 잠시 끊어졌다가 다시 터져 나왔다. 그리고 상황이 여기에 이르자 군인들은 사슴처럼 달려갔고, 조 역시 달려갔다.

우리가 달려가 소리 나는 곳에 아주 가까이 접근했을 때, 하사가 제일 먼저 뛰어들었고 그의 부하 두 사람이 그를 바짝 따라

1 조가 "이건 불가사의야a Wonder"라고 해야 하는데 "a Winder"라고 말한 것을 나타내기 위한 역자식의 번역이다.

달려들었다. 우리 모두가 뛰어들었을 때 이미 그들은 공이치기를 당겨 총을 겨누고 있었다.

"여기 두 놈 다 있다!" 숨을 헐떡거리며 말하는 하사가 도랑 바닥에서 허우적거렸다. "항복하라, 너희 두 놈들! 망할 놈의 너희 짐승 같은 두 놈들아! 당장 떨어져."

물은 튀기고 진흙은 날아다니며 욕설과 주먹질이 오가는 가운데, 군인 몇 명이 더 도랑으로 내려가 하사를 도와서 내 죄수와 다른 죄수를 따로 떼어 끌어냈다. 두 사람 모두 피를 흘리며 숨을 헐떡이고 서로 욕설을 퍼부으며 버둥대고 있었는데, 물론 나는 그 두 사람 다 즉시 알아보았다.

"잊지 마시오!" 내 죄수가 누덕누덕한 소매로 얼굴에서 피를 닦아내고 뽑힌 머리카락을 손가락에서 털어내며 말했다. "**내가** 저놈을 잡았습니다! **내가** 저놈을 당신들에게 넘기는 겁니다! 그걸 잊지 말라고요!"

"그게 뭐 대수라고." 하사가 말했다. "별로 소용 없을걸, 네놈에겐. 네 처지도 곤란하긴 마찬가지니까. 자, 수갑 가져와!"

"나한테 무슨 도움이 되기를 바라는 게 아닙니다. 나는 지금의 처지보다 더 바랄 것도 없거든요." 탐욕스런 웃음을 지으며 내 죄수가 말했다. "내가 저놈을 잡았습니다. 저놈은 알고 있죠. 난 그걸로 됐습니다."

다른 죄수는 사색이 돌았다. 게다가 왼쪽 얼굴에 오래전에 생긴 흉터 말고도 전신이 멍들고 찢긴 것 같았다. 그는 숨도 제대로 못 쉬어, 그들 둘이 따로 수갑이 채워질 때까지는 말 한마디조차 못 하다가 군인 한 사람에게 기대어 가까스로 서 있었다.

"주의하시오, 경비병—그놈은 날 살해하려 했습니다." 그의 첫 마디였다.

"저놈을 살해하려 했다고?" 내 죄수가 경멸조로 말했다. "살해하려다가 안 했다 이거지? 내가 저놈을 잡아서 넘긴 겁니다. 그게 바로 내가 한 일이에요. 나는 저놈이 습지에서 달아나려는 것을 막았을뿐더러 저놈을 여기까지 끌고 왔습니다—감옥선으로 되돌아가는 길로 멀리 여기까지 끌고 왔단 말이에요. 저놈은 사실 신사입니다. 아 글쎄, 이런 악당이 말입니다. 이제 감옥선은 내 덕택으로 이 신사를 다시 맞이하게 된 겁니다. 저놈을 살해해요? 저놈에게 내가 더 해코지하고 끌고 갈 수도 있는데, 내가 굳이 저놈을 살해할 가치가 있겠습니까!"

다른 죄수는 여전히 헐떡이며 말했다. "저놈이 날…… 저놈이 날…… 살…… 살해하려 했습니다. 증인…… 증인을 서주세요."

"날 좀 보세요!" 내 죄수가 하사에게 말했다. "난 단독으로 감옥선을 탈출했습니다. 난 단숨에 결행하여 성공했죠. 난 마찬가지로 이 혹독하게 추운 습지도 벗어날 수 있었어요—내 다리를 보세요. 쇠고랑도 없잖습니까—만일 **저놈**이 여기 있다는 것을 발견하지만 않았더라면 말입니다. **저놈**을 놔줘요? **저놈**이 내가 찾아낸 수단의 덕을 보게 하라고? **저놈**이 다시금 새롭게 날 도구로 삼게 하라고? 또 한 번? 안 되지, 안 돼, 안 돼. 내가 저 진흙 바닥에서 죽었더라도." 그는 수갑 찬 양손을 도랑을 향해 힘껏 휘둘렀다. "난 저놈을 그렇게 움켜잡고 놔주지 않았을 겁니다. 그래서 당신들은 저놈을 나에게 붙잡힌 상태에서 안전하게 발견할 수 있었겠죠."

분명히 그의 동료를 극도로 두려워하고 있는 다른 도망자는 반복해서 말했다. "저놈이 날 살해하려 했습니다. 당신들이 오지 않았더라면, 나는 죽은 목숨이었을 겁니다."

"거짓말입니다!" 내 죄수가 사납고 기운차게 말했다. "저놈은 타고난 거짓말쟁인데, 죽을 때도 거짓말쟁이로 죽을 겁니다. 낯짝 좀 보세요. 거기 쓰여 있잖아요? 저놈 눈을 돌려 나를 보게 해보세요. 저놈은 감히 그리는 못 할 겁니다."

다른 죄수는 경멸하는 미소를 지으려고 애쓰면서—그러나 떨리는 입술을 제대로 된 표정으로 가다듬지 못한 채—군인들을 바라보기도 하고, 습지를 둘러보고 하늘을 바라보기도 했지만, 분명히 말하는 상대방만은 쳐다보지 않았다.

"저놈 보셨습니까?" 내 죄수가 따져 물었다. "저놈이 얼마나 악당인지 아시겠어요? 저 비굴하게 굴리기만 하는 눈이 보이십니까? 저놈은 우리가 함께 재판받을 때도 저랬습니다. 날 쳐다본 적도 없었죠."

줄곧 마른 입술을 씰룩씰룩 하면서 불안스럽게 멀고 가까운 주변으로 시선을 보내던 다른 죄수는 마침내 잠시 동안 상대방을 쳐다보면서 말했다. "네놈에게 뭐 쳐다볼 구석이나 있어야지." 그러고는 반쯤 비웃는 시선으로 내 죄수의 묶인 양손을 바라보았다. 이쯤 되자 내 죄수는 어찌나 미친 듯이 화가 치밀었던지, 군인들이 개입하지 않았더라면 그에게 달려들었을 것이다.

"내가 말하지 않았습니까?" 그때 다른 죄수가 말했다. "그럴 수만 있으면, 저놈이 날 살해할 거라고?" 그가 두려움으로 떨고 있었고, 갑자기 얇은 눈과 같은 이상한 하얀 조각 같은 것들이 그의 입술에 생기는 것을 어느 누구라도 볼 수 있었다.

"언쟁은 그만해." 하사가 말했다. "횃불을 밝혀라."

총 대신에 바구니를 가져온 군인 한 명이 무릎을 꿇고 그 바구니를 열 때, 내 죄수는 처음으로 주위를 둘러보다가 나를 보았다. 나는 도랑에서 올라왔을 때 업혔던 조의 등에서 도랑의 가장자리로 내린 후, 꼼짝도 않고 그 자리에 서 있었다. 그가 나를 쳐다볼 때 나는 그를 간절히 바라보면서, 양손을 약간 흔들며 고개를 가로저었다. 나는 그에게 나의 결백을 확신시켜 주려고 그가 나를 쳐다보기만을 기다리고 있었다. 표정으로는 그가 내 의도를 이해했는지조차 전혀 알 수 없었다. 왜냐하면 그는 내가 이해할 수 없는 표정으로 나를 보았고, 그 모든 것이 순식간에 지나가 버렸기 때문이다. 그러나 비록 그가 한 시간 또는 하루 동안 나를 쳐다보고 있었다 할지라도, 나는 그 뒤로 그 순간 보였던 표정보다 더 은근한 표정을 띤 그의 얼굴을 기억해 두지는 못했을 것이다.

바구니를 휴대한 군인은 불을 켜서 서너 개의 횃불에 불을 붙인 다음, 하나는 자신이 들고 나머지는 다른 군인들에게 나눠줬다. 아까 전에 거의 어두워졌던 날은 이제 꽤 어둡고 조금 있으면 캄캄해질 것 같았다. 우리가 그 장소를 떠나기 전에, 둥그렇게 선 군인 네 명이 공중에다 총을 두 번 쏘았다. 이내 우리 뒤쪽 약간 떨어진 곳에서 불붙인 횃불들이 보였고, 강둑 반대편에 있는 습지에서도 보였다. "좋다." 하사가 말했다. "행진."

우리가 그리 멀리 가지 않았을 때, 어찌나 큰지 내 귓속에서 뭔가가 터지는 것 같은 큰 소리로 대포 세 발이 우리 앞쪽에서 발포되었다. "감옥선에서 네놈들을 기다리고 있다." 하사가 내 죄수에게 말했다. "네놈들이 오고 있는 것을 안다는 거지. 뒤처지지 마라, 거기. 여기 바짝 따라와."

두 죄수들은 따로 떨어져서, 각각 별개의 경비대원들에게 포위되어 걸었다. 나는 이제 조의 손을 잡고 있었고, 조는 횃불 하나를 들고 있었다. 웝슬 씨는 돌아가고 싶어 했으나 조가 끝까지 보기로 작심해서 우리는 일행을 계속 따라갔다. 강변으로 나 있는 꽤 괜찮은 길을 따라 걸었는데, 개천이 흘러드는 여기저기에 갈림길이 있었고 거기에는 소형 풍차라든가 진흙투성이의 수문이 있었다. 사방을 둘러보니 다른 횃불들이 우리 뒤에서 따라오는 것이 보였다. 우리가 들고 있는 횃불들은 길 위에 커다란 불똥들을 떨어뜨렸는데, 떨어진 불똥들 역시 연기를 내며 타오르는 것을 나는 볼 수 있었다. 그 밖의 보이는 것이라고는 오직 칠흑 같은 어둠뿐이었다. 우리가 든 횃불들은 새까만 불길로 주변 공기를 따뜻하게 해줬다. 그리고 두 죄수들은 소총에 둘러싸여 절뚝절뚝 걸으면서도 그 온기를 꽤 좋아하는 것 같았다. 그들의 절뚝거리는 걸음 때문에 우리는 빨리 갈 수가 없었다. 게다가 그들이 너무 기진맥진해서, 우리는 그들이 쉴 동안 두세 번 멈춰야만 했다.

이렇게 한 시간가량 이동한 뒤에, 우리는 엉성한 목조 막사와 선착장에 도착했다. 막사 안에는 경비병이 하나 있었다. 그들은 누구냐고 수하했고, 하사가 응답을 했다. 그다음에 우리는 막사 안으로 들어갔는데, 담배와 회반죽 냄새가 물씬 났으며 환한 벽난로와 등불 하나, 소총 거치대와 북 하나, 그리고 나지막한 나무 침대가 있었다. 침대는 기계장치가 없어진 볼썽사나운 세탁물 압착기와 같이 생긴 것으로, 한꺼번에 열두 명 정도의 군인을 수용할 수 있었다. 방한 외투를 입은 채 그 위에 누워 있던 서너 명의 군인들은 우리에게 그다지 관심이 없었으므로, 그저 고개만 조금 들어 졸음 겨운 눈길을 한 번 보내고는 다시 누워버렸다. 하사는 모종의 보고를 하고 장부에다 무언가를 기재했다. 그런 다음 내가 다른 죄수라고 부르는 죄수가 그의 호송병과 함께 끌려가 먼저 승선했다.

나의 죄수는 그때 한 번 말고는 나를 두 번 다시 쳐다보지 않았다. 우리가 막사 안에 서 있는 동안 그는 벽난로 앞에 서서 생각에 잠겨 난롯불을 쳐다보거나, 벽난로의 시렁에 발을 번갈아 올려놓으며 마치 그 두 발이 최근에 벌인 모험 때문에 그것들을 동정이라도 하는 듯 생각에 잠겨 바라보았다. 갑자기 그는 하사를 돌아보고 한마디 했다.

"이번 탈주와 관련하여 말하고 싶은 게 좀 있습니다. 몇몇 사람들이 나로 인해 혐의받는 것을 막을 수도 있을 겁니다."

"하고 싶은 말이 있으면 해도 돼." 하사는 팔짱을 끼고 서서 그를 싸늘하게 쳐다보며 대꾸했다. "하지만 그걸 여기서 말할 필요는 없다. 알다시피, 이 사건이 종결되기 전에 그것에 대해 진술하고 들을 기회가 충분이 있을 테니까."

"알고 있지만, 이건 다른 사항, 별개의 문제란 말입니다. 사람이 굶어죽을 수는 없잖습니까. 적어도 **나는** 그렇습니다. 나는 저 건넛마을에서 음식을 좀 가져왔었습니다—거의 습지에 붙어 있는 교회가 있는 동네였죠."

"훔쳤단 뜻이군." 하사가 말했다.

"그리고 어디서 가져왔는지 말하겠습니다. 대장장이네 집이었어요."

"아니, 이런!" 하사가 조를 응시하며 말했다.

"야, 이런, 핍!" 조가 나를 응시하며 말했다.

"먹다 남은 음식 부스러기—바로 그런 거였어요—조금하고 술 한 모금 그리고 파이 한 조각이었습니다."

"혹시나 파이 같은 것이 없어진 적 있습니까, 대장장이 양반?" 하사가 은밀하게 물어보았다.

"우리 집사람이 그렇다고 했었죠, 하사님이 우리 집에 들어오던 바로 그 순간에요. 너도 알지, 핍?"

"그러니까," 내 죄수가 우울한 태도로 조에게 시선을 돌리면서,

나한테는 조금도 눈길을 주지 않으면서 말했다. "그러니까 댁이 그 대장장이로군, 안 그래요? 그렇다면 미안한 말이지만, 내가 댁의 파이를 먹었습니다."

"하늘에 맹세코, 당신은 그것을 마음대로 먹어도 좋습니다—그것이 내 것이라는 한에서는 말이에요." 조는 그 부인이 했던 말을 염두에 두고서 대꾸했다. "우리는 당신이 무슨 짓을 했는지는 모릅니다만, 그것 때문에 당신을 굶어죽게 놔두진 않았을 겁니다. 불쌍하고 가련한 동료 인간인데—안 그러냐, 핍?"

내가 전에도 알아챘던 그 소리, 그 사람의 목구멍에서 짤까닥 하는 소리가 또 나더니 그는 등을 돌려버렸다. 배는 와 있었고, 호송병들도 준비되어 있었다. 그래서 우리는 그를 따라 거친 말뚝과 돌로 만든 선착장으로 가서 그가 배에 실리는 것을 보았는데, 그 배는 그와 같은 동료 죄수들로 구성된 승조원들이 노를 젓는 배였다. 아무도 그를 보고 놀라거나, 그를 보려는 관심을 나타내거나, 그를 보고 반가워하거나, 그를 보고 딱해하거나, 말을 건네거나 하지도 않는 것 같았다. 다만 배 안에서 누군가가 마치 개들에게나 하듯이 "힘들 내라, 이놈들!" 하고 고함쳤을 뿐인데, 이는 노를 물에 담그고 저으라는 신호였다. 횃불 빛으로 우리는 해안의 진흙탕에서 조금 떨어진 곳에, 마치 사악한 노아의 방주처럼 검은 감옥선이 떠 있는 것을 보았다. 육중하고 녹슨 쇠사슬로 둘러치고 차단되고 단단히 고정된 감옥선은, 내 어린 눈에는, 죄수들처럼 쇠고랑을 차고 있는 것 같았다. 우리는 배를 감옥선에 나란히 대는 것을 보았고, 죄수가 측면으로 끌어올려져 사라지는 것을 보았다. 그다음엔, 횃불의 끝머리들이 물속으로 던져져서 쉬익쉬익 소리를 내며 마치 죄수가 끝장났다는 듯이 꺼져버렸다.

6장

아주 뜻밖에도 면책된 좀도둑질에 관한 내 심리 상태는 그것을 솔직히 털어놓도록 몰아가지는 않았지만, 내 마음의 밑바닥에 선한 찌꺼기가 조금은 남아 있었다고 나는 믿는다.

들킬지도 모른다는 두려움이 사라졌다 해서, 조 부인에 대한 내 마음이 조금이라도 누그러졌다고 느꼈던 기억은 나지 않는다. 하지만 나는 조를 사랑했다—아마 다른 어떤 이유보다도 나의 어린 시절에 그 친애하는 친구가 내가 자기를 사랑하도록 허락해 줬기 때문일 것이다—그래서 조에 대해서는 내 속마음이 그렇게 쉽게 편해지지가 않았다. 나는 조에게 모든 진실을 털어놓아야 한다고(특히 그가 줄을 찾고 있는 것을 처음 보았을 때) 마음속으로 많이 생각했다. 그런데도 나는 그러지 않았는데, 그 이유는, 만약 그랬을 때 조가 나를 실제보다 더 나쁘다고 여길지 모른다고 의심했기 때문이다. 조의 신뢰를 잃고, 그래서 그때부터는 영원히 잃어버린 내 동반자이자 친구를 서글프게 바라보면서 밤에 벽난로 굴뚝 모퉁이에 앉아 있어야 한다는 두려움이 내 혀를 단단히 묶어버렸다. 만일 조가 그 사실을 알기라도 한다면, 그 후로는 그가 벽난롯가에 앉아 그의 매력적인 구레나룻을 만지작거리는 것을 볼 때마다 영락없이 그가 내 도둑질에 대해 곱씹고 있다고 생각하게 될 거라고 나는 병적으로 혼자 뇌까렸다. 또 만일 조가 그 사실을 알기라도 한다면, 이후로는 어제 먹었던 고기나 푸딩이 오늘 식탁에 올라왔을 때 조가 그것을 아무리 무의식적으로 바라본다 해도, 나는 그런 모습을 볼 때마다 그가 혹시 내가 식료품 저장고에 들어가지 않았었나 하고 마음속으로는 논쟁을 벌이고 있다고 생각하게 되리라고. 또 만일 조가 그 사실을 알기라도 한다면, 이후 우리의 공동 가정생활 중 어느 때든지 맥주가 김빠졌다든가 진하다고 말할 때마다 그가 맥주에 타르가 섞여 있는 것이 아닌가 하고 의심할 거라는 확신 때문에 내 얼굴에 피가 몰려 빨개질 거라고. 한마디로 말해, 내가 너무나 소심하여 그르다고 알고 있는 것을 외면하지 못했듯이, 나는 너무나 소심하여 내가 옳다고 알고 있는 것을 행하지 못했던 것이다. 그 당시 나는 세상 사람들과 전혀 왕래가 없었기에, 나는 그런 식으로 행동하는 수많은 주민을 흉내 낸 것이 아니었다. 나는 완전히 독학으로, 혼자서 그런 행동 방식을 터득해 냈다.

감옥선에서 멀어지기도 전에 내가 졸려 했으므로, 조가 다시 나를 업고 집에 데려왔다. 분명히 조에게는 지치는 행보였을 게 뻔한데, 왜냐하면 녹초가 된 웝슬 씨가, 만일 교회가 개방되었더라면 아마도 조와 나부터 시작해서 추격대 전원을 파문해 버리고 싶을 정도로 심사가 매우 뒤틀려 있었기 때문이다. 평신도의 역량으로서는, 그는 축축한 습지에 앉아 있자고 고집부리는 것밖에 할 수 없었다. 그런데 너무 비정상적으로 오래 앉아 있었던 나머지, 부엌 벽난롯불에 말리려고 상의를 벗었을 때 그의 바지에 생긴 정황 증거가 매우 뚜렷해서, 만약 그것이 사형에 해당하는 중죄였다면 그의 바지에 남은 정황 증거만으로도 교수형을 당할 처지였을 것이다.

그때까지 나는 부엌 바닥에서, 잠들어 늘어지면 새로이 두 발로 일으켜 세워놓고, 그러면 또 깊은 잠에 빠져들고, 또 그랬다가는 벽난로의 열기와 등불과 시끄러운 말소리에 눈을 떴다가 하는 통에 꼬마 술주정뱅이처럼 비틀거리고 있었다. 내가 (양어깨 사이를 세게 얻어맞은 데다가 정신이 들도록 누나가 "야아! 세상에 이런 녀석이 또 있을까!" 하고 외친 덕분으로) 제정신이 들었을 때 조는 손님들에게 죄수의 고백을 들려주고 있었고, 모든 손님들은 그 죄수가 식료품 저장고에 들어갔을 여러 가지 다른 방법들을 제시하고 있었다. 펌블추크 씨는 집 안을 면밀히 살펴본 후에 죄수가 처음에 대장간 지붕으로 올라온 다음 살림집 지붕 위로 옮겨왔으며, 그런 다음에 침구를 잘라서 만든 밧줄을 타고 부엌 굴뚝으로 내려왔을 것이라고 주장했다. 그리고 펌블추크 씨가 매우 단정적인 데다가 자신의 이륜 유람마차를—모든 사람들 위로—몰아붙였기 때문에,[1] 모두들 틀림없이 그럴 거라고 동의했다. 사실 웝슬 씨가 지쳐빠진 사람의 힘없는 악의로 "아닙니다!"라고 격렬하게 외치기는 했으나, 그는 아무 이론도 없고 상의도 걸치지 않고 있었기 때문에, 전 좌중에게 무시당하고 말았다. 그가 물기를 말리려고 부엌 벽난롯불에 등짝을 향해 있을 때 그의 뒤에서 무럭무럭 피어오르는 김은 말할 것도 없었는데, 이런 꼴이야말로 남들의 신뢰를 얻는 데는 적합하지 못했을 것이다.

이것이 그날 밤 누나가 손님들 눈에 불쾌하게 보였을 졸음꾼인 나를 억센 손으로 꽉 잡아서 위층 침대로 올라가는 것을 거들어주기 전까지 내가 들은 이야기의 전부다. 그런데 누나가 어찌나 억세게 잡아끌었던지 내가 마치 오십 켤레의 구두를 신고 층계 모서리마다 그 구두들을 모두 매달리게 하고 있는 것 같았

1 펌블추크가 자신의 추측을 누가 반대할 수 없게 매우 완강하게 주장했음을 비유한 말.

다.[1] 내 심경은, 이미 묘사했듯이 이튿날 아침에 일어나기 전부터 그랬고, 그 문제가 소멸하고 그래서 예외적인 경우 말고는 언급되지 않게 된 뒤에도 오랫동안 지속되었다.

1 억센 누나에게 붙잡혀 2층으로 끌려올라갈 때, 핍은 스스로 발을 디디지도 못한 채 신발이 계단에 드드득 부딪히면서 질질 끌려갔다는 의미다.

7장

내가 교회 묘지에 서서 가족의 비문을 읽고 있던 그때, 나는 겨우 한 자 한 자 더듬어 읽을 정도밖에 배우지 못했다. 비문의 간단한 말조차도 나는 아주 부정확하게 해석했는데, 그도 그런 것이 나는 "상기자의 부인"이라는 것을 우리 아버지가 천당으로 올라가셨다는 찬사로 읽었고, 그리고 만일 돌아가신 우리 친척들 중에 어느 한 분이라도 "하기한 자"라고 언급되어 있었다면 틀림없이 나는 그 친척분에 대해 최악의 견해를 마음에 품었을 것이기 때문이다. 또한 교리문답이 나를 얽매어 놓은 신학적인 태도에 대한 개념도 전혀 정확하지 못했다. 그건 "일평생 같은 길을 걷겠다"라고 한 선언이 내게 하나의 의무감으로 작용하여, 우리 집에서 마을을 지나갈 때는 언제나 특정한 한 방향으로 다녀야 하고, 그래서 수레 목수 집 옆의 아랫길로 틀거나 방앗간 옆 윗길로 틀어서 그 방향을 절대로 바꿔서는 안 된다고 여겼던 것이 지금도 생생하게 기억나기 때문이다.

나이가 차면 나는 조의 도제가 될 예정이었다. 그래서 내가 그 도제의 기품을 갖출 수 있을 때까지, 나는 누나가 말하는 "응석받기," 곧 (내 표현으로는) 응석받이가 돼선 안 되었다. 그런 까닭에 나는 대장간 주변의 잔일꾼이었을 뿐만 아니라, 이웃사람이 어쩌다가 새를 쫓거나 돌을 줍거나 하는 따위의 일을 해줄 임시 일꾼 아이가 필요하면 내가 그 고용의 혜택을 누렸다. 그러나 그런 것 때문에 우리의 우월한 지위가 손상되지 않도록, 부엌 벽난로 선반 위에 저금통을 두고서 내가 번 돈 전부를 그 속에 넣는 것으로 공표되었다. 그 돈이 결국 국채상환에 기부될 예정이었다는 막연한 생각이 들지만, 내가 알고 있기로는 나로서는 그 재화에 어떤 사적 관여를 할 수 있는 가망성이 전혀 없었다.

웝슬 씨의 대고모가 마을에서 야간학교를 운영하고 있었다. 그녀는 가진 것은 적고 허약하기 짝이 없는 우스꽝스런 노파였는데, 매일 저녁 6시에서 7시까지 아이들 앞에서 잠들곤 했던 터라 아이들은 그런 그녀의 꼴을 보는 좋은 기회를 얻는 대가로 주당 2펜스를 내는 셈이었다. 그녀는 조그만 독채 주택에 세 들어 있었는데, 웝슬 씨가 그 위층 방을 썼다. 우리 학생들은 웝슬 씨가 그 방에서 아주 위엄 있고 무서운 태도로 큰 소리로 읽기도 하고, 가끔 머리로 천장을 받는 소리를 예사로 들었다. 웝슬 씨가 분기마다 한 번씩 학생들에게 "시험을 보게 한다"라는 허무맹랑한 이야기도 있었다. 소위 시험 보는 날 그가 한 일은 소맷부리를 접어올리고 머리카락을 세우고서, 마르쿠스 안토니우스[1]가 시저[2]의 시체를 두고 한 연설 대목을 우리에게 낭송해 주는 것이었다. 이 뒤에는 항상 콜린스의 「격정에 부치는 노래」[3]가 이어졌는데, 그중에 나는 복수의 화신이 피 묻은 칼을 천둥치는 소리를 내며 내던지고, 압도적인 표정으로 선전포고를 알리는 나팔

1 로마의 장군, 정치가인 마르쿠스 안토니우스.

2 로마의 장군, 정치가, 역사가인 줄리어스 시저. 셰익스피어의 사극 『줄리어스 시저』 3막 2장 참조.

3 영국 시인 윌리엄 콜린스가 지은 시. 원문에는 「격정에 부치는 노래*Ode on the Passions*」라고 되어 있으나, 이 시의 정확한 제목은「격정: 음악을 위한 시*The Passions: An Ode for Music*」(1747)이다. 공포, 분노, 절망, 희망, 복수, 연민, 질투, 사랑, 증오, 우울, 즐거움, 쾌락 등 여러 가지 인간의 격정을 묘사하고 있다. 이어서 언급되는 부분은 이 시의 40-43행에서의 인용이다.

을 집어 드는 장면을 낭송할 때의 웝슬 씨를 특히 존경했다. 허나 이때의 나는 격정의 세상에 빠져든 훗날과 같지는 않았으며, 그래서 내가 겪은 격정들을 콜린스와 웝슬의 경우와 비교했을 때 두 신사들에게는 다소 불리한 점수를 매기게 되었다.

웝슬 씨의 대고모는 이 교육기관 외에—같은 방에서—조그만 잡화점도 운영했다. 그녀는 가게에 어떤 물건이 있는지, 혹은 물건값은 얼마인지 통 알지 못했다. 그러나 서랍에 손때 묻은 조그만 치부책이 들어 있어서 가격표 역할을 했는데, 이 치부책의 계시에 따라 비디가 가게의 모든 거래를 정리했다. 비디는 웝슬 씨 대고모의 손녀였다. 그런데 고백하건대, 그녀가 웝슬 씨와 무슨 관계인지는 나로서 도저히 풀 수 없는 문제였다. 그녀는 나처럼 고아였고, 또 나처럼 손으로 양육되었다. 그녀는, 내 생각에, 몸의 끝 부분이 매우 눈에 잘 띄는 아이였다. 왜냐하면 그녀의 머리는 언제나 빗질이 필요해 보였고, 양손은 언제나 씻어야 할 것 같았고, 구두는 언제나 수선이 필요했으며 뒤축이 들려 있었기 때문이다. 다만 이 묘사는 평일에 한정된 것이다. 일요일이면 그녀는 곱게 단장하고 예배를 보러 다녔으니까.

많은 부분을 도움받지 않고 혼자서, 그리고 웝슬 씨의 대고모보다는 비디의 도움을 더 받아서, 나는 마치 가시덤불을 헤쳐 나가듯 알파벳을 어렵사리 헤쳐 나아갔다. 그런 뒤에는 그 도둑놈들 같은 아홉 개의 숫자들을 만났는데, 그놈들은 매일 저녁마다 뭔가 새로운 수작으로 변장을 하여 식별을 못 하게 하는 것 같았다. 그러나 드디어 나는 반소경이 더듬는 방식으로, 지극히 작은 규모로나마 읽고 쓰고 셈하기를 익혀나가기 시작했다.

어느 날 밤, 나는 석판을 가지고 벽로 굴뚝 구석에 앉아서 조에게 보낼 편지를 작성하느라 대단한 노력을 기울이고 있었다.

내 생각에 습지에서의 추격 사건이 있고 나서 만 1년이 되었던 것이 틀림없다. 왜냐하면 그것은 오랜 시간이 흐른 뒤였고, 겨울인 데다가 꽁꽁 얼어붙는 추운 날씨였기 때문이다. 내 발치의 벽로 위에 참고용으로 알파벳 글자판을 놓고, 한두 시간 정도 머리에 쥐가 나도록 노력한 끝에 나는 마침내 문질러 더럽혀진 이 편지를 인쇄체로 써냈다.

> 나애 친해하는 조 나는 당시니 아조 자알 이끼 바라요 나는 당신 조를 빨이 가르쳐줄 수 이쓰면 조케써요 그러믄 우리는 매우 기뿔 꺼여요 그리고 나가 당신 조애 도재가 되며는 얼마나 신나까요 그리고 나를 미더바요 사랑하는 핍.[1]

조가 내 옆에 앉아 있었고 또 우리밖에 없었으므로, 내가 조와 편지로 의사소통을 해야 할 불가피한 필요성은 없었다. 그러나 나는 글로 쓴 이 편지(석판 일체)를 내 손으로 전했고, 조는 그것을 경이로운 학식으로 받아들였다.

"아이고, 이봐 핍!" 조가 그의 파란 눈을 크게 뜨며 외쳤다. "너는 대단한 학생이야! 안 그러냐?"

"나도 그렇게 되었으면 좋겠어." 나는 조가 석판을 들고 있을 때 내 글씨가 꽤 들쭉날쭉하다는 불안감을 품은 채 그것을 흘끗 쳐다보며 말했다.

1 핍이 작성한 편지의 원문과 그 바른 철자는 다음과 같다: "MI DEER JO i OPE U R KRWITE WELL i OPE i SHAL SON B HABEL 4 2 TEEDGE U JO AN THEN WE SHORL B SO GLODD AN WEN i M PRENGTD 2 U JO WOT LARX AN BLEVE ME INF XN PIP(My Dear Joe, I hope you are quite well. I hope I shall soon be able to teach you, Joe, and then we shall be so glad. And when I am apprenticed to you, Joe, what larks! And believe me, in affection, Pip)."

"야, 여기 J자가 있네." 조가 말했다. "그리고 어느 글자하고도 어울리는 O자도 있고! 여기 J와 O, 핍, 그리고 J-O, 조가 있구나."

나는 조가 이 단음절보다도 한껏 목청을 높여 큰 소리로 읽는 것을 들어본 적이 없었다. 그리고 지난 일요일 교회에서는 내가 우연히 우리 기도서를 거꾸로 들고 있었는데, 그렇게 해도 똑바로 들었을 때와 다름없이 그가 아무런 불편도 느끼지 못한다는 것을 알게 되었다.

이번 기회를, 내가 조를 가르치게 될 때 아주 기초부터 시작해야 될지 여부를 알아내는 기회로 삼고 싶어서 나는 "아! 하지만 나머지도 읽어봐, 조"라고 말했다.

"뭐, 나머지도, 핍?" 조는 뭔가를 천천히 찾아보는 눈길로 석판을 쳐다보며 말했다. "하나, 둘, 셋. 야, 여기 J가 셋, O가 셋, 그래서 J-O가 셋이니 조가 셋이나 있구나, 핍!"

나는 조에게 몸을 기대고서, 내 집게손가락으로 가리키며 그에게 편지 전부를 읽어주었다.

"놀랍다!" 내가 다 읽어주자 조가 말했다. "너는 **진짜** 학자로구나."

"가저리는 어떻게 써, 조?" 나는 겸손하게 돌봐주려는 어조로 그에게 물었다.

"나는 그걸 정식으로 쓸 일이 전혀 없는데." 조가 대답했다.

"하지만 쓸 경우가 있다고 가정하면?"

"그건 가정해 볼 **수도 없지**." 조가 대답했다. "내가 역시 유별나게 글 읽기를 좋아하기는 하지만서도."

"그래, 조?"

"유별나게스리." 조가 말했다. "내게 좋은 책 한 권이나 좋은 신문을 주고 따뜻한 불 앞에 앉혀 놔봐라. 그럼 난 더 바랄 게 없지. 아아!" 그는 잠시 양 무릎을 문지르고 나서 말을 이었다. "J자와 O자에 **딱** 맞닥뜨리면, '드디어 여기 J-O, 조가 있구나'라고 말하지. 읽기가 얼마나 재미있는지!"

나는 이 마지막 말에서 조의 교육이 증기[1]처럼 아직 초기 수준이라는 결론을 도출했다. 이 문제를 좀 더 캐보려고 내가 물었다. "학교에 다닌 적 없어, 조, 나처럼 어렸을 때?"

"그래, 핍."

"왜 학교에 안 다녔어, 조, 나처럼 어렸을 때?"

"글쎄다, 핍." 조는 부지깽이를 집어 들고 말하고는, 생각에 잠길 때면 늘 그러듯이 부지깽이로 벽로 아래쪽 쇠살대 사이로 천천히 불을 긁어모았다. "자, 들어봐라. 우리 아버지는, 핍, 술을 좋아하셨는데, 술에 취하기만 하면, 어머니를 무자비하게 두들겨 패셨단다. 정말이지 나를 팬 것 말고는 그게 아버지가 누굴 팬 거의 유일한 경우였을 거다. 그리고 아버지는 나를 힘껏 두들겨 패셨는데, 그 힘은 오직 아버지가 모루에 망치질을 하지 않아 지치지 않았을 때의 힘에만 맞먹었을 거다—너 내 말 듣고 이해하는 거지, 핍?"

"그럼, 조."

"그 결과 우리 어머니와 나, 우리 둘은 아버지에게서 여러 차례 도망갔었지. 그리고 그런 때는 어머니는 나가서 일하셨고, 이렇게 말씀하시곤 했어. '조, 이제 정말이지, 너를 학교 공부 좀 시켜야겠다, 얘야.' 그리고 어머니는 나를 학교에 넣으셨단다. 그런데 우리 아버지는 마음씨가 무척 착한 분이라서 우리 없이는 견

1 영국의 19세기 산업혁명의 큰 원동력은 증기를 이용한 증기기관의 동력화인데, 이런 증기도 초기 단계에 있었던 것에 조의 교육 수준을 비유한 것이다.

디실 수가 없었지. 그래서 아버지는 아주 엄청난 패거리와 함께 와서는 우리가 있던 집들 문간에서 큰 소동을 벌이셨고, 그러면 집주인들은 하는 수 없이 우리와 더 이상의 관계를 끊고 우리를 아버지에게 넘겨버리곤 했었거든. 그러면 아버지는 우리를 집으로 데리고 가서 두들겨 패댔지. 그렇게 해서, 알겠지, 핍." 생각에 잠겨 불을 긁어모으다 말고 조가 나를 바라보면서 말했다. "내 공부는 중단되고 만 거야."

"그랬구나, 가련한 조!"

"하지만 명심해라, 핍." 조는 부지깽이로 벽로의 맨 위쪽을 재판관 같은 몸짓으로 한두 번 치면서 말했다. "모든 이들에게 줄 것은 주고[2] 사람과 사람 사이에 공평한 정의를 지켜서 말하건대, 우리 아버지는 마음씨 하나는 참 좋으셨단다, 알겠니?"

나는 이해하지 못했다. 하지만 그렇게 말하진 않았다.

"그런데 말이다!" 조는 말을 이었다. "집안의 누군가가 솥단지를 끓게 해야만 하는 거야, 핍. 안 그러면 먹고살 수가 없는 법이거든. 너도 알잖니?"

나도 그 정도는 알고 있었다. 그래서 안다고 말했다.

"그 결과 아버지는 내가 일 나가는 것에 반대하지 않으셨지. 그래서 난 지금의 생업을 하게 되었는데, 이 일은 아버지가 계속 했더라면 아버지의 생업이기도 하겠지. 그리고 난 **너에게** 확언컨대, 꽤 열심히 일했어, 핍. 얼마 안 되어 난 아버지를 부양할 수 있게 되었고, 출혈성 간질 발작[3]으로 쓰러지실 때까지 내가 아

2 로마서 13:7.

3 원래 'epileptic fit'이라고 하면 간질 발작인데, 원문에는 조가 병명을 잘못 알고 발음해서 'purple leptic fit'으로 표기되어 있다. 여기서는 이런 느낌을 살리기 위해 '출혈성 간질 발작'이라고 옮겼다.

버지를 부양했던 거지. 그리고 난 아버지의 비석에 '그의 결점이 뭐든지, 읽는 이여 기억하라 그의 심성만은 아주 착했음을'이라는 구절을 새겨두려고 생각했었단다."

조가 이 두 행짜리 시구를 매우 역력한 긍지를 가지고 세심하고 명료하게 낭송했기에, 나는 그에게 직접 지은 거냐고 물어보았다.

"내가 지었지." 조가 말했다. "내가 직접 지었어. 한순간에 지었지. 마치 한 방에 편자를 쳐서 완성하는 것과 같았단다. 내 평생 그토록 놀란 적은 결코 없었지—나 자신의 머리를 믿을 수가 없었거든—사실이지, 그게 내 머리에서 **나온** 거라고는 믿기 힘들었어. 내가 말한 것처럼, 핍, 이 구절을 아버지 위에 새겨두는 것이 내 의도였지. 헌데 크든 작든 어떻게 새기든지 시를 새기는 데는 돈이 들어. 그래서 못 하고 말았지 뭐냐. 상여꾼들은 말할 것도 없고, 절약할 수 있는 돈 죄다 어머니를 위해 필요했거든. 어머니는 건강도 나쁘고, 완전 무일푼이셨으니까. 불쌍한 영혼이신 어머니는 얼마 안 가서 돌아가시고, 마침내 어머니 몫의 평화를 맞으신 거지."

조의 파란 두 눈에 눈물이 약간 핑 돌았다. 조는 한쪽 눈을 비비고 나서 다른 쪽 눈을 비볐는데, 부지깽이 끝의 둥근 손잡이로 아주 부적합하고 불편한 방식으로 비볐다.

"그 후," 조가 말했다. "여기서 홀로 사는 것은 그저 외롭기만 했었다. 그래서 네 누나와 알고 지내는 사이가 되었던 거지. 근데, 핍." 조는 내가 자기 말에 동의하지 않을 거라는 것을 안다는 듯이 나를 단호하게 쳐다보며 말했다. "네 누나는 몸매가 잘 빠진 여자야."

분명히 의심하고 있는 상태라서, 나는 벽난롯불을 쳐다보지 않을 수가 없었다.

"그 문제에 대해 가족들의 견해가 어떻든 혹은 세상 사람들의 견해가 어떻든 간에, 핍, 네 누나는," 조는 이어지는 말을 한마디 한마디 할 때마다 부지깽이로 벽로의 윗부분을 두드리며 말했다. "몸매가-자-알-빠진-여자란-말이야!"

"그렇게 생각한다니 기뻐, 조." 더 좋은 말이 떠오르지 않았다.

"나도 그래." 내 말을 받아 조가 대답했다. "**나도** 내가 그렇게 생각해서 기쁘단다, 핍. 살결이 좀 빨갛거나 여기저기 뼈가 좀 울퉁불퉁 나왔기로서니 그게 나한테 무슨 의미가 있겠냐?"

그에게 의미가 없는 것이라면 누구에겐들 의미가 있겠느냐고 나는 현명하게 말해줬다.

"물론이야!" 조가 동의했다. "바로 그거야. 이봐, 네 말이 옳아! 내가 네 누나를 알게 되었을 때, 네 누나가 너를 손수 키우고 있다는 게 화제였지. 네 누나는 참 착하기도 하다고 온 동네 사람들이 말했고, 나도 그들과 함께 그렇게 말했어. 너로 말하면," 조는 뭔가 매우 불결한 것이라도 보는 듯한 표정을 띠고서 말을 이었다. "네 자신이 얼마나 작고 연약하고 초라했었는지를 알 수 있었다면, 야 정말, 너는 네 자신에 대해 대단히 경멸스러운 평가를 했을 거다!"

전혀 달갑게 여길 말이 아니었기에, 나는 이렇게 말했다. "내 걱정은 마, 조."

"하지만 난 네 걱정을 했단다, 핍." 조는 부드럽고 순박하게 대꾸했다. "내가 네 누나에게 정식 교제를 청하고 나서, 네 누나가 마음이 내켜 대장간에 와서 살 준비가 되는 시기에 교회에서 결혼식 공시를 하자고 하면서 내가 네 누나한테 말했어. '그리고 그 불쌍한 어린애도 데리고 와요. 그 불쌍한 어린 것에게 하느님의 축복이 있기를.' 내가 또 네 누나에게 말했어. '대장간에 그 애를 위한 아가 방도 있어요!'"

나는 울음을 터뜨리고 용서를 빌며 조의 목을 꼭 껴안았다. 그러자 조는 부지깽이를 내려놓고 나를 꼭 껴안으며 말했다. "우린 언제나 최고의 단짝 친구지, 안 그러냐, 핍? 울지 마라, 친구야!"

잠시 중단됐던 대화가 이어지고, 조가 말을 계속했다.

"자, 너도 알겠지, 핍, 그래서 우리가 여기 있는 거야! 생각나는 대로는 대충 그래, 그래서 우리가 여기 있는 거야! 근데 말이야, 네가 내 공부를 떠맡아 줄 때, 핍(그리고 미리 일러두는데 난 몹시 둔해, 아주 몹시 둔하다고), 조 부인이 우리가 뭘 하는지 너무 많이 알게 해선 안 돼. 우리 공부는, 내가 말한 대로 몰래 해야 한단 말이다. 근데 왜 몰래 해야 하냐고? 내가 자세히 얘기해 주지, 핍."

그는 부지깽이를 다시 집어 들었다. 그게 없었으면 그가 자신의 설명을 계속 끌어갈 수 있었을까 나는 의심된다.

"네 누나는 관리를 좋아하지."

"누나를 관리에게 넘겨줬다고,[1] 조?" 나는 깜짝 놀랐다. 왜냐하면 조가 누나와 이혼하고 해군성이나 재무성 관리에게 누나를 넘겨줬나 하는 좀 막연한 생각이(그리고 유감이지만 덧붙이자면, 희망이) 떠올랐기 때문이다.

"관리管理를 좋아한다고." 조가 말했다. "내 말뜻은 너와 나를 관리하는 거 말이야."

"아!"

1 조가 '관리管理를 좋아한다'는 뜻으로 한 말 'given to government'에서 핍이 'government'라는 단어를 '관리官吏'라는 말로 받아들여 글자 그대로 해석한 데서 생긴 오해로서, 작가 디킨스가 즐겨 쓴 말장난의 한 예다.

"그래서 네 누나는 집에 학생들이 있는 것을 아주 좋아하지는 않을 거다." 조는 말을 계속했다. "그리고 특히 내가 학생이 되는 걸 썩 좋아하지 않을 거야, 내가 들고일어날까 봐 두려우니까. 일종의 반란자처럼 말이다. 내 말 알아듣지?"

내가 질문으로 반박하려고 "왜……?"까지 말을 꺼냈는데, 그때 조가 내 말을 막았다.

"잠깐 가만 있어봐. 난 네가 뭘 말하려고 하는지 알아, 핍. 잠깐 가만있어 봐! 난 네 누나가 때로는 무굴인[2]처럼 우릴 다스린다는 걸 부인하지 않아. 난 네 누나가 우리를 등바닥이 닿게 뒤집어 내던진 다음 위에서 우리를 무겁게 덮쳐누른다는 것을 부정하지 않아. 네 누나가 성질이 나서 날뛸 때 같은 그런 때는 말이다, 핍." 조는 문을 흘끗 쳐다보고 목소리를 낮춰 속삭이듯이 말했다. "솔직히 네 누나가 파괴자라는 것을 인정하지 않을 수 없다고."

조는 이 '**파**괴자'라는 단어가 마치 적어도 대문짝만한 'ㅍ'자 열두 개로 시작되는 것처럼 강하게 발음했다.

"왜 내가 들고일어나지 않냐고? 내가 네 말을 막았을 때, 네가 물으려고 하던 말이지, 핍?"

"맞아, 조."

"글쎄 말이야." 조는 구레나룻을 만지기 위해 부지깽이를 왼손으로 옮겨 쥐며 말했다. 그가 그렇게 태평한 태도를 취할 때마다 나는 그에게 아무런 기대도 걸지 않았다. "네 누나는 조종자야. 조종자."

"그게 뭔데?" 나는 그가 들고일어서게 할 수 있지 않을까 하고

2 18세기에 인도를 침략했던 잔인한 몽골족의 하나.

좀 기대를 걸며 물었다. 그렇지만 조는 내가 예상했던 것보다 빨리 그 낱말의 정의를 내릴 채비가 되어 있었으며, 순환논법을 써서 내 말문을 완전히 막아버리고 시선을 고정시킨 채 대답했다. "네 누나지."

"그런데 난 조종자가 못 돼." 조는 고정했던 시선을 풀고 다시 구레나룻을 만지작거리며 말을 이었다. "그리고 마지막으로 말이야, 핍—그리고 이건 내가 너한테 아주 진지하게 말하고 싶은 건데, 친구—나는 우리 불쌍한 어머니에게서 이 세상에 사는 동안 노예처럼 고된 일만 하면서 성실한 마음에 상처만 입고 한시도 편안하게 지내지 못하는 여자의 모습을 너무나 많이 봤단 말이야. 그래서 나는 여자를 곁에 두고 옳은 일을 하지 않아 잘못을 저지르는 것을 아주 두려워하고, 그래서 나는 그 두 가지가 아니라 차라리 다른 면으로 잘못을 저질러서 내가 좀 불편을 겪는 것이 낫지 싶다. 괴로움을 당하는 게 나뿐이었으면 좋겠어, 핍. 네가 따초리로 맞지 않았으면 좋겠어, 친구야. 그 모든 걸 내가 감당할 수 있다면 좋으련만. 하지만 여기에는 나름대로 피할 수 없는 기복과 평탄함이 있는 거란다, 핍. 그래서 난 네가 내 부족한 점들을 너그럽게 봐주기를 바라."

비록 어리긴 했어도 나는 그날 밤부터 조를 새로이 존경하게 되었다고 생각한다. 우리는 그 뒤로도 이전에 그랬던 것처럼 대등한 관계를 유지했다. 그러나 그 뒤로는 내가 조를 쳐다보고 앉아서 그에 대해 생각해 보는 조용한 시간이면, 내가 조를 마음속으로 우러러보고 있다는 새로운 느낌이 들곤 했다.

"근데 말이야." 조가 벽로에 석탄을 다시 넣으려고 일어나면서 말했다. "독일제 벽시계가 곧 8시를 치려고 부지런히 가고 있는데, 네 누나는 아직도 귀가하지 않는구나! 펌블추크 삼촌의 암말이 앞발을 얼음 조각에 디뎌 넘어진 것이 아니었으면 좋겠네."

조 부인은 장날이면 때때로 펌블추크 삼촌과 함께 장보러 가서, 여자의 견식이 요구되는 가재도구나 물건 따위를 사는 것을 거들어줬다. 그건 펌블추크 삼촌이 독신인 데다가 자기 집 하인을 전혀 신뢰하지 않았기 때문이다. 그날도 장날이라 조 부인은 이런 원정의 일환으로 외출 중이었다.

조는 불을 지피고 벽로를 말끔히 청소했다. 그런 뒤 우리는 문간으로 가서 이륜마차 소리가 나는지 귀를 기울였다. 건조하고 추운 밤이었다. 바람은 날카롭게 불었고, 하얀 서리가 심하게 내려 있었다. 이런 날 밤에 습지에 누워 지내는 사람은 죽을 거라고 나는 생각했다. 그런 뒤 별을 쳐다보고 생각해 보았다, 사람이 얼어 죽어 가면서 얼굴을 들고 별들을 바라보면서 저 반짝이는 수많은 모든 별들 가운데 아무런 도움이나 동정의 손길을 찾지 못한다면 얼마나 끔찍할까 하고.

"말이 온다." 조가 말했다. "마치 종소리같이 울리면서!"

말이 여느 때보다 훨씬 활기찬 걸음으로 다가올 때, 딱딱한 길 위의 쇠발굽 소리는 아주 음악적이었다. 우리는 조 부인이 마차에서 내리는 것을 대비하여 의자를 밖에 내다놓고, 창문이 환하게 보이도록 불길을 더 일으켜놓은 다음 모든 것이 제자리를 벗어나지 않도록 부엌을 마지막으로 점검했다. 우리가 이런 준비를 마무리했을 때 눈까지 칭칭 감싼 채 그들이 도착했다. 조 부인이 곧 마차에서 내렸고, 펌블추크 삼촌도 곧이어 내려서 말을 천으로 덮어주었다. 그리고 곧바로 우리는 부엌으로 들어왔는데, 찬 공기를 어찌나 많이 몰고 들어왔던지 벽로의 모든 화기를 몰아낸 것 같았다.

"자." 흥분하여 급하게 감쌌던 옷을 풀고, 챙 없는 모자를 어깨

뒤로 획 내던지며—끈 달린 모자는 어깨에 매달렸지만—조 부인은 말했다. "만일 이 녀석이 오늘밤 고마워하지 않는다면, 앞으로도 절대 그럴 일 없겠죠!"

나는 왜 고마워하는 표정을 지어야 하는지도 전혀 모르는 아이가 지을 수 있는 만큼의 고맙다는 표정을 지었다.

누나가 말했다. "오직 바라는 건 녀석이 웅석받기 노릇을 하지 말았으면 하는 건데요. 하지만 그럴까 봐 겁이 나요."

"그 여자는 그런 부류가 아닐 게야, 질부." 펌블추크 씨가 말했다. "그 여자는 사려가 깊지."

그 여자? 나는 조를 쳐다보며 입술과 눈썹으로 표정을 지어 물었다. "그 여자?" 조도 나를 쳐다보면서 **그의** 입술과 눈썹으로 동작을 지어보였다. "그 여자?" 누나가 그의 행동을 포착하자 조는 그런 경우에 흔히 그러듯이 타협적인 태도로써 손등으로 코를 좌우로 문지르며 누나를 쳐다보았다.

"뭔데?" 누나가 조에게 퉁명스런 말투로 물었다. "뭘 노려보고 있는 건데? 집에 불이라도 났어?"

"……저기 어떤 분이," 조는 공손하게 넌지시 말했다. "말했는데…… 그 여자라고."

"그럼 그 여자가 그 여자이지, 안 그래?" 누나가 말했다. "미스 해비셤을 그 남자라고 부르지 않는 한에는 말이야. 근데 당신은 그렇게 부르지 않을까 미심쩍네."

"미스 해비셤 말이야, 읍내 주택지구의?" 조가 말했다.

"상가지구에도 미스 해비셤이 또 있을까?" 누나가 대꾸했다. "그녀는 이 아이가 자기 집에 와서 놀아주기를 원해. 그리고 물론 이 아이는 가겠지. 그리고 거기 가서 노는 편이 나을 거야." 누나는 이렇게 말하고서, 아주 밝게 장난치며 놀아보라는 격려의 차원에서 나를 향해 고개를 흔들었다. "안 그러면 일을 시킬 테니까."

나는 주택지구의 미스 해비셤에 대한 소문을 들어 알고 있었는데—사방 몇 킬로미터 이내의 사람들은 누구나 주택지구의 미스 해비셤의 소문을 알고 있었다—도둑을 막는 방책을 둘러친 크고 음침한 저택에서 살며, 은둔생활을 하고 있는 굉장히 부유하고 엄격한 숙녀라고들 했다.

"아무렴!" 조는 깜짝 놀라서 말했다. "그녀가 어떻게 핍을 알았을까!"

"바보 같으니라고!" 누나가 소리 질렀다. "누가 안다고 그랬어?"

"……저기 어떤 분이," 조는 다시 공손하게 넌지시 말했다. "그녀가 핍이 자기 집에 와서 놀아줬으면 한다고 말했는데."

"그럼 그녀가 펌블추크 삼촌께 혹시 자기 집에 와서 놀아줄 아이 하나 알고 있느냐고 물어볼 수도 없단 말이야? 펌블추크 삼촌이 어쩌면 그녀의 임차인일 수도 있고, 또 삼촌이 이따금—매 분기마다인지 혹은 반년마다인지는 당신에겐 너무 부담이 될 테니까 말은 안 하겠지만—임차료를 내러 그 집을 방문하는 것도 다분히 있을 수 있잖아? 그리고 그런 때 그녀가 펌블추크 삼촌께 혹시 자기 집에 와서 놀아줄 아이를 하나 알고 있는지 물어볼 수도 있는 거 아냐? 그래서 펌블추크 삼촌이 늘 우리를 배려하고 생각해 주시는 터라, 물론 당신은 그런 생각을 안 할지도 모르지만, 조지프(누나는 마치 조가 무정하기 짝이 없는 조카이기라도 한 듯이 아주 심하게 나무라는 어조로 말했다), 여기 방정 떨며 서 있는 이 녀석을—엄숙하게 선언하건대 난 그러지 않았다—내가 자진해서 영원히 노예 노릇을 해주고 있는 이 녀석을 언급하실 수도 있지 않았을까?"

"말 한번 잘하시네!" 펌블추크 삼촌이 외쳤다. "말 참 잘하셨네! 상당히 예리해! 정말 훌륭해! 이제, 조지프, 어찌된 영문인지 알겠지."

"아냐, 조지프." 누나는 조가 미안한 듯 손등으로 코를 문지르고 있는데도 여전히 나무라는 태도로 말했다. "당신은 아직도—그렇게 생각 안 할지도 모르지만—사정을 몰라. 당신은 안다고 생각할지 모르지만, 당신은 몰라, 조지프. 왜냐하면 당신은 모르고 있으니까. 펌블추크 삼촌께서, 이 녀석이 미스 해비셤 댁에 가면 이 녀석에게 우리가 알 수 없는 어떤 행운이 생길지도 모른다고 여기셔서, 오늘밤 이 녀석을 당신의 이륜마차에 태워 읍내로 데려가 하룻밤 재워서 내일 아침에 직접 미스 해비셤 댁에 데려다주시겠다고 하신 것을 말이지. 그런데, 아이고 맙소사!" 누나는 갑자기 필사적으로 어깨에 매달려 있던 모자를 벗어던지며 외쳤다. "여기 서서 멍텅구리들하고 이야기나 지껄이고 있다니! 펌블추크 삼촌은 기다리고 계시고, 문간의 말은 감기에 걸리게 생겼고, 게다가 이 녀석은 머리카락 끝에서 발바닥까지 때와 먼지가 까마귀가 형님 삼을 만큼 덕지덕지한 마당에!"

그렇게 말하고 누나는 마치 독수리가 어린 양을 낚아채려고 덮치듯이 내게 와락 달려들었다. 그래서 내 얼굴은 세면대의 나무 대야에 처박히고, 내 머리는 빗물통의 수도꼭지 밑에 들이밀리고, 비누칠되어 씻기고, 수건으로 밀리고, 탁탁 얻어맞고, 죽죽 긁히고, 박박 문질러져서, 나는 마침내 정말 정신을 놓을 지경이었다. (여기서 말하건대 결혼반지의 툭 튀어나온 부분이 얼굴을 인정사정없이 스칠 때의 느낌에 대해서는 내가 그 어떤 살아 있는 권위자보다도 더 잘 알 거라는 생각이 든다.)

나의 목욕재계가 끝났을 때 누나는 마치 어린 참회자에게 삼베옷을 입히듯이 나에게 빳빳할 대로 빳빳한 천으로 된 깨끗한 흰 내의를 입히고 나서, 가장 꽉 죄고 끔찍한 겉옷을 단정하게 꼭 조여 입혔다. 그런 다음 나는 펌블추크 씨에게 인계되었는데, 그는 마치 주 행정관이라도 되듯이 격식을 차려 나를 인수하고, 내가 알기로 내내 입이 근질근질해 죽을 지경이었던 말을 내게 던졌다. "얘야, 늘 친절히 대해주시는 모든 분들께 감사해야 한다. 하지만 특히 널 손수 길러준 분들께 감사해야 해!"

"다녀올게, 조!"

"조심해 다녀와, 어이, 핍!"

나는 그 이전에 조와 헤어져 본 적이 없었다. 그래서 처음 헤어져 보는 내 감정에다가 눈가에 남아 있는 비눗물 때문에, 나는 처음에는 마차에서 별을 전혀 내다볼 수가 없었다. 얼마 후 별들이 하나씩 하나씩 반짝거렸으나, 그 별들은 도대체 왜 내가 미스 해비셤의 저택에 놀러 가는지, 그리고 도대체 내가 무슨 놀이를 하게 될 것인지의 문제에 대해서는 아무런 빛도 던져주지 않았다.

8장

읍내 장이 서는 거리 중심가에 있는 펌블추크 씨의 가옥은 잡곡상이자 종묘상의 집답게, 말린 후추 열매와 곡물가루 냄새를 풍겼다. 그의 점포에는 작은 서랍들이 그렇게 많아서, 내가 보기에 정말 행복한 사람임에 틀림없었다. 그리고 아랫단 한두 줄을 들여다본 뒤 묶어 놓은 갈색 종이 봉지들이 그 안에 들어 있는 것을 보고, 나는 저 꽃씨와 구근들도 이 감옥들을 탈출하여 꽃을 피울 화창한 날을 바라고 있지 않을까 하는 궁금증이 생겼다.

마음속으로 이런 추측을 해본 것은 내가 도착한 이튿날 이른 아침이었다. 전날 밤에는 도착하자마자 곧장 다락방으로 자러 올라갔었는데, 침대가 놓인 구석이 어찌나 낮았던지 지붕기와가 내 눈썹에서 30센티미터도 안 떨어져 있다고 생각될 정도였다. 다음 날 이른 아침에 나는 씨앗과 코르덴 바지 사이의 묘한 유사성을 발견했다. 펌블추크 씨는 코르덴 바지를 입고 있었고, 그의 점원도 같은 차림이었다. 그런데 웬일인지 코르덴 바지 주위에서 풍기는 전반적인 분위기와 냄새는 씨앗들의 성질을 매우 많이 띠고 있었고, 또 씨앗들 주위에서 풍기는 전반적인 분위기와 냄새는 코르덴 바지의 성질을 매우 많이 띠고 있어서, 나는 어느 것이 어느 것인지 거의 분간할 수가 없었다. 또 그날 아침의 기회로 나는 몇 가지를 알아차릴 수 있었는데, 펌블추크 씨가 자신의 사업을 운영하는 방식이 길 건너 마구상을 바라보는 것임을 알게 되었다. 마구상은 마차 제조업자를 주시함으로써 자신의 업무를 집행하는 것 같았고, 마차 제조업자는 양손을 주머니에 넣고 제빵사를 응시함으로써 생계를 지탱하는 것 같았다. 또 제빵사는 팔짱을 끼고 식료품 상인을 빤히 쳐다보았고, 식료품 상인은 문간에 서서 제약사를 향해 하품을 하더라는 것 등이다. 언제나 돋보기를 눈에 낀 채 조그만 책상 위를 열심히 들여다보고, 언제나 일군의 작업 인부들이 가게의 유리창 너머로 열심히 들여다보며 견학하는 시계 수리공만이 중심가에서 유일하게 생업에 주의를 기울이고 있는 사람 같았다.

펌블추크 씨와 나는 8시에 점포 뒤에 있는 거실에서 아침을 먹었는데, 그의 점원은 점포 앞쪽의 완두콩 자루 위에서 머그잔으로 차 한 잔과 버터 바른 빵 한 덩어리를 먹었다. 펌블추크 씨와 함께 식사하는 것은 밥맛이 떨어지는 일이었다. 그는 내 음식에 금욕적이고 참회의 성격이 들어가야 한다는 우리 누나의 생각에 사로잡혀 있을 뿐만 아니라—될 수 있는 대로 버터를 적게 바른 빵 부스러기와 내가 마실 우유에 너무 많은 양의 온수를 부어서 솔직히 우유를 완전히 빼버렸으면 할 정도의 우유를 주었을 뿐만 아니라—그의 대화는 고작 산술에 관한 것밖에 없었다. 내가 공손하게 아침 인사를 하자마자 그는 거들먹거리며 말했다. "7 곱하기 9는 몇, 꼬마야?" 그런데 낯선 곳에서 뱃가죽이 등에 붙을 지경인데 그런 식으로 교묘히 둘러치면, 내가 어떻게 대답할 수 있단 말인가! 나는 배가 고팠으나, 내가 빵 한 조각을 채 삼키기도 전에 그는 덧셈 문제를 잇따라 내기 시작하더니 아침식사 내내 계속했다. "더하기 7은?" "더하기 4는?" "더하기 8은?" "더하기 6은?" "더하기 2는?" "더하기 10은?" 등등으로. 그리고 각 숫자가 처리되고 나면 다음 숫자가 나오기 전에 나는 빵

한 입을 베어 먹거나 우유를 한 모금 마실 수 있었는데, 한편 그는 느긋하게 앉아서 아무것도 알아맞히지 않고 베이컨과 뜨거운 롤빵을 (이런 표현을 써도 된다면) 걸신들린 듯 게걸스럽게 먹고 있었다.

이런 이유들로, 10시가 되어 우리가 미스 해비셤의 저택으로 떠나게 되었을 때 나는 무척 기뻤다. 비록 그 숙녀의 지붕 밑에서 내가 어떻게 처신해야 할지에 대해서는 조금도 마음이 편치는 않았지만 말이다. 15분도 안 되어 우리는 미스 해비셤의 저택에 도착했는데, 그 집은 오래된 벽돌 건물로 음울하고 쇠창살이 굉장히 많았다. 어떤 창문들은 담으로 막혀 있었고, 나머지 창문 중 아래쪽 창문들은 모두 녹슨 쇠창살이 둘려 있었다. 저택 앞쪽에는 뜰이 있었는데, 이것 역시 철책으로 둘려 있었다. 그래서 우리는 초인종을 누른 후, 누가 나와서 문을 열어줄 때까지 기다려야만 했다. 문간에서 기다리는 동안 나는 안을 들여다보았는데(심지어 이때조차도 펌블추크 씨는 "또 14를 더하면?"이라고 말했지만 나는 못 들은 척했다), 저택 옆쪽에 큰 맥주 양조장이 하나 있었다. 하지만 거기서 양조가 이뤄지고 있지도 않았고, 아주 오랫동안 아무도 드나든 적이 없는 것 같았다.

창문 하나가 올라가더니 누군가가 맑은 목소리로 물었다. "이름이 어떻게 되세요?" 이에 나의 안내자는 대답했다. "펌블추크요." 그 목소리가 대꾸했다. "알았어요." 그리고 창문이 다시 닫히고, 어린 숙녀가 손에 열쇠 꾸러미를 들고 뜰을 가로질러 나왔다.

"얘가 핍이야." 펌블추크 씨가 말했다.

"얘가 핍이군요?" 아주 예쁘장하고 몹시 콧대가 높아 보이는 어린 숙녀가 대꾸했다. "들어와, 핍."

펌블추크 씨도 들어가려고 했는데, 그때 그녀가 대문으로 그를 가로막았다.

"어머!" 그녀는 말했다. "아저씨도 미스 해비셤을 뵙고 싶으셨나요?"

"미스 해비셤이 날 만나고 싶어 하신다면." 펌블추크 씨는 난감해하며 대답했다.

"아아!" 소녀가 말했다. "근데 아시다시피 만나고 싶지 않으시답니다."

그녀가 그 말을 너무나 단호하고 재론의 여지가 없다는 식으로 말한 터라, 펌블추크 씨는 비록 체면이 깎인 상태였지만 아무런 항의도 할 수 없었다. 하지만 그는 나를 엄하게 노려보더니—마치 내가 자기에게 무슨 짓을 하기라도 한 듯이!—꾸짖는 말투로 말하면서 떠났다. "꼬마야! 여기서 행동거지를 잘해서 너를 손수 키워주신 분들께 자랑거리가 되어야 해!" 나는 그가 되돌아와서 문 사이로 "또 16을 더하면?" 하고 문제를 낼까 봐 걱정했다. 그런데 그는 그러지 않았다.

나를 안내하는 어린 숙녀는 대문의 자물쇠를 잠갔고, 우리는 뜰을 가로질러 걸어갔다. 뜰은 포장되고 깨끗했으나 갈라진 틈마다 풀이 자라고 있었다. 양조장 건물에는 뜰로 통하는 좁은 길이 있었는데, 그 길의 나무 출입문은 열려 있었고 그 너머 양조장 전체가 저쪽 높이 둘러싸고 있는 담장까지 열려 있었다. 양조장은 텅텅 비어 있고 사용되지 않는 상태였다. 거기서는 찬바람이 문밖에서보다 더 차갑게 부는 것 같았다. 그 찬바람은 마치 바다에서 배의 삭구에 들이치는 바람소리처럼, 울부짖듯 날카로운 소리를 내며 양조장의 트인 쪽으로 들어왔다 나갔다 했다.

어린 숙녀는 내가 양조장을 쳐다보는 것을 보고 말했다. "이제 넌 저기서 양조되는 독한 맥주를 아무 탈 없이 다 마실 수 있을 거야, 꼬마야."

"그럴 수 있을 것 같네요, 아가씨." 나는 수줍게 말했다.

"지금은 저기서 맥주를 빚지 않는 게 좋을걸, 빚어봤자 시어터질 테니까, 꼬마야. 그렇게 생각하지 않니?"

"그럴 것 같아요, 아가씨."

"누가 양조하려고 한다는 뜻이 아냐." 그녀는 덧붙였다. "왜냐하면 저 건물은 전혀 쓸모가 없어져서, 무너질 때까지 지금처럼 쓰이지 않고 서 있을 거야. 독한 맥주로 말하자면, 이미 지하 저장실에 이 '매너 하우스'[1]를 잠기게 할 만큼 충분한 양이 비축되어 있고."

"그게 이 집 이름인가요, 아가씨?"

"이름들 중의 하나야, 꼬마야."

"그럼 이름이 더 있어요, 아가씨?"

"하나 더 있지. 그 별칭은 '새티스'였는데, 그리스어인지 라틴어인지 히브리어인지, 혹은 셋 다 합친 건지—어쨌건 내겐 매한가진데—'충족하다'라는 뜻이래."

"충족한 집이라." 나는 말했다. "그거 진기한 이름이네요, 아가씨."

"그래." 그녀는 대꾸했다. "하지만 그 말 이상의 뜻을 담고 있었대. 그 이름이 붙여졌을 때, 그 의미는 누구든지 이 집을 소유하는 사람은 아무런 부족함이 없을 거라는 의미였다지. 그 당시 사람들은 쉽게 만족했던 게 틀림없어, 내가 생각하기엔. 하지만 꾸물대지 마라, 꼬마야."

1 일반적으로 장원이나 영지가 딸려 있는 지방 호족의 대저택을 일컫는 말.

그녀는 매우 자주, 그것도 칭찬과는 거리가 먼 경박한 말투로 나를 '꼬마'라고 부르긴 했지만, 그녀는 내 또래쯤이었다. 물론 여자아이인 데다가 예쁘고 침착해서, 그녀는 나보다 훨씬 나이가 들어 보였다. 게다가 그녀는 마치 자기가 스물한 살이라도 먹은 듯이, 그리고 여왕이라도 된 듯이 나를 깔보았다.

우리는 옆문을 통해 집 안으로 들어갔다—커다란 정면 출입구는 두 개의 쇠사슬이 밖에서 열십자로 교차하여 채워져 있었다—그리고 안에서 내가 맨 처음 알아챈 것은 복도가 아주 어둡고, 그녀가 나올 때 거기에 촛불을 놔뒀었다는 사실이었다. 그녀는 촛불을 집어 들었고, 우리는 복도를 몇 개 더 지나 층계를 올라갔다. 집 안은 여전히 캄캄했고 촛불만이 우리를 비춰주었다.

마침내 우리가 어느 방문 앞에 다다르자 그녀가 말했다. "들어가 봐."

나는 얌전하다기보다는 수줍게 대답했다. "아가씨 먼저."

이 말에 그녀가 대꾸했다. "바보처럼 굴지 마, 꼬마야. 난 안 들어갈 거야." 그러더니 나를 경멸하듯 걸어가 버렸는데, 게다가—엎친 데 덮친 격으로—촛불마저 들고 가버렸다.

아주 곤란한 상황이라서 나는 두렵기까지 했다. 그렇지만 방문을 두드리는 것 말고는 별 도리가 없어, 나는 방문을 두드렸다. 그러자 안에서 들어오라는 소리가 들려왔다. 그래서 방으로 들어가 보니 여러 개의 밀랍 촛불로 환하게 밝혀 놓은 꽤 큰 방이었다. 방 안에는 햇빛이라고는 한 줄기도 보이지 않았다. 가구들로 짐작건대, 당시 대부분 가구들의 형상과 용도는 내게 아주 생소했지만 그 방은 옷 갈아입는 방이었다. 그러나 방에서 눈에 탁 띄는 것은 금박을 입힌 거울이 달리고 예쁜 천을 씌워놓은 탁자였는데, 나는 첫눈에 그것이 고상한 숙녀의 화장대임을 알았다.

화장대 앞에 고상한 숙녀가 앉아 있지 않았더라면, 내가 이 물건을 어떻게 그렇게 빨리 알아볼 수 있었을지는 나도 모르겠다. 한쪽 팔꿈치를 탁자에 올려놓고 그쪽 손으로 머리를 받친 채, 내가 이제껏 보아왔고 이후로 보게 될 여인 중에 가장 이상한 숙녀가 안락의자에 앉아 있었다.

그녀는 값진 옷감—공단과 레이스와 비단—으로 된 옷을 입고 있었는데, 모두 흰색 일색이었다. 구두도 흰색이었다. 그리고 그녀는 길고 하얀 면사포를 머리에서부터 늘어뜨리고 있었고, 신부의 화환을 머리에 쓰고 있었으나 머리카락은 백발이었다. 그녀의 목과 양손에는 어떤 빛나는 보석들이 반짝였고, 화장대 위에도 다른 보석들이 놓여 반짝이고 있었다. 그녀가 입고 있는 옷보다 덜 화려한 옷들과 반쯤 꾸려놓은 여행 가방들이 여기저기 흩어져 있었다. 그녀는 아직 옷을 다 갖춰 입지 않은 상태였다. 구두는 한 짝만 신었고—나머지 한 짝은 화장대 위 손 가까이에 놓여 있었다—면사포는 겨우 절반 정도만 손질이 되어 있었으며 줄 달린 시계도 차지 않았고, 가슴에 달 레이스가 자질구레한 장신구와 손수건과 함께 그대로 놓여 있었으며, 장갑이며 꽃이며 기도서며 모두가 거울 주변에 어지럽게 쌓여 있었다.

비록 내가 첫 순간에 사람들이 보통 상상할 수 있는 것보다 많은 것을 보긴 했지만, 그 짧은 순간에 이 모든 것을 다 본 건 아니었다. 그러나 내 시야에 들어온 흰색이었어야만 할 모든 것들이, 오래전에는 흰색이었으나 그 광택을 잃고 빛깔이 바래서 누렇게 변해버린 것을 나는 보았다. 웨딩드레스를 입고 있는 신부가 그 웨딩드레스처럼, 그리고 신부의 화환처럼 시들어버렸으며 푹 꺼진 두 눈의 광채 말고는 아무런 광채도 남아 있지 않은 것을 나는 보았다. 젊은 여인의 통통한 몸에 입혀졌던 웨딩드레스가 이제는 피골이 상접하게 오그라든 몸에 헐렁하게 걸쳐 늘어져 있는 것을 나는 보았다. 언젠가 나는 박람회에 따라가서, 그게 누군지는 몰라도 단장하고 누워 있는 어느 명사의 소름 끼치는 밀랍 인형을 본 적이 있었다. 또 언젠가 나는 우리 고장 습지의 한 오래된 교회에 따라가서 재로 변한 화려한 옷에 싸인 해골을 본 적이 있었는데, 그 해골은 판석이 깔린 교회 밑의 지하묘에서 파낸 것이었다. 바로 지금 그 밀랍 인형과 해골이 마치 살아 있는 듯 검은 눈을 굴리며 나를 쳐다보고 있는 것만 같았다. 만일 그럴 수만 있었다면, 나는 비명을 질렀을 것이다.

"누구지?" 화장대 앞의 숙녀가 말했다.

"핍입니다, 마님."

"핍이라고?"

"펌블추크 씨가 데려다준 아입니다, 마님. 와서…… 놀라고."

"가까이 오렴. 얼굴 좀 보자. 가까이 와보렴."

내가 주변의 사물들을 자세히 주목한 것은 바로 그녀의 눈을 피하면서 그녀 앞에 서 있을 때였는데, 그녀의 시계는 9시 20분 전에 멈춰 있었고 방 안의 괘종시계도 9시 20분 전에 멈춰 있었다.

"나 좀 보렴." 미스 해비셤이 말했다. "넌 네가 태어난 이래 해를 한 번도 본 적이 없는 여자가 무섭지 않니?"

나는 내가 "예, 무섭지 않아요"라는 대답 속에 담긴 엄청난 거짓말을 겁 없이 말했단 사실을 유감스럽지만 밝혀둔다.

"여기 내가 만지고 있는 것이 뭔지 아니?" 그녀는 두 손을 왼쪽 가슴에 포개어 얹으면서 물었다.

"예, 마님." (그것으로 인해 나는 그 청년이 생각났다.)

"내가 뭘 만지고 있지?"

"가슴입니다."

"멍든 가슴이지!"

그녀는 그 말을 간절한 표정으로 강조하며, 그리고 일종의 자랑이 담긴 것 같은 묘한 미소를 띠며 말했다. 그 뒤에도 그녀는 한동안 두 손을 그대로 가슴에 얹고 있다가, 무겁기라도 한 듯 천천히 떼었다.

"난 지쳤다." 미스 해비셤이 말했다. "난 기분 전환이 필요한데, 남자고 여자고 다 관계를 끊었단다. 놀아보렴."

내 생각에 제 아무리 논쟁적인 독자라도, 그 상황에서 그녀가 불행한 소년에게 이 넓은 세상에서 그보다 더 행하기 어려운 것을 하라고 지시할 수는 없었으리라고 인정할 것이다.

"난 때때로 병적인 공상을 한단다." 그녀는 말을 이었다. "그리고 난 어떤 연극 놀이 같은 것을 보고 싶다는 병적인 공상을 하지. 자, 자!" 그녀는 오른손 손가락을 성급하게 저었다. "놀아보렴, 놀아, 놀아봐!"

잠깐 동안 누나가 나를 부려 먹으리라는 두려움이 눈앞에 선해, 나는 펌블추크 씨의 이륜 유람마차라고 가정하고 방 안을 돌아볼까 하는 무모한 궁리를 해보았다. 그러나 도저히 그 연기를 감당하지 못하리라는 느낌이 들어 포기하고 말았다. 그리고 나는 내 짐작으로 그녀가 완강한 태도라고 오해할 만하게 서서는 미스 해비셤을 쳐다보고 있었다. 그도 그럴 것이 우리가 서로를 한참 쳐다보았을 때 그녀가 이렇게 말했기 때문이다.

"넌 무뚝뚝하고 고집 센 아인가 보구나?"

"아녜요, 마님. 마님께 대단히 죄송합니다. 지금 당장 연극 놀이를 할 수가 없어서 대단히 죄송해요. 혹시 마님께서 저에 대해 불평하시면 저는 저의 누나와 불화가 생길 테니까, 할 수만 있다면 저는 하고 싶습니다. 그렇지만 여기는 너무나 새롭고, 너무나 낯설고, 또 너무나 멋지고, 또 너무나 우울해서……." 내가 말을 너무 많이 하는 것 아닌가, 아니 이미 말을 너무 많이 했다는 두려움에 나는 말을 멈췄고, 우리는 다시 서로 쳐다보았다.

다시 말을 꺼내기 전에 그녀는 나한테서 눈을 돌려 자기가 입고 있는 옷과 화장대, 그리고 마지막으로 거울에 비친 자기 자신을 쳐다보았다.

"저 아이에게는 그토록 새로운데," 그녀는 중얼거렸다. "내게는 너무나 오래됐어. 저 아이에게는 그토록 낯선데, 내게는 너무나 익숙해. 그런데 너무나 우울하긴 우리 둘에게 똑같구나! 에스텔라를 부르렴."

그녀가 여전히 거울에 비친 자기 모습을 보고 있었으므로, 나는 그녀가 여전히 혼잣말을 하고 있는 줄 알고 잠자코 있었다.

"에스텔라를 부르래도." 그녀는 나를 휙 쳐다보며 되풀이했다. "그 정도는 할 수 있겠지. 에스텔라를 불러. 문간에서 말이다."

낯설기만 한 저택의 어둡고 야릇한 복도에 서서, 보이지도 않고 대답도 없으며 나를 깔보는 어린 숙녀에게 에스텔라라고 외쳐대고, 그렇게 큰 소리로 그녀의 이름을 부르는 게 몹시 심한 무례라고 느끼는 것은 시키는 대로 연극 놀이를 하는 것만큼이나 불쾌한 노릇이었다. 그러나 마침내 그녀는 대답을 했고, 그녀가 든 촛불이 컴컴한 복도를 따라 한 떨기 별처럼 다가왔다.

미스 해비셤은 그녀에게 가까이 오라고 손짓하고는, 화장대에서 보석 하나를 집어서 그녀의 곱고 앳된 가슴과 예쁜 갈색 머리에 대보며 어울리는지 살펴보았다. "언젠가는 네 것이 될 거다, 얘야. 그러니 잘 쓰거라. 이 아이하고 카드놀이를 해봐."

"이 애하고요? 아니, 이 애는 천한 일꾼인걸요!"

나는 미스 해비셤이 대답하는 것을 어쩌다 엿듣게 되었다—참으로 믿기지 않는 대답이었다—"그래서? 저 애 가슴을 멍들게 할 수 있잖아."

"무슨 놀이를 할 줄 아니, 꼬마야?" 에스텔라는 나를 한껏 경멸하면서 물었다.

"거지 놀이[1]밖엔 몰라요, 아가씨."

"저 아이를 거지로 만들어보렴." 미스 해비셤이 에스텔라에게 말했다. 그리하여 우리는 앉아서 카드놀이를 시작했다.

내가 방 안에 있는 모든 것들이 그녀의 손목시계와 괘종시계와 마찬가지로 오래전에 멈춰버렸다는 것을 알게 된 것은 바로 그때였다. 나는 미스 해비셤이 그 보석을 아까 집었던 자리에 정확하게 내려놓는 것을 알아챘다. 에스텔라가 카드를 나눌 때 나는 또다시 화장대를 흘끗 쳐다보고, 한때는 하얬지만 이제는 누렇게 바랜 화장대 위에 놓인 구두가 한 번도 신긴 적이 없다는 것을 깨달았다. 나는 또 구두를 신지 않은 그녀의 발을 흘끗 내려다보았다. 한때는 하얬던 비단 양말이 이제는 누렇게 변해 있었고, 밟혀서 너덜너덜하게 해진 것이 보였다. 모든 것이 이렇게 정지된 상태가 아니었다면, 창백하게 쇠미해진 온갖 사물들이 이렇게 정지된 상태가 아니었다면, 볼품없게 찌부러진 몸에 걸친 퇴색할 대로 퇴색한 웨딩드레스나 그 긴 면사포조차도 그토록 수의처럼 보이지는 않았을 것이다.

그녀는 우리가 카드놀이를 하는 동안 그렇게 시체처럼 앉아 있었다. 그리고 그녀의 웨딩드레스에 달린 주름 장식과 그 밖의

1 어린이들이 하는 카드놀이의 일종으로, 상대방이 숫자가 같거나 짝을 이루는 패를 못 내놓으면 그 상대방의 카드를 다 따서 빈손이 되게 하는 놀이.

장식물들은 마치 흙 종이처럼 보였다. 그 당시 나는 때때로 오랜 옛날에 매장된 시체들이 발굴되어 외부의 빛에 뚜렷이 노출되는 순간 가루가 된다는 것을 전혀 몰랐다. 그러나 나는 그때 이후로 종종 생각했다, 틀림없이 그녀는 마치 자연광이 한 줄기라도 비쳐들면 그대로 먼지가 되어 사라질 것처럼 보였을 거라고.

"얘는 네이브[2]를 잭이라고 해요, 얘가요!" 에스텔라가 첫 판도 끝나기 전에 경멸조로 말했다. "그리고 저 거친 손 좀 봐! 목이 긴 구두는 또 얼마나 투박하고!"

나는 이전에 내 손을 부끄럽게 여긴 적이 한 번도 없었지만, 그때부터 나는 내 양손을 아주 대수롭지 않은 한 쌍으로 여기기 시작했다. 에스텔라의 나에 대한 멸시는 너무나 강해서 전염될 정도였는데, 나도 그것에 전염된 것이었다.

그녀가 게임을 이겼고, 그래서 내가 패를 돌렸다. 나는 패를 잘못 돌렸다. 내가 실수하기만을 그녀가 기다리고 있다는 것을 알고 있었기에, 그건 당연한 실수였다. 이때다 하고 그녀는 나를 어리석고 서투른 일꾼 아이라고 공격했다.

"넌 저 애에 대해 아무 말도 안 하는구나." 미스 해비셤이 카드놀이를 구경하면서 나한테 말했다. "저 애는 너에게 심한 말을 많이 하는데, 넌 아무 말도 안 하잖아. 넌 저 애를 어떻게 생각하니?"

"전 말하고 싶지 않아요." 나는 말을 더듬었다.

"내 귀에다 말해보렴." 미스 해비셤은 몸을 구부리며 말했다.

"아가씨가 매우 거만하다고 생각해요." 나는 귀엣말로 대답했다.

2 왕의 시종이 그려져 있는 카드, 네이브knave. 요즘은 보통 잭Jack이라고 한다.

"그리고 또?"

"아가씨가 무척 예쁘다고 생각해요."

"그리고 또?"

"아가씨는 매우 무례하다고 생각해요." (그때 그녀는 지극히 혐오스럽다는 표정으로 나를 쳐다보고 있었다.)

"그리고 또?"

"집에 가고 싶어요."

"그럼 저 애를 다시는 안 볼 거야, 저렇게 예쁜데도?"

"저 아가씨를 다시는 안 보고 싶을지는 잘 모르겠지만, 지금은 집에 가고 싶어요."

"곧 보내주마." 미스 해비셤이 큰 소리로 말했다. "카드놀이는 마저 끝내야지."

처음에 한 번 지었던 그 묘한 미소가 아니었더라면, 나는 미스 해비셤의 얼굴이 미소를 지을 수 없다고 거의 확신했을 것이다. 그녀의 얼굴은 경계심과 침울함으로 오래전부터 바뀐 터였고—십중팔구 그녀 주변의 모든 것들이 정지되었던 때에—그 무엇으로도 그 표정을 다시 걷어낼 수 없을 것처럼 보였다. 그녀의 가슴은 이미 푹 꺼져서 새우등이 되어 있었고, 목소리도 푹 가라앉아서 자신에게 들려주는 생기 없는 자장가처럼 나지막하게 말했으며, 요컨대 그녀는 어떤 결정타의 중압 아래 육체와 영혼, 안과 밖이 다 쑥 내려앉아 버린 모습이었다.

나는 에스텔라와 카드놀이를 했고, 그녀가 날 거지로 만들었다. 내 카드를 다 따갔을 때, 그녀는 나한테서 딴 것이라 경멸한다는 듯이 그 카드들을 화장대 위에 던져버렸다.

"언제 또 올 수 있겠니?" 미스 해비셤이 말했다. "가만있어 보자."

내가 그녀에게 오늘이 수요일임을 알려주려는 참이었는데, 그때 그녀가 아까처럼 오른손 손가락을 성급하게 저으며 나를 제지했다.

"가만, 가만! 나는 요일 따위는 전혀 모른다. 1년에 몇 주가 있는지도 전혀 몰라. 엿새 뒤에 다시 오거라. 알았니?"

"예, 마님."

"에스텔라, 이 애를 데리고 내려가렴. 먹을 것도 좀 주고, 먹으면서 주변을 둘러보게 해줘. 가거라, 핍."

나는 올라올 때처럼 촛불을 따라 내려갔다. 에스텔라는 촛불을 아까 있었던 자리에 세워 놓았다. 그녀가 옆 출입구를 열기 전까지, 나는 생각해 보지도 않고 분명 밤중일 거라고 상상했었다. 갑자기 쏟아지는 햇빛에 나는 몹시 어리둥절했고, 마치 내가 그 이상한 방의 촛불 속에서 여러 시간 동안 있었던 것처럼 느껴졌다.

"여기서 기다리고 있어, 이 꼬마야." 에스텔라가 말했다. 그런 다음 문을 닫고 사라졌다.

나는 뜰에 혼자 있게 된 기회를 이용해서 내 거친 손과 저질의 구두를 살펴봤다. 내 부속물들에 대한 평가는 후할 수가 없었다. 그 전에는 그것들이 나를 결코 괴롭게 한 적이 없었는데, 이제는 그것들이 비천한 부속물로 느껴져 괴로웠다. 네이브라고 불러야 할 그림 카드를 왜 잭이라고 부르라고 가르쳐줬는지 조에게 꼭 물어보기로 작정했다. 조가 좀 더 좋은 집안에서 성장했더라면 좋았을 것을, 그랬더라면 나도 그렇게 성장했을 텐데 하고 아쉬워했다.

에스텔라는 빵과 고기 조금하고 작은 머그잔에 맥주를 한 잔 담아 돌아왔다. 그녀는 머그잔을 뜰의 돌 위에다 내려놓고, 마치 내가 눈 밖에 난 개라도 되는 양 아주 무례하기 짝이 없는 태도로 나를 쳐다보지도 않은 채 빵과 고기를 주었다. 나는 너무나도 창피당하고, 상처받고, 경멸당하고, 감정이 상하고, 화가 나고, 비참해서—그 분노의 감정을 표현할 적절한 말이 떠오르지 않는다. 적절한 표현이 무엇이었을지는 하느님만이 아실 것이다—눈에 눈물이 핑 돌기 시작했다. 눈물이 솟아오르는 순간, 그 소녀는 자신이 날 울렸다는 사실에 기뻐하는 표정으로 나를 약삭빠르게 쳐다보았다. 이걸 안 덕분에 나는 나오는 눈물을 꾹 참고 그녀를 쳐다보았다. 그러자 그녀는 경멸적으로 고개를 한 번 쳐들고는—하지만 내 생각으로는, 내가 심하게 상처받았다는 것을 분명히 확인했다는 기색으로—나를 두고 가버렸다.

그러나 그녀가 사라졌을 때, 나는 내 얼굴을 숨길 만한 곳을 찾아 주위를 둘러보다가 좁은 양조장 길에 있는 여러 문들 중 한 문의 뒤로 가서 소맷자락을 담에 댄 뒤 거기에 이마를 대고 울었다. 나는 울면서 담장을 걷어차고, 머리를 심하게 비틀어 쥐어뜯었다. 내 감정이 너무나 견디기 힘들고 말할 수 없는 고통이 너무나 얼얼하여 무언가로 그것을 상쇄해야만 했다.

우리 누나의 양육이 나를 예민하게 만들었다. 누가 양육하든지 간에 어린이들이 존재하는 작은 세계에서는, 불공평한 처사만큼 어린이들에게 그렇게 섬세하게 인식되고 그렇게 세세하게 느껴지는 것은 없을 것이다. 어린이가 노출될 수 있는 것은 사소한 불공평에 지나지 않을 수도 있다. 그러나 어린이는 작고 그 세계도 작은데, 어린이의 흔들목마의 키는 비율로 따지면 뼈가 굵직굵직한 아일랜드 사냥개보다 몇 뼘이나 더 크다. 나는 유년 시절부터 불공평함에 대한 끝없는 갈등을 마음속으로 키워왔었다. 말을 할 줄 알게 되었을 때부터, 나는 우리 누나가 변덕스럽고 폭력적인 억압을 한다는 점에서 나에게 불공평하다는 것을 알고 있었다. 누나가 나를 손수 키워준다고 해서, 그것이 누나에게 나를 손찌검을 하며 키워도 된다는 권리를 주는 것은 아니라는 뿌리 깊은 신념을 나는 마음에 품고 있었다. 내가 당한 모든 처벌과 창피, 금식과 불면, 그리고 그 밖의 참회의 행동들을 통해서 나는 이런 확신을 키워왔으며, 그래서 나는 내가 정신적으로 소심하고 매우 예민해진 것은 대부분 혼자서, 그것도 아무런 보호도 받지 못한 채 이런 확신을 너무나 다져왔던 탓이라고 여긴다.

상처 입은 감정을 양조장 벽에 걷어차고 머리카락으로 휘감아 비틀어댐으로써 한동안 해소하고 나서, 나는 소맷자락으로 얼굴을 가다듬고 문 뒤에서 나왔다. 빵과 고기는 그런대로 먹을 만했고, 맥주는 몸을 데워 알딸딸하게 해줬다. 그래서 나는 곧 기분이 좋아져서 주위를 둘러보았다.

정말이지 그곳은 양조장 뜰 아래쪽에 있는 비둘기장에 이르기까지 황폐했다. 비둘기장은 강풍에 기둥째 비틀린 채 버려져 있었고, 만일 그 안에 비둘기들이 있어 바람에 흔들린다면 자신들이 바다 위에 있다고 여겼을 것이다. 하지만 비둘기장에는 비둘기가 한 마리도 없었고, 마구간에는 말도 없었고, 돼지우리에는 돼지도 없었고, 창고에는 맥아도 없었으며, 큰 구리 가마솥과 큰 통에서는 엿기름 찌꺼기라든가 맥주 냄새도 전혀 나지 않았다. 양조장의 모든 용도와 냄새는 마지막으로 내뿜은 연기와 함께 증발해 버린 것 같았다. 옆마당에는 빈 술통들을 버려둔 곳이 있었는데, 그 주위에는 좋은 시절의 어떤 시큼한 추억이 남아 있었다. 그러나 그것은 사라진 맥주의 표본적인 냄새라기에는 너무도 시큼했다—이런 관점에서 나는 세상을 등지고 쌓여 있던 빈 술통들을 대부분의 다른 것들과 다를 바 없었다고 기억한다.

양조장의 가장 먼 뒤쪽에는 낡은 담이 쳐지고 잡초가 무성한 정원이 하나 있었다. 담은 그리 높지 않아서 나는 그럭저럭 붙잡고 올라가 오랫동안 그 너머를 쳐다볼 수 있었다. 그 무성한 정원은 저택에 딸린 정원으로, 뒤엉킨 잡초들로 뒤덮여 있었다. 하지만 푸르고 노란 좁은 길에는 마치 누군가가 가끔 산책하는 듯한 자국이 나 있었고, 그 순간에도 에스텔라가 저쪽으로 걸어가고 있는 것이 보였다. 그렇지만 에스텔라는 어디에나 존재하는 것 같았다. 왜냐하면 내가 술통들이 일으킨 유혹에 넘어가서 그 위를 걷기 시작했을 때, **그녀**가 마당 끝 쪽의 술통 위를 걷고 있는 것이 보였기 때문이다. 그녀는 등을 내게로 향하고 아름다운 갈색 머리를 양손으로 펼친 채, 한 번도 주위를 돌아보지 않고 곧장 내 시야에서 사라져 버렸다. 이후 양조장 안에서도 그랬다—내가 말하는 양조장이란 맥주를 만들던 넓고 높게 포장된 공간으로, 아직도 양조용 기구들이 그대로 남아 있었다. 처음 그곳에 들어갔을 때 나는 음침한 분위기에 다소 압도되어 문 가까이에 서서 주변을 둘러보고 있었다. 그런데 그때 그녀가 불이 꺼진 화로 사이를 지나 어떤 가벼운 철제 층계를 올라가더니, 마치 하늘로 올라가듯이 머리 위 높이 있는 발코니로 나가는 것이 보였다.

내 환상에 이상한 일이 벌어진 것은 바로 이곳, 바로 이 순간이었다. 나는 그때 그것을 이상한 일이라고 여겼는데, 그 후 오랜 뒤에도 그것을 더욱 이상한 일로 여겼다. 나는—서릿발처럼 하얀 빛을 올려다보느라 약간 침침해진—눈을 내 오른쪽 가까이에 있는 건물 낮은 구석에 걸린 커다란 나무 들보를 향해 돌렸는데, 거기서 나는 어떤 사람이 목매달고 있는 것을 보았다.

누렇게 퇴색한 흰 옷차림에 한쪽 발에만 구두를 걸친 모습이었다. 그렇게 매달린 모습으로 인해 나는 그 옷의 빛바랜 장식이 흙 종이 같다는 것과, 얼굴은 마치 나를 부르려고 애쓰는 듯 안면 전체를 움직이고 있는 미스 해비셤의 얼굴이라는 것을 알 수 있었다. 그런 모습을 본 공포 때문에, 그리고 조금 전까지만 해도 그것이 거기에 없었다는 확신으로 인한 공포 때문에, 나는 처음에는 그것에게서 달아났다가 다음 순간 그쪽으로 달려가 보았다. 그리고 내 공포는 극도에 달했는데, 그때 그곳에는 아무도 없었다.

참으로 쾌청한 하늘의 서릿발처럼 하얀 빛과 안뜰의 철창 너머로 지나가는 사람들의 모습, 그리고 남아 있던 빵과 고기, 맥주가 주는 기운에 힘입어 나는 제정신으로 돌아왔다. 그런 것들의 도움이 있었을지라도, 만일 에스텔라가 나를 내보내 주려고 열쇠 꾸러미를 가지고 다가오는 것을 보지 못했다면 나는 그렇게 빨리 의식을 회복하지는 못했을 것이다. 만일 그녀가 내가 겁먹은 것을 알면 그녀가 나를 멸시할 좋은 구실이 되리라는 생각이 들었다. 그녀에게 그런 좋은 구실을 조금이라도 줘서는 안 되었다.

그녀는 나를 지나치며 의기양양한 눈길로 나를 흘끗 보았다. 마치 그렇게 거친 내 손과 그렇게 거칠고 목이 긴 내 구두를 즐기는 듯한 눈치였다. 그녀는 대문을 연 채 그대로 잡고 서 있었다. 내가 그녀를 쳐다보지도 않고 대문 밖으로 나오려는데, 그때 그녀는 조롱하는 손길로 나를 툭 쳤다.

"너 왜 안 우니?"

"울고 싶지 않으니까요."

"울고 싶지?" 그녀는 말했다. "너는 눈이 거의 안 보일 정도로 울고 있었고, 지금도 막 울려고 하는걸."

그녀는 오만무례하게 씩 웃더니, 나를 밀어내고 대문을 잠가 버렸다. 나는 곧장 펌블추크 씨 댁으로 갔는데, 출타 중인 것을 알고는 굉장히 마음이 놓였다. 그래서 나는 점원에게 내가 어느 날짜에 미스 해비셤 댁에 다시 갈 예정인지 말을 남기고, 우리 대장간까지 6킬로미터가 넘는 거리를 걷기 시작했다. 집으로 오면서 나는 그날 내가 본 모든 것들을 깊이 생각해 보았다. 그리고 나는 내가 비천한 일꾼 아이라는 것, 내 손이 거칠다는 것, 내 구두가 투박하다는 것, 내가 네이브를 잭이라고 부르는 못된 버릇이 들어 있다는 것, 내가 간밤에 생각했던 것보다 훨씬 더 무지하다는 것, 그리고 전반적으로 내가 미천하고 불량한 존재라는 것을 곰곰이 생각해 보았다.

9장

내가 집에 도착하니, 누나는 미스 해비셤 댁에 대해 몹시 궁금해하며 이것저것 많은 질문을 쏟아냈다. 그리고 나는 곧 뒤편에서 목덜미와 작은 등짝을 심하게 얻어맞고 얼굴을 부엌 벽에 굴욕적으로 밀려 부딪혔는데, 그것은 내가 누나의 질문에 대해 충분히 길게 대답을 하지 않았기 때문이다.

만일 사람들에게 이해받지 못하는 것에 대한 두려움이 다른 어린이들 가슴속에도 내 가슴속에 늘 감춰져 있던 것과 얼핏 같은 정도로 감춰져 있다면—나는 그럴 가능성이 있다고 생각하는데, 그것은 나 자신이 괴물 같은 아이였다고 의심할 만한 아무 특별한 까닭이 없기 때문이다—그것은 많은 비밀을 푸는 열쇠가 될 것이다. 나는 내 눈으로 본 대로 미스 해비셤 댁을 설명한다면 어른들이 내 말을 이해하지 못하리라고 확신했다. 그뿐만 아니라 나는 미스 해비셤을 역시 이해하지 못하리라고 확신했다. 그리고 비록 그녀가 나에게는 완전히 불가해한 인물이었지만, 혹시 내가 (에스텔라 아가씨는 말할 것도 없고) 그녀를 조 부인의 면전에서 이야깃거리로 삼는다면 뭔가 비열하고 배반하는 짓처럼 느껴질 것 같았다. 따라서 나는 될수록 말을 적게 했고, 그래서 얼굴을 부엌 벽에 밀려 부딪혔던 것이다.

그중 최악의 상황은 사람을 들볶는 늙은이 펌블추크가, 내가 보고 들은 모든 것을 알고 싶은 굴뚝같은 호기심을 억제하지 못하고 차 마실 시간에 입을 헤벌린 채 이륜 유람마차를 몰고 와서, 세세한 내용을 자기에게 밝히라고 한 것이다. 물고기같이 탁한 눈과 입을 벌리고, 모랫빛 머리카락은 호기심에 쭈뼛 서 있고, 내용 없는 산술 문제로 들썩이는 조끼를 입고 있는 그 고문자의 꼬락서니를 보는 것만으로도 나는 심술이 나서 말하고 싶지 않았다.

"자, 꼬마야." 펌블추크 삼촌은 벽로 옆의 손님 의자에 앉기가 무섭게 묻기 시작했다. "너 읍내에서 어떻게 지냈니?"

나는 대답했다. "꽤 잘요, 아저씨." 그러자 누나가 나에게 주먹을 휘둘렀다.

"꽤 잘이라고?" 펌블추크 씨가 반복해서 말했다. "꽤 잘이라는 건 대답이 못 된다. 꽤 잘이 무슨 뜻인지 말해주겠니, 꼬마야?"

아마 이마에 묻은 회반죽은 뇌를 고집불통의 상태로 굳히나 보다. 아무튼, 부엌 벽에서 내 이마에 묻은 회반죽으로 내 고집은 철석같이 단단해졌던 모양이다. 나는 잠시 생각해 보고 나서, 마치 새로운 생각을 발견하기라도 한 듯 대답했다. "꽤 잘이라는 뜻이에요."

누나는 참지 못하고 버럭 소리를 지르며 나에게 달려들었고―조가 대장간에서 일하느라 바빴기 때문에 나는 무방비 상태였다―그때 펌블추크 씨가 끼어들었다. "안 돼! 화내지 마. 이 아이는 내게 맡겨, 질부. 이 아이는 내게 맡기라고." 그런 다음 펌블추크 씨는 마치 내 머리를 깎으려고 하는 듯이 나를 자기 쪽으로 돌려놓고 말했다.

"먼저(우리의 생각을 정리하려는 듯이), 43펜스는?"

나는 "4백 파운드죠"라고 대답할 경우 그 결과가 어떻게 될지 계산해 보고, 그것이 내게 불리하리라는 것을 깨달았다. 그래서 나는 될 수 있는 대로 정답에 가까운 숫자를 댔다—그것은 아마 약 8펜스쯤 벗어난 수치였을 것이다. 그러자 펌블추크 씨는 나를 "12펜스는 1실링이 된다"에서 시작해서 "40펜스는 3실링 4펜스가 된다"에 이르기까지 펜스 계산표를 쭉 거치게 하더니, 나를 지도해 주기라도 한 것처럼 의기양양하게 물었다. "자! 43펜스는 얼마지?" 나는 이 질문에 오랫동안 생각한 끝에 대답했다. "전 모르겠는데요." 더욱이 나는 너무나 화가 나 있어서 정답을 알고 있었는지조차도 거의 의심할 정도였다.

펌블추크 씨는 나한테서 정답을 짜내려고 나사처럼 자신의 머리를 비틀어 짜며 물었다. "예를 들어, 43펜스면 7실링 6펜스 3파딩[1]이 되는 거냐?"

"예!" 내가 대답했다. 그 순간 누나가 손바닥으로 내 양쪽 귀를 때리긴 했지만, 내 대답이 그의 농담을 망치고 그의 말문을 틀어막은 것은 나로서는 대단히 유쾌했다.

"꼬마야! 미스 해비셤은 어떻게 생겼더냐?" 정신이 들자 펌블추크 씨는, 가슴에 팔짱을 꼭 끼고 머리나사를 죄면서 또 묻기 시작했다.

"매우 큰 키에 얼굴은 검었어요." 나는 그에게 말했다.

"그래요, 삼촌?" 누나가 물었다.

펌블추크 씨는 눈짓으로 그렇다고 했다. 그것을 보고 나는 즉시 그가 미스 해비셤을 결코 본 적이 없다고 판단했는데, 그건 그녀가 전혀 그렇게 생긴 여자가 아니었기 때문이다.

"옳지!" 펌블추크 씨는 우쭐대며 말했다. ("아이는 이렇게 다루는 법이야! 내 생각엔 우리가 이 애를 잘 다루게 된 것 같은데, 질

1 파딩은 1961년에 폐지된 영국의 청동화로 0.25페니에 해당한다.

부?")

"그래요, 삼촌." 조 부인이 대꾸했다. "삼촌께서 늘 저놈을 데리고 계셨으면 좋겠어요. 저놈 다루는 법을 너무나 잘 알고 계시잖아요."

"자, 꼬마야! 미스 해비셤은 뭘 하고 있었지, 오늘 네가 들어갔을 때?" 펌블추크 씨가 물었다.

"앉아 있었어요," 나는 대답했다. "검정색 우단 마차에요."

펌블추크 씨와 조 부인은 서로 빤히 쳐다봤다—그들로서는 당연했다—그리고 둘이서 되물었다. "검정색 우단 마차에?"

"예." 내가 말했다. "그리고 에스텔라 아가씨가—제 생각엔 그분의 조카딸 같은데—마차 창문으로 케이크와 포도주를 황금 접시에 담아 그분에게 넣어주던데요. 그래서 우리 모두가 황금 접시에 담긴 케이크와 포도주를 먹었어요. 그리고 저는 그분이 그러라고 하셔서 마차 뒤에 올라타서 제 몫을 먹었고요."

"거기 또 딴 사람도 있더냐?" 펌블추크 씨가 물었다.

"개 네 마리가 있었어요." 내가 말했다.

"큰 개더냐, 작은 개더냐?"

"무지무지 큰 개였어요." 나는 말했다. "그리고 그 개들은 은 바구니에 담긴 얇게 저민 송아지 고기를 서로 먹으려고 싸웠어요."

펌블추크 씨와 조 부인은 완전히 어처구니가 없어 하며 다시 서로 빤히 쳐다봤다. 나는 완전히 정신이 돈 상태였다—고문을 받고 있는 무모한 증인같이—그래서 그들에게 무슨 말이든 해버렸던 것이다.

"도대체 그런 마차가 어디 **있었단** 거니?" 누나가 물었다.

"미스 해비셤의 방에요." 그들은 또 빤히 쳐다봤다. "그런데 마차엔 말이 없었어요." 네 마리의 화려하게 장식된 준마를 마차에 멍에 씌우려는 황당한 생각을 품었다가 곧 단념하는 순간 나는 이런 단서를 덧붙였다.

"이런 일이 있을 수 있나요, 삼촌?" 조 부인이 물었다. "저 녀석이 무슨 말을 하는 걸까요?"

"내가 말해주지, 질부." 펌블추크 씨가 말했다. "내 생각엔 말이야, 그건 의자 가마야. 알다시피 그녀는 엉뚱하지—매우 엉뚱하지—의자 가마에 앉아서 세월을 보낼 만큼 아주 엉뚱하고말고."

"거기에 앉아 있는 걸 본 적이 있으세요, 삼촌?" 조 부인이 물었다.

"내가 어찌 봤겠나?" 털어놓을 수밖에 없었던 그가 대답했다. "내 평생 그녀를 한 번도 본 적이 없는데? 눈도 마주쳐 본 적이 없어!"

"어머나, 삼촌도 참! 그런데도 그녀와 이야기를 했단 말씀이세요?"

"아니, 질부도 알잖아?" 펌블추크 씨는 퉁명스럽게 말했다. "내가 그 집에 갈라치면 그녀의 방문 바깥까지만 안내받아 올라가고, 그러면 문을 조금 열어두고서 그녀가 나와 그런 식으로 얘기해 왔다는 것을 말이야. **그걸** 모른다고 하진 말라고, 질부. 하지만, 저 꼬마는 그곳에 놀러 갔었지. 무슨 놀이를 했지, 꼬마야?"

"우리는 깃발놀이를 했어요." 나는 말했다. (이때 내가 한 거짓말을 상기하면, 내가 내 자신을 놀랍게 여긴다는 것을 말하고 싶다.)

"깃발놀이라고!" 누나가 그대로 되풀이해 말했다.

"예." 내가 말했다. "에스텔라는 파란 깃발을 흔들고, 난 빨간 깃발을 흔들고, 미스 해비셤은 전면에 조그만 금빛 별들이 수놓인 깃발을 흔들었어요, 마차 창문 밖으로요. 그런 다음 우리는 모두 칼을 흔들며 만세를 불렀어요."

"칼이라고!" 누나가 되풀이해 말했다. "칼은 어디서 났었니?"

"벽장에서요." 나는 말했다. "그리고 벽장에서 권총이랑 잼이랑 알약도 봤어요. 그리고 방 안에는 햇빛이 전혀 안 들어왔지만, 촛불로 온통 환하게 밝혀져 있었어요."

"그건 사실이야, 질부." 펌블추크 씨가 근엄하게 고개를 끄덕이며 말했다. "사정인즉슨 바로 그래, 그 정도는 나도 직접 보았으니까." 그러고 나서 그들 둘이 나를 빤히 쳐다봤다. 그래서 나도 얼굴에 거슬릴 만큼 천진한 표정을 띠고 그들을 빤히 쳐다보며, 오른손으로 오른쪽 바짓가랑이를 꼬았다.

만일 그들이 나에게 질문을 더 했더라면, 나는 틀림없이 비밀을 드러내고 말았을 것이다. 왜냐하면 그 순간조차도 나는 마당에 풍선이 있었다고 말할 참이었고, 내가 꾸며낸 이야기가 그 풍선 이야기와 양조장에 곰이 있었다는 이야기 사이에서 갈팡질팡했기에 망정이지, 위험을 무릅쓰고 그 말을 했을 것이기 때문이다. 그러나 그들은 내가 그들이 생각해 보도록 이미 진술한 놀라운 일들을 토론하는 데 너무나 몰두해 있어서, 나는 더 이상의 질문을 면했다. 조가 일손을 놓고 차를 마시러 들어왔을 때도 그들은 여전히 그 문제에 매달려 있었다. 누나는 조의 마음을 기쁘게 해주기보다는 자기 자신의 속을 풀려고, 나의 꾸며낸 경험을 조에게 이야기해 줬다.

이제, 조가 그의 파란 눈을 뜨고 어찌 할 수 없는 놀라움으로 부엌을 구석구석 둘러보는 것을 보았을 때, 나는 후회스런 마음에 휩싸였다. 그러나 오직 조에 대해서만 그랬을 뿐—나머지 둘에 대해서는 조금도 그렇지 않았다. 내가 조에 대해서, 그리고 오직 조에 대해서만 내 자신을 꼬마 괴물이라고 생각하는 동안,

두 사람은 앉아서 내가 미스 해비셤의 친분과 호감을 얻게 돼서 내게 무슨 결과가 생길지에 대해 논쟁하고 있었다. 그들은 미스 해비셤이 나에게 "뭔가 해주리라"는 점을 전혀 의심치 않았다. 그들이 미심쩍어 하는 것은 그 뭔가가 취할 형태에 관련된 것이었다. 누나는 "재산"을 내세웠다. 펌블추크 씨는 내가 어떤 점잖은 직업—즉, 이를테면 잡곡과 종묘상 같은 직업—에 도제 계약을 맺을 상당한 금액의 약조금이 되리라는 쪽을 지지했다. 조는 두 사람에게 개망신을 당했는데, 그것은 조가 자기 딴에는 번득이는 의견이랍시고 내가 다만 저민 송아지 고기를 두고 싸우던 개들 중의 한 마리를 선물로 받을 것이라고 했기 때문이다. "바보의 머리로 그보다 더 좋은 의견을 낼 수 없거든." 누나가 말했다. "당신은 가서 일이나 해. 가서 일이나 하는 게 좋겠어." 그래서 그는 일하러 갔다.

펌블추크 씨가 마차를 몰고 떠난 뒤 누나가 설거지를 하고 있을 때, 나는 몰래 대장간으로 들어가 매형 조에게 가서 그가 밤일을 마칠 때까지 옆에 있었다. 그때 내가 말했다. "화덕 불이 꺼지기 전에, 조, 하고 싶은 말이 좀 있어."

"그러니, 핍?" 조는 편자 박는 도구를 화덕 가까이 끌어당기면서 말했다. "그럼 말해봐. 뭔데, 핍?"

"조." 나는 그의 말아 올린 셔츠 소맷자락을 붙잡고 검지와 엄지로 비틀면서 말했다. "미스 해비셤 댁에 대한 모든 걸 기억해?"

"기억하냐고?" 조가 말했다. "난 널 믿지! 굉장하더라!"

"끔찍한 일이야, 조. 그건 사실이 아니야."

"무슨 말을 하는 거니, 핍?" 조는 아주 크게 놀라 뒤로 나자빠지며 외쳤다. "너 설마 그게……."

"응, 그래. 그건 거짓말이야, 조."

"하지만 다는 아니겠지? 아니 정말, 핍, 검정색 유단(우단) 마차 같은 것도 없었단 말은 아니겠지?" 내가 고개를 저으며 서 있자 묻는 말이었다. "그렇지만 적어도 개들은 있었지, 핍? 그렇지, 핍." 조는 설득하듯 말했다. "조민(저민) 송아지 고기가 없었다면, 적어도 개는 있었겠지?"

"없었어, 조."

"단 한 마리도?" 조가 물었다. "강아지 한 마리도? 있었지?"

"아냐, 조, 개 따위는 하나도 없었어."

내가 절망적으로 눈을 떼지 않고 조를 지켜보자, 조는 낙담하여 나를 관찰했다. "핍, 이봐! 이래선 안 돼, 이봐! 아이고! 어쩌자고 그랬어?"

"무서워, 조, 안 그래?"

"무섭다고?" 조가 외쳤다. "무시무시해! 뭐에 씌었던 거야?"

"뭐에 씌었던 건지 나도 모르겠어, 조." 나는 그의 셔츠 소맷자락을 놓으면서 대답했다. 그리고 그의 발치에 있는 재에 주저앉아서 고개를 숙였다. "하지만 나는 매형이 나에게 네이브 카드를 잭이라고 가르쳐주지 않았더라면 좋았으리라고 생각해. 그리고 내 구두가 그렇게 투박하지 않고 내 손이 그렇게 거칠지 않았으면 좋겠단 말이야."

그런 다음 나는 조에게 내가 매우 비참하다고 느낀다는 것, 그렇게 나를 막 대하는 조 부인과 펌블추크 씨에게 내 자신을 설명할 수 없었다는 것, 미스 해비셤 댁에 아름다운 꼬마 숙녀가 있는데 몹시 콧대가 높더라는 것, 그녀가 나를 천하다고 말했다는 것, 나도 내가 천한 것을 알고 있었다는 것, 내가 천하지 않았으면 좋겠다는 것, 그리고 그 거짓말들은 웬일인지 나도 모르게 나왔었다는 것 등등을 말해줬다.

이것은 적어도 나와 마찬가지로 조로서도 다루기 어려운 형이상학적 문제였다. 그러나 조는 그 문제를 형이상학의 영역 밖으로 완전히 끌어냈고, 그렇게 해서 그것을 척결했다.

"네가 확신해도 좋은 것 한 가지가 있다, 핍." 조는 잠시 생각에 잠겼다가 말했다. "즉, 거짓말은 거짓말이라는 거야. 어떻게 해서 나왔든지 간에, 거짓말이 나오지 말았어야 했어. 그리고 그건 거짓의 아버지에게서 나온 것이고, 결국 다 그쪽으로 돌아가는 법이지. 더는 거짓말 말거라, 핍. **그건** 천함에서 벗어나는 길이 아냐, 친구야. 또 천하거나 평범한 것에 대해 말하자면, 그게 뭔지 난 전혀 모르겠어. 넌 몇 가지 점에선 비범하잖아. 너는 비범한 꼬마야. 마찬가지로 넌 비범한 학생이야."

"아냐, 난 무식하고 뒤처졌어, 조."

"아니, 네가 엊저녁에 쓴 편지를 봐! 그것도 고른 인쇄체로 말이야! 난 많은 편지를 본 적이 있지—아! 그것도 지체 높은 분들에게서 온 편지를 말이야!—맹세컨대 그것들은 인쇄체가 아니었어." 조는 말했다.

"난 배운 게 거의 없어, 조. 날 높이 평가하는 거야. 그뿐이야."

"글쎄, 핍." 조는 말했다. "그게 그렇든 안 그렇든, 네가 비범한 학생이 되기 위해서는 먼저 평범한 학생이어야 한다고 나는 믿는다! 왕관을 머리에 쓰고 왕좌에 앉아 있는 왕이라도, 왕위에 오르기 전의 왕자일 때 알파벳부터 시작하지 않았다면, 앉아서 그의 의회법을 인쇄체로 쓰지 못할 거다……. 아!" 조는 의미심장하게 고개를 한 번 저으며 덧붙였다. "그리고 역시 A에서 시작해서 Z까지 배우지 않았다면 말이다. 그리고 **나는** 그래야 한다는 것을 알고 있지, 비록 내가 그걸 정확하게 했노라고 말할 수는 없지만 말이다."

이 지혜로운 말에는 어떤 희망이 깃들어 있어, 내게 다소 격려가 되었다.

"직업이라든가 벌이에 있어 평범한 사람들이," 조는 사려 깊게 말을 이었다. "나다니며 비범한 사람들과 노느니보다는 평범한 사람들과 계속해서 친교를 유지하는 것이 낫지 않을지 여부는…… 얘기하다 생각나는데, 아마 거기에 깃발은 있었겠지?"

"없었어, 조."

"(깃발이 없었다니 유감이구나, 핍.) 깃발이 있었다 없었다 하는 문제는, 지금 따져봤자 네 누나만 노발대발하게 만들 일이야. 그러니 그것을 일부러 저지른 일이라고 생각할 필요도 없지. 내 말 좀 들어봐, 핍, 진정한 친구로서 네게 하는 말이니까. 진정한 친구라면 네게 이렇게 말할 거다. 네가 만일 바른 길을 감으로써 비범해질 수 없다면, 비뚤어진 길을 가는 것으로는 더더욱 그렇게 될 수 없을 거야. 그러니 더 이상 거짓말하지 말고, 핍, 잘살다가 행복하게 죽어라."

"나한테 화 안 났어, 조?"

"그럼, 친구야. 그러나 내가 언급하는 그 거짓말들이 엄청나고 대담한 유형이라는 것—조민 송아지 고기라든가 개싸움 같은 것을 말하는 건데—을 유의해 보건대, 네가 잘되길 바라는 진지한 사람이라면, 핍, 네가 위층에 가서 잠자리에 들 때 그 거짓말들을 곰곰이 생각해 보라고 충고할 거다. 그뿐이야, 친구. 절대 거짓말은 더 이상 하지 말라고."

내 작은 방에 올라가 기도를 드릴 때, 나는 매형 조의 충고를 잊지 않았다. 하지만 내 어린 마음은 너무나 뒤숭숭하고 감사할 줄 모르는 상태에 있었으므로, 나는 몸을 눕힌 뒤 오랫동안 이것저것을 생각했다. 대장장이에 불과한 조를 에스텔라가 얼마나 천하게 여길까, 그의 구두가 얼마나 투박하고 또 그의 손은 얼마나 거칠다고 여길까 하고. 나는 또 그때 조와 누나는 어떤 식으로 부엌에 앉아 있을까, 내가 어떻게 부엌에서 자라 올라왔는지, 그리고 미스 해비셤과 에스텔라는 어떻게 결코 부엌에 앉아 있는 법 없이 그런 천한 일들과는 그리 아득히 동떨어진 존재들일까 등을 생각했다. 나는 미스 해비셤 댁에 있을 때 '익히 하던' 것을 떠올리며 잠이 들었다. 마치 내가 그곳에 있었던 것이 몇 시간이 아니라 몇 주나 몇 달이라도 되듯이, 그리고 그게 바로 그날 일어난 일이 아니라 기억 속에 간직된 아주 오래된 주제라도 되듯이.

그날은 내게 중대한 날이었는데, 그날이 나에게 큰 변화를 일으켰기 때문이다. 그러나 그건 어느 인생이든지 마찬가지이리라. 인생에서 어느 선택된 하루가 빠졌다고 상상해 보라. 그리고 인생행로가 얼마나 달라졌을지 생각해 보라. 그대 이 글을 읽는 독자여, 잠시 멈추고 생각해 보라. 철이나 금, 가시나 꽃으로 된 긴 사슬이 결코 당신을 묶어놓지 않았으리라고, 어느 중대한 날에 그 첫 번째 고리가 형성되지만 않았다면 말이다.

10장

하루인가 이틀이 지난 아침 내가 잠에서 깨었을 때 묘안이 떠올랐는데, 내가 내 자신을 비범하게 만드는 가장 좋은 방법은 비디에게서 그녀가 알고 있는 것을 죄다 얻어내는 것이라는 생각이었다. 이 빛나는 생각에 따라, 밤에 웝슬 씨의 대고모네 야간 학교에 갔을 때 나는 비디에게 내게는 출세하고 싶은 특별한 동기가 있으며, 그녀의 모든 지식을 나에게 전해준다면 대단히 고맙겠다고 말했다. 소녀들 가운데 가장 마음씨가 자상한 비디는 즉시 그러마고 했고, 실로 5분도 채 안 되어 자기 약속을 이행하기 시작했다.

웝슬 씨의 대고모가 세워놓은 교육 계획 내지 교육 과정은 다음과 같이 분석 요약될 수 있다. 학생들이 사과를 먹고 서로 등에다 지푸라기를 넣으며 놀라치면, 그제야 웝슬 씨의 대고모는 기운을 차리고 자작나무 회초리를 들고 일어나 비틀대며 학생들을 닥치는 대로 때렸다. 온갖 조롱의 흔적을 남기며 회초리를 맞은 후, 학생들은 줄을 지어서 시끌벅적대며 헐대로 헌 책을 손에서 손으로 전달했다. 그 책에는 알파벳과 몇 가지 숫자와 셈표, 그리고 약간의 철자법이 실려 있었다—바꿔 말하면 원래는 그런 것들이 실려 있었다. 이 책이 학생들에게 돌아가기 시작하자마자 웝슬 씨의 대고모는 혼수상태에 빠져버렸는데, 잠이 들었거나 관절염 발작으로 그런 것 같았다. 그러면 학생들은 누가 누구의 발가락을 가장 세게 밟을 수 있는가를 확인해 보려고, 자기들끼리 구두를 주제로 경쟁적인 시험에 들어갔다. 이 같은 정신 수련은 비디가 달려와서 흉하게 닳아빠진(마치 어떤 물건의 큰 토막 끝에서 무딘 솜씨로 잘라낸 것처럼 생긴) 세 권의 성경책을 나눠줄 때까지 계속되었다. 이 성경책들은 내가 그 이후에 본 어떤 고문학 서적보다도 더 읽기 힘들게 인쇄되어 있었고, 온통 잉크 얼룩투성이인 데다가 책장 사이사이에는 곤충 세계의 표본들이 박살난 채 끼어 있었다. 이 부분의 교육 과정은 대개 비디와 말 안 듣는 학생들 간에 일대일로 벌어지는 몇 차례의 싸움으로 인해서 한결 덜 지루해지곤 했다. 싸움이 끝났을 때 비디는 읽을 쪽수를 알려줬고, 그런 다음 우리는 모두가 읽을 수 있는 것을—혹은 읽을 수 없는 것을—기괴한 합창으로 크게 소리 내어 읽었다. 비디가 높고 날카롭고 단조로운 목소리로 먼저 읽어줬으나, 우리 중에 어느 누구도 우리가 읽고 있는 것에 대한 개념이나 경외심도 없었다. 이런 끔찍한 소음이 일정 시간 계속되면, 웝슬 씨의 대고모가 기계적으로 깨어나서 닥치는 대로 아무 소년한테나 비틀비틀 다가가 그의 귀를 잡아당겼다. 이것은 그날 밤 수업을 파하는 것으로 이해되었고, 그러면 우리는 지적 승리를 외치면서 밖으로 나왔다. 공명정대하게 말해서, 어떤 학생이든지 석판이나 심지어 잉크까지도(잉크가 있을 때는) 마음대로 사용하는 것이 금지되어 있지 않았다. 그러나 겨울철엔 그쪽 부문의 학습을 수행하기는 쉽지 않았다. 왜냐하면 수업이 이뤄지는—그리고 또한 웝슬 씨 대고모의 거실이자 침실이기도 한—그 작은 잡화점은 깊이 파이고 탄 심지를 잘라내지 않은 맥 빠진 촛불 하나로 겨우 희미하게 밝혀져 있었기 때문이다.

이런 상황에서 내가 비범해지는 데는 시간이 걸릴 것 같았다.

그럼에도 불구하고, 나는 노력해 보기로 결심했다. 그래서 바로 그날 저녁에 비디는 우리의 특별한 협약의 실천에 착수했는데, 그녀는 자신이 소지한 조그만 가격표 목록에서 습당이라는 표제 아래에 있는 정보를 약간 알려주고, 집에서 베껴 쓰라고 큼직하고 낡은 영어사전 한 권을 내게 빌려줬다. 그런데 사전이라는 "Ð"자는 그녀가 어느 신문의 표제에서 베낀 것인데, 그녀가 내게 그게 뭔지 말해줄 때까지 나는 혁대 죔쇠의 도안이라고 추측했다.

당연히 마을에는 술집 하나가 있었고, 매형 조는 때때로 거기서 담배 피우는 것을 즐겼다. 나는 그날 저녁 야간학교에서 돌아오는 길에 술집 '세 명의 즐거운 사공들Three Jolly Bargemen'에 들러, 거기 있는 조를 무슨 일이 있어도 꼭 집으로 데려오라는 엄명을 받았다. 그런 까닭에 나는 '세 명의 즐거운 사공들'로 발길을 향했다.

술집에는 계산대가 하나 있었고, 그 옆문 쪽 벽에는 분필로 쓴 놀랄 만큼 긴 외상 술값 숫자들이 적혀 있었는데, 내가 보기에는 외상을 갚는 법이 전혀 없는 것 같았다. 그 외상값 숫자들은 내가 기억할 수 있었던 이후 줄곧 거기 있었고, 내가 자란 것보다도 더 길어져 있었다. 그러나 우리 고장 주변에서는 분필 만드는 백악이 많이 나서, 아마 사람들이 분필을 이용하는 기회를 마다하지 않았던 것 같다.

그때가 토요일 밤이어서인지, 내가 보니 술집 주인은 꽤 험상궂게 이 기록들을 바라보고 있었다. 하지만 내 용무는 그가 아니라 조에게 있었기에, 나는 그에게 그저 저녁 인사만 건네고 지나가 복도 끝에 있는 휴게실로 들어갔다. 그곳에는 환하게 타는 커다란 벽난로가 있었고, 조가 웝슬 씨하고 낯선 이 하나와 함께 담배를 피우고 있었다. 조는 여느 때처럼 "어이, 핍, 친구!"라고 내게 인사를 건넸는데, 그 인사말이 나오는 순간 그 낯선 이는 고개를 돌려 나를 쳐다보았다.

그는 내가 그 전에 한 번도 본 적이 없는 비밀이 있어 보이는 사람이었다. 그의 머리는 한쪽으로 완전히 기울어져 있었고, 한쪽 눈은 마치 보이지 않는 총으로 뭔가를 겨누고 있기라도 한 듯 반쯤 감겨 있었다. 그는 입에 담뱃대를 물고 있다가 그것을 빼고는, 입에 있던 연기를 천천히 다 뿜어내면서 나를 내내 지그시 바라보더니 고개를 끄덕끄덕했다. 그래서 나도 고개를 끄덕였더니, 그는 또다시 고개를 끄덕이고는 나보고 앉으라고 긴 나무 의자의 자기 옆에 자리를 마련해 주었다.

그렇지만 나는 그 휴게실에 들어갈 때마다 조 곁에 앉는 데 익숙해져 있었으므로, "아니, 괜찮습니다, 아저씨"라고 말하고 조가 마련해 놓은 반대편 긴 의자에 앉았다. 그 낯선 이는 조를 흘긋 쳐다보고 그의 주의가 다른 곳에 쏠려 있는 것을 알고는, 내가 자리에 앉은 뒤 나에게 또 고개를 끄덕였다. 그러더니 그는 자신의 다리를—내가 받은 인상으로는, 매우 이상한 방식으로—문질렀다.

"그러니까 형씨는," 그 낯선 이가 조를 돌아보며 말했다. "대장장이란 말씀이군요."

"예. 그리 말했지요, 아시다시피." 조가 말했다.

"뭘로 드시겠습니까, 저……? 가만, 성함을 말해주지 않으셨군요."

이에 조는 이름을 말해줬고, 그 낯선 이는 조를 그 이름으로 불렀다. "뭘로 드시겠어요, 가저리 씨? 내가 사겠습니다만, 마무리로요."

"글쎄요." 조는 말했다. "실은 저는 제가 아니고 다른 사람이

내는 술을 마시는 버릇이 그다지 많이 들어 있지 않습니다만."
"버릇이라뇨? 아니죠." 낯선 이가 대답했다. "그저 딱 한 번뿐이고, 토요일 밤이기도 하잖습니까. 자! 말씀하세요, 가저리 씨."
"딱딱한 사람이 되고 싶진 않네요." 조가 말했다. "럼주로 하죠."
"럼주로요." 낯선 이는 되풀이해 말했다. "다른 신사분도 의사를 밝혀주시죠."
"럼주요." 웝슬 씨가 말했다.
"럼주 석 잔이요!" 낯선 이는 주인을 부르며 외쳤다. "잔을 돌리죠!"
"여기 이 신사 분은," 웝슬 씨를 소개할 속셈으로 조가 말을 꺼냈다. "선생도 낭독하는 걸 듣고 싶어 할 신사분이랍니다. 우리 교회 서기이시죠."
"아하!" 낯선 이는 재빨리, 그리고 나에게 눈을 찡긋하면서 대답했다. "바로 저 밖 습지에 무덤으로 둘러싸인 외딴 교회 말이군요!"
"맞습니다." 조가 말했다.
낯선 이는 담뱃대를 물고 일종의 기분 좋은 끙끙 소리를 내면서 자기가 독차지하고 있던 긴 나무 의자에 두 다리를 올려놓았다. 그는 펄럭이는 넓은 테두리의 여행자 모자를 쓰고 있었는데, 그 밑에 손수건으로 머리를 두건 모양으로 동여매고 있어서 머리카락이 하나도 안 보였다. 그가 벽난롯불을 쳐다보고 있을 때, 나는 그의 얼굴에서 교활한 표정이 반쯤 미소 띤 표정으로 바뀌는 것을 본 것 같았다.
"신사 여러분, 저는 이 고장을 잘 알지 못합니다만, 강 쪽을 향한 적막한 고장 같군요."

"대부분의 습지대는 적막하죠." 조가 말했다.

"여부가 있겠습니까, 아무렴요. 요즘에도 집시나 뜨내기나 방랑자 같은 부류가 거기에 있습니까?"

"아뇨." 조가 말했다. "가끔 탈주한 죄수밖에는 없습니다. 그리고 **그들을** 발견하는 것도 쉽지가 않습니다. 그렇죠, 웝슬 씨?"

웝슬 씨는 당혹스러웠던 옛 기억을 위엄 있게 떠올리며 동의했다. 그러나 열렬한 동의는 아니었다.

"두 분은 그런 수색에 나가보셨던 것 같은데요?" 낯선 이가 물었다.

"한 번 있었습니다." 조가 대답했다. "우리가 그들을 잡으려고 했던 건 아닙니다, 이해하시겠지만. 우린 구경꾼으로 따라 나갔었습니다. 저하고 웝슬 씨, 그리고 핍하고요. 그렇잖니, 핍?"

"그래요, 조."

낯선 이는 나를 또다시 쳐다보고—마치 자신의 보이지 않는 총으로 분명히 나를 겨냥하고 있는 양, 여전히 나를 찡긋 바라보면서—말했다. "저 꼬마는 말라깽이 어린이 같군요. 이름이 어찌 된다고요?"

"핍입니다." 조가 말했다.

"핍이 세례명인가요?"

"아뇨, 핍은 세례명이 아닙니다."

"핍이 성씨군요?"

"아닙니다." 조가 말했다. "이 애가 어렸을 때 스스로 붙인 일종의 성씨인데, 다들 그렇게 부르고 있답니다."

"선생의 아드님인가요?"

"글쎄요." 묵상하듯 조가 말했다—물론 그것에 관하여 생각해볼 필요가 조금이라도 있어서가 아니라, 그 술집 '즐거운 사공들'에서는 담배를 피우며 논의하는 것은 무엇이나 깊이 생각하는 것처럼 보이는 것이 관행이었기 때문이다. "글쎄올시다…… 아닙니다. 아들이 아닙니다."

"그럼 조카요?" 낯선 사람이 물었다.

"글쎄올시다." 조는 아까처럼 깊은 사색의 표정을 띠고 말했다. "이 앤 아닙니다……. 아녜요. 사실대로 말해서, 이 앤 **아닙니다**……, 내 조카가."

"제기랄, 그럼 뭐란 말입니까?" 낯선 이가 물었다. 그건 내가 보기엔 필요 이상의 강한 어조로 묻는 것 같았다.

웝슬 씨가 그 문제에 끼어들었다. 그는 남자가 결혼하지 말아야 할 여자의 친족 관계를 유념해야 하는 직업적 이유로 인해,[1] 모든 연고 관계에 대해 알고 있는 사람으로서 나와 조 사이의 관계를 상세하게 설명해 줬다. 일단 손을 댄 이상 웝슬 씨는 〈리처드 3세〉에서 인용한 아주 대단히 복잡한 구절로 끝내고서,[2] 그는 그것으로 충분히 설명했다고 생각하는 듯 이렇게 덧붙였다. "시인이 말하는 대로입니다."

그리고 나는 여기서, 웝슬 씨가 내 얘기를 할 때는 내 머리를 헝클어뜨려서 머리카락으로 내 눈을 찌르는 것을 이야기의 필수적인 부분으로 생각했다고 말하고 싶다. 우리 집을 방문하는 그와 같은 위치에 있는 사람들이 왜 비슷한 상황에서는 언제나 나로 하여금 격앙시키는 똑같은 과정을 거치게 해야만 했는지 나

1 당시 영국의 교회에서는 혼인공시제도가 엄격하게 시행되고 있었으므로, 교회의 서기는 당연히 쌍방의 금혼 대상이 되는 친족 관계를 잘 파악하고 있어야 했다.

2 아마도 셰익스피어의 사극 〈리처드 3세〉의 4막 2장을 언급하는 것으로 짐작된다. 여기서 리처드 왕은 형의 딸과 결혼하기 위해서 자신의 멀쩡한 왕비 앤이 중병을 앓고 있다고 속여 감금하고 정적을 모살할 계획을 세우는데, 신하 버킹엄은 왕이 자신에게 하사하기로 약속한 것을 이행해 줄 것만을 요구한다. 이렇듯 이 부분은 동상이몽적인 등장인물들 사이의 심리 상태가 매우 복잡하게 얽혀 있다.

는 지금도 이해가 안 간다. 하지만 내가 좀 더 어렸던 시절에도 우리 가족들의 사교 모임에서 내가 화제의 대상이 되었던 기억은 없으나, 손이 큼직한 어떤 분이 나를 보호한답시고 내게 그런 일종의 안과 조치를 취한 적은 있었다.

이러는 동안 내내 그 낯선 사람은 오직 나만을 쳐다보았는데, 마침내 나를 쏴서 쓰러뜨릴 작정이라도 한 듯했다. 그러나 그는 "제기랄." 하고 거친 말을 내뱉은 뒤로 아무 말이 없다가, 마침내 물을 탄 럼주 잔이 나오자 총알을 발사했다. 그것은 아주 의외의 발사였다.

그것은 언어적인 말이 아니라 무언의 시늉이었으며, 예리하게 나를 향한 것이었다. 그는 그의 물 탄 럼주를 예리하게 나를 겨냥한 채 젓더니, 역시 나를 예리하게 쳐다보며 맛을 보았다. 그러더니 그는 또 럼주를 저어서 맛을 보았다. 그것도 주인이 그에게 가져온 숟갈이 아니라 **줄로써**.

그는 나 말고는 아무도 그 줄을 못 보게 저은 뒤 맛을 보았다. 그러고 나서 그는 줄을 닦아서 가슴 주머니에 넣었다. 나는 그것이 조의 줄이라는 걸 알았고, 그 연장을 본 순간 그가 내 죄수를 알고 있다는 것을 알았다. 나는 주문에 걸린 듯 그를 응시하며 앉아 있었다. 그러나 그는 이제 나를 거의 거들떠보지도 않은 채 긴 나무 의자에 누워서 주로 단조로운 일들에 대한 이야기를 했다.

토요일 밤이면 우리 마을에서는 삶을 새롭게 이어나가기 전에 대청소를 하고 조용히 한숨 돌린다는 유쾌한 느낌이 있었는데, 조는 이런 느낌에 기운을 얻어 토요일 같은 날에는 다른 때보다 감히 반 시간이나 더 술집에 머물렀다. 그 반 시간이 다 되고 물 탄 럼주가 다 떨어지자, 조는 귀가하기 위해 일어나 내 손을 잡았다.

"잠깐만요, 가저리 씨." 그 낯선 사람이 말했다. "내 호주머니 어딘가에 반짝거리는 1실링짜리 새 동전 하나가 있을 것 같은데, 만일 그게 있으면 이 아이에게 주겠습니다."

그는 한 움큼의 잔돈 속에서 그것을 찾아내더니, 꼬깃꼬깃한 종이 같은 것에 싸서 내게 주었다. "네 꺼다!" 그는 말했다. "주의해라! 네 것이다."

나는 그에게 고맙다고 인사하고, 조를 꼭 붙잡은 채 예의의 한계를 훨씬 벗어나도록 그를 응시했다. 그는 조에게 작별 인사를 하고, (우리와 함께 밖으로 나온) 웝슬 씨에게도 작별 인사를 했다. 그런데 그는 나를 겨냥하는 눈으로 한 번 바라봤을 뿐이었다—아니, 바라본 게 아니었다. 왜냐하면 그는 눈을 감고 있었기 때문이다. 하지만 겨냥하는 눈을 감아버리고 남은 한 눈만으로도 놀라운 효과를 낼 수 있는 법이다.

집으로 오는 길에, 내가 만일 이야기를 나눌 기분이었다면, 그 이야기는 일방적으로 내 쪽에서 다 했을 것이 틀림없다. 왜냐하면 웝슬 씨는 술집 '즐거운 사공들'의 문 앞에서 우리와 헤어졌고, 조는 가능한 한 많은 공기로 럼주 냄새를 씻어내려고 귀갓길 내내 입을 딱 벌리고 걸었기 때문이다. 그러나 나는 옛날에 저지른 내 비행과 예전에 알던 사람이 이렇게 떠오르는 바람에 정신이 멍한 상태여서 다른 생각은 할 수가 없었다.

우리가 부엌에 들어섰을 때 누나의 기분은 아주 나쁘지 않았다. 그래서 매형 조는 그 뜻밖의 상황에 용기를 얻어 누나에게 그 반짝이는 실링 동전에 대해 들려줬다. "못 쓰는 돈이겠지, 틀림없어." 조 부인이 의기양양하게 말했다. "그렇잖으면 그 사람이 그걸 저 녀석에게 주지 않았겠지! 한번 보자."

나는 종이에서 동전을 꺼냈고, 그건 진짜로 밝혀졌다. "그런데 이게 뭐냐?" 조 부인이 실링을 내던지고 종이를 움켜잡으며 말했다. "1파운드짜리 지폐 두 장이잖아?"

그 지폐는 정말 마을의 모든 가축 시장과 더할 나위 없이 친밀한 관계를 맺었던 것으로 보이는, 두툼하고 땀이 밴 1파운드짜리 지폐 두 장이었다. 조는 모자를 다시 집어 들고, 돈 임자에게 그 지폐를 돌려주기 위해 술집 '즐거운 사공들'로 달려갔다. 조가 나가고 없는 동안 나는 내가 늘 사용하는 의자에 앉아 누나를 멍하니 바라보며, 그 사람이 거기 없을 거라고 상당히 확신하고 있었다.

이내 조가 돌아와서, 그 사람은 가고 없었지만 지폐에 관해서 술집 '세 명의 즐거운 사공들'에 말을 남겨두고 왔다고 말했다. 그러자 누나는 그 지폐를 종이에 싸서 봉한 다음, 귀빈 응접실 찬장 위에 있는 장식용 찻주전자 속 말린 장미 꽃잎 밑에 넣어두었다. 지폐는 거기에 놓인 채, 수많은 낮과 밤 동안 내게는 악몽이 되었다.

잠자리에 들었을 때 나는 애처롭게 선잠밖에 자지 못했는데, 보이지 않는 총으로 나를 겨냥하는 그 낯선 사람에 대해, 그리고 죄수들과 은밀한 공모 관계에 있다는 게 떳떳하지 못하게 추잡하고 천한 노릇—내가 이전에는 망각했던 내 비천한 삶의 특징인데—이라는 것에 대해 생각하느라 그랬다. 줄에 대한 생각도 역시 나를 괴롭혔다. 내가 조금도 예상하지 못할 때 그 줄이 다시 나타날 것이라는 두려움이 나를 사로잡았다. 나는 다음 수요일에 미스 해비셤 댁에 갈 생각으로 내 자신을 달래고 잠이 들었다. 그런데 잠결에, 누가 쥐고 있는지는 보이지 않지만 그 줄이 어떤 문에서 나와 나에게 다가오는 것을 보고 비명을 지르며 잠에서 깨어났다.

11장

약속된 시간에 나는 미스 해비셤 댁으로 다시 갔다. 내가 머뭇거리며 대문 초인종을 누르자 에스텔라가 나왔다. 그녀는 저번에 그랬던 것처럼 나를 들인 후 대문을 잠그고, 또 앞장서서 나를 데리고 촛불을 놓아둔 그 어두운 복도로 들어갔다. 그녀는 손에 촛불을 들 때까지도 나를 본척만척하더니, 어깨 너머로 돌아보며 깔보는 투로 말했다. "너, 오늘은 이쪽으로 가야 해." 그러더니 집의 전혀 다른 쪽으로 나를 데리고 갔다.

복도는 길었고, 매너 하우스의 정방형 지하실 전체와 이어지는 듯했다. 그러나 우리는 단지 정방형 지하실의 한쪽을 통과했을 뿐이었는데, 그녀는 그 복도 끝에서 걸음을 멈추더니 촛불을 내려놓고 문 하나를 열었다. 여기에서 햇빛이 다시 들어왔고, 나는 내가 판석 깔린 작은 안뜰에 들어선 것을 깨달았다. 뜰의 맞은편에는 별채로 된 주택이 하나 서 있었는데, 없어진 양조장의 지배인이나 주임 사원이 한때 쓰던 집처럼 보였다. 이 집의 외벽에는 시계가 하나 걸려 있었다. 미스 해비셤의 방에 걸린 괘종시계나 손목시계와 마찬가지로, 그 시계도 9시 20분 전에 멈춰 있었다.

우리는 열려 있는 문을 지나 안으로 들어가서, 1층 뒤쪽의 천장이 낮은 어두침침한 어느 방으로 들어갔다. 그 방에는 몇몇 손님들이 있었는데, 에스텔라는 그들과 합류하면서 나에게 말했다. "넌 저쪽으로 가서 부를 때까지 서 있어, 꼬마야." "저쪽"이란 창가였으므로, 나는 방을 가로질러 가서 매우 거북한 심정으로 밖을 내다보며 "저쪽"에 서 있었다.

창문은 마당을 향해 열려 있었는데, 방치된 정원의 몹시 볼품없는 한구석을 들여다보고 있었다. 양배추 줄기들의 썩은 잔해와 오래전에 푸딩처럼 끝을 둥글게 잘라놓은 회양목 한 그루가 창문으로 보였다. 회양목 꼭대기에는 새로운 싹이 자라나서 모양이 엉망이었고, 마치 푸딩의 그 부분이 냄비에 들어붙어 타버리기라도 한 듯 색깔도 달랐다. 이것은 내가 회양목을 찬찬히 보면서 떠올려본 꾸밈없는 생각이었다. 밤새 눈이 살짝 내렸었는데, 내가 아는 바로는 아무데도 눈이 남아 있지 않았다. 그런데 이 작은 정원의 추운 그늘에는 눈이 완전히 녹지 않고 남아 있었다. 작은 소용돌이를 치며 부는 바람이 눈을 휩쓸어 올려 창문으로 내던졌다. 마치 내가 거기 왔다고 나를 공격하는 것 같았다.

내가 들어와서 방 안의 대화가 끊기고, 방에 있던 다른 사람들이 나를 쳐다보고 있다는 것을 나는 간파했다. 내 눈에 보이는 것이라고는 창문 유리에 비친 난로 불빛뿐이었지만, 사람들이 나를 면밀히 살펴보고 있다는 의식 때문에 나의 온 뼈마디가 뻣뻣해졌다.

방에는 숙녀 셋과 신사 한 사람이 있었다. 내가 창가에 서 있은 지 5분도 채 되기 전에, 그들은 어쩐지 나에게 자기들 모두가 알랑쇠에 사기꾼이라는 사실을 은근히 전해줬다. 그러나 그들은 저마다 타인들이 알랑쇠에 사기꾼이라는 것을 모른 척하고 있었는데, 그건 남자나 여자나 그걸 안다고 인정하면 자기 자신도 알랑쇠에 사기꾼임을 드러내는 꼴이 되었을 것이기 때문이다.

그들은 모두 누군가의 기분을 맞추기 위해 늘쩍지근하고 따분한 태도로 기다리는 듯 보였으며, 그래서 숙녀들 중에 가장 수다스러운 여자까지도 하품을 참기 위해 아주 딱딱한 말투로 말해야 했다. 이름이 커밀라라는 이 숙녀는 우리 누나를 무척 많이 생각나게 했는데, 나이가 더 들고 얼굴 생김새가(내가 그녀를 봤을 때 알게 된 것인데) 한층 더 퉁명스러운 것만이 달랐다. 실로 내가 그녀를 한층 더 잘 알게 되었을 때, 얼굴의 윤곽이 남아 있는 것이 다행이라고까지 생각하게 되었다. 그녀의 막힌 벽과 같은 얼굴은 그만큼 매우 멍청하고 뒤넘스럽게 생겼었다.

"가엾은 사람!" 이 숙녀는 정말 우리 누나처럼 퉁명스러운 말투로 말했다. "누구도 아닌 자기 자신이 원수지!"

"다른 사람의 원수가 되는 것이 훨씬 더 나을 거야." 신사가 말했다. "그게 훨씬 더 자연스럽기도 하고."

"레이먼드 사촌." 다른 숙녀가 말했다. "우린 우리 이웃을 사랑해야 해요."

"세라 포킷." 레이먼드 사촌이 대꾸했다. "사람이 제 자신의 이웃이 못 되면, 누가 이웃이란 말입니까?"

미스 포킷은 소리 내어 웃었다. 그러자 커밀라도 소리 내어 웃고는 (하품을 억제하며) 말했다. "무슨 소리를!" 그러나 내 생각에 그들은 그것을 오히려 좋은 생각이라고 여기는 것 같았다. 아직 한마디도 안 했던 다른 숙녀가 근엄하고 강한 어조로 말했다. "**정말** 옳은 말이에요!"

"가엾은 사람!" 커밀라가 이내 말을 계속했다(나는 그들 모두가 그동안 줄곧 나를 쳐다보고 있다는 것을 알고 있었다). "그는 정말 참 이상해요! 누가 믿겠어요? 톰의 부인이 죽었을 때, 사실 그는 자기 아이들의 상복에 깊은 슬픔의 표시로 장식을 다는 게 중요하다고 설득해도 꿈쩍도 안 했어요. '오오!' 그가 말하는 거예요. '커밀라, 엄마를 잃은 저 불쌍한 아이들이 검은 상복만 입으면 됐지, 그런 게 무슨 의미가 있어?' 참 매슈답죠! 그런 말을 하다니!"

"그에게도 좋은 점이 있어요, 좋은 점이 있고말고요." 레이먼드 사촌이 말했다. "하늘에 맹세코, 나는 그에게 좋은 점이 있다는 것을 부인하지 않습니다. 그러나 그는 결코 예의범절에 대한 의식이 없었고, 앞으로도 결코 없을 테죠."

"아시다시피 나는 별수 없이," 커밀라가 말했다. "나는 별수 없이 단호할 수밖에 없었어요. 내가 그랬죠. '가문의 명예를 위해 **절대 그럴 순 없어요**'라고요. 나는 검은 장식을 달지 않으면 가문이 망신당한다고 말해줬죠. 나는 아침 식사 때부터 저녁 식사 때까지 그 일로 울고불고했어요. 소화불량에 걸릴 정도였죠. 그러자 마침내 그는 격렬하게 욕설을 해대고는, '빌어먹을.' 하면서 '그럼 네 맘대로 해'라고 했어요. 그래서 고맙게도 내가 당장 억수로 쏟아지는 빗속에 나가서 필요한 것들을 사왔다는 것이 내겐 언제나 위로가 될 거예요."

"돈은 **그분이** 냈죠, 안 그래요?" 에스텔라가 물었다.

"누가 돈을 냈는가는 문제가 아니란다, 얘야." 커밀라가 대꾸했다. "그것들을 산 건 **나야**. 그리고 밤에 잠이 깰 때면, 난 종종 그 사실을 편안한 마음으로 생각할 거야."

멀리서 울려 퍼지는 종소리와 내가 지나온 복도를 따라 울리는 어떤 외침이나 부르는 소리가 합쳐져 대화는 끊겼고, 에스텔라가 나에게 말했다. "자, 꼬마야!" 내가 돌아서자 그들은 모두 극도로 경멸스럽게 나를 쳐다보았고, 또 내가 방에서 나올 때는 세라 포킷이 "원 이런! 다음은 어떻게 나올지!" 하니까 분개한 커밀라가 덧붙여서 "이런 변덕이 또 있을까! 해도 너 – **무하** – 네!"라고 말하는 소리가 들려왔다.

우리가 촛불을 들고 어두운 복도를 따라가고 있을 때 에스텔라가 갑자기 걸음을 멈추고서 얼굴을 돌리더니, 자기 얼굴을 내 얼굴에 아주 가까이 대고는 조롱하는 태도로 말했다.

"그래서?"

"그래서라뇨, 아가씨?" 나는 그녀 쪽으로 거의 넘어질 뻔하다가 몸을 바로 세우고 대답했다.

그녀는 나를 쳐다보며 서 있었고, 또 물론 나도 그녀를 쳐다보며 서 있었다.

"내가 예쁘니?"

"예. 아주 예쁘다고 생각해요."

"내가 무례하니?"

"지난번만큼은 아니에요." 나는 말했다.

"지난번만큼은 아니라고?"

"예."

마지막 질문을 할 때 그녀의 얼굴이 새빨개지더니, 내가 그 질문에 대답하는 순간 손바닥으로 철썩 내 얼굴을 있는 힘껏 때렸다.

"이제는?" 그녀가 말했다. "이 상스런 꼬마 괴물아, 이제는 날 어떻게 생각하니?"

"말하지 않을래요."

"그러니까 위층에서 말하려는 거지. 그런 거니?"

"아뇨." 나는 말했다. "그런 거 아니에요."

"왜 또 울지 않는 거지, 이 천박한 꼬마야?"

"절대로 아가씨 때문에 두 번 다시 울지 않을 거니까요." 나는 말했다. 그런데 그 말은, 내 생각에, 그때까지 했던 거짓말만큼이나 거짓된 선언이었다. 왜냐하면 그때 난 그녀 때문에 속으로 울고 있었고, 그 후에도 그녀가 내게 고통을 줬다는 사실을 알고 있기 때문이다.

이런 사건이 있은 후에 우리는 위층으로 갔는데, 계단을 올라가다가 위에서 손을 더듬거리며 내려오는 한 신사를 만났다.

"이 아인 누구냐?" 신사는 걸음을 멈추고 나를 쳐다보면서 물었다.

"그냥 꼬마예요." 에스텔라가 대답했다.

그는 얼굴이 굉장히 가무잡잡하고 건장한 체격의 남자로, 머리통이 엄청나게 컸고 손도 그에 맞춰 큼직했다. 그는 솥뚜껑 같은 손으로 내 턱을 잡더니, 내 얼굴을 들어 올려서 촛불 빛으로 나를 쳐다보았다. 그는 나이에 비해 일찍 머리 꼭대기가 벗겨져 있었고, 숱이 많은 검은 눈썹은 눕지 않고 곤두서 있었다. 그의 두 눈은 얼굴에 매우 깊숙이 박혀 있었으며, 불쾌하리만큼 날카롭고 의심 많은 눈매였다. 그의 회중시곗줄은 큼직했고, 면도를 하지 않고 그냥 뒀다면 턱수염과 구레나룻이 자라났을 자리에는 새까만 반점들이 나 있었다. 그는 나와 아무 관계도 없었고, 또 그때는 그가 장차 나와 어떤 관계가 있게 되리라는 예측도 전혀 할 수가 없었다. 하지만 우연하게도 나는 그를 잘 관찰할 수 있는 이런 기회를 갖게 되었던 것이다.

"이웃에 사는 소년이냐? 응?" 그가 물어봤다.

"예, 아저씨." 내가 대답했다.

"넌 여기 어떻게 온 거냐?"

"해비셤 마님이 부르셨어요, 아저씨." 나는 설명해 줬다.

"그러냐! 얌전히 굴어라. 나는 아이들을 대해본 경험이 상당히 많은데, 너희 아이들은 모두 못된 말썽꾸러기들이지. 이제 조심해라!" 그는 그의 큰 집게손가락의 옆면을 물어뜯고 나에게 눈살을 찌푸리며 말했다. "너 얌전히 굴어야 된다!"

그렇게 말하고, 그는 나를 놓아줬다—그의 손에서 비누 냄새가 났기 때문에 놓아줘서 나는 기뻤다—그리고 아래층으로 갈 길을 갔다. 나는 그가 의사일 거라고 여겼지만, 곧 아니라는 생각이 들었다. 그는 의사일 리가 만무했다. 의사라면 좀 더 온화하고 한층 더 설득력 있는 태도를 지녔을 것이다. 우리는 곧 미스 해비셤의 방에 들어갔기에, 그 문제에 대해서 생각해 볼 시간이 많지 않았다. 방 안은 그녀와 그 밖의 모든 것들이 내가 지난번 떠날 때와 같이 꼭 그대로였다. 에스텔라가 나를 문 가까이에 세워두고 가버려서, 나는 미스 해비셤이 화장대에서 내게로 눈길을 돌릴 때까지 거기에 서 있었다.

"그래," 그녀는 놀라거나 의외라는 기색 없이 말했다. "날짜가 지나간 모양이로구나, 그렇지?"

"예, 마님. 오늘이……."

"됐다, 됐다, 됐어!" 미스 해비셤은 성마르게 손가락을 움직였다. "난 알고 싶지 않아. 놀 준비는 됐니?"

나는 얼떨결에 대답할 수밖에 없었다. "준비가 안 된 것 같은데요, 마님."

"카드놀이 또 안 할 거니?" 그녀가 엄격한 표정으로 다그쳤다.

"아뇨, 마님. 그건 할 수 있어요, 만일 원하시면요."

"이 집이 너에게 낡고 엄숙한 느낌을 줘서, 꼬마야," 미스 해비셤이 성급하게 말했다. "놀고 싶지 않은 모양이구나, 그럼 일하고 싶니?"

나는 다른 질문에 대한 대답을 궁리할 때보다 한결 놓이는 마음으로 이 물음에 대답할 수 있었다. 그래서 나는 기꺼이 일하고 싶다고 말했다.

"그럼 저 건넌방으로 가거라." 그녀는 삐쩍 마른 손으로 내 뒤에 있는 문을 가리키며 말했다. "그리고 내가 갈 때까지 거기서 기다려라."

나는 층계참을 가로질러 그녀가 지시한 방으로 들어갔다. 그 방 역시 햇빛이라고는 전혀 들어오지 않았고, 통풍이 안 되어 숨이 막힐 듯한 냄새가 났다. 축축한 구식 벽난로에는 얼마 전에 켜놓은 불이 있었는데, 그 불은 활활 타오르기보다는 오히려 금방 꺼져버리려는 태세였다. 그리고 마지못해 피어올라 방 안에 떠 있는 연기는 한층 맑은 공기보다도 더 차가운 것 같았다—우리 고장 습지의 안개와 같이. 높은 벽난로 선반에 놓여 있는 어떤 겨울 나뭇가지 같은 촛대에 꽂힌 촛불이 방을 희미하게 비추고 있었다. 아니, 좀 더 알맞게 표현하자면 방 안의 어둠을 힘없이 방해하고 있었다. 방은 널찍했고, 아마도 한때는 훌륭했을 테지만 이제는 식별할 수 있는 방 안의 모든 물건이 먼지와 곰팡이로 덮여 있었으며, 떨어져 산산조각이 날 것만 같았다. 그중에 가장 눈에 띄는 물건은 위에 식탁보가 펼쳐져 있는 긴 식탁이었는데, 마치 이 집과 시계들이 모두 멈춰버린 순간 연회를 준비하는 중이었던 것처럼 보였다. 식탁보의 한가운데에는 장식용 쟁반인지 어떤 장식물 같은 게 있었는데, 그 위로 거미줄이 너무나 빽빽하게 쳐져 있어서 그 형체를 도저히 분간할 수가 없었다. 그리고 내 기억에, 넓게 깔린 누런 식탁보를 따라 쳐다보던 중 나는 마치 거기서 검정 버섯처럼 자라나는 것 같았던, 몸뚱이가 얼룩덜룩하고 다리에 작은 반점이 있는 거미들이 마치 거미 공동체에 어떤 굉장히 중요한 공적 상황이 방금 발생하기라도 한 것처럼 장식물로 바삐 들락거리는 것을 보았다.

또한 생쥐 소리도 들렸는데, 그 생쥐들은 마치 거미 공동체의 사건이 자기들의 이해관계에도 중요하다는 듯이 판자 뒤에서 우르르 몰려다녔다. 그러나 바퀴벌레들은 이런 소란을 아랑곳하지 않고, 마치 근시에다가 귀도 잘 안 들리고 서로가 무덤덤한 노인이라도 되듯 벽난로 주위를 무겁고 굼뜨게 더듬더듬 돌아다녔다.

이렇듯 기어다니는 것들이 내 주의를 매혹시켜서 나는 거리를 두고 그것들을 지켜보고 있었는데, 그때 미스 해비셤이 내 어깨에 손을 얹었다. 그녀의 다른 손은 목발 머리 모양의 지팡이를 짚고 거기에 몸을 의지하고 있었는데, 마치 그곳을 지배하는 마녀처럼 보였다.

"이것은," 그녀는 지팡이로 긴 식탁을 가리키며 말했다. "내가 죽으면 누울 자리란다. 사람들이 와서 이곳에 누운 나를 보게 될 게야."

그녀가 곧장 식탁에 올라가 즉시 죽을지도 모르며, 그래서 박람회의 그 소름끼치는 밀랍 인형을 완벽하게 실현해 보일지도 모른다는 불안 때문에 나는 그녀의 손길 아래 몸을 움츠렸다.

"저게 뭐라고 생각하니?" 그녀는 다시 지팡이로 가리키며 나에게 물었다. "저 거미줄이 쳐져 있는 저거 말이다."

"뭔지 짐작이 안 가는데요, 마님."

"그건 대형 케이크란다. 결혼 케이크지. 내 결혼 케이크!"

그녀는 노려보는 눈길로 온 방 안을 빙 둘러보더니, 손으로 내 어깨를 와락 잡아당기고 내게 몸을 의지하고서 말했다. "자, 자, 자! 날 걷게 해다오, 걷게 해줘!"

이에 나는, 내가 해야 할 일이 미스 해비셤과 함께 방 안을 빙글빙글 걸어 다니는 것임을 알았다. 따라서 나는 즉시 걷기 시작했고, 그녀는 내 어깨에 몸을 의지했다. 우리는 (이 집 지붕 아래에서 내가 처음 가졌던 충동에 근거하여) 펌블추크 씨의 이륜 유람 마차를 흉내 내는 것 같은 걸음걸이로 걸어 다녔다.

육체적으로 튼튼하지 못한 그녀는 얼마 못 가 말했다. "좀 천천히!" 그래도 여전히 우리는 조급하고 종잡을 수 없는 속도로 걸어 다녔는데, 우리가 걷는 동안 그녀는 내 어깨를 잡은 손에 경련을 일으켰고, 입을 씰룩거리기도 하며, 나로 하여금 그녀의 생각이 빠르게 움직여서 우리가 빨리 걷고 있는 거라고 여기게 해줬다. 잠시 후에 그녀가 말했다. "에스텔라를 불러라!" 그래서 나는 층계참으로 나가서 전번에 그랬던 것처럼 그 이름을 큰 소리로 불렀다. 에스텔라의 촛불 빛이 나타나자, 나는 미스 해비셤에게 돌아가 다시 방 안을 빙글빙글 걷기 시작했다.

에스텔라만 와서 우리의 행동을 구경했더라도 나는 충분히 불만스러웠을 텐데, 그녀가 내가 아래층에서 봤던 세 숙녀와 신사를 데리고 왔기 때문에 나는 어찌 할 바를 몰랐다. 예의상 나는 멈추려고 했지만, 미스 해비셤이 내 어깨를 홱 잡아당기는 바람에 우리는 계속 걸었다—나로서는 그들이 그게 다 내가 나서서 하는 짓이라고 생각할까 봐 부끄러운 얼굴을 하고서 말이다.

"오, 미스 해비셤." 미스 세라 포킷이 말했다. "참 건강해 보이시네요!"

"건강하긴?" 미스 해비셤이 대꾸했다. "난 누런 살가죽에 뼈뿐인걸."

커밀라는 미스 포킷이 이렇게 핀잔을 듣자 얼굴이 밝아졌다. 그리고 커밀라는 미스 해비셤을 애처롭게 쳐다보면서 중얼거렸다. "가엾기도 하시지! 정말 건강해 보이시리라고 기대할 순 없지, 불쌍한 분. 그런 망발을 하다니!"

"그런데 **자네는** 어떻게 지내지?" 미스 해비셤이 커밀라에게 물었다. 그때 우리가 커밀라에게 가까이 있었으므로, 나는 응당 걸음을 멈추려고 했다. 허나 미스 해비셤만은 멈추려고 하지 않았다. 우리는 휙 지나가게 되었고, 나는 내가 커밀라에게 지극히 밉살스럽게 여겨지리라 생각했다.

"고맙습니다, 미스 해비셤." 그녀는 대답했다. "저는 기대하시는 만큼 잘 지내려고 해요."

"아니, 무슨 문제라도 있어?" 미스 해비셤이 아주 날카롭게 물었다.

"말씀드릴 가치도 없는 거예요." 커밀라가 대답했다. "제 감정을 굳이 드러내고 싶진 않지만, 전 밤마다 습관적으로 제 깜냥 이상으로 아씨를 생각해 왔어요."

"그럼 내 생각을 하지 말지그래." 미스 해비셤이 응수했다.

"말이야 쉽죠!" 커밀라는 울음을 참으면서 상냥하게 말했다. 그러더니 커밀라의 윗입술이 뒤틀리고 눈물이 펑펑 쏟아졌다. "제가 밤에 생강과 탄산암모니아수[1]를 얼마나 많이 복용해야 하는지, 레이먼드가 그 증인이에요. 또 제 다리에 얼마나 신경성 경련이 일어나는지도 레이먼드는 알고 있어요. 하지만 호흡곤란증과 신경성 경련증은 제가 사랑하는 사람들을 걱정할 때면 제게 예사 생기는 증세들이죠. 제가 애정이 좀 덜하고 덜 예민할 수만 있다면, 저는 소화도 더 잘 하고 신경은 무쇠 덩이같이 단단해질 거예요. 정말 그럴 수 있다면 좋겠어요. 그러나 밤에 아씨를 생각하지 않는다는 건…… 그런 생각을 하다니!" 여기서 그

1 생강과 탄산암모니아수는 당시 의식 회복용으로 쓰였던 약물이다.

녀는 울음을 터뜨렸다.

나는 그녀가 말한 레이먼드는 거기 있는 신사이고, 그가 커밀라의 남편이라는 것을 알았다. 그는 바로 이때 그녀를 구원하러 나서서, 위로 겸 칭찬하는 음성으로 말했다. "여보, 커밀라, 당신의 일가친척에 대한 정이 당신의 건강을 서서히 해쳐서, 한쪽 다리가 다른 쪽 다리보다 짧아지게 할 정도라는 건 잘 아는 사실이야."

"내가 알기로," 그 목소리를 딱 한 번 들어봤던 근엄한 숙녀가 말했다. "누군가를 생각한다고 해서 그 사람에게 큰 요구를 할 수 있는 것은 아니죠, 커밀라 부인."

미스 세라 포킷도(이제야 난 그녀가 키가 작고, 마른 갈색 피부에 주름이 자글자글하고, 호두껍데기로 만들어놓은 듯한 조그만 얼굴에, 수염 없는 고양이 입처럼 생긴 큰 입을 가진 노파라는 것을 알게 됐는데) 이 견해를 두둔하며 말했다. "그건 그래, 정말로, 이봐 자네. 에헴!"

"생각하는 거야 아주 쉽죠." 근엄한 숙녀가 말했다.

"알다시피 더 쉬운 게 어디 있겠어요?" 미스 세라 포킷이 동조했다.

"아, 맞아요, 맞아!" 커밀라가 외쳤는데, 그녀의 들끓는 감정이 두 다리에서 가슴으로 올라오는 듯했다. "모두 다 아주 맞는 소리예요! 그렇게 애정 깊은 것이 약점일망정 저는 어쩔 수 없어요. 제가 그렇지 않다면 의심할 여지 없이 제 건강은 훨씬 더 좋겠지만요. 바꿀 수 있다 해도 저는 저의 성격을 바꾸지 않을 거예요. 제 성격이 많은 괴로움의 원인이지만, 밤에 잠이 깰 때 제게 그런 성격이 있다는 사실을 아는 게 위안이 된다고요." 여기서 또 한 번 감정을 터뜨렸다.

이러는 동안 줄곧 미스 해비셤과 나는 결코 멈추지 않고, 계속해서 방 안을 빙빙 돌아다녔다. 어떤 때는 손님들의 치맛자락을 가볍게 스치기도 하고, 또 어떤 때는 어두운 방의 저쪽 맨 끝까지 가기도 했다.

"매슈 말인데요!" 커밀라가 말했다. "그는 어느 친척들과도 전혀 어울리는 법이 없고, 미스 해비셤께 문안드리러 여기에 한 번도 오지 않잖아요! 저는 코르셋 끈이 끊어진 채 소파로 옮겨져서 의식을 잃고 거기에 몇 시간 동안이나 누워 있던 적이 있는데, 머리는 옆으로 넘어가고 머리카락은 모두 흘러내린 채, 그리고 두 발은 어디에 있는지도 몰랐었죠……."

("머리보다 훨씬 높이 있었어, 여보." 커밀라 씨가 말했다.)

"제가 몇 시간이나 그런 실신 상태에 빠져 있었던 것은 매슈의 이상하고 이해할 수 없는 행동 때문이었는데, 아무도 제게 고맙다고 하지 않았어요."

"내가 말하건대 실제로 아무도 없었어요!" 근엄한 숙녀가 끼어들었다.

"있잖아, 이봐 자네." (부드러우면서도 악의적인 사람인) 세라 포킷이 덧붙였다. "스스로에게 물어볼 문제는 자네가 누가 고맙다고 해주길 기대했는지가 아닐까, 안 그래?"

"고맙다거나 그런 따위의 말을 기대하지도 않고," 커밀라가 말을 이었다. "저는 몇 시간 동안이나 그런 상태에 있었어요. 레이먼드가 모든 걸 본 증인이에요. 제가 어느 정도로 숨이 막혔었는지, 어떻게 생강의 효과가 전혀 없었는지를 말이에요. 그리고 제 신음 소리는 길 건너편 피아노 조율사 집에서도 들렸는데, 아 글쎄, 오해하고 있던 그 집 아이들은 그 소리를 비둘기들이 멀리서 꾸꾸꾸 하고 우는 소리로 생각했다더군요—그런데 지금 와서 들리는 말은……." 여기서 커밀라는 한 손을 목에다 대고서, 거기서 새로운 화합물이라도 생성되는 듯 아주 화학적인 반응을 보이기 시작했다.

바로 이 매슈라는 사람이 언급되자, 미스 해비셤은 나와 자기 자신을 멈춰 세우고는 말하는 사람을 쳐다보며 서 있었다. 이 변화는 커밀라의 화학작용이 갑자기 끝나는 데 큰 영향을 끼쳤다.

"매슈도 마침내는 와서 나를 보겠지." 미스 해비셤이 단호하게 말했다. "내가 죽어 저 식탁에 누울 때 말이야. 저쪽이 그의 자리가 되겠지—저기 말이야." 지팡이로 식탁을 치면서 그녀는 말을 이었다. "내 머리맡이지! 그리고 자네 자리는 저기가 될 거야! 그리고 자네 남편의 자리는 저기가 될 거고! 그리고 세라 포킷의 자리는 저기고! 그리고 조지애너의 자리는 저기지! 이제 나를 마음껏 먹고 즐기러 올 때, 다들 어디에 자리 잡아야 할지 알겠지. 그럼 이제 가봐!"

각 사람의 이름을 거명할 때마다 그녀는 지팡이로 식탁의 다른 자리를 두드렸다. 그러더니 말했다. "날 걷게 해다오, 걷게 해줘!" 그래서 우리는 또다시 계속 걸었다.

"제 생각엔 아무것도 할 게 없네요." 커밀라가 큰 소리로 말했다. "분부에 응해 떠나는 것밖에는. 이렇게 아주 짧은 시간 동안이라도 사랑과 존경의 대상을 뵌 것만으로도 상당한 일이지요. 저는 밤중에 잠에서 깰 때 그것을 우울하게 만족하면서 생각해 보겠어요. 매슈도 그런 위안을 얻을 수 있으면 좋으련만, 그는 그런 것을 무시해 버리죠. 저는 제 감정을 드러내지 않기로 작정했지만, 우리 중에 누가…… 마치 거대증 환자이기라도 되듯이…… 친척을 마음껏 먹고 즐기려고 한다며 가버리라는 말씀은 듣기에 매우 거북하네요. 그렇게 살벌한 말씀을 하시다니!"

커밀라 부인이 벌렁거리는 자신의 가슴에 손을 얹을 때, 커밀라 씨가 끼어들었다. 커밀라 부인은, 내 짐작으로는 방에서 나가면 쓰러져 실신할 의도임을 나타내려고 일부러 꾸민 듯한 의연한 태도를 취하더니, 자기 손에 입을 맞춰 미스 해비셤에게 작별을 고하고 남편의 부축을 받아 밖으로 나갔다. 세라 포킷과 조지애너는 누가 마지막까지 남느냐를 두고 신경전을 벌였다. 그러나 세라는 아주 약아서 지지 않을 사람이라, 매우 교활하고 뺀질뺀질하게 조지애너를 돌아 천천히 걸어갔다. 그래서 조지애너는 하는 수 없이 먼저 나가야만 했다. 그러자 세라 포킷은 "하느님의 가호를 빕니다, 친애하는 미스 해비셤!" 하고 따로 작별 인사를 고하면서, 자신의 호두껍데기 같은 얼굴에다 나머지 손님들의 우둔함에 대한 관대한 연민의 미소를 띠었다.

에스텔라가 손님들이 내려가는 데 불을 밝혀주려고 나간 동안에도 미스 해비셤은 여전히 내 어깨에 손을 얹고 걸었는데, 점점 더 느려졌다. 마침내 그녀는 벽로 앞에 멈춰 서서는 잠시 중얼거리며 벽로를 쳐다보다가 말했다.

"오늘이 내 생일이란다, 핍."

내가 생일 축하를 하려고 하는 그때 그녀가 지팡이를 들었다.

"난 그런 말 참지 못한다. 방금 여기 있었던 사람들이나 어느 누구라도 그런 말을 하게 그냥 놔두지 않지. 그들은 내 생일날마다 여기 찾아오지만, 그런 말은 입도 뻥긋 못 한단다."

물론 **나도** 생일 이야기를 더 이상 꺼내려고 하지 않았다.

"네가 태어나기 오래전 바로 오늘, 이 부패한 덩어리가 돼버린 결혼 케이크가," 그녀는 자신의 목발형 지팡이로 식탁 위의 거미줄 더미를 찌르되 그 덩어리는 건드리지 않고 말했다. "여기로 운반되었단다. 이 케이크와 나는 함께 쪼그라들었지 뭐니. 생쥐들은 케이크를 갉아먹었고, 생쥐의 이빨보다 더 날카로운 이빨이 나를 갉아먹은 거지."

그녀는 식탁을 바라보며 서서 지팡이의 손잡이를 자신의 가슴에 갖다 댔다. 한때는 흰색이었으나 완전히 누렇게 조락한 웨딩드레스 차림의 그녀나, 한때는 흰색이었으나 온통 누렇게 조락한 식탁보나, 방 주변의 모든 것들이 한 번 건드리기만 해도 부스러질 것 같은 상태였다.

"이 몰락이 종결되고," 그녀는 송장 같은 표정으로 말했다. "사람들이 나를 웨딩드레스 차림으로 피로연 식탁에 눕힐 때—그렇게 될 거고, 그럼 그자에 대한 저주의 끝이 날 텐데—만일 그 일이 바로 오늘 이뤄진다면 더할 나위 없이 좋으련만!"

그녀는 마치 거기 누워 있는 자기 자신의 모습을 보기라도 하는 양 식탁을 쳐다보며 서 있었다. 나는 잠자코 있었다. 에스텔라가 돌아왔는데, 그녀 또한 잠자코 있었다. 내 생각에 우리는 오랫동안 계속 그렇게 있었던 것 같았다. 방 안의 무거운 공기 속에서, 그리고 저 먼 방구석마다 서려 있는 짙은 어둠 속에서, 나는 에스텔라와 나도 금방 썩기 시작할지도 모른다는 불안한 환상까지 떠올렸다.

드디어 미스 해비셤은 마음이 산란한 상태에서 차차로 벗어나지 않고 순식간에 빠져나와 말했다. "너희 둘이 카드놀이 하는 것 좀 보여주렴. 왜 시작 안 한 거니?" 그 말이 떨어지자, 우리는 그녀의 방으로 돌아와서 전처럼 자리를 잡았다. 나는 전처럼 거듭거듭 거지가 되었다. 미스 해비셤은 내내 우리를 지켜보며 내 주의를 에스텔라의 미모에 쏠리도록 했고, 자신의 보석을 에스텔라의 가슴과 머리에 꽂아줌으로써 그녀의 미모에 더욱 주목하게 만들었다.

에스텔라만은 전과 마찬가지로 나를 대했는데, 다만 생색을 내지 않고 말을 거는 것이 달랐다. 우리가 대여섯 판쯤 카드놀이를 했을 때, 내가 또 올 날이 정해졌다. 그래서 나는 에스텔라에 이끌려 마당에 내려와 전처럼 개와 같이 음식을 얻어먹었다. 거기서 나는 또 마음 내키는 대로 돌아다니도록 남겨졌다.

지난번에 내가 기어 올라가 넘겨다보았던 정원 담장의 문이 그때 열려 있었는지 닫혀 있었는지의 여부는 그다지 중요하지 않았다. 그때는 내가 문을 못 봤었는데 이번에는 문을 본 것만으로도 충분했다. 문이 열려 있었기 때문에, 그리고 에스텔라가 손님들을 내보냈다는 것을 알고 있었기 때문에—에스텔라가 손에 열쇠 꾸러미를 들고 돌아왔었으니까—나는 정원으로 슬쩍 들어가 여기저기 어슬렁거렸다. 정원은 아주 황폐하게 내버려둔 땅이었다. 거기엔 참외와 오이 재배를 위한 낡은 구조물들이 있었는데, 그 퇴락한 구조물에는 제멋대로 자라나서 낡은 모자와 구두 쪼가리처럼 생긴 비실비실한 열매가 맺힌 것 같기도 했고, 여기저기 삐져나온 잡초 같은 곁가지는 쭈그러진 냄비와 같은 꼴이었다.

정원과 쓰러져 넘어진 포도덩굴과 병 몇 개 말고는 아무것도 없는 온실을 샅샅이 뒤지고 나니, 어느새 나는 창문으로 내다봤던 정원의 음침한 모퉁이에 와 있었다. 이제 집안이 텅 비었다는 것을 잠시 조금도 의심하지 않고서 나는 다른 창문을 들여다보았다. 그런데 아주 놀랍게도, 나는 우연히 빨간 눈꺼풀에 옅은 색 머리카락을 가진 창백한 어린 신사 하나와 서로 빤히 쳐다보는 눈길을 마주쳤다.

이 창백한 어린 신사는 재빨리 사라졌다가 내 옆에 다시 나타났다. 내가 우연히 쳐다봤을 때 그는 공부를 하고 있었는데, 이제 보니 그는 잉크투성이였다.

"안녕!" 그가 말했다. "어린 친구!"

'안녕'이라는 일반적인 인사말은 대개 같은 말로 대꾸하는 것이 가장 좋다고 알고 있었으므로, 점잖게 '어린 친구'라는 말은 빼고 나는 그냥 '안녕!'이라고만 했다.

"누가 너를 들여보내 준 거야? 그가 물었다.

"에스텔라 아가씨가."

"누가 너보고 여길 돌아다니라고 한 거니?"

"에스텔라 아가씨가."

"자, 한번 겨뤄보자." 창백한 어린 신사가 말했다.

그를 따라가는 것 말고 내게 무슨 도리가 있었겠는가? 그 후로도 나는 종종 이렇게 자문해 보았다. '하지만 내가 달리 뭘 할 수 있었겠는가?' 그의 태도가 너무 결연한 데다 나는 크게 놀란 상태였으므로. 나는 마치 마법에 걸리기라도 한 듯 그가 이끄는 곳으로 따라갔다.

"근데, 잠깐 서봐." 몇 발짝 가기도 전에 그는 빙글 돌아서서 말했다. "역시 싸워야 할 이유도 너에게 마련해 줘야겠지. 자, 받아라!" 그는 매우 약 올리는 태도로 즉시 양손을 찰싹 마주치더니, 한 다리로 멋지게 뒷발차기를 하고서 내 머리카락을 잡아당겼다. 또 이번에는 양손을 찰싹 마주치더니, 머리를 숙이고서 머리로 내 배를 들이받았다.

마지막에 언급한 그 황소 같은 행동, 그것은 의심할 나위 없이 무례한 짓으로 여겨져야 했을 뿐만 아니라, 빵과 고기를 먹고 난 직후라서 특히 불쾌했다. 그러므로 나는 그에게 주먹으로 반격했다. 그리고 또 한 번 치려는데, 그때 그가 말했다. "아하! 해보자 이거지?" 그러더니 그는 내 얕은 경험으로는 아주 특이한 방식으로 앞뒤로 껑충껑충 뛰기 시작했다.

"경기 규칙대로다!" 그가 말했다. 이어서 그는 왼쪽 다리로 뛰었다가 오른쪽 다리로 바꿔 뛰었다. "정식 규칙대로라고!" 이어서 그는 오른쪽 다리로 뛰었다가 왼쪽 다리로 바꿔 뛰었다. "마당으로 나와서 준비운동을 해라!" 이어서 그는 앞뒤로 몸을 홱홱 피하더니, 내가 어안이 벙벙하여 그를 쳐다보는 동안 온갖 재주를 다 부렸다.

그가 매우 기민한 것을 보고 나니 은근히 두려웠다. 그러나 나는 그가 색깔이 옅은 그의 머리로 내 명치를 받을 만한 하등의 이유가 없으며, 그렇게 내 주의를 강요당할 때 나에게는 그것을 부적절하다고 여길 권리가 있음을 도덕적으로나 육체적으로나 확신했다. 그러므로 나는 아무 말도 없이 그를 따라 정원의 눈에 띄지 않는 구석으로 갔다. 그곳은 두 담장이 만나서 생긴 지점으로 쓰레기 따위로 가려져 있었다. 그가 나보고 장소에 만족하냐고 물어 내가 그렇다고 하자, 자리를 잠깐 비우겠다고 내 허락을 청하더니 물병 하나와 식초에 적신 해면 한 장을 가지고 곧 돌아왔다. "우리 둘 다 사용할 수 있어"라고 말하고 그는 이것들을 담장에 기대어 놓았다. 그런 다음 그는 쾌활하고 사무적인 동시에 살벌한 방식으로 웃옷과 조끼뿐만 아니라 셔츠까지 벗기 시작했다.

비록 그가 매우 건강해 보이지는 않았어도—얼굴에는 여드름이, 입가에는 발진이 나 있었다—이 같은 무서운 준비 동작은 나를 매우 섬뜩하게 했다. 내가 판단하기에 그는 내 나이 또래쯤 되었으나, 키가 훨씬 더 크고 아주 멋지게 몸을 회전하는 재주도 있었다. 그 밖의 점에서 그는 (싸우기 위해 옷을 벗지 않았을 때는) 회색 신사복을 입은 어린 신사로서, 팔꿈치, 무릎, 손목, 그리고 발꿈치는 발육 면에서 나머지 부위보다 상당히 앞서 있었다.

그가 온갖 기계적인 기교를 과시하며 나에게 공격 자세를 취하는 것과, 마치 그가 공격할 뼈를 정밀하게 고르고 있기라도 하듯이 내 해부학적 신체 구조를 주시하는 것을 보았을 때 내 가슴은 철렁했다. 따라서 내가 처음 한 대 날렸을 때 그가 뒤로 나자빠져서 코피를 흘리며 매우 일그러진 얼굴로 나를 올려다보았을 때, 내가 그렇게 놀란 적은 평생 단 한 번도 없었다.

하지만 그는 즉시 일어나서 굉장히 능숙한 솜씨로 얼굴을 해면으로 닦은 다음, 다시 공격 자세를 취하기 시작했다. 내 평생 두 번째로 가장 크게 놀란 것은 그가 또다시 뒤로 넘어진 채 멍든 눈으로 나를 올려다보고 있는 것을 봤을 때다.

그의 기백은 나에게 큰 존경심을 불러일으켰다. 그는 아무 힘도 없는 것 같았다. 한 번도 나를 세게 때리지도 못하고, 언제나 나가떨어지기만 했다. 그러나 그는 순식간에 다시 일어나, 경기 방식에 따라 자기 자신을 지탱하는 것을 대단히 만족스러워하면서 해면으로 얼굴을 닦거나 물병의 물을 마시고, 그런 다음엔 마침내 정말로 내게 한 방 먹이려 한다고 믿게 할 만한 태도와 시늉으로 덤벼들곤 했다. 그는 심한 타박상을 입었다. 왜냐하면, 공표하기에 미안한 일이지만 내가 그를 칠 때마다 점점 더 세게 쳤기 때문이다. 그러나 그는 자꾸자꾸 거듭 덤벼들다가 마침내 뒤통수를 담벼락에다 부딪치며 심하게 넘어지고 말았다. 우리의 싸움에서 그런 위기를 겪은 뒤에도, 그는 일어나서 내가 어디 있는 줄도 모르고 당황하여 몇 차례 빙빙 돌았다. 그러나 마침내 그는 무릎으로 기어 해면이 있는 데로 가더니, 그것을 집어던지는 동시에 헐떡이며 말했다. "이건 네가 이겼다는 뜻이야."

그가 너무나 용감하고 천진난만해 보였던지라, 비록 내가 겨루기를 제안하지는 않았지만 나는 내 승리에 대해 우울한 만족감밖에 못 느꼈다. 정말로 나는 옷을 입으면서 내 자신을 일종의 사나운 어린 늑대나 야수 같은 것으로 여겼다고 지금도 생각할 정도다. 그렇지만 나는 이따금 피투성이가 된 얼굴을 슬쩍슬쩍 닦으면서 옷을 입은 후 말했다. "도와줄까?" 그러자 그가 말했다. "괜찮아." 그래서 내가 "잘 가." 했더니, 그는 "너도 잘 가"라고 말했다.

내가 안마당으로 들어서니, 에스텔라가 열쇠 꾸러미를 들고 기다리고 있었다. 그러나 그녀는 내가 어디에 있었는지도 묻지 않고, 왜 기다리게 했는지도 묻지 않았다. 그리고 마치 무슨 기쁜 일이라도 생긴 듯이 얼굴에 밝은 홍조를 띠고 있었다. 그녀는 또한 대문으로 곧장 가지 않고, 복도로 뒷걸음쳐 들어가서 나를 손짓으로 불렀다.

"이리 와봐! 원한다면 내게 키스해도 좋아."

그녀가 뺨을 내게로 돌렸을 때, 나는 그 뺨에 키스했다. 그녀의 뺨에 키스를 하기 위해서라면 나는 아주 많은 것을 감내했을 것이다. 그러나 나는 그 키스가 추하고 천한 소년에게 동전 한 푼 던져주듯이 주어진 것이고, 그래서 아무 가치도 없다고 느꼈다.

생일 손님에다 카드놀이에다 싸움 등으로 인해 미스 해비셤 댁에 너무 오래 머물러 있었기에, 내가 집 가까이에 왔을 때는 습지 저 끝 모래톱 위에 있는 등대가 캄캄한 밤하늘에 번쩍였고, 조의 대장간 화덕의 불빛도 길 건너까지 비치고 있었다.

12장

내 마음은 그 창백한 어린 신사 문제로 매우 불안해졌다. 그 결투를 생각하면 할수록, 그리고 여러 단계마다 자만하면서도 얼굴이 붉어지면서 뒤로 넘어져 있던 그 창백한 어린 신사를 떠올리면 떠올릴수록, 내게 무슨 일이 생기리라는 것이 점점 더 확실해졌다. 나는 그 창백한 어린 신사의 피가 내 이마에 묻어 있다고 느꼈고, 법이 그것에 대해 복수하리라는 느낌이 들었다. 내가 초래한 형벌에 대한 어떤 뚜렷한 인식도 하지는 못했다. 하지만 지체 높은 사람들의 집을 파괴하고 학구적인 영국 젊은이를 심하게 공격한 마을 소년이라면, 스스로 엄한 벌을 청하여 받지 않고는 동네를 활보할 수는 없다는 것이 분명했다. 나는 며칠 동안 두문불출하면서 지내기도 했고, 심부름을 가기 전에는 혹시 군 교도관들이 갑자기 들이닥쳐 나를 잡아갈까 봐 굉장히 조심스럽고 떨리는 마음으로 부엌문에서 밖을 내다보기도 했다. 그 창백한 어린 신사의 코피로 내 바지가 얼룩져 있었으므로, 나는 한밤중에 내 범죄 행위의 증거를 씻어내려고 애쓰기도 했다. 또 그 창백한 어린 신사의 이에 부딪쳐 내 주먹이 베였는데, 내가 판사들 앞에 끌려갔을 때 그 불리한 정황을 설명할 믿을 수 없는 여러 가지 방법을 궁리해 내느라 백방으로 동원된 내 상상력은 뒤죽박죽 뒤엉켰다.

그 폭력 행위의 현장으로 다시 돌아갈 날짜가 다가왔을 때, 내 두려움은 최고조에 달했다. 런던에서 특파한 정의의 집행관들이 문 뒤에 잠복하고 있지는 않을까? 미스 해비셤이 자기 집에 가해진 폭행에 대해 개인적인 복수를 하고 싶어서, 그 수의 같은 옷을 걸친 채 일어나서 권총을 꺼내 나를 쏴 죽이지는 않을까? 돈으로 매수된 소년들이—돈에 눈먼 수많은 무리가—고용되어 양조장에서 나를 덮쳐 내가 죽을 때까지 두들겨 패지는 않을까? 그런데도 내가 **그 창백한 어린 신사**가 이러한 보복 행위들에 관련되어 있다고는 상상하지 않았다는 건, 그의 기백에 대한 나의 신뢰감을 입증하는 중요한 증거였다. 이 같은 보복 행위들은 언제나, 그의 얼굴 상태와 손상된 가문의 얼굴에 대한 분개한 공감에 자극받아 그의 분별없는 친척들이 저지르는 행동이리라고 내 마음속에 떠올랐다.

그렇지만 나는 미스 해비셤 댁에 가야만 했고, 그래서 갔다. 그런데 보라! 최근의 결투로 일어난 일은 아무것도 없었다. 그 일은 어떤 방식으로든 언급되지 않았고, 창백한 어린 신사도 집 안에서는 전혀 눈에 띄지 않았다. 나는 우리가 결투했던 정원의 출입문이 열려 있는 것을 발견하고는 정원을 뒤져보고, 심지어는 별채의 창문을 들여다보기도 했다. 그러나 내 시야는 안에서 닫아 놓은 덧문 때문에 갑자기 가로막혔고, 모든 것은 죽은 듯했다. 다만 결투가 벌어졌던 구석에서 나는 그 어린 신사의 존재를 드러내는 약간의 증거를 발견할 수 있었다. 현장에는 그의 엉긴 핏자국들이 있었다. 그래서 나는 사람 눈에 띄지 않도록 정원 흙으로 그 핏자국들을 덮어버렸다.

미스 해비셤의 방과 긴 식탁이 펼쳐져 있는 방 사이의 넓은 층계참에서, 나는 정원용 의자 하나를 보았다—뒤에서 미는 바퀴가 달린 가벼운 의자였다. 그 의자는 내가 지난번 방문했을 때부터 그곳에 놓여 있었다. 그리고 나는 바로 그날부터 미스 해비셤을 (그녀가 내 어깨에 손을 짚고 걸어 다니는 것에 싫증이 날 때) 이 의자에 앉히고 밀고서 그녀의 방을 돌고 층계참을 가로질러 또 다른 방을 돌아다니는 일을 정례적으로 하게 되었다. 몇 번이고 거듭 되풀이해서 우리는 이렇게 왔다 갔다 했는데, 때로는 한 번에 무려 세 시간이나 계속되기도 했다. 나는 이런 왕래를 그냥 무심하게 뭉뚱그려서 무수히 많이 했다고 언급할 참인데, 그 까닭은 내가 하루걸러 한 번씩 이 일을 위해 정오에 오기로 곧장 정해졌으며, 또 적어도 8개월이나 10개월에 걸친 기간을 요약하려 하기 때문이다.

우리가 서로에게 한층 더 익숙해지면서 미스 해비셤은 나에게 말을 더 많이 걸었고, 내가 무엇을 배웠으며 장차 무엇이 되고 싶은지 등과 같은 질문을 하기도 했다. 나는 조의 도제가 될 것이라 믿는다고 그녀에게 말했다. 그리고 그녀가 혹시라도 내가 바라는 목표에 무언가 도움을 주지 않을까 하는 기대감에서, 나는 내가 아는 것이 아무것도 없으며 모든 것을 알고 싶어 한다고 상세히 말했다. 그러나 그녀는 아무 도움도 주지 않고, 도리어 나의 무지함을 더 좋아하는 듯했다. 그녀는 나에게 아무 돈도 주지 않았고—그날의 점심만 제공했을 뿐—내 봉사에 대한 보수를 주겠다는 약속조차도 하지 않았다.

에스텔라는 항상 주위에 있으면서, 항상 나를 들여보내고 내보내줬다. 그러나 또 키스해도 좋다는 말은 결코 하지 않았다. 그녀는 때로는 냉랭하게 나를 봐줬고, 때로는 내게 짐짓 친절하게 굴었고, 때로는 나를 아주 친밀하게 대했고, 때로는 나를 증오한다고 강력하게 말하기도 했다. 미스 해비셤은 종종 내게 속삭이듯 묻거나 우리 둘만 있을 때 묻곤 했다. "에스텔라가 점점 더 예뻐지지, 핍?" 그래서 내가 그렇다고 대답하면(실제로 그녀는 점점 예뻐졌으니까), 그 대답을 탐욕스럽게 즐기는 것 같았다. 또한 우리가 카드놀이를 하고 있을 때면, 미스 해비셤은 에스텔라의 기분이야 어떻든 그 기분을 욕심껏 음미하면서 지켜보곤 했다. 그리고 때때로 에스텔라의 기분이 너무나 자주 바뀌고 또 너무나 서로 모순되어 내가 무슨 말이나 행동을 해야 할지 난감해할 때면, 미스 해비셤은 아낌없이 귀여워하며 에스텔라를 껴안고 귀에다 뭔가를 속삭여 주곤 했는데, 내게는 "그들의 가슴을 무너뜨려다오, 내 자랑이자 희망아. 그들의 가슴을 무너뜨려다오, 인정사정 보지 말고!"라는 말로 들렸다.

매형 조가 대장간에서 늘 단편적으로 흥얼거리던 노래가 하나 있었는데, 그 후렴은 '올드 클렘'[1]이었다. 이 노래는 수호성인에게 경의를 표하는 방식치고는 그리 격식 있지 않았다. 그러나 올드 클렘이 그 정도로 대장장이들과 가까운 관계였다고 나는 믿는다. 그것은 쇠를 두들기는 장단을 흉내 낸 노래로, 단지 올드 클렘의 존경스런 이름을 소개하기 위한 구실로 지은 노래에 불과했다. '이렇게, 돌아가며 두들겨라, 동료들아—올드 클렘! 쾅쾅 하고 소리를 내서—올드 클렘! 두들겨라, 두들겨라—올드 클렘! 단단한 쇠에 쨍그렁—올드 클렘! 풀무질을 해라, 풀무질을 해라—올드 클렘! 풀무 소리 요란하고, 불길은 드높구나—올드 클렘!' 바퀴 달린 의자가 출현한 지 얼마 안 된 어느 날, 미스 해비셤은 손가락을 성마르게 움직이면서 느닷없이 나에게 말했다. "자, 자, 자! 노래 좀 해봐라!" 놀란 나는 그녀를 마루방 위로 밀고 다니면서 이 노래를 읊조렸다. 마침 이 노래가 마음에

1 대장장이들의 수호성인, 성 클레먼트St. Clement.

들었던지 그녀는 마치 잠결에 부르는 것처럼 나지막하고 생각에 잠긴 듯한 목소리로 노래를 받아 불렀다. 그 뒤로는 우리가 실내를 돌아다니며 이 노래를 함께 부르는 것이 습관이 돼버렸고, 에스텔라도 종종 함께 부르곤 했다. 비록 곡조 전체가 너무나 차분하기는 했어도, 우리 셋이 함께 부를 때조차도 그 무서운 고택에서는 가장 가벼운 바람결보다 더 작은 소리를 자아낼 뿐이었다.

이런 환경 속에서 내가 뭐가 될 수 있었을까? 어찌 내 성격이 이런 환경의 영향을 받지 않을 수 있었을까? 그 안개 낀 듯 희미하고 누런 방들에서 자연의 빛으로 나왔을 때 내 눈이 그랬던 것처럼 내 머릿속도 얼떨떨했다면, 그게 과연 이상하게 생각될 일일까?

어쩌면, 이전에 내가 고백하고 말았던 그 엄청난 거짓말을 무심코 꾸며대지만 않았더라면, 나는 조에게 그 창백한 어린 신사에 대해 들려줬을지도 모른다. 이런 상황에서 나는 조가 그 창백한 어린 신사를 내가 꾸며낸 검은 우단 마차에 태울 적합한 승객 정도로만 생각할 것이 거의 확실하다고 믿었다. 그래서 나는 그에 대해 일절 이야기를 하지 않았다. 게다가 내게 처음부터 들었던 마음, 즉 미스 해비셤과 에스텔라가 남들의 입방아에 오르게 하는 것을 꺼리는 마음이 시간이 갈수록 훨씬 더 강해졌다. 나는 비디 말고는 어느 누구도 전적으로 신뢰하지 않았지만, 가련한 비디에게는 모든 것을 다 이야기했다. 왜 그렇게 하는 것이 내게 자연스러웠는지, 또 왜 비디가 내가 말해주는 모든 것에 깊은 관심을 가졌었는지, 비록 지금은 알 듯하지만 그 당시엔 모르고 있었다.

한편 우리 집 부엌에서는 내 격앙된 마음을 참을 수 없이 악화시키는 내용들로 가득 찬 회의가 계속되었다. 그 얼간이 펌블추크는 누나와 내 장래를 의논할 목적으로 종종 밤에 우리 집에 오곤 했는데, 진정으로 내가 이 두 손으로 그의 이륜 유람마차에서 바퀴의 비녀장을 빼낼 수만 있었다면 능히 그렇게 했었으리라고(내가 마땅히 느껴야 할 참회하는 마음은 별로 갖지 않은 채 이 시간까지도) 나는 믿는다. 그 야비한 사람은 그렇게 속 좁고 융통성 없는 마음씨를 가진 인간이었기에, 나를—말하자면 수술이라도 하려는 듯이—자기 앞에 두지 않고는 내 장래를 논의할 수가 없었다. 그래서 그는 걸핏하면 구석에 조용히 앉아 있는 나를(대개 목덜미를 잡아) 의자에서 끌어 올려서는 마치 요리라도 하려는 것처럼 나를 화덕 앞에 갖다놓으며 이런 말로 시작하곤 했다. "자, 질부, 이 아이가 여기 있어! 자네가 손수 기른 이 아이 말이야. 고개를 쳐들어라, 얘야. 그리고 너를 그렇게 길러주신 분들께 항상 감사해야 한다. 자, 질부, 이 아이에 대해 이야기해 보자고!" 그런 다음 그는 내 머리카락을 가르마 반대로 헝클어 놓고는—이미 넌지시 말했듯 내가 기억하는 최초의 순간부터 나는 마음속으로 어떤 동료 인간도 그렇게 할 권리는 없다고 믿었다—내 소맷자락을 잡고선 나를 자기 앞에 놓곤 했는데, 이는 오직 그자만이 저지를 수 있는 바보 같은 행태였던 것이다.

게다가 펌블추크와 누나는 한통속이 되어 미스 해비셤에 대해, 그리고 그녀가 나와 함께 그리고 나를 위해 무엇을 할지에 대해 너무 터무니없는 억측을 해댔던 터라, 나는 늘—아주 고통스럽게—원한에 찬 눈물을 터뜨리고, 펌블추크에게 대들어 주먹으로 늘씬 두들겨 패주고 싶었다. 이들 대화에서, 누나는 나를 언급할 때마다 마치 실제로 내 이를 하나씩 비틀어 빼는 듯이 이야기했다. 한편 내 후견인을 자임하는 펌블추크는, 스스로가 매우 수익이 없는 일에 종사한다고 여기는 내 운명의 설계사

인양 얕보는 눈길로 나를 감독하며 앉아 있곤 했다.

이들 토론에서 매형 조는 끼어드는 법이 없었다. 그러나 조 부인이 생각하기에는 내가 대장간을 떠나는 것을 조가 탐탁지 않게 여긴다는 이유로 자주 험담을 들었다. 그때 나는 조의 도제가 될 만큼 나이가 꽉 찼었다. 그래서 조가 무릎을 꿇고 앉아 부지깽이로 벽로 아랫단 가름대 사이에 있는 재를 신중하게 긁어내고 있노라면, 누나는 그 순수한 행동을 너무 명백하게 그의 저항 행위로 해석한 나머지 그에게 달려들어 손에서 부지깽이를 빼앗고 그를 흔들어대고는 부지깽이를 치워버리곤 했다. 이들 토론은 매번 끝날 적마다 나를 화나게 했다. 순식간에, 토론의 아무 실마리도 찾지 못한 채 누나는 하품을 하며 토론을 종결짓고, 말하자면 우연이라는 듯 나를 쳐다보다가 와락 덮치며 말하곤 했다. "자! 너는 그만하면 됐다! 가서 자기나 해. 내 생각에 너는 오늘 저녁 골칫거리를 충분히 제공했어!" 마치 내가 그들에게 내 인생에 간섭해 달라고 간절히 부탁이라도 했던 것처럼.

우리는 오랫동안 이런 상태를 유지했고, 앞으로도 오랫동안 이런 상태가 유지될 것 같았다. 그런데 어느 날, 내 어깨에 의지하고 나와 함께 걷고 있을 때 미스 해비셤이 갑자기 걸음을 멈추고 다소 불쾌한 듯이 말했다.

"너 키가 자라고 있구나, 핍!"

나는 깊은 생각에 잠긴 듯한 표정을 지어 보이며, 이것이 내 의지로 어쩔 수 없는 상황이라는 암시를 주는 것이 가장 현명하다고 생각했다.

미스 해비셤은 그 순간 더 이상 아무 말도 하지 않았다. 그러나 이내 다시 멈춰서 나를 쳐다보더니, 또 그랬다. 그러더니 눈살을 찌푸리며 우울한 표정을 지었다. 내가 그녀를 시중들러 간

다음 번 방문 날, 여느 때 하던 우리의 운동을 끝마치고 그녀를 화장대에 내려줬을 때, 그녀는 손가락을 성마르게 까딱이며 나를 멈춰 세웠다.

"너의 그 대장장이 이름을 다시 말해봐."

"조 가저리예요, 마님."

"네가 도제로 들어가기로 한 그 주인이겠지?"

"예, 해비셤 마님."

"넌 당장 도제가 되는 것이 좋겠구나. 가저리가 너와 함께 이곳에 올 수 있겠니, 너의 도제 계약서를 가지고 말이야. 네 생각은 어떠니?"

나는 의심할 나위 없이 조가 방문해 달라는 초청을 영광으로 여길 것이라는 뜻을 표했다.

"그럼 그에게 오라고 해라."

"특별히 어느 때 오랄까요, 해비셤 마님?"

"저런, 저런! 나는 시간에 대해 아무것도 모른다잖니. 금방 오라고 해. 그리고 너하고 둘만 오거라."

밤에 집에 도착해서 조에게 전할 이 말을 알렸을 때, 누나는 이전의 그 어느 때보다도 더 놀랄 정도로 '성나서 길길이 뛰었다.' 누나는 나와 조에게, 자기를 감히 우리의 신발 흙털개 정도로 여기는 것이냐는 둥, 어떻게 자기를 감히 그렇게 이용할 수 있느냐는 둥, 자기를 **과연** 어떤 무리와 어울리기에 적절한 사람이라고 생각하느냐는 둥 질문을 퍼부었다. 누나는 이렇게 마구 질문을 퍼붓더니 촛대를 조에게 집어던지고 큰 소리로 흐느껴 울기 시작했다. 그러더니 쓰레받기를 집어 들고—이건 언제나 매우 나쁜 징조였는데—거친 앞치마를 걸친 다음 아주 무서울 정도로 청소하기 시작했다. 마른 청소에 만족하지 못하고, 누나는 물통과 문지르는 솔을 집어 들고는 우리를 집 밖으로 내쫓았다. 그래서 우리는 뒷마당에서 후들후들 떨며 서 있었다. 밤 10시가 지나서야 비로소 간신히 집 안으로 기어들어 갔다. 그러자 누나는 조에게 왜 당장 흑인 여성 노예와 결혼하지 않았느냐고 물었다. 불쌍한 친구 조는 아무 대답도 하지 않고, 마치 그게 정말로 더 좋은 결론이었을지도 모른다고 생각하는 듯 가만히 서서는 구레나룻을 만지며 풀이 죽은 채 나를 쳐다보고 있었다.

13장

그 다음다음 날, 나와 함께 미스 해비셤 댁에 가기 위해서 매형 조가 나들이옷을 차려입는 모습을 지켜보는 것은 내 감정에 있어서 하나의 시련이었다. 그렇지만 그는 이날을 위해 정장을 입어야 한다고 생각했으므로, 나는 그가 작업복을 착용할 때가 훨씬 더 낫다고 말할 수가 없었다. 더 정확히 말해서 오로지 나를 위해 그렇게까지 불편한 차림을 하고 있다는 것을 알고 있었고, 또 그가 나를 위해 셔츠 깃을 뒤로 너무 높이 잡아 올린 나머지 정수리 머리카락이 깃털 장식처럼 곤두서 버렸다는 것도 알고 있었기 때문이다.

아침 식사 시간에 누나는, 우리와 함께 읍내까지 가서 펌블추크 삼촌댁에 머물 테니 "우리가 훌륭하신 귀부인들과의 볼일을 마치시면" 자기를 부르러 오라는 의중을 밝혔다—이런 표현 방식에서 조는 최악의 사태를 예견하는 것 같았다. 대장간은 그날 하루 문을 닫았는데, 조는 문에 분필로 짤막하게 '출타'라고 써 놓고(그가 일을 하지 않는 것은 극히 드문 일이었지만, 그런 날에는 늘 그렇게 쓰곤 했다), 그 옆에 자기가 간 방향으로 날아가는 것 같은 화살표를 하나 그려놓았다.

우리는 걸어서 읍내로 갔다. 누나가 앞장서서 걸었는데, 매우 큰 여성용 비버 모자를 쓰고 영국의 국새 같은 밀짚바구니를 들고, 또 화창한 날이었는데도 덧나막신 한 켤레와 여벌의 숄과 우산을 가지고 나왔다. 누나가 이 물건들을 고행 삼아 들고 온 것인지 혹은 과시하려고 그런 것인지는 분명하게 말할 수 없다. 그러나 어느 정도 내 생각에는 누나가 이 물건들이 자신의 소유물이라고 보여주려고 한 것 같다—클레오파트라나 그 밖의 날뛰는 여군주가 화려한 행렬이나 행진에서 자신의 부유함을 보여주는 것과 매우 흡사하게.

펌블추크네 집에 도착하자 누나는 우리를 남겨두고 안으로 뛰어 들어갔다. 거의 정오가 되었기 때문에 조와 나는 미스 해비셤 댁으로 직행했다. 에스텔라가 여느 때처럼 문을 열어줬다. 그런데, 그녀가 나타난 순간 조는 모자를 벗어서 챙을 두 손으로 잡고 모자의 무게를 가늠하는 듯 서 있었는데, 그 모습은 마치 1온스의 8분의 1까지 정밀해야 한다는 어떤 절박한 이유라도 마음속에 있는 것 같았다.

에스텔라는 우리를 둘 다 본척만척하긴 했으나, 내가 너무나 잘 알고 있는 길로 우리를 안내해 줬다. 나는 그녀의 바로 뒤를 따랐고, 조가 맨 뒤를 따랐다. 긴 복도에서 내가 조를 뒤돌아보니 그는 여전히 굉장히 조심스럽게 모자의 무게를 가늠하면서, 까치발을 딛고 큰 걸음으로 우리 뒤를 따라오고 있었다.

에스텔라는 우리 둘이 들어가라고 말했다. 그래서 나는 조의 외투 소맷자락을 잡고 안으로 들어가 미스 해비셤 면전으로 안내했다. 그녀는 화장대에 앉아 있다가 즉시 우리를 돌아다보았다.

"아하!" 그녀가 조에게 말했다. "댁이 이 아이의 누나 남편이군요?"

나는 친애하는 정든 조가 그렇게 그와 딴판이거나 아주 희한한 새처럼 보이리라고는 거의 상상하지도 못했었다. 그는 말없이 서 있었는데, 깃털장식 같은 머리카락은 헝클어지고 그의 입은 마치 벌레라도 먹고 싶은 듯 벌어진 모습이었다.

"댁이," 미스 해비셤이 되풀이해서 물었다. "이 아이의 누나 남편인가요?"

상황이 매우 심각해져 가고 있었다. 그러나 면담 내내 조는 고집스럽게도 미스 해비셤이 아니라 나에게만 말을 했다.

"내 말의 뜻은 말이야, 핍." 조는 설득력 있는 논법과 엄중한 내밀함과 굉장한 공손함을 동시에 나타내는 태도로 말했다. "내가 네 누나와 갑자기 결혼했을 때 말이다. 그때 나는 소위(하여튼 네게 그럴 마음이 있었다면) 네가 독신이라고 부를 수 있는 상태였지."

"좋아요!" 미스 해비셤이 말했다. "그래, 댁이 이 아이를 댁의 도제로 삼을 의도로 길렀단 말이죠, 그렇죠, 가저리 씨?"

"너도 알다시피, 핍." 조가 대답했다. "너와 나는 언제나 친구였고, 또 우리 사이에 그렇게 되기를 기대했던 만큼 그러면 우리 둘 다 즐거워지리라고 생각했지. 그렇지만, 핍, 네가 만일 이 일을 반대했었다면…… 이를테면 검은 얼룩이라든가 검댕, 혹은 그런 것들에 노출된다고 해서…… 그런 점들은 조금도 무시되지 않았을 거다, 너도 알잖니?"

"이 아이가," 미스 해비셤이 물었다. "조금이라도 반대한 적이 있었나요? 아이가 그 직업을 좋아하긴 하나요?"

"그 점에 대해서는 네 자신이 잘 알고 있잖니, 핍." 조는 아까 보여줬던 논법과 내밀함과 공손함이 뒤섞인 태도를 강화하면서 대답했다. "그 직업은 네 자신이 마음으로 바라는 소망이라는 것을 말이다." (그가 말을 계속하기도 전에, 나는 그가 문득 자기 집안의 비석에 쓰여 있는 말을 지금 써먹고 싶어 한다는 것을 알아챘다.)

"그리고 네 쪽에서는 아무런 반대도 없었던 데다가, 핍, 그건 네가 마음으로 굴뚝같이 바라는 소망이기도 하지!"

나는 조가 미스 해비셤에게 말해야 한다는 것을 깨닫게 하려고 애썼으나 완전 헛수고였다. 내가 아무리 얼굴을 찡그리고 손짓을 해가며 신호를 보내도, 그는 더욱더 내밀하고 논쟁적이고 공손하게 자꾸 나만 붙잡고 이야기했다.

"이 아이의 도제 계약서를 가지고 왔나요?" 미스 해비셤이 물었다.

"글쎄, 핍, 너도 알지?" 조는 그 물음이 다소 이치에 맞지 않는다는 듯이 대꾸했다. "내가 그 계약서를 내 모자에 넣는 것을 네가 보았잖아. 그러니까 그게 여기에 있다는 것을 넌 알고 있겠지." 그런 말과 함께 그는 계약서를 꺼내더니, 그것을 미스 해비셤이 아니라 나에게 건네주는 것이었다. 유감이지만, 에스텔라가 미스 해비셤 의자 뒤에 서서 장난기가 서린 눈으로 웃는 것을 보았을 때, 나는 사랑하는 착한 매형을 부끄럽게 여겼다—그를 부끄럽게 여겼던 것을 나는 지금도 **안다**—나는 계약서를 그의 손에서 넘겨받아 미스 해비셤에게 건네주었다.

"댁은," 미스 해비셤이 계약서를 훑어보며 말했다. "이 아이에게서 수업료 따위는 기대하지 않았겠죠?"

"조!" 나는 그가 전혀 아무 대답도 하지 않아서 이의를 제기했다. "왜 대답을 않고서……."

"핍," 조는 감정이 상한 듯 내 말을 끊고 대답했다. "그게 말이다, 내 말은, 너와 나 사이에서는 그건 대답이 필요 없는 문제란 말이다. 또 너도 알다시피, 내 대답은 그런 걸 전혀 기대하지 않았다는 말일 게 뻔하지. 너도 **그렇지 않다**는 것을 알고 있잖아, 핍. 그런데 왜 내가 그걸 말해야 되는 거니?"

미스 해비셤은, 마치 거기 있는 조의 모습을 보고도 그의 진정한 됨됨이를 내가 생각했던 것보다 더 잘 알겠다는 듯이 그를 흘끗 쳐다보았다. 그러고는 자기 옆의 탁자에서 조그만 지갑을 집었다.

"핍은 여기서 수업료를 벌었어요." 그녀는 말했다. "자, 여기 있다. 이 지갑에 25기니[1]가 들어 있어. 그걸 네 주인께 드려라, 핍."

미스 해비셤의 이상한 모습과 이상한 방 때문에 생긴 놀라움으로 마치 정신이 완전히 나가기라도 한 것처럼, 조는 심지어 이렇게 돈을 건네주는 상황에서도 고집스럽게 나에게만 말했다.

"이건 너에게는 매우 너그러운 처사다, 핍." 조가 말했다. "그리고 비록 이런 걸 기대하거나 손톱만큼도 바란 적이 없었지만, 아주 고마운 마음으로 잘 받으마. 그럼 이제, 이봐 친구." 조가 이렇게 말했을 때 나는 처음엔 화끈 달아올랐다가 다음 순간 얼어붙는 듯한 느낌을 받았는데, 내가 느끼기에 그 친근한 표현이 마치 미스 해비셤에게 사용된 것 같았기 때문이다. "그럼 이제, 이봐 친구, 우리의 의무를 이행해 보자! 너와 나 우리의 의무를 이행해 보자고, 우리 둘 다 서로서로 말이야, 그리고 그들에 의해서 너의 이 너그러운 선물이…… 전에 없었던 만큼…… 그들……의…… 마음에 만족을…… 안겨주도록…… 전달되었으니까." 여기서 조는 굉장한 어려움에 빠져버린 것을 느끼는 표정이었지만, 마침내 다음과 같은 말로 의기양양하게 스스로를 구출해 냈다. "그리고 그 선물은 나 자신과는 먼 것이지!"[2] 이 말이 상당히

1 기니는 영국의 옛 금화로 이전의 21실링에 해당하는데, 현재는 계산상의 통화 단위로 상금이나 사례금 등의 표시에만 사용되고 있다.

2 조는 조금 전에는 핍이 미스 해비셤의 시중을 들고 받은 돈을 자기가 고맙게 받겠다고, 다분히 오해를 불러일으킬 수 있는 말을 했지만, 이제는 그 돈이 자기와는 상관이 없다고 말함으로써 사태를 수습한다.

설득력 있게 여겨졌는지, 그는 이 말을 두 번이나 했다.

"잘 가거라, 핍!" 미스 해비셤이 말했다. "손님을 밖으로 모셔라, 에스텔라."

"제가 또 와야 하나요, 해비셤 마님?" 내가 물었다.

"아니다. 이제 가저리가 네 주인이야. 가저리! 잠깐 한마디만요!"

내가 문밖으로 나올 때, 미스 해비셤이 이런 식으로 조를 다시 불러서 뚜렷하고 강한 음성으로 말하는 것이 들려왔다. "저 아이는 이곳에서 친절한 아이였어요. 그리고 그 돈은 그 사례금이고요. 물론, 정직한 사람으로서 댁은 다른 것을 더 이상 기대하지 않겠지요."

조가 어떻게 방에서 나왔는지 나는 확실히 단정할 수가 없다. 그러나 그가 방에서 나왔을 때 밑으로 내려오지 않고 자꾸만 위층으로 올라가려 했고, 내가 뭐라고 하는 소리도 전혀 듣지 못해서 마침내 내가 쫓아가 그를 붙잡았던 일만은 기억하고 있다. 잠시 후 우리는 대문 밖으로 나왔고, 대문이 닫히고 에스텔라는 가버렸다. 햇빛 속에 다시 우리 둘만 서 있게 되자, 조는 담장에 기대어 서서 나에게 말했다. "놀랄 노자다!" 그러고는 거기에 너무 오랫동안 그대로 서서 때때로 "놀랄 노자다!" 하고 말했는데, 너무나 자주 그래서 나는 그가 결코 제정신이 돌아오지 못하리라고 생각하기 시작했다. 그러다가 마침내 그는 말을 늘여서 "핍, 내가 너에게 확언하건대 이건 노-**올랄 노**자다!"라고 했고, 그 후로 점차 말이 많아졌으며 결국 자리를 떠서 걸어갈 수 있었다.

나에게는 조의 지능이 아까 경험했던 만남으로 나아졌으며, 그래서 우리가 펌블추크네 상점으로 가는 도중에 그가 교묘하고 은밀한 계획을 궁리해 낸 것이라고 생각할 만한 충분한 근거가 있다. 내가 말하는 근거는 펌블추크 씨네 거실에서 벌어진 일에서 찾아볼 수 있을 것이다. 우리가 그 거실에 모습을 드러냈을 때, 누나는 앉아서 그 혐오스런 종묘상과 의논 중이었다.

"원 이것 참!" 누나는 동시에 우리 둘에게 소리쳤다. "아니, 어찌된 영문이람? 이처럼 보잘것없는 사회로 겸손하게 돌아오시다니 놀랍네, 정말이지 놀라우셔라!"

"미스 해비셤이," 조는 기억해 내려고 노력하는 것처럼 나를 응시하면서 말했다. "아주 각별히 전해달라는 것이 있었는데, 그녀의…… 경의냐 안부냐, 핍?"

"경의예요." 내가 말했다.

"나도 그렇게 생각했다." 조가 응답했다. "그녀의 경의를 J. 가저리 부인에게 전해달라고……."

"퍽도 도움이 되겠네!" 누나는 그렇게 말하긴 했지만, 역시 꽤 만족스러워했다.

"그리고 미스 해비셤은 좋겠다고 했어." 조는 또다시 기억해 내려고 애쓰는 듯 나를 뚫어지게 쳐다보며 말을 이었다. "자신의 건강 상태가 좋아서 허락만…… 한다면, 뭐랬더라, 핍?"

"기꺼이 맞이하는 거." 내가 덧붙였다.

"여성 손님분들을 말이야." 조는 그렇게 말하고 나서 긴 한숨을 내쉬었다.

"그렇다면!" 누나는 누그러진 눈길로 펌블추크 씨를 바라보며 큰 소리로 말했다. "당초에 정중하게 그런 전갈을 보냈어야지. 그러나 아예 안 보내는 것보단 늦게라도 보내주니 한결 낫네. 그런데 그녀가 여기 개차반 녀석에게는 뭘 준 거야?"

"그녀는 핍에게," 조는 말했다. "아무것도 안 줬는데."

조 부인이 갑자기 소리를 지르려고 했지만, 조가 말을 이었다.

"그녀가 준 것은," 조는 말했다. "핍의 친구들에게 준 거야. '그리고 핍의 친구들이란,' 그녀의 설명에 따르면 '그의 누나인 J. 가저리 부인의 손에 들어가는 것을 뜻한다'는 거지. 그녀가 그렇게 말했어. 'J. 가저리 부인'이라고. 그녀는 아마 몰랐을 거야." 조는 생각에 잠긴 표정으로 덧붙여 말했다. "J가 조인지 조지인지도 말이야."

누나는 펌블추크를 쳐다보았는데, 그는 그의 나무 안락의자의 양쪽 팔걸이를 문지르며 그 모든 것을 이미 다 알고 있었다는 듯이 누나와 벽난롯불을 향해 고개를 끄덕였다.

"그래, 얼마나 받은 거야?" 누나는 웃으며 물었다. 정말로 웃으며!

"여기 계신 분들은 10파운드라면 어떻게 생각하겠습니까?" 조가 물었다.

"모두들," 누나는 무뚝뚝하게 대꾸했다. "꽤 괜찮다 하겠지 뭐. 아주 많지는 않지만, 꽤 넉넉하구먼."

"근데 그것보단 많아." 조가 말했다.

그 지독한 협잡꾼 펌블추크는 즉시 고개를 끄덕이고는 의자의 팔걸이를 문지르며 말했다. "그것보단 많지, 질부."

"아니, 삼촌 말씀은 다 알고 계시……." 누나가 말을 시작했다.

"암, 알다마다, 질부." 펌블추크는 말했다. "하지만 잠깐 기다리라고. 계속해, 조지프. 좋아! 계속해 봐!"

"여기 계신 분들은 뭐라 하시겠습니까," 조가 말을 이었다. "20파운드라면요?"

"꽤 큰돈이라 말하겠지 뭐." 누나가 대꾸했다.

"자, 그런데," 조가 말했다. "20파운드보다도 많습니다."

그 야비한 위선자 펌블추크는 다시금 고개를 끄덕이더니, 은

인인 체하는 태도로 웃으며 말했다. "그것보다도 많다고, 질부. 역시 좋아! 계속 말해봐, 조지프!"

"그럼 이걸 끝내기 위해 말씀드리자면," 조는 아주 기쁜 마음으로 돈지갑을 누나에게 건네면서 말했다. "25파운드예요."

"25파운드야, 질부." 사기꾼 중에서도 가장 밑바닥인 그 펌블추크가 일어나 누나와 악수를 하면서 조의 말을 되풀이했다. "그리고 그 돈은 질부의 공로에 대한 대가에 지나지 않아(내 의견을 물었을 때 내가 말했듯이 말이야), 그러니 그 돈을 잘 쓰기 바라네!"

그 악인이 여기서 멈췄다 하더라도 그의 문제는 이미 충분히 끔찍했을 것이다. 그러나 그는 내 은인이라는 권리를 내세워 나를 자기 감독하에 둠으로써 자신의 죄악을 더 검게 물들였는데, 이는 그의 이전의 모든 범죄 행위를 훨씬 능가하는 행위였다.

"자, 조지프와 질부, 자네들도 알다시피," 펌블추크는 내 팔꿈치 위를 잡으며 말했다. "나는 뭐든 일단 시작하면 언제나 단김에 끝을 내는 사람들 중의 하나지. 이 아이는 당장 도제 계약을 해야 해. 그게 내 방식이지. 당장 계약을 하자고."

"하늘에 맹세코, 펌블추크 숙부님," 누나는 (돈을 움켜쥐며) 말했다. "저흰 숙부님께 신세를 참 많이 지고 있어요."

"그런 소리 마, 질부." 그 악마 같은 잡곡상이 대꾸했다. "이 세상 어디서나 기쁜 일은 기쁜 일이야. 그러나 이 아이 말이야, 질부, 당장 도제 계약을 해야 해. 내가 처리하겠단 뜻이야—사실을 말하자면."

가까이에 있는 읍사무소에 치안판사들이 앉아서 일을 보고 있었다. 그래서 우리는 즉시 치안판사 앞에서 내가 조의 도제가 되는 계약을 맺으러 건너갔다. 지금 내가 '우리가 건너갔다'고 말하지만, 나는 꼭 그 순간 내가 소매치기를 하거나 건초 더미에 불을 지르다가 잡히기라도 한 것처럼 펌블추크에게 떠밀려 갔다. 정말이지, 내가 현행범으로 체포되었다고 보는 것이 법정에서의 전반적인 인상이었다. 왜냐하면 펌블추크가 군중을 헤치고 나를 떠밀어 치안판사 앞으로 데리고 갈 때, 몇몇 사람들이 "저 아이가 무슨 일을 저질렀을까?"라 말하고, 또 어떤 사람들은 "너무 어린 녀석인데, 하지만 못돼 보이네, 안 그래요?"라고 수군거렸기 때문이다. 온화하고 인정 많게 생긴 어떤 분은 심지어 나에게 소책자 한 권을 건네줬는데, 표지의 삽화 속 젊은 남자는 완전히 소시지 가게라도 차린 듯 온몸에 족쇄를 차고 있었고, 『나의 감방에서 읽을 것*To Be Read in My Cell*』이라는 제목이 붙어 있었다.

법정은 색다른 곳이라는 생각이 들었다. 방청석 의자들은 교회보다도 높았는데—방청객들이 그 의자 너머로 몸을 쑥 내밀고 구경하고 있고—대단한 치안판사님들이(그중 한 분은 분가루를 뿌린 머리를 하고 있었다) 의자에 상체를 젖히고 앉아서 팔짱을 끼거나, 코를 킁킁거리거나, 잠들어 있거나, 뭔가를 끌쩍이거나, 신문을 읽거나 하고 있었다. 그리고 벽에는 반짝이는 검은 초상화 몇 점이 걸려 있었는데, 그림을 볼 줄 모르는 내 눈에는 아몬드 사탕과 반창고로 된 구성물로 여겨졌다. 이곳의 한구석에서 나의 도제 계약서는 정식으로 서명되고 인증되어, 나는 도제로서 '매이게' 되었다. 그리고 그동안 내내 펌블추크 씨는 마치 우리가 교수대로 가다가 자질구레한 예비 절차를 밟기 위해 잠깐 들르기라도 한 것처럼 나를 꼭 붙잡고 있었다.

우리는 다시 밖으로 나왔다. 그리고 내가 공개 처형을 당하는 장면을 기대하며 들떠 있던 소년들은 정작 내 주변 사람들이 그저 나를 둘러싸고 격려하는 모습만 보이자 크게 실망했다. 그들을 벗어나 우리는 펌블추크네로 돌아왔다. 그리고 거기서 누나는 25기니로 너무나 흥분한 나머지 그 횡재한 돈으로 블루 보어 호텔에 가서 식사를 해야만 직성이 풀리겠다며, 펌블추크에게 그의 이륜마차를 몰고 가서 허블 씨 부부와 웝슬 씨도 데려오라고 했다.

그 제안은 받아들여졌다. 그리고 나는 아주 우울한 하루를 보냈다. 그들 모두의 생각 속에서는, 내가 이 자리에서 마치 쓸데없는 혹 같은 존재라는 것이 당연한 이치인 듯 보였다. 게다가 설상가상으로 그들은 때때로—요컨대 그들이 달리 할 일이 없을 때마다—내게 왜 즐기지 않느냐고 묻는 것이었다. 그리고 그럴 때 내가 즐기고 **있다고** 말하는 것 말고 뭐라고 할 수 있었겠는가, 내가 즐기고 있지 않은데도!

그렇지만 그들은 어른으로서 그들 나름의 행동 양식이 있었고, 그것을 최대한 활용했다. 졸지에 이 모든 일을 마련한 자비로운 사람으로 우쭐해진 사기꾼 펌블추크는 실제로 상석을 차지하고 있었다. 그리고 그는 나의 도제 계약을 체결한 문제에 대해 손님들에게 이야기해 주고, 만일 내가 카드놀이를 하거나 독주를 마시거나 늦잠을 자거나 나쁜 친구를 사귄다든지, 혹은 꼭 내가 그러리라고 예상하고는 도제 계약서에까지 기재해 둔 기타 탈선 행위를 범하게 되면 내가 감옥에 갇히는 것을 면할 수 없다고 악마처럼 기뻐하며 식객들에게 떠벌렸는데, 이때 그는 자신의 말을 구체적으로 설명하고자 나를 자기 옆 의자 위에 세워 놓기도 했다.

그날의 성대한 잔치에 대해 내가 기억하는 다른 것들로는 다음의 사항들이 전부다—그들은 내가 잠들도록 그냥 두지 않고, 졸려서 고개를 떨굴 때마다 나를 깨워서는 즐기라고 말했던 것.

또 꽤 늦은 저녁 때 웝슬 씨가 콜린스의 시구를 읊어줬는데, '복수의 화신이 피 묻은 칼을 천둥치는 소리를 내며 내던지는' 부분을 어찌나 감명 깊게 읊었던지 사환이 들어와서 "아래층에 계신 행상인들께서 찬사를 보내주셨습니다만, 여긴 '곡예사 객사'가 아니랍니다"[1]라고 말했던 것. 귀갓길에 그들 모두가 기분이 고조되어 「오 아름다운 여인이여!」[2]를 합창했는데, 웝슬 씨가 낮은 음을 맡아서 엄청나게 힘찬 목소리로(모든 사람의 사사로운 문제를 다 알고자 하는 몹시 무례한 태도로 이 노래를 이끄는, 꼬치꼬치 캐묻는 따분한 사람의 물음에 응답하여)[3] **자기가** 바로 흰 머리카락이 멋지게 늘어진 그 사람이며, 전반적으로 볼 때 자신이 가장 나약한 순례자라고 주장했던 것.

마지막으로 기억하는 건, 내가 작은 침실로 들어왔을 때 정말로 비참했으며 내가 절대로 조의 직업을 좋아하지 않으리라는 강한 확신이 들었다는 것이다. 나는 한때 그 직업을 좋아했다. 하지만 그건 과거였지 이제는 아니다.

1 원문에는 과거시제로 되어 있지만, 직접화법과 묘출화법이 섞인 사환의 전언에는 시제상의 오류가 있었을 것이기 때문에 여기서는 문맥상 현재시제로 옮겼다.

2 「오 아름다운 여인이여!*O Lady Fair!*」는 당시 유행했던 가곡으로 아일랜드 출신의 작가 토마스 무어가 작사, 작곡했다.

3 원래 이 노래에서는 한 남자가 어느 아름다운 여인에게 행선지가 어디이며 그녀와 함께 있는 흰 머리카락을 멋지게 늘어뜨린 사람은 누구인지 등등을 꼬치꼬치 묻는다. 그런데 여기서 웝슬 씨가 가사 중에 나오는 질문에 대답하는 식으로 노래를 불렀다는 것을 의미한다.

14장

자기 집을 부끄럽게 여긴다는 것은 매우 비참한 일이다. 여기에는 사악한 배은망덕이 있을 수도 있고, 그리고 거기에는 응당 인과응보의 벌이 따를 수도 있다. 그러나 그것이 비참한 일이라는 사실을 나는 확언할 수 있다.

누나의 성질 때문에 집은 결코 즐거운 곳이 아니었다. 그러나 매형 조가 그런 집을 성스럽게 해줬고, 그래서 나는 가정의 소중함을 인정했다. 나는 우리 집의 훌륭한 응접실을 아주 격조 높은 응접실이라고 믿었다. 나는 우리 집 정문을, 그 문이 엄숙하게 열리면 구운 닭고기 제물을 바치는 장엄한 신전의 신비롭고 우람한 문이라고 여겼다. 나는 우리 집 부엌을 근사하지는 않지만 정결한 구역이라고 생각했다. 나는 매형의 대장간을 남자다움과 독립으로 이어지는 빛나는 길이라고 믿었다. 그런데 단 1년도 지나지 않아 모든 것이 변해버렸다. 이제 이 모든 것은 조악하고 천박했으며, 나는 무슨 일이 있어도 이런 것을 미스 해비셤과 에스텔라에게는 보여주고 싶지 않았다.

이렇게 은혜를 모르는 내 심리 상태의 얼마만큼이 내 자신의 잘못이며, 얼마만큼이 미스 해비셤의 잘못이고, 얼마만큼이 우리 누나의 잘못이었는지는 이제 나에게나 어느 누구에게도 중요하지 않다. 그 변화는 내 안에서 일어났고, 일은 끝나버렸다. 잘됐든 잘못됐든, 변명이야 할 수 있든 없든, 일은 끝나버렸다.

한때는 내가 드디어 셔츠 소매를 걷어붙이고 조의 도제로서 대장간에 들어가면 내 자신이 두드러지고 행복할 것 같았다. 그런데 이제 막상 현실이 눈앞에 닥치자, 내가 오직 미세한 석탄재로 먼지투성이가 되었다는 것과 모루가 깃털처럼 느껴질 만큼 무거운 짐이 내 일상의 기억을 짓누른다는 것밖에는 느껴지지 않았다. 훗날 내 인생에서(추측건대 대부분의 사람들에게서와 마찬가지로) 한동안 마치 인생의 온갖 재미와 낭만에 두꺼운 장막이 드리워져서 내가 따분한 인고 말고는 모든 것으로부터 차단된 듯 느껴지던 때들이 있었다. 하지만 내가 조의 도제가 되는 길, 내 앞날에 쭉 뻗쳐 있던 그 새로운 길에 들어섰을 때만큼 그 장막이 그렇게 무겁고 막막하게 드리워진 적은 결코 없었다.

지금도 기억하건대, '도제 기간'의 후반부에 나는 어둠이 내리는 일요일 저녁 무렵이면 교회 묘지 주변에 서서는 내 앞날의 전망과 바람이 드센 습지의 풍경을 비교해 보고, 둘 다 얼마나 밋밋하고 침울한지, 또 둘에게 어떻게 알길 없는 길과 짙은 안개가 그리고 그다음엔 바다가 다가오는지를 생각해 봄으로써 둘 사이의 유사점을 알아내곤 했다. 나는 그 훗날에 낙심했던 만큼 도제로서의 작업 첫날에도 아주 크게 낙심했다. 그러나 나의 도제 계약이 지속되는 동안 내가 조에게 불평을 결코 단 한 마디도 늘어놓지 않았던 것이 지금도 기쁘다. 내 도제 기간과 관련하여 나 자신이 유일하게 **기쁘게** 여기는 것은 바로 그것이다.

왜냐하면, 내가 이제부터 덧붙일 내용에 포함되긴 하지만, 이 모든 공로는 바로 조의 공로였기 때문이다. 내가 달아나서 군인이나 선원이 되지 않았던 것은 내가 충실해서가 아니라 조가 성실했기 때문이다. 내가 성질에 맞지 않게 꽤 참을성 있게 열심히 일했던 것은 나에게 근면의 미덕에 대한 강한 의식이 있어서가 아니라 조에게 그런 강한 의식이 있었기 때문이다. 온후하고 마음이 정직하며 의무를 다하는 어떤 사람의 영향력이 이 세상에서 얼마나 멀리까지 미치는지를 알기는 불가능하다. 그러나 그것이 곁을 지나가면서 누군가의 마음을 얼마나 움직였는지를 알아보는 것은 아주 가능한 일이다. 그래서 나는, 내 도제 생활에 어떤 좋은 면이 있었다면 그것은 검소하게 안분지족하는 조에게서 비롯된 것이지 침착하지 못하게 갈망하며 만족을 모르는 나에게서 비롯된 것이 아니라는 사실을 똑바로 잘 알고 있다.

내가 원한 것이 무엇인지 누가 말할 수 있겠는가? 난들 내가 결코 몰랐던 것을 어찌 말할 수 있겠는가? 내가 두려워했던 것은, 어느 재수가 없는 시간에, 내가 아주 더럽고 지지리도 천박해 보일 때, 에스텔라가 대장간의 나무 창문으로 나를 들여다보고 있는 것을 목격하게 되는 일이었다. 시커먼 얼굴과 손으로 내가 하는 일 가운데 가장 천한 작업을 하고 있는 나를 그녀가 조만간 발견하게 될 것이고, 나를 보고 의기양양하며 멸시하리라는 두려움이 머리에서 떠나지 않았다. 종종 날이 어두워진 뒤 내가 조를 위해 풀무질을 하면서 우리 둘이 함께 '올드 클렘'을 부르고 있을 때면, 그리하여 미스 해비셤 댁에서 그 노래를 같이 부르곤 했던 것에 생각이 미쳐 아름다운 머리카락을 바람결에 나부끼며 나를 경멸하는 눈으로 쳐다보는 에스텔라의 얼굴이 불길 속에서 떠오를 때면—그럴 때면 나는 종종 캄캄한 밤의 네모진 틀로만 보이는 당시의 나무 벽 창문을 바라보곤 하며, 그녀가 막 창문에서 얼굴을 떼는 것을 보았다는 상상을 하거나 마침내 그녀가 나를 보러 왔다고 믿기 일쑤였다.

그런 뒤 우리가 저녁을 먹으러 안채로 들어가면, 집 안과 끼니는 이전의 어느 때보다 더 소박해 보이곤 했고, 고마움을 모르는 내 가슴속에서는 집을 부끄러워하는 감정이 전보다 한층 더 깊어져 가곤 했다.

15장

내 몸이 웝슬 씨 대고모네 야학 교실에 들어가기에는 너무 커지고 있었기에, 그 터무니없는 부인 밑에서 받던 교육은 끝나고 말았다. 그러나 그것은, 비디가 작은 가격표 목록에서부터 그녀가 예전에 반 페니를 주고 샀던 익살스런 노래에 이르기까지 자기가 알고 있는 모든 것을 나에게 전수해 준 뒤였다. 비록 뒤에 언급한 문학작품 중 유일하게 말이 되는 부분은 다음의 첫 몇 행들뿐이지만,

> 내가 런넌[1] 시내에 갔을 때, 나리님들아,
> 투 럴 루 럴
> 투 럴 루 럴
> 정말 감쪽같이 속지 않았던가요, 나리님들?
> 투 럴 루 럴
> 투 럴 루 럴

—여전히 한층 더 현명해지고 싶다는 갈망으로, 나는 지극히 진지하게 이 작품을 암기했을 뿐만 아니라 후렴 '투 럴'이 (지금

1 런던을 소리 나는 대로 표기한 것. [d]와 [n]은 조음점이 같으므로 언어경제상 [d]의 위치에서 혀를 떼지 않고 다음 소리 [n]을 발음하게 되는데, 이때 앞소리 [d]는 명확하게 들리지 않으므로 위와 같은 현상이 나타나게 된다.

도 그렇게 여기고 있듯이) 다소 지나치게 많다고 여겼던 것 말고는 이 시의 가치를 의심해 본 적이 없었다고 기억한다. 지식에 굶주린 나머지 나는 웝슬 씨에게 지식의 부스러기라도 좀 가르쳐달라고 청한 적도 있는데, 그는 친절하게도 이를 승낙했다. 그러나 나중에 드러난 바와 같이 그는 나를 단지 여러 가지 방식으로 반박하고 껴안고 울고 들볶고 움켜잡고 찌르고 두들겨 패는 대상인 연극용 모델 인형으로 삼았을 뿐이므로, 나는 곧 그런 교육 과정을 거부하고 말았다. 비록 웝슬 씨가 그의 시적 열광 상태에서 나를 심히 거칠게 다룬 뒤이기는 했지만.

나는 내가 습득한 것은 무엇이든 매형 조에게 알려주려고 애썼다. 이 말은 매우 그럴듯하게 들릴 테니, 내 양심상 설명 없이 그냥 넘어갈 수는 없다. 나는 조를 덜 무식하고 덜 비천하게 만들고 싶었는데, 그것은 그가 한층 더 나와 어울릴 만하고 또 에스텔라의 비난에 덜 노출되게 하기 위해서였다.

저 바깥 습지의 옛 포대터가 우리의 학습 장소였으며, 고작 깨진 석판 한 장과 몽당 석필 한 자루가 우리의 학습 도구였다. 그리고 여기에 조가 언제나 담뱃대 하나를 곁들였다. 그런데 내가 기억하기로 조는 어느 일요일에 배운 것을 다음 일요일까지 기억한다거나, 내 교습 아래 도대체 무슨 지식을 조금이라도 습득한 적이 전혀 없었던 것 같다. 하지만 그는 다른 어떤 곳에서보다도 이 포대터에서만큼은 훨씬 더 현명한 태도로—심지어는 박식한 태도로—담배를 피우곤 하는 것이었다. 마치 자신이 학문적으로 엄청나게 발전하고 있다고 생각하기라도 하듯이. 친애하는 친구, 나는 그가 정말 그랬기를 바란다.

그곳은 즐겁고 조용했다. 저쪽으로는 흙벽 너머로 강 위를 떠다니는 돛단배들이 보였고, 이따금 썰물일 때는 그 돛들이 강바닥에서 아직도 항해하고 있는 침몰한 선박들의 돛 같기도 했다. 배들이 흰 돛을 펼치고 떠올라 바다를 향해 나아가는 것을 볼 때마다 나는 웬일인지 미스 해비셤과 에스텔라가 생각났고, 또 석양이 저 멀리 구름이나 돛단배, 푸른 언덕, 해안선에 비스듬히 비칠 때도 언제나 마찬가지였다—미스 해비셤과 에스텔라, 그리고 그 이상한 집과 그들의 생소한 삶은 그림처럼 아름다운 모든 것들과 어떤 연관이 있는 것처럼 보였다. 어느 일요일 조가 무척이나 즐겁게 담배를 피워대면서 자신의 '무던히도 지독한 우둔함'을 너무나 자랑스레 떠벌리는 바람에, 나는 그날 하루 수업은 쉬고 손으로 턱을 괸 채 흙벽 위에 누워서 하늘이며 강이며 주위의 모든 풍경에서 미스 해비셤과 에스텔라의 자취를 찾다가, 마침내 내 머릿속에 오랫동안 자리 잡고 있었던 그들과 관련된 한 가지 생각을 말하기로 결심했다.

"조." 내가 말했다. "내가 미스 해비셤을 한번 방문해야 한다고 생각지 않아?"

"글쎄다, 핍." 조는 천천히 생각하며 대답했다. "뭣 때문에?"

"뭣 때문에라니, 조? 이유가 있어야만 방문하는 거야?"

"아마도 방문에 따라선," 조가 말했다. "영원히 의문의 여지를 남기는 방문도 있을 거다, 핍. 그러나 미스 해비셤을 방문하는 것에 관해선 말이다, 그녀는 네가 뭔가를 바란다고—자기에게서 뭔가를 기대한다고 생각할지도 몰라."

"내가 아무것도 바라지 않는다고 말하면 된다고 생각지 않아, 조?"

"너야 그럴 수 있겠지, 친구야." 조는 말했다. "그리고 그녀가 그걸 믿을 수도 있겠지. 마찬가지로 그녀가 안 믿을 수도 있고."

나도 느꼈듯이 조는 자신이 요점을 지적했다고 느꼈고, 그래서 그 말을 반복함으로써 그 요점을 약화시키지 않고자 담뱃대를 세게 빨아댔다.

"너도 알고 있듯이, 핍," 그 반복의 위험에서 벗어나자마자 조는 말을 이었다. "미스 해비셤은 너를 후하게 대했지. 미스 해비셤이 너를 후하게 대하고 나서 나를 불러들여서는 그 돈이 전부라고 내게 말했지."

"맞아, 조. 나도 그 말은 들었어."

"**전부**라고." 조는 매우 강조하여 되풀이했다.

"맞아, 조. 나도 그 말은 들었다니까."

"그러니까 내 말은, 핍, 그녀의 말뜻은 이런 것일 수도 있다는 거다. '그 문제는 이것으로 끝이다!' '원대 복귀하라!' '난 북쪽으로, 넌 남쪽으로!' '각자 따로 갈 길을 가라!'"

나도 역시 그렇게 생각했다. 그런데 조가 그렇게 생각했다는 것을 알게 된 것이 내게는 전혀 위로가 되지 않았다. 왜냐하면 그것이 내 생각을 한층 더 가능성 있는 것으로 보이게 만드는 듯했기 때문이다.

"그렇지만, 조."

"그래, 친구."

"여기서 내가 도제 생활을 시작한 첫 해도 거의 다 지나가고 있는데, 도제 계약을 맺은 날 이후로 나는 미스 해비셤에게 감사의 인사를 한번 드리거나, 문안을 드리거나, 그분을 기억하고 있다는 것을 보여드린 적이 전혀 없었단 말이야."

"그건 맞는 소리야, 핍. 그런데 네가 그분에게 네 짝 모두 갖춘 말편자 한 벌을 만들어드릴 수만 있다면 모를까—내 말뜻은, 네 짝 모두 갖춘 말편자 한 벌조차도, 그분에겐 그걸 신길 말이 전혀 없으니까, 선물로 바칠 수가 없으리라는 거다."

"그런 종류의 기념품을 생각한 게 아니야, 조. 선물을 하겠다는 뜻이 아니란 말이야."

그러나 조는 선물에 대한 생각이 머리에 박혀서 그 말을 되뇌고 또 되뇔 수밖에 없었다. "또는 심지어," 그는 말했다. "네가 만일 내 도움을 받아 현관문에 걸 쇠사슬을 새로 만들어 드리거나…… 또는 이를테면 12다스나 24다스짜리 범용 둥근머리 나사못이나…… 또는 그분이 머핀을 드실 때 쓸 빵 굽는 포크와 같은 어떤 가볍고 멋진 물건이나…… 또는 청어 따위의 생선을 드실 때 쓸 석쇠나……."

"난 선물 같은 거 할 생각이 전혀 없다니까, 조." 나는 그의 말을 막았다.

"글쎄다." 마치 내가 특별히 선물을 우기기라도 한 듯이, 조는 여전히 그 이야기를 되풀이하기만 했다. "만일 내가 너라면, 핍, 난 선물 따위는 안 할 거야. 암, **않고말고**. 그녀는 항상 문을 걸어 잠가두고 있는데 문 사슬이 무슨 소용 있겠니? 그리고 둥근머리 나사못은 걸핏하면 잘못 빠지지. 그리고 빵 굽는 포크로 말하자면, 놋쇠로 만들어야 하는데 그건 네가 할 일이 못 된다. 그리고 제아무리 비범한 명공이라도 석쇠에서는 자신의 비범한 솜씨를 보여줄 수가 없단다—왜냐하면 석쇠는 석쇠**이니까**." 조는 마치 나를 어떤 고정된 망상에서 깨우려고 노력이라도 하는 것처럼, 그것을 나에게 확고부동하게 각인시키며 말했다. "그러니까 네가 아무리 마음먹고 애를 쓴다 할지라도, 미안하고 또 미안하지만, 단지 석쇠밖에 나오지 않을 것이고, 너로서는 어쩔 도리가 없는……."

"사랑하는 나의 조." 나는 그의 외투를 부여잡고 필사적으로 외쳤다. "그 얘긴 그만해. 난 미스 해비셤에게 무슨 선물을 할 생각은 전혀 안 했어."

"그렇지, 핍." 조는 그동안 내내 그 점을 주장하고 있었다는 듯이 맞장구쳤다. "그리고 내가 네게 말하는 건, 네가 옳다는 거야, 핍."

"그래, 조. 그러나 내가 하고 싶었던 말은, 바로 요즘은 우리가 다소 한가한 편이니까, 매형이 내일 내게 한나절 휴가를 준다면 난 읍내에 가서 미스 에스트-해비셤을 한번 찾아가 볼까 생각한다는 거였어."

"그녀의 이름은," 조는 진지하게 말했다. "에스태비셤이 아닌데, 핍, 그녀가 개명을 하지 않은 이상은 말이야."

"나도 알아, 조, 나도 안다고. 말이 헛 나온 거야. 어떻게 생각해, 조?"

요컨대 만일 내가 방문하는 게 좋다고 여긴다면 자신도 좋게 여길 거라는 게 조의 결론이었다. 그러나 그는 특별한 조건을 내걸었는데, 만일 나를 친절히 맞아주지 않거나 혹은 그저 베풀어준 호의에 대한 단순한 감사 인사차 방문하는 것일 뿐 다른 목적을 숨기지 않았는데도 또 방문해 달라는 권유를 받지 못하면, 그러면 이 실험적인 방문이 계속돼서는 안 된다는 것이었다. 나는 이 조건들을 지키겠다고 약속했다.

이즈음 조는 주급을 주면서 올릭이라는 이름의 직공을 하나 두고 있었다. 그는 자신의 세례명이—명백히 있을 수 없는—'돌지Dolge'라고 자칭했는데, 워낙 완고한 성격의 사내였던지라 나는 그가 이 특정 사항에 대해 무슨 망상에 미혹되었던 것이 아니라 마을 사람들의 이해력을 모욕하기 위해 일부러 그런 이름을 붙였던 것이라고 믿는다. 그는 어깨가 딱 벌어지고 사지가 유연하며 피부가 거무튀튀한 아주 힘센 사내로서, 결코 서두르는 법이 없었고 언제나 늘쩍지근한 걸음걸이였다. 그는 심지어 대장간에 올 때도 전혀 일하러 오는 것 같지가 않았고, 그냥 어쩌다 들르는 것처럼 어정어정 걸어 들어오곤 했다. 그리고 점심을 먹으러 술집 '즐거운 사공들'에 가거나 저녁에 퇴근할 때도, 그는 카인[1]이나 방랑하는 유태인[2]처럼 마치 자신이 어디로 가고 있는지 전혀 알지 못하고 또 다시 돌아오고 싶은 생각도 아예 없는 듯이 늘쩍지근하게 걸어 나가곤 했다. 그는 저 밖 습지에 있는 수문지기의 집에서 하숙했는데, 근무일에는 양손을 호주머니에 넣고 점심 꾸러미를 목에다 느슨하게 묶어 등에 달랑달랑 매달고서, 자신의 은신처에서 나와 어정어정 걸어 나오곤 했다. 일요일 같은 날에는 대개 온종일 수문 위에 누워 있거나, 건초 더미와 헛간 등에 기대어 서 있었다. 그는 두 눈을 땅으로 향한 채, 항상 자동 추진식인 듯 어정거리며 돌아다녔다. 그러다가 누가 부르거나 다른 일로 눈을 들어야 할 필요가 있을 때는, 마치 자기가 지니고 있는 유일한 생각이라고는 자신이 아무 생각도 하지 않는 것이 다소 이상하고 유해하다는 사실뿐이라는 듯, 반쯤은 분개하고 또 반쯤은 당혹스런 태도로 올려다보았다.

이 뚱한 직공은 나를 하나도 좋아하지 않았다. 내가 아주 작고 겁이 많았을 때, 그는 나에게 대장간의 캄캄한 한구석에 악마가 살고 있으며 자신은 그 악마를 잘 안다고 말했다. 그는 또한 7년마다 한 번씩 대장간의 불을 살아 있는 소년으로 지펴야 하는데, 내가 내 자신을 그 땔감으로 생각해 보라고 말하기도 했다. 내가 조의 도제가 되었을 때, 올릭은 아마도 내가 자신의 자리를 빼앗

1 구약성서에 자신의 동생 아벨을 죽인 인류 최초의 살인자.

2 중세 전설에 등장하는 유태인. 그는 십자가를 지고 갈보리산으로 처형당하러 끌려가는 그리스도를 괴롭힌 죄로 영원히 세상을 방랑하는 저주를 받았다고 한다.

을 거라는 의심을 굳혔던 것 같다. 그래서 그는 더더욱 나를 좋아하지 않았다. 그가 어떤 말을 하거나 무슨 행동을 해서 나에 대한 적대감을 공공연하게 드러낸 적은 없었다. 내가 알아챈 것은 다만 그가 언제나 내가 있는 방향으로 불똥을 두들겨 보낸다는 것과 내가 올드 클렘을 부를 때마다 엇박자로 끼어든다는 것이었다.

이튿날 나의 한나절 휴가를 조에게 상기시킬 때, 돌지 올릭은 출근하여 일하고 있었다. 그 순간에 그는 아무 말도 하지 않았는데, 그와 조가 그들 사이에 바로 뜨거운 쇳덩이를 하나 갖다 놓았고 나는 풀무질을 하고 있었기 때문이다. 그러나 이윽고 그는 망치에 몸을 기대고서 말했다.

"자, 주인어른! 우리 둘 중에 하나만 편애하시려는 것은 분명 아니겠지요. 어린 핍에게 한나절 휴가를 준다면, 이 올릭 영감에게도 똑같이 해주셔야죠." 내 짐작으로 그는 스물다섯 살쯤이었지만, 그는 으레 자신을 상늙은이처럼 불렀다.

"아니, 자네는 한나절 휴가를 받는다면 뭘 할 거야?" 조가 물었다.

"**내가** 휴가를 어떻게 보낼 거냐고요! **핍**은 휴가를 어떻게 보낼 건데요? 나도 **핍처럼** 똑같이 보낼 겁니다." 올릭이 말했다.

"핍으로 말하자면, 읍내에 갈 예정인데." 조가 말했다.

"좋아요, 그렇다면 이 올릭 영감, **그도** 읍내에 갈 겁니다." 영감티를 내는 그가 말대꾸했다. "두 사람 다 읍내에 갈 수 있는 거죠. 한 사람만 읍내에 갈 수 있는 건 아니죠."

"화내지 마." 조는 말했다.

"그거야 내 맘이죠." 올릭은 딱딱거렸다. "어떤 놈은 읍내에 놀러나 가고! 자, 주인어른! 이보세요. 이 대장간에서 편애는 금물입니다. 사나이답게 처신하시라고요!"

주인이 직공 올릭의 기분이 좋아질 때까지 그 문제에 대응하기를 거부하자, 그는 화덕으로 돌진하여 뜨겁게 달궈진 시뻘건 쇠막대 하나를 끄집어내더니 마치 내 몸을 꿰뚫으려고 하는 듯이 그것을 들고 내게 달려들었다. 그런 다음 그는 그것을 내 머리 주위로 휘둘러 대다가 모루에 올려놓고는—내 생각에 마치 그 쇠막대가 나고 튀기는 불똥들은 뿜어 나오는 내 피인양—그것을 망치로 쾅쾅 두들겨 펴더니, 마침내 망치질로 자신의 몸이 뜨겁게 달아오르고 쇠막대가 차갑게 식어버리자 또다시 망치에 몸을 기대고서 말했다.

"자, 주인어른!"

"자네 이젠 괜찮아?" 조가 물었다.

"아! 난 괜찮습니다." 우락부락한 올릭 영감이 대답했다.

"그러면, 대체로 자네 역시 대부분의 사람들만큼 일을 열심히 잘하니," 조는 말했다. "우리 모두 한나절 쉬기로 하자고."

누나는 우리의 말소리가 들리는 거리의 마당에 줄곧 말없이 서 있었다—누나는 몹시 파렴치한 염탐꾼이자 엿듣기 명수였다—그러더니 누나는 즉각 창문으로 안을 들여다보았다.

"원 저런, 바보 아니랄까 봐!" 누나는 조에게 말했다. "저런 엄청 게으른 뜨내기들에게 휴가까지 주다니. 당신은 참 부자네, 정말이지, 그런 식으로 임금을 낭비하다니. **내가** 저놈의 주인이라면 좋겠네!"

"아주머니는 만인의 주인이 될 겁니다, 감히 도전해 본다면 말이죠." 올릭은 혐오스럽게 히죽거리며 되받아쳤다.

("내버려두게." 조가 말했다.)

"난 모든 멍청이들과 모든 악당들을 다 상대해 줄 수 있다고."

누나는 자신을 강한 분노의 상태로 몰아가기 시작하며 대꾸했다. "그런데 난 멍청이들의 멍텅구리 우두머리인 네놈의 주인을 상대하지 않고서는 멍청이들과 상대할 수는 없어. 그리고 난 이 나라와 프랑스 가운데서 가장 험악하게 생기고 최악의 악당인 네놈과 상대하지 않고서는 여타 악당들과 상대할 수는 없지. 자, 덤벼라!"

"당신은 비열한 포악쟁이예요, 가저리 아줌마." 직공은 으르렁거렸다. "만일 그걸로 악당의 판정관이 된다면, 아줌마야말로 딱이죠."

("그냥 좀 내버려둬라." 조가 말했다.)

"너 뭐라고 했지?" 누나는 비명을 지르기 시작하며 외쳤다. "너 뭐라고 했지? 저 올릭 녀석이 나한테 뭐라고 했냐, 핍? 내 남편이 곁에 서 있는데, 저놈이 날 뭐라 부른 거야? 오! 오! 오!" 이 각각의 외침은 날카로운 비명이었다. 그리고 내가 이제껏 보아 온 모든 포악한 여자들에게 모두 해당하는 것으로, 우리 누나에 대해 한마디 말해둬야 할 것은 누나의 언행에는 격정이란 것이 핑계가 되지 않았다는 사실이다. 왜냐하면 누나는 자신도 모르는 사이에 격정에 빠져드는 것이 아니라 의식적이고 고의적으로 대단한 노력을 들여 자신을 격정 속으로 강제로 밀어넣고, 규칙적인 단계를 밟아서 무턱대고 광포해졌기 때문이다. "나를 방어해 주겠다고 맹세한 비열한 남자 앞에서 저놈이 나한테 무슨 욕을 한 거야? 오! 날 좀 붙잡아 줘! 오!"

"아이고, 어쩌나!" 직공은 목소리를 죽이고 으르렁댔다. "당신이 내 마누라라면 내가 붙잡아 줄 텐데. 양수기 밑에다 잡아놓고, 당신의 숨통을 끊어놓을 텐데."

("내가 그냥 내버려두라고 하지 않는가?" 조가 말했다.)

"오! 저놈 말 좀 들어봐!" 누나는 손뼉을 한 번 치고 동시에 비명을 지르면서 외쳤다—이게 누나의 다음 단계였다. "저놈이 나한테 하는 욕지거리를 좀 들어봐! 저 올릭 새끼가! 내 집에서 말이야! 결혼한 여자인 나한테 말이야! 그것도 내 남편이 곁에 서 있는 마당에! 오! 오!" 여기서 누나는 한바탕 손뼉을 치며 비명을 지르고 나서, 양손으로 자신의 가슴과 무릎을 치더니 모자를 벗어던지고는 머리를 풀어 내렸다—이 행위들은 광기로 넘어가는 누나의 마지막 단계였다. 이때쯤 완벽한 분노의 여신이 되어 완전한 성공이 이뤄지자 누나는 대장간 문으로 돌진했는데, 다행히도 내가 문을 잠가 놓았었다.

몇 차례나 미온적으로 만류했다가 무시당한 불쌍한 조가 이제 뭘 할 수 있었겠는가? 그는 그의 직공에게 다가서서 자신과 그의 부인 사이에 끼어들어 말참견한 것이 무슨 짓거리냐고 묻고, 나아가 사내답게 덤빌 만한 용기가 있냐고 묻는 게 고작이었다. 올릭 영감은 조에게 덤벼드는 것밖에는 별 도리가 없는 상황임을 깨닫고서 곧 방어 자세를 취했다. 이렇게 해서, 그들은 눌어붙고 불에 탄 앞치마를 벗어놓기가 무섭게 두 거인들처럼 서로에게 달려들었다. 그러나 이웃 중에서 조와 상대하여 오래 버텨 낼 수 있을 만한 사람을 나는 결코 본 적이 없다. 올릭은 마치 그 창백한 어린 신사에 불과한 것처럼 매우 싱겁게 석탄재 속에 처박혔고 거기서 서둘러 빠져나오려 하지도 않았다. 그러자 조는 대장간 문을 열고 나가 누나를 붙잡아 일으켰다. 그리고 의식을 잃고 창문가에 쓰러져 있던(하지만 싸움을 보고 난 뒤였으리라고 나는 생각한다) 누나를 안채로 옮겨 눕혔다. 그런 뒤 정신 차리라고 야단을 떨었지만, 누나는 버둥대며 양손으로 조의 머리카락을 움켜쥐고 있을 뿐이었다. 그런 다음에는 모든 소동 끝에 이어지는 그 야릇한 고요와 침묵이 따랐는데, 나는 내가 언제나 그런 일시적인 고요와 연결 지어온 막연한 느낌—즉 그날이 일요일이고 누군가가 죽었다는—을 가지고, 위층으로 올라가 옷을 차려입었다.

다시 아래층으로 내려왔을 때 나는 조와 올릭이 대장간을 청소하고 있는 모습을 보았는데, 올릭의 한쪽 콧구멍에 길게 베어진 상처 말고는 소동이 있었다는 다른 어떤 흔적도 없었고, 그 상처도 표시가 나거나 눈에 띄게 두드러진 것은 아니었다. 술집 '즐거운 사공들'에서 맥주 한 병을 가져온 그들은 평온한 태도로 번갈아 나눠 마시고 있었다. 그 고요한 분위기가 조에게 차분하고 철학적인 기분을 선사했고, 그래서 조는 길까지 나를 따라 나와서 나에게 도움이 될 작별의 말을 해주었다. "펄펄 뛰기도 하고, 핍, 펄펄 뛰지 않기도 하고, 핍—인생이란 그런 거야!"

내가 나도 모르게 얼마나 우스꽝스런 감정으로(어른에게는 매우 진지한 감정도, 아이에게서 보면 우스꽝스럽게 느껴지기 때문이다) 미스 해비셤 댁으로 가고 있었는지, 그것은 여기서 별로 중요하지 않다. 내가 초인종을 누를 결심을 하기 전에 그 집 대문 앞을 얼마나 여러 차례 왔다 갔다 했는지도 중요하지 않다. 또한 초인종을 누르지 말고 그냥 돌아갈까 하고 내가 얼마나 망설였는지, 만일 시간을 내 맘대로 낼 수 있었다면 나중에 올 것을 기약하고 틀림없이 되돌아갔으리라는 것도 중요하지 않다.

미스 세라 포킷이 대문으로 나왔다. 에스텔라는 없었다.

"아니, 어떻게? 여길 또 왔지?" 미스 포킷이 말했다. "웬일로 왔어?"

내가 그저 미스 해비셤에게 안부 여쭈러 왔다고 말했을 때, 세라는 분명 나를 그냥 쫓아버릴까 말까 곰곰이 생각하는 모양이었다. 그러나 책임질 위험을 무릅쓸 마음이 내키지 않아서인지, 나를 들여보내고서 이내 "올라오래"라는 날카로운 전갈을 전했다.

모든 것이 본래 그대로였고, 미스 해비셤은 혼자였다.

"웬일이니?" 나에게서 눈을 떼지 않으며 그녀가 말했다. "설마 뭘 바라고 온 건 아니겠지? 아무것도 안 줄 테니까 말이야."

"예, 그렇습니다, 해비셤 마님. 단지 제가 도제 생활을 아주 잘하고 있다는 것과 항상 감사하고 있다는 것을 알려드리고 싶었습니다."

"됐다, 됐어!" 그녀는 그 늙은 손가락을 성급하게 움직이며 말했다. "이따금씩 오너라, 네 생일에도 오고……. 아!" 그녀는 자신과 의자를 내 쪽으로 돌리면서 갑자기 외쳤다. "너 에스텔라를 찾느라고 두리번거리는구나, 얘야?"

나는 두리번거리고 있었다—실제로 에스텔라를 찾아서—그리고 그녀가 잘 지내고 있기를 바란다고 더듬으며 말했다.

"외국에 갔단다." 미스 해비셤이 말했다. "숙녀 교육을 받으러, 아주 멀고 먼 곳으로 말이다. 전보다 더 예뻐지고, 보는 사람들마다 모두 찬탄들이란다. 넌 그 애를 잃어버렸다는 느낌이 들지 않니?"

그녀가 마지막 말을 입 밖에 낼 때 그 속에는 아주 악의적인 즐거움이 들어 있었고, 또 갑자기 아주 불쾌한 웃음을 터뜨리는 바람에 나는 무슨 말을 해야 할지 몰라 쩔쩔맸다. 그런데 그녀가 나더러 가보라고 해서 생각하는 고민을 덜어주었다. 호두껍데기 같은 얼굴을 한 세라가 나를 내보내고 대문이 닫혔을 때, 나는 어느 때보다도 우리 집과 내 직업과 모든 것에 더욱 큰 불만을 느꼈는데, 그것이 그날의 그 거동으로 내가 얻은 전부였다.

수심에 잠긴 채 가게의 진열장들을 쳐다보며 내가 신사라면 무엇을 살지 생각하면서 읍내 중심가를 따라 어슬렁어슬렁 걷고 있을 때, 마침 다름 아닌 웝슬 씨가 책방에서 나왔다. 웝슬 씨는 방금 6펜스를 투자하여 구입한 조지 반웰[1]의 애절한 비극 책을 손에 들고 있었는데, 그는 차를 함께 마실 예정인 펌블추크의 머리 위에 그 책을 한마디도 빼놓지 않고 쌓아올릴 작정이었다. 나를 보자마자 그는 어떤 특별한 신의 섭리가 그의 앞길에 자신이 책을 읽어줄 대상인 견습공 하나를 마련해 줬다고 생각하는 것 같았다. 그래서 그는 나를 붙잡고 자기와 함께 펌블추크네 응접실로 가자고 강요했다. 집에 가봐야 비참하리라는 것을 알고 있었고, 또 밤은 어둡고 길은 음산하여 아무도 없는 것보다는 누구라도 길동무가 있는 것이 한결 낫다고 여겼기 때문에 나는 크게 저항하지는 않았다. 따라서 거리와 가게들에 막 불이 밝혀지고 있을 때 우리는 펌블추크네 집으로 들어갔다.

조지 반웰의 다른 어떤 공연도 본 적이 없었기 때문에 나는 그 공연이 대개 얼마나 걸리는지 알지 못한다. 그러나 그날 밤에는 그 공연이 9시 반까지 계속되었던 것을 나는 잘 알고 있으며, 또 웝슬 씨가 뉴게이트[2] 장면에 돌입했을 때는 그가 교수형 장면까지는 결코 이르지 못하리라고 생각했던 것도 잘 알고 있다. 그렇게 주인공은 자신의 수치스런 생애 중 이전의 어떤 기간보다도 훨씬 더 느리게 행동했던 것이다. 일찍이 자신의 생애가 시작된 이래 잎을 하나씩 하나씩 떨어뜨리고 열매를 맺어가고 있었는

1 영국 작가 조지 릴로가 쓴 비극 『조지 반웰의 기구한 운명*The History of George Barnwell*』에 등장하는 주인공. 삼촌의 도제로 일하던 그는 밀우드라는 창녀의 유혹에 빠져 강도 행각을 저지르고, 자기 삼촌까지 살해한 뒤 결국 교수형을 당한다. 이어지는 이야기에서 핍은 주인공과 의식상으로 동일화되어 있다.

2 1869년 이후 폐쇄된 런던의 중죄인 형무소.

데도, 주인공이 마치 그렇지 않은 것처럼 자신의 인생은 꽃이 제대로 피기도 전에 꺾였다고 불평하는 것은 다소 지나치다고 나는 생각했다. 그렇지만 이것은 단지 길이와 지루함의 문제였다. 나를 정신적으로 괴롭힌 것은 사건 전체를 죄가 없는 내 자신과 동일화하는 것이었다. 반웰이 잘못된 길에 들기 시작할 때, 나는 정말 단연코 죄스런 느낌이 들었다. 펌블추크가 그걸 두고 나를 나무라듯 분개한 시선으로 노려보았기 때문이다. 웝슬 역시 나를 최악의 시각에서 보이게 하려고 갖은 애를 썼다. 잔인한 동시에 감상적인 인물이 되어, 나는 도무지 변명의 여지가 없는 상황에서 나의 삼촌을 어쩔 수 없이 살해하게끔 되어 있었다. 밀우드는 어떤 논쟁에서도 나를 눌러버렸고, 내 주인집 딸은 나를 위해 단추 하나까지도 챙겨주는 완벽한 편집광으로 묘사했다. 그리고 내가 죽는 운명의 날 아침에 충격으로 숨을 헐떡이며 꾸물거리는 내 행동에 대해 내가 말할 수 있는 것은, 오직 그것이 내 성격의 전반적인 나약함과 어울렸다는 것뿐이다. 다행스럽게도 내가 교수형을 당하고 웝슬이 책을 덮은 뒤까지도 펌블추크는 나를 노려보고 앉은 채 고개를 가로저으며 말했다. "교훈으로 삼아라, 꼬마야, 교훈으로 삼아!" 마치 내가 가까운 친척을 꾀어 나의 은인이 되는 약점을 갖게 할 수만 있다면, 내가 그 친척을 살해할 계획을 가지고 있다는 것이 이미 잘 알려진 사실인양.

모든 것이 다 끝나고 내가 웝슬 씨와 걸어서 귀갓길에 나선 것은 아주 어두운 밤이었다. 읍내를 벗어나니 밖에 짙은 안개가 끼어 있었다. 안개는 축축하고 짙게 내려앉아 있었다. 유료도로의 통행료 징수소 전등은 뿌예져서 언뜻 보기에 여느 때와는 전혀 다른 곳에 있는 것 같았고, 그 불빛은 안개 위에 있는 단단한 물체처럼 보였다. 우리가 이런 것들에 주목하면서 어떻게 습지의 한 지역에서 부는 바람의 변화에 따라 안개가 생기는지 이야기하고 있었는데, 그때 요금 징수소에서 바람을 피하여 축 늘어진 자세로 서 있는 사람을 우연히 만났다.

"이보세요!" 우리는 걸음을 멈추고 말했다. "거기 올릭이에요?"

"아아!" 그는 어정어정 걸어 나오며 대답했다. "혹 동행을 만날까 해서 잠시 기다리는 중이었습니다."

"늦었네요." 내가 말했다.

올릭은 당연하다는 듯 자연스럽게 대답했다. "그래? **너도** 늦었는걸."

"우리는," 웝슬 씨는 그의 밤 공연으로 한껏 기분이 좋아서 말했다. "우리는, 올릭 군, 지적인 저녁을 마음껏 즐기고 있었다네."

올릭 영감은 마치 그것에 대해 아무 할 말이 없다는 듯 투덜거렸고, 우리 셋은 함께 계속 걸었다. 이윽고 나는 그에게 한나절 휴가를 읍내 주택가와 중심가를 두루 돌아다니며 보냈느냐고 물었다.

"그래," 그가 대답했다. "휴가를 다 보냈다. 난 네 뒤를 따라 나왔었지. 난 널 못 봤지만, 틀림없이 네 뒤에 꽤 가까이 있었을 거다. 그런데 말이야, 대포가 또 발사되고 있구나."

"감옥선에서요?" 내가 물었다.

"그래! 새 몇 마리가 새장에서 날아간 거지. 어두워질 즈음부터 대포가 계속 발사되고 있어. 너도 곧 듣게 될 거다."

실제로 우리가 몇 미터 더 걷기도 전에 귀에 익은 쾅 소리가 들려왔다. 그 소리는 안개로 둔해져서는 마치 도망자들을 추적하며 위협하고 있는 듯이 강 옆의 저지대를 타고 무겁게 굴러왔다.

"도망치기에 좋은 밤이군." 올릭이 말했다. "오늘 밤 날아가는 감옥의 새를 어떻게 잡아들일지 참 골치깨나 아프겠어."

그 주제는 나에게 암시하는 바가 많았다. 그래서 나는 말없이 그것에 대해 생각해 보았다. 웝슬 씨는, 그날 저녁에 읽은 비극 속의 배신당한 삼촌처럼 캠버웰[1]에 있는 그의 정원에서 깊은 명상에 빠져버렸다. 올릭은 양손을 호주머니에 넣고서 내 옆에서 무거운 걸음으로 어정어정 걸었다. 밤은 매우 캄캄하고 매우 축축하고 길은 몹시 질퍽거렸으므로, 우리는 흙탕물을 튀기며 걸어갔다. 이따금 탈옥을 알리는 대포 소리가 들려왔는데, 이번에는 또 강줄기를 따라 음산하게 굴러왔다. 나는 내 자신과 내 생각만을 하면서 걸었다. 웝슬 씨는 캠버웰에서는 온후하게 죽었고, 보스워스 필드[2]에서는 매우 장렬하게 죽었으며, 글래스턴베리[3]에서는 극도의 고통 속에서 죽었다. 올릭은 가끔 투덜대듯 흥얼거렸다. "두들겨라, 두들겨라—올드 클렘! 단단한 쇠에 쨍그렁—올드 클렘!" 나는 그가 술을 마신 줄 알았지만 술에 취한 건 아니었다.

이렇게 우리는 마을에 이르렀다. 우리가 마을로 접근한 길이 술집 '세 명의 즐거운 사공들'을 지나가게 되어 있었는데, 우리는 그곳이—밤 11시인데도—아직까지 소란한 것을 보고 깜짝 놀랐다. 문은 활짝 열려 있었고, 이례적으로 사방에서 등불들이 급히 오르락내리락했다. 웝슬 씨는 (죄수 한 명이 잡혔을 거라고 추측하면서) 무슨 일인지 물어보러 안으로 들어갔지만 황급하게 달려 나왔다.

1 조지 릴로의 비극에서 조지 반웰이 그의 삼촌을 살해한 장소.

2 셰익스피어의 사극 〈리처드 3세〉에서 주인공이 죽는 곳.

3 셰익스피어의 사극 〈존 왕*King John*〉에서 존 왕이 지극히 불행하게 죽는 스윈스테드 사원을 일컫는 것으로 추측된다.

"무슨 사고가 났나 보다." 그는 멈춰 서지 않고 말했다. "너의 집에서 말이다, 핍. 모두 뛰자!"

"무슨 일인데요?" 나는 그와 보조를 맞추면서 물었다. 올릭도 내 옆에서 보조를 맞춰 뛰었다.

"나도 확실히는 모르겠다. 조 가저리가 출타 중일 때 네 집에 난폭한 강도가 들었나 보다. 아마 죄수들이었을 게다. 누군가가 공격을 받고 다쳤다고 하더구나."

우리는 더 이상 이야기를 나눌 수 없을 정도로 빨리 달려갔으며, 우리 집 부엌에 들어설 때까지 한 번도 멈추지 않았다. 부엌에는 사람들이 가득했다. 온 동네 사람들이 부엌이나 마당에 모여 있었다. 외과의사도 한 사람 와 있었고, 조도 거기 있었다. 그리고 한 무리의 동네 부인들이 부엌 바닥 한복판에 모여 있었다. 일 없는 구경꾼들이 나를 보자 물러섰다. 그래서 내가 알아보게 된 누나는—얼굴을 벽난로로 돌리고 있을 때 어떤 정체를 알 수 없는 자의 손에 잡혀 머리 뒤통수를 세게 얻어맞고 쓰러져서는, 부엌의 맨 마룻바닥에 아무런 감각이나 움직임도 없이 누워 있었는데—조의 아내로 있는 동안 다시는 결코 펄펄 뛰지는 못할 운명이었다.

16장

내 머리가 조지 반웰 이야기로 꽉 차 있던 터라 처음에 나는 누나를 공격하는 데 나도 틀림없이 어떤 식으로든 협력했거나, 아무튼 누나에게 신세를 지고 있다고 널리 알려진 가까운 혈족으로서 내가 다른 누구보다도 더 마땅한 혐의의 대상이라고 믿고 싶은 기분이었다. 그러나 이튿날 아침 한층 밝은 빛에서 내가 그 사건을 다시 생각해 보고 또 내 주위 사방에서 사건에 대해 이러쿵저러쿵하는 소리를 듣기 시작하고서, 사건에 대해 보다 사리에 맞는 다른 견해를 갖게 되었다.

조는 술집 '세 명의 즐거운 사공들'에서 8시 15분부터 10시 15분 전까지 파이프 담배를 피우고 있었다고 한다. 그가 그곳에 있는 동안 누나가 부엌문간에 서 있는 것이 목격되었으며, 귀가하던 한 농장 일꾼과 밤 인사를 나눴다고 한다. 그 일꾼은 누나를 본 시각에 대해 (정확을 기하려고 애를 쓰자 외려 심한 혼란에 빠져서) 틀림없이 9시 이전이라는 것보다 더 정확하게 밝히지는 못했다. 조가 10시 5분 전에 집에 왔을 때, 누나가 부엌 마룻바닥에 얻어맞고 쓰러져 있는 것을 발견하고 즉시 도움을 청했다. 그때 벽난롯불이 유독 약하게 타고 있지는 않았으며, 촛불의 탄 심지도 길지 않았다고 한다. 그렇지만 촛불은 이미 꺼져 있었다는 것이다.

집 안 어느 구석에서도 가져간 물건은 없었다. 또한 촛불이—

부엌문과 누나 사이의 식탁에 놓여 있었고, 누나가 벽난로를 향해 서 있다가 맞았을 때는 누나의 뒤에 놓여 있었던—촛불이 꺼진 것 이외에는, 부엌이 전혀 어지럽혀지지도 않았다. 다만 누나가 쓰러져 피를 흘리면서 생긴 자국밖에는 없었다. 그러나 현장에는 한 가지 주목할 만한 증거물이 있었다. 누나는 뭔가 무디고 무거운 것으로 머리와 허리에 가격을 당했었고, 가격이 있은 뒤에는 누나가 얼굴을 바닥에 대고 엎어져 있을 때 뭔가 묵직한 것이 누나에게 상당히 난폭하게 내던져졌던 것이다. 그리고 조가 누나를 들어 올렸을 때, 누나 옆 바닥에는 줄질되어 두 동강이 난 죄수의 쇠고랑이 있었다.

조는 곧장 대장장이의 눈썰미로 이 쇠고랑을 살펴보고, 그것이 오래전에 줄질되어 동강난 것이라고 단언했다. 죄인을 추적하는 고함 소리가 감옥선으로 전달되자 거기서 나온 사람들이 쇠고랑을 조사했고, 조의 견해가 정식으로 확인되었다. 그들은 그 쇠고랑이 전에 틀림없이 감옥선에 속해 있었지만 그것이 언제 그곳에서 나왔는지는 장담하지 못했다. 그러나 그들은 간밤에 탈옥한 두 죄수들 중 아무도 그 특정한 쇠고랑을 차고 있지 않았던 것만은 분명하다고 주장했다. 더욱이 두 탈옥수 중 한 명은 이미 다시 붙잡혔는데, 그는 쇠고랑을 그대로 차고 있었다고 했다.

나만이 알고 있는 것이 있었기에, 나는 여기서 내 나름의 추론을 세웠다. 나는 그 쇠고랑이 내 죄수가 찼던 쇠고랑—습지에서 내가 직접 보고 그가 줄질하는 소리를 들었던 그 쇠고랑—이라고 믿었지만, 마음속으로는 내 죄수가 어제 그 쇠고랑을 그렇게 사용했을 거라는 죄를 씌우지는 않았다. 다른 두 사람 중 하나가 그 쇠고랑을 지니고 있다가 이렇게 잔인한 짓에 사용했으리라고 믿었기 때문이다. 그게 올릭이든지 아니면 술집에서 나에게 그 줄을 보여줬던 그 낯선 사람이든지.

그런데 올릭으로 말하자면, 그는 우리가 유료도로에서 만났을 때 말했던 그대로 읍내에 갔었다. 그는 그날 저녁 내내 읍내 곳곳에서 목격되었으며, 몇몇 사람들과 어울려 술집 몇 군데를 들르기도 했다. 그런 다음 그는 나와 웝슬 씨와 함께 돌아왔다. 누나와 말다툼을 했던 것 말고는 그에게 아무 혐의점도 없었다. 게다가 누나는 전에도 그와 말다툼을 벌인 적이 있고, 자기 주변의 다른 모든 사람들과도 수천 번은 다퉜다. 그 낯선 사람으로 말하자면, 만일 그가 그의 지폐 두 장을 되찾으려고 왔던 거라면 누나가 그 돈을 돌려줄 만반의 준비가 되어 있었기 때문에 전혀 논쟁의 여지가 없었을 것이다. 게다가 언쟁의 흔적조차 없었다. 가해자는 아주 조용히 그리고 갑자기 들어왔기 때문에, 누나는 뒤를 돌아볼 겨를조차 없이 얻어맞고 쓰러졌던 것이다.

아무리 고의적으로 그러지는 않았다손 치더라도, 내가 무기를 제공했다고 생각하는 것은 끔찍했다. 그러나 나는 달리 생각할 수가 없었다. 나는 마침내 내 어린 시절의 마법을 풀고 조에게 모든 이야기를 털어놓을지 생각에 생각을 거듭하면서, 형언할 수 없는 고통을 겪었다. 그 후 여러 달 동안 나는 날마다 그 문제를 부정적인 결론으로 끝냈다가는 다음 날 아침이면 재론하기를 되풀이했다. 내가 홀로 거듭해 온 논쟁은 결국 이렇게 끝났다—그 비밀은 이제 케케묵은 비밀인 데다가 내 안에서 너무 자라나서 나 자신의 일부가 되어버렸으므로, 나는 그것을 떼어버릴 수가 없노라고. 나에게는 그 비밀이 이토록 많은 해악을 야기한 까닭에, 이제는 비록 조가 내 말을 믿는다 할지라도 그것 때문에 어느 때보다도 더 그가 나에게서 멀어질 것 같아 두려웠다.

그리고 그런 두려움 외에도 나를 더욱 짓누르는 두려움이 있었는데, 그것은 조가 내 말을 믿지 않고 그 황당무계한 개들과 저민 송아지 고기 얘기처럼 내가 어처구니없이 꾸며냈다고 치부하리라는 두려움이었다. 그렇지만 물론 나는 내 자신과 타협했다—옳고 그름 사이에서 망설이는 동안, 사람들은 늘 이런 식으로 행동하지 않는가?—그러고는 만약 가해자를 찾는 데 도움이 될 가능성이 있는 새로운 상황이 닥치면 그때 모든 걸 다 툭 털어놓겠다고 결심했다.

순경들과 런던의 보우 가[1] 형사들이—지금은 이미 사라진 빨간 조끼를 입은 경찰들이 활동하던 시절이었다—우리 집 주변에 한두 주일쯤 진을 치고 있으면서, 내가 듣거나 읽은바 이런 관리들이 다른 비슷한 사건들에서 저지르는 짓들을 꽤 많이 저질렀다. 그들은 분명히 엉뚱한 사람들을 연행했으며, 그릇된 생각을 가지고 매우 열심히 씨름하기도 했고, 상황을 토대로 추리하려는 노력을 하지 않고 상황을 그들의 생각에 꿰어 맞추는 데 집착했다. 또한 그들은 온 동네 사람들이 찬탄하는 표정, 즉 잘 알고 있으면서도 침묵을 지키는 표정으로 술집 '즐거운 사공들' 주변을 서성이고 있었다. 그리고 그들은 피의자를 잡는 것과 거의 같은 이상한 방식으로 술을 마셨다. 그러나 아주 똑같지는 않은 것이, 그들은 결코 피의자를 못 잡았기 때문이다.

이들 사법 당국자들이 해산한 뒤에도 오랫동안 누나는 심하게 아픈 상태로 병석에 누워 있었다. 누나는 시력에 손상을 입어서 사물이 여러 개로 보였으며, 찻잔과 포도주잔을 쥘 때도 실물이

1 런던에서 가장 큰 경범죄 재판소가 있는 곳으로, 이곳 경찰대 소속 형사들은 수사 능력을 인정받았다. 하지만 이 작품이 발표되기 22년 전인 1839년에 해체되었다.

아니라 헛것을 잡았다. 청력 또한 크게 손상되었고, 기억력도 마찬가지였다. 그리고 누나의 말은 알아들을 수가 없었다. 마침내 누나가 부축을 받아 아래층까지 내려올 정도로 회복되었을 때도, 누나가 말로 지시할 수 없는 것을 글로 써서 보일 수 있도록 여전히 내 석판을 항상 누나 곁에 두고 있어야만 했다. 누나는 (필적이 아주 엉망인 것은 차치하고) 정도 이상으로 철자법에 무관심했던 데다가 매형 조는 정도 이상으로 읽는 데 무관심했기 때문에, 둘 사이에 의외의 복잡한 일들이 일어나기 일쑤였고 이럴 때마다 내가 불려 들어가 해결해 주었다. 약medicine 대신에 양고기mutton를 준다거나, 조Joe를 차Tea로 잘못 이해하거나, 베이컨bacon을 제빵 기구baker로 오인한 것은 내가 저지른 실수들 중에서 가장 사소한 것들에 속했다.

그렇지만, 누나의 성미는 크게 좋아졌고 참을성도 많아졌다. 손발이 굉장히 불안하게 떨리는 것은 곧 누나의 일상적인 상태가 되었다. 그리고 그 후로 누나는 두세 달 간격으로 양손을 자주 머리에 갖다 대기도 하고, 한 번에 일주일 정도씩 우울한 정신이상 상태에 빠져 있기도 했다. 우리는 누나를 돌봐줄 적당한 간병인을 구하지 못해 난처했는데, 마침 형편에 딱 맞는 상황이 우연히 발생하여 우리는 안도했다. 웝슬 씨의 대고모가 만성적인 생활 습관을 정복하고 세상을 하직하여, 비디가 우리 집 식구가 되었던 것이다.

누나가 부엌에 다시 나타난 지 한 달쯤 되었을 때, 비디는 자신의 세간들을 다 담은 조그만 점박이 상자를 가지고 우리 집으로 들어와서 우리 집의 복덩이가 되었다. 무엇보다도, 그녀는 조에게 신의 은총이었다. 왜냐하면 선량하기만 한 친구 조는 아내의 비참한 몰골을 부단히 쳐다봐야 하는 것에 가슴 아파했고, 저녁에 아내의 시중을 드는 동안에는 걸핏하면 이따금씩 나를 향해서 그의 파란 눈에 눈물을 글썽이며 "이전에 네 누난 그렇게 몸매가 훌륭한 여자였는데, 핍!"이라고 말하기 일쑤였으니까. 비디는 마치 어릴 때부터 누나를 빠삭하게 잘 알고 있었던 것처럼 곧장 아주 훌륭한 솜씨로 누나를 돌봐줬으므로, 조는 얼마간 인생을 한결 더 평온하게 보낼 수 있게 되었고 때때로 그에게 도움이 될 기분 전환을 위해 술집 '즐거운 사공들'에도 내려가게 되었다. 경찰관들 모두가 (비록 조는 그걸 전혀 몰랐지만) 가엾은 조를 다소간 용의자로 의심했다는 것, 그들이 조를 이제껏 마주친 사람들 가운데 가장 속내를 알 수 없는 사람으로 간주하는데 만장일치를 보았다는 것은 과연 경찰관다운 특징이었다.

새로운 임무에서 비디가 거둔 첫 번째 승리는, 내가 완전히 패배했던 어려운 문제를 해결한 것이다. 나도 무척 노력은 했지만 아무것도 풀지 못한 문제였다. 사정은 이러했다.

누나는 자꾸자꾸 되풀이해서 석판에다가 이상한 'T'자처럼 생긴 글자 하나를 그려놓았다. 그러고는 그것이 자기가 특별히 원하는 사물인양 최대한으로 열심히 우리가 그 글자에 주목하게 했다. 나는 타르tar에서 시작해서 토스트toast와 물통tub에 이르기까지 'T'자로 시작해서 만들어낼 수 있는 모든 단어들을 시도해봤지만 헛수고였다. 그러던 참에 드디어 그 기호가 망치처럼 보인다는 생각이 문득 떠올라 내가 누나의 귀에다 대고 기운차게 그 단어를 말하자, 누나는 식탁을 탕탕 두들기기 시작하며 제대로 동의를 표시했다. 그래서 나는 대장간에 있는 망치란 망치는 하나씩 다 가져다 보여줬지만 아무 소용이 없었다. 그런 뒤 나는 모양새가 상당히 똑같은 목발을 생각해 내고서, 동네에서 목발 하나를 빌려다가 상당히 자신 있게 누나에게 보여줬다. 그러나 누나가 그것을 보자 고개를 너무나 절레절레 흔드는 바람에, 우리는 누나가 몸이 약하고 엉망이 된 상태에서 목을 삐지나 않을까 겁이 덜컥 났다.

비디가 자신을 무척 빠르게 이해한다는 걸 누나가 알게 되었을 때, 이 불가사의한 기호가 석판에 다시 등장했다. 비디는 그것을 주의 깊게 바라보고 내 설명을 듣더니, 누나를 주의 깊게 바라보고 나서 조를(그는 언제나 석판에 그의 이름 첫 자인 'J'로 표시되었다) 주의 깊게 바라보았다. 그러고는 비디가 대장간으로 달려갔고, 조와 나도 그 뒤를 따랐다.

"그럼 그렇지!" 비디는 의기양양한 얼굴로 외쳤다. "모르시겠어요? 그건 **저 사람**이에요!"

의심할 나위 없이 올릭이었다! 누나가 그의 이름을 잊어버린 탓에 그의 망치로 그를 나타낼 수밖에 없었던 것이다. 우리는 그에게 부엌으로 와달라고 부탁하며 그 이유를 들려줬다. 그러자 그는 천천히 망치를 내려놓더니 팔로 이마를 닦고 앞치마로 이마를 한 번 더 닦고 나서, 그를 눈에 띄게 특징짓는 자세로 양 무릎을 느슨하게 구부린 부랑자처럼 어정어정 대장간을 걸어 나왔다.

실토하건대 나는 누나가 그를 비난하는 것을 보리라 기대했는데, 그것과는 다른 결과에 실망하고 말았다. 누나는 그와 친하게 지내고 싶어 하는 굉장한 열망을 드러냈으며 그가 마침내 자기 앞에 와준 것이 분명 아주 기쁜 모양이었고, 그에게 뭔가 마실 것을 좀 가져다주었으면 좋겠다는 시늉을 했다. 누나는 마치 그가 이런 대접을 기꺼이 받아들이는지 특별히 확인이라도 하고 싶은 듯 그의 안색을 살펴보았으며, 그의 환심을 사고 싶어 하는 온갖 갈망을 나타냈다. 그리고 누나가 한 모든 행동에는, 이를테면 내가 봐왔던바 엄격한 스승 앞에서 아이가 보이는 태도처럼 겸손한 화해의 태도가 깃들어 있었다. 그날 이후로 거의 하루도 거르지 않고 누나는 석판에 망치를 그려놓았고, 그러면 올릭은 어정어정 걸어 들어와서 나와 마찬가지로 무슨 영문인지 모르겠다는 듯이 누나 앞에 끈질기게 서 있었다.

17장

나는 이제 일상적이고 판에 박힌 도제 생활로 들어섰는데, 내 생일이 되어 미스 해비셤 댁을 또 방문하는 것 말고는 마을과 습지의 경계를 벗어나는 특별한 상황이라고는 없는 생활이었다. 미스 세라 포킷이 여전히 대문을 열어주는 임무를 수행했고, 미스 해비셤도 내가 지난번 떠나올 때 꼭 그대로였다. 그리고 그녀는 아주 똑같은 말을 쓰지는 않았지만 지난번과 매우 똑같은 방식으로 에스텔라에 대해 이야기했다. 그녀와의 접견은 단 몇 분에 지나지 않았다. 그리고 내가 떠나려고 할 때, 그녀는 나에게 1기니를 주면서 다음번 내 생일에 또 오라고 했다. 이것이 일종의 연례적인 관례가 되었다고 곧바로 말해도 괜찮을 것이다. 나는 처음에 그 1기니를 거절하려 했지만, 그녀로 하여금 몹시 화를 내며 "혹시 더 바라는 거니?"라고 묻게 하는 결과를 초래할 뿐이었다. 그래서 나는 그 이후로 주는 돈을 받았다.

그 활기 없는 고택은 어두운 방의 누런빛, 화장대 거울 옆의 의자에 걸터앉은 조락한 유령 같은 존재 등 너무나 변함이 없었다. 그래서 나는 마치 정지된 시계가 그 이상한 곳에서는 시간까지 멈추게 했고, 그래서 나와 집 밖에 있는 그 외의 모든 것들이 다 늙어 가는데 그 집은 그대로 머물러 있는 듯한 느낌이 들었다. 실제에서와 마찬가지로 그 집에 대한 내 생각과 기억을 돌아봐도, 그 집에는 전혀 햇빛이 들지 않았다. 그 집은 나를 어리둥

절케 했고, 그 집의 영향하에 나는 마음속으로 계속해서 내 직업을 증오하고 우리 집을 부끄럽게 여겼다.

그렇지만, 나는 아주 미세하게나마 비디에게 일어난 변화를 의식하게 되었다. 그녀의 구두는 뒤축이 치켜 올라가고, 머리카락은 광택이 나고 깔끔해졌으며, 손은 늘 깨끗했다. 그녀는 아름답지는 않았다—그저 평범한 그녀는 에스텔라와 같아질 수 없었다—하지만 그녀는 상냥하고 건강하며 마음씨도 그만이었다. 그녀가 우리와 함께 지낸 지 채 1년이 지나지 않았을 때(그때 그녀가 갓 상복을 벗었을 때라는 생각을 했던 게 기억난다), 어느 날 저녁 나는 그녀가 이상하게도 사려 깊고 은근한 눈, 매우 예쁘고 매우 선한 눈을 지녔다고 혼잣말을 뇌까렸다.

이것은 내가 몰두하고 있었던 일—한 번에 두 가지 방식으로 내 자신을 향상시키기 위한 일종의 전략으로, 어떤 책에서 몇 구절을 베껴 쓰는 일—에서 눈을 들었다가, 내가 공부하는 것을 지켜보는 비디를 보았을 때 생긴 일이었다. 나는 펜을 내려놓았다. 그런데 비디는 일감을 내려놓지 않은 채 바느질을 멈추었다.

"비디." 내가 말했다. "넌 어떻게 바느질을 잘하는 거니? 내가 아주 멍텅구리든가 네가 무척 똑똑하든가 둘 중 하나야."

"내가 잘하는 게 뭔데? 난 모르겠네." 비디는 웃으면서 대꾸했다.

그녀는 우리 집 살림 전체를 꾸려나갔다. 그것도 썩 훌륭하게 꾸려나갔다. 그러나 나는 그 말을 하려던 게 아니었다. 비록 그 때문에 내가 말하려던 것이 더욱 놀라운 뜻을 지니게 됐지만.

"비디, 넌 어떻게," 나는 말했다. "내가 배우는 모든 것을 배워서 항상 나를 따라잡는 거니?" 나는 내 지식에 대해 다소 자만하기 시작했는데, 그것은 내 생일에 받은 기니를 거기다가 썼고 용돈의 대부분도 비슷한 투자를 위해 챙겨뒀기 때문이다. 비록 지금 와서 보면 내가 그때 얻은 지식치고는 과도하게 비싼 값을 치렀다는 게 분명하지만 말이다.

"나도 네게 물어봐도 괜찮겠지." 비디가 말했다. "너야말로 어떻게 그렇게 잘하니?"

"아니야. 내가 밤과 같은 대장간에서 들어오면, 누구나 다 볼 수 있듯이 공부에 달라붙기 때문이지 뭐. 그런데 넌 전혀 공부를 안 하잖아, 비디."

"아마 난 일에 전염되는 건가 봐—기침병처럼 말이야." 비디는 조용히 말하고 나서 바느질을 계속했다.

나는 나무의자에 등을 기대고 앉아서 내 생각을 좇으며 비디가 머리를 한쪽으로 기울이고 바느질하는 것을 바라보다가, 그녀가 다소 비범한 소녀라는 생각을 하기 시작했다. 왜냐하면 나는 그녀가 우리가 하는 일의 여러 가지 용어라든가 우리가 하는 다른 종류의 작업의 이름이라든가 우리가 쓰는 여러 가지 연장들에 대해 우리 못지않게 익숙하다는 생각이 떠올랐기 때문이다. 요컨대, 비디는 내가 아는 것은 무엇이든 다 알고 있었다. 이론적으로, 그녀는 이미 나에 못지않은, 아니 나보다 더 나은 대장장이였다.

"너는 말이야, 비디," 내가 말했다. "모든 기회를 최대한 활용하는 사람들 중 하나야. 네가 여기에 오기 전까지는 기회가 전혀 없었는데, 지금 봐, 네가 얼마나 향상되었는지 말이야!"

비디는 잠깐 나를 쳐다보더니 바느질을 계속했다. "하지만 내가 너의 첫 번째 선생이었어, 안 그러니?" 그녀는 바느질을 하며 말했다.

"비디!" 나는 깜짝 놀라 외쳤다. "아니, 너 울고 있구나!"

"아니, 난 안 울어." 비디는 올려다보고 소리 내어 웃으며 말했다. "왜 그렇게 생각한 거니?"

비디의 눈물이 바느질감에 떨어지면서 반짝이지 않았다면, 왜 내가 그렇게 생각했겠는가? 나는 말없이 앉아서, 웝슬 씨의 대고모가 어떤 사람들에게 있어서는 그것에서 벗어나는 것이 너무나 바람직한, 그 나쁜 생활 습관을 성공리에 끝장낼 때까지 비디의 삶이 얼마나 고되었는가 떠올려 보았다. 그 짐짝같이 무능력하고 볼품없는 노파를 항상 끌고 어깨로 부축해 주는 일을 하면서, 그녀가 그 초라한 작은 상점과 그 초라하고 작고 시끄러운 야간 학교에 둘러싸여 있었던 그 절망적인 상황을 떠올려 보았다. 나는 또 그 불우했던 시절에서조차도 비디에게는 지금 발휘되고 있는 능력이 이미 잠재해 있었던 것이 틀림없다고 생각하기에 이르렀다. 왜냐하면, 내 생애 처음으로 불안과 불만이 닥쳤을 때 나는 당연하게도 그녀에게 도움을 청했기 때문이다. 비디는 더 이상 눈물을 흘리지 않고 조용히 앉아서 바느질만 했다. 그녀를 쳐다보며 이 모든 것에 대해 생각하는 동안, 아마도 내가 비디에게 충분히 고마워하지 않았던 건 아닌지 하는 생각이 문득 떠올랐다. 그동안 내가 너무나 내성적이었는지도 모른다. 나는 자신감을 가지고 그녀를 좀 더 보호해 줘야(비록 생각에 잠겨 있는 동안 내가 정확하게 이 말을 쓰진 않았지만) 했던 것이다.

"그래, 비디." 그 점에 대해 충분히 생각해 본 끝에 나는 말했다. "넌 내 첫 선생님이었지. 그것도 우리가 이렇게 이 부엌에서 함께 있게 될 것이라고는 전혀 생각지도 못했던 때였어."

"아, 불쌍한 아줌마!" 비디가 대꾸했다. 화제를 우리 누나에게 돌리고, 자리에서 일어나 누나를 좀 더 편안하게 해주려고 바삐 몸을 놀리는 것은 과연 비디다운 헌신이었다. "그래, 슬프게도 그렇네!"

"글쎄 말이야!" 나는 말했다. "우린 좀 더 함께 이야기를 나눠야 해. 예전에 그랬던 것처럼 말이야. 그리고 난 너에게 좀 더 조언을 구해야겠어. 예전에 그랬듯이 말이야. 우리 다음 일요일에 습지로 조용히 산책을 나가서, 비디, 길게 얘기 좀 하자."

이제 누나를 절대로 혼자 놔두는 일은 없었다. 그러나 그 일요일 오후에는 조가 기꺼이 누나 돌보는 일을 맡아줘서, 비디와 나는 함께 외출했다. 계절은 여름철이었고 좋은 날씨였다. 우리가 마을과 교회와 교회 묘지를 지나 습지로 나와서 떠다니고 있는 배들의 돛이 보이기 시작했을 때, 나는 늘 하던 식으로 미스 해비셤과 에스텔라를 풍경과 결합해 보기 시작했다. 우리는 강변에 다다라 발치에서 잔물결 이는 강둑에 앉았는데, 잔물결은 그 소리가 없었을 때보다도 주변을 더욱 고요하게 만들어주고 있었다. 그때 나는, 지금 여기가 비디에게 내 속내를 털어놓을 수 있는 적절한 시간이요 장소라고 판단했다.

"비디." 나는 비밀을 지키겠다는 약속을 받은 뒤 말했다. "난 신사가 되고 싶어."

"오, 내가 너라면 안 그럴 거야!" 그녀는 대꾸했다. "난 그게 잘 될 거라고 생각지 않는데."

"비디." 나는 다소 엄숙하게 말했다. "나에게는 신사가 되고 싶은 특별한 이유들이 있거든."

"그거야 네가 제일 잘 알겠지, 핍. 하지만 지금 이대로의 네가 더 행복하다고 생각하진 않니?"

"비디." 나는 성급하게 외쳤다. "난 지금 이대로가 전혀 행복하지 않아. 난 내 직업과 내 생활에 넌더리가 난단 말이야. 도제 계약 이후 난 어느 것에도 마음을 붙이지 못했어. 터무니없는 소리하지 마."

"내가 터무니없는 말을 한 거니?" 놀란 비디가 조용히 눈살을 치키며 말했다. "그랬다면 미안해. 그럴 의도는 없었어. 나는 오직 네가 잘해나가고 편안해지기를 바랄 뿐이야."

"자 그럼, 비디! 최종적으로 알아둬. 난 결코 팔자가 좋아지지도 않을 거고 좋아질 수도 없어—아니, 비참해질 뿐이야—아, 비디!—내가 지금 지내고 있는 것과 아주 다른 유형의 생활을 하지 못하는 한 말이야."

"그거 참 딱하구나!" 비디는 슬픈 듯이 고개를 저으며 말했다.

그런데, 나 역시 내가 늘 계속해 온 일종의 자신과의 고독한 싸움에서 빈번히 내 인생이 딱하다고 여겨왔기에, 비디가 자신과 내 감정을 표현했을 때 나는 거의 고뇌와 고통의 눈물을 흘릴 뻔했다. 나는 그녀에게 그녀의 말이 옳다고 말했다. 그리고 내 인생이 많이 후회되리라는 것도 알고 있었으나, 여전히 어쩔 도리가 없었다.

"만일 내가 마음을 붙일 수만 있었다면." 나는 손 닿는 곳에 자란 짧은 풀을 뜯으며 비디에게 말했는데, 풀을 뜯는 행위는 내가 예전에 미스 해비셤네 양조장에서 감정이 북받쳐서 머리카락을 쥐어뜯고 담장을 걷어찼던 것과 매우 흡사한 행위였다. "만일 내가 마음을 붙이고 어렸을 때의 반만큼이라도 대장간 일을 좋아할 수만 있었다면, 그것이 내게 훨씬 좋았었으리라는 것을 난 알아. 그러면 너와 나 그리고 조는 더 바랄 게 없었을 거고, 조와 나는 아마 내 도제 기간이 끝나면 동업자가 되었을 거고, 어쩌면 내가 성장해서 너와 애인 사이로 다정하게 사귈 수도 있었을 거고, 그래서 지금과는 아주 다른 사람들이 되어 화창한 일요일 같은 때 바로 이 강둑에 함께 앉아 있었을지도 몰라. 내가 너에게 적격이었겠지, 안 그래, 비디?"

비디는 떠다니는 배들을 바라보며 한숨을 쉬고는 대답했다. "맞아. 난 지나치게 까다롭진 않으니까." 이 말이 기분 좋게 들리진 않았지만, 나는 그녀가 선의로 말했다는 것을 알고 있었다.

"그 대신," 나는 뜯어낸 풀을 한두 잎 씹으면서 말했다. "내가 어떻게 지내는지 봐. 불만스럽고, 또 불편하고, 그런데—거칠고 비천하다는 것이, 누가 나에게 그렇게 말하지만 않았던들 내게 무슨 의미가 있겠니!"

비디는 갑작스레 자기 얼굴을 내 얼굴 쪽으로 돌리더니, 떠다니는 배들을 볼 때보다 훨씬 더 주의 깊게 나를 바라보았다.

"그건 진짜 사실도 아니고, 매우 교양 있는 말도 아냐." 그녀는 다시 배들로 시선을 돌리면서 말했다. "누가 그런 말을 했니?"

나는 당혹스러웠다. 왜냐하면 내가 무슨 말을 하고 있는지도 잘 모른 채 엉뚱한 소리를 해버렸기 때문이다. 그렇지만 이제 그것은 얼버무릴 수가 없게 되었고, 그래서 나는 대답했다. "미스 해비셤 댁의 아름다운 어린 숙녀가 그랬는데, 그녀는 어느 누구보다도 아름답고 난 그녀를 무지무지 사모해. 그래서 난 그녀 때문에 신사가 되고 싶어." 이 정신병자 같은 고백을 하고 나서, 마치 풀잎을 따라갈 생각이라도 하는 것처럼 나는 내가 뜯었던 풀잎을 강물에 던지기 시작했다.

"신사가 되려는 게 그녀에게 분풀이를 하기 위해서니, 아니면 그녀의 환심을 사기 위해서니?" 비디는 한숨 돌리고 나서 나에게 조용히 물었다.

"나도 몰라." 나는 우울하게 대답했다.

"왜냐하면, 그게 만일 그녀에게 분풀이를 하기 위해서라면," 비디는 말을 이었다. "내가 생각하기엔—하기야 네가 제일 잘 알겠지만—그녀의 말을 싹 무시하는 것이 가장 좋고 떳떳한 방법일 거야. 그리고 그게 만일 그녀의 환심을 사기 위해서라면, 내가 생각하기엔—하기야 네가 제일 잘 알겠지만—그녀는 그럴 가치가 없어."

그건 바로 나 자신이 몇 번이고 생각했던 바였다. 또한 바로 이 순간에 완전히 명백해진 바였다. 그러나 가련하고 정신 빠진 일개 촌락 소년인 내가 어떻게, 아무리 훌륭하고 현명한 사람들조차도 매일같이 빠져드는 그 불가사의한 모순을 피할 수 있었겠는가?

"네 말이 다 맞을지도 몰라." 내가 비디에게 말했다. "하지만 난 그녀를 무지무지 사모해."

요컨대, 그 말을 하면서 나는 얼굴을 땅에 대고 엎드린 다음 머리 양옆의 머리카락을 힘껏 움켜쥐고 완전히 비틀었다. 그동안 줄곧 내 마음과 광기가 너무나도 격하고 잘못되었다는 것을 알고 있었으므로, 만일 내 머리통을, 이런 천치한테 속해 있다는 벌로서 머리카락으로 잡아 올려서 자갈밭에 내동댕이친다 할지라도, 나는 그것이 내 얼굴에는 마땅했으리라고 확실히 자각하고 있었다.

비디는 소녀들 중에 으뜸으로 현명했다. 그래서 그녀는 나를 더 이상 설득하려 하지 않았다. 그녀는, 비록 일 때문에 거칠어지긴 했지만 기분 좋은 자신의 손을 하나씩 내 양손에 얹고서, 그것들을 머리카락에서 가만가만 떼어냈다. 그런 다음 그녀는 나를 달래주는 태도로 어깨를 부드럽게 토닥여 줬는데, 그동안 나는 얼굴을 소맷자락에 대고—양조장 마당에서 그랬던 것과 똑같이—조금 울면서, 어느 쪽인지 모르겠지만 내가 누군가에게 혹은 모든 이들에게 아주 몹시 학대를 당하고 있다고 막연히 확신했다.

"나를 기쁘게 하는 게 하나 있는데," 비디가 말했다. "그건 네가 나한테 비밀을 털어놓을 수 있다고 느꼈다는 거야, 핍. 그리고 또 한 가지 기쁜 것이 있는데, 그건 당연히 내가 네 비밀을 지킬 거고 또 언제나 그만큼 신뢰할 만하다고 믿을 수 있음을 네가 알고 있다는 거야. 만일 너의 첫 선생이(아아! 참으로 어설프고 스스로 깨우쳐야 할 게 너무나도 많은 선생이었지!) 지금도 너의 선생이라면, 그 선생은 어떤 과목을 정해야 할지 알 거야. 그러나 그건 배우기 어려운 과목일 텐데, 너는 선생을 넘어서 버렸으니 이젠 아무 소용이 없어." 그렇게 말하고 나서 비디는 나를 향해 조용히 한숨을 쉬고는 강둑에서 일어나 생기 있고 즐겁게 바뀐 목소리로 말했다. "우리 좀 더 걸을까, 아니면 집으로 돌아갈까?"

"비디." 나는 일어나 팔로 그녀의 목을 감싸고 키스를 하며 외쳤다. "난 언제나 너한테 모든 것을 이야기할 테야."

"네가 신사가 될 때까지겠지." 비디가 말했다.

"내가 결코 신사가 못 되리라는 건 너도 알잖아, 그러니 언제까지나 그럴 거야. 그렇다고 내가 너한테 무슨 말을 할 이유가 있다는 건 아냐, 왜냐하면 너는 내가 아는 모든 것을 이미 알고 있으니까. 며칠 전 밤 집에서 내가 너한테 말했던 것처럼 말이야."

"아아!" 비디는 시선을 돌려 배들을 바라보며 아주 작게 속삭이듯 말했다. 그런 다음 아까처럼 유쾌한 목소리로 바꿔 재차 물었다. "우리 좀 더 걸을까, 아니면 집으로 돌아갈까?"

나는 비디에게 좀 더 걷자고 말했고, 우리는 좀 더 걸었다. 여름날 오후는 이울어 여름날 저녁때가 되었고, 저녁은 매우 아름다웠다. 나는 시계가 멈춘 방의 촛불 옆에서 카드로 거지 놀이를 하며 에스텔라에게 멸시를 받는 것보다는, 결국 이런 환경에 처해 있는 것이 좀 더 자연스럽고 유익하지 않을까 하고 두루 숙고하기 시작했다. 만일 내가 에스텔라와 그 밖의 모든 기억과 망상을 머리에서 빼낼 수만 있다면, 그래서 내가 해야 할 일을 즐겁게 여기고 그것을 배겨내고 최대한 활용하겠다는 결의로 일터에 나갈 수만 있다면, 그것이 내게는 매우 좋을 것이라고 생각했다. 나는 '만일 그 순간에 비디 대신에 에스텔라가 내 곁에 있다면 그녀가 나를 비참하게 만들 거라는 사실을 내가 분명히 알고 있지 않은가?' 하고 자문해 보았다. 나는 내가 그 사실을 분명히 알고 있음을 인정하지 않을 수 없어서, 스스로에게 말했다. "핍, 너 참 바보구나!"

우리는 함께 걸으며 많은 이야기를 나눴다. 비디가 하는 말은 다 옳은 것 같았다. 비디는 결코 무례하거나 변덕스럽지 않았고, 오늘은 비디였다가 내일은 딴 사람이 되는 일도 없었다. 그녀는 나에게 고통을 주면 거기서 고통만을 얻으면 얻었지 즐거움을 취하지는 않을 것이었다. 그녀는 내 가슴에 상처를 주기보다는 차라리 자기 가슴에 상처를 입히려 했을 것이었다. 그러면 내가 둘 중에 그녀를 더 좋아하지 않는 것은 도대체 어찌 된 일이었을까?

"비디." 우리가 집으로 걸어오고 있을 때 내가 말했다. "나는 네가 나를 바로잡아 줄 수 있으면 좋겠다."

"나도 그럴 수 있다면 좋겠다!" 비디가 말했다.

"만일 내가 너를 사랑할 수 있게만 된다면…… 오랫동안 알고 지내는 너에게 이렇게 숨김없이 말해도 괜찮겠지?"

"오 그럼, 괜찮고말고!" 비디는 말했다. "내 걱정은 마."

"내가 그렇게 할 수 있게만 된다면, **그거야말로** 내게 제격일 텐데."

"하지만 넌 절대 그러지 못할걸, 너도 알다시피." 비디가 말했다.

그날 저녁때는, 몇 시간 전에 우리가 사랑 문제를 두고 토론했더라면 그랬을 것만큼, 그것이 그렇게 불가능해 보이지는 않았다. 그래서 나는 그것을 아주 확신할 수는 없다고 말했다. 그러나 비디는 자기는 **확신한다**고 말했는데, 그것도 단호하게 말했다. 마음속으로 나는 그녀가 옳다고 믿었다. 하지만 그녀가 그 점에 대해 그토록 확신한다는 것이 다소 마음에 걸렸다.

교회 묘지에 가까이 왔을 때, 우리는 둑을 가로질러서 수문 근처에 있는 층계를 넘어야만 했다. 그때 문에선지 골풀숲에선지, 아니면 (딱 꾸물대는 그의 태도처럼) 괴어 있는 습지 웅덩이에선지 올릭 영감이 불쑥 나타났다.

"어이!" 그는 으르렁거리는 소리로 말했다. "어디들 가나?"

"집 말고 우리가 가긴 어딜 가겠어요?"

"자, 그렇다면," 그는 말했다. "너희들을 집에 데려다주지 않으면, 난 결딴난다!"

이 '결딴난다'는 벌은 그가 즐겨 쓰는 가정법 말투였다. 내가 알고 있는 한 그는 그 말에 어떤 명확한 의미를 부여하지도 않고 그냥 썼는데, 자신이 꾸며낸 세례명처럼 사람들을 공연히 모욕하고 뭔가 잔혹하게 해를 끼친다는 인상을 주기 위해서였다. 내가 한층 더 어렸을 때, 나는 만일 그가 개인적으로 나를 결딴나게 했다면 날카롭고 비틀린 갈고리로 그랬을 거라고 막연히 믿었다.

올릭이 우리와 함께 가는 것을 몹시 거슬려 한 비디가 귓말로 나에게 말했다. "저 사람 못 오게 해. 난 저 사람이 싫어." 나도 역시 그를 좋아하지 않았으므로, 나는 실례를 무릅쓰고 고맙기는 하지만 우리는 그가 집에 데려다주는 것을 원치 않는다고 말했다. 그는 우리의 거절 통고를 크게 껄껄 웃으며 받아들이고는 뒤로 처졌다. 그러나 그는 조금 거리를 두고 어정어정 우리 뒤를 따랐다.

혹시 누나가 전혀 설명할 수 없던 그 살인적 공격에 올릭이 관여했다고 비디가 의심하는지 알아보고 싶어서, 나는 그녀에게 왜 그를 싫어하느냐고 물어봤다.

"오!" 우리 뒤를 어정어정 따라오고 있는 올릭을 어깨 너머로 힐끗 쳐다보며 그녀는 대답했다. "그건…… 그가 날 좋아하는 것 같아서야."

"그가 너한테 좋아한다고 말한 적 있니?" 나는 분개하여 물었다.

"아니." 비디는 다시 어깨 너머로 힐끗 쳐다보며 말했다. "나한테 그렇게 말한 적은 없는데, 나와 시선이 마주치기만 하면 나한테 춤을 춰보이면서 추파를 던지거든."

이 연정의 표시가 아무리 이상하고 독특하다 할지라도, 나는 비디의 해석이 정확하다는 것을 의심치 않았다. 나는 올릭이 감히 그녀를 흠모한다는 것에 실로 열이 바짝 올랐다. 마치 그것이 나를 업신여겨 깔보는 것인양 열이 뻗쳤다.

"그러나 그건 너한테 아무 상관도 없어, 너도 알다시피." 비디는 침착하게 말했다.

"그래, 비디, 그건 나한테 아무 상관도 없어, 난 그게 싫을 뿐이야. 난 그걸 받아들일 수 없어."

"나도 그래." 비디는 말했다. "**그게** 너에겐 아무 상관도 없기는 하지만."

"바로 그거야." 나는 말했다. "그러나 너한테 꼭 말해야겠는데,

만일 그가 네 승낙하에 너한테 춤으로 추파를 던진다면, 비디, 난 너를 형편없다고 여길 거야."

나는 그날 저녁 이후로 올릭에게서 눈을 떼지 않았고, 그가 비디에게 춤을 춰보일 알맞은 상황이 될 때마다 그의 앞으로 가서 그의 작전을 흐려놓곤 했다. 누나가 갑자기 그를 좋아하게 됐다는 이유로 올릭은 조의 대장간에 뿌리를 박았는데, 그렇지만 않았던들 나는 그가 해고되도록 수를 썼을 것이다. 나중에 가서야 알게 된 바와 같이, 그는 나의 '선한' 의중을 완전히 이해하고 보답해 주었다.

그런데 내 마음이 충분히 혼란을 겪지 않아서였는지, 나는 마음의 혼란을 5만 겹으로 더 복잡하게 만들었다. 그것은 비디가 에스텔라보다 헤아릴 수 없이 더 훌륭하다는 것과 내가 타고난 삶, 그러니까 소박하고 정직한 일을 하며 사는 삶을 부끄러워할 이유가 전혀 없으며, 도리어 내게 자존심과 행복을 누릴 충분한 수단을 제공해 준다는 사실을 내가 분명히 깨닫는 상태와 시기가 있었기 때문이다. 그럴 때면 사랑하는 조와 대장간에 대한 내 불만이 다 사라져 버렸으며, 내가 순조롭게 성장하여 조와 동업자가 되고 비디와 연인이 될 수 있게 되리라고 최종적인 판단을 내리곤 했다. 그러다가도 순식간에 해비셤과 지낸 시절에 대한 기억이 뒤죽박죽 섞여서, 파괴적인 유도탄처럼 나를 엄습하여 내 정신을 다시 산산이 흩어버리곤 했다. 산산이 흩어진 정신의 파편을 주워 모으는 데는 오랜 시간이 걸리게 마련이다. 게다가 종종 내가 그 파편들을 다 주워 잘 맞추기도 전에, 어쩌면 결국 미스 해비셤이 내 도제 기간이 끝나면 내게 큰 재산을 물려주리라는 것 등의 생각들이 불쑥 떠올라 사방팔방으로 흩어져 버리곤 했다.

비록 내 도제 기간이 모두 지났다 해도, 아마도 나는 여전히 극도의 혼란에 남겨져 있었을 것이다. 그렇지만 내 도제 기간은 만기를 채우지 못하고, 이어서 이야기하는 바와 같이 이른 결말을 맞게 되었다.

18장

내가 조의 도제가 된 지 4년 차 되던 해의 어느 토요일 밤이었다. 한 무리의 사람들이 술집 '세 명의 즐거운 사공들'의 난로 주변에 모여 앉아서, 웝슬 씨가 큰 소리로 신문 읽는 것을 경청하고 있었다. 그 무리에 나도 끼어 있었다.

매우 통속적인 살인 사건이 일어났는데, 웝슬 씨는 눈썹까지 벌겋게 상기될 만큼 몰입해 있었다. 그는 신문기사에 나온 모든 혐오스런 형용사를 기분 좋게 읽었으며, 자신을 심리에 나온 모든 증인들과 동일시하며 기사를 읽었다. 그는 희생자로서 "나는 끝장이구나"라고 힘없이 신음을 내기도 하고, 이내 살인자로서 "네놈에게 복수하고 말겠다"라고 난폭하게 고함치기도 했다. 그는 우리 고장의 의사를 그대로 흉내 내어 의학적 증언을 했고, 범행 현장에서 구타하는 소리를 들었던 늙은 유료도로 요금 징수원이 되어 큰 소리로 증언하고 몸을 떨었는데, 중풍환자마냥 어찌나 몹시 떨었던지 그 증인의 정신적 능력에 대해 의심을 일으킬 정도였다. 검시관은 웝슬 씨의 손에서 아테네의 타이먼이 되었고, 법정의 하급 관리는 코리올라누스가 되었다.[1] 웝슬 씨는 충분히 즐겼고, 우리 또한 즐겼다. 그리고 모두는 매우 유쾌하고

1 타이먼과 코리올라누스는 아테네의 귀족으로 각각 셰익스피어의 극 〈아테네의 타이먼*Timon of Athens*〉과 〈코리올라누스*Coriolanus*〉의 주인공들이다. 극중에서 천성적으로 너그러웠던 타이먼은 친지들의 배신으로 극심한 인간 혐오주의자가 되고, 코리올라누스는 지극히 오만한 인간상을 드러낸다.

기분이 좋았다. 이렇게 기분 좋은 심리 상태에서 우리는 '고의적 살인'이라는 판결을 내리게 되었다.

그런데 조금 있다가, 나는 웬 낯선 신사가 내 맞은편의 긴 나무의자 등받이 너머로 몸을 기울이고서 구경하고 있는 것을 알아차렸다. 그의 얼굴에는 경멸적인 표정이 서려 있었고, 그는 우리 쪽 사람들의 얼굴을 살펴보면서 커다란 집게손가락의 옆쪽을 물어뜯고 있었다.

"그러시다면!" 신문 읽기가 끝나자 그 낯선 사람은 웝슬 씨에게 말했다. "형씨는 스스로에게 아주 만족스럽게 그 사건을 결말지었겠죠, 의심의 여지 없이 말이에요?"

사람들 모두가 마치 그가 살인범이라도 되듯 깜짝 놀라 그를 쳐다보았다. 그는 모든 사람들을 냉정한 시선으로 빈정대듯 쳐다보았다.

"물론 유죄겠죠?" 그는 말했다. "말씀해 보시죠. 어서!"

"선생." 웝슬 씨가 대꾸했다. "선생과 일면식의 영광은 없소만, 나는 '유죄'라 **말하겠습니다.**" 이 말에 용기를 낸 우리는 한데 뭉쳐서 유죄를 확신한다고 중얼거렸다.

"어련하시겠습니까." 낯선 사람은 말했다. "그러실 줄 알고 있었죠. 내가 그러리라 말했잖습니까. 하지만 이제 내가 형씨한테 한 가지 묻겠어요. 형씨는, 영국의 법에 따라 모든 사람은 그가 유죄임이 입증—입증 말입니다—될 때까지는 무죄로 여겨진다는 것을 아십니까, 아니면 모르십니까?"

"선생." 웝슬 씨는 대답을 하기 시작했다. "나 자신 영국인으로서, 나는……."

"자자!" 낯선 사람은 그를 쳐다보고 집게손가락을 물어뜯으며 말했다. "질문을 회피하지 마세요. 형씨는 그것을 아십니까, 모르십니까? 어느 쪽이죠?"

그는 머리와 몸뚱이를 각각 다른 쪽으로 기울인 채, 위협적으로 심문하는 태도로 서 있었다. 그리고 그는 그의 집게손가락으로 웝슬 씨를 향해—말하자면 그를 지목하려는 듯이—삿대질을 했다가는, 다시 그 집게손가락을 물어뜯었다.

"자!" 그가 말했다. "형씨는 그걸 아십니까, 아니면 모르십니까?"

"물론 알고 있습니다." 웝슬 씨가 대답했다.

"물론 아시겠죠. 그런데 왜 애당초 그렇게 말씀하시지 않았죠? 이제, 형씨께 또 한 가지를 질문하겠습니다." 마치 웝슬 씨에 대한 어떤 권리라도 있는 듯, 그는 그를 쥐락펴락하고 있었다. "형씨는 이들 증인들 가운데 아직 아무도 반대신문을 받지 않았다는 것을 **알고나** 있습니까?"

웝슬 씨가 말을 시작하려 했다. "내가 말할 수 있는 것은 단지……." 그런데 그때 낯선 사람이 말을 막았다.

"뭐라고요? 형씨는, 그렇다, 아니다, 대답을 안 하실 겁니까? 자, 다시 묻겠어요." 그는 손가락으로 다시 웝슬 씨에게 삿대질을 했다. "내 말 잘 들으세요. 형씨는 이 증인들 가운데 아직 아무도 반대신문을 받지 않았다는 것을 아십니까, 모르십니까? 자, 나는 단지 당신의 한마디를 듣기 바랄 뿐입니다. 그렇습니까, 안 그렇습니까?"

웝슬 씨는 망설였다. 그래서 우리는 모두 그를 다소 탐탁잖게 여기기 시작했다.

"자!" 낯선 사람이 말했다. "내가 도와드리죠. 형씨는 도움 받을 자격이 없지만, 내가 도와드리겠단 말입니다. 형씨가 손에 들고 있는 그 종이를 보세요. 그게 뭐죠?"

"이게 뭐냐고요?" 웝슬 씨는 크게 당황하여 신문을 보며 되물었다.

"그것이," 낯선 사람은 매우 빈정거리고 의심스러워하는 태도로 말을 이었다. "형씨가 방금 읽고 있었던 신문이 맞습니까?"

"확실히 맞습니다."

"확실히 맞죠. 그럼 그 신문을 들여다보고 나서, 죄수가 자신의 변호사들로부터 답변을 완전히 유보하라는 지시를 받았다고 분명히 말했다는 사실이 신문기사에 명백하게 실려 있는지 여부를 말씀해 주시겠습니까?"

"방금에야 그걸 읽었어요." 웝슬 씨는 항변했다.

"방금 읽은 게 뭔지는 신경 쓰지 마시죠, 형씨. 난 형씨가 방금 읽은 것을 묻는 게 아닙니다. 원하신다면 주기도문을 거꾸로 읽어도 좋아요—아마 오늘 이전에 그렇게 했을지도 모르죠. 신문을 들여다보세요. 아니, 아니, 아니 친구 양반. 상단으로 가지 마시고. 그 정도로 어리석진 않으실 텐데. 하단으로, 하단으로 가세요." (우리는 모두 웝슬 씨가 속임수로 가득 차 있다고 생각하기 시작했다.) "자, 이젠? 찾으셨습니까?"

"여기 있군요." 웝슬 씨가 말했다.

"그럼 그 구절을 눈으로 따라가 보시고, 죄수가 자신의 변호사들로부터 답변을 완전히 유보하라는 지시를 받았다고 분명히 말했다는 사실이 신문기사에 명백하게 실려 있는지 여부를 말씀해 주시겠습니까? 어서요! 거기서 그걸 찾아낼 수 있겠어요?"

웝슬 씨는 대답했다. "똑같은 말은 아닌데요."

"똑같은 말은 아니다!" 신사는 씁쓸하게 되풀이했다. "그럼 내용은 똑같습니까?"

"그래요." 웝슬 씨가 대답했다.

"그래요." 낯선 사람은 그 말을 되풀이하더니, 증인인 웝슬 씨를 향해 오른손을 쭉 뻗고서 나머지 사람들을 둘러보았다. "그럼 이제 여러분에게 묻죠. 눈앞에 그 구절을 두고서도 변론을 들어 보지도 않고 동료 인간을 그냥 유죄라고 선언한 뒤 베개를 베고 누울 수 있는 저 사람의 양심을 어떻게들 생각하시는지?"

우리는 모두 웝슬 씨가 우리가 생각했던 그런 사람이 아니며, 그의 진면목이 드러나고 있다고 어렴풋이 느끼기 시작했다.

"그런데 바로 저 사람이, 기억해 두십시오." 신사는 웝슬 씨를 향해 비장하게 삿대질을 하며 말을 이었다. "바로 저 사람이 바로 이 재판의 배심원으로 소집될 수도 있다는 사실을요. 그러면 그는 이렇게 철저히 과실을 범하고도 그의 가족 품으로 돌아가 베개를 베고 누울 거란 말입니다. 그것도 '우리의 군주이신 국왕 폐하와 피고석의 죄수 사이에 개입된 문제를 바르고 성실하게 심리할 것이며, 증거에 따라 옳은 판결을 내릴 것'[1]임을 신중하게 맹세하고 난 뒤에 말이죠. 그러니 그를 도우소서, 하느님!"

우리는 모두 웝슬 씨가 불행히도 너무 멀리 가버렸으며, 아직 시간이 있을 때 그의 무모한 질주를 멈추는 것이 좋겠다고 깊이 믿게 되었다.

그 낯선 신사는 저항할 수 없는 권위적인 태도와 그가 들춰내기로 결심만 하면 우리들 각자를 완전히 끝장낼 하나하나의 어떤 비밀을 알고 있음을 시사하는 태도로, 긴 나무의자의 등받이를 떠나 난롯불 앞에 있는 두 개의 긴 나무의자 사이의 공간으로 들어와 왼손을 호주머니에 넣고 오른손의 집게손가락을 물어뜯으며 그 자리에 서 있었다.

1 영국의 법정에서 배심원들이 판사 앞에서 하는 선서의 내용.

"내가 입수한 정보에 의하면," 그의 앞에서 우리 모두의 기가 꺾여 있을 때, 그가 우리를 둘러보면서 말했다. "여러분 가운데 필시 조지프—혹은 조—가저리라는 대장장이가 있을 텐데. 그게 누굽니까?"

"여기 있습니다." 조가 말했다.

낯선 신사는 손짓으로 조를 자리에서 불러냈고, 이에 조가 나갔다.

"도제를 하나 두셨다지요?" 낯선 사람은 말을 계속 이었다. "보통 핍이라고 불린다는데? 그가 여기 있나요?"

"여기 있습니다!" 내가 큰 소리로 말했다.

낯선 사람은 나를 알아보지 못했으나, 나는 그가 미스 해비셤을 두 번째 방문했을 때 계단에서 만났던 그 신사라는 것을 곧 알았다. 그가 긴 나무의자 너머로 쳐다보는 것을 본 순간 나는 이미 그를 알아봤는데, 이제 내 어깨에 손을 얹고 있는 그를 대면하고 서서 나는 다시 한번 그의 커다란 머리, 검은 안색, 깊숙이 박힌 눈, 무성하고 까만 눈썹, 큼직한 시곗줄, 턱수염과 구레나룻 자리의 새까만 반점들, 그리고 심지어 그의 커다란 손에서 나는 향비누 냄새까지 자세히 확인해 볼 수 있었다.

"당신네 두 사람과 사적인 회합을 하고 싶습니다." 그는 나를 천천히 살펴보고 나서 말했다. "시간이 좀 걸릴 것 같은데요. 아마도 당신들이 거주하는 집으로 가는 게 좋겠습니다. 나의 전언을 여기서 서둘러 처리하고 싶진 않아요. 당신네 친구들한테는 나중에 마음대로 이 내용을 많게든 적게든 알려줄 수 있을 겁니다. 나는 그것과는 아무 상관 없죠."

모두들 궁금히 여기며 조용한 가운데, 우리 셋은 술집 '즐거운 사공들'에서 걸어 나와 말없이 궁금해하며 집으로 걸어갔다. 길을 따라 걷는 동안 그 낯선 신사는 이따금 나를 쳐다보았고, 또 이따금 손가락 옆쪽을 물어뜯었다. 우리가 집에 가까이 왔을 때 조는 이 순간이 뭔가 엄숙하고 중요한 자리라는 것을 어렴풋이 인식한 듯 앞장서서 현관문을 열었다. 우리의 회합은 촛불 하나로 희미하게 밝혀진 귀빈 응접실에서 열렸다.

우리의 회합은 낯선 신사가 탁자 앞에 앉아 촛불을 자기 앞으로 당겨놓고 자기 수첩에 기재된 몇 가지 사항을 대충 훑어보는 것으로 시작되었다. 그런 뒤 그는 수첩을 집어넣고, 누가 누구인지 확인하려고 촛불 주위의 어둠 속으로 조와 나를 자세히 바라본 후 촛불을 약간 옆으로 옮겨놓았다.

"내 이름은," 그는 말했다. "재거스라고 하는데, 런던 변호사올시다. 나는 꽤 잘 알려져 있죠. 당신들과 처리해야 할 특별한 업무가 있는데, 우선 이 일이 내가 제안한 것이 아님을 설명해 드리고 시작하겠습니다. 만일 내가 조언을 요청받았다면 나는 이곳에 오지도 않았을 겁니다. 그런데 조언을 해달라는 요청이 없었기에 당신들이 나를 만날 수 있게 된 거죠. 나는 단지 딴 사람의 비밀 대리인으로서 해야 할 일을 할 뿐입니다. 그 이상도 이하도 아니에요."

자신이 앉아 있는 곳에서는 우리를 그렇게 잘 볼 수가 없음을 알고서, 그는 자리에서 일어나 한쪽 다리를 의자 등받이 너머로 척 걸치고 거기에 몸을 기대었다. 이렇게 해서 한 발은 의자의 앉는 자리에 올려놓고, 또 한 발은 바닥을 딛고 있었다.

"자, 조지프 가저리, 나는 당신에게서 당신의 도제인 이 젊은 친구를 풀어줄 제안을 가지고 왔습니다. 당신은 그의 도제 계약을 그의 요구에 따라, 그리고 그의 이익을 위해 해지하는 데 이의가 없을 테죠? 그렇게 하는 대가로 바라는 것은 없을 테죠?"

"내가 핍의 앞길을 방해하지 않는 대가로 무언가를 바라는 것을 주님이 허락지 않으실 겁니다." 조는 눈을 동그랗게 뜨고 말했다.

"주님이 허락지 않는다는 말은 경건합니다만, 적절한 대답은 아니에요." 재거스 씨가 대꾸했다. "문제는 '당신이 뭔가 바라는 것이 있느냐?' 하는 겁니다. 뭔가 바라는 것이 있습니까?"

"내 대답은," 조는 단호하게 대꾸했다. "'아뇨'입니다."

나는 재거스 씨가 조의 사욕 없는 태도에 마치 그를 바보라고 여기는 것처럼 흘끗 쳐다본다고 생각했다. 그런데 나는 숨 막히는 호기심과 놀라움 사이에 너무나 당황하여 그것을 확인할 수 없었다.

"그럼 잘됐네요." 재거스 씨가 말했다. "당신이 시인한 사항을 기억해 두시고, 얼마 안 가 한입으로 두말하지는 마십시오."

"누가 그러기라도 한답니까?" 조가 반박했다.

"누가 그런다는 것이 아닙니다. 개를 키우십니까?"

"예, 한 마리 키웁니다."

"그러면 명심하세요. '자랑은 충실한 개이나 침묵은 더 충실한 개'[1]라는 것을. 그걸 명심하시라고요, 알겠어요?" 재거스 씨는, 마치 조에게 뭔가를 용서해 주기라도 한다는 듯이 눈을 감고 조에게 고개를 끄덕이며 거듭 말했다. "이제, 이 젊은 친구 얘기로 돌아가죠. 내가 전달해야 하는 말은, 그가 엄청난 유산을 받게 됐다는 겁니다."

조와 나는 놀라움으로 숨이 막힌 채 서로를 쳐다보았다.

1 '침묵이 제일'이라는 의미의 16세기 영국 속담으로, 여기서는 재거스가 다음에 제시하는 유산 상속에 관련된 몇 가지 사항에 대해 핍 측이 반드시 비밀을 지켜야 한다는 것을 강조한 말이다.

"나는 그에게 전하라는 지시를 받았어요." 재거스 씨는 나를 향해 손가락을 옆으로 뻗으면서 말했다. "그가 상당한 재산을 물려받게 되리라는 사실을 말입니다. 더 나아가 그 재산의 현 소유자의 바람은 바로, 그가 현재의 생활 영역과 이 장소를 즉시 벗어나 신사로서—한마디로 엄청난 유산을 받을 젊은이로서 교육을 받아야 한다는 것이라는 점도 전하라는 지시를 받았습니다."

내 꿈은 이루어졌다. 현실은 내 무모한 꿈 그 이상이었다. 미스 해비셤이 굉장한 규모로 내게 행운을 마련해 줄 작정이었나 보다.

"자, 핍 군." 변호사는 말을 이었다. "내가 말해야 할 나머지 사항은 자네에게 전하지. 자네는 첫째로, 자네가 언제나 핍이라는 이름을 지녀야 한다는 것이 내게 지시를 내린 분의 요구사항이라는 점을 이해해야 해. 아마도 그렇게 쉬운 조건이 딸린 엄청난 유산을 받게 되는 것에 이의가 없으리라 생각해. 그러나 만일 그것에 조금이라도 이의가 있다면, 딱 지금이 그걸 말할 시간이야."

내 심장이 너무나 빠르게 뛰고 귀에서는 소리가 너무 요란하게 윙윙거려서, 이의가 없다는 말을 거의 더듬거릴 수조차 없었다.

"물론 없겠지! 자, 자네가 두 번째로 알아둬야 할 것은, 자네의 너그러운 은인의 이름은 그가 밝히기를 바랄 때까지는 전적으로 비밀에 부친다는 점이야. 내가 부여받은 권한으로 언급할 수 있는 것은, 그 이름을 자네에게 자기 입으로 직접 밝히겠다는 것이 그분의 의향이라는 거지. 언제 어디서 그 의향이 실행될 것인지는 나도 몰라, 아무도 모르지. 지금부터 몇 해 뒤가 될 수도 있어. 자, 분명히 알아두라고. 자네와 내가 주고받을 모든 의

사소통에서 자네는 이 문제에 대해 일체 질문을 해서는 절대로 안 되며, 혹은 아무리 막연하게라도 어떤 특정인을 **그분**으로 암시하거나 언급하는 것도 절대 안 된다는 점을 말이야. 설혹 가슴속으로 의심이 간다 해도, 그것을 가슴속에 그냥 담아둬. 이렇게 금지하는 이유들이 무엇인지는 취지에 적잖이 부합되네. 지극히 타당하고 심각한 이유들일 수도 있고, 혹은 그저 단순히 일시적인 생각 때문일 수도 있기는 하지만. 이것은 자네가 조사해볼 사항이 아니야. 조건은 정해져 있어. 자네가 그것을 받아들여 의무로 지킬 것이냐 하는 것만이 유일하게 남아 있는 조건인데, 이것이 내가 지시를 받은 사람으로부터 전달받은 유일한 조건이며, 나는 그 외의 일에 대해서는 책임이 없지. 그분은 바로 자네가 기대하는 재산을 물려줄 사람이며, 그 비밀은 오직 그분과 나만 알고 있어. 다시 말하는데, 이렇게 엄청난 행운에 딸린 것치고는 그다지 어려운 조건은 아니야. 그러나 만일 그것에 조금이라도 이의가 있다면, 딱 지금이 그걸 말할 시간이야. 말해봐."

다시 한번, 나는 이의가 없다고 간신히 더듬거리며 말했다.

"물론 없겠지! 자, 핍 군, 약정 조건은 이걸로 끝이야." 비록 그가 나를 핍 군이라고 불렀고 다소 나의 환심을 사려고 했지만, 그는 여전히 어느 정도 거만하게 굴며 의심하는 태도를 버리지 못하고 있었다. 그는 또 심지어 지금까지도 말을 하면서 이따금 눈을 감고 나에게 삿대질을 해댔는데, 마치 나를 헐뜯을 수 있는 온갖 종류의 일들을 알고 있으며 마음만 먹으면 다 언급할 수 있다고 표현하려는 것 같았다. "이제 다음으로 넘어가서, 그저 세부적인 사항을 정리해 보자고. 자네가 반드시 알아둬야 할 사항은, 비록 내가 '유산'이라는 용어를 여러 번 쓰긴 했지만 자네가 유산만 받는 것이 아니라는 거야. 내 수중에는 이미 자네의 적절한 교육과 생활비로 쓰기에 충분하고도 넘칠 만큼 많은 금액의 돈이 맡겨져 있어. 나를 부디 자네의 후견인으로 여겨주길 바라. 아참!" 내가 그에게 감사하려고 하자 그가 말을 이었다. "이 자리에서 말하겠는데, 나는 이 수고에 대한 보수를 받고 있어. 안 그러면 이 일을 안 할 거야. 자네는 자네의 바뀐 처지에 걸맞게 좀 더 훌륭한 교육을 받아야 하고, 자네도 그런 유익한 교육을 당장 시작하는 것이 중요하고도 필요하다는 사실을 알 거라 생각해."

나는 그것을 늘 갈망해 왔다고 말했다.

"자네가 늘 갈망해 온 것에 대해서는 괘념치 마, 핍 군." 그가 응수했다. "본제에서 벗어나지 말자고. 자네가 지금 그것을 갈망한다면, 그것으로 됐어. 자네는 당장 적당한 개인 교사 밑에 들어갈 준비가 됐다는 대답을 내게 한 셈인가? 맞아?"

나는 맞다고, 그렇다고 더듬거리며 대답했다.

"좋아. 그럼, 자네의 의향을 들어보지. 난 이게 현명하다고는 생각지 않는다는 걸 유념해 줘. 하지만 이건 내 책무지. 혹시라도 자네가 더 마음에 두고 있는 개인 교사를 알고 있나?"

나는 비디와 웝슬 씨의 대고모밖에는 어떤 개인 교사도 전혀 들어본 적이 없었다. 그래서 나는 부정의 대답을 했다.

"내가 좀 아는 어떤 개인 교사가 있는데, 내 생각에 그가 목적에 적합할 것 같군." 재거스 씨는 말했다. "유념하게, 나는 그를 추천하진 않아. 나는 결코 누군가를 추천하는 사람이 아니야. 내가 말하는 그 신사는 매슈 포킷이라는 사람이야."

아! 나는 즉시 그 이름을 알아차렸다. 미스 해비셤의 친척. 커밀라 부부가 말했던 그 매슈. 미스 해비셤이 죽어서 웨딩드레스 차림으로 신부의 피로연 식탁에 눕혀질 때, 그녀의 머리맡에 자리 잡을 그 매슈.

"그 이름을 알고 있나?" 재거스 씨는 재빠르게 나를 쳐다보며 말하고는, 내 대답을 기다리는 동안 눈을 감고 있었다.

내 대답은, 그 이름을 들어본 적이 있다는 것이었다.

"오!" 그는 말했다. "그 이름을 들었군. 그러나 문제는, '자네가 어떻게 생각하느냐?' 하는 거지."

나는 말했다. 아니, 말하려고 했다. 그의 추천에 대해 대단히 감사하다고…….

"아니지, 젊은 친구!" 그는 내 말을 중단시키고, 커다란 머리를 매우 천천히 가로저었다. "진정하라고!"

마음을 진정시키지 못하고, 나는 다시금 말하기 시작했다. 그의 추천에 대해 대단히 감사하다고…….

"그게 아니지, 젊은 친구." 그는 내 말을 중단시키고, 고개를 가로젓고 찡그리는 동시에 미소를 지었다. "아니지, 아니지, 아니야. 말은 썩 잘했는데, 그것으로는 안 된다고. 자네는 너무 어려서 그런 말로 내 주의를 끌 수는 없지. 추천은 적절한 어휘가 아니야, 핍 군. 다른 어휘를 써봐."

말을 고쳐서, 나는 말했다. 그가 매슈 포킷 씨를 언급해 줘서 대단히 감사하다고―.

"그게 한결 낫군!" 재거스 씨는 큰 소리로 말했다.

그리고 나는 덧붙였다. 그 신사에게 기꺼이 배워보겠다고.

"좋아. 그의 집에 가서 배워보는 게 좋겠어. 자네를 위한 방편은 마련해 두지. 그리고 자네는 런던에 있는 그의 아들을 먼저 만나볼 수도 있을 거야. 언제 런던에 오겠나?"

나는 (꼼짝 않고 서서 구경하고 있는 조를 흘끗 바라보며) 즉시 갈 수 있으리라 생각한다고 말했다.

"우선," 재거스 씨가 말했다. "입고 올 새 옷이 좀 있어야겠군. 물론 작업복 같은 건 아니어야 해. 다음 주 오늘로 정하자고. 돈이 좀 있어야겠지. 20기니면 되겠나?"

그는 지극히 침착한 태도로 길쭉한 돈지갑을 꺼내더니 돈을 세어 탁자 위에 꺼내놓고는, 그것을 내 쪽으로 밀어놓았다. 그가 의자에서 다리를 치운 것은 지금이 처음이었다. 그는 돈을 밀어놓고 나서 양다리를 쩍 벌리고 의자에 걸터앉더니, 돈지갑을 좌우로 흔들며 조를 쳐다보았다.

"헌데, 조지프 가저리? 당신은 어리둥절한 것 같군요?"

"전 아주 **어리둥절합니다!**" 조는 매우 단호한 태도로 말했다.

"당신은 자신을 위해 아무것도 바라지 않는다고 한 것으로 알고 있는데, 기억하시죠?"

"그랬죠." 조는 말했다. "그리고 그건 알고 계신 그대로입니다. 그리고 앞으로도 쭉 그럴 겁니다."

"그러나 만일," 재거스 씨는 돈지갑을 흔들면서 말했다. "만일 당신에게 보상으로 선물을 하는 것이 내가 받은 지시 사항에 포함되어 있다면 어쩌시겠어요?"

"뭣에 대한 보상으로 말입니까?" 조가 다그쳤다.

"저 친구의 일손을 잃는 것에 대한 보상 말입니다."

조는 여자의 손 같은 감촉으로 내 어깨에 손을 얹었다. 그 이후 나는 종종 그를, 힘과 부드러움을 겸비한 가운데 사람을 으깨거나 달걀껍데기를 가볍게 두드릴 수 있는 증기 망치 같다고 여겼다. "핍이," 조는 말했다. "명예와 행운을 찾아 자유롭게 일을 그만두고 떠나는 것은, 어떤 말로도 그에게 전할 수 없을 만큼 진심으로 환영할 일입니다. 그러나 만일 당신이, 이 아이—어렸을 때 대장간에 와서—언제나 가장 좋은 친구가 되어준, 이 아이를 잃는 것을 나에게 돈으로 보상할 수 있다고 생각하신다면……!"

오, 사랑하는 착한 조, 나는 언제든지 당신으로부터 떠날 준비가 되어 있었고, 감사할 줄도 몰랐었는데. 당신의 모습이 다시금 눈앞에 선합니다. 대장장이의 억센 팔로 두 눈을 가리고, 넓은 가슴을 들썩이며 목소리가 잦아들던 그 모습이. 오, 사랑하는 착한 조, 나는 오늘도, 내 팔에 닿은 당신의 살갑고도 떨리는 손길을 마치 천사의 날개가 스친 것처럼 숙연하게 느낀답니다!

그러나 그 당시에 나는 조를 달래기만 했다. 나는 내 장래의 행운이라는 미로에서 길을 잃어버렸고, 따라서 우리가 함께 밟았던 샛길로 되돌아갈 수가 없었다. 나는 조에게, (그의 말대로) 우리는 언제나 제일 좋은 친구였고, (내 말대로) 앞으로도 언제나 그럴 것이니, 마음을 편하게 먹으라고 간청했다. 조는 마치 자신의 눈알을 도려낼 결심이라도 한 것처럼, 나를 잡고 있지 않은 자유로운 손목으로 자신의 눈을 후벼 눈물을 닦았다. 하지만 더 이상 한마디도 하지 않았다.

재거스 씨는 마치 조를 마을의 천치로, 나를 그의 보호자로 여기는 듯 이 광경을 구경하고 있었다. 일이 다 끝나자 그는 돈지갑을 흔들다 말고 손에 놓은 뒤 그 무게를 가늠하면서 말했다.

"자, 조지프 가저리, 통고하건대 이것이 당신의 마지막 기회입니다. 나에게 꼼수는 쓰지 마세요. 만일 당신이 내게 위임된 선물을 받을 요량이라면 기탄없이 말해요. 그러면 그걸 주겠어요. 만일 그 반대로 당신의 의향이……." 이때 조가 갑자기 대전을 앞둔 권투선수의 온갖 무서운 동작을 하며 주위를 도는 바람에, 재거스 씨는 무척 질겁하여 말을 멈추고 말았다.

"거시기 말이오." 조는 외쳤다. "만약 당신이 내 집에 들어와서 날 물어뜯고 괴롭힐 심산이라면, 한번 나와보쇼! 거시기 말야, 당신이 그런 사나이라면 덤벼보쇼! 거시기, 내가 하는 말은 진정으로 하는 말이고, 끝까지 버티느냐 쓰러지느냐란 말이오!"

나는 조를 끌고 멀리 떨어뜨렸다. 그랬더니 그는 곧 온화해졌다. 그리고 그는 나에게 정중한 태도로, 그리고 우연히 그것과 관계가 있는 어떤 사람에게는 점잖은 훈계조의 통보로서, 단지 자기 집에서 물어뜯기고 괴롭힘을 당하고 싶지는 않을 뿐이라고 말했다. 재거스 씨는 조가 권투 동작을 보였을 때 자리에서 일어나 문 가까이로 물러나 있었다. 그는 분명히 안으로 다시 들어올 의향을 전혀 내비치지 않고, 그 자리에서 작별의 말을 전했다. 작별의 말은 이랬다.

"아무튼 핍 군, 내 생각에는 자네가 이곳을 빨리 떠나면 떠날수록—자네는 신사가 될 것이므로—더더욱 좋겠어. 일주일 후 오늘이야. 그리고 그 사이에 내 인쇄된 주소를 자네에게 보내주겠어. 런던 역마차 정거장에서 전세마차 편으로 곧장 내게 오면 될 거야. 알아두라고. 나는 내가 맡은 임무에 대해 이러쿵저러쿵 내 의견을 전혀 표현하지 않는다는 것을 말이야. 나는 그 일을 맡은 데 대한 보수를 받고 있고, 그래서 임무를 수행하는 거야. 자, 마지막으로 그 점을 알아둬. 그 점을 알아두라고!"

그는 우리 둘에게 손가락으로 삿대질을 하고 있었다. 그리고 그가 조를 위험하게 여기고 당장 떠나지 않았다면 계속 그렇게 삿대질을 했었으리라고 나는 생각한다.

뭔가가 언뜻 내 머리에 떠올라, 그가 전세 낸 마차를 둔 술집 '즐거운 사공들'로 가고 있을 때 나는 그를 뒤쫓아 달려갔다.

"실례합니다, 재거스 변호사님."

"이봐!" 그는 얼굴을 돌리며 말했다. "무슨 일이지?"

"재거스 변호사님, 저는 한 치도 어긋남 없이 변호사님의 지시를 따르고 싶습니다. 그래서 여쭤보는 게 좋겠다고 생각한 건데요. 제가 떠나기 전에 이 주변의 아는 분들에게 작별 인사를 드려도 반대하지 않으실 건가요?"

"반대 안 해." 그는 내 말을 거의 이해하지 못하는 듯한 표정으로 말했다.

"제 말은, 이 동네뿐만 아니라 읍내 분들께도 인사드리려고 하는데도요?"

"안 해." 그는 말했다. "무슨 반대가 있을 턱이 있겠나."

나는 그에게 감사하다고 말하고 다시 집으로 달려왔다. 조는 벌써 현관문을 잠그고 귀빈 응접실을 치운 채, 양 무릎에 손을 올려놓고 벽난롯가에 앉아서 타고 있는 석탄을 유심히 응시하고 있었다. 나도 벽난롯불 앞에 앉아서 석탄불을 응시했다. 하지만 한참 동안 우리는 아무 말도 하지 않았다.

누나는 한쪽 구석의 방석이 깔린 의자에 앉아 있었고, 비디는 벽난롯불 앞에 앉아서 바느질을 하고 있었으며, 조는 비디 바로 옆에 있었는데, 나는 누나의 반대쪽 구석에 있는 조 바로 옆에 앉아 있었다. 빨갛게 이글거리는 석탄불을 들여다보면 들여다볼수록 나는 더더욱 조를 쳐다볼 수가 없었고, 침묵이 오래 계속될수록 더욱더 말을 꺼내고 싶지가 않았다.

마침내 내가 입을 열었다. "조, 비디에게 얘기했어?"

"아니, 핍." 조는 여전히 벽난롯불을 바라보며, 또 마치 그의 양 무릎이 어딘가로 도망가려 한다는 무슨 비밀 정보라도 입수한 듯 양 무릎을 붙잡고서 대답했다. "네가 직접 하라고 그냥 놔뒀다, 핍."

"난 오히려 매형이 말해줬으면 좋겠는데, 조."

"그러니까 핍은 아주 유복한 신사가 되었어." 조는 말했다. "하느님, 이 일에 그를 축복해 주소서!"

비디는 바느질거리를 떨어뜨리고 나를 쳐다보았다. 조는 자신의 양 무릎을 붙잡고 나를 쳐다보았다. 나는 그들 둘을 쳐다보았다. 조금 있다가, 그들 둘 다 진심으로 나를 축하해 주었다. 그러나 그들의 축하에는 어딘가 슬픈 기색이 있어서, 나는 그게 오히려 언짢았다.

결국 내가 직접 나서서 비디에게(그리고 비디를 통해서 조에게) 내가 생각하기에 내 친구인 그들 역시 나에게 행운을 안겨준 분에 관해 일절 알려고 하거나 말해서도 안 되는 막중한 의무를 지고 있다는 점을 인식시켰다. 나는 그들에게, 모든 것은 때가 되면 알려질 것이니, 그때까지는 내가 어떤 신원불명의 후원자로부터 막대한 유산을 물려받게 되었다는 것만 빼고 아무 말도 해서는 안 된다는 점을 말해주었다. 비디는 다시 바느질감을 집어 들고는 생각에 잠긴 채 벽난롯불을 바라보며 고개를 끄덕이더니, 매우 각별히 유의하겠다고 말했다. 그리고 조도 여전히 양 무릎을 붙든 채 말했다. "그래, 그래, 나도 똑같이 유의할게, 핍." 그런 다음 그들은 다시 나를 축하해 줬는데, 내가 신사가 된다는 생각에 너무 지나치게 놀라움을 표출하는 탓에 나는 그것이 조금도 맘에 들지 않았다.

그런 뒤에, 비디는 무슨 일이 벌어진 건지 누나에게 조금이라도 전해주려고 무던히 애를 썼다. 그러나 내가 믿고 있는 한 그 노력은 완전히 실패로 끝났다. 누나는 소리 내어 웃으며 수없이 고개를 끄덕이는가 하면, 심지어는 비디를 따라서 "핍"과 "재산"이라는 낱말을 반복하기도 했다. 하지만 그 낱말들이 선거구호 이상의 의미를 내포하고 있었는지는 의문이다. 그리고 누나의 정신 상태를 이보다 더 암울한 모습으로 묘사할 수는 없을 것이다.

내가 경험을 하지 않았더라면, 나는 그 사실을 결코 믿을 수가 없었을 것이다. 그러나 조와 비디가 다시금 한층 명랑하고 편안해짐에 따라 나는 아주 우울해졌다. 물론 나는 나의 행운에 불만이 있을 턱이 없었다. 그러나 나는 어쩌면, 잘 알지는 못했지만, 내 자신에게 불만스러웠던 것 같다.

아무튼 그들 둘이 내가 떠나가는 것과 나 없이 그들이 어떻게 지낼 것인가 등등에 대해 이야기를 하는 동안, 나는 앉아서 팔꿈치를 무릎에 대고 얼굴을 손으로 괸 채 벽난롯불을 들여다보고 있었다. 그리고 나를 쳐다보는 그들 중의 하나와 마주칠 때마다, 비록 결코 그다지 즐겁지는 않았다 해도(그런데 그들은 나를 자주 쳐다보았다—특히 비디가 그랬다), 나는 마치 그들이 나에 대해 다소 의구심이라도 나타내는 것처럼 기분이 상했다. 하기야 그들이 어떤 말이나 표시로도 전혀 그러지 않았음을 하느님은 알고 계시겠지만.

그럴 때면 나는 자리에서 일어나 문간에서 밖을 내다보곤 했다. 우리 집은 밤이 되자마자 부엌문을 열어놓았는데, 여름날 저녁에는 방의 통풍을 위해 밤새 열어두었기 때문이다. 그때 내가 눈을 들어 바라보았던 바로 그 별들조차, 유감스럽게도 내가 그동안 생활을 영위해 왔던 시골의 사물들 위에 빛나고 있었기에 그저 비천하고 초라한 별들로 여겨졌다.

"토요일 저녁이네." 치즈를 얹은 빵과 맥주로 저녁 식사를 하려고 앉았을 때 내가 말했다. "닷새가 더 지나면, 그러면 떠나는 **그날**의 하루 전이야! 닷새는 금방 지나갈 거야."

"그래, 핍." 조가 말했는데, 그의 목소리는 맥주잔 속에서 공허하게 울렸다. "닷새는 금방 지나가겠지."

"금방금방 지나갈 거야." 비디가 말했다.

"내가 쭉 생각해 봤는데, 조, 월요일 읍내에 가서 새 옷을 주문할 때 양복점 주인에게 내가 양복점에 가서 옷을 입어보든가, 아니면 펌블추크 씨 댁으로 보내달라고 말할 거야. 새 옷을 입어볼 때 여기 있는 사람들이 모두 빤히 쳐다보는 것은 아주 겸연쩍을 테니까 말이야."

"허블 씨 부부도 새롭게 멋진 모습으로 차려입은 너를 보고 싶어 할 텐데, 핍." 조는 치즈를 얹은 빵을 왼손바닥에 놓고 부지런히 자르면서 말했다. 그리고 그는 우리가 빵조각을 비교해 보곤 했던 때가 생각나는 듯이, 아직 맛도 보지 않은 내 저녁밥을 흘끗 쳐다보았다. "웝슬 씨도 아마 그럴걸. 그리고 술집 '즐거운 사공들'도 그걸 영광스런 일로 여길 거다."

"그것이 바로 내가 원하지 않는 거야, 조. 그들은 그걸 가지고 법석을 떨어서—아주 상스럽고 천박한 법석을 말이지—내가 견딜 수가 없을 거야."

"아, 그건 그렇구나, 핍!" 조는 말했다. "네가 정 견딜 수 없다면……."

여기서 비디가 누나의 접시를 받쳐 들고 앉아서 물었다. "너는 가저리 아저씨와 너의 누나와 나한테 언제 네 자신을 보여줄지 생각해 봤니? 새 옷 입은 네 자신을 우리에게 보여줄 거지, 안 그래?"

"비디." 나는 약간 화를 내며 대답했다. "너는 아주 대단히 빨라서 내가 너를 따라가기가 어려울 정도란 말이야."

("비디는 항상 빠르지." 조가 말했다.)

"네가 만일 잠시만 더 기다렸더라면, 비디, 너는 내가 어느 날 저녁 때—아무래도 내가 떠나기 전날 저녁이 되기 쉬울 텐데—새 옷을 보따리에 싸서 여기로 올 거라는 말을 들었을 거야."

비디는 더 이상 아무 말도 하지 않았다. 그녀를 너그러이 용서하고서, 나는 그녀와 조와 다정한 밤 인사를 나눈 다음 자러 올라갔다. 내 작은 침실에 들어갔을 때 나는 앉아서 방, 즉 내가 곧 신분이 상승되어 영원히 작별해야 할 초라하고 작은 방을 오랫동안 바라보았다. 하지만 이 방은 내 어린 시절의 생생한 추억이 스며 있는 방이기도 했다. 그래서 바로 그 순간조차도 나는 대장간과 미스 해비셤의 저택 사이에서, 그리고 비디와 에스텔라 사이에서 그토록 자주 그랬었던 것처럼 내 작은 방과 내가 가게 될 더 좋은 방들 사이에서 매우 똑같은 혼란스런 마음의 갈등에 빠졌다.

햇볕이 하루 종일 내 다락방 지붕에 화사하게 비치고 있어서 방은 따뜻했다. 창문을 열고 창밖을 내다보며 서 있노라니 조가 아래층의 어두운 문에서 천천히 나와 바람을 쐬며 마당을 한두 바퀴 도는 것이 보이고, 그 뒤엔 비디가 나와서 그에게 담배를 가져다주고 불을 붙여주는 것이 보였다. 그는 결코 그렇게 밤늦게 담배를 피운 적이 없었으므로, 그가 어떤 이유에선가 위안을 얻고 싶어 한다는 암시를 주는 것 같았다.

그는 곧 내 바로 밑의 문 앞에 서서 담배를 피웠고, 비디도 거기에 서서 조용조용 그와 이야기를 나눴다. 나는 그들이 내 이야기를 한다는 것을 알았는데, 두 사람이 내 이름을 정다운 어조로 여러 번 들먹이는 소리가 들려왔기 때문이다. 그들의 이야기를 더 들을 수 있었다고 하더라도, 나는 더 이상 듣고 싶지 않았다. 그래서 나는 창가에서 물러나 침대 곁에 있는 하나뿐인 의자에 앉아서, 내 찬란한 행운의 첫날밤이 내가 이제껏 겪어본 중 가장 외로운 밤이라는 것이 매우 슬프고도 이상하게 느껴졌다.

열린 창문 쪽을 쳐다보고 있노라니, 조의 담뱃대에서 피어오른 연기가 희읍스름한 동그라미 모양으로 떠가는 것이 보였다. 나는 그것을 조로부터 오는 축복, 내게 강요하거나 내 앞에서 과시하지 않고 우리가 함께 호흡하는 공기에 스며드는 축복과 같은 것으로 상상해 보았다. 나는 불을 끄고 침대로 기어들어 갔다. 내 침대는 이제 내게 불편한 침대가 되어버렸고, 나는 결코 이 침대에서는 더 이상 옛날같이 단잠을 이루지 못했다.

19장

이튿날 아침이 되자 내 인생의 전반적인 전망이 상당히 달라지고, 또 그 전망이 너무나 밝아서 인생이 똑같아 보이지 않았다. 내 마음을 무겁디무겁게 누르는 것은 나와 출발일 사이에 엿새라는 날짜가 끼어 있다는 생각이었다. 왜냐하면 그동안 런던에 무슨 일이 생겨서, 내가 그곳에 도착했을 때 사정이 크게 악화되거나 아니면 아예 무효가 되어버릴지도 모른다는 불안을 떨쳐버릴 수가 없었기 때문이다.

내가 다가오는 우리의 이별을 이야기했을 때, 조와 비디는 매우 호의적이고 즐거워했다. 그러나 그들은 내가 이별을 언급할 때만 그것을 언급할 뿐이었다. 아침을 먹은 후 조가 귀빈 응접실의 책장에서 내 도제 계약서를 꺼내 왔다. 그래서 우리는 그것을 불 속에 던져버렸고, 나는 내가 자유롭다는 느낌이 들었다. 나에게 닥친 아주 색다른 해방감을 안고 조와 함께 교회에 갔는데, 목사가 모든 것을 알고 있었더라면 그는 아마도 부자와 천국에 대한 구절[1]을 읽지 않았을 거라는 생각이 들었다.

이른 점심을 먹은 뒤 나는 습지를 당장 마지막으로 돌아볼 생각으로 혼자 산책을 나갔다. 나는 교회를 지나가면서, 일생 동안

1 그리스도가 제자들에게 부자가 천국에 들어가는 것은 낙타가 바늘구멍으로 들어가는 것보다 더 어렵다고 말한 비유(마태복음 19:23-24). 그러나 핍의 경우는 이것을 뒤집는 기적과 같은 일이 벌어졌음을 암시한다.

일요일마다 교회에 나가야 하고 마침내는 나지막하고 푸른 무덤 가운데 무명으로 묻힐 운명을 타고난 불쌍한 사람들에 대해 (아침 예배시간에 느꼈던 것처럼) 숭고한 동정심을 느꼈다. 나는 가까운 시일 내에 그들을 위해 뭔가를 해주겠노라고 마음속으로 기약하고, 마을 사람들 모두에게 구운 쇠고기와 자두 푸딩과 맥주 1파인트, 그리고 내 겸손 1갤런[1]으로 된 만찬을 대접하는 대략적인 계획을 세워보았다.

예전에 저 무덤들 사이로 절룩절룩 걸어가던 그 탈옥수와 맺었던 관계를 생각할 때 종종 내가 일종의 수치심을 느꼈다면, 이 일요일에 바라본 교회 묘지가 꼭 중죄인의 표식인 쇠고랑을 찬 채 벌벌 떨던 그 비참한 사람을 상기시켰을 때 내 기분은 도대체 어땠겠는가! 나는 그것이 오래전에 생겼던 일이고 그는 필시 멀리 유배되었을 것이며, 그래서 나에겐 죽은 거나 마찬가지고 게다가 그는 실제로 죽었을지도 모른다고 여기며 위안을 삼았다.

낮은 습지대도, 도랑과 수문도, 풀을 뜯고 있는 이 소들도—비록 데데한 방식이나마 한층 더 존경하는 태도를 띠고 있는 것 같고, 이렇게 막대한 유산의 소유자를 가능한 한 오랫동안 쳐다보려고 얼굴을 돌리는 것 같았지만—마지막이로구나. 잘 있거라, 내 어린 시절의 단조로운 친구들아. 이제부터 나는 런던에 가서 크게 될 거다. 평범한 대장간 일이나 너희들과는 어울리지 않는 몸이다! 나는 의기양양하게 옛 포대터까지 간 다음 거기에 누워 미스 해비셤이 나를 에스텔라의 짝으로 염두에 두고 있는

1 영국에서 1갤런은 4.546리터로 8파인트에 해당하고, 1파인트는 0.568리터에 해당한다. 따라서 마을 사람들을 대접함에 있어, 핍은 무한히 겸손한 마음으로 성대하게 모시겠다는 생각을 하고 있었다는 비유적인 표현이다.

지를 생각하다가 잠들어 버렸다.

잠이 깼을 때 나는 조가 옆에 앉아서 담배를 피우고 있는 것을 보고 깜짝 놀랐다. 그는 내가 눈을 뜨자마자 상쾌한 미소로 나를 맞아주며 말했다.

"이게 마지막이려니 해서, 핍, 따라오고 싶었다."

"조, 따라와 줘서 나도 매우 기뻐."

"고맙다, 핍."

"확신해도 좋아, 사랑하는 조," 둘이 악수를 나눈 뒤 나는 말을 이었다. "내가 매형을 절대로 잊지 않을 거란 거 말이야."

"그럼, 그럼, 핍!" 조는 기분 좋은 어조로 말했다. "난 그걸 확신해. 아, 아, 이봐 친구! 가엾기도 해라, 사람이 어떤 상황을 확신하려면, 오직 마음속으로 그것에 익숙해지는 게 필수적이야. 그러나 익숙해지는 데는 시간이 좀 걸리겠지. 변화가 그렇게 별안간에 닥쳤으니 말이야, 그렇잖아?"

웬일인지 나는 조가 나에 대해 그렇게 강하게 확신하고 있는 것이 아주 달갑지만은 않았다. 나는 그가 무심코 감정을 드러내거나, "그거야말로 너에게 명예스런 일이야, 핍"이라고 말하거나, 아니면 그런 비슷한 말을 해주기를 내심으로 바랐다. 그러므로 나는 조의 말 첫머리에 대해서는 아무런 언급도 하지 않았다. 다만 두 번째에 대해서는, 소식이 정말 갑작스럽게 들려오긴 했지만 나는 늘 신사가 되고 싶었으며, 만약 신사가 된다면 무엇을 할지 여러 번 상상해 보곤 했다고 말했을 뿐이다.

"그랬었니?" 조가 말했다. "놀라운걸!"

"이제 유감스런 일이 됐어, 조." 내가 말했다. "우리가 여기서 공부할 때 진도를 좀 더 못 나간 거 말이야, 안 그래?"

"글쎄, 난 잘 모르겠다." 조가 대답했다. "내가 워낙 지독히 둔

하잖아. 나는 오직 내가 하는 일에만 환하지. 내가 이렇게 둔한 건 언제나 애석한 일이었단다. 하지만 지금이 예전—열두 달 전 오늘—에 그랬던 것보다 더 애석한 일은 아니야, 모르겠니?"

내가 말하고자 했던 것은, 내가 소유한 재산으로 조를 위해 뭔가를 해줄 수 있게 되었을 때 만일 그가 신분 상승에 한층 적합한 자격을 갖췄더라면 훨씬 더 어울렸을 거라는 것이었다. 그렇지만 그는 내 말뜻을 전혀 알아듣지 못하고 있어서, 나는 차라리 이것을 비디에게 말하는 것이 낫겠다고 생각했다.

그래서 우리가 집으로 걸어와 차를 마신 뒤 나는 비디를 골목길가에 있는 조그만 우리 집 정원으로 데리고 나가 그녀의 기분을 북돋아 주기 위해 넌지시 내가 그녀를 결코 잊지 않겠다는 말을 던진 다음, 부탁할 게 하나 있다고 말했다.

"그런데 그건 말이야, 비디." 나는 말했다. "기회를 놓치지 말고 조가 좀 나아지게 네가 도와줬으면 하는 거야."

"어떻게 그가 나아지게 도우라는 거니?" 비디는 시선을 내게 고정한 듯 빤히 쳐다보며 물었다.

"글쎄 말이야! 조는 소중하고 선한 사람이야—사실 나는 그가 이 세상에서 가장 소중한 사람이라고 생각해—그런데 그는 몇 가지 점에서는 다소 뒤처지거든. 예를 들면, 비디, 배움이라든가 예절 같은 것에서 말이야."

비록 나는 말하며 비디를 쳐다보고 있었고, 비디는 내가 말할 때 눈을 아주 활짝 뜨고 있긴 했지만 나를 쳐다보지는 않았다.

"오, 그의 예절이라! 그의 예절이 모자라다는 거니, 그럼?" 비디는 검정 까치밥나무 잎을 뜯으며 물었다.

"나의 사랑하는 비디, 여기서야 나무랄 데가 없지만……."

"오! 여기서는 나무랄 데가 없다고?" 비디는 자기 손안의 잎을 열심히 들여다보며 내 말을 가로막았다.

"내 말을 다 들어봐. 하지만 말이야, 내가 재산을 완전히 상속받게 돼서 내 희망대로 조를 더 높은 신분으로 올려놓는다면, 지금 그의 예절이 그에게는 어울리지 않을 거라는 말이지."

"그런데 너는 그도 그걸 안다고 생각지 않니?" 비디가 물었다.

그것은 아주 신경질 나게 하는 질문이었기에(왜냐하면 그런 질문이 나오리라고는 극히 어렴풋하게라도 생각해 본 적이 전혀 없었으니까) 나는 통명스럽게 말했다.

"비디, 그게 무슨 뜻이지?"

비디는 양손으로 비벼서 잎을 산산조각 내고는—그래서 그 이후로 검정 까치밥나무 냄새가 나에게 골목길가 작은 정원에서의 그날 저녁을 생각나게 해주었다—말했다. "너는 그에게도 자존심이 있을 거라고 생각해 본 적이 전혀 없니?"

"자존심?" 나는 경멸적이고 강한 어조로 되물었다.

"오! 자존심에도 여러 가지가 있어." 비디는 나를 빤히 쳐다보고 고개를 저으며 말했다. "자존심이라고 다 같은 것은 아니야……."

"그래서? 왜 말을 멈추는 거니?" 내가 말했다.

"자존심이라고 다 같은 것은 아니라고." 비디는 말을 계속했다. "조는 자신이 충분히 감당할 수 있고 또 훌륭하게 수행하며 존중받고 있는 자리에서 누군가가 억지로 끌어내려고 하면, 그걸 그대로 놔두지 않을지도 몰라. 사실을 말하자면, 난 그가 그렇다고 생각해. 하기야 나보다 네가 그를 훨씬 더 잘 알 테니까 내가 이렇게 말하는 것이 당차게 들리기는 하겠지만."

"그렇다면, 비디." 나는 말했다. "너한테서 이런 점을 보게 되다니 아주 유감이다. 이런 점을 보게 되리라고는 예상치 못했거든.

넌 시샘하는 거야, 비디. 그래서 앙심을 품은 거야. 넌 내가 큰 행운을 잡은 것 때문에 불만스러운 거고, 그걸 숨길 수가 없는 거야."

"만일 네가 그렇게 생각할 만한 배짱이 있다면," 비디가 대꾸했다. "그렇게 말해. 자꾸자꾸 반복해서 그렇게 말해봐, 만일 네게 그렇게 생각할 만한 배짱이라도 있으면 말이야."

"만일 너야말로 정말 그럴 만한 배짱이 있다면, 비디," 나는 고결하고 잘난 체하는 어조로 말했다. "그걸 나한테 떠넘기려고 하지 마. 나는 이런 걸 보게 돼서 아주 유감스러운데, 이건…… 이건 인간 본성의 나쁜 면이야. 나는 진정으로, 내가 떠난 뒤 너한테 어떤 작은 기회라도 생기면 네가 그 기회를 이용해서 사랑하는 조가 향상되도록 해달라고 부탁할 생각이었어. 하지만 이렇게 된 마당이니, 나는 너에게 아무것도 부탁하지 않겠어. 너에게서 이런 점을 보게 되어 지극히 유감스러워, 비디." 나는 되풀이해서 말했다. "이건…… 이건 인간 본성의 나쁜 면이야."

"네가 나를 책망하건 칭찬하건 간에," 가련한 비디가 대답했다. "너는 내가 여기서 내 능력이 미치는 모든 일을 항상 열심히 하리라는 것을 지금과 똑같이 믿어도 돼. 그리고 네가 나에 대해 무슨 생각을 가지고 떠나든 간에, 너에 대한 내 기억은 하나도 달라지지 않을 거야. 그렇지만 신사란 불공평해서는 안 되는 거야." 비디는 딴 데로 고개를 돌리면서 말했다.

나는 또다시 격해져서 이건 인간 본성의 나쁜 면이라고 되풀이해 말하고서(그리고 나는 이 감정을 다른 누군가에게 적용하는 것을 접어뒀지만, 내 생각—인간 본성에는 나쁜 면이 있다는—이 옳다고 여길 만한 이유를 그 이후에 충분히 발견했다) 비디를 떠나 작은 골목길을 걸어 내려가고, 비디는 집으로 들어갔다. 나는 정원 문 밖으로 나가서 저녁 식사 때까지 맥없이 산책했는데, 내 찬란한 행운의 두 번째 밤인 오늘밤도 첫 번째 밤처럼 쓸쓸하고 불만스럽다는 것이 매우 슬프고도 이상하다는 느낌이 또다시 들었다.

그러나 아침이 되자 다시 한번 내 전망은 밝아졌다. 그래서 나는 비디를 관대하게 대해주었고, 우리는 어제의 그 문제를 덮어버렸다. 나는 내가 가진 것 중 가장 좋은 옷을 입고, 가게들이 열렸을 것으로 기대되는 가장 이른 시간에 읍내로 가 양복점 주인인 트랩 씨 앞에 모습을 나타냈다. 그는 가게 뒤의 내실에서 조반을 들고 있었는데, 가게 앞으로 나와서 나를 맞이할 만한 가치가 없다고 생각했는지 나를 안쪽으로 불러들였다.

"아이고!" 트랩 씨는 '어이, 친구, 잘 만났네.' 하는 식으로 말했다. "잘 있었나? 그런데 무슨 일로 왔지?"

트랩 씨는 뜨거운 둥근 롤빵을 깃털 침대처럼 얇게 세 조각으로 잘라놓고는, 그 조각들 사이에 버터를 살짝 발라서 다시 덮고 있었다. 노총각인 그의 사업은 번창하고 있었다. 가게의 열린 창문으로는 무성한 작은 정원과 과수원이 보였다. 그리고 벽난로 옆의 벽에는 으리으리한 철제 금고가 박혀 있었는데, 나는 그 금고 속에 그의 사업이 번창하여 벌어들인 돈뭉치들이 자루에 담겨 들어 있으리라고 믿어 의심치 않았다.

"트랩 씨." 나는 말했다. "자랑하는 걸로 비칠까 봐 말하기가 거북스럽긴 하지만, 내가 꽤 큰 재산을 물려받게 되었어요."

트랩 씨의 표정에 변화가 스쳤다. 그는 버터를 발라놓은 빵도 잊어버리고 침대 곁에서 일어나 식탁보에 손가락을 닦으며 감탄하듯 외쳤다. "아니, 세상에 그런 일이!"

"나는 런던에 있는 후견인에게 갈 예정이에요." 이렇게 말하고 나는 불쑥 호주머니에서 기니 몇 개를 꺼내서 쳐다보았다. "그래서 나는 그곳에 갈 때 입을 유행에 맞는 신사복이 한 벌 있어야겠습니다. 그 신사복 값을 지불하고 싶은데," 나는 덧붙여 말했다. 그렇지 않으면 그가 그저 신사복을 만드는 시늉만 할지도 모른다는 생각이 들었기 때문이다. "당장 현찰로 말이에요."

"아이고, 손님." 트랩 씨는 공손하게 몸을 굽히며 말했다. 그러고는 두 팔을 벌려 무례하게도 내 양쪽 팔꿈치의 바깥쪽을 잡고서 말했다. "그런 말씀으로 저를 곤란하게 하지 마세요. 감히 축하드려도 될까요? 가게로 좀 들어와 주시겠습니까?"

트랩 씨의 점원은 그 고장 전체에서 가장 무례한 소년이었다. 내가 가게에 들어섰을 때 그는 가게를 쓸고 있었는데, 나한테 빗자루를 쓸어 붙이면서 자신의 일을 즐겼다. 내가 트랩 씨와 함께 내실에서 나와 가게로 들어왔을 때도 그는 여전히 쓸고 있었는데, 그는 되도록 모든 귀퉁이와 장애물에 빗자루를 부딪쳐 대면서, (내가 이해하기로는) 생사를 불문하고 그 어떤 대장장이와도 자신이 대등한 존재임을 표현하려 했다.

"조용히 좀 해라." 트랩 씨는 지극히 엄하게 말했다. "안 그러면 네 머리통을 쳐 떨어뜨리겠다! 좀 앉으시죠, 손님. 자, 이것은," 트랩 씨는 옷감 두루마리 한 뭉치를 꺼내 재단대 위에 물결이 흐르듯 쫙 펼쳐놓고는, 그 밑에다 손을 넣어 옷감의 광택을 보여주면서 말했다. "아주 훌륭한 옷감이랍니다. 손님의 목적에 맞는 걸로 이 옷감을 권하겠습니다, 손님. 왜냐하면 이건 정말로 특상품이니까요. 하지만 다른 것들도 보시죠. 4번 이리 다오, 얘야!" (몹시 엄한 눈초리로 그는 점원에게 말했다. 그 고약한 녀석이 옷감 뭉치로 나를 쓸어버리거나, 아니면 어떤 다른 식으로 친밀함을 드러낼 위험성을 예상하고서.)

트랩 씨는 점원이 4번 옷감을 재단대 위에 갖다놓고 다시 안전한 거리로 물러서고 나서야 비로소 그에게서 엄한 눈초리를 거두었다. 그다음에 그는 점원에게 5번과 8번 옷감을 가져오라고 명령했다. "그리고 여기서 내게 장난칠 생각일랑 하지도 마라." 트랩 씨는 말했다. "안 그러면, 너 꼬마 악당 녀석아, 네 평생 가장 힘든 하루가 되어 단단히 후회하게 될 테니까 말이다."

그런 다음 트랩 씨는 4번 옷감 위로 몸을 굽히고서 일면 공손하고도 자신 있는 태도로, 그것을 여름철의 옷으로는 가벼운 옷감이며 귀족과 명문가 사람들 사이에서 크게 유행하는 옷감이라고 나에게 추천하고, 출중한 동향인(만일 그가 나를 동향인이라고 주장하는 거라면)이 입었다는 것을 생각하면 자기에게 영광이 될 옷감이라고 했다. 그런 뒤 트랩 씨는 점원에게 말했다. "5번과 8번을 가져오고 있는 거냐, 이 건달 녀석아? 아니면 네놈을 이 가게에서 내쫓아 버리고 내가 직접 가져올까?"

나는 트랩 씨가 내린 판단의 도움으로 양복감을 고르고, 치수를 재러 내실로 다시 들어갔다. 왜냐하면 비록 트랩 씨가 내 치수를 이미 알고 있었고 또 전에는 그 치수에 아주 만족했었는데도 불구하고, 그 치수로는 "현 상황에서는 안 맞겠습니다, 손님—전혀 안 맞겠습니다"라고 미안해하듯 말했기 때문이다. 그렇게 해서 트랩 씨는, 마치 나는 땅이고 그는 최고의 측량사라도 되듯이 내실에서 내 치수를 재고 계산했다. 그런데 그가 얼마나 수고를 했던지, 나는 어쩌면 어떤 양복으로도 그의 수고를 보상할 수 없으리라고 느낄 정도였다. 드디어 치수 재기를 마치고 완성된 신사복을 목요일 저녁에 펌블추크 씨 댁으로 보내주기로 약속한 뒤, 그는 내실 자물쇠에 손을 얹은 채 말했다. "저는 압니다, 손님. 대체로 런던 신사분들이 지방 양복점의 고객이 된다는 건 기대할 수 없다는 걸 말이죠. 하지만 같은 고향 사람임을 고려해서 때때로 저에게도 기회를 주신다면 대단히 고맙겠습니다. 안녕히 가십시오, 손님, 대단히 감사합니다……. 문 열어드려라!"

마지막 말은 점원 아이에게 던진 것이었는데, 그는 그 말이 무슨 뜻인지 전혀 모르고 있었다. 그러나 나는 그의 주인이 양손으로 나를 배웅해 줄 때 그가 맥없이 주저앉는 것을 보았다. 그리고 돈의 굉장한 위력을 느낀 나의 결정적인 첫 경험은 그것이 실제로 트랩 씨의 점원의 등에 타격을 가했다는 것이다.

이 잊지 못할 사건이 있은 뒤 나는 모자 가게와 구둣방과 양말 가게에 들렀는데, 장신구를 갖추기 위해 너무나도 많은 직종의 도움을 받아야 했던 허버드 아줌마의 개[1]와 상당히 비슷하다는 느낌이 들었다. 나는 또한 역마차 사무실에 들러 토요일 아침 7시 마차의 자리를 예약해 놓았다. 어디서나 내가 상당한 재산을 물려받게 되었다는 것을 설명할 필요가 없었다. 그러나 내가 그런 취지로 무슨 말을 하면, 언제나 일을 보던 점원이 창문을 통해 읍내 번화가 쪽으로 돌렸던 관심을 거두고 나에게 정신을 집중하는 것이었다. 내가 원하는 것들을 모두 주문한 다음 나는 펌블추크 씨네 가게로 발길을 향했다. 그리고 그 신사의 가게에 접근했을 때 나는 그가 문간에 서 있는 것을 보았다.

그는 매우 초조하게 나를 기다리고 있었다. 일찌감치 이륜 유람마차를 몰고 외출해서 대장간에 들렀다가 내 소식을 들었던 그는 전에 반웰의 비극적 이야기를 읽었던 그 거실에 나를 위한 간단한 식사를 준비해 둔 터였다. 그리고 그는 내 신성한 몸이

1 세라 캐서린 마틴이 지은 『어미 거위: 동요집*Mother Goose: Nursery Rhymes*』(pp. 108-111) 속 동요 「늙은 허버드 아줌마의 개*Old Mother Hubbard's Dog*」에서, 허버드 아줌마는 자기의 개를 단장시키려고 모자 가게, 이발소, 양복점, 구둣방, 양말 가게 등을 돌아다닌다.

지나갈 때 그의 점원에게 "통로에서 비켜라"라고 명령까지 했다.
"나의 친애하는 친구." 조촐한 식탁에 우리 둘만 남게 되자 펌블추크 씨는 내 두 손을 잡고 말했다. "자네의 행운을 축하하네. 당연한 보상이야, 당연한 보상!"
이야기는 곧장 요점에 닿았다. 나는 이것이 그의 생각을 표현하는 현명한 방식이라고 생각했다.
"내가," 씩씩거리며 한동안 내 칭찬을 해댄 후 펌블추크 씨는 말했다. "이런 일을 불러오는 작은 도구 역할을 했다고 생각하니, 자랑스런 보답이 아닐 수 없어."
나는 펌블추크 씨에게 그 점에 대해서는 일체 이야기나 암시를 해서는 안 된다는 것을 기억해 달라고 간청했다.
"나의 친애하는 젊은 친구," 펌블추크 씨는 말했다. "자네를 이렇게 부르도록 허락해 준다면 말이야……."
나는 나직하게 말했다. "물론입니다." 그러자 펌블추크 씨는 또다시 내 양손을 잡고서 자신의 조끼까지 전해질 정도로 몸을 떨었는데, 다소 누그러지긴 했어도 감동의 기색을 띤 것이었다. "나의 친애하는 젊은 친구, 믿어줘, 자네가 없는 동안 조지프가 그 사실을 명심하도록 내가 미력이나마 모든 걸 다 할 테니 말이야, 조지프가—조지프가!" 펌블추크 씨는 동정 어린 탄원조로 말했다. "조지프! 조지프!!!" 이내 그는 머리를 절레절레 흔들고 손가락으로 머리를 두드리며, 조지프의 모자람에 대한 자신의 마음을 표현했다.
"하지만 나의 친애하는 젊은 친구." 펌블추크 씨는 말했다. "자넨 틀림없이 시장하겠지, 틀림없이 몹시 지쳤을 거야. 앉으라고. 여기 보어 식당에서 시켜온 닭고기가 있고, 여기 보어 식당에서 시켜온 소 혓바닥 요리가 있고, 여기 보어 식당에서 시켜온 한

두 가지 작은 요리들도 있으니, 부디 싫어하지 않기를 바라. 그런데," 자리에 앉자마자 다시 일어서면서 펌블추크 씨는 말했다. "내가 지금 바로 눈앞에서 보고 있는 사람이 그의 행복한 유년시절에 내가 함께 놀았던 그 아이란 말인가? 그런데 괜찮겠어, 내가 좀…… **괜찮겠나**, 내가 좀……?"

이 '괜찮겠어, 내가 좀'이란 말은 '나와 악수를 좀 해도 괜찮겠느냐?'는 뜻이었다. 내가 괜찮다고 하자 그는 열렬하게 악수를 하고 나서 다시 자리에 앉았다.

"여기 포도주야." 펌블추크 씨가 말했다. "자, 마시자고, 행운의 여신께 감사를, 그리고 행운의 여신이 언제나 한결같은 판단력으로 행운아를 택해주시기를! 하지만 내가," 펌블추크 씨가 다시 자리에서 일어나며 말했다. "목전에 행운아를 두고—그리고 그를 위해 건배를 들 수 있겠나—다시금 내 기쁨을 표현하지 않을 수가 없어. 괜찮겠어, 내가 좀…… **괜찮겠어**, 내가 좀……?"

내가 그러라고 말하자, 그는 또다시 나와 악수를 하고 잔을 비우고 나서 잔을 거꾸로 뒤집었다. 나도 똑같이 했다. 그런데 만일 포도주를 마시기 전에 내 몸을 거꾸로 뒤집었다고 해도, 술이 그보다 더 곧장 내 머리로 갈 수는 없었을 것이다.

펌블추크 씨는 나에게 간을 끼운 닭 날개 요리와 가장 좋은 소혓바닥 조각을(이제는 더 이상 노상에서 파는 질 나쁜 돼지고기 같은 게 전혀 아니었다) 집어주고, 그 자신에게는 상대적으로 전혀 신경을 쓰지 않았다. "아! 닭고기여, 닭고기여! 자넨 생각지도 못했겠지," 펌블추크 씨는 접시의 닭고기를 돈호법으로 부르며 말했다. "자네가 어린 풋내기였을 때, 자네 앞날에 무엇이 준비되어 있는지를 말이야. 자넨 생각지도 못했겠지, 자네가 이 미천한 지붕 아래에서 이런 사람을 위해 원기회복제가 되어주리라는 것을. 이것을 내 약점이라고 부르고 싶다면 그렇게 부르시게." 펌블추크 씨는 그렇게 말하고 나서 다시 자리에서 일어나 말했다. "하지만 괜찮겠어, 내가 좀? **괜찮겠어**, 내가 좀……?"

이제는 그래도 괜찮다는 형식의 말을 반복할 필요가 없어져서, 그는 즉시 악수를 했다. 내가 쥐고 있는 칼에 상처를 입지 않고 어떻게 그렇게 자주 악수를 했는지 나는 모르겠다.

"그런데 자네의 누나," 그는 잠시 차분하게 식사하다가 다시 말을 이었다. "자네를 손수 기른 영광을 지닌 자네의 누나 말이야! 그런 누나가 더 이상 그 영광을 충분히 이해하지 못하게 된 것을 생각하면 참 불쌍한 형국이야. 괜찮……."

나는 그가 또 나에게 다가오려는 참이라는 걸 알고 그를 막았다.

"누나의 건강을 위해 건배하실까요." 내가 말했다.

"아아!" 펌블추크 씨는 감탄으로 온몸이 아주 흐늘흐늘해진 듯 의자에 기대어 앉으며 소리쳤다. "그것이 바로 사람들을 알아주는 방식이죠, 나리!" (누가 '나리'였는지 나는 모르지만, 그 나리가 분명 나는 아니었고 거기에 제삼자가 있는 것도 아니었다.) "그것이 바로 마음이 고결한 분들을 알아주는 방식이죠, 나리! 언제나 용서하고, 언제나 친절한 것. 바로 그것이죠." 비굴한 펌블추크 씨는 맛도 보지 않은 자신의 술잔을 급히 내려놓고 다시 일어서며 말했다. "보통 사람에게는 같은 것을 되풀이하는 것으로 비치겠지만—**괜찮을까요**, 내가 좀……?"

악수를 한 뒤 그는 다시 자리에 앉아서 누나를 위해 건배를 들었다. "결코 모른 척하지 말자고." 펌블추크 씨는 말했다. "누나의 성격적 결함에 대해서 말이야. 하지만 누나가 좋은 뜻에서 그랬다고 생각하자고."

이때쯤에 나는 그의 얼굴이 빨개지고 있다는 것을 알아채기 시작했다. 한편 나 자신으로 말하자면, 얼굴 전체가 포도주에 흠뻑 젖어서 욱신욱신 쑤시는 느낌이었다.

나는 펌블추크 씨에게 내 새 옷을 그의 집으로 보내달라고 했다고 말했다. 그러자 그는 내가 그렇게 자기를 선택해 준 것을 황홀하게 여겼다. 내가 마을 사람들의 눈에 띄는 것을 피하고 싶은 이유를 언급했더니, 그는 그것을 극구 칭찬했다. 그는 내가 속내를 털어놓을 만한 사람은 자기밖에 없다고 넌지시 말했다. 그런데—요컨대, 과연 그럴까?—그런 뒤 그는 나보고 우리가 아이들처럼 덧셈놀이를 했던 것, 우리가 함께 내 도제 계약을 맺으러 갔었던 일, 그리고 사실상 자기가 언제나 내가 좋아하는 사람이며 특별한 친구였다는 것 등등을 기억하고 있느냐고 다정하게 물어보았다. 만일 내가 그때 마신 술의 열 배를 마셨다고 하더라도 나는 그가 결코 나와 그런 관계에 있지 않았음을 알았을 것이며, 따라서 그런 생각을 마음속 깊이 거부했을 것이다. 하지만 그 모든 것에도 불구하고, 내가 그를 상당히 오해했었으며 그는 사리를 알고 실리적이며 마음씨가 고운 혈기왕성한 인물이라고 확신했던 것이 지금도 생각난다.

차차 그는 나를 아주 크게 신뢰하게 되어, 자신의 사업과 관련하여 내 조언을 구하기까지 했다. 그는 말하기를, 만일 그의 가게가 확장만 된다면 자신의 가게에서 곡물과 종자 거래 방면의 대대적인 합병과 독점의 기회가 있을 것이고, 이런 일은 그 지역에서나 인근의 다른 어떤 지역에서도 없었다고 했다. 그런데 그는 이 큰 행운을 실현시키는 데 유일하게 부족한 것은 '여유 자본'이라고 생각했다. 그저 얼마 안 되는 소규모의 '여유 자본'이 부족할 뿐이며, 이제 그가(펌블추크가) 보기에는 "만일 익명의 동업자를 통해 그 자본이 사업에 투입되기만 하면, 나리, 그 익명의 동업자는 아무 할 일도 없고 그저 자신이 원할 때마다 직접 혹은 대리인을 시켜 가게에 들러서 장부를 살펴보기만 하면— 그리고 1년에 두 번씩 가게에 들러 무려 50퍼센트에 달하는 이익금을 호주머니에 넣어가기만 하면—되는" 것이었다. 그가 보기에는 그것이 기백과 재산을 겸비한 젊은 신사의 사업 진출 통로로서 주목해 볼 만한 가치가 있었다. 그런데 나는 어떻게 생각했더라? 그는 내 의견을 무척 신뢰했는데, 글쎄 나는 어떻게 생각했더라? 나는 내 의견을 이렇게 개진했다. "조금만 기다리시죠!" 이 광대함과 명료함이 어우러진 견해가 그에게 너무나 감동을 줘서, 그는 나와 악수해도 되겠느냐고 더 이상 묻지도 않고 꼭 해야겠다고 말했다. 그리고 그렇게 했다.

우리는 포도주를 다 마셔버렸다. 그리고 펌블추크 씨는 목표에(무슨 목표인지는 모르겠지만) 이를 때까지 조지프를 후원해 주겠다고 거듭거듭 되풀이해서 다짐했으며, 또 나에게 효과적이고 성실한 봉사를(무슨 봉사인지는 모르겠지만) 해주겠다고 다짐하고 다짐했다. 그는 또한 내 생애 처음으로 내게 알려줬는데, 그것도 그가 확실히 놀랍도록 꼭꼭 숨겨온 끝에 털어놓는 비밀로서 자기는 언제나 나에 대해서 이렇게 말했다고 했다. "저 애는 평범한 소년이 아니야. 내 말에 주목하라고. 저 소년의 운명은 보통의 운명이 아닐 거야." 그는 이제 생각해 보니 그것은 희한한 일이라고 눈물 어린 미소를 지으며 말했는데, 나도 그렇다고 말했다. 마침내 나는 밖으로 나왔는데, 햇빛의 작용이 어딘지 모르게 여느 때와 달리 좀 이상하다는 희미한 느낌이 들었고, 길에 주의를 기울이지 않고 걷다 보니 잠결인 듯 어느새 유료도로에 다다라 있었다.

거기서 나는 펌블추크 씨가 나를 부르는 큰 소리에 정신이 번쩍 들었다. 그는 양지바른 먼 길까지 내려와서 나보고 멈추라는 뜻의 몸짓을 하고 있었다. 내가 멈추자 그는 헐떡이며 다가왔다.

"안 돼요, 나의 친애하는 친구여." 말할 만큼 숨을 고르자 그는 말했다. "설령 내가 참을 수 있다 해도 안 돼요. 자네가 내게 상냥한 호의를 한 번 더 베풀어 주지 않았는데, 이 기회를 그냥 보낼 수는 없지—괜찮을까요, 옛 친구이자 행운을 빌어주는 자로서 내가 좀? **괜찮을까요**, 내가 좀?"

우리는 적어도 백 번째 악수를 나눴다. 그리고 그는 한 젊은 마부에게 내 길에서 썩 비켜나라고 굉장히 분개하여 명령했다. 그런 다음 그는 나를 축복해 주고, 내가 구부러진 길모퉁이를 지나갈 때까지 서서 손을 흔들어줬다. 그리고 이내 나는 들판으로 접어들어, 어느 산울타리 밑에서 늘어지게 낮잠을 자고 난 후에야 집으로 발길을 옮겼다.

런던으로 가지고 갈 짐은 별로 없었다. 왜냐하면 얼마 안 되는 짐이나마 나의 새로운 지위에 맞도록 줄였기 때문이다. 그러나 나는 그날 오후부터 짐을 싸기 시작했고, 다음 날 아침 분명 필요할 물건임을 알면서도 마치 한순간도 허비할 수 없다는 착각 속에서 정신없이 가방에 집어넣었다.

그렇게 화요일, 수요일, 그리고 목요일이 지나갔다. 그리고 금요일 아침에 나는 새 옷을 입어보고 또 미스 해비셤을 방문할 겸 펌블추크 씨의 집으로 갔다. 펌블추크 씨는 내가 옷을 입어볼 수 있게 자신의 방을 내주었고, 게다가 이 일을 위해 방을 특별히 깨끗한 수건들로 장식까지 해놓았다. 물론 내 양복은 다소 실망스러웠다. 아마도 옷이 생겨난 이래, 간절히 기다리던 모든 새 옷들은 일단 입어보면 입는 사람의 기대에 조금은 못 미치게 마련인가 보다. 그러나 새 양복을 입고서 반 시간쯤 지나고, 또 펌블추크 씨의 아주 좁은 화장대 거울 앞에서 내 양다리를 보고자 하는 하찮은 노력으로 수도 없이 여러 자세를 취해보고 나니, 양복이 한층 더 잘 맞는 것 같았다. 그날 아침은 16킬로미터 가량 떨어진 인근 읍내에 장이 서는 날이어서 펌블추크 씨는 집에 없었다. 나는 정확히 언제 떠날 것인지 그에게 말해주지 않았고, 그래서 출발하기 전에 그와 다시 악수할 일은 없을 것 같았다. 이 모든 것은 내가 바라는 바 그대로였으므로 나는 새 양복을 차려입고 밖으로 나갔다. 그런데 점원을 지나쳐야 하는 것이 무척이나 부끄러웠으며, 결국 내가 일요일 외출복 차림을 한 조의 모습과 같이 어딘가 어색하고 불리한 입장에 처한 건 아닌가 하는 의구심마저 들었다.

나는 시종 뒷길로만 에둘러 미스 해비셤 댁으로 갔다. 그리고 빳빳하고 긴 장갑 때문에 힘들게 초인종을 눌렀다. 세라 포킷이 대문으로 나왔는데, 너무나 변한 나를 보고 그녀는 정말로 비틀거리며 뒷걸음질 쳤다. 그녀의 호두껍데기 같은 얼굴 또한 갈색에서 푸르고 누런색으로 변했다.

"네가?" 그녀가 말했다. "네가, 이런 세상에나! 무슨 일이지?"

"전 런던으로 갑니다, 미스 포킷." 내가 말했다. "그래서 해비셤 마님께 작별 인사를 드리려고요."

내가 오리라는 것을 몰랐으므로, 그녀는 나를 마당에 놔둔 채 들여보내도 되는지 물어보러 들어갔다. 잠시 후에 그녀는 돌아와서 나를 데리고 올라갔는데, 내내 나를 빤히 쳐다보았다. 미스 해비셤은 목발 지팡이에 의지하고서 길게 펼쳐진 식탁이 있는 방에서 운동을 하고 있었다. 그 방은 옛날처럼 불이 켜져 있었다. 우리가 들어서는 소리에 그녀는 운동을 멈추고 돌아섰다. 그녀는 그때 그 부패한 결혼 케이크와 바로 나란히 있었다.

"가지 마, 세라." 그녀는 말했다. "웬일이니, 핍?"

"저는 런던으로 떠납니다, 해비셤 마님, 내일요." 나는 내가 하는 말에 극도로 조심했다. "그래서 제가 작별 인사를 드려도 친절히 대해주실 거라 생각했습니다."

"참 멋쟁이로구나, 핍." 이렇게 말한 그녀는, 마치 나를 변화시킨 요정대모[1]인 그녀가 나에게 마지막 선물을 주기라도 하는 것처럼 자신의 목발 지팡이를 내 주위로 돌렸다.

"지난번 뵌 후로 저는 꽤 많은 재산을 물려받게 되었습니다, 해비셤 마님." 나는 나직하게 말했다. "그래서 저는 그것에 매우 감사하고 있습니다, 해비셤 마님!"

"옳지, 옳지!" 이렇게 말하며, 그녀는 당황하고 질투하는 세라를 즐겁게 바라보았다. "나는 재거스 씨를 만났었다. 나도 그 얘기를 들었단다, 핍. 그래, 내일 떠난다고?"

"네, 해비셤 마님."

"그리고 어느 부자의 양자가 되었다고?"

"네, 해비셤 마님."

"이름은 모르고?"

"네, 해비셤 마님."

"그리고 재거스 씨가 네 후견인이 되었다지?"

"네, 해비셤 마님."

그녀는 이 질문과 대답들에 아주 흡족해했으며, 세라 포킷의 질투심 강한 실망을 즐기고 있는 게 분명해 보였다. "그래!" 그녀는 말을 이었다. "네 전도가 유망하구나. 바르게 행동해라—그걸

1 흔히 동화 속에서 주인공에게 신비롭고 초자연적인 은혜를 베풀거나 도움을 주는 요정.

누릴 자격이 있도록—그리고 재거스 씨의 지시를 따르거라." 그녀는 나를 쳐다보고, 또 세라를 쳐다보았다. 그런데 세라의 안색은 그것을 지켜보던 미스 해비셤의 얼굴에서 잔인한 미소를 쥐어짰다. "잘 가거라, 핍! 너는 언제나 핍이라는 이름을 간직하는 거야, 너도 알겠지만."

"네, 해비셤 마님."

"잘 가라, 핍!"

그녀는 손을 뻗었다. 그리고 나는 무릎을 꿇고 그 손에 입을 맞췄다. 나는 그녀에게 어떻게 작별 인사를 해야 할지 생각해 보지 않았었으나, 작별할 순간이 닥치니까 자연스럽게 되었다. 그녀는 섬뜩한 눈으로 의기양양하게 세라 포킷을 쳐다보았다. 그리하여 나는 나의 요정대모와 헤어졌는데, 그녀는 양손을 목발 지팡이에 얹고서 희미하게 불이 켜진 방 한가운데 거미줄로 뒤덮인 부패한 결혼 케이크 옆에 서 있었다.

세라 포킷은, 마치 내가 내쫓아야만 하는 유령이라도 되듯이 나를 아래층으로 안내했다. 그녀는 나의 등장을 도저히 봐줄 수가 없었기에 극도로 당황스러워했다. 나는 말했다. "안녕히 계세요, 미스 포킷." 그러나 그녀는 다만 빤히 쳐다보기만 할 뿐, 내가 한 말을 알아들을 정도로 침착하지 못한 것 같았다. 그 집에서 나와 나는 걸음을 재촉하여 펌블추크 씨네 가게로 갔다. 거기서 새 양복을 벗어서 보따리에 싸고, 새 양복 보따리를 들고 헌 옷 차림으로 집으로 돌아왔는데—솔직히 말해서—비록 보따리를 들었지만 마음은 훨씬 편했다.

그토록 느릿느릿 지나갈 것만 같았던 엿새가 빨리도 지나가 사라져 버리고, 이제 내가 떠날 내일이 예측할 수 있는 것보다도 한층 더 확고하게 내 앞에 닥쳐왔다. 엿새 저녁이 닷새, 나흘, 사흘, 이틀로 줄어 들어감에 따라 나는 조와 비디와 함께 지낸 가정생활에 점점 더 감사한 마음을 품게 되었다. 이 마지막 날 저녁에 나는 그들을 기쁘게 해주려고 새 양복을 차려입고 나와서는 취침 시간까지 호사스런 모습으로 앉아 있었다. 이날 저녁 우리는 빠질 수 없는 통닭구이를 곁들인 따끈따끈한 저녁 식사를 하고, 입가심으로 약간의 플립[1]도 마셨다. 기분이 가라앉은 우리는 유쾌한 척 해보기도 했지만 기분이 조금도 좋아지지 않았다.

나는 아침 5시에 작은 여행용 손가방만 들고 마을을 떠날 작정으로, 나 혼자서 걸어가고 싶다고 조에게 말해뒀었다. 유감스럽게도—아주 유감스럽게도—나의 이 같은 의도는, 만일 우리가 함께 역마차 역에 가면 나와 조 사이에 현저한 대비가 이뤄지리라는 의식에서 비롯된 것이었다. 나는 내가 혼자 갈 계획에 이런 의도는 전혀 없다고 스스로를 기만하려 했다. 그러나 이 마지막 날 밤에 내 작은 침실로 올라갔을 때, 그렇다는 것을 인정하지 않을 수 없었으며 다시 내려가서 조에게 아침에 나와 함께 걸어가자고 부탁하고 싶은 충동이 일었다. 나는 그렇게 하지 않았다.

밤새도록 선잠을 자는데, 꿈속에서 마차들은 런던이 아닌 엉뚱한 곳으로 가고 있었고, 마차의 봇줄에는 어떤 때는 개들이, 어떤 때는 고양이들이, 어떤 때는 돼지들이, 어떤 때는 사람들이 매여 있었다. 정작 말들은 전혀 매여 있지 않았다. 터무니없이 연속되는 여행의 실패에 시달린 끝에 날이 새고 새들이 지저귀고 있었다. 그래서 나는 잠자리에서 일어나 옷을 대충 입고 창가에 앉아 마지막으로 밖을 내다보다가 깜빡 잠이 들었다.

1 맥주나 브랜디에 향료, 설탕, 달걀 등을 넣고 달군 쇠막대로 저어 만든 음료.

비디는 내 아침을 마련하기 위해 아주 일찍 일어나 바삐 움직였다. 그래서 비록 내가 창가에서 잠든 지 채 한 시간도 안 되었지만 부엌 불에서 나는 연기 냄새를 맡고서 늦은 오후임에 틀림없다는 끔찍한 생각에 깜짝 놀라 일어섰다. 그러나 그 뒤에도 오랫동안, 그리고 찻잔들이 쨍그랑거리는 소리가 들려오고 준비가 다 된 뒤에도 오랫동안, 내가 아래층으로 내려가는 데는 결심이 필요했다. 결국 나는 2층에 그대로 머문 채 비디가 늦었다고 큰 소리로 나를 부를 때까지, 작은 여행용 손가방을 열어 끈을 풀었다가 가방을 여닫고 다시 끈을 묶는 행동을 반복했다.

아무 맛도 못 느끼고 급히 먹는 아침이었다. 나는 식사를 마치고 일어서며, 마치 방금 생각이 떠오르기라도 한 듯 활기찬 태도로 말했다. "아차! 떠나야 할 시간이 된 것 같네!" 그런 다음 나는 늘 앉는 의자에 앉은 채 웃으며 고개를 끄덕거리고 몸을 흔드는 누나에게 키스를 했다. 그리고 비디에게도 키스를 해주고, 조의 목을 두 팔로 껴안았다. 그리고 나서 나는 작은 여행용 손가방을 집어 들고 걸어 나왔다. 내가 본 그들의 마지막 모습은, 내 뒤에서 실랑이를 벌이는 소리가 들리자마자 내가 뒤를 돌아봤을 때, 내 뒤로 조가 헌 구두 한 짝을 던지고 비디가 다른 한 짝을 던지던 모습이었다.[2] 그래서 나는 걸음을 멈추고 모자를 흔들어줬다. 사랑하는 조도 그의 머리 위로 힘센 오른팔을 흔들어주며 "잘 가게!" 하고 쉰 목소리로 외쳤고, 비디는 앞치마를 얼굴에 가져다 댔다.

떠나가는 일이 상상했던 것보다 한결 쉽다고 생각하면서, 나는 잰걸음으로 걸어갔다. 그리고 나는 번화가의 모든 사람들이

2 사람 뒤에다 헌 신발짝을 던지는 것은 먼 길을 떠나는 사람에게 행운을 빌어주는 영국의 오랜 민간풍습이다.

보는 앞에서라면 역마차 뒤에다 헌 구두짝을 던지도록 놔두는 일은 결코 없었어야 한다고 생각했다. 나는 휘파람을 불었고, 떠나가는 것을 아무렇지도 않게 여겼다. 그러나 마을은 아주 평화롭고 조용했으며, 엷은 안개가 마치 나에게 세상을 보여주려는 듯 장엄하게 걷히고 있었다. 나는 저곳에서 그렇게 천진난만하고 작은 존재로 살아왔었는데 그 너머의 세상은 너무나도 광대하고 불가사의했기에, 순식간에 강한 감정의 북받침과 흐느낌으로 갑자기 눈물이 쏟아졌다. 그것은 마을 끝자락에 있는 손가락 푯말 옆에서의 일이었는데, 나는 거기다 손을 얹고서 말했다.
"안녕, 오, 나의 다정하고 정든 친구야!"

우리가 눈물 흘리는 것을 결코 부끄러워할 필요가 없다는 것은 하느님이 아신다. 왜냐하면 눈물이란 우리의 눈을 멀게 하고 우리의 가슴에 쌓이는 흙먼지 위에 내리는 비이기 때문이다. 울고 나니 기분이 아까보다 한결 나아졌다. 또 나의 배은망덕함을 좀 더 깨닫고 좀 더 미안한 마음이 들었으며, 한결 너그러운 마음이 되었다. 내가 만일 이전에 울었더라면, 그때 내 곁에는 조가 있었을 것이다.

그렇게 눈물을 쏟고, 또 조용히 걷던 도중에 다시 울음이 터져 나온 끝에 내 마음이 아주 차분해져서, 역마차를 타고 마을을 빠져나갈 때는 마차의 말을 바꿀 때 마차에서 내려 집으로 돌아가 하룻밤을 더 보내고 좀 더 나은 이별을 하면 안 될까 하고 아픈 마음으로 깊이 생각해 보기까지 했다. 우리는 마차의 말을 바꿨다. 그런데도 나는 결심을 하지 못하고, 다시 말을 바꿀 때 마차에서 내려 집으로 돌아가는 것도 꽤 실행 가능한 일이라고 여전히 생각하면서 위안으로 삼았다. 그리고 이런 깊은 생각에 잠겨 있는 동안, 길을 따라 우리 쪽으로 걸어오고 있는 어떤 사람을 보고 조와 꼭 닮았다고 상상하고 내 가슴이 심하게 두근거리기도 했다—마치 그가 어쩌면 여기에 와 있을 수도 있다는 듯이!

우리는 마차의 말을 바꾸고, 또다시 바꿨다. 이제는 되돌아가기에는 너무 늦었고 너무 멀리 왔다. 그래서 나는 계속 갔다. 그리고 이젠 안개가 장엄하게 말끔히 걷히고, 세상이 내 앞에 펼쳐져 있었다.

여기까지가 핍의 유산 상속의 첫 번째 단계이다.

20장

우리 읍에서 런던까지는 약 5시간 걸렸다. 내가 승객으로 탄 말 네 필짜리 역마차가 런던의 칩사이드 지구, 우드 가에 있는 크로스 키즈 근처의 교통이 혼잡하게 뒤엉킨 거리에 들어선 것은 정오가 약간 지났을 때였다.

그 당시 우리 영국인들에게는 특히 우리가 모든 것 중에서 최고의 것을 소유하고 있으며, 우리가 최고라는 사실을 의심하는 것은 반역이라는 고정관념이 있었다. 만약 그렇지 않았다면, 나는 런던의 거대함에 질겁한 한편 런던이 꽤 추악하고, 비뚤어지고, 옹색하고, 더럽지 않은가 하고 약간 막연한 의심을 품었을 거라는 생각이 든다.

재거스 씨는 지체 없이 자신의 주소를 나에게 보냈었다. 그의 주소는 리틀 브리튼이었는데, 그는 자기 명함에다 “스미스필드에서 막 나와서 역마차 사무소 바로 근처”라고 써놓았다. 그럼에도 불구하고 기름에 전 큼직한 외투에다가 자기 나이만큼이나 많은 숄을 걸친 것 같은 전세마차 마부는, 마치 80킬로미터나 태우고 갈 것처럼 나를 그의 마차에다 짐짝같이 밀어넣고는 짤랑거리는 접이식 승강 발판으로 가두리를 치듯 둘러쌌다. 내가 기억하기로는 마부가 비바람에 바래고 좀먹어 너덜너덜해진 연녹색 마부대 천으로 장식된 마부석에 올라앉는 것은 매우 시간이 걸리는 일이었다. 이 마차는 훌륭한 마차였는데, 바깥쪽에는 여섯 개의 큰 화관 문양이 달려 있고 뒤쪽에는 몇 명인지는 알 수 없으나 아무튼 많은 하인들이 붙잡고 갈 만한 너덜너덜한 손잡이 같은 것들이 달려 있었으며, 그 밑에는 얼치기 하인들이 따라오려는 유혹을 막기 위한 써레가 붙어 있었다.[1]

내가 마차를 타고 가는 것을 즐길 시간적 여유도 없이, 정말로 마차 안이 밀집 깔린 마당 같기도 하고 넝마 가게 같기도 하다고 생각하며 왜 말의 여물 자루를 마차 안에다 두는지 궁금하게 여기고 있는데, 그때 우리가 곧 멈출 예정인 것처럼 마부가 마부석에서 내려가기 시작하는 것이 보였다. 그리고 우리는 곧 멈췄다. 어느 우중충한 거리의 한 사무소 앞이었는데, 열려 있는 출입문에는 **미스터 재거스**라고 페인트로 쓰여 있었다.

"얼맙니까?" 나는 마부에게 물었다.

마부가 대답했다. "1실링이요. 손님이 더 주고 싶지 않다면 말이죠."

나는 당연히 더 줄 생각이 없다고 말했다.

"그럼 1실링만 내십쇼." 마부가 말했다. "말썽을 일으키고 싶지 않습니다. 난 **그 사람**을 잘 아니까요!" 그는 재거스 씨의 이름을 향해 음침하게 한쪽 눈을 찡긋하며 고개를 설레설레 저었다.

마부가 1실링을 받고 시간이 걸려 마부석에 완전히 올라앉아 떠나갔을 때(그곳을 떠나는 것이 안심되는 모양이었다), 나는 내 조그만 여행용 손가방을 손에 들고 건물 앞의 사무소로 들어가 재거스 씨가 안에 계시냐고 물어봤다.

"안 계십니다." 직원이 대답했다. "지금 법정에 계십니다. 제가

1 비록 지금은 낡은 전세마차 신세지만, 한때는 세도가의 호화로운 마차로 가문의 문장과 하인들을 위한 손잡이가 있고, 뒤에는 하층민들이 따라오지 못하도록 하는 써레 같은 뾰족한 장치가 달려 있었음을 보여준다.

말씀을 건네고 있는 분이 핍 씨이신가요?"

나는 그가 핍 씨에게 말하고 있다는 표시를 했다.

"재거스 소장님께서 본인 방에 들어가서 기다리시라는 말씀을 남겨놓으셨습니다. 재판이 한 건 있어서 얼마나 걸릴지 모른다고 하셨습니다. 하지만 그분의 시간은 귀하기 때문에 필요 이상으로 오래 걸리지 않으리라고 보는 것이 타당합니다."

그렇게 말하면서 직원은 문을 열고 뒤켠에 있는 안쪽 사무실로 나를 안내했다. 여기에는 우단 양복에 승마용 반바지를 입은 애꾸눈 신사 한 사람이 있었는데, 그는 신문을 정독하고 있다가 중단하고서 소매로 코를 닦았다.

"밖에 나가 기다리게, 마이크." 직원이 말했다.

내가 방해가 안 됐기를 바란다고 말하려는 참이었는데, 그때 직원은 내가 본 것 중에서도 가장 무례한 태도로 이 신사를 떠밀어 내고는 그의 털모자를 그의 뒤에 내던진 뒤 나를 혼자 남겨두고 나갔다.

재거스 씨의 방은 천장의 채광창으로만 빛이 들어와서 몹시 음울한 곳이었다. 채광창은 깨진 머리통처럼 괴상망측하게 때워져 있었는데, 일그러져 보이는 인접한 집들은 마치 그 채광창을 통해 나를 들여다보려고 몸을 비틀고 있는 것 같았다. 방 주위에는 내가 보리라고 예상했던 것만큼 그렇게 많은 서류가 있지는 않았다. 하지만 내가 보리라고 예상치도 못했던 몇 가지 이상한 물건들이 주위에 있었다. 이를테면 녹슬고 낡은 권총 한 자루, 칼집에 든 칼 한 자루, 이상하게 생긴 상자와 꾸러미 몇 개, 그리고 선반 위에 있는 기묘하게 붓고 코 주위가 들뜬 무시무시한 얼굴 석고상 두 개 등이었다. 등받이가 높은 재거스 씨 전용 의자는 아주 새까만 말총으로 되어 있었는데, 마치 관처럼 놋쇠

못이 의자 둘레에 줄줄이 박혀 있었다. 그리고 나는 그가 이 의자에 등을 기대고 앉아서 고객들을 향해 집게손가락을 물어뜯는 모습을 보는 상상을 해보았다. 방은 아주 작았으며, 고객들은 벽에 등을 기대는 습관이 있었던 것 같았다. 특히 재거스 씨의 의자 맞은편 벽면은 사람들의 어깨가 자주 닿았는지 번들거렸다. 나는 아까 그 애꾸눈 신사가 나 때문에 애꿎게 쫓겨날 때 벽면에 몸을 직직 스치며 나간 것을 떠올렸다.

나는 재거스 씨 의자의 맞은편에 놓여 있는 고객용 의자에 앉았는데, 곧 그 방의 음울한 분위기에 얼을 빼앗겨 버렸다. 그 직원도 자기 주인이 그런 것처럼, 모든 타인들에게 약점이 될 만한 어떤 것을 알고 있는 듯한 태도를 지니고 있다는 생각이 떠올랐다. 나는 위층에는 직원이 몇 명이나 있는지, 그리고 그들 모두가 저렇게 동료 인간들 위에 군림하려 드는 성향을 가지고 있는지 궁금해졌다. 나는 이 방 여기저기에 널려 있는 온갖 이상한 잡동사니의 내력은 무엇이며, 그리고 어떻게 이곳에 오게 되었는지도 궁금했다. 또 나는 저 부어오른 두 개의 석고상 얼굴이 재거스 씨 가족의 것인지 궁금했고, 그리고 만일 그가 매우 불행하게도 저렇게 흉한 몰골의 친척을 두었다면 왜 그것들을 자기 집 어딘가에 두지 않고서 저런 먼지투성이 선반에 붙박이로 놓아두고 검댕과 파리가 내려앉도록 방치하는 것인지 궁금했다. 물론 나는 런던의 여름날을 겪어본 적이 없어서, 후텁지근하고 나른한 공기와 모든 사물에 두텁게 쌓인 먼지와 잔모래 때문에 내 기분이 짓눌려 있었는지도 모른다. 그러나 나는 재거스 씨의 막힌 방에 앉아 궁금해하며 기다리고 있다가, 재거스 씨의 의자 위 선반에 있는 두 석고상을 도저히 견딜 수가 없어 자리에서 일어나 밖으로 나왔다.

내가 기다리는 동안 밖을 산책하겠다고 직원에게 말하자, 그는 모퉁이를 돌아가면 스미스필드[1]에 접어들게 된다고 알려주었다. 그래서 나는 스미스필드에 들어섰다. 그런데 오물과 비계와 피와 거품으로 온통 더럽혀져 있는 그 창피한 장소가 나에게 들러붙는 것 같았다. 그래서 가능한 한 빨리 그곳을 빠져나가고자 다른 길로 방향을 틀었는데, 거기서 험상궂은 어떤 석조 건물 뒤에서 성바오로 성당의 거대한 검정색 둥근 지붕이 내 앞에 불쑥 나타났다. 어떤 구경꾼이 그 석조 건물은 뉴게이트 교도소라고 말해줬다. 교도소의 담장을 따라 걷다가, 나는 지나가는 마차 소리를 줄이기 위해 차도에 밀짚이 덮여 있는 것을 발견했다. 여기에 더해 독한 술과 맥주 냄새를 짙게 풍기는 많은 사람들이 주위에 서 있는 것을 보고, 나는 재판이 진행 중일 것이라고 미루어 짐작했다.

내가 여기서 주위를 둘러보고 있을 때, 몹시 더럽고 술이 알딸딸하게 취한 재판소 수위가 안으로 들어가서 재판을 한두 건 방청하고 싶지 않느냐고 나에게 물었다. 그는 또 반 크라운[2]이면 가발을 쓰고 법복을 입은 재판장을 잘 볼 수 있는 앞자리를 맡아줄 수 있다고 알려줬다. 그는 마치 밀랍 인형을 소개하듯 그 무시무시한 재판장을 묘사하더니, 곧 할인된 가격 18펜스에 그를 보여주겠다고 제의했다. 내가 약속을 핑계로 제의를 거절하자 그는 친절하게도 나를 법원 마당으로 데리고 가서, 교수대가 보관되는 곳과 죄인들이 공개적으로 채찍질을 당하는 곳을 보

1 당시 런던의 가축시장이 있었던 곳으로 매우 불결하고 지저분한 곳인데, 변호사 사무소 직원이 핍에게 굳이 이곳을 말해주는 것은 아마도 작가가 핍의 런던 입성이 허황된 꿈임을 암시하려는 것이었는지도 모른다.

2 1크라운은 5실링, 즉 60펜스에 해당하는 영국의 은화.

여줬다. 그런 다음 그는 죄수들이 교수형을 받으러 나오는 '채무자의 문'도 보여줬는데, 그는 그 끔찍한 문에 대한 관심을 증대시키기 위해 '죄수들 네 명'이 다음다음 날 아침 8시에 그 문으로 나와서 줄줄이 처형될 것이라고 나에게 일러주었다. 이 이야기는 오싹하도록 싫었고, 런던에 대한 강한 혐오감마저 불러일으켰다. 그 재판장의 주인[3]은(모자부터 목 긴 구두까지, 그리고 다시 그의 손수건까지 포함해서) 곰팡이가 슨 옷을 입고 있었는데, 분명히 원래 자기 옷이 아니라 교수형 집행관에게서 헐값으로 구입한 것이라는 생각이 들자 혐오감이 더 심해졌다. 이런 상황에서 내가 단돈 1실링에 그를 따돌린 것은 잘한 일이라고 생각했다.

나는 사무소에 들러서 재거스 씨가 돌아왔는지 물어보았다. 그런데 그가 아직 돌아오지 않아서, 나는 다시 산책하러 나왔다. 이번에는 리틀 브리튼을 둘러본 다음 방향을 틀어 바살러뮤 클로스로 들어갔다. 그리고 이때 나는 나뿐만이 아니고 다른 사람들도 재거스 씨를 기다리고 있다는 것을 알게 되었다. 바살러뮤 클로스에는 의뭉스런 표정을 한 남자 둘이 어슬렁거리고 있었다. 그리고 그들은 함께 이야기를 나누면서 깊은 생각에 잠겨 포장도로의 갈라진 틈에다가 그들의 발을 맞추듯 걷고 있었는데, 그들이 나를 처음 지나칠 때 그들 중 하나가 다른 사람에게 이렇게 말했다. "그것이 꼭 해야 할 일이라면 재거스는 그걸 해줄 거야." 또 한 모퉁이에는 남자 셋과 여자 둘이 무리지어 서 있었는데, 두 여자들 중 하나는 더러운 숄에 얼굴을 대고 울고 있었고 다른 여자는 자신의 숄을 당겨서 그녀의 어깨를 덮어주며 위

3 주제넘게 호객 행위를 하고 있는 재판소의 술 취한 수위를 비꼬아 일컫는 말.

로의 말을 건네고 있었다. "재거스가 그의 편이야, 어밀리아. 그런데 뭘 더 바랄 수 있겠어?" 내가 클로스에서 어슬렁어슬렁 걷고 있을 때 눈이 붉은 작달막한 유태인이 또 한 사람의 작달막한 유태인을 동반하고 들어오더니, 그에게 무슨 심부름을 시켰다. 심부름꾼이 가고 없는 동안 나는 이 유태인을 주목했다. 그는 매우 흥분을 잘하는 성격인 듯했는데, 가로등 기둥 아래에서 걱정스럽게 급히 왔다 갔다 하면서 격앙된 상태로 이렇게 말했다. "오 재거뜨,[1] 재거뜨, 재거뜨! 딴 사람뜰은 모두 땅한(상한) 고기나 파는 야바위꾼뜰임다, 내게 재거뜨를 보내주세요!" 내 후견인의 인기에 대한 이런 증거들이 나를 깊이 감동시켰고, 그래서 나는 전보다 더욱 감복하고 놀라워했다.

드디어, 내가 바살러뮤 클로스의 철문에서 리틀 브리튼을 내다보고 있노라니 재거스 씨가 내 쪽으로 길을 건너오고 있는 것이 보였다. 기다리고 있던 다른 사람들도 모두 동시에 그를 보았고, 모두들 와락 한꺼번에 그에게 달려갔다. 재거스 씨는 내 어깨에 한 손을 얹고서 아무 말도 없이 나를 자기 곁에서 계속 걷게 하더니, 따라오는 다른 사람들에게 말을 걸었다.

먼저 그는 의뭉스런 두 남자들을 택했다.

"이것 봐요, 나는 당신들한테 아무 할 말이 없습니다." 그들에게 삿대질을 하며 재거스 씨가 말했다. "나는 내가 알고 있는 이상으로 더 알고 싶지 않아요. 결과에 대해 말하자면, 승산이 반반입니다. 처음부터 나는 당신들에게 승산이 반반이라 말했죠. 웨믹에게 돈은 냈습니까?"

"오늘 아침에 돈을 마련했습니다, 변호사님." 둘 중 한 사람이

1 재거스Jaggers의 [s]를 혀가 짧아 [θ]로 발음한 것.

온순하게 말했고, 그동안 다른 사람은 재거스 씨의 안색을 살폈다.

"나는 당신들이 언제 어디서 돈을 마련했는지, 또는 돈을 마련했는지 여부를 묻는 게 전혀 아닙니다. 웨믹이 돈을 받았냐는 거죠."

"예, 선생님." 두 사람이 함께 대답했다.

"아주 잘됐군, 그럼 당신들은 가보세요. 이젠 더 듣고 싶지 않습니다!" 재거스 씨는 그들에게 뒤로 처지라고 손을 흔들며 말했다. "만일 당신들이 나에게 한마디라도 더 하면, 나는 이 사건을 포기할 겁니다."

"저희들이 생각했던 것은요, 재거스 변호사님……." 둘 중 한 사람이 모자를 벗으며 말을 시작했다.

"그게 바로 내가 당신들더러 하지 말라는 것인데." 재거스 씨가 말했다. "**당신들이** 생각을 했다고! 생각이란 건 내가 당신들을 위해 하는 겁니다. 당신들에게는 그것으로 충분하다고요. 당신들이 필요하면 당신들을 어디서 찾아야 하는지 내가 알고 있습니다. 그러니 나를 찾아오지 마세요. 이젠 듣지 않겠습니다. 한마디도 더 듣지 않겠단 말입니다."

재거스 씨가 다시 그들에게 뒤로 물러가라고 손을 흔들 때, 두 남자들은 서로 쳐다보더니 겸손하게 물러나 더 이상 아무 말도 하지 않았다.

"그리고 이제 당신들!" 재거스 씨는 갑자기 걸음을 멈추고 숄을 두른 두 여자들에게 돌아서며 말했다. 같이 있던 세 남자들은 벌써 온순하게 그들로부터 떨어져 있었다. "오! 어밀리아, 맞죠?"

"네, 재거스 변호사님."

"그런데 기억하고 있죠?" 재거스 씨가 대꾸했다. "나 아니었으면 당신은 여기에 있지도 않고 또 있을 수도 없을 거라는 것을 말입니다."

"아 그럼요, 변호사님!" 두 여자가 함께 외쳤다. "주님의 은총을 빕니다, 변호사님. 저흰 그걸 잘 알고 있답니다!"

"그렇다면 왜," 재거스 씨가 말했다. "여기 온 겁니까?"

"우리 빌 때문에요, 변호사님!" 훌쩍이는 여자가 간청했다.

"자, 내 말 들어요!" 재거스 씨가 말했다. "분명히 말해두겠어요. 혹시 당신의 빌이 유능한 사람의 손에 맡겨져 있다는 것을 당신이 모른다고 해도 나는 알고 있어요. 그래서 만일 당신이 여기 와서 당신의 빌 사건으로 성가시게 굴면, 나는 당신의 빌과 당신을 둘 다 본보기로 혼낼 것이고 빌을 내 손가락 사이로 빠져나가게 할 거라고요. 웨믹에게 돈은 냈습니까?"

"아 그럼요, 변호사님! 한 푼도 빼지 않고요."

"아주 잘했군. 그렇다면 당신은 당신이 해야 할 일을 다 한 겁니다. 한마디라도, 단 한 마디라도 더 해보시던가, 그러면 웨믹이 당신 돈을 돌려줄 테니까."

이 무서운 으름장에 두 여자들은 즉시 떨어져 나갔다. 이제는 곧잘 흥분하는 유태인 말고는 아무도 남아 있지 않았는데, 그는 이미 여러 차례나 재거스 씨의 외투자락을 들어 올려 입술에 갖다 대고 있었다.

"나는 이 사람을 모르겠는데!" 재거스 씨는 여전히 가차 없는 태도로 말했다. "이 사람은 뭘 원하는 거야?"

"친해하는 재거뜨 띠(친애하는 재거스 씨). 하브라함 라싸러뜨 친형임다(아브라함 나사로 친형입니다)!"

"그가 누구지?" 재거스 씨가 물었다. "내 외투 좀 놓으라고."

청원자는 외투 끝자락을 놓기 전에 다시 입을 맞춘 뒤 대답했다. "접시 절도 혐의를 바꼬(받고) 있는 하브라함 라싸러뜨임다."

"너무 늦었군." 재거스 씨가 말했다. "나는 이미 저쪽으로 건너 갔는데."

"맙소사, 재거뜨 띠!" 그 흥분 잘하는 사람은 얼굴이 백지장이 되어 외쳤다. "선땡님(선생님)이 하브라함 라싸러뜨의 반대편이란 말뜸(말씀)은 아닐 테죠!"

"나는 반대편입니다." 재거스 씨는 말했다. "그러니 그건 끝난 일이지. 비켜요."

"재거뜨 띠! 아주 잠깐만요! 제 친따톤(친사촌)이 이 뚠간(순간) 웨믹 띠에게 갔뜸다, 무뜬 도껀(무슨 조건)이든 데안(제안)하러 말임다. 재거뜨 띠! 잠깐의 잠깐의 반만요! 만약 선땡님이 제게 돈을 받고 저똑편(저쪽편)으로부터 물러나는 아량을 베풀 수 있으시다면—아모리 노픈 갑띠라도(아무리 높은 값이라도)!—돈은 문제가 안 됨다! 재거뜨 띠! 선땡님!"

내 후견인은 그의 청원자를 지극히 무관심하게 뿌리쳤다. 남겨진 청원자는 마치 포장도로 바닥이 작열이라도 하는 듯 팔딱팔딱 뛰었다. 더 이상의 방해 없이 우리는 앞쪽 사무실에 도착했는데, 거기에는 직원과 털모자에 우단 양복 차림을 한 남자가 있었다.

"여긴 마이크입니다." 직원이 의자에서 내려와 재거스 씨에게 은밀히 다가서며 말했다.

"아아!" 재거스 씨는 그 남자를 돌아보며 말했다. 그런데 그 남자는 마치 종 치는 줄을 잡아당기는 황소[1]처럼 자기 이마 한가운

1 『어미 거위: 동요집』(pp.143-145)에 수록된 영국의 전래 동요 「누가 수컷 울새를 죽였나? *Who Killed Cock Robin?*」에서 죽은 수컷 울새를 위한 조종을 치겠다고 자청한 황소. 자신의 앞머리를 잡아당기는 것은 보통 지체 높은 사람들에게 경의를 표하는 영국의 옛날 관습이다.

데의 머리 타래를 잡아당기고 있었다. "오늘 오후에 자네 증인이 오는 거지. 잘됐겠지?"

"글쎄요, 재거스 씽." 마이크는 체질적인 감기 환자의 목소리로 대답했다. "상당히 고생항 끝엥, 나리, 괜찮은 사람 하나 찾았승죠."

"그 사람이 뭘 증언할 준비는 돼 있나?"

"글쎄요, 재거스 씽." 이번에는 털모자로 콧물을 닦으며 마이크가 말했다. "두루뭉술하게는 다 항 수 있죠."

재거스 씨는 갑자기 몹시 화를 냈다. "아니, 내가 전에도 자네에게 경고했지." 그는 겁먹은 의뢰인에게 집게손가락으로 삿대질을 하면서 말했다. "만일 자네가 여기서 감히 그런 식으로 말하면, 내가 자네에게 본때를 보여주겠다고 말이야. 이 극악무도한 불한당 같으니라고, 어떻게 감히 **나에게** 그렇게 말을 하는 건가?"

의뢰인은 겁먹은 표정이었지만, 자신이 무슨 짓을 했는지 모르는 듯 당황스런 표정이기도 했다.

"이런 멍청이!" 직원은 나지막한 목소리로 말하며, 팔꿈치로 그를 쿡 찔렀다. "이 얼간아! 그런 말을 대놓고 할 필요가 있어?"

"자, 이 어줍은 바보 자식, 한 번 더 마지막으로 묻지." 내 후견인은 매우 엄하게 말했다. "자네가 데리고 온 사람이 무슨 증언을 할 준비가 됐겠지?"

마이크는 마치 내 후견인의 얼굴에서 어떤 교훈이라도 얻으려는 것처럼 그의 얼굴을 지그시 쳐다보더니, 천천히 대답했다. "피고의 됨됨이나 문제의 그날 밤 피고의 곁을 떠나지 않고 밤새도록 함께 있었다고 증언할 껍다."

"자, 신중히 말해. 이 사람은 무슨 일을 하지?"

마이크는 자기 모자를 쳐다보고, 사무실 바닥을 쳐다보고, 사무실 천장을 쳐다보고, 직원을 쳐다보고, 그리고 나까지 쳐다보고 난 후에 소심한 태도로 대답하기 시작했다. "그를 어떻게 보이게 옷을 입혔느냐 하면요……." 그때 내 후견인이 버럭 호통을 쳤다.

"뭐야? 자네 또 그럴 거야, 어?"

("얼간아!" 직원이 또 한 번 그를 쿡 찌르며 덧붙였다.)

다소 난감한 표정으로 주위를 둘러본 후에 표정이 밝아진 마이크가 다시 말을 이었다.

"그는 (그)럴듯한 파이 장수처럼 옷을 입고 있습다. 일종의 과자 장수처럼 말입죠."

"그 사람 여기 있나?" 내 후견인이 물었다.

"모퉁이를 돌아서 어느 집 문간 층계에 앙자(앉아) 있으라고 했는뎁쇼." 마이크가 대답했다.

"그를 데리고 저 창문을 지나가게 해봐, 내가 그를 볼 수 있게 말이야."

내 후견인이 가리킨 창문은 사무소 창문이었다. 우리 세 사람은 모두 창문으로 가서 철망 덧문 뒤에 자리를 잡았다. 이윽고 의뢰인이 짧은 흰 아마포 옷에 종이 모자를 쓰고 있는, 흉악한 몰골의 키가 큰 사람을 데리고 우연인 척하는 태도로 지나가는 것이 보였다. 이 순진한 과자 장수는 전혀 맑은 정신이 아니었으며 한쪽 눈은 점차 낫고 있는 듯 푸르스름한 멍이 들어 있었고 그 위에 분이 발라져 있었다.

"저자에게 당장 그의 증인을 데려가라고 해." 내 후견인은 지극히 혐오스러워하며 직원에게 말했다. "그리고 대체 무슨 뜻으로 저런 놈 같은 작자를 데려왔는지 물어봐."

그런 다음 내 후견인은 자신의 사무실로 나를 데리고 들어갔다. 그리고 그는 선 채로 도시락에 든 샌드위치와 휴대용 작은 병에 든 셰리주로 점심을 먹으면서(그는 자기가 먹고 있는 샌드위치까지도 위협하는 것 같았다), 나를 위해 어떤 계획들을 세워놓았는지 알려주었다. 나는 '바너드 여관'으로 가서, 이미 내가 잠자리로 쓸 침대를 들여다 놓은 포킷 씨의 아들네 방으로 가게 되어 있었다. 나는 월요일까지 포킷 씨의 아들과 함께 머물다가, 월요일에 그와 함께 그의 아버지 댁을 한번 방문하여 그곳이 나와 맞을지 알아보기로 되어 있었다. 또한 내 후견인은 내 용돈이 얼마가 될지를 들려주고 나서—매우 넉넉한 금액이었다—자기 서랍들 중 한 서랍에서 몇몇 상인들의 명함을 꺼내 나에게 건네주었는데, 그들은 내가 온갖 종류의 의복이라든가 내가 합당하게 필요로 할 그 밖의 물건들을 살 때 거래하기로 되어 있는 상인들이었다. "자네는 자네의 신용이 좋다는 걸 알게 될 거야, 핍 군." 내 후견인은 그렇게 말했는데, 그가 셰리주를 급히 마실 때 그의 휴대용 술병에서는 술이 가득 든 술통 같은 냄새가 났다. "하지만 나는 이런 방법으로 자네의 명세서를 점검하고, 또 만일 자네가 빚지는 것을 발견하게 되면 자네를 제지할 수 있을 거야. 물론 자네는 어떻게든 정도正道를 벗어나겠지만, 그건 내 잘못이 아니지."

이런 고무적인 기분에 대해 잠시 숙고해 본 뒤에, 나는 사람을 보내 마차를 불러도 되겠느냐고 재거스 씨에게 물어보았다. 그는 내 목적지가 아주 가까우므로 그럴 필요가 없다고 말했다. 만일 내가 괜찮다면, 웨믹이 나와 함께 걸어가 줄 것이라고 했다.

그때서야 나는 웨믹이 옆 사무실의 그 직원이라는 것을 알았다. 웨믹이 외출하는 동안 그 자리를 대신하도록 종을 울려 위층에서 다른 직원 한 사람이 내려왔고, 나는 내 후견인과 악수를 나눈 뒤 웨믹을 따라 거리로 들어섰다. 우리는 새로운 무리의 사람들이 밖에서 서성거리고 있는 것을 보았다. 그러나 웨믹은 침착하지만 단호하게 말하며 그들 사이를 헤치고 나아갔다. "이래봤자 소용없단 말입니다. 그분은 당신네들 중 누구하고도 한마디도 안 하실 겁니다." 그리고 우리는 곧 거기서 빠져나가 나란히 걸었다.

21장

함께 걸어가면서 나는 웨믹 씨에게 눈을 돌려 햇빛 속에서 그가 어떻게 생겼는지 쳐다보고서, 그가 메마른 사람으로 다소 작은 키에 무표정한 네모난 얼굴을 하고 있고, 그의 얼굴 표정은 날이 무딘 끌로 불완전하게 깎아낸 것 같다는 것을 알게 되었다. 얼굴에는 몇 개의 자국들이 있었는데, 만일 재료가 좀 더 부드럽고 도구가 좀 더 정교했더라면 보조개가 되었을 텐데 실은 그렇지 못하고 그냥 움푹 파인 자국이 된 것들이었다. 코에도 끌을 대어 이런 장식을 만드는 시도를 서너 번이나 했었지만, 그것들을 매끄럽게 다듬으려는 노력 없이 포기해 버린 꼴이었다. 나는 그의 아마포 셔츠가 닳아빠진 상태를 보고 그가 독신이라고 판단했는데, 그는 꽤 여러 차례 사별을 겪은 듯이 보였다. 왜냐하면 그는 적어도 네 개의 추모 반지를 끼고 있는 데다가, 납골단지가 놓인 무덤가에 한 숙녀와 수양버들이 있는 모습이 새겨진 브로치를 달고 있었기 때문이다. 또한 그의 시곗줄에 여러 개의 반지와 인장이 주절주절 달려 있는 것을 보았는데, 마치 작고한 친구들의 유품을 아주 잔뜩 짊어지고 있는 것 같았다. 그의 두 눈은 반짝거렸으며—작고 날카로우며 검은색 눈이었다—쭉 째진 얇은 입술에는 얼룩덜룩 반점이 있었다. 그는 그런 눈과 입술을, 내가 확신하는 바로는 사오십 년 동안 지니고 있었던 것이다.

"그러니까 선생은 전에 런던에 전혀 와본 적이 없으신가요?" 웨믹 씨가 나에게 물었다.

"네." 나는 대답했다.

"**저도** 한때는 여기가 생소했답니다." 웨믹 씨는 말했다. "지금 생각하니 기분이 참 묘하네요!"

"이제는 이곳을 훤히 잘 아시겠죠?"

"아, 그럼요." 웨믹 씨는 말했다. "저는 이곳의 동정을 알죠."

"이곳은 매우 사악한 덴가요?" 나는 알아보기 위해서라기보다는 무슨 말이라도 하기 위해서 물어보았다.

"런던에서는 사기라든가 강도라든가 살인을 당할 수도 있어요. 허나 당신에게 그런 짓을 할 사람들은 어디에나 많은 법이죠."

"사람들 사이에 악감정이 있다면요." 나는 이야기를 조금 부드럽게 하려고 그렇게 말했다.

"아아! 전 악감정에 대해서는 몰라요." 웨믹 씨가 대꾸했다. "악감정 같은 건 많지 않아요. 그런 사람들은 무언가를 얻을 수만 있다면 그런 짓을 하는 겁니다."

"그건 더 고약하군요."

"그렇게 생각하세요?" 웨믹 씨가 대꾸했다. "거의 마찬가지인데요, 제가 보기엔 말이죠."

그는 모자를 머리 뒤쪽으로 눌러쓰고 전방을 똑바로 쳐다보았다. 그러고는 마치 거리에는 자기의 주의를 끌 만한 것이 아무것도 없다는 듯 말없이 걸어갔다. 그의 입은 우체통 투입구처럼 생겨서, 가만히 있어도 자동으로 웃는 표정이었다. 우리가 홀본 힐 꼭대기에 도착해서야 비로소 나는 그게 그저 자동적으로 생기는 표정이지, 그가 전혀 미소를 짓고 있는 게 아니라는 걸

깨달았다.

"매슈 포킷 씨가 어디 사시는지 아세요?" 나는 웨믹 씨에게 물었다.

"예." 그는 그 방향을 향해 고개를 끄덕이며 말했다. "런던 서부 해머스미스랍니다."

"거긴 먼가요?"

"글쎄요! 8킬로미터는 되지요."

"그분을 아시나요?"

"아니, 반대신문을 맡으면 아주 제대로 하시겠군요!" 웨믹 씨는 훌륭하다는 듯한 태도로 나를 바라보며 말했다. "예, 그분을 알죠. 그분을 **알다마다요**!"

이 말을 하는 그의 말투에는 관용 내지 경시의 기미가 있어 나는 다소 우울해졌다. 그래서 나는 그가 이 내용에 어떤 고무적인 말을 더해주지 않을까 해서 계속 곁눈질로 그의 큰 나무토막 같은 얼굴을 쳐다보고 있었다. 바로 그때 그가 바너드 여관에 도착했다고 말했다. 내 우울한 기분은 그 안내에도 불구하고 누그러들지 않았다. 왜냐하면 나는 그 숙박업소가 바너드 씨가 운영하는 호텔로서, 이에 비하면 우리 고장의 블루 보어 호텔은 한낱 선술집에 불과할 것이라고 상상해 왔기 때문이다. 이와는 반대로 나는 그때 바너드가 육체를 이탈한 영혼이거나 허구적 인물이며, 그의 여관은 수고양이들의 동호회 회관으로나 쓸 정도로 고약한 냄새가 나는, 한구석에다 마구잡이로 쑤셔 넣은 초라한 건물들의 더러운 집합체라는 것을 깨달았다.

우리는 쪽문을 통해 이 안식처로 들어가, 입구의 통로를 거쳐서 내겐 평평한 묘지처럼 보이는 작고 네모난 우울한 마당으로 빠져나왔다. 내 생각에 그곳에는 내가 이제껏 본 것 중 가장 음침한 나무들, 가장 음침한 참새들, 가장 음침한 고양이들, 그리고 가장 음침한 집들이(대여섯 채는 돼 보이는) 있는 것 같았다. 각각 분리된 그 집들의 쌍을 이룬 방 창문들은 망가진 덧문과 커튼, 깨진 화분, 금 간 유리창, 먼지가 쌓이고 부식된 곳, 볼품없는 임시 땜질 등등 온갖 단계의 조락한 모습을 보여주는 것 같았다. 한편 비어 있는 방들에서는 '세놓음', '세놓음', '세놓음'이라는 글자들이 내 눈에 띄었는데, 마치 그곳으로 들어오는 가엾은 새 입주자들이 없는 탓에 현재의 거주자들이 차례차례 자살한 뒤 자갈 밑에 부정不淨하게 매장됨으로써 바너드의 영혼이 복수심을 서서히 진정시키고 있는 것 같았다. 곰팡내 나는 상복 같은 검댕과 연기가 바너드의 이 버려진 창조물을 덮어 씌웠고, 이 창조물은 머리에 재를 뿌린 채 한낱 쓰레기 구덩이로서 고행과 굴욕을 겪고 있었다. 여기까지가 내 시야에 들어온 것들이었다. 한편 방치된 지붕과 지하실에서 썩고 있는 마른 부패물과 눅눅한 부패물 그리고 온갖 말없는 부패물들—쥐와 생쥐와 벌레의 부패물에다가 바로 인접해 있는 역마차 마구간의 부패물들까지—이 내 후각을 소심하게 건드리며 신음 소리를 냈다. 마치 이렇게 광고하는 것처럼. "바너드의 혼합 약품을 써보세요."

내가 받은 위대한 유산의 첫 번째 실현이 이토록 불완전했기에, 나는 실망한 표정으로 웨믹 씨를 쳐다보았다. "아아!" 그는 내 표정을 오해하고 말했다. "외진 곳이라서 고향 생각이 나시나 보군요. 저도 그렇네요."

그는 나를 구석으로 이끌고 가서 층계—내가 보기에는 서서히 무너지며 톱밥이 되고 있는 터라 머지않은 어느 날 위층 세입자들이 문밖을 내다보고 아래로 내려갈 방법이 없다는 것을 알게 될 듯한 층계—를 올라가 꼭대기 층의 두 방으로 안내해

줬다. 방문에는 '미스터 포킷 2세'라고 페인트로 쓰여 있었고, 우편함 위에는 '곧 돌아옴'이라는 쪽지가 붙어 있었다.

"그는 당신이 이렇게 빨리 오리라고는 생각지도 못했을 겁니다." 웨믹 씨가 설명했다. "내가 더 이상 필요 없으시겠죠?"

"네, 고맙습니다." 내가 말했다.

"제가 현금을 간수하고 있으니까," 웨믹 씨가 말했다. "우리는 십중팔구 꽤 자주 만나게 될 겁니다. 안녕히 계세요."

"안녕히 가세요."

내가 손을 내밀자, 웨믹 씨는 처음에는 마치 내가 뭔가를 원한다고 생각하는 듯 내 손을 쳐다보기만 했다. 그러더니 그는 나를 쳐다보고 나서 자신의 생각을 바로잡고 말했다.

"아이고 이런! 예, 예. 악수하는 습관이 있으신가 보군요?"

나는 악수하는 것이 필시 런던 식이 아닌 것 같다는 생각에 다소 당황하기는 했으나, 어쨌든 그렇다고 했다.

"저는 악수하는 습관을 깡그리 버렸답니다!" 웨믹 씨가 말했다. "마지막 악수[1] 말고는요. 매우 기쁩니다, 정말이지, 이렇게 알게 되어서 말입니다. 안녕히 계십쇼!"

우리가 악수를 나누고 그가 떠난 뒤, 나는 계단의 창문을 열었다가 까딱하면 목이 잘려나갈 뻔했다. 왜냐하면 창문 줄이 썩어 빠져서 창문이 단두대처럼 내려왔기 때문이다. 그런데 다행스럽게도 창문이 너무나 빨리 내려와서 머리를 밖으로 내밀지도 못했던 터였다. 이렇게 화를 면하고서 나는 딱지 진 먼지가 덕지덕지한 창문을 통해서 여관의 뿌연 풍경을 보는 것으로 만족했다. 그리고 울적한 마음으로 밖을 내다보면서, 런던은 단연코 과대

1 교수형을 당하기 직전의 죄수와 마지막으로 나누는 작별의 악수.

평가를 받고 있다고 혼잣말을 뇌까렸다.

포킷 2세의 '곧'이라는 개념은 내 개념과 달랐다. 왜냐하면 내가 반 시간 동안이나 밖을 내다보며 거의 미칠 지경이 된 채 창문의 먼지 낀 모든 창유리에다가 손가락으로 내 이름을 몇 번씩이나 쓰고 나서야 비로소 계단을 올라오는 발자국 소리가 들려왔기 때문이다. 나와 비슷한 신분의 사회 구성원인 사람이 모자, 머리, 목도리, 조끼, 바지, 목이 긴 구두를 순서대로 보이며 내 앞으로 올라왔다. 그는 양쪽 겨드랑이에 종이 봉지를 하나씩 끼고 또 한 손에는 작은 딸기 바구니 하나를 든 채 숨을 헐떡이고 있었다.

"핍 씨?" 그가 말했다.

"포킷 씨?" 내가 말했다.

"아이고 이런!" 그는 큰 소리로 말했다. "대단히 미안하게 됐습니다만, 당신의 고장에서 정오 역마차가 있다는 걸 알고 있어서, 나는 당신이 그 역마차로 오실 거라고 생각했었죠. 실은 당신을 위해서 나갔었답니다, 뭐 그게 변명이 되지는 않겠지만요. 당신이 시골에서 오시니까 오찬 후에 과일을 좀 들고 싶어 하실 것 같아서, 신선한 것으로 사려고 코벤트 가든 시장[2]까지 갔었거든요."

어떤 이유에서인지 내 두 눈이 머리에서 놀라 튀어나오는 느낌이 들었다. 나는 그의 배려에 두서없는 말로 감사를 표하고, 이게 꿈이려니 하고 생각하기 시작했다.

"아이고 참!" 포킷 2세가 말했다. "이 문이 왜 꼼짝 않지!"

그가 양쪽 겨드랑이에 종이 봉지를 낀 채 문과 씨름하느라 과

2 런던의 중심 지구에 있는 유명한 청과물과 꽃 도매시장.

일이 빠르게 으깨지고 있었기 때문에, 나는 그 종이 봉지들을 들고 있게 해달라고 청했다. 그는 승낙의 미소를 지으며 그것들을 내게 건네주고서, 마치 문이 맹수라도 되듯이 격투를 벌였다. 마침내 문이 갑자기 열리는 바람에 그는 비틀비틀 나에게로 뒷걸음질 쳤고, 나도 덩달아 비틀비틀 뒷걸음질 쳐서 반대편 문에 부딪쳤다. 그리고 우리 둘은 소리 내어 웃었다. 그러나 나는 여전히 놀라 내 두 눈이 머리에서 튀어나올 것만 같았고, 이것이 필시 꿈이려니 하는 느낌이 들었다.

"어서 들어오세요." 포킷 2세가 말했다. "제가 안내해 드릴게요. 여긴 가재도구가 별로 없지만, 당신이 월요일까지는 웬만큼 견디실 수 있으리라고 생각해요. 우리 아버지는 당신이 내일 하루는 자기보다는 나와 함께 보내는 것이 좀 더 즐거울 거고, 또 당신이 런던을 돌아다니고 싶어 할 거라고 생각하셨죠. 당신에게 런던을 구경시켜 드리면 정말 매우 기쁠 겁니다. 우리의 식사에 대해 말씀드리자면, 제 생각으로는 썩 나쁘지 않다고 생각하실 것 같은데요, 왜냐하면 여기 커피하우스에서 시켜올 테니까요. 그리고 (당연히 덧붙여야 할 말씀인데) 그건 당신의 부담이며, 그게 재거스 씨의 지시랍니다. 우리의 숙소에 대해 말씀드리자면, 결코 근사하지는 못합니다. 제가 스스로 벌어먹는 데다가 아버지가 아무것도 주시지 않기 때문이죠. 하기야 냉큼 받지는 말아야 하겠지만요, 아버지가 주시는 게 있다 해도 말이죠. 여기가 우리 거실인데요. 보시다시피 집에서 가져온 의자와 식탁과 깔개 등등 밖에 없어요. 식탁보와 수저와 양념병 따위를 제 것이라고 생각진 마세요, 당신을 위해 커피하우스에서 가져온 것들이니까요. 이게 저의 작은 침실이랍니다. 곰팡내가 좀 나긴 하지만, 바너드 여관이 다 곰팡내가 풍기는데요 뭐. 여기가 당신의 침실입니다. 가구는 임시로 빌려온 것인데, 그런대로 쓰시기에는 괜찮으리라고 믿습니다. 혹시 뭐든지 원하는 게 있으시면 제가 나가서 구해오겠습니다. 다른 방들은 비어 있으니 우리만 있게 될 겁니다. 하지만 아마도 싸울 일은 없을 거예요. 그런데, 아이고 나 좀 봐, 죄송합니다, 과일을 내내 들고 계셨네요. 어서 이 종이 봉지들을 제게 주세요. 정말 부끄럽군요."

내가 포킷 2세를 마주 보고 서서 종이 봉지를 하나둘 그에게 건네주고 있을 때 그의 눈에 내 눈에도 있었을 놀라는 표정이 떠오르더니, 그가 뒷걸음치며 말했다.

"하느님 맙소사, 넌 그때 어슬렁거리던 애잖아!"

"그리고 넌," 나는 말했다. "그 창백한 어린 신사고!"

22장

그 창백한 어린 신사와 나는 바너드 여관에서 서로를 찬찬히 쳐다보며 서 있다가, 둘 다 웃음을 터뜨리고 말았다. "세상에 이게 너라니!" 그가 말했다. "세상에 이게 **너라니!**" 내가 말했다. 그러고 나서 우리는 다시 서로를 찬찬히 쳐다보고, 또다시 껄껄 웃었다. "자!" 그 창백한 어린 신사는 즐거운 기분으로 손을 내밀며 말했다. "그건 이제 다 끝난 일이라고 난 생각해, 그리고 내가 널 그렇게 때려눕혔던 것을 용서해 준다면 그건 아량 있는 처사일 거야."

이 말에 나는 허버트 포킷(허버트는 이 창백한 어린 신사의 이름이었다) 군이 여전히 자신의 의도와 실제 행동을 다소 혼동하고 있다고 추론했다.[1] 그러나 나는 조심스럽게 대답했고, 우리는 다정하게 악수했다.

"그땐 네가 아직 큰 재산을 물려받지 않았었지?" 허버트 포킷이 물었다.

"그렇지." 나는 대답했다.

"그렇지." 그는 맞장구쳤다. "나도 그 일이 아주 최근에 일어났다고 들었어. **나도** 그 당시 그런 큰 재산을 어느 정도 기대했었지."

1 어렸을 때 미스 해비셤네 집에서 핍을 때려눕히겠다고 먼저 덤빈 것은 허버트였지만, 실제로는 그 반대로 핍이 허버트를 때려눕혔기에 하는 말.

"정말이야?"

"그래. 미스 해비셤이 나를 불렀었거든. 내가 마음에 드는지 알아보려고 말이야. 그런데 그녀는 그럴 수 없었지. 어쨌든 그녀는 나를 좋아하지 않았어."

나는 그 말을 들으니 놀랍다고 말해주는 것이 예의 바른 일이라고 생각했다.

"고약한 취향이지." 허버트는 웃으며 말했다. "하지만 사실이야. 그래, 그녀는 나를 시험 삼아 한번 오라고 불렀었던 거야. 내가 만일 그 시험을 성공적으로 통과했더라면 아마 나는 재산을 물려받았을 거고, 또 어쩌면 나는 소위 에스텔라와 그런 사이가 되었겠지."

"그런 사이라니?" 나는 갑자기 정색을 하고 물었다.

그는 나와 이야기하는 동안 과일을 접시에 정리하고 있었는데, 이 때문에 그의 주의력이 분산되어 방금 같은 말실수를 저지르게 한 것이었다. "약혼했을 거라고." 그는 여전히 과일을 바삐 정리하면서 설명했다. "결혼 약속하는 거. 혼인 약속하는 거.[2] 뭔가 그런 이름이 붙는 거. 그런 유의 무슨 말 있잖아."

"넌 그 실망을 어떻게 견뎠어?" 내가 물어보았다.

"흥!" 그가 대답했다. "난 별로 개의치 않았어. 그녀는 표독스런 여자야."

"미스 해비셤이?"

"아니라고 말하지는 않겠지만, 내가 말한 건 에스텔라야. 그 여자애는 극도로 무정하고 건방지고 변덕스러운 데다가, 미스 해비셤에 의해 모든 남성들에게 복수하도록 길러졌지."

2 원문에서는 "affianced", "betrothed", "engaged"라고 각기 다른 말로 표현되어 있으나 우리말로는 "약혼(한)"이라고 번역된다.

"그 애와 미스 해비셤은 무슨 관계인데?"

"아무 관계도 없어." 그가 말했다. "입양됐을 뿐이지."

"왜 걔가 모든 남성들에게 복수해야 하는 건데? 무슨 복수인데?"

"맙소사, 핍!" 그가 말했다. "넌 전혀 모르는 거야?"

"몰라." 내가 말했다.

"아, 이런! 얘기하자면 아주 길어. 그러니 식사 때까지 미뤄두자고. 그러면 이제 나도 실례를 무릅쓰고 너에게 한 가지 묻겠어. 그날 어떻게 거기에 왔었지?"

나는 그에게 털어놓고 얘기했다. 그리고 그는 내가 이야기를 끝마칠 때까지 주의 깊게 듣더니, 또다시 껄껄 웃으며 나에게 혹시 나중에 아프지는 않았느냐고 물었다. 나는 혹시 **그가** 아프지 않았느냐고 묻지 않았는데, 그건 그 점에 대해서 내가 아주 확신했기 때문이다.

"재거스 씨가 네 후견인이라지?" 그는 말을 계속했다.

"맞아."

"넌 그가 미스 해비셤의 실무 관리인 겸 변호사이며, 아무도 받지 못하는 그녀의 신뢰를 받고 있다는 사실을 알고 있어?"

이 말은 (내가 느끼기에는) 나를 위험한 입장으로 몰아가고 있었다.[1] 나는 거북한 마음을 하나도 숨기려 하지 않고, 우리가 결투하던 바로 그날 미스 해비셤의 저택에서 재거스 씨를 만났었지만 다른 때는 한 번도 만난 적이 없으며, 그는 그곳에서 나를 보았던 기억조차 전혀 없을 거라고 대답했다.

1 핍은 자신에게 큰 유산을 물려준 것이 미스 해비셤일지도 모른다고 생각하고 있기 때문에, 혹시 허버트와 대화하는 중에 후원자를 비밀에 부친다는 약속을 어기고 그 이름을 밝혀야 할 위험에 처할까 봐 염려하고 있다.

"그는 매우 자상하게도 우리 아버지를 자네의 개인 교사로 추천해 주고, 또 우리 아버지를 방문해서 그걸 직접 제안했어. 물론 그는 미스 해비셤과의 관계를 통해서 아버지에 대해 알게 되었고 말이야. 우리 아버지는 미스 해비셤과 사촌지간이시거든. 그렇다고 그게 두 분 사이에 친밀한 왕래가 있다는 뜻은 아니야. 왜냐하면, 아버지는 아첨꾼이 아니라서 그녀의 비위를 맞추려고 하지 않으시니까."

허버트 포킷에게는 무척 마음을 끄는 솔직하고 너그러운 태도가 있었다. 모든 표정과 어조에서 천성적으로 그 어떤 은밀하고 비열한 짓도 할 수 없는 성품이라는 인상을 그보다 더 강하게 풍기는 사람을 나는 그때까지 결코 본 적이 없었고, 그리고 그 이후에도 결코 본 적이 없다. 그의 전반적인 태도에는 뭔가 놀라우리만큼 희망찬 기운이 있었고, 또 동시에 그가 결코 크게 성공하거나 큰 부자가 되지는 못할 것이라고 내게 속삭여 주는 뭔가가 있었다. 왜 이런 생각이 들었는지 나는 모른다. 우리가 저녁 식사를 하기 전에 처음 그를 만났을 때부터 그런 생각이 들기 시작했는데, 어째서인지 나로서는 도저히 분명하게 설명할 수가 없다.

그는 아직도 창백한 어린 신사였다. 그런데 그에게 한창 활기차고 활발한 기운이 있기는 해도, 어딘지 모르게 타고난 체력이 없음을 보여주는 듯한 풀 죽은 무기력의 기미를 띠고 있었다. 그의 얼굴이 잘생긴 건 아니었지만, 잘생긴 것보다 더 나았다. 더할 나위 없이 상냥하고 기분 좋은 얼굴이었으니까. 그의 체격은 내가 주먹으로 그토록 무람없이 다뤘던 그 시절처럼 별로 볼품은 없었으나, 마치 언제나 가볍고 어릴 것같이 보였다. 트랩 씨의 시골 솜씨로 만든 내 양복이 나보다는 그에게 더욱 우아하게 어울렸을지 여부는 의문의 여지가 있다. 그러나 그가 다소 낡은 옷을 입고 있어도 내가 새 양복을 입고 있는 것보다 훨씬 더 멋졌다는 것을 나는 알고 있다.

그가 매우 수다스러웠기에, 내 쪽에서 말수가 적으면 우리 나이에 어울리지 않는 반응일 거라고 생각했다. 그런 까닭에 나는 자질구레한 내 얘기를 그에게 들려주고서, 나의 후원자가 누구인지 캐묻는 것은 나에게 금지되어 있노라고 강조했다. 더 나아가 내가 시골에서 대장장이로 자랐기 때문에 공손한 예법에 대해서는 거의 알지 못하니, 혹시라도 내가 쩔쩔매거나 정도를 벗어나는 것을 보면 언제라도 그가 넌지시 알려준다면 아주 고맙겠다고 덧붙였다.

"기꺼이 그러지." 그는 말했다. "하기야 너에겐 넌지시 알려줘야 할 필요가 거의 없으리라고 감히 예언하지만. 아마도 우리는 자주 함께 있을 거야, 그래서 나는 우리 사이에 어떤 불필요한 격식도 걷어치웠으면 해. 당장 나를 내 세례명인 허버트라고 불러주면 좋겠는데, 그래줄 수 있겠어?"

나는 그에게 고맙다고, 그러겠다고 말했다. 나 역시 그에게 내 세례명은 필립이라고 알려주었다.

"필립은 마음에 안 든다." 그가 미소를 지으며 말했다. "왜냐하면 철자 교본에 나오는 우화의 소년 같은 이름이라서. 게을러 터져서 연못에 빠져버리거나, 살이 뒤룩뒤룩 쪄서 제 눈으로 앞을 볼 수도 없거나, 너무나 탐욕스런 나머지 자기 케이크를 꼭꼭 숨겨뒀다가 생쥐들에게 먹히거나, 너무나 고집스럽게 새둥지를 뒤지러 갔다가 바로 인근에 사는 곰에게 잡혀먹는 신세가 되고 마는 그런 소년 말이야. 내가 좋아하는 이름이 뭔지 말해줄게. 우리는 매우 정다운 사이고, 너는 대장장이였으니까……, 근데 네가 꺼리지 않을까?"

"네가 제안하는 것이라면 나는 뭐든지 괜찮아." 나는 대답했다. "그런데 네 말을 못 알아듣겠다."

"친근한 이름으로 헨델[1]이라고 부르면 어떨까? 헨델이 작곡한 아름다운 곡 중에 「정다운 대장장이*Harmonious Blacksmith*」가 있거든."

"그 이름 참 좋다."

"그렇다면, 나의 친애하는 헨델," 그는 문을 열고 곧바로 말했다. "여기 식사가 준비되어 있는데, 나는 네가 상석에 앉아주기를 부탁해야겠다. 이 식사는 네가 제공하는 것이니까 말이야."

나는 부탁을 들어주지 않았다. 그래서 그가 상석에 앉고, 나는 그를 마주하고 앉았다. 간단하고 근사한 오찬이었다—그 당시 나에게는 바로 런던 시장市長이 베푸는 연회처럼 보였다—게다가 곁에 어른들이 하나도 없이, 그것도 런던의 한복판에서, 그렇게 자유로운 상황에서 식사를 하니 덤으로 밥맛이 더 좋았다. 이런 분위기와 맛은 다시 이 연회를 차려놓은 어떤 집시풍의 분위기로 인해 고조되었다. 왜냐하면 식탁은, 펌블추크 씨가 했음직한 말마따나 온갖 사치를 다 부린—커피하우스에서 가져온 것들로 완전히 갖춰져 있었으므로—것임에 반하여, 거실의 주변 부분은 상대적으로 황량하고 임시로 때운 티가 났기 때문이다. 이런 상황 때문에 식사를 들고 온 웨이터는 엉뚱한 곳에 물건을 놓았는데, 그는 그릇 뚜껑들을 거실 바닥에(그는 나중에 이 뚜껑들 위에 넘어졌다), 녹은 버터는 안락의자에, 빵은 책꽂이에, 치즈는 실내용 석탄통에, 그리고 삶은 닭고기는 옆방 내 침대에 놓았다. 잠자러 방에 들어갔을 때 나는 닭고기에 곁들인 많은 양의

1 독일 태생의 수상음악 작곡가로, 영국에 귀화하여 엘리자베스 왕실의 궁정음악가가 되었다.

파슬리와 버터가 침대 위에 엉긴 상태로 있는 것을 발견했다. 이 모든 것이 연회를 즐겁게 해주었으며, 웨이터가 돌아가고 나를 지켜보는 사람이 없어지자 내 기쁨은 아주 순수해졌다.

식사가 약간 진행되었을 때 나는 허버트에게 미스 해비셤에 대해 이야기해 주기로 한 그의 약속을 환기시켰다.

"맞다." 그는 대답했다. "당장 약속을 지킬게. 그런데, 헨델, 본론에 들어가기 전에 한 가지 말해줄 것이 있는데, 런던에서는 칼을 입에 넣지 않는 것이 관례야, 사고가 날까 봐서지. 그리고 그런 용도로는 포크가 있긴 한데, 그것도 필요 이상으로 입에 깊이 넣지는 않아. 언급할 가치는 거의 없지만, 그저 다른 사람들이 하는 대로 하면 좋으니까 뭐. 또 숟가락은 일반적으로 손을 엎어서 잡지 않고 아래에서 받쳐 잡지. 여기에는 두 가지 이점이 있어. 입으로 음식을 좀 더 쉽게 가져갈 수 있고(이것이 결국 숟가락을 쓰는 목적이지), 또 굴을 까먹을 때 오른쪽 팔꿈치에 가는 부담을 크게 덜어줘."

그가 이 안성맞춤의 조언들을 매우 활기찬 태도로 건넨 덕분에, 우리는 둘 다 껄껄 웃었고 나는 거의 얼굴을 붉히지 않았다.

"자." 그는 말을 이었다. "미스 해비셤에 관한 이야기로 넘어가자. 미스 해비셤은, 네가 꼭 알아둬야 하는데, 원래 응석받이 아이였대. 어머니는 그녀가 젖먹이일 때 죽고, 아버지는 그녀에게 뭐든지 오냐오냐해 줬다지. 그녀의 아버지는 네가 살던 고장의 시골 신사로 양조업자였어. 나는 양조업자가 되는 것이 왜 훌륭한 일인지 모르겠어. 하지만 점잔을 떨면서 빵을 구울 수는 없는 반면에, 어느 누구보다도 점잔을 떨면서 양조는 할 수 있다는 건 논의의 여지가 없는 일이야. 그런 일은 매일같이 볼 수 있지."

"그렇지만 신사가 술집을 경영할 수는 없어, 그렇지?" 내가 말했다.

"절대로 안 되지." 허버트가 대답했다. "하지만 술집이 신사를 먹여 살릴 수는 있지. 아무튼 말이야! 해비셤 씨는 아주 부자면서 매우 자존심이 강했대. 그의 딸도 그랬지."

"미스 해비셤은 무남독녀였어?" 나는 뜬금없이 물었다.

"잠깐 기다려, 그 이야기를 하려는 참이야. 아니야, 무남독녀가 아니었어. 이복남동생이 하나 있었지. 그녀의 아버지가 비밀리에 재혼을 했거든……. 자기네 요리사랑 말이야. 내 짐작이야."

"그는 자존심이 강했다면서?" 내가 말했다.

"내 좋은 친구 헨델, 그는 자존심이 강했지. 자존심이 강했기 때문에 그는 둘째 부인과 비밀리에 결혼했던 거야. 그런데 시간이 흘러 **그 여자마저도** 죽었대. 그 여자가 죽자, 내가 알기로 그는 처음으로 자기 딸에게 자기가 저지른 일을 털어놓았어. 그러고 나서 그 아들이 가족의 일원이 되어 네가 잘 알고 있는 그 집에서 살았던 거야. 그 아들은 청년으로 성장할수록 방탕하고 돈을 물 쓰듯 낭비하고 불효하는, 그러니까 완전히 못된 사람이 되었대. 마침내 그의 아버지는 아들의 상속권을 박탈하고 말았지만, 그가 죽을 때는 마음이 누그러져서 아들에게 재산을 넉넉하게 남겨줬대, 비록 딸인 미스 해비셤만큼 넉넉하게는 아니었지만 말이야……. 포도주 한 잔 더 들어. 그리고 내가 이런 말 하는 거 용서해라. 대체로 사교계에서는 말이야, 누구라도 술잔 바닥을 뒤집어 올려서 테두리가 코에 닿을 정도로 그렇게 성실하게 잔을 비우기를 기대하지는 않아."

그의 이야기에 지나치게 집중한 나머지 내가 그렇게 술잔을 비우고 있던 모양이었다. 나는 그에게 고맙다고 말하고 사과도 했다. 그는 "천만에"라고 말하고, 다시 말을 이었다.

"미스 해비셤은 이제 상속녀가 되었고, 너도 짐작하다시피 대단한 예비 신붓감으로서 관심을 끌게 되었대. 그녀의 이복남동생은 이제 다시 충분한 재산을 소유했지만, 빚과 새로운 미친 행동거지로 인해 그 재산을 아주 무섭게 또 한 번 거덜 내고 말았어. 이복남매 사이에는 부자지간보다 더 큰 차이들이 있었어. 아버지의 분노를 부추긴 장본인이 누나라고 여긴 그가 그녀에게 깊고 치명적인 원한을 품고 있었다는 의심을 사고 있지. 자, 여기가 이 이야기의 비참한 부분이야……. 단지 잠깐 쉴 겸해서 말하는 건데, 친애하는 헨델, 식사용 냅킨은 컵 속에 집어넣는 게 아니야."

내가 왜 냅킨을 잔에다 틀어 넣으려 하고 있었는지 나도 영 알 수가 없다. 내가 아는 건, 훨씬 더 훌륭한 목적에나 어울릴 법한 참을성을 가지고 냅킨을 그 비좁은 잔 안에 구겨 넣고자 아주 노력하고 있는 내 자신을 발견했다는 것뿐이다. 또다시 나는 그에게 고맙다고 말하고 사과도 했다. 그런데 이번에도 그는 아주 명랑한 태도로 "천만에, 진짜!"라고 말한 뒤 이야기를 계속했다.

"그런 마당에—경마장이랄까, 일반 무도회장이랄까, 아니면 그와 비슷한 어떤 곳이라고 하자—어떤 남자가 등장해서 미스 해비셤에게 구애를 했다는 거야. 나야 그 사람을 본 적도 없어(지금으로부터 25년 전, 헨델, 너와 내가 태어나기도 전에 일어난 일이었으니까). 그렇지만 나는 그가 겉만 번지르르한 사람이자 그러한 목적에 딱 맞는 부류의 인간이었다고 우리 아버지가 말씀하시는 걸 들었어. 그가 무지나 편견이 아니라면 신사로 오해될 만한 사람은 결코 아니었다고도 아주 강력하게 단언하셨지. 아버지의 신념에 따르면 진정한 신사는 마음속에서도 신사여야 하며, 그렇지 않다면 겉으로 아무리 신사처럼 보여도 결코 진짜 신사가 될 수 없기 때문이야. 우리 아버지는 말씀하시기를 어떤 칠도 나뭇결을 감출 수가 없고, 칠을 하면 할수록 나뭇결이 더욱 드러나는 법이래. 그건 그렇다 치고! 이 남자는 미스 해비셤을 바싹 쫓아다니며 그녀를 열렬히 사랑한다고 공언했대. 내가 믿건대 그녀는 그때까지는 감정이 풍부한 사람이 아니었지만, 그가 나타나자 그녀가 가진 모든 감정이 한꺼번에 터져 나와 그를 열정적으로 사랑하게 되었던 거야. 그녀가 그를 완전히 우상시했다는 건 의심할 바가 없어. 그는 그녀의 애정을 아주 조직적으로 이용해서 그녀에게서 거액의 돈을 뜯어냈대. 그리고 그는, 자기가 그녀의 남편이 되면 양조장 일체를 장악하고 관리해야만 한다는 구실로 그녀를 꾀어서 그녀의 이복동생의 양조장 지분을 (그녀의 아버지가 이복동생에게 쥐꼬리만큼 남겨줬던 것인데) 엄청난 값에 매입하게 했다더라. 그 당시 네 후견인은 미스 해비셤의 고문 변호사도 아니었고, 그녀는 너무나 오만한 데다가 사랑에 깊이 빠져서는 어느 누구의 충고도 듣질 않았던 거야. 그녀의 친척들은 가난했고, 우리 아버지를 제외하고는 모두 교활했어. 우리 아버지도 못지않게 가난하긴 하셨지만, 기회주의적이거나 질투심이 강하진 않으셨어. 친척들 가운데 유일하게 자존심이 강한 사람으로서 우리 아버지는 그녀가 이 남자에게 지나치게 많은 것을 해주고 있으며, 또 지나칠 만큼 아무 거리낌도 없이 그의 능력에 그녀 자신을 내맡기고 있다고 경고하셨대. 그녀는 기회가 생긴 즉시 그의 면전에서 우리 아버지한테 화를 내며 자기 집에서 나가라고 호령했고, 그 이후 우리 아버지는 그녀를 보러 가신 적이 없었어."

나는 미스 해비셤이 "매슈도 마침내는 와서 나를 보겠지, 내가 죽어 저 식탁에 누울 때 말이야"라고 말했던 것이 생각났다. 그래서 나는 허버트에게 그녀에 대한 아버지의 감정의 골이 그렇게 깊었느냐고 물어봤다.

"그런 건 아니야." 그는 말했다. "하지만 그녀는 곧 자기 남편이 될 사람 면전에서, 우리 아버지가 자신의 출세를 위해 자기에게 아첨하려니 하고 기대했다가 실망한 나머지 우리 아버지를 책망했던 거야. 그런데 만일 이제 와서 아버지가 그녀를 찾아간다면, 아버지의 경고는 진실로 보이겠지. 그녀에게는 물론 아버지에게조차 말이야. 다시 그 남자 이야기로 돌아가 이야기를 끝낼까. 결혼식 날짜가 정해지고, 결혼 예복들을 사들이고, 신혼여행 계획을 세우고, 결혼식 하객들도 초청했지. 그날이 왔어. 그런데 신랑이 나타나지 않았어. 그가 그녀에게 편지를 보냈는데……."

"그 편지를 그녀가 받았던 거지?" 내가 갑자기 끼어들었다. "그녀가 결혼식을 위해 드레스를 입고 있었을 때 말이야. 9시 20분 전이었지?"

"바로 그 시각이야." 허버트는 고개를 끄덕이며 말했다. "나중에 그녀는 모든 시계들을 그 시각에 정지시켜 놓았어. 그 편지에 뭐라고 쓰여 있었는지는, 그 편지가 아주 비정하게 결혼을 깨뜨렸다는 것 이상으로는 더 말할 수가 없어, 나도 모르니까. 그녀가 심각한 병을 앓고 회복된 뒤 그녀는 너도 보았듯이 온 집안을 황폐하게 내버려두었고, 그 이후 햇빛을 쳐다본 적이 전혀 없었던 거야."

"그게 이야기의 전부야?" 그의 말을 생각해 본 뒤 내가 물었다.

"그게 내가 아는 전부야. 사실 이만큼도 내가 스스로 조각을 짜맞춰서 알고 있을 뿐이야. 왜냐하면 우리 아버지는 언제나 그 이야기를 회피하시고, 또 미스 해비셤이 나를 그 집에 오라고 부를 때조차도 아버지는 내가 절대적으로 꼭 알아둬야 할 사항 이외에는 그것에 관해 아무 말씀도 안 해주셨거든. 그런데 내가 한 가지 깜빡한 게 있네. 그녀가 잘못 믿었던 그 남자는 그녀의 이복동생과 내내 한통속이 되어 행동했고, 이 일은 그들 둘이 공모해서 한 짓이며, 그들이 이익을 나눠먹었다고 다들 추측한다는 것 말이야."

"그가 왜 그녀와 결혼해서 모든 재산을 차지하지 않았는지 이상한데." 내가 말했다.

"그가 이미 결혼했었을 수도 있고, 또 그녀에게 잔인한 굴욕을 주는 것이 이복동생의 계략의 일부였을 수도 있어." 허버트가 말했다. "유념해! 나도 그건 잘 몰라."

"그 두 남자는 어떻게 됐지?" 나는 다시 그 이야기를 생각해 보고 나서 물어봤다.

"그들은 한층 깊은—더 깊은 곳이 있다면 말이지만—수치와 타락에 빠져서 파멸하고 말았어."

"그들은 아직 살아 있는 거야?"

"난 모르지."

"너는 방금 에스텔라가 미스 해비셤의 친척이 아니라 입양됐다고 말했지. 언제 입양된 거야?"

허버트는 손바닥을 보이며 양 어깨를 으쓱했다. "에스텔라라는 아이는 언제나 있었어, 내가 미스 해비셤이라는 여자의 이야기를 들었을 때부터 말이야. 더는 몰라. 그럼 이제, 헨델," 그는, 말하자면 마침내 그 이야기를 떨쳐버리고 말했다. "우린 서로 완전히 터놓고 이해를 공유하는 거다. 미스 해비셤에 대해 내가 아는 모든 것을 너도 아는 거라고."

"그리고 내가 아는 모든 것을," 내가 응수했다. "네가 다 알고."

"난 그걸 전적으로 믿어. 그러니 너와 나 사이엔 어떤 경쟁이나 혼란도 있을 수 없는 거다. 그리고 네 출세 길이 유지될 수 있는 조건—즉 네가 은혜를 입고 있는 사람에 대해서 묻거나 이야기해서는 안 된다는 조건—에 대해서는, 너는 나나 혹은 내게 속한 그 어떤 사람도 그것을 침해하거나 이야기조차 꺼내지 않을 것임을 확신해도 좋아."

실로 그가 이 이야기를 아주 대단히 세심하게 말해줘서, 내가 비록 장차 몇 년이고 몇 년이고 그의 아버지네 지붕 밑에서 산다고 해도 그 문제는 일단락되었다는 느낌이 들었다. 그러나 그는 이 얘기를 대단히 의미심장하게 말했기 때문에, 나는 내가 미스 해비셤이 내 은인이라고 알고 있는 것과 똑같이 그도 완전히 그렇게 알고 있다는 느낌이 들었다.

그 이전까지는 그가 우리 사이에서 그 문제를 깨끗이 매듭지을 목적으로 화제를 이쪽으로 끌고 왔다는 것을 생각지도 못했었다. 그러나 그 문제를 끄집어내어 이야기하고 나니 마음이 너무나 홀가분하고 편안해져서, 나는 그때서야 상황이 이렇게 된 것을 눈치챘다. 우리는 매우 즐겁고 화기애애했다. 그래서 나는 대화 도중에 그가 무슨 일을 하는지 물어봤다. 그는 대답했다. "자본가라고 할 수 있지. 선박 보험업자이기도 하고." 그는 내가 해운업이나 자본의 어떤 흔적을 찾아서 방을 슬쩍 둘러보는 모습을 본 모양이었다. 왜냐하면 "시내 금융가에서"라고 덧붙였기 때문이다.

나는 런던 금융가의 선박 보험업자들은 재산도 있고 중요한 위치에 있을 거라는 거창한 생각을 했었다. 그래서 나는 내가 젊은 보험업자를 때려눕히고, 진취력이 왕성한 그의 눈을 시커멓게 멍들게 하고, 책임감으로 무거운 그의 머리를 찢어놓은 적이 있다는 사실을 떠올리자 약간 두려워졌다. 그러나 또다시, 안심이 되게도, 허버트 포켓이 결코 크게 성공을 하거나 부자는 되지 못하리라는 그 이상한 느낌이 나에게 떠올랐다.

"나는 단지 선박 보험업에 내 자본을 투자하는 것으로만 만족해서 안주하진 않을 거야. 우량 생명보험의 주식도 좀 매수해서 중역으로 참여할 거야. 광산업 쪽으로도 손을 좀 대볼까 해. 이런 일들 중의 어느 것도 내 단독 재산으로 몇천 톤급 선박을 전세 내는 데는 아무런 지장을 주지 않을 거야. 나는 무역을 하러 동인도제도에 갈 생각이야." 그는 의자에 기대앉으면서 말했다. "비단, 숄, 향신료, 염료, 약제, 값나가는 목재 등을 무역하려고 말이야. 흥미로울 거야."

"그럼 이익도 크겠지?" 내가 말했다.

"엄청나지!" 그가 말했다.

내 마음은 다시금 혼란해져서, 여기서 허버트가 나보다 더 큰 재산을 얻는 것은 아닐까 하는 생각이 들기 시작했다.

"나는 무역을 하러 갈 생각이야." 그는 자신의 두 엄지손가락을 조끼 주머니에 넣으며 말했다. "서인도제도로 가서 설탕과 담배 그리고 럼주 등을 무역할 거야. 또 실론[1]에 가서는 특히 상아를 무역할 생각이고."

"상당히 많은 선박이 필요하겠구나." 내가 말했다.

"완벽한 선단 하나는 있어야겠지." 그가 말했다.

이러한 무역 거래의 장대한 규모에 완전히 압도되어, 나는 그가 보험계약을 맺은 선박들이 현재 대개 어디로 교역을 나가 있느냐고 그에게 물었다.

1 인도 동남쪽에 있는 섬나라로 1972년에 스리랑카로 개칭되었다.

"난 아직 선박 보험업을 시작하지도 않았어." 그는 대답했다. "지금은 내 주변을 살펴보고 있는 중이야."

아무래도, 이런 식의 사업 방식이 바너드 여관과 더 어울리는 것 같았다. 나는 (확신에 찬 어조로) 말했다. "아아!"

"그래. 나는 지금 한 회계 사무소에 근무하면서 주변을 살펴보고 있는 중이야."

"회계 사무소는 수익이 있는 곳이니?" 내가 물었다.

"그러니까, 그곳에 다니는 젊은이에게 말이야?" 그는 대답으로 되물었다.

"그래, 너에게 말이야."

"저, 아－아니. 나에게는 아냐." 그는 면밀하게 계산하여 수지를 결산하는 사람과 같은 태도로 이 말을 했다. "직접적으로 수익이 있지는 않아. 좀 더 정확히 말하면, 그곳에서는 나에게 아무런 보수도 지급하지 않아. 그래서 나는, 스스로 생계를 유지해야 해."

이것은 분명히 수익이 있을 형국이 아니었다. 그래서 나는 그런 수입원을 가지고는 많은 자본을 저축해 두는 것이 어려우리라고 암시하듯 고개를 가로저었다.

"하지만 필요한 일은," 허버트 포킷은 말했다. "자신의 주변을 살펴본다는 것이지. **그것이야말로** 중요한 일이거든. 회계 사무소에 있으면서, 알다시피, 주변을 살펴본다는 거지."

내게는 그의 말이 회계 사무소에 있지 않으면, 알다시피, 주변을 살펴볼 수 없다는 야릇한 의미로 들렸지만, 나는 말없이 그의 경험을 그대로 수긍해 줬다.

"그러다가 때가 오는 거야." 허버트는 말했다. "돈벌이가 되는 구멍을 보게 될 때가 말이야. 그러면 그 안으로 들어가 단숨에 덮쳐서 자본을 만드는 거야. 그러면 되는 거야! 일단 자본을 만들기만 하면, 그것을 쓰는 것 말고는 할 일이 없으니까."

이것은 전에 미스 해비셤네 정원에서 우연히 만났을 때 그의 행동 방식과 매우 비슷했다. 아주 비슷했다. 그의 가난을 견뎌내는 태도 또한 그때의 패배를 견뎌내던 태도와 정확하게 일치했다. 내가 보기에 그는 그때 내 공격을 받아들였던 것과 아주 똑같은 태도로 지금도 모든 불행과 타격을 받아들이는 것 같았다. 그의 주위에는 아주 간단한 필수품들 말고는 아무것도 갖춰놓은 것이 없는 게 분명했다. 왜냐하면 내가 주목한 것들 모두가 나를 위해서 커피하우스나 그 밖의 다른 곳에서 들여다 놓은 것으로 판명되었기 때문이다.

어쨌든 그는 자기 마음속으로는 이미 출세를 했는데도 그것에 대해 무척 겸손했다. 그래서 나는 그가 자만을 부리지 않아 아주 고마웠다. 그의 겸손한 태도는 그가 타고 난 다정한 성격에 더해졌고, 우리는 굉장히 사이좋게 지내는 단짝이 되었다. 저녁 때 우리는 거리로 산책을 나갔다가 반값 입장권으로 연극도 관람했다. 그리고 그 이튿날 우리는 웨스트민스터 사원[1]에서 예배를 보고, 오후에는 공원을 거닐었다. 또 나는 저 모든 말들에게 누가 편자를 만들어 신기는지 궁금해하며, 조가 그 일을 하면 참 좋겠다고 생각했다.

대충 계산해 봐도 그 일요일엔 내가 조와 비디를 떠나온 지 이미 여러 달이 된 것만 같았다. 나와 그들 사이에 놓인 거리도 그와 똑같이 늘어나서, 우리 고장의 습지가 참 멀리 떨어진 것만

1 런던의 영국 국회의사당 근처에 있는 성공회 대성당. 국왕의 대관식이나 왕족의 장례식 등 큰 행사가 치러지며, 유명한 시인들을 비롯한 국가적 공훈이 있는 사람들의 묘소가 있다. 디킨스의 유해도 이곳에 안치되어 있다.

같았다. 내가 해진 교회 나들이 옷차림으로 우리 고장의 낡은 교회에 나갈 수 있었던 게 바로 지난 일요일이었다는 사실이, 지리적으로나 사회적으로나, 양력으로나 음력으로나 불가능한 것들의 조합으로 느껴졌다. 그러나 어두컴컴한 저녁에 사람들이 몹시 붐비고 아주 환하게 불이 밝혀진 런던 거리에서는, 내가 고향집의 초라하고 낡은 부엌을 그토록 멀리 두고 온 것을 스스로 책망하는 울적한 마음이 들 때도 있었다. 그리고 한밤중에는 바너드 여관을 지킨다는 구실로 여관 주위를 배회하는 어떤 무능한 협잡꾼 같은 관리인의 발소리가 내 가슴에 공허하게 울렸다.

월요일 아침 9시 15분 전에 허버트가 자신의 출근을 보고하기 위해—또한 내 추측에 자기 주변을 살펴보기 위해—회계 사무소에 나갈 때 나도 그와 동행했다. 그는 한두 시간 후에 나와서 나를 해머스미스까지 안내할 예정이었고, 그래서 나는 부근에서 그를 기다리기로 했다. 내가 보기에는 젊은 보험업자들이 부화되는 알들은, 월요일 아침에 이제 막 사회로 나오는 이 신흥 거인들이 향하는 곳을 보고 판단하건대 마치 타조의 알들처럼 먼지와 열기 속에서 부화되고 있는 것 같았다. 허버트가 돕고 있는 회계 사무소도, 내 눈에는 주변을 살펴보는 데 좋은 전망대처럼 보이지 않았다. 왜냐하면 사무실이 안마당의 뒤쪽 3층에 있었는데 모든 부분들에 때가 덕지덕지한 데다 밖을 내다보는 것이 아니라 다른 뒤쪽 건물의 3층을 들여다보고 있었기 때문이다.

나는 부근을 서성이며 정오가 될 때까지 기다렸다. 그리고 런던 거래소에 가봤는데, 거기에는 선적에 관한 벽보들 아래 털북숭이 남자들이 앉아 있었다. 비록 왜 그들이 모두 침울한지 이해할 수는 없었으나, 나는 그들이 대상大商들일 거라고 여겼다. 허버트가 나왔을 때 우리는 한때 내가 높이 평가했던 유명한 식당으로 점심을 먹으러 갔는데, 지금은 유럽에서 가장 미신적으로 형편없이 잘못 알려진 곳이라고 믿는다. 또 그때조차도 눈에 띄었던 건, 식탁보, 나이프, 그리고 웨이터의 옷에 묻은 소스가 스테이크에 묻은 것보다 훨씬 많다는 점이었다. 점심은 적당한 가격에 해결했는데, 기름기가 가득했음에도 따로 요금이 붙지 않았다는 점을 고려하면 괜찮은 편이었다. 우리는 바너드 여관으로 돌아와 내 작은 여행 가방을 챙긴 다음, 마차를 타고 해머스미스로 향했다. 우리는 그곳에 오후 2, 3시에 도착했는데, 포킷 씨 집까지는 걸어서 아주 가까운 거리였다. 대문의 빗장을 들어 올리고 우리는 강이 바라보이는 조그만 정원으로 곧장 들어섰는데, 포킷 씨의 아이들이 그 주위에서 놀고 있었다. 그리고 내 개인적인 이해관계나 선입견과는 전혀 무관하게 판단하건대, 포킷 씨 부부의 아이들은 성장이나 양육되고 있는 것이 아니라 그냥 뒹굴고 있는 것으로 보였다.

포킷 부인은 나무 밑 정원 의자에 앉아, 또 다른 정원 의자에 두 다리를 걸친 채 독서를 하고 있었다. 그리고 포킷 부인의 두 보모들이 아이들이 놀고 있는 동안 그들 주변을 살폈다. "엄마," 허버트가 말했다. "얘가 핍 군이에요." 이 말에 포킷 부인은 온후하고 기품 있는 모습으로 나를 맞아주었다.

"앨릭 도련님, 제인 아가씨." 보모 중 한 사람이 두 아이들에게 소리를 질렀다. "덤불에 부딪치며 뛰놀다가는 강에 떨어져서 물에 빠질 거예요. 그러면 아빠가 뭐라고 말씀하시겠어요!"

동시에 이 보모는 포킷 부인의 손수건을 집어 들며 말했다. "이걸 떨어뜨리신 게 벌써 여섯 번째이셔요, 마님!" 이 말에 포킷 부인은 소리 내어 웃으며 말했다. "고마워, 플롭슨." 그런 다음 한 의자에만 편히 앉아서 책을 계속 읽었다. 포킷 부인의 얼굴은,

마치 일주일 동안 계속 독서를 해오고 있기라도 한 것처럼 즉시 이맛살을 찡그리며 열중한 표정을 띠었다. 그러나 대여섯 줄을 읽기도 전에 부인은 나에게서 눈을 떼지 않고 쳐다보며 물었다. "네 엄마는 아주 잘 지내시겠지?" 이 뜻밖의 물음에 어찌나 난감했던지 나는 아주 터무니없는 방식으로 대답하기 시작해서, 혹시 내게 그런 분이 계시다면 의심할 바 없이 아주 잘 지내고 계실 것이며, 대단히 감사하게 여기시고 부인께 안부 전해달라고 하셨을 것이라고 말했는데, 바로 그때 보모가 와서 나를 구해주었다.

"아이고!" 보모는 부인의 손수건을 집어 들며 외쳤다. "이번이 일곱 번째이셔요! 오늘 오후엔 왜 이러세요, 마님!" 포킷 부인은 자신의 소유물을 받아들고서 처음엔 마치 그것을 이전에 전혀 본 적이 없는 것처럼 말할 수 없이 놀라는 표정을 짓더니, 다음 순간 그것을 알아보겠다는 웃음을 터뜨리며 "고마워, 플롭슨"이라고 말하고는 나를 잊어버리고 독서를 계속했다.

이제야 아이들을 세어볼 여유가 생긴 나는 뒹굴며 노는 여러 연령층의 어린 포킷들이 적어도 여섯이 있다는 것을 발견했다. 그런데 전체를 다 헤아리기가 무섭게 일곱 번째 아이의 슬프게 울부짖는 소리가 하늘에서 내려오듯 들려왔다.

"아이고, 아기씨 아닌가요!" 플롭슨은 몹시 놀랐다는 표정으로 말했다. "어서 서둘러, 밀러스."

이 집의 다른 보모인 밀러스가 집 안으로 들어갔고, 아기의 울부짖는 소리는 마치 아기가 입안에 뭔가를 넣고 있는 어린 복화술사인 양 차차로 조용해지더니 그쳤다. 포킷 부인은 내내 독서만 하고 있었으며, 나는 그 책이 무엇인지 알고 싶었다.

내 짐작으로 그때 우리는 포킷 씨가 나와주기를 기다리고 있었던 것 같다. 아무튼 우리는 거기서 기다렸다. 그래서 나는 이 집의 남다른 가족 현상을 관찰할 기회를 갖게 되었는데, 아이들 중 어느 누구라도 놀다가 길을 벗어나 포킷 부인 가까이 다가오기만 하면 영락없이 발을 헛디뎌 부인에게 굴러 넘어지고, 그럴 때마다 포킷 부인은 순간적으로 매우 놀랐지만 아이들의 통곡은 한층 오래 지속되는 것이었다. 나는 이런 놀라운 상황을 어떻게 설명해야 할지 몰라 당황스러운 가운데, 그것에 대해 마음속으로 여러 가지 추측을 하지 않을 수 없었다. 그러던 참에 이윽고 밀러스가 아기를 안고 내려와서 플롭슨에게 넘겨주었다. 그리고 플롭슨은 아기를 포킷 부인에게 건네주려고 하다가 그녀 또한 안고 있던 아기와 함께 완전히 포킷 부인에게 곤두박질치는 바람에 허버트와 내가 붙잡아 주었다.

"어머나, 큰일 날 뻔했어, 플롭슨!" 포킷 부인은 잠시 책에서 눈을 떼고 말했다. "모두가 굴러 넘어지고 있네!"

"큰일 날 뻔했어요, 정말, 마님!" 플롭슨이 얼굴이 새빨개져서 대꾸했다. "거기다가 무엇을 두고 계신 거예요?"

"**내가** 여기다 뭘 뒀다고, 플롭슨?" 포킷 부인이 물었다.

"아니, 그건 마님의 발판이 아니셔요!" 플롭슨이 외쳤다. "그리고 그걸 그렇게 치마 밑에 가려두시면, 누가 넘어지지 않을 수 있겠어요? 자! 아기씨 받으셔요, 마님, 그리고 책은 제게 주시고요."

포킷 부인은 충고대로 행동했다. 그리고 아기를 무릎에 앉히더니 서툰 솜씨로 흔들어 얼러주었고, 그러는 동안 다른 아이들은 아기 주위에서 놀았다. 이 상황은 그저 아주 잠시 동안만 지속되었는데, 포킷 부인이 보모들에게 모든 아이들을 데리고 들어가 낮잠을 재우라고 즉석 명령을 내렸기 때문이다. 이렇게 해서 나는 처음 방문한 그날, 어린 포킷들의 양육은 넘어지기와 드러눕기를 번갈아 하는 것으로 이루어져 있다는 두 번째 발견을 했다.

이런 상황에서 플롭슨과 밀러스가 아이들을 어린 양 떼처럼 집 안으로 데리고 들어가고, 집 밖으로 나온 포킷 씨와 내가 인사를 나눴다. 그때 나는 포킷 씨가 다소 당황스런 표정에다가 이미 많이 하얗게 센 머리카락을 어지럽게 흐트러뜨린 신사이며, 마치 어떤 일이든 바로잡을 방법을 전혀 알지 못하는 사람처럼 보였다는 사실에 그다지 크게 놀라지 않았다.

23장

포킷 씨는 나를 만나게 돼서 반갑다고 말하고, 내가 자기를 만난 것을 유감으로 여기지 않기를 바란다고 했다. "왜냐하면, 나는 정말로," 그는 자기 아들과 같은 미소를 띠며 덧붙였다. "놀랄 만한 사람이 아니니까 말이야." 그는 당황스런 표정과 매우 하얗게 센 머리에도 불구하고 젊어 보이는 사람이었고, 그의 거동은 아주 자연스러워 보였다. 내가 자연스럽다는 말을 쓰는 것은 꾸밈이 없다는 뜻에서다. 그의 어수선한 태도에는 어딘지 익살스런 데가 있었는데, 자기 태도가 어처구니없어 보일 만큼 익살스러워질 수 있다는 걸 인식하고 있었기에 그나마 완전히 바보 같아 보이지 않을 뿐이었다. 나와 조금 이야기를 나누고 나서 그는 검고 잘생긴 눈썹을 다소 걱정스레 좁히고는 포킷 부인에게 말했다. "벨린다, 핍 군에게 환영 인사는 했겠지?" 그러자 그녀는 책에서 눈을 떼고 올려다보면서 말했다. "그럼요." 그런 다음 그녀는 정신을 딴 데다 팔고서 나에게 미소를 지으며, 나보고 혹시 오렌지꽃 음료 맛을 좋아하느냐고 물었다. 그 질문은 가깝건 멀건 이전의 대화나 후속의 대화와는 아무런 관계가 없었으므로, 나는 이 말을 아까 그녀가 나를 대했던 것처럼 대화를 잇기 위한 통상의 의례적인 인사말 정도로 간주했다.

내가 몇 시간 안에 알게 된 사실 중 당장 언급해도 괜찮을 것이 있는데, 그것은 포킷 부인이 아주 불의의 사고로 사망한 어떤 훈작의 외동딸이라는 사실이었다. 그런데 이 훈작은 전적으로 어떤 사람—누구인지는 알았다가 잊어버렸는데, 국왕이나 수상이나 대법관이나 캔터베리의 대주교—의 개인적인 동기에서 비롯된 단호한 반대만 없었더라면 자신의 작고한 부친이 준남작이 되었을 것이라는 확신을 스스로 꾸며내고, 완전히 이 허구적인 사실을 권리로 내세워 스스로를 세상의 귀족 반열에 추가했다는 것이다. 내가 믿기로는, 그는 어떤 건물인가 뭔가의 초석을 놓는 행사에서 펜 끝으로 영문법을 난도질한 연설문을 고급 양피지에 큰 글씨로 적어 넣었다는 공로로, 그리고 어느 왕족에게 흙손인가 회반죽을 건네준 공로로 스스로 훈작의 작위를 받았던 모양이다. 그건 그렇다 하더라도 그는 포킷 부인을 당연히 작위가 있는 인물과 결혼할 여자로, 그래서 평민들이나 알 법한 집안일에 대한 지식을 얻지 못하도록 보호받아야 할 여인으로 성장하게끔 그녀의 요람 시절부터 감독했다고 한다.

이 사려 깊은 아버지의 감시와 감독이 어린 숙녀에게 아주 성공적으로 자리 잡아서, 그녀는 장신구와 같은 존재인 동시에 완전히 무력하고 쓸모없는 존재로 성장했던 것이다. 이렇게 행복하게 형성된 성품을 지니고 청춘의 첫 꽃이 필 무렵, 그녀는 포킷 씨를 만났다. 포킷 씨 역시 청춘의 첫 꽃이 필 무렵으로, 양털 방석의 상원의장에 오를지 아니면 주교관을 쓴 성직자가 될지 전혀 결정을 못 한 상태였다. 그가 전자가 되든지 후자가 되든지 하는 것은 다만 시간 문제였을 뿐이므로, 그와 포킷 부인은 세월의 앞머리를(그 길이로 판단하건대, 자르는 것이 필요해 보일 때) 잡고서[1] 그 사려 깊은 아버지 몰래 결혼을 했다. 이 사려 깊은 아

1 '기회를 놓치지 않고 잡다'라는 비유적 표현. 또 '머리를 자르는 것이 필요해 보이다'라는 것은 그만큼 기회가 적절히 성숙된 때를 의미한다.

버지는 딸과 사위에게 지참금으로써 당장 주거나 나중에라도 줄 수 있는 게 축복밖에 없었으므로 잠시 옥신각신한 끝에 그 축복을 넉넉하게 내주었고, 사위 포킷 씨에게는 그의 아내가 "왕자에게 합당한 보물"이라고 일러주었다. 그 이후 포킷 씨는 이 왕자의 보물을 세속의 일에 투자했으나, 그것은 그에게 대수롭지 않은 이익을 가져다준 것으로 추정되었다. 그런데도 포킷 부인은 작위가 있는 사람과 결혼하지 않았기 때문에 대체로 야릇한 유형의 존경스런 동정의 대상이었다. 한편 포킷 씨는 결코 작위를 얻지 못했기 때문에, 야릇한 유형의 관대한 비난을 받았다.

포킷 씨는 나를 집 안으로 데리고 들어가 내 방을 보여주었다. 방은 쾌적했고, 나만의 사적인 거실로도 편안하게 사용할 수 있을 정도로 가구가 갖춰져 있었다. 그런 다음 그는 비슷한 다른 두 방들의 문을 두들기고서 드러믈과 스타톱이라는 이름의 방 주인들을 내게 소개해 주었다. 육중한 체격에 노티가 나는 젊은 남자인 드러믈은 휘파람을 불고 있었다. 나이와 외모 면에서 좀 더 젊은 스타톱은, 마치 너무나 강력한 지식의 충전으로 머리가 폭발할 위험이 있다고 여기는 듯 독서를 하며 머리를 잡고 있었다.

포킷 씨 부부는 마치 누군가에게 완전히 휘둘리고 있는 듯한 분위기를 물씬 풍기고 있어서 나는 누가 이 집의 실소유자로 그들을 거기에 살게 해주는지 궁금했는데, 마침내 나는 이 알려지지 않은 권력자가 바로 하인들이라는 것을 알게 되었다. 아마도 불필요한 수고를 덜어준다는 점에서는 편리할지도 모르지만 경비가 많이 들 것 같았다. 왜냐하면 하인들은 고상한 음식을 먹고 마시는 것, 그리고 아래층에 늘 손님을 불러 모아 떠들썩하게 지내는 게 자신들의 당연한 의무라고 여겼기 때문이다. 그들은 포킷 씨 부부에게 매우 푸짐한 식탁을 제공했다. 그러나 내가 보기에 이 집에서 가장 좋은 식사를 할 수 있는 곳은 단연 부엌이었다—그곳에서 식사하는 사람이 언제나 자기 몸 하나쯤은 지킬 수 있다는 가정 아래에서 말이다. 왜냐하면 내가 그곳에 기거한 지 일주일도 채 안 되어, 포킷 씨 가족과 개인적으로 면식이 없는 한 이웃 부인이 밀러스가 젖먹이를 찰싹찰싹 때리는 것을 보았다는 내용의 쪽지를 써 보낸 일이 있었기 때문이다. 이 일이 포킷 부인을 굉장히 고통스럽게 한 나머지, 그녀는 그 쪽지를 받자마자 왈칵 울음을 터뜨리며 이웃 사람들이 남의 일에 참견하는 것은 참 희한한 일이라고 말했다.

나는 점차 그리고 주로 허버트를 통해서, 포킷 씨가 해로[1]와 케임브리지에서 교육을 받았으며 그곳에서 두드러진 학생이었다는 것을 알게 되었다. 그러나 아주 젊은 나이에 포킷 부인과 결혼하는 행복을 구가하느라, 그가 그의 유망한 장래를 망치고 부잣집 자제들의 개인 교사라는 직업을 택했다는 것도 알게 되었다. 수많은 둔재들을—이들에 대해 주목할 만한 사항은, 이들의 아버지들이 영향력이 있을 때는 항상 포킷 씨가 요직에 발탁되도록 도와주겠다고 약속했지만, 막상 둔재들이 선생을 떠나고 나면 항상 그 약속을 잊어버렸다는 점이다—가르친 뒤에, 그는 그 신통치 않은 일에 진저리가 나서 런던으로 왔다. 여기서 그의 고고한 희망이 점점 허물어진 뒤에는 기회가 없었거나 기회를 놓친 몇몇 학생들의 '가정교사 노릇'을 해주기도 하고, 다른 특별고시 대비생들에게 보습 지도를 해주기도 하고, 그의 학식을 문예물 편집과 교정 업무에 쓰기도 했다. 그래서 얼마간 있는

1 런던 근교 언덕의 해로에 있는 1571년에 설립된 사립학교로, 이튼과 윈체스터와 함께 영국 최고의 명문 사립학교에 속한다.

변변찮은 개인 재산에다 이런 수입을 보태, 내가 목격한 이 집을 아직 꾸려나가고 있었다.

포킷 씨 부부는 아첨쟁이 과부 이웃을 하나 두고 있었다. 어찌나 동정적인 성격이었던지 그녀는 누구에게나 동의하고, 누구에게나 신의 은총을 빌어주고, 상황에 따라 누구에게나 미소를 짓거나 눈물을 흘려주었다. 이 과부의 이름은 코일러 부인이었는데, 나는 이 집에 자리 잡은 날 저녁 식사 때 그녀를 아래층으로 안내하는 영광을 누렸다. 코일러 부인이 계단에서 나에게 일러주기를, 친애하는 포킷 씨가 공부를 도와줄 신사들을 받아야만 하는 궁핍한 처지에 있다는 것이 친애하는 포킷 부인에게는 정신적 타격이라고 했다. 나에게까지 그런 영향이 미치지는 않을 거라고 그녀는 용솟음치는 사랑과 확신을 가지고 내게 말했다(내가 그녀를 안 지 5분도 채 안 된 때였다). 그러고는 그녀는 그 신사들이 모두 나와 같았다면 아주 다른 상황이 됐을 거라고 덧붙였다.

"그런데 친애하는 포킷 부인은," 코일러 부인은 말했다. "일찌감치 실망하고 나서는(그 점에 대해 포킷 씨에게 책임이 있다는 건 아니에요), 아주 많은 사치와 우아함을 요구하는데……."

"네, 부인." 나는 그녀의 말을 막기 위해 말했다. 왜냐하면 나는 그녀가 울음을 터뜨릴까 봐 겁이 났기 때문이다.

"게다가 포킷 부인은 워낙 귀족적인 성품이라서……."

"네, 부인." 나는 아까와 똑같은 목적으로 또다시 말했다.

"……**정말** 힘들 거예요." 코일러 부인은 말했다. "친애하는 포킷 부인의 곁을 떠나, 포킷 씨의 시간과 정성을 다른 데로 돌려야 하는 일 말이에요."

나는 그것보다도, 만일 푸줏간 주인의 시간과 정성이 친애하는 포켓 부인에게서 다른 데로 돌려진다면 그것이 그녀에게는 더욱 견디기 힘든 일일 거라고 생각지 않을 수 없었다. 그러나 나는 아무 말도 하지 않았다. 사실 나는 내 동행에 대한 예절에 소홀함이 없도록 계속 신경 쓰는 데만 온 힘을 기울였다.

나는 칼과 포크, 숟가락, 유리잔, 그리고 자해를 입힐 다른 식사 도구들에 주의를 기울이면서, 포켓 부인과 드러믈 사이에 오가는 대화를 통해 세례명이 벤틀리인 드러믈은 실제로 준남작 작위의 2순위 승계자라는 것을 알게 되었다. 또 나아가 내가 포켓 부인이 정원에서 읽고 있는 것을 보았던 그 책이 온통 작위에 관한 내용이며, 만일 그녀의 조부 이름이 그 책에 올라 있었더라면 그 등재된 정확한 날짜를 그녀가 알리라는 것도 알게 되었다. 드러믈은 말을 많이 하지 않았지만, 자신의 편협한 방식으로 특권계급의 일원처럼 말했고(그는 나에게 뚱한 사람이라는 인상을 풍겨주었다), 포켓 부인을 한 여인이자 동류로 인정했다. 그들과 아첨쟁이 이웃 코일러 부인 말고는 아무도 이 대화에 관심을 보이지 않았고, 내가 보기에 이 대화가 허버트에게는 고통스러운 것 같았다. 그러나 대화가 오랫동안 지속될 징후가 보이던 바로 그때 시동이 들어와 집안에서 발생한 재해 사항을 알렸다. 요컨대 요리사가 쇠고기를 엉뚱한 곳에 잘못 두었다는 내용이었다. 형언할 수 없을 만큼 놀랍게도, 나는 이때 처음으로 포켓 씨가 내가 생각하기에 아주 터무니없는 행동을 취함으로써 자신의 마음을 진정시키는 모습을 보았다. 그러나 그의 그런 행동은 나 이외의 다른 사람에게는 아무런 영향도 끼치지 않았으며, 나도 곧 나머지 사람들과 마찬가지로 그것에 익숙해졌다. 그는 고기 베는 칼과 포크를 내려놓고—그 순간 그는 고기를 저며 나눠주는 일을 하고 있었으므로—양손을 어지럽게 헝클어진 머리털에 밀어 넣고서, 그 머리털로 자신의 몸을 들어 올리려고 엄청난 노력을 기울이는 것 같았다. 이 동작을 끝마치고도 그는 몸을 전혀 들어 올리지 못했고, 하던 일을 조용히 계속했다.

그때 코일러 부인이 화제를 바꿔서 나에게 아첨하기 시작했다. 나는 그것이 잠시 동안은 좋았지만, 그녀가 너무 심하게 아첨하는 바람에 그 즐거움은 곧 끝나고 말았다. 그녀는 내가 떠나온 친구들과 고향 지역에 대해 진실로 관심이 있는 척하며 뱀과 같은 행동으로 나에게 바싹 다가왔는데, 혀가 갈라진 뱀처럼 아주 교활한 행동이었다. 그래서 그녀가 이따금 스타톱(그는 그녀에게 거의 말을 하지 않았다)이나 드러믈(그는 말수가 더욱 적었다)에게 툭툭 말을 던질 때, 나는 오히려 그들이 식탁 반대편에 앉아 있는 것을 부러워했다.

저녁 식사 후에 아이들이 소개되었는데, 코일러 부인은 그들의 눈이며 코며 다리를 칭찬하는 너스레를 떨었고, 그건 아이들의 마음을 호의적으로 돌리는 영리한 방법이었다. 어린 여자아이 넷, 어린 남자아이 둘, 여자 아니면 남자인 아기가 하나 있었고, 이 아기 다음으로는 아직 성별이 없는 아이가 태중에 있었다. 아이들은 플롭슨과 밀러스에 의해 이끌려 들어왔는데, 그 임명 안 된 두 장교들이 어딘가에서 아이들을 징모하고 있다가 입대 명단에 올린 것 같은 광경이었다. 한편 포킷 부인은 마땅히 귀족이 되었어야 할 어린아이들을 쳐다보았는데, 마치 이전에 그들을 사열하는 기쁨을 누린 적이 있었다는 생각은 들면서도 어떻게 다루어야 할지는 전혀 모르는 것 같았다.

"자! 포크를 제게 주시고, 마님, 아기씨를 받으셔요." 플롭슨이 말했다. "아기씨를 그쪽으로 받지 마셔요, 안 그러시면 아기씨 머리가 식탁 밑으로 들어가겠어요."

이렇게 충고를 받은 포킷 부인은 아기를 다른 쪽으로 받아 그 머리를 식탁 위로 두었는데, 엄청난 충격음이 울려 퍼지며 거기 있던 사람들 모두에게 그 사실이 알려졌다.

"아이고, 아이고! 아기씨를 저에게 다시 주셔요." 플롭슨이 말했다. "그리고 제인 아가씨, 와서 아기 좀 얼러줘요, 어서요!"

어린 여자아이들 중 하나는 조숙하게도 다른 아이들을 돌본 적이 있는 듯한 아직 어린 꼬마였는데, 내 옆자리에서 일어나 아기 앞을 왔다 갔다 하며 춤을 추자 아기는 울음을 그치고 깔깔 웃었다. 그러자 모든 아이들도 깔깔대며 웃었고, 또 (그동안 두 차례나 머리털로 자신의 몸을 들어 올리려고 시도했던) 포킷 씨도 덩달아 껄껄 웃으며 기뻐했다.

플롭슨은 아기가 마치 네덜란드 나무 인형인 듯 관절 부분마다 반으로 접어서 포킷 부인의 무릎에 안전하게 안겨놓고, 아기에게 호두깎이를 가지고 놀라고 주었다. 동시에 그녀는 포킷 부인에게 그 도구의 손잡이가 아기의 눈에는 안 좋을 것이니 유의하라고 충고하고, 제인 양에게도 그것에 주의를 기울이라고 빈틈없이 지시했다. 그런 뒤 두 보모들은 방을 나가서 아까 저녁 식사 시중을 들던 방탕한 시동과 계단에서 격렬한 드잡이를 벌였다. 그 소년은 도박판에서 분명히 단추의 절반은 잃어버린 듯한 행색이었다.

나는 포킷 부인 때문에 마음이 매우 불안해졌는데, 그것은 포킷 부인이 설탕과 포도주에 담근 얇은 오렌지 조각을 먹으면서 두 준남작 지위에 관해서 드러믈과 토론을 벌이는 나머지 자신의 무릎에 놓인 아기를 까마득하게 잊고 있었기 때문이다. 아기는 호두까기를 가지고 몹시 섬뜩한 짓을 하고 있었다. 마침내 아기의 머리통이 위험에 처한 것을 눈치챈 어린 제인이 가만히 제

자리를 떠나, 여러 가지 작은 술책으로 아기를 꾀어 위험한 무기를 빼앗았다. 거의 동시에 오렌지를 다 먹은 포킷 부인이 이런 행동을 용인하지 않고 제인에게 말했다.

"이 버릇없는 것아, 어찌 감히 그런 짓을 하는 거야? 당장 가 앉아!"

"엄마," 어린 소녀는 혀짤배기소리로 말했다. "아기가 자기 눈을 파내려고 해쪄요."

"어찌 감히 엄마에게 그렇게 말하는 거야?" 포킷 부인은 응수했다. "당장 네 의자에 앉으란 말이야!"

포킷 부인의 위엄이 어찌나 압도적이던지, 나는 적이 당혹스러웠다. 마치 나 자신이 무슨 혼날 일이라도 저질렀던 것처럼 말이다.

"벨린다." 식탁의 다른 끝에서 포킷 씨가 질책했다. "당신은 어떻게 그렇게 비합리적일 수 있어? 제인은 단지 아기를 보호하려고 참견했던 것뿐인데."

"나는 누구든지 간섭하는 건 못 봐요." 포킷 부인은 말했다. "난 놀랐어요, 매슈, 내가 모욕적인 간섭을 받도록 놔두다니."

"맙소사!" 포킷 씨는 우울한 절망감을 터뜨리며 외쳤다. "아기들이 호두처럼 으깨져서 무덤에 들어간대도, 아무도 아기들을 구해주지 말아야 된다 이거야?"

"나는 제인에게 간섭받고 싶지 않다고요." 포킷 부인은 그 결백한 어린 범죄자에게 위엄 있는 눈길을 보내며 말했다. "나는 우리 돌아가신 할아버지의 지위를 알고 있었으면 해요. 제인도, 확실히요!"

포킷 씨는 또다시 두 손을 머리털에 집어넣고서, 이번에는 실제로 자신의 몸을 의자에서 몇 센티미터가량 들어 올렸다. "이

것 좀 들어봐요!" 그는 무력하게 좌중을 앞에 두고 외쳤다. "아기들이 호두처럼 으깨져서 죽어야 된답니다, 돌아가신 할아버지의 지위 때문에 말입니다!" 그런 다음 그는 다시 자리에 앉더니 조용해졌다.

이런 일이 계속되는 동안 우리는 모두 어색하게 식탁보를 쳐다보고 있었다. 잠시 침묵이 따랐는데, 그동안 순진하고 충동적인 아기는 어린 제인을 향해 연속해서 뛰며 까르르 웃어댔다. 제인이 가족 중에서는(하인들을 빼놓고는) 아기가 확실하게 알고 있는 유일한 존재인 것같이 보였다.

"드러믈 씨," 포킷 부인이 말했다. "종을 울려 플롭슨을 불러줄래요? 제인, 이 말 안 듣는 꼬마야, 넌 가서 드러누워 자거라. 자, 귀여운 아가야, 엄마하고 가야지!"

아기도 자존심이 있는 인간이었기에, 온 힘을 다해 저항했다. 아기는 포킷 부인의 팔 너머로 거꾸로 몸을 꺾어서, 보드라운 얼굴 대신에 뜨개질로 짠 신발과 움푹 파인 발목을 모인 사람들에게 보여줬다. 그러다 극도의 반항 상태로 끌려 나갔다. 그러나 아기는 결국 뜻한 바를 얻어냈다. 왜냐하면 몇 분도 지나지 않아 나는 창문을 통해서 어린 제인이 아기를 돌보고 있는 것을 보았기 때문이다.

공교롭게도 나머지 다섯 아이들은 저녁 식탁에 그대로 남아 있었는데, 그것은 플롭슨에게 개인적인 용무가 있는 데다가 그 밖의 어느 누구도 그 아이들을 상관하지 않았기 때문이다. 이리하여 나는 그들과 포킷 씨 사이의 관계를 알게 되었는데, 그것은 다음과 같은 태도에서 예증되었다. 포킷 씨는 평상시보다 한층 더 당혹스러워 보이는 표정을 드리우고 머리는 헝클어진 채로 몇 분 동안 아이들을 바라보았다. 마치 어떻게 그들이 이 집에 와서 먹고 자게 되었는지, 또 왜 그들이 조물주에 의해 어떤 다른 사람의 집에 잠잘 곳을 할당받지 못했는지 이해할 수 없다는 듯한 태도였다. 그러더니 쌀쌀맞고 선교사 같은 태도로 그들에게 몇 가지 질문을 했다. 예컨대 꼬마 조에게 왜 옷의 주름 장식에 구멍이 났느냐고 묻자 꼬마는 "아빠, 플롭슨이 시간이 나면 수선해 줄 거예요"라고 대답했고, 꼬마 패니에게 왜 손가락이 곪았느냐고 묻자 패니는 "아빠, 밀러스가 잊지 않고 있으면 여기다 찜질 약을 붙여줄 거예요"라고 대답했다. 그제야 그는 마음이 누그러져 어버이다운 애정을 보이더니, 아이들에게 1실링씩 주고 나가서 놀라고 말했다. 그러고는 아이들이 밖으로 나가자, 그는 머리카락으로 자신의 몸을 들어 올리려는 매우 강력한 시도를 한 번 하고서 그 절망적인 문제를 머리에서 말끔히 지워버렸다.

저녁때는 강에서 뱃놀이가 있었다. 드러믈과 스타톱은 각자 배가 있었으므로 나도 내 것을 한 척 마련해서 그들을 앞지르기로 결심했다. 나는 시골 소년들이 능란하게 하는 대부분의 운동을 꽤 잘하는 편이었다. 그러나 나에게는—다른 강들까지는 몰라도—템스 강에 어울리는 우아한 품격이 없다는 것을 의식하고 있었기 때문에 나는 즉시 선착장에서 손님을 기다리고 있는 나룻배 경기 우승자의 지도를 받기로 계약을 맺었는데, 내가 새로 사귄 동료들이 소개해 준 사람이었다. 이 경험이 풍부한 노젓기 권위자는 내가 대장장이의 팔을 지녔다고 말해 나를 무척 당황케 했다. 만일 그 칭찬의 말 때문에 자신이 학생을 거의 잃을 뻔했다는 것을 알았더라면, 그는 틀림없이 그런 말을 하지 않았을 것이다.

밤에 우리가 집으로 돌아온 후 밤참 쟁반이 나왔다. 불쾌한 집안일만 일어나지 않았더라면 우리 모두 마음껏 즐겼으리라고 나는 생각한다. 포킷 씨는 기분이 좋았는데, 그때 하녀 하나가 들어와 말했다. "괜찮으시다면, 나리, 말씀드리고 싶은 게 있는데요."

"주인님께 말씀드리겠다고?" 포킷 부인이 다시 위엄을 세우며 말했다. "어떻게 그런 생각을 할 수 있는 거야? 플롭슨에게 가서 말해. 아니면 나한테 말하든가, 다른 때에 말이다."

"죄송한데요, 마님." 하녀는 대답했다. "지금 당장, 주인님께 말씀드리고 싶습니다."

이에 포킷 씨는 방을 나갔고, 우리는 그가 돌아올 때까지 최대한 즐겼다.

"꼴이 참 장관이군, 벨린다!" 포킷 씨가 슬픔과 절망의 표정을 띤 얼굴로 돌아와 말했다. "요리사는 술에 취해 부엌 바닥에 인사불성으로 드러누워 있고, 신선한 버터 한 꾸러미는 기름으로 팔아넘겨질 준비를 마친 채 찬장에 들어 있다니!"

포킷 부인은 즉시 매우 온후한 감정을 보이며 말했다. "이건 저 얄미운 소피아의 짓이에요!"

"무슨 뜻이야, 벨린다?" 포킷 씨가 물었다.

"소피아가 당신에게 말했잖아요." 포킷 부인이 말했다. "방금 그 애가 이 방에 들어와 당신에게 말하고 싶다고 하는 것을 내가 직접 두 눈으로 보고 두 귀로 듣지 않았나요?"

"하지만 그 애는 나를 아래층으로 데리고 내려가서, 벨린다," 포킷 씨가 대꾸했다. "나에게 요리사와 버터 꾸러미를 보여준 것뿐이잖아?"

"그럼 당신은 그 애를 두둔하는 거예요, 매슈?" 포킷 부인이 말했다. "나쁜 짓을 저질렀는데도 말이에요?"

포킷 씨는 우울한 신음 소리를 냈다.

"할아버지의 손녀인 내가 이 집에서 아무것도 아니란 거예요?" 포킷 부인이 말했다. "게다가, 요리사는 항상 매우 상냥하고 예의 바른 여자였어요. 그리고 일자리를 구하러 왔을 때, 그녀는 내가 타고난 공작부인처럼 느껴진다고 아주 자연스런 태도로 말했다고요."

포킷 씨가 서 있는 곳에 긴 안락의자가 하나 있었는데, 그는 그 위에 '죽어가는 검투사'[1] 같은 자세로 털썩 주저앉았다. 여전히 그 자세로 앉은 그가 힘없는 목소리로 말했다. "잘 자게, 핍 군." 이때 나는 그를 떠나서 잠자리에 드는 것이 좋겠다고 생각했다.

1 죽어가는 검투사의 모습을 조각한 기원전 3세기경의 그리스 조상 〈죽어가는 검투사*Dying Gladiator*〉를 두고 하는 말.

24장

2, 3일 후 내가 내 방에 자리를 잡고 여러 차례 런던을 왕래하며 필요한 모든 물건을 상인들에게 주문하고 난 뒤, 포킷 씨와 나는 함께 긴 대화를 나눴다. 그는 내 예정된 생애에 대해서 내가 알고 있는 것보다도 더 많이 알고 있었다. 그가 내게 어떤 특정한 직업이 계획된 것이 아니며, 만일 부유한 처지의 보통 젊은이들을 '배겨낼 수'만 있다면 내 운명에 걸맞은 훌륭한 교육을 충분히 받아야 한다고 재거스 씨에게서 들었노라 언급했기 때문이다. 나는 물론 달리 아는 것이 전혀 없었으므로, 그의 말을 잠자코 받아들였다.

그는 내가 원하는 그런 단순하고 기본적인 것들의 습득을 위해서 런던의 이러저러한 곳들을 다녀보라고 조언해 주고, 또 내 모든 공부의 설명자와 감독자 역할은 자기에게 맡기라고 권했다. 그는 내가 자신의 지적인 도움을 받는다면 크게 낙담할 일은 없을 것이며, 곧 그의 도움 외에는 아무런 지원도 필요하지 않게 될 것이라고 기대했다. 그는 이런 말을 하고 또 비슷한 취지의 말을 훨씬 많이 해주는 행동을 통해서, 감복할 만한 방식으로 나와 신뢰할 수 있는 관계를 형성했다. 그리고 내가 망설임 없이 말하고 싶은 것은, 그가 나와의 계약을 이행함에 있어 언제나 매우 열성적이고 올발랐으므로 그와의 계약을 이행함에 있어 나 역시 열성적이고 올바르게 만들었다는 것이다. 만일 그가 선생으로서 무관심을 보였다면 틀림없이 나도 학생으로서 똑같이 대응했을 것이다. 그가 나를 가르쳐줄 때 나는 그가 조금이라도 우스꽝스럽거나 가벼운 사람이라고 생각한 적이 없었으며, 그가 나에게 보여준 것은 언제나 진지하고 정직하며 훌륭한 태도뿐이었다.

이런 사항들이 정해지고 내가 열심히 공부하기 시작할 만큼 일이 상당히 진척되었을 때, 만일 내가 바너드 여관의 침실을 계속 사용할 수 있다면 내 생활이 기분 좋게 변화하는 한편 허버트와의 교류로 내 예절도 더 좋아질 것이라는 생각이 떠올랐다. 포킷 씨는 이 조정안에 반대하지는 않았지만, 그런 식으로 어떤 조치를 취하기 전에 꼭 내 후견인에게 말씀드려야 한다고 역설했다. 나는 그가 이렇게 세심하게 마음을 쓴 이유가, 이 계획이 허버트의 지출을 다소 절약해 줄 것이라는 생각에서 비롯되었다고 느꼈다. 그래서 나는 리틀 브리튼으로 가서 재거스 씨에게 내가 원하는 바를 전했다.

"혹시 저를 위해 임대한 가구와," 나는 말했다. "또 한두 가지 사소한 다른 것들을 살 수 있다면, 저는 거기서 아주 편할 것 같습니다."

"그렇게 하게!" 재거스 씨는 짧게 허허 웃으며 말했다. "자네들 마음이 맞을 거라고 내가 말했었지. 좋아! 얼마나 필요하지?"

나는 얼마가 필요할지 모르겠다고 대답했다.

"어서 말해봐!" 재거스 씨가 받아넘겼다. "얼마야? 50파운드?"

"아, 그렇게 많이는 아니고요."

"그럼 5파운드?" 재거스 씨가 말했다.

이것은 너무나 크게 뚝 떨어진 금액이어서 나는 당황해하며 말했다. "아! 그것보다는 많이요."

"그것보다는 많다고, 그래!" 재거스 씨는 이렇게 응수하고서, 양손을 호주머니에 넣고 머리는 한쪽으로 돌린 채 눈으로는 내 뒤의 벽을 쳐다보면서 내 대답을 기다리고 있었다. "얼마나 더 많이 필요하지?"

"액수를 정하기가 참 어렵습니다." 나는 주저하며 말했다.

"어서 말해봐!" 재거스 씨는 말했다. "결정하라고. 5파운드의 곱절, 그거면 되겠어? 5파운드의 세 곱절, 그거면 되겠어? 5파운드의 네 곱절, 그거면 되겠어?"

나는 그거면 넉넉하리라 생각한다고 말했다.

"5파운드의 네 곱절이면 넉넉하겠다, 그거지?" 재거스 씨는 눈살을 찌푸리며 말했다. "그럼, 5 곱하기 4는 얼마지?"

"그게 얼마냐고요?"

"그래!" 재거스 씨가 말했다. "얼마지?"

"제 생각엔 변호사님은 20파운드라고 하시겠는데요." 내가 미소를 지으며 대답했다.

"**내가** 얼마라고 하는지는 신경 쓰지 말라고, 이봐." 재거스 씨는 교활하게 반박하듯이 고개를 흔들며 말했다. "나는 **자네** 계산이 얼마인지 알고 싶은 거야."

"물론 20파운드입니다."

"웨믹!" 재거스 씨는 자신의 사무실 문을 열고 말했다. "핍 군에게 자필 청구서를 받고, 20파운드를 내줘."

이렇게 굉장히 명료하게 사무를 처리하는 방식은 나에게 엄청나게 강한 인상을 주었는데, 기분 좋은 인상은 아니었다. 재거스 씨는 결코 소리 내어 웃는 법이 없었다. 그렇지만 그는 광택이 나고 삐걱거리는 큼직한 구두를 신고 있어서, 이 목이 긴 구두에 균형을 잡고 서서 큰 머리통을 숙이고 양쪽 눈썹이 맞닿도록 얼굴을 찡그린 채 대답을 기다리고 있을라치면 때때로 흡사 구두가 인정머리도 없이 의심스러워하는 태도로 비웃는 것처럼 삐걱거리는 소리를 자아냈다. 그런데 이때 마침 그가 외출한 데다 웨믹이 활기 있고 이야기하기를 좋아했기 때문에, 나는 웨믹에게 재거스 씨의 태도를 어떻게 생각해야 할지 잘 모르겠다고 말했다.

"그분께 그렇게 말씀드리세요, 그러면 그분은 그걸 칭찬으로 받아들이실 겁니다." 웨믹이 대답했다. "그분이 그렇게 말하는 건, 핍 군이 꼭 이해해야 한다는 의도로 그러는 게 아니에요. 아!" 내가 놀란 표정을 짓자 그는 말을 덧붙였다. "그건 사적인 게 아니라, 직업적인 거지요. 단지 직업적인 겁니다."

웨믹은 자기 책상에 앉아서 마르고 딱딱한 비스킷으로 점심을 먹고—아니, 우두둑우두둑 씹고—있었는데, 마치 비스킷 조각들을 우체통에라도 넣는 듯 이따금 길게 찢어진 입 속에 던져 넣었다.

"언제나 제가 보기엔," 웨믹이 말했다. "그분은 꼭 사람 잡는 덫을 놓고서 그것을 지켜보고 있는 것 같답니다. 갑자기 찰칵, 당신은 걸려드는 겁니다!"

사람 잡는 덫이 인생의 문화적 편의시설은 아니라는 말을 굳이 하지 않은 채, 나는 그가 아주 솜씨가 좋다고 여기는데 당신은 어떻게 생각하냐고 물었다.

"깊죠," 웨믹은 말했다. "호주만큼이나요." 그는 펜으로 사무실 바닥을 가리켰는데, 그것은 비유의 목적으로 호주가 대칭적으로 지구의 정반대편 지점에 있다는 것을 알려주려는 표현인 것 같았다. "만일 뭔가 더 깊은 것이 있다면," 웨믹은 펜을 서류로 가져오면서 덧붙였다. "그분이 그런 존재일 겁니다."

그래서 내가 재거스 씨가 훌륭한 직업을 가졌다고 여긴다고 말했더니, 웨믹이 말했다. "짜-앙-이죠!" 내가 직원들이 많으냐고 물으니 그가 이렇게 대답했다.

"우린 직원을 많이 두고 있지 않습니다. 왜냐하면 재거스라는 분은 하나인데, 사람들은 남을 거치지 않고 곧장 재거스 씨를 만나고 싶어 하기 때문이죠. 우린 모두 네 명뿐입니다. 그들을 만나보시겠어요? 당신도 우리 직원들 중 하나라 할 수 있을 테니까요."

나는 그 제안을 수락했다. 웨믹 씨가 비스킷을 모두 우체통 같은 입에 집어 넣고, 금고 속의(그는 이 금고 열쇠를 등 아래쪽 어딘가에 간직하고 있다가 외투 목깃에서 마치 쇠로 꼰 변발처럼 꺼냈다) 현금 상자에서 돈을 꺼내 내게 주고 나서 우리는 위층으로 올라갔다. 사무소 건물은 어둡고 추레했으며, 재거스 씨의 사무실에 자국을 남긴 사람들이 여러 해 동안 계단을 오르내리면서 기름에 전 어깨를 스쳤던 것 같았다. 2층 정면에서는 선술집 주인과 쥐잡이 중간쯤 되어 보이는 직원 하나가—부어오른 듯이 퉁퉁하게 생긴 큰 몸집의 창백한 사람이었다—초라해 보이는 사람들 서너 명을 세심하게 상대하고 있었는데, 재거스 씨의 금고를 채워주는 사람이라면 예외 없이 모두 그런 대우를 받아야 한다는 듯 허물없이 대했다. "증거를 수집하는 겁니다." 우리가 거기서 나올 때 웨믹 씨가 말했다. "베일리[1] 재판을 대비해서죠." 그 윗방에서는 맥없는 작은 테리어 애완견 같은 직원이 머리를 늘어뜨린 채(강아지였을 때 주인이 털 깎는 것을 잊은 모양이었다) 시력이 약한 한 남자를 비슷하게 상대하고 있었다. 웨믹 씨가 소

1 런던의 중앙형사재판소로 '올드 베일리'라고도 한다.

개하길 그는 항상 도가니를 팔팔 끓이고 있는 제련공 같은 사람이라 원하는 건 모든 녹여준다고 했는데, 그는 마치 자기 기술을 스스로에게 시험해 오고 있었던 것처럼 비지땀을 심하게 흘리고 있었다. 뒷방에서는 어깨가 높은 한 남자가 안면신경통 때문에 더러운 무명 띠로 얼굴을 질끈 묶은 채, 밀랍 칠을 해놓은 것처럼 보이는 낡은 검정색 옷차림을 하고서 상체를 구부리고 다른 두 직원들이 기록한 초고를 재거스 씨가 사용하도록 정서본으로 작성하고 있었다.

이것이 사무실의 전부였다. 우리가 다시 아래층으로 내려왔을 때, 웨믹이 나를 내 후견인의 방으로 안내하더니 말했다. "이 방은 이미 보셨지요."

"그런데요," 조급해하는 듯 곁눈질을 하고 있는 흉측한 두 개의 석고상들이 다시 시야에 들어왔을 때 나는 말했다. "저것들은 누구의 두상들인가요?"

"이것들요?" 웨믹은 이렇게 말하고, 의자에 올라가 그 끔찍한 두상들의 먼지를 불어내고는 가지고 내려왔다. "유명한 자들이랍니다. 우리에게 크나큰 명성을 안겨준 유명한 의뢰인들이지요. 이 작자는(아니 네놈은, 눈썹에 잉크 얼룩이 묻은 걸 보니 필시 밤에 내려와서 잉크병을 들여다보았던 게로구나, 이 정든 악당아!) 제 주인을 살해했는데요, 그에 대한 확증이 없었던 것으로 생각해 볼 때 살해 계획을 허투루 세운 건 아니었나 봅니다."

"그 사람과 닮았나요?" 웨믹이 두상의 눈썹에 침을 뱉어 소매로 문지를 때 나는 그 야수에게서 뒷걸음치며 물어보았다.

"닮았냐고요? 바로 그잡니다, 보시다시피. 그자가 뉴게이트에서 교수형당한 직후에 뜬 석고상이거든요. '네 녀석은 특별히 날 좋아했지, 안 그래, 이 교활한 정든 친구?'" 웨믹은 말했다. 그런 다음 그는 유골 단지가 놓인 무덤 앞에 숙녀와 수양버들이 있는 모습을 새긴 브로치를 만지작거리며 이 다정한 호칭에 대해 설명해 주고는, 이렇게 말했다. "이걸 나에게 만들어줬답니다, 특별히요!"

"그 숙녀는 어떤 특정인인가요?" 내가 물었다.

"아뇨." 웨믹이 대꾸했다. "그의 노리개였을 뿐이랍니다. (네놈은 네 노리개를 좋아했어, 안 그러냐?) 아니지요. 이 사건에는 숙녀라고는 전혀 없었어요, 핍 씨, 여자 하나 말고는요. 그런데 그 여자는 이렇게 날씬한 숙녀도 아니었고, 유골 단지를 돌보는 **자신의** 모습 같은 건 보여줄 여자도 아니었어요. 그 안에 뭔가 마실 것이 있었다면 모를까 말이에요." 이렇게 웨믹의 주의가 브로치에 쏠리자, 그는 석고상을 내려놓고 손수건으로 브로치를 윤이 나게 닦았다.

"저 다른 석고상도 똑같은 최후를 맞이했나요?" 나는 물었다. "저 사람도 똑같은 표정인데요."

"맞습니다." 웨믹이 말했다. "이건 진짜 실물 표정이죠. 영락없이 한쪽 콧구멍이 말총에 달린 작은 낚싯바늘에 꿴 것 같지요. 맞아요, 그도 동일한 최후를 맞았어요. 여기선 아주 자연스런 최후죠, 틀림없어요. 그는 유언장을 위조했답니다. 이 약삭빠른 젊은이가 말이에요. 비록 유언자라고 짐작되는 사람까지 죽이지는 않았어도요. '하지만 너는 신사 같은 자식이었어.' (웨믹 씨는 또다시 다정한 이를 부르듯 중얼거렸다.) '그리고 넌 그리스어를 쓸 줄 안다고 말했지. 야아, 허영덩어리야! 넌 얼마나 거짓말쟁이였냐! 난 너 같은 거짓말쟁이는 처음이었어!'" 죽은 그의 친구를 선반에 올려놓기 전에, 웨믹은 그의 추모 반지 중 가장 큰 것을 어루만지며 말했다. "사람을 내보내 저에게 이걸 사다줬어요, 바로 죽기 전날 말이죠."

그가 다른 석고상을 올려놓고 의자에서 내려오는 동안, 그가 개인적으로 가지고 있는 보석들 모두가 이와 비슷한 출처에서 나온 것이라는 생각이 내 마음을 스쳤다. 그가 그 문제에 대하여 아무런 망설임도 보이지 않았기 때문에, 나는 그가 내 앞에 서서 손의 먼지를 털고 있을 때 결례를 무릅쓰고 사실 여부를 물어보았다.

"아, 그럼요." 그가 대답했다. "이것들은 모두 그런 종류의 선물들이에요. 하나가 생기면 또 다른 것이 들어와요, 아시다시피 말이죠. 선물이란 그런 식이에요. 전 항상 선물을 받는답니다. 그것들은 골동품들이거든요. 그리고 재산이기도 하고요. 값이 많이 나가지 않을지 모르지만, 어쨌든, 그것들은 재산이고 휴대가 가능한 것들이에요. 장래가 찬란하기만 한 당신에게는 별 의미가 없겠지만, 저로 말씀드리자면 저의 좌우명은 언제나 '휴대할 수 있는 재산을 모아라'랍니다."

내가 이런 견해에 경의를 표하자, 그는 친근한 태도로 말을 계속했다.

"뭐 딱히 할 일이 없는 여가 시간에 스스럼없이 월워스로 저를 찾아주신다면, 잠자리를 제공해 드릴 수도 있고 또 그걸 영광으로 여기겠습니다. 보여드릴 건 많지 않습니다만, 제가 가지고 있는 두세 점의 골동품들은 살펴보실 만할 겁니다. 그리고 제가 좋아하는 손바닥만 한 정원과 정자도 하나 있답니다."

나는 그의 호의에 기꺼이 응하겠다고 말했다.

"감사합니다." 그가 말했다. "그러면 편하실 때 그리 해주실 것으로 생각하겠습니다. 재거스 소장님과 식사를 같이 하신 적은 있으신가요?"

"아직 없습니다만."

"그렇군요." 웨믹이 말했다. "그분은 포도주를 대접할 겁니다. 좋은 포도주로요. 저는 펀치[1]를 대접해 드릴 겁니다. 나쁜 펀치는 아니죠. 그런데 지금 좀 말씀드릴 게 있는데요. 재거스 소장님 댁에 식사하러 가시면, 그분의 가정부를 살펴보세요."

"뭔가 아주 유별난 것을 보게 되나요?"

"글쎄요." 웨믹은 말했다. "길들여진 야수를 보실 겁니다. 그렇게 대단히 유별난 것은 아니지 않느냐고 말씀하실지도 모르겠어요. 하지만 제 대답은, 원래 그 야수가 얼마나 사나웠는지, 그리고 얼마나 길들여졌는지에 따라 달라진다는 겁니다. 그것 때문에 재거스 소장님의 능력에 대한 당신의 평가가 낮아지지는 않을 겁니다. 눈여겨보세요."

나는 그가 일깨워 준 흥미와 호기심을 가지고 가정부를 지켜보겠다고 말했다. 내가 막 떠나려고 하고 있는데, 그가 5분만 할애하여 재거스 씨가 '일하고 있는' 것을 보겠느냐고 물었다.

몇 가지 이유로, 또 재거스 씨가 무슨 '일을 하고 있는지' 명확하게 알고 있지 못했기 때문에, 나는 그러겠다고 대답했다. 우리는 시내 중심가로 달려가 사람들이 북새통을 이룬 경범죄 즉결재판소에 다다랐다. 거기에는 브로치에 대해 기발한 취향을 지녔던 죽은 사람의 혈족이(흉악하다는 느낌에서) 피고석에 서서 불안스럽게 뭔가를 씹고 있었다. 한편 내 후견인은 한 여자를 심문인지 반대신문을 하고 있는 중으로—나는 어느 쪽인지 모른다—무섭게 그 여자와 재판관과 법정에 있는 모든 사람들을 다그치고 있었다. 만일 어느 누구든지 아주 조금이라도 그가 인정

1 포도주에 레몬즙, 설탕, 향료 등을 넣은 혼합 음료.

하지 않는 말을 단 한 마디라도 하면, 그는 당장 그것을 "받아 적어놓으라"고 요구했다. 만일 누구든지 어떤 사안을 시인하지 않으면 그는 "나는 당신이 그것을 시인하게 만들고야 말겠어"라고 말하고, 누구든지 그것을 시인하면 "자, 내가 당신의 덜미를 잡았다!"라고 말했다. 치안판사들은 그가 그의 손가락을 물어뜯을 때마다 와들와들 떨었다. 도둑들과 그들을 잡아온 형사들은 두려워하며 그의 말을 열심히 경청했고, 그의 눈썹 한 가닥이라도 그들 쪽으로 향하면 몸을 움츠렸다. 그가 어느 쪽 편인지 나는 알 수가 없었다. 왜냐하면 내 눈에는 그가 법정 전체를 맷돌로 갈고 있는 것처럼 보였기 때문이다. 내가 까치발로 살금살금 법정을 빠져나올 때 그가 판사들 편이 아니라는 것을 알게 되었을 뿐이다. 왜냐하면 그는 그날 영국의 법과 정의의 대변자로서 의자에 앉아 재판을 주재하는 노신사의 행동을 공공연히 비난함으로써, 그 노판사의 두 다리가 탁자 밑에서 심한 경련을 일으키게 하고 있었기 때문이다.

25장

벤틀리 드러믈은 너무나 뚱한 사내라서 책을 집어들 때조차도 마치 그 저자가 자기에게 해를 끼치기라도 한 것처럼 행동했는데, 사람을 사귈 때도 유쾌한 기분으로 대하지 못했다. 몸집과 움직임, 그리고 이해력이 둔한—얼굴에는 나태한 표정이 묻어나고, 그 자신이 방 안에서 축 늘어져 지내듯이 입안에서 축 늘어져 있는 것 같은 크고 어눌한 혀를 가지고—그는 게으르고, 거만하고, 쩨쩨하고, 내성적이고, 의심이 많았다. 그는 저 아래 서머싯의 부유한 집안 출신이었는데, 그 집안사람들은 이런 여러 성질의 결합체인 그를 양육하다가 마침내 그가 나이로는 성년이지만 멍텅구리라는 사실을 발견했다. 그래서 벤틀리 드러믈은 포킷 씨에게 왔는데, 그때 그는 키가 선생보다 머리 하나만큼 더 크고, 대부분의 신사들보다 대여섯 배나 더 머리가 둔했다고 한다.

스타톱은 연약한 어머니 슬하에서 응석받이로 자라, 학교에 다녀야 할 때도 집에만 머물러 있었다. 그러나 그는 어머니에게 한결같은 마음으로 애정을 가지고 있었고 어머니를 한없이 존경했다. 그는 여자 같은 섬세한 용모를 지니고 있었으며—"비록 그의 어머니를 본 적이 없어도, 보면 알게 될걸"이라고 허버트가 내게 말한 것처럼—꼭 그의 어머니와 비슷한 모습이었다. 내가 드러믈보다 그에게 훨씬 더 친절하게 대한 것은 아주 당연했다.

그리고 우리가 처음 뱃놀이를 하던 저녁때만 하더라도, 스타톱과 나는 집을 향해 나란히 노를 저으면서 배를 탄 채 대화를 나눴는데 벤틀리 드러믈은 쑥 내민 강둑 아래 골풀 사이로 우리들의 배가 지나온 자국을 따라 혼자 노를 저어서 왔다. 그는 늘 마치 무슨 불편한 양서류처럼 물가를 기기 일쑤였고, 심지어는 조수가 그가 가는 방향으로 빠르게 몰아줄 때도 그랬다. 그래서 나는 항상, 우리 둘의 배가 강 한가운데서 석양이나 달빛을 깨뜨리고 있을 때 드러믈이 어둠 속이나 강둑에서 거슬러 오르는 물길을 따라 우리를 따라왔다고 생각한다.

허버트는 나의 막역한 동료이자 친구였다. 나는 내 배를 사용하는 몫의 절반을 그에게 제공했다. 그래서 그는 해머스미스에 자주 내려왔다. 그리고 나는 그의 방의 절반을 소유하고 있어서 런던에 종종 올라갔다. 우리는 언제든지 이 두 곳 사이를 걸어 다니곤 했다. 나는 아직도 그 길에 대한 애정을 간직하고 있는데 (비록 그때만큼 그렇게 즐거운 길은 아니지만), 그 옛정은 시련을 겪지 않은 희망찬 청년 시절의 감수성에서 비롯된 것이었다.

내가 포킷 씨 집안에서 지낸 지 한두 달 되었을 때, 커밀라 부부가 불쑥 찾아왔다. 커밀라는 포킷 씨의 여동생이었다. 내가 미스 해비셤 댁에서 같은 날 보았던 조지애너 역시 모습을 나타냈다. 포킷 씨의 사촌인 그녀는 소화불량증이 있는 독신 여성으로서, 자신의 완고한 태도를 종교라 부르고 자신의 짜증 섞인 열정을 사랑이라 불렀다. 이 사람들은 탐욕과 실망이 뒤섞인 증오로 나를 미워했다. 당연지사로 그들은 또한 행운을 얻어 지내는 나에게 지극히 비굴한 알랑방귀를 뀌어댔다. 자신의 이해관계에 대해 전혀 개념이 없는 철없는 어른아이 포킷 씨에 대해서는 내가 전에 들어보았던 사근사근한 너그러움을 보여줬다. 반면에 그들은 포킷 부인을 경멸했다. 그러나 그들은 그 불쌍한 영혼이 인생에 심하게 실망했다는 사실만은 인정했는데, 그렇게 하는 것이 그들 자신에게 희미하게나마 반사된 빛을 던져주었기 때문이다.

이런 환경 속에서 나는 자리를 잡고 공부에 매진하기 시작했다. 그리고 곧 돈을 많이 쓰는 나쁜 습관에 물들었다. 그래서 불과 2, 3개월 전만 해도 거의 터무니없는 금액이라고 생각했을 돈을 쓰기 시작했다. 그러나 좋은 일 나쁜 일을 겪으면서도 나는 책만은 꾸준히 보았다. 이 점에 있어서 내 장점이라면, 나의 부족한 것들을 느끼기에 충분한 분별력이 내게 있다는 것밖에는 없었다. 포킷 씨와 허버트 사이에서 나는 빠르게 진도를 나갔다. 그리고 포킷 씨 아니면 허버트가 바로 내 곁에 있으면서 내가 원하면 언제든 시작할 수 있도록 해주고, 내 앞길에서 장애물들을 말끔히 치워주는 마당에 만일 내가 진도를 덜 나갔다면 나는 틀림없이 드러믈만큼이나 멍청이였을 것이다.

나는 몇 주 동안이나 웨믹 씨를 만나지 못했다. 그래서 문득 나는 그에게 쪽지를 써 보내서 어느 날 저녁 때 그의 집을 방문하겠다는 제안을 하고 싶은 생각이 들었다. 그는 그래주면 대단히 기쁘겠다는 내용과 함께, 6시에 사무실에서 나를 기다리겠다는 답장을 보내왔다. 나는 그쪽으로 가서 그를 만났는데, 그는 시계가 6시를 칠 때 자신의 등 아래쪽에 금고 열쇠를 넣고 있었다.

"월워스까지 걸어 내려가는 것에 대해 생각해 보셨나요?" 그가 물었다.

"물론입니다." 내가 대답했다. "당신만 찬성하신다면 말이죠."

"적극 찬성입니다." 웨믹의 대답이었다. "진종일 두 다리를 책상 밑에 두고 있었으니, 다리를 펴주면 좋을 테니까요. 자, 저녁 식사로 제가 무엇을 준비해 놨는지 말씀드리죠, 핍 씨. 스튜로 요리한 스테이크—집에서 마련한 거예요—에다가, 차가운 통닭구이 한 마리—작은 식당에서 가져온 거고요—를 준비해 놨답니다. 닭고기는 연할 겁니다. 식당 주인은 일전에 우리가 수임한 몇몇 사건의 배심원이었는데, 우리가 그 일을 쉽게 면하게 해줬거든요. 닭고기를 살 때 제가 그에게 그 점을 상기시키고 나서 이렇게 말했답니다. '좋은 놈으로 골라주세요, 브리턴 영감님. 만약 우리가 영감님을 배심원석에 하루나 이틀 더 앉혀놓기로 마음만 먹었다면 그렇게 하는 건 식은 죽 먹기였을 테니까 말예요.' 그 말에 그는 이렇게 대답했답니다. '저희 식당에서 최상품의 닭고기를 나리께 선물하게 해주세요.' 물론 저는 그렇게 하라고 했죠. 닭고기로 말하자면, 그것도 일종의 재산이고 들고 다닐 수 있는 거잖아요. 바라건대 연로하신 외짝 부모를 싫어하진 않으시겠죠?"

나는 정말로 그가 여전히 닭고기 이야기를 하고 있는 줄 알았는데, 마침내 그가 이렇게 덧붙였다. "우리 집에 연로하신 부모 한 분이 계셔서 드리는 말씀입니다." 그래서 나는 예의를 갖춰 괜찮다고 대답했다.

"그러니까, 아직 재거스 소장님과 함께 식사를 안 하셨단 말씀이군요?" 우리가 함께 걸을 때 그가 따지듯 물었다.

"아직 안 했어요."

"오늘 오후에 당신이 여기 오신다는 말씀을 들으시고, 소장님이 제게 당신과 식사하시겠다고 말씀하셨죠. 제 예상으로는 내일 초대를 받으실 것 같습니다. 당신 친구분들도 초대하실 겁니다. 모두 세 명이시죠, 그렇잖습니까?"

비록 드러믈을 내 친한 친구들 중 한 명으로 간주하지는 않았지만, 나는 대답했다. "그렇습니다."

"어쨌거나, 소장님은 그 패거리를 전부 초대하실 겁니다." 나는 '그 패거리'라는 말이 마음에 걸렸다. "그리고 소장님이 무엇을 대접하든, 당신들에게 좋은 것을 내놓으실 겁니다. 다양한 음식을 기대하진 마세요, 하지만 최상의 음식을 드시게 될 겁니다. 그리고 그 집에는 또 하나 희한한 것이 있는데," 웨믹은 잠시 말을 멈췄다가 계속했는데, 마치 내가 진작 들어서 알고 있는 가정부 이야기에서 자연스럽게 이어지는 듯한 태도로 덧붙였다. "소장님은 밤에 문이나 창문을 결코 잠그는 법이 없답니다."

"도둑에게 털린 적이 전혀 없었나요?"

"바로 그겁니다!" 웨믹이 대답했다. "소장님은 말씀하십니다, 그것도 공공연하게요. '나는 **나한테서** 도둑질해 갈 작자를 만나보고 싶다.' 아, 정말로, 우리 앞쪽 사무실에서 소장님이 전업 밤도둑들에게 말씀하시는 걸 제가 들었다면 백 번은 들었을 겁니다. '너희들은 내가 어디 사는지 알지. 한데, 우리 집은 빗장 따위는 걸어놓는 법이 없거든. 나하고 한바탕 거래를 해보지 않겠어? 어서 해봐. 내가 이래도 못하겠나?' 그중의 한 놈도 말이에요, 핍 씨, 아무리 부추겨도 대담하게스리 선뜻 나서지 못하더군요."

"도둑들이 소장님을 그렇게 두려워하나요?" 내가 물었다.

"두려워하죠." 웨믹이 말했다. "진짜 그들은 소장님을 두려워하지요. 하기야 그들에게 도전하면서도 기교를 부리시긴 하죠. 은제품은 하나도 없어요, 핍 씨. 숟가락도 모두 브리타니아 금속[1]이랍니다.

1 주석, 구리, 안티몬의 합금으로, 광을 내면 은처럼 보여서 당시 은 대용품으로 흔히 쓰였다.

"그러니까 별로 이득 될 게 없겠네요." 내가 말했다. "비록 그들이……."

"아아! 그래도 소장님은 득이 많겠죠." 웨믹이 내 말을 자르며 말했다. "그리고 그들도 그건 알고 있죠. 소장님이 그들의 목숨을 쥐고 있어요, 수십 명에 달하는 사람들의 목숨을 말이죠. 소장님은 얻을 수 있는 건 모두 수중에 넣으세요. 그러니까 소장님이 마음만 먹었다 하면, 얻지 못할 것이 없다고 말할 수 있겠죠."

나는 내 후견인의 위대함에 대한 명상에 잠기게 되었는데, 그때 웨믹이 말했다.

"금은제 식기류가 없는 것으로 말씀드리자면, 그건 아시다시피 소장님의 타고난 깊이일 뿐입니다. 강이 본래의 깊이가 있듯이 소장님은 나름대로 천부의 깊이가 있으신 거죠. 소장님의 시곗줄을 보세요. 그건 정말 진짜랍니다."

"아주 묵직하던데요." 내가 말했다.

"묵직하다고요?" 웨믹이 그 말을 되풀이했다. "저도 그렇게 생각해요. 그리고 소장님의 시계는 시간 알림 장치가 있는 금회중시계인데, 금전으로 치면 백 파운드는 나간답니다. 핍 씨, 이 도시에는 그 시계에 대해 죄다 알고 있는 도둑이 약 7백 명은 될 거예요. 그들 중에는 남자든 여자든 아이든 그 시곗줄의 제일 작은 고리까지도 못 알아보는 자가 하나도 없고, 만일 유혹에 넘어가 그 시곗줄에 손을 대는 날에는 불덩이처럼 뜨겁다는 듯 그걸 떨어뜨릴 겁니다."

처음에는 그런 이야기를 나누며, 나중에는 한층 일반적인 성격의 대화를 나누면서 웨믹 씨와 나는 흐르는 시간과 가는 길의 지루함을 달랬다. 그러다가 마침내 그가 월워스 지구에 도착했다고 나에게 알려줬다.

그곳은 어두운 골목길과 도랑 그리고 조그만 정원들을 모아놓은 곳 같았으며, 다소 활기가 없는 외진 곳의 모습이었다. 웨믹의 집은 정원 구역의 한복판에 자리 잡은 조그만 목조주택이었는데, 꼭대기는 마치 대포를 얹어놓은 포대처럼 잘려서 페인트칠이 되어 있었다.

"제가 직접 지은 겁니다." 웨믹이 말했다. "예뻐 보이지 않습니까?"

나는 그 집을 격찬했다. 내 생각에 일찍이 내가 본 것 중에 가장 작은 집으로, 희한하기 짝이 없는 고딕식 창문들과(대부분은 가짜였다) 고딕식 문이 하나 달려 있었는데, 너무 작아서 거의 사람이 출입할 수 없을 정도였다.

"저건 실제 깃대랍니다, 보이시죠?" 웨믹이 말했다. "그리고 일요일 같은 때는 제가 실제 깃발을 게양한답니다. 그럼 여길 보세요. 이 다리를 건너고 난 다음에는 들어 올려놓죠…… 이렇게……. 그래서 외부와의 왕래를 차단해 버리는 겁니다."

다리는 두꺼운 판자 한 장이었는데, 약 1미터 너비에 깊이가 50센티미터쯤 되는 틈 위를 가로지르고 있었다. 그렇지만 그가 자랑스레 그것을 들어 올려서 고정해 놓는 모습을 보는 것은 매우 유쾌했는데, 그는 그 일을 즐겁게 그리고 단지 기계적으로가 아니라 진짜 미소를 띠며 했다.

"그리니치 시각으로 매일 밤 9시면," 웨믹이 말했다. "대포가 발사된답니다. 저기에 대포가 있어요, 보이시죠! 그리고 발사되는 소리를 들으시면, 무슨 미사일이라고 하실 겁니다."

그가 언급한 대포가 격자무늬로 축조된 분리된 요새에 설치되어 있었다. 대포는 정교하게 타르를 칠해서 만든 작은 방수포를 마치 우산처럼 쓰고 있어서 비바람으로부터 보호받고 있었다.

"게다가 뒤편에는," 웨믹이 말했다. "보이지 않는 곳에 뒀답니다. 요새라는 개념에 맞도록요. 왜냐하면 '어떤 생각이 있으면 그것을 실행하고 계속 유지한다'라는 게 저의 원칙이거든요. 당신도 그런 의견이실지는 모르겠지만요……."

나도 그렇다고 단호하게 말했다.

"……뒤편에는 돼지 한 마리와 닭과 토끼들이 있고요, 또 저는 직접 작은 구조물을 뚝딱 만들어서, 보시다시피 오이를 재배합니다. 저녁 식사 때 제가 어떤 종류의 샐러드용 야채를 기르는지 보실 수 있을 겁니다. 그러니, 핍 씨," 웨믹은 다시 미소를 지으며, 그러나 또한 진지하게 고개를 흔들며 말했다, "만일 이 작은 곳이 포위된다고 가정해도, 식량에 관한 한 이곳은 심히 어려운 때를 한동안 견뎌낼 겁니다."

그런 다음 그는 나를 약 9미터 떨어진 정자로 안내했는데, 접근하는 길이 매우 교묘하게 꼬불꼬불해서 그곳에 도착하는 데 꽤 오랜 시간이 걸렸다. 이 한적한 정자에는 이미 술잔들이 놓여 있었다. 우리가 마실 펀치는 장식용 연못에서 시원하게 냉각되고 있었고, 정자는 연못 가장자리에 세워져 있었다. 이 연못은 (한가운데에 저녁 식사에 오를 샐러드만 한 크기의 섬이 하나 있는) 원형이었다. 그리고 그 연못 안에는 웨믹이 분수를 하나 만들어 놓았는데, 작은 물레를 돌리고 관에서 코르크 마개를 빼면 물이 뿜어져 나와 가까이 있는 사람의 손등을 꽤 적실 정도였다.

"저는 직접 일하는 기술자고, 목수고, 배관공이고, 정원사이며, 모든 일에 능한 만능 일꾼이죠." 웨믹은 내 칭찬에 감사를 표하면서 말했다. "그런데요, 아시다시피 그건 좋은 일이죠. 뉴게이트의 거미줄도 털어내고, 또 어르신도 기쁘게 해드리니까요. 바로 어르신을 소개해 드려도 괜찮으시겠죠, 그렇죠? 난처하게 해드리는 건 아니겠죠?"
나는 기꺼이 응하겠다는 뜻을 표현했고, 우리는 '성' 안으로 들어갔다. 그곳에는 플란넬 겉옷을 입은 매우 나이 든 노인 하나가 난롯가에 앉아 있었다. 깔끔하고, 명랑하고, 편안하고, 또 보살핌을 잘 받고는 있었지만 심하게 귀먹은 노인이었다.
"아이고, 연로하신 아버님." 웨믹은 따뜻하고도 익살맞은 방식으로 노인과 악수를 하며 말했다. "잘 계셨죠?"
"잘 있었다, 존, 잘 있었어!" 노인은 대답했다.
"핍 씨예요, 연로하신 아버님." 웨믹이 말했다. "아버님이 이름을 들을 수 있으시면 참 좋으련만. 아버님께 고개를 끄덕여 주세요, 핍 씨. 그걸 아버님이 좋아하시거든요. 괜찮으시다면 아버님께 고개를 끄덕거려 주세요, 윙크하듯이 말입니다!"
"여기는 우리 아들의 훌륭한 집입니다, 손님." 내가 가능한 한 열심히 고개를 끄덕여 주고 있을 때 노인이 큰 소리로 말했다. "여기는 멋진 유원지랍니다, 손님. 이 장소하고 여기에 있는 이 아름다운 건조물들은 우리 아들이 죽고 나면 모두 국가에 의해 보존되어야 할 겁니다, 사람들이 즐기도록 말입니다."
"아버님은 이곳이 무척이나 자랑스러우시죠, 그렇잖아요, 아버님?" 웨믹은 그의 딱딱한 얼굴을 정말 부드럽게 하고 노인을 찬찬히 보면서 말했다. 그는 "자, 아버님께 드리는 인사예요"라고 말하고는 고개를 크게 한 번 끄덕여 보였다. "자, 또 한 번 드릴게요"라고 말하고는 훨씬 더 크게 끄덕여 보였다. "아버님은 이걸 좋아하시잖아요? 피곤하지 않으시면, 핍 씨—하기야 낯선 분들에게는 피곤한 일이란 걸 알고 있습니다만—한 번 더 가볍게 아버님께 고개를 끄덕여 주시겠습니까? 그게 아버님을 얼마나 즐겁게 하는지 모르실 겁니다."

나는 노인에게 몇 번 더 고개를 끄덕여 주었다. 그랬더니 노인은 무척 좋아했다. 우리는 노인이 닭들에게 모이를 주려고 힘들게 움직이는 것을 본 다음 그곳을 떠났고, 정자로 돌아와 펀치를 마시기 위해 자리에 앉았다. 거기서 웨믹은 파이프 담배를 피우면서, 이곳을 지금의 완벽한 상태로 꾸며놓는 데는 꽤 여러 해가 걸렸다고 말했다.

"이곳은 당신 소유인가요, 웨믹 씨?"

"오, 그럼요." 웨믹은 말했다. "한 번에 조금씩 사들였지요. 정말 완전히 저의 사유재산이랍니다!"

"그러세요, 정말로? 재거스 씨도 이곳을 칭찬하시겠죠?"

"이곳에 와보신 적이 없답니다." 웨믹이 말했다. "이곳에 대해 전혀 들어보신 적도 없고. 저의 노부도 보신 적이 없고. 노부에 대해 들어보신 적도 없죠. 없었어요, 사무실과 사생활은 별개니까요. 사무실로 출근할 때는 이 성을 뒤에 두고 가고, 이 성으로 퇴근할 때는 사무실을 뒤에 두고 온답니다. 만일 당신께 그다지 불쾌하지 않으시다면, 당신도 꼭 그렇게 해주시면 고맙겠습니다. 저는 이곳이 직장에서 이야기되는 것은 바라지 않거든요."

물론 나는 그의 요구를 성심껏 지켜줘야겠다고 생각했다. 펀치가 매우 맛이 좋아서, 우리는 거의 9시가 될 때까지 거기에 앉아 펀치를 마시며 이야기를 나눴다. "대포 쏠 시간이 가까워지네요." 웨믹이 그때 파이프를 내려놓으며 말했다. "그건 아버님의 큰 기쁨이랍니다."

우리가 성 안으로 다시 들어가 보니, 노인은 기대에 찬 눈으로 밤마다 수행하는 큰 의식을 준비하고자 부지깽이를 달구고 있었다. 웨믹은 손에 시계를 들고, 노부에게서 빨갛게 달궈진 부지깽이를 받아서 대포로 갈 순간이 될 때까지 서 있었다. 그는 부지깽이를 받아서 밖으로 나갔다. 그리고 곧 '미사일'이 쾅하고 발사되면서 작은 상자 같은 아담한 집이 무너져 산산조각 날 것처럼 뒤흔들렸고, 집 안의 모든 유리잔과 찻잔이 쨍그랑거렸다. 이렇게 되자 노인은—내가 믿건대 팔꿈치로 안락의자를 붙잡고 있지 않았더라면 튕겨져 날아갔을 노인은—크게 기뻐하며 큰 소리로 외쳤다. "대포가 발사됐구나! 나는 그 소리를 들었어!" 그리고 나는 그 노신사를 전혀 볼 수 없었다고 단언하는 것이 비유적 표현이 아니게끔 그에게 고개를 크게 끄덕여 줬다.

대포 발사와 저녁 식사 사이의 틈새 시간을, 웨믹은 나에게 그가 수집한 골동품들을 보여주는 데 할애했다. 그것들은 대부분 중죄인에게서 나온 것들이었는데, 유명한 화폐 위조에 사용되었던 펜, 눈에 띄는 면도칼 한두 개, 머리 타래 몇 뭉치, 유죄 판결 후에 작성된 몇 통의 고백 원고 등으로 구성되어 있었다. 그런데 이들 고백 원고에 대해 웨믹 씨는, 그의 말을 빌리자면 "그것들 하나하나가 다 거짓말"이라는 이유로 특별한 가치를 두고 있었다. 이 골동품들은 조그만 견본 도자기와 유리잔, 이 박물관의 주인이 만든 여러 가지 멋진 소품들, 그리고 그의 노부가 새겨 만든 파이프에 담배 채워 넣는 도구들 사이사이에 조화롭게 분산되어 있었다. 그것들은 모두 내가 처음 안내를 받아 들어갔던 이 성의 방에 진열되어 있었다. 그리고 이 방은 일반적인 거실일 뿐만 아니라 부엌 역할도 했는데, 벽난로 안쪽 시렁에 걸려 있는 자루 달린 냄비라든가 벽난로 위에 놓인 고기구이 꼬챙이 회전기를 걸쳐둘 용도로 갖다 둔 앙증맞은 놋쇠 삼발이로 판단하건대 그랬다.

그 집에는 시중드는 단정한 어린 소녀가 하나 있었는데, 낮에는 노인을 보살펴 주었다. 그녀가 저녁 식사를 다 차려놓았을 때 그녀가 밖으로 나갈 수 있도록 다리가 내려졌고, 그녀는 밤 퇴근을 했다. 저녁 식사는 훌륭했다. 비록 성이 꽤 건조하고 부식된 탓에 마치 상한 호두 같은 냄새가 풍기는 것 같았지만, 또 비록 돼지가 좀 더 멀리 떨어져 있었으면 했지만, 나는 내가 받은 모든 대접에 진심으로 흡족했다. 내가 잘 작은 옥탑방도 결점이라고는 없었다. 나와 깃대 사이의 천장이 너무도 얇아서, 침대에 드러누웠을 때 밤새도록 내 이마로 그 깃대의 균형을 잡아줘야 할 것 같았다는 것을 빼고는.

웨믹은 아침 일찍 일어났다. 그리고 미안하게도 그가 내 구두를 닦는 소리가 들려왔다. 그런 뒤 그는 정원을 돌보러 나갔다. 나는 고딕식 창문을 통해서 그가 노부에게 일을 시키는 척하면서 아주 애정 깊은 태도로 고개를 끄덕여 주고 있는 것을 보았다. 조반은 저녁만큼이나 훌륭했다. 정확히 8시 반에 우리는 리틀 브리튼으로 출발했다. 우리가 가는 동안 웨믹은 차차로 쌀쌀맞고 딱딱해졌으며, 그의 입은 다시 단단하게 닫혀서 우체통 편지 투입구처럼 되어버렸다. 마침내 우리가 그의 근무처에 도착해서 그가 윗옷 목깃에서 금고 열쇠를 꺼낼 때는 마치 그의 성과 도개교와 정자와 연못과 분수와 그의 노부 등 모두가 '미사일'의 마지막 발사로 몽땅 공중으로 날아가기라도 한 것처럼, 월워스의 자산들을 깡그리 잊은 표정이었다.

26장

웨믹이 나에게 그럴 것이라고 말해줬던 것처럼, 나는 내 후견인의 집과 그의 출납원이자 서기인 웨믹의 집을 비교해 볼 기회를 곧 갖게 되었다. 내가 월워스에서 돌아와 사무실에 들어섰을 때, 내 후견인은 자기 방에서 향비누로 손을 씻고 있었다. 그는 나를 부르더니 웨믹이 전한 사전 정보대로 나와 내 친구들을 초대했다. "아무 격식도 필요 없고," 그는 조건을 분명히 했다. "그리고 만찬복도 필요 없어. 그럼 내일 보자고." 나는 그에게 우리가 어디로 가야 되느냐고 물었다(나는 그가 사는 곳을 전혀 몰랐기 때문이다). 그랬더니, 내가 믿기로는 뭔가를 그냥 용인하기를 대체로 싫어하는 듯 그는 이렇게 대답했다. "여기로 와, 그러면 내가 자네들을 데리고 집으로 가지." 이 기회를 빌려 말하건대 그는 마치 외과의사나 치과의사처럼 그의 의뢰인들을 씻어내듯 내보냈다. 그의 방에는 이런 목적에 맞게 달아놓은 세면대 겸용 벽걸이 수납장이 하나 있었는데, 이 수납장은 향수 가게처럼 향비누 냄새를 풍겼다. 수납장 문 안쪽에 달린 회전식 수건걸이에는 유난히 큰 수건이 걸려 있었다. 그는 경범죄 즉결재판소에서 방으로 돌아오거나 의뢰인을 방에서 내보낼 때마다 두 손을 씻은 다음 이 수건 전체로 닦고 말리곤 했다. 다음 날 6시에 나와 내 친구들이 그에게 갔을 때, 그는 평소보다 한층 더 흉악한 성격의 사건을 맡았던 것 같았다. 왜냐하면 그가 이 세면대에 머리를 밀어 넣고, 손만 씻는 것이 아니라 얼굴도 씻고 목까지 헹궈내는 것을 보았기 때문이다. 그리고 그 모든 것을 끝마치고 큰 수건 전체를 돌려가며 물기를 닦고 났을 때조차도, 그는 주머니칼을 꺼내 손톱에서 그날의 사건을 긁어낸 뒤에야 비로소 상의를 입었다.

우리가 밖으로 나와 거리로 들어섰을 때, 평소처럼 몇몇 사람들이 주변을 살금살금 걷고 있었다. 그들은 분명히 그와 매우 이야기하고 싶어 했지만, 그의 존재를 둘러싸고 있는 향비누의 후광에 뭔가 너무나 단호한 기운이 있어서 그들은 그날의 바람을 접고 말았다. 우리가 서쪽으로 길 따라 걸어갈 때 이따금 거리의 군중 가운데서 어떤 사람이 그를 알아봤는데, 그런 일이 일어날 때마다 그는 나에게 한층 더 큰 소리로 말했다. 그러나 그는 달리 누군가를 알아본다거나 누가 자기를 알아보는 것에 주의를 기울이는 일이 전혀 없었다.

그는 소호[1] 지구의 제라드 가로 우리를 안내하여, 그 거리의 남쪽에 있는 어느 집으로 이끌었다. 그런 유형의 집으로는 꽤 위엄 있는 집이었지만, 안타깝게도 페인트칠이 필요한 상태인 데다 창문들도 더러웠다. 그가 열쇠를 꺼내 문을 열어줘서 우리는 안으로 들어섰는데, 안쪽은 차가운 돌바닥의 현관으로 텅 비고 음침하며 거의 사용되지 않는 듯했다. 그리하여 우리는 2층의 연속된 세 개의 암갈색 방으로 이어지는 암갈색 층계를 올라갔다. 벽널로 장식된 벽에는 조각된 화환들이 걸려 있었는데, 그가 화환들 사이에 서서 우리를 환영해 줄 때 그 장식들이 올가미를 닮았다고 생각했다는 게 지금도 기억난다.

1 런던의 번화가 피커딜리 근처의 한 지구로, 프랑스인, 이탈리아인, 중국인 등 외국인들이 경영하는 염가 음식점들이 밀집해 있다.

만찬은 이들 세 방 가운데 가장 좋은 방에 마련되어 있었다. 두 번째 방은 그가 옷 갈아입는 방이었고, 세 번째 방은 그의 침실이었다. 그는 집 전체를 소유하고는 있지만, 우리가 본 방들 이상으로는 거의 사용하지 않는다고 말했다. 식탁은 아늑하게 차려져 있었으며, 당연히 은식기는 없었다. 그의 의자 옆에는 널찍한 회전식 식품 선반 하나가 있었는데, 그 위에는 다양한 술병과 마개 있는 유리병 그리고 후식용 과일 접시 네 개가 놓여 있었다. 시종일관 나는 그가 모든 것을 자기 손이 미치는 곳에 두고 직접 나눠주는 것을 눈치채고 있었다.

방에는 책장이 하나 있었다. 나는 책등을 보고, 그 책들이 증거, 형법, 범죄자의 전기, 재판, 법령, 그리고 기타 등등에 관한 것들이라는 것을 알았다. 가구는 그의 시곗줄같이 모두가 아주 튼튼하고 좋았다. 그렇지만 방은 아무래도 사무실 같은 모습이었고, 장식적인 것이라고는 전혀 보이지 않았다. 방 한구석에는 갓을 씌운 등이 놓인 작은 서류 책상이 하나 있었다. 그래서 그 점에 있어서도 그는 사무실을 집으로 옮겨온 것 같았는데, 저녁이면 사무실을 수레에 싣고 와서 일에 몰두하는 모양이었다.

그때까지 그는 내 세 친구들을 거의 보지 못했던 터라—왜냐하면 그와 내가 함께 걸었기 때문에—그는 누굴 부르는 종을 울린 뒤에 난롯가 양탄자 위에 서서 그들을 유심히 살펴보았다. 놀랍게도 그는 즉시 전적으로는 아니라도 주로 드러믈에게 관심이 있는 것 같았다.

"핍." 그는 그의 커다란 손을 내 어깨에 얹고 나를 창가로 데려가면서 말했다. "나는 누가 누군지 모르겠군. 그 거미는 누군가?"

"거미요?" 내가 말했다.

"저 부스럼투성이에, 흉하게 퍼지고, 뚱한 친구 말이야."

"저건 벤틀리 드러믈인데요." 나는 대답했다. "얼굴이 섬세하게 생긴 친구는 스타톱이고요."

그는 '얼굴이 섬세하게 생긴 친구'는 전혀 거들떠보지도 않고 대꾸했다. "벤틀리 드러믈이 그의 이름이라고, 그래? 나는 저 친구의 표정이 마음에 드는군."

그는 즉시 드러믈과 이야기를 하기 시작했는데, 느긋하게 띄엄띄엄 대답하는 드러믈의 태도에도 전혀 아랑곳하지 않고 오히려 언뜻 보기에 그런 태도에 끌린 모양인지 그에게서 이야기를 쥐어짜 내고 있었다. 내가 그들 두 사람을 쳐다보고 있을 때, 나와 그들 사이로 가정부가 식탁에 차려놓을 첫 번째 요리를 가지고 들어왔다.

그녀는 내 짐작으로 마흔쯤 된 여인이었다. 내가 그녀를 실제보다 더 젊게 보았는지도 모르지만 말이다. 그녀는 꽤 큰 키에 나긋나긋하고 민첩한 몸매였고, 얼굴은 몹시 창백한 데다 커다란 두 눈은 빛을 잃었고, 숱이 많은 머리를 늘어뜨리고 있었다. 무슨 심장병 때문에 그녀가 숨이 가쁜 듯이 입술을 벌리고 있는 건지, 그리고 어쩌다 얼굴에는 뜻밖이며 당황스럽다는 묘한 표정을 띠게 되었는지 나는 알 수 없다. 그러나 내가 지금도 기억하고 있는 것은, 내가 하루인가 이틀 전 밤에 극장에 가서 〈맥베스*Macbeth*〉를 관람했으며, 그녀의 얼굴은 극중 마녀들의 가마솥에서 솟아오르던 얼굴들[1]처럼 마치 불타는 대기에 온통 일그러진 것 같은 표정이었다는 사실이다.

가정부는 요리 접시를 식탁에 차려놓고, 내 후견인의 팔을 손가락으로 가만히 건드려 식사가 준비되었음을 알리고는 사라졌

1 셰익스피어의 비극 〈맥베스*Macbeth*〉의 4막 1장.

다. 우리는 원형 식탁에 자리를 잡았다. 내 후견인은 자기의 한 쪽 옆에 드러믈을 앉혔고, 스타톱은 다른 쪽에 앉았다. 가정부가 식탁에 놓고 간 것은 바로 훌륭한 생선 요리였다. 그 뒤에 우리는 못지않게 훌륭한 양고기를 한 덩어리씩 먹었고, 그다음엔 역시 질 좋은 닭고기를 먹었다. 양념이며 포도주, 우리가 필요로 하는 모든 부수적인 것들, 그리고 모든 최상의 것들이 주인에 의해 그의 회전식 식품 선반에서 제공되었다. 그리고 그것들이 식탁을 한 바퀴 돌면, 그는 항상 그것들을 다시 식품 선반에 올려놓았다. 마찬가지로 그는 다른 음식이 나올 때마다 우리에게 새 접시와 칼과 포크를 나눠줬으며, 방금 쓰고 난 것들은 그의 의자 옆 바닥에 있는 두 개의 바구니에 넣었다. 가정부 이외의 다른 하인은 아무도 나타나지 않았다. 가정부가 모든 요리를 가져다 놓았는데, 그때마다 나는 그녀의 얼굴에서 마녀들의 가마솥에서 솟아오르는 얼굴을 보았다. 몇 년 뒤에 나는 그 여인의 얼굴과 무섭도록 닮은 모습을 상상 속에서 연출한 적이 있는데, 늘어뜨린 머리카락 말고는 그녀의 얼굴과 자연스럽게 닮은 점이 없는 얼굴을 어두운 방에서 타오르는 큰 화주잔 뒤로 지나가게 함으로써 그랬다.

그녀의 인상적인 외모와 웨믹의 사전 정보를 토대로 가정부를 특별히 주목하면서, 나는 그녀가 방에 있을 때면 언제나 내 후견인을 주의 깊게 쳐다보고 있다는 사실과, 그의 앞에 접시를 내려놓을 때면 마치 그가 자신을 되부를까 봐 두려워하며 주인이 뭔가 할 말이 있으면 자신이 가까이 있을 때 말해줬으면 하고 바라는 듯 머뭇거리며 손을 치운다는 사실을 주시했다. 나는 그의 태도에서 그 사실을 알고 있다는 듯한 기색과, 그녀를 항상 마음 졸이게 하려 한다는 의도를 간파할 수 있었다.

만찬은 즐겁게 진행되었다. 그런데, 비록 내 후견인이 새로운 화제를 꺼내기보다는 따라가는 것처럼 보이긴 했지만 나는 그가 우리에게서 우리의 기질 중 가장 약한 면을 비틀어 짜내고 있다는 것을 알았다. 나 자신으로 말하자면, 내가 입을 열어 말하는 것을 완전히 의식하기도 전에 나는 나의 사치스러운 낭비 성향과 내가 허버트의 후원자인 양 행동하는 성향과 나의 굉장한 장래를 자랑하는 성향을 드러내고 있었다. 이런 성향은 우리 모두가 다 마찬가지였지만, 드러믈보다 더 심한 친구는 없었다. 시기심과 의심 많은 태도로 나머지 사람들을 비웃는 그의 성향은 생선 요리를 다 끝내기도 전에 나사가 풀리듯 모습을 드러냈다.

시간이 흘러 치즈를 먹을 때였다. 대화는 우리의 노 젓는 솜씨에 대한 것으로 바뀌었고, 드러믈은 밤이면 그 양서류 같은 느린 동작으로 우리 뒤를 따라오는 것 때문에 조롱을 받았다. 이에 드러믈은 만찬의 주인에게, 자신은 우리의 친구들보다는 우리의 방을 훨씬 더 좋아하고, 노 젓는 솜씨로 말하면 자기가 우리의 선생보다도 더 나으며, 힘으로 말하면 우리를 왕겨처럼 산산이 흩어버릴 수 있다고 호언장담했다. 어떤 보이지 않는 힘에 의해 내 후견인은 이 사소한 문제에 관해서 그를 거의 광분에 이르게 할 정도로 흥분시켰다. 그래서 그는 자신의 팔이 얼마나 억센지 보여주기 위해 팔을 걷어 올리고 그 굵기가 몇 뼘인지 재기 시작했고, 덩달아 우리 모두가 우스꽝스런 방식으로 각자의 팔을 걷어 올려 굵기를 재기 시작했다.

마침 그때 가정부가 식탁을 치우고 있었는데, 내 후견인은 그녀에게는 전혀 주의를 기울이지 않고 그녀로부터 얼굴을 옆으로 돌린 채, 의자에 등을 기대고 앉아서 집게손가락을 물어뜯으며 드러믈에게 관심을 보이고 있었다. 그의 이런 행위는 나로서는 도저히 납득이 가지 않았다. 느닷없이 그는 가정부가 식탁을 가로질러 손을 내뻗고 있을 때, 자신의 솥뚜껑 같은 손으로 그녀의 손을 덫처럼 꽉 잡았다. 어찌나 갑작스럽고 재빠르게 이런 동작을 취했던지, 우리 모두는 바보 같은 힘겨루기를 그쳤다.

"힘에 대해 운운한다면," 재거스 씨가 말했다. "**내가** 자네들에게 손목 하나를 보여주지. 몰리, 저 손님들에게 자네 손목 좀 보여줘봐."

덫에 걸리듯 꽉 잡힌 그녀의 손은 식탁 위에 그대로 있었지만, 그녀는 다른 손을 이미 허리 뒤에 감춘 뒤였다. "주인님." 그녀는 그의 눈을 주의 깊게, 그리고 간절하게 바라보며 낮은 목소리로 말했다. "이러지 마세요!"

"**내가** 자네들에게 손목 하나를 보여주겠어." 재거스 씨는 보여주고야 말겠다는 확고한 결의로 되풀이해서 말했다. "몰리, 저 손님들에게 자네 손목을 좀 보여주래도."

"주인님." 그녀는 또다시 중얼거렸다. "제발 좀!"

"몰리." 재거스 씨는 그녀는 쳐다보지도 않고 고집스럽게 방의 반대편을 바라보며 말했다. "저 손님들에게 자네의 **양쪽** 손목을 보여줘. 보여줘 봐. 어서!"

그는 그녀의 손에서 자신의 손을 떼고 난 뒤 그녀의 손목을 식탁 위에 뒤집어 놓았다. 그녀는 뒤에 감췄던 다른 손을 앞으로 가져와 양손을 나란히 놓았다. 나중에 내놓은 손목은 꼴사납게 많이 손상된 상태였다—깊은 흉터들이 이리저리 엇갈려 있었다. 그녀는 양손을 내밀고는 재거스 씨에게서 시선을 거둬 우리들 하나하나에게 잇따라 경계하는 시선을 보냈다.

"여기에 힘이 있지." 재거스 씨는 집게손가락으로 냉정하게 그녀의 손목 근육을 더듬으며 말했다. "이 여자가 지닌 손목 힘을 가진 남자는 극소수일 거야. 이 손의 악력만 해도 얼마나 센지 놀랄 만하다고. 나는 많은 사람들의 손에 주목해 볼 기회가 있었지만, 악력 면에서는 남자건 여자건 이보다 더 강한 손을 결코 보지 못했어."

그가 느긋하고도 비판적인 어조로 이런 말을 하는 동안 몰리는 자리에 앉아 있는 우리 모두를 차례로 바라보았다. 그가 말을 끝내기가 무섭게 그녀는 다시 그를 쳐다보았다. "이제 됐어, 몰리." 재거스 씨는 그녀에게 가볍게 끄덕이며 말했다. "충분히 칭찬받았으니, 이제 가도 돼." 그녀는 양손을 거두고 방에서 나갔다. 그리고 재거스 씨는 회전식 식품 선반에서 마개 있는 유리병들을 꺼내놓고 자기 잔을 채우더니, 그 포도주를 우리에게 돌렸다.

"9시 반에는, 젊은 신사들," 재거스 씨가 말했다. "우린 헤어져야 해. 부디 최대한 즐기기 바라네. 자네들 모두를 만나게 되어 기뻐. 드러믈 군, 자넬 위해 건배하자고."

그가 드러믈을 일부러 지목한 목적이 그를 더욱 자극하는 것이었다면, 그 의도는 완벽히 성공했다. 드러믈은 실쭉하면서도 의기양양하게, 우리 모두를 점점 더 무례한 태도로 얕보는 태도를 보였으며 그 무례한 정도가 점점 더 심해져서 마침내는 완전히 견딜 수 없는 지경에 이르렀다. 이렇게 드러믈이 여러 단계를 거쳐 행동하는 동안 내내 재거스 씨는 아까와 똑같은 이상한 관심을 가지고 그를 지켜보고만 있었다. 드러믈은 사실상 재거스 씨의 포도주에 풍미를 더해주는 역할을 하는 것 같았다.

아마도 우리는 미숙한 소년들처럼 분별없이 술을 너무 많이 마신 듯했고, 또 내가 기억하건대 말도 너무 많이 했다. 우리는 특히 우리가 돈을 너무나 헤프게 쓴다는 취지로 던진 드러믈의

야비한 조롱에 열받았다. 이 야비한 조롱 때문에, 나는 분별력보다는 열성을 가지고, 불과 한두 주 전에 내가 보는 앞에서 스타톱에게서 돈을 꾼 사람이 그러는 것은 점잖지 못하다고 말하게 되었다.

"그래," 드러믈이 응수했다. "그 돈은 갚을 거야."

"그가 돈을 못 받을 거라는 뜻으로 하는 말이 아니라," 내가 말했다. "그런 생각을 하면 네가 우리 돈에 대해 입 좀 다무는 게 낫지 않겠느냐고 생각해서 말하는 거야."

"**네가** 그렇게 생각한다고!" 드러믈이 응수했다. "오, 맙소사!"

"내 생각엔," 아주 모질게 대할 작정으로 나는 말했다. "너는 우리가 돈이 필요할 때 어느 누구에게도 돈을 빌려주지 않을걸."

"네 말이 맞아." 드러믈이 말했다. "나는 너희들 중 어느 누구에게도 땡전 한 푼 안 빌려줄 거야. 나는 아무에게도 땡전 한 푼 빌려주지 않을 거라고."

"그런 상황에서 돈을 빌린다는 것은 꽤 치사하다고 난 생각하는데."

"**네가** 그렇게 생각한다고." 드러믈이 내 말을 반복했다. "오, 맙소사!"

그의 이런 언행이 정말 짜증을 유발하는 바람에—특히나 그의 무뚝뚝하고 우둔한 태도가 속수무책인 것을 알았기 때문에 더욱 그러했다—나를 만류하는 허버트를 무시하고 나는 이렇게 말했다.

"자, 드러믈 군, 그 문제에 대해 말이 나왔으니 네가 그 돈을 빌릴 때 여기 허버트와 나 사이에 무슨 이야기가 오갔는지 말해주지."

"거기 허버트와 너 사이에 무슨 이야기가 오갔는지 난 알고 싶지 않거든." 드러믈은 으르렁댔다. 그리고 나는 그가 한층 낮게 으르렁거리는 목소리로, 우리 둘 다 망해서 부들부들 떨기나 하면 좋겠다고 덧붙였으리라 생각했다.

"그래도 난 너에게 말해야겠다." 나는 말했다. "네가 알고 싶든 말든 간에 말이야. 네가 아주 기뻐하면서 그 빌린 돈을 호주머니에 넣을 때, 한편으로는 스타톱이 돈을 꿔줄 만큼 마음이 물러터진 것을 굉장히 우스워하는 것 같다고 말했어."

드러믈은 이내 껄껄 웃었다. 그리고 그는 우리 면전에서 양손을 호주머니에 넣고 둥근 어깨를 으쓱 올린 채 껄껄대며 앉아 있었다. 그 웃음은 내 말이 전적으로 사실이며 그가 우리 모두를 바보로 보고 경멸한다는 사실을 명백히 드러냈다.

상황이 이쯤 되자 스타톱이 그의 손을 잡고, 비록 내가 보여준 것보다 훨씬 더 얌전한 태도이긴 했지만 조금만 더 상냥하게 굴라고 간곡히 권고했다. 스타톱은 발랄하고 총명한 젊은이인데 드러믈은 그 정반대였으므로, 드러믈은 언제나 스타톱의 존재 자체를 자신에 대한 직접적인 모욕으로 여겨 그를 원망하는 경향이 있었다. 이때도 드러믈은 거칠고 멍청한 방식으로 응수한 데 반해 스타톱은 가벼운 농담으로 언쟁을 피하려고 했다. 농담이 먹혀들어 우리가 웃음을 터뜨리자 이를 더 불쾌하게 여긴 나머지 드러믈은 어떤 위협이나 경고도 없이 호주머니에서 양손을 빼고 둥근 어깨를 내려뜨리더니, 욕설을 퍼부으며 큰 유리잔을 들어 상대의 머리에 던지려고 했다. 그러나 그가 던지려고 막 유리잔을 들어 올린 순간, 우리를 초대한 주인이 잽싸게 그것을 붙잡았다.

"이보게들." 재거스 씨가 신중하게 술잔을 내려놓고는 묵직한 시곗줄을 당겨 금회중시계를 끄집어내며 말했다. "이거 무척 유감이지만 지금 시각이 9시 반임을 알려야겠군."

이 암시에 우리는 모두 떠나려고 일어났다. 우리가 길에 접한 바깥문에 이르기도 전에 스타톱은 마치 아무 일도 없었던 것처럼 명랑하게도 드러믈을 "오랜 친구"라고 부르고 있었다. 그러나 그 오랜 친구는 이에 응할 심산이 전혀 아니어서, 해머스미스로 갈 때 그와 같은 길가에서 걸어가려고도 하지 않았다. 그래서, 시내에 남기로 한 허버트와 나는 그들이 길의 양편에서 각자 걸어 내려가고 있는 모습을 보았다. 스타톱이 앞장섰고, 드러믈은 꼭 뱃놀이할 때 상대의 배를 뒤따라가듯이 집들의 그림자 속에서 뒤처져 천천히 걷고 있었다.

바깥문이 아직 닫히지 않았으므로 나는 허버트를 거기에 잠깐 있게 하고 위층으로 다시 뛰어올라 가서 내 후견인에게 한 말씀 드려야겠다고 생각했다. 나는 그가 이미 옷방에서 목 긴 구두 무더기 속에 둘러싸인 채, 우리와의 인연을 씻어내려는 듯 손을 열심히 닦고 있는 모습을 발견했다.

나는 불쾌한 일이 발생한 것에 대해 참으로 죄송하게 생각하며, 또 나를 너무 나무라지 말기를 바란다는 말씀을 드리러 다시 올라왔다고 그에게 말했다.

"거참!" 그가 얼굴을 물로 흠뻑 적시고 튕기는 물방울 사이로 말했다. "그건 아무렇지도 않아, 핍. 나는 그래도 그 거미 녀석이 마음에 들어."

그는 이제 나를 향해 돌아서서 머리를 털고 숨을 내쉬며, 수건으로 얼굴과 손을 닦고 있었다.

"그 친구가 마음에 드신다니 기쁩니다, 변호사님." 나는 말했다. "그렇지만 전 안 그렇습니다."

"그럴 테지, 암." 내 후견인은 동의했다. "그 친구를 지나치게 많이 상대하진 마. 될 수 있는 대로 그를 멀리하라고. 그러나 난 그 친구가 마음에 들어, 핍. 그는 진국이야. 그런데 말이야, 내가 만일 점쟁이라면……."

수건 틈으로 내다보다가 그는 내 눈과 마주쳤다.

"하지만 난 점쟁이가 아니거든." 그는 길게 이어 만든 꽃줄 같은 수건에 머리를 디밀고서, 수건으로 양쪽 귀를 싹싹 문질러 닦으며 말했다. "자넨 내가 누군지 알지, 안 그래? 잘 가게, 핍."

"안녕히 계세요, 변호사님."

그 뒤 한 달쯤 지나 그 '거미'가 포킷 씨와 함께 지내는 기간이 영원히 끝나고 자기 가족이 사는 집으로 돌아간 덕분에, 포킷 부인만 빼놓고 온 집안사람들이 크게 한시름 놓게 되었다.

27장

친애하는 핍에게,

나는 이 편지를 가저리 아저씨의 부탁으로 쓴단다. 아저씨가 웝슬 씨와 동행하여 런던에 가실 예정이며, 널 만날 수 있도록 쾌히 허락해 준다면 기쁘겠다는 것을 알려주기 위해서야. 아저씨는 화요일 오전 9시에 바너드 여관에 들를 예정이니, 그때가 안 좋으면 말을 남겨줘. 불쌍한 누님은 네가 떠날 때와 거의 똑같은 상태란다. 우리는 매일 밤마다 부엌에서 네 이야기를 하며, 네가 무슨 말을 하고 무슨 일을 하고 있는지 궁금해하지. 만일 이 편지가 건방지다고 생각된다면, 불우한 옛 시절의 정을 생각해서 용서해 주렴. 이만 줄일게, 친애하는 핍.

항상 감사하고 다정한

너의 친구,

비디가

추신. 아저씨는 내가 특별히 얼마나 즐거운 일일까라고 써주기를 바라셔. 네가 알아들을 거라고 하시네. 비록 신사이긴 하지만, 나는 네가 그를 기꺼이 만나주리라 희망하고 또 믿어 의심치 않아. 왜냐하면 넌 항상 착한 마음씨를 지녔었고, 또 아저씨는 훌륭하고 유덕한 분이니까. 나는 아저씨에게 마지막 짧은 문장만 빼고 이 편지를 다 읽어드렸어. 아저씨는 또 다시 내가 특별히 얼마나 즐거운 일일까라고 써주기를 바라서.

나는 이 편지를 우편으로 월요일 오전에 받았다. 그래서 조가 오기로 한 때는 바로 그다음 날이었다. 내가 어떤 감정으로 조가 오는 것을 기다렸는지, 사실대로 가감 없이 고백해야겠다.

기꺼이 기다리진 않았다. 비록 내가 참으로 많은 면에서 그의 신세를 진 처지였지만, 기쁜 마음이 아니었다. 오히려 몹시 불안하고, 다소 치욕적이고, 신분이 어울리지 않는다는 날 선 느낌마저 들었다. 만일 돈을 줘서 그를 못 오게 할 수만 있었다면 나는 틀림없이 돈을 지불했을 것이다. 그래도 내가 크게 안심되었던 것은 그가 해머스미스가 아니라 바너드 여관으로 오고, 따라서 벤틀리 드러믈과는 마주치지 않으리라는 사실이었다. 나는 허버트나 그의 부친이 그를 만나는 것은 별로 이의가 없었는데, 그것은 내가 두 사람을 모두 존경해서였다. 그러나 내가 경멸하는 드러믈이 그를 만나는 것에 대해서는 지극히 날카롭게 민감했다. 이래서, 우리는 평생 대개 우리가 가장 경멸하는 사람들 때문에 우리의 가장 못된 결점을 보이고 비열한 행동을 범하게 된다.

나는 우리 방들을 아주 불필요하고 부적절한 이런저런 방식으로 항상 장식하기 시작했는데, 바너드에 쏟는 그 대단한 노력은 무척 비용이 많이 드는 것으로 드러났다. 이 무렵 우리 방들은 내가 처음 보았을 때와는 천양지차였으며, 나는 근처 실내 장식업자의 거래 장부에 눈에 띄게 몇 쪽을 차지하는 영예를 누렸다. 최근 나의 이런 낭비벽이 매우 빠르게 진행된 나머지, 심지어는 목이 긴 구두—승마구두—를 착용한 시동까지 두었는데, 오히려 내가 그 녀석에게 속박된 노예 신분으로 나날을 보냈다고 말할 수 있었다. 왜냐하면, 내가 그를(내 세탁부 아줌마의 가족인 그는 인간 폐물이었는데) 괴물로 만들어 하늘색 상의, 샛노란 조끼, 하얀 넥타이, 크림색 승마용 반바지, 그리고 이미 언급한 목이 긴 구두를 착용시킨 뒤 그에게 일은 조금 시키고 먹을 것은 엄청 대줘야만 했으며, 이 끔찍한 두 가지 요구 사항들로 그가 내 존재마저 괴롭혔기 때문이다.

나는 일도 안 하면서 급료를 받는 이 '악심덩이' 같은 녀석에게, 화요일 아침 8시에 현관에서(현관은 0.2제곱미터 크기로, 돈을 들여 바닥 깔개를 깔아놓았다) 대기하고 있으라고 명령했다. 그리고 허버트는 조가 좋아하리라고 생각되는 아침 식사거리 몇 가지를 제안했다. 나는 그가 그렇게 관심을 보이고 사려 깊은 데 대해 진심으로 고맙게 여기면서도, 한편으로는 만일 조가 허버트를 만나러 오는 것이었다면 그가 이렇게까지 쾌활하게 행동하지는 않았을 것이라는 이상하고도 약간 기분 나쁜 의아심이 들기도 했다.

그럼에도 불구하고 나는 조를 맞이하기 위해 월요일 밤에 런던 시내로 돌아왔고, 이튿날 아침에 일찍 일어나 거실과 조반 식탁을 가장 근사한 모습으로 보이게끔 해놓았다. 그런데 공교롭게도 그날 아침에 이슬비가 내린 탓에 바너드가 마치 어떤 모자라는 거인 굴뚝 청소부처럼 창문 밖으로 검댕 같은 눈물을 흘리고 있다는 사실은 천사라도 감출 수 없었을 것이다.

시간이 다가올수록 나는 달아나고만 싶었다. 그러나 그 악심덩이 같은 녀석이 내 명령에 따라 지키고 있었고, 이윽고 조가 계단을 올라오는 소리가 들려왔다. 나는 그게 조라는 것을 알았는데, 계단을 오르는 그의 서투른 방식이라든가—그의 정장용 긴 구두는 언제나 그에게는 너무 컸다—그가 올라오는 도중에 다른 층에 붙어 있는 이름을 읽는 데 걸린 시간으로 그것을 알아냈다. 드디어 그가 우리 방문 밖에 멈췄을 때 나는 그가 페인트로 써놓은 내 이름자들을 손가락으로 짚어보는 소리를 들을 수 있었으며, 그 뒤에는 그가 열쇠 구멍에 대고 숨을 들이쉬고 있는 소리를 분명히 들었다. 마침내 그가 문을 한 번 약하게 두드리자, 페퍼란—그게 악심덩이 같은 시동의 꼴사나운 이름이었다—놈이 알렸다. "가저리 씨가 오셨습니다!" 나는 조가 하염없이 발을 닦고 있을 것 같다는 생각에 그를 바닥 깔개에서 들어 올려야 하는 건 아닌가 하는 생각까지 들었지만, 마침내 그가 들어왔다.

"조, 안녕, 조?"

"핍, 잘 있었나, 핍?"

그는 빨갛게 상기된 정직하고 선한 얼굴을 환하게 빛내며 모자를 우리 둘 사이의 방바닥에 내려놓더니, 내 양손을 붙잡고 마치 내가 최근에 특허 받은 펌프라도 되는 양 똑바로 올렸다 내렸다 했다.

"이렇게 만나서 반가워, 조. 모자를 이리 줘."

그러나 조는, 마치 알이 든 새의 둥지처럼 모자를 양손으로 조심스럽게 집어 들더니 그 재산을 내게 달라는 말을 들으려 하지 않고 계속 손에 들고 선 채 아주 불편한 방식으로 이야기를 계속했다.

"그래, 키가 참 많이 자랐네." 조가 말했다. "그리고 몸도 많이 불고, 신사 양반이 다 되었네." 조는 잠깐 생각하고 나서 이렇게 말했다. "정말이지 국왕과 나라에 명예로운 사람이 되었구먼."

"그리고 조, 매형도 참 건강해 보이는데."

"하느님께 감사하게도," 조는 말했다. "난 여전해. 그리고 네 누나, 누나는 그전보다 더 나빠지진 않았어. 그리고 비디, 그 앤 언제나 건강하고 재빠르지. 그리고 모든 친구들도 나아진 건 없어도 나빠지진 않았고. 웝슬을 빼놓고는 말이야. 그는 타락했지."

이러는 동안 내내(여전히 양손으로 그 새 둥지를 굉장히 조심스럽게 들고서) 조는 두리번두리번 방을 둘러보았고, 내 실내복의 꽃무늬를 빙빙 돌아가며 살펴보았다.

"타락했다고, 조?"

"아, 그렇다니까." 조는 목소리를 낮추고 말했다. "그는 교회를 떠나서 연극하는 일에 발을 들여놨어. 그래, 그 연극 일 때문에 나와 함께 런던에 오게 된 거고. 그리고 그가 바라는 것은," 조는 그 순간 잠시 그 새 둥지를 왼쪽 겨드랑이에 끼고서, 속에 든 알이라도 찾듯이 오른손으로 더듬으면서 말했다. "만일 결례가 안 된다면, 나보고 이걸 네게 전해달라는 거야."

나는 조가 건네주는 것을 받아보았는데, 그것은 런던의 어느 조그만 극장의 꼬깃꼬깃 구겨진 연극 광고 전단이었다. 그 전단지에는 바로 그 주에 "로시우스[1] 같은 명성을 지닌 이름난 지방 아마추어 배우로서, 우리 국민 시인의 최고 비극 영역[2]에서 보여 준 독특한 연기로 최근 지방 연극계에 엄청난 화제를 불러일으킨 배우"가 첫 출연한다는 것을 알리는 내용이 실려 있었다.

"그의 공연을 가서 본 적이 있어, 조?" 내가 물어보았다.

"그럼, **있었지**." 조는 힘주어 엄숙하게 말했다.

"엄청난 화제를 불러일으켰어?"

"글쎄." 조는 말했다. "그러긴 했지, 분명히 오렌지 껍질 세례

1 고대 로마의 유명한 배우로, 그 뒤 오랜 동안 성공적인 배우에게는 '로시우스 같은 배우Roscian'라는 수식어가 붙었다.

2 셰익스피어의 4대 비극 중 하나인 〈햄릿〉을 일컫는다.

가 있었으니까. 특히 그가 유령을 만날 때 그랬지.[3] 당신의 판단에 맡깁니다만, 나리, '아멘!'이라고 하며 배우와 유령 사이에 계속해서 끼어드는 것이 그 배우로 하여금 충실한 마음으로 자신의 역할을 하게 하는 데 적합한 것인지요. 사람이 불행을 겪었을 수도 있고 교회에 머물러 있었을 수도 있는 법인데." 조는 목소리를 낮추어 시비조의 감정적인 어조로 말했다. "그렇다고 해서 그런 순간에 그를 당황케 해서야 되느냐 이거예요. 그러니까 제 말의 뜻은, 만일 어떤 사람 생부의 유령이 자신의 주의에 집중하도록 허용되지 않는다면, 도대체 무엇이 허용될 수 있느냐는 겁니다, 나리. 더군다나 그의 상모가 불행하게도 너무 작게 만들어져서, 아무리 모자를 계속 쓰고 있으려고 해도 검은 깃털 장식의 무게 때문에 모자가 벗겨질 때 말이죠."

조의 얼굴에 유령을 본 것 같은 표정이 나타나는 것을 보고, 나는 허버트가 방에 들어온 것을 알았다. 그래서 나는 조를 허버트에게 소개했다. 허버트가 악수하려고 손을 내밀었지만, 조는 뒤로 물러서서 그의 모자를 새 둥지처럼 잡고 서 있었다.

"저는, 나리," 조는 말했다. "그러니까 제가 바라기로는 나리와 핍이," 여기서 그의 시선은 식탁에 구운 빵을 갖다 놓고 있는 그 악심덩이 같은 시동에게 떨어졌는데, 그 어린 녀석을 우리 집단의 일원으로 여기려는 뜻이 너무나 분명하게 드러나서 내가 얼굴을 찌푸려 그것을 막았더니 그는 더욱 당황한 채로 말했다— "제 말씀은, 두 신사분들께서…… 그러니까 이 막힌 데서 두 분이 다 근강(건강)하게 지내시는지요? 현재로서는 런던의 평판에 따르면 이곳은 매우 좋은 여관이겠죠." 조는 은밀하게 말했다.

3 〈햄릿〉 1막 1장에서 햄릿으로 분한 웝슬이 억울하게 죽은 부왕의 유령을 만나는 장면을 말한다.

"그리고 전 이 여관의 품격이 특출하다고 믿습니다만, 저 같으면 이곳에서 돼지 따위는 한 마리도 기르지 않겠습니다요……. 그 놈을 튼튼하게 살찌워서 부드럽게 맛깔 나는 고기로 먹고 싶은 경우가 아니라면 말입니다요."

이렇게 그가 우리 거처의 우수함을 과도한 칭찬으로 증언하고 또 그가 우연히 나를 '나리'라고 부르는 이런 경향을 보였을 때, 식탁에 앉으라는 권유를 받은 조는 자기 모자를 둘 적당한 장소를 물색하느라 방 안을 이리저리 둘러보았다—마치 그 모자를 편히 모셔놓을 자리는 바로 자연계에서도 극히 보기 드문 어떤 물체들 위뿐이라는 듯이—그러다가 마침내 벽난로 선반의 맨 끝 모서리에 올려놓았는데, 그 뒤로 모자는 간격을 두고 거기서 자꾸만 떨어졌다.

"차를 드시겠습니까, 커피를 드시겠습니까, 가저리 씨?" 언제나 아침 식사를 주도하는 허버트가 물었다.

"감사합니다요, 나리." 조는 머리끝에서 발끝까지 뻣뻣하게 굳은 채 말했다. "뭐든지 나리께 편하신 걸로 들겠습니다요."

"그럼 커피가 어떨까요?"

"감사합니다요, 나리." 조는 커피를 마시라는 제안에 여지없이 낙심해서 대답했다. "나리께서 그렇게 **친절하게도** 커피를 슨택해(선택해) 주셨으니, 나리 의견에 반대는 않겠습니다요. 하오나 커피는 좀 뜨겁지(뜨겁지) 않을까요?"

"그럼 차로 하시죠." 허버트가 차를 따르면서 말했다.

이때 벽로 선반에서 조의 모자가 굴러떨어졌다. 그러자 조는 의자에서 벌떡 일어나 모자를 집어 들더니, 바로 그 똑같은 자리에 모자를 올려놓았다. 마치 모자가 금세 다시 굴러떨어지는 것이 훌륭한 예의범절의 어떤 절대적인 항목이라도 되듯이.

"언제 상경하셨나요, 가저리 씨?"

"그게 어제 오후였죠?" 조는 마치 상경한 이래 백일해에 걸릴 시간이라도 있었다는 듯이 손으로 입을 가리고 기침한 뒤 말했다. "아니, 그게 아닙니다. 예, 맞습니다. 맞습니다요. 그게 어제 오후였습니다요." (분별과 안도와 엄격한 공정성이 뒤섞인 기색을 띠며 한 말이었다.)

"벌써 런던을 좀 보셨는지요?"

"아, 예, 나리." 조는 말했다. "저와 웝슬은 곧바로 구두약 공장[1]으로 가서 구경했습니다요. 그런데 저희는 그곳이 상점 문들에 붙여놓은 빨간 광고지에 있는 것과 같은 모습이 아니라는 걸 발견했습니다요. 그러니까 제 말씀은," 조는 설명하는 투로 덧붙였다. "광고지에는 너무나 으리으리한 거언추욱무울(건축물)로 그려져 있으니까요."

나는 정말로 조가 (내가 알고 있는 어떤 건축물을 마음속에 강력하게 떠오르게 하는) 이 낱말을 길게 늘여 발음해서 완벽한 합창곡이 되게 했을 거라고 믿는다. 신의 섭리로 떨어질 듯 걸려 있는 모자 때문에 그의 마음을 빼앗기지만 않았더라면 말이다. 실로 그의 모자는, 크리켓 경기에서 삼주문을 지킬 때 요구되는 것과 아주 똑같이 그에게서 부단한 주의, 그리고 눈과 손의 민첩함을 요구했다. 그는 모자를 가지고 비범한 놀이를 하면서 아주 굉장한 솜씨를 보여주었다. 때로는 모자가 떨어질 때 달려가서 교묘하게 붙잡기도 하고, 때로는 그냥 모자가 떨어지는 중간에 막았다가 쳐 올려서는 방 안의 이곳저곳으로 데리고 다니며 또 무

1 1832년에 설립된 '데이 앤드 마틴'이라는 런던의 구두약 공장은 관광 명소였는데, 작가 디킨스는 실제로 열두 살이 되던 해인 1824년에 집안 형편이 빈곤하여 몇 개월 동안 한 구두약 공장에서 일한 경험이 있었다.

늬 있는 벽지에 부딪치게 하는 식으로 달래주더니, 이제는 모자와의 놀이를 끝내는 것이 안전하다고 느낀 모양이었다. 그는 마침내 모자를 식탁의 찻잔 개수통에 첨벙 떨어뜨려 버렸다. 그래서 내가 멋대로 모자에 손을 댔다.

그의 셔츠 목깃과 외투 옷깃으로 말하자면, 그것들은 생각해 봤자 당혹스러울 뿐이었다—둘 다 설명할 수 없는 신비였다. 왜 그는 그렇게까지 자기 살갗을 긁어대야만 제대로 옷을 갖춰 입었다고 느끼는 걸까? 어째서 그는 나들이옷으로 고통을 겪음으로써 자신이 정화될 필요가 있다고 생각한단 말인가? 그 뒤 그는 접시와 입 사이 중간에서 포크를 멈춘 채 까닭 모를 명상에 빠져드는가 하면, 눈을 여기저기 아주 이상한 방향으로 돌리기도 하고, 아주 예사롭지 않은 기침으로 괴로워하기도 하고, 식탁에서 아주 멀리 떨어져 앉아 있는 탓에 먹는 것보다 흘리는 것이 훨씬 더 많았는데도 음식을 흘리지 않은 척하기도 했다. 그래서 나는 허버트가 우리를 떠나 시내로 갔을 때 진심으로 기뻤다.

당시 나에게는, 이 모든 것이 다 내 잘못이며 내가 조를 좀 더 편안하게 대했더라면 조도 나를 좀 더 편안하게 대했을 거라는 사실을 알 만한, 뚜렷한 분별력도 지각도 없었다. 나는 그를 견딜 수가 없어서 화만 냈는데, 그런 상황에서도 그는 내 머리가 화끈거리도록 나를 부끄럽게 해주었다.

"이제 우리 둘만 남았으니까 말씀인데, 나리." 조가 시작했다.

"조." 난 화를 내면서 그의 말을 끊었다. "매형이 어떻게 나를 '나리'라고 부를 수 있는 거지?"

조는 뭔가 어렴풋이 나무라는 듯한 표정을 띠고 잠깐 동안 나를 쳐다보았다. 그의 넥타이도 그렇고 외투 목깃이 참으로 상식을 벗어난 모양새였지만, 나는 그의 표정에 일종의 기품이 있음을 알았다.

"이제 우리 둘만 남았으니까 말인데," 조는 다시 말을 이었다. "또 내가 더 오래 머무를 의향도 없고 그럴 수도 없으니까 하는 말인데, 이제 말을 끝내야겠어—적어도 시작은 해야겠어—내가 뭣 때문에 여기 와서 지금 이 영광을 누리게 된 건지를 말해주고 나서 말이야. 왜냐하면 그게," 조는 이전처럼 알기 쉽게 설명하는 태도로 말했다. "내 유일한 바람이 나리에게 도움이 되는 것이 아니었다면, 이렇게 불쑥 찾아와 신사분들의 거처에서 그분들과 함께 음식을 나누는 영광을 누리지 못했을 테니까."

나는 그의 표정을 영 다시 보고 싶지 않아서, 그의 어투에 아무런 토도 달지 않았다.

"자, 나리." 조는 말을 이었다. "일이 이렇게 된 겁니다요. 저번 날 밤에 내가 술집 '즐거운 사공들'에 들렀는데, 핍." 그는 다정한 감정에 빠져들 때는 언제나 나를 '핍'이라 불렀고, 또 공손한 예절로 되돌아갈 때는 언제나 나를 '나리'라고 불렀다. "그때 마침 자신의 이륜마차를 몰고 펌블추크가 거기로 왔단다. 아 글쎄, 바로 그 사람이," 조는 새로운 길로 빠지면서 말했다. "때때로 나를 엄청 화나게 하는데 말이다, 동네방네 다 돌아다니면서 네가 어린 시절에 곧잘 어울리던 친구가 바로 자신이고, 네가 자신을 놀이 친구로 여겼다고 떠들어대거든."

"말도 안 돼. 그건 매형이었지, 조."

"나도 완전히 그렇게 믿고 있었어, 핍." 조는 머리를 약간 뒤로 젖히고 말했다. "하지만 그건 이제 별 의미가 없습니다요, 나리. 그건 그렇다 치고, 핍. 바로 이 사람이, 뽐내길 좋아하는 이 시끄러운 사람이 술집으로 나를 찾아오더니(담배 한 대와 맥주 1파인트가 근로자에겐 얼마나 좋은 원기회복제인지요, 나리, 그리고 지나치게 자극도 주지 않고요) 이렇게 말했어. '조지프, 미스 해비셤께서 자네에게 이야기를 하고 싶어 한다는군.'"

"미스 해비셤이라고, 조?"

"펌블추크가 말했어. '그녀가 자네에게 이야기를 하고 싶어 한다는군.'" 조는 앉아서 눈을 굴려 천장을 쳐다보았다.

"그래서, 조? 계속해 봐, 어서."

"그다음 날, 나리," 조는 마치 내가 멀리 떨어져 있기라도 한 것처럼 나를 쳐다보며 말했다. "몸을 깨끗이 씻고, 제가 가서 미스 A를 만나봤습니다요."

"미스 A라고, 조? 미스 해비셤 말이야?"

"제가 말씀드리는 건, 나리," 조는 마치 유언장이라도 작성하듯 법적 형식을 차리는 태도로 대답했다. "미스 A, 혹은 달리 말해 해비셤입니다요. 그때 그녀가 한 말은 이렇습니다요. '가저리 씨. 핍 군과 편지는 주고받고 있겠죠?' 나리로부터 편지를 한 통 받았으므로, 저는 '그렇습니다'라고 대답할 수 있었습니다요. (제가 나리의 누님하고 결혼할 때는, 나리, 저는 '그러겠습니다'라고 말했는데, 이번에 네 친구에게 대답할 때는, 핍, 나는 '그렇습니다'라고 말했단다.) '그럼, 그에게 전해주겠어요?' 그녀는 말했습니다요. '에스텔라가 집에 왔는데 그를 보면 반가워할 거예요'라고요."

나는 조를 쳐다볼 때 내 얼굴이 화끈 달아오르는 것을 느꼈다. 지금 생각해 보면, 내 얼굴이 달아오른 한 가지 원인은 어쩌면 만일 내가 그의 용건을 미리 알았더라면 내가 그에게 좀 더 사근사근했으리라는 의식 때문이었을 것이다.

"비디는," 조는 말을 이었다. "내가 귀가하여 너한테 전할 내용을 편지로 써달라고 부탁했더니, 약간 망설이더라. 비디는 이렇게 말했어. '그것을 직접 말로 들으면 그는 매우 기뻐할 거예요.

휴가 중이니까 그를 만나보고 싶잖아요, 직접 가세요!' 이제 제가 드릴 말씀은 다 했습니다요, 나리." 조는 의자에서 일어서며 말했다. "그럼, 핍, 늘 근강하고 또 항상 일취월장해서 더욱더 높아지길 빈다."

"그런데 지금 가려는 건 아니지, 조?"

"아니, 갈 거야." 조가 말했다.

"하지만 식사하러 다시 돌아올 거지, 조?"

"아니, 안 올 거야." 조가 말했다.

우리의 눈이 마주쳤다. 그리고 조가 나에게 손을 내밀 때, '나리'라고 부르던 모든 경직된 기분이 그의 남자다운 가슴에서 녹아버렸다.

"핍, 내 정든 친구, 인생이란 굉장히 많은 부분들이 서로 용접되어 이뤄져 있다고 말할 수 있단다. 그래서 어떤 사람은 대장장이고, 또 어떤 사람은 양철공이고, 또 어떤 사람은 금세공장이고, 또 어떤 사람은 구리세공장이지. 사람들 간에 이런 구분은 꼭 있어야 하고, 그대로 받아들여야만 하는 법이야. 혹시 오늘 잘못된 게 조금이라도 있다면, 그건 다 내 탓이다. 너랑 나는 런던에서는 물론이고 사적인 자리에서, 우리를 아는 사람들 사이에서만 함께 있을 수 있는 그런 사람들이야. 이건 내가 자존심이 있어서가 아니라 올바르고 싶어서인데, 앞으로 너는 이런 옷차림을 한 나를 더 이상 볼 일이 없을 거다. 난 이런 옷에는 안 어울려. 난 대장간이나 부엌이나 습지를 벗어나면 어울리지 않아. 대장장이 옷을 걸치고, 손에는 망치를 들고, 혹은 담뱃대라도 들고 있는 나를 떠올리면, 너는 내게서 이런 흠을 반도 못 찾을 거다. 너는 이런 흠을 반도 못 찾을걸, 만일 나를 보고 싶어 하는 네가 집에 와서는 대장간 창문으로 머리를 디밀고 대장장이인 이 조가 거기 낡은 모루 앞에서 불에 탄 낡은 앞치마 차림으로 옛날부터 해오던 일에 열중하고 있는 모습을 보면 말이다. 난 지독히도 우둔하지만, 마침내 이것에서 거의 훌륭한 뭔가를 두들겨 만들어 냈다고 생각한다. 그럼, 하느님의 축복을 빈다, 사랑하는 친구 핍, 이봐, 하느님의 축복을 빌게!"

조에게 소박하나마 기품이 있다는 내 생각은 틀리지 않았다. 그의 옷차림이 천국에서 방해가 될 수 없듯이, 그가 이런 말을 할 때도 방해가 될 수 없었다. 그는 내 이마를 다정하게 만져주고는 밖으로 나갔다. 충분이 정신이 들자마자 나는 급히 그를 쫓아나가 주변 거리를 돌아다니며 그를 찾아보았다. 그러나 그는 가고 없었다.

28장

그 이튿날 내가 고향 동네로 꼭 내려가야 한다는 것은 분명했다. 그리고 처음 밀려오는 후회의 밀물 속에서는 내가 조의 집에 머물러야 한다는 것 역시 분명했다. 그러나 내일 떠나는 역마차의 특등석을 예약하고 포킷 씨 댁에 내려갔다가 돌아왔을 때, 나는 조의 집에 묵어야 한다는 점에 대해 전혀 확신을 하지 못하고, 블루 보어 호텔에서 머물러야 할 이런저런 이유를 떠올리며 핑계를 꾸며대기 시작했다. 내가 조의 집에 묵으면 폐를 끼치겠지, 내가 갈 거라고는 예상치 못했을 테고 그래서 내 잠자리도 마련되어 있지 않겠지, 나는 미스 해비셤 댁에서 너무 멀리 떨어져 있게 될 것이고 그러면 엄한 그녀는 그것을 좋아하지 않을지도 모르지. 지상의 모든 사기꾼들은 자기 자신을 속이는 사기꾼에 비하면 아무것도 아니다. 나는 이런 핑계들로 내 자신을 속였다. 분명 이상한 노릇이었다. 다른 사람이 만든 반 크라운짜리 가짜 돈을 내가 모르고 받는 것은 그런대로 이치에 맞는다. 그러나 내가 직접 만든 가짜 동전임을 알면서도 그것을 진짜 돈으로 여긴다면! 어떤 친절한 낯선 이가, 안전을 위해 내 지폐를 꼭꼭 잘 접어주겠다는 구실로 그 지폐를 빼내고 대신 내게 가짜 돈을 준다고 치자. 그렇지만 그의 날랜 손재주도, 내가 만든 가짜 돈을 접어서 그것을 스스로에게 진짜 돈이라고 건네주는 내 솜씨에 비하면 아무것도 아니다!

블루 보어로 가기로 정하고 나니, 이번에는 그 악심덩이 같은 시동을 데리고 가느냐 마느냐를 결단하지 못해서 내 마음은 적잖이 어지러웠다. 비싼 돈을 들여 고용한 녀석이 블루 보어의 역마장 궁형 출입구에서 내놓고 자기 구두에 바람을 쐬고 있는 모습을 상상하면 마음이 끌렸다. 우연인 듯이 트랩 씨네 양복점에 그 녀석을 데리고 가서 보여주고, 그 양복점 점원의 무례한 관념을 깨버리는 상상을 하는 것은 거의 신성하기까지 했다. 또 한편으로는 양복점 점원 녀석이 교묘히 알랑거려 내 시동과 친해져서는 여러 가지 일들을 지껄일지도 모르는 일이었다. 아니면 내가 알기로 무모하고 지독히 천박한 놈이므로, 중심가에서 내 시동에게 야유를 보낼지도 몰랐고, 그럼 내 후원자인 미스 해비셤도 그놈에 대한 이야기를 듣게 되어 못마땅하게 여길지도 모를 일이었다. 이 모든 걸 고려해서 나는 그 녀석을 두고 떠나기로 결심했다.

내가 자리를 예약한 것은 오후 역마차였다. 게다가 겨울이 돌아왔으므로 나는 어두워지고 나서 두세 시간 뒤에야 목적지에 도착할 터였다. 출발 시각은 크로스 키즈에서 오후 2시였다. 나는 그놈의 시중—말이 시중이지, 될 수 있는 한 절대로 나를 시중드는 법이 없는 녀석에게 그런 표현을 결부시킬 수 있다면—을 받으며 역마차역 마당에 15분 여유 있게 도착했다.

그 당시에는 죄수들을 역마차에 태워 해군 공작창으로 이송하는 것이 관례였다. 나는 죄수들이 마차 지붕의 외부 승객으로 이송된다는 이야기를 왕왕 들어왔고, 또 대로에서 마차 지붕 너머로 죄수들이 쇠고랑 찬 다리를 흔들거리는 것을 여러 번 본 적이 있었던 터라, 역마차역 마당으로 배웅 나온 허버트가 나에게 다가와 죄수 두 명이 나와 역마차를 같이 타고 간다고 말해줬을 때 나로서는 놀랄 이유가 전혀 없었다. 그러나 나에게는, 이제는 오래되긴 했지만 죄수라는 말을 들을 때마다 체질적으로 움찔하게 되는 한 가지 이유가 있긴 했다.

"신경 쓰이지 않니, 헨델?" 허버트가 물었다.

"아, 아냐!"

"난 네가 그들을 좋아하지 않는 것 같다고 여겼는데?"

"그들을 좋아하는 척할 순 없잖아. 너도 그들을 특별히 좋아하는 것 같진 않은데. 그러나 난 신경 안 써."

"보라고! 저기 그들이," 허버트가 말했다. "술집에서 나오고 있어. 정말 타락하고 비열한 모습이야!"

짐작하건대 그들은 교도관에게 술대접을 하고 있었던 것 같았다. 왜냐하면 그들은 교도관 한 명과 함께였는데, 그 세 사람 모두가 손으로 입을 닦으며 나왔기 때문이다. 두 죄수들은 수갑 하나를 같이 차고, 다리에는 쇠고랑을 차고 있었다. 내가 잘 알고 있는 모양의 쇠고랑이었다. 죄수들은 역시 내가 잘 알고 있는 죄수복 차림이었다. 그들의 교도관은 권총 한 쌍을 차고 있었으며, 두꺼운 손잡이가 있는 곤봉 하나를 겨드랑이에 끼고 있었다. 그러나 그는 죄수들을 이해해 주는 친근한 관계에 있었다. 그는 죄수들을 자기 옆에 세워두고 마차에 말을 매는 것을 구경하고 있었는데, 마치 죄수들은 공식적으로 공개하지 않은 흥미로운 전시품이고 그 자신은 전시 관리인이라도 되는 것 같은 태도였다. 죄수 한 사람은 다른 죄수보다 키도 크고 건장했는데, 죄수의 세계와 자유인의 세계에 모두 존재하는 불가사의한 방식에 따라 그에게 더 작은 옷이 할당된 것으로 보였다. 그의 팔과 다리는 기묘하게 커다란 바늘꽂이처럼 보였고, 너무 작은 옷이 그를 우스꽝스럽게 만들고 있었다. 나는 그의 반쯤 감은 눈을 첫눈에 알아보았다. 어느 토요일 저녁 술집 '세 명의 즐거운 사공들'의 긴 나무의자에 앉아 있었던 사람, 보이지 않는 총을 나에게 갈겨 쓰러뜨렸던 그 사람이 거기에 서 있었던 것이다!

그가 평생 나를 한 번도 만나본 적이 없었던 것처럼 아직 나를 알아보지 못했다는 걸 쉽게 확신할 수 있었다. 그는 마당을 가로질러 나를 바라보았는데, 눈으로 내 시곗줄을 감정하다가 곧이어 우연인 듯 침을 뱉고는 다른 죄수에게 뭐라고 말을 건네더니, 그들은 껄껄대고 둘이 함께 찬 수갑을 한 번 쨍그랑 울리며 돌아서서 뭔가 다른 것을 쳐다보았다. 마치 길에 세워진 문처럼 그들의 등짝에 큼직하게 쓰인 숫자들, 마치 하등동물인 것처럼 거칠고 더럽고 흉물스러운 그들의 피부, 겸연쩍은 듯이 손수건으로 화환처럼 싸맨 쇠고랑 찬 그들의 다리, 그리고 거기에 있는 모든 사람들이 거리를 두고 그들을 쳐다보는 태도 등등이 그들을 몹시 불쾌하고 타락한 모습으로(허버트가 말했던 것처럼) 비치게 했다.

그러나 이게 최악의 상황은 아니었다. 마차의 뒷좌석 전체를 런던에서 이사 가는 한 가족이 차지한 데다가 두 죄수들의 자리는 앞좌석 마부의 뒷자리밖에 없는 상황이 벌어졌다. 사정이 이렇게 되자 앞좌석에서 네 번째 자리를 잡은 성마른 한 신사가 몹시 격렬하게 울화통을 터뜨리면서, 자기를 그런 고약한 무리와 동승시키는 것은 계약 위반이며, 이건 불쾌하고 유해하며 불명예스럽고 창피한 일이라는 등등의 말을 쏘아붙였다. 이때 마차는 준비를 끝마친 상태였고 마부는 조바심내고 있었으며, 우리는 모두 승차할 준비를 하고 있었고 죄수들도 호송 교도관과 함께 다가와 있었다. 그들에게서는 죄수가 있는 곳이면 으레 따라다니는 냄새, 즉 빵으로 만든 찜질 약, 당구대 깔개 천, 밧줄

재료, 그리고 용광로의 바닥 돌에서 나는 것 같은 이상한 냄새가 풍겼다.

"너무 기분 나쁘게 생각하지 마세요, 어르신." 호송 교도관이 화난 승객에게 간청했다. "제가 어르신 옆에 앉겠습니다. 저들은 줄 바깥쪽에 앉히고요. 저들이 어르신께 방해가 되지는 않을 겁니다. 저들이 거기 있는 것조차 모르실 겁니다."

"그리고 **나를** 나무라진 마십쇼." 내가 아는 죄수가 볼멘소리로 말했다. "**나도** 가고 싶지 않소이다. **나야말로** 정말 남아 있고 싶단 말이오. 나에 관한 한, **내** 자리를 누가 차지하든 환영이란 말이오."

"아니면 내 자리를 차지하든지." 다른 죄수가 퉁명스럽게 말했다. "**난** 당신들 어느 누구에게도 불편을 끼치지 않았을 거요, 만일 **내** 맘대로만 할 수 있었다면 말이오." 그런 다음 그 두 죄수들은 껄껄 웃고 나서, 딱딱 소리를 내며 호두를 까먹고 그 껍데기를 사방에 뱉기 시작했다. 사실 만일 내가 그들의 입장이 되어 그런 멸시를 당했다면 나도 그렇게 하고 싶었으리라고 생각한다.

드디어, 그 화가 난 신사를 위해 거들어줄 일은 아무것도 없으며 그가 우연히 만난 일행과 함께 가든지 아니면 뒤에 남든지 해야만 한다는 결론이 났다. 그래서 그는 여전히 불평을 하면서도 하는 수 없이 자기 자리에 들어앉았고, 호송 교도관이 그의 옆자리에 앉았으며 죄수들도 최대한 힘을 발휘해 자신들의 몸을 끌어 올렸는데, 내가 알아본 그 죄수가 내 머리카락에 숨을 뿜어대며 내 뒤에 앉아 있었다.

"잘 다녀오게, 헨델!" 우리가 출발할 때 허버트가 큰 소리로 외쳤다. 나는 그가 나에게 핍 말고 다른 이름을 붙여준 것이 참 다행스런 일이라고 생각했다.

내가 그 죄수의 숨결을 내 뒤통수뿐만 아니라 등줄기를 따라 얼마나 민감하게 느꼈는지를 말로는 다 표현할 수 없다. 그 느낌은 얼얼하고 구석구석까지 파고드는 산성이 골수를 건드리는 것 같았고, 그런 느낌이 내 이까지 떨게 만들었다. 그는 다른 사람보다 더 많이 숨 쉬고 숨소리도 더 많이 내는 것 같았다. 그래서 나는 몸을 움츠려 그를 피하려고 안간힘을 쓰느라 한쪽 어깨가 점점 더 높아지는 것을 느꼈다.

날씨는 몹시 으스스하게 추웠고, 두 죄수들은 추위를 저주했다. 멀리 가기도 전에 우리 모두는 추위 때문에 감각이 둔해졌다. 그리고 중간 휴게소를 떠났을 무렵에 우리는 끊임없이 졸고 떨면서 말없이 앉아 있었다. 나 자신도, 그 죄수가 사라지기 전에 지폐 2파운드를 그에게 돌려줘야 할지, 또 어떻게 돌려줘야 가장 좋을지의 문제를 생각해 보다가 졸고 말았다. 졸다가 마치 내가 말들 사이에서 먹이라도 감으려는 듯 앞으로 고꾸라지려는 순간 깜짝 놀라서 깬 나는 다시금 그 문제를 생각해 보았다.

그러나 나는 생각했던 것보다 더 오래 졸고 있었던 게 틀림없었다. 비록 어둠과 마차 등불의 깜박거리는 불빛과 그림자 속에서 아무것도 알아볼 수는 없었지만, 나는 우리에게 불어오는 차갑고 습한 바람결을 통해 습지 고장에 들어선 것을 감지했기 때문이다. 몸을 웅크린 채 추위를 피하고, 나를 바람막이 삼으려는 죄수들이 이전보다 더 가까이 다가와 있었다. 의식이 들면서 그들이 주고받는 말 가운데 내게 들린 바로 그 첫마디는 내가 생각했던 말, 즉 "1파운드짜리 지폐 두 장"이었다.

"그놈이 그 돈을 어떻게 구한 거지?" 모르는 죄수가 말했다.

"낸들 어찌 알아?" 다른 죄수가 대꾸했다. "어찌어찌해서 꼭꼭 숨겨뒀던 게지. 친구 녀석들이 줬을 거야, 내 생각엔 말야."

"참 좋겠는데." 다른 죄수가 추위에 심한 저주를 퍼부으며 말했다. "그런 것들이 여기 나에게 있다면 말이야."

"1파운드짜리 지폐 두 장 말인가, 친구들 말인가?"

"그야 1파운드짜리 지폐 두 장이지. 단 1파운드에라도 내 친구 녀석들을 몽땅 팔고 싶다고. 그리고 그걸 행운의 좋은 거래라고 여길 거야. 하여간 그래서? 그놈이 뭐라고 하던데……?"

"그놈이 그러는데," 내가 알아본 죄수가 말을 이었다. "이 이야기는 해군 조선소의 목재 더미 뒤에서 순식간에 들려준 건데……. '자넨 석방될 예정이라며?' 나는 맞다고 했지. 나보고 자기에게 '음식도 주고 비밀도 지켜준 그 소년을 찾아서, 그 아이에게 그 1파운드짜리 지폐 두 장을 전해주겠어?'라고 묻는 거야. 그래, 그러마고 했지. 그리고 그렇게 했어."

"자네가 더 멍청하군." 다른 죄수가 호통쳤다. "나 같으면 그 돈을 먹고 마시는 데 썼을 텐데. 그놈은 숙맥이었던 게 틀림없어. 그러니까 내 말은, 그놈이 자네가 누군지도 전혀 모르고 그랬단 거야?"

"조금도 몰랐지. 서로 다른 배에 다른 패거리였으니까. 그놈은 탈옥죄로 다시 재판을 받고 종신형을 받았지."

"그러니까 그게—분명히!—자네가 이 지역에 나와서 노역한 유일한 때란 말이지?"

"유일한 때라니까."

"이곳에 대한 자네 생각은 어땠어?"

"아주 더러운 곳이야. 진흙 제방, 안개, 습지, 그리고 노역. 노역, 습지, 안개, 그리고 진흙 제방뿐이었지."

그들은 둘 다 매우 격렬한 말로 이곳을 통렬하게 저주하고 점차 으르렁거리더니, 나중에는 할 말이 없는 모양이었다.

그 죄수가 내 신원을 전혀 모르고 있다는 확신이 없었다면, 나는 이 대화를 엿듣고 난 뒤에 틀림없이 마차에서 내려 어두운 신작로에 혼자 남았을 것이다. 확실히 나는 자연의 순리대로 매우 변했을 뿐만 아니라 옷도 매우 다르게 입었고 상황도 매우 달랐으므로, 우연한 도움이 없는 한 그가 나를 알아본다는 것은 전혀 불가능한 일이었다. 그와 같은 마차에 타게 된 것만으로도 이미 충분히 기묘한 우연이었기에, 언제라도 그가 듣는 데서 나를 내 이름과 연결해 주는 다른 우연의 일치가 생길지도 모른다는 두려움이 나를 엄습했다. 이런 이유로 나는 읍내에 닿자마자 즉시 마차에서 내려서 그가 듣지 못하는 곳으로 몸을 피하기로 결심했다. 이 계획을 나는 성공적으로 실행했다. 내 작은 여행 가방은 발밑 짐칸에 들어 있었으므로 가방을 꺼내려면 그저 경첩 하나만 돌리기만 하면 되었다. 나는 가방을 내 앞으로 던져 내려놓고 뒤따라 내렸다. 그래서 나는 읍내의 첫 번째 가로등 아래, 첫 번째 포석 위에 홀로 남겨졌다. 죄수들에 대해 말하자면, 그들은 마차를 타고 갈 길을 갔다. 그리고 나는 어느 지점에서 그들이 강으로 이송될지 알고 있었다. 상상 속에서 나는 미끈거리는 찰흙으로 덮인 계단에서 죄수 승조원들이 탄 배가 그들을 기다리고 있는 것을 보았고—마치 개들에게나 명령하듯이 "힘들 내라, 이놈들!" 하는 그 퉁명스런 목소리를 또다시 들었으며—한 번 더 검은 물 위에 흉악한 노아의 방주가 떠 있는 것을 보았다.

나는 내가 두려워하는 바가 뭔지를 말할 수 없었다. 왜냐하면 내 두려움은 아주 막연하고 모호했기 때문이다. 그렇지만 나에게 큰 두려움이 있었던 것은 분명하다. 호텔로 걸어가면서, 나는 단순히 나를 알아보면 어쩌나 하는 고통스럽거나 불쾌한 인식에서 오는 불안을 훨씬 능가하는 어떤 두려움이 나를 떨리게 한다고 느꼈다. 뚜렷한 형태를 지닌 두려움은 결코 아니었으며, 단지 몇 분 동안 되살아난 어린 시절의 공포였을 뿐이다.

블루 보어 호텔의 다방은 텅 비어 있었다. 그런데 내가 거기서 저녁 식사를 주문했을 뿐만 아니라 식사를 하려고 앉았을 때가 되어서야 비로소 급사가 나를 알아보았다. 그는 자기 기억력이 굼뜬 것을 사죄하기가 무섭게, 여관의 구두닦이를 보내 펌블추크 씨를 불러올지 물었다.

"아니." 나는 말했다. "안 됩니다."

급사는(내가 도제 계약을 맺던 날 상인들의 **거센 항의**를 위층으로 전달했던 자가 바로 이 급사였다)[1] 놀란 눈치더니, 곧바로 기회를 틈타서 지저분하고 오래된 지방 신문 한 부를 바로 내 앞에 갖다 놓았다. 나는 신문을 집어 들어 이런 기사를 읽었다.

> 본지 독자들이 흥미를 가지지 않을 수 없는 소식이 있는바, 그것은 최근 이 근처의 한 젊은 철물 기술공이 얻은 공상 소설 같은 횡재에 관한 것으로(그런데, 아직은 널리 인정받지 못하고 있는 본란 담당 시인인 우리 읍민 투비의 마법적인 펜에게는 얼마나 좋은 주제인가!) 이 젊은이의 최초의 후원자이며 동료이자 친구는 곡물과 종자 거래에 전혀 관련이 없지 않은 아주 존경받는 인물이며, 현저하게 편리하고 널찍한 그의 사업장 건물은 읍내 중심가에서 160킬로미터 이내에 위치해 있다.

1 13장에서 웝슬이 콜린스의 시를 너무 요란스럽게 낭송해서 아래층에 있던 상인들이 항의했던 일을 말한다.

우리가 **그를** 우리의 젊은 텔레마쿠스[1]의 스승 멘토르[2]로 기록하는 것은 우리의 사적인 감정과 전혀 무관하지는 않다. 왜냐하면 우리 고장에서 젊은 텔레마코스에게 행운의 계기를 마련해 준 사람이 나왔다는 사실을 알면 즐겁기 때문이다. 골똘히 생각하느라 이마를 찌푸린 우리 지방의 현자나 빛나는 눈을 한 우리 지방의 미인이 행운의 주인공이 누구냐고 묻고 있는가? 우리는 퀸틴 마치스가 앤트워프의 **대장장이**였음을 믿는다.[3] 슬기로운 자에게는 한마디면 족하다VERB. SAP.[4]

나는 오랜 경험을 바탕으로 확신하는 바, 만약 내가 행운을 누렸던 그 시절에 북극에라도 갔었다면, 나는 거기서도 방랑하는 에스키모인이든 문명인이든 간에 펌블추크가 내 최초의 후원자이며 내 행운의 계기를 마련해 준 사람이라고 말하는 누군가를 만났을 것이다.

1 그리스 연합국가의 하나였던 이타카의 왕 오디세우스의 총명한 아들로, 주인공 핍을 비유적으로 표현한 것이다.

2 트로이 전쟁에 참전했던 부왕 오디세우스가 10년간의 전쟁이 끝나고도 8년 동안이나 귀국하지 않자 왕자 텔레마코스는 부왕을 찾아 나서는데, 이때 현명한 스승 멘토르가 동행하며 지도해 줬다. 여기서는 펌블추크를 빗댄 것이다.

3 퀸틴 마치스는 플랑드르 출신의 유명한 화가로, 원래는 벨기에 북부의 항구도시 앤트워프의 대장장이였다고 한다.

4 라틴어 'Verbum Satis Sapienti'의 준말. 여기서는 바로 위에서 언급한 유명한 화가인 퀸틴 마치스가 원래 앤트워프의 대장장이였다는 말로써 대장장이 핍의 변신을 설명하는 데 충분하다는 의미다.

29장

나는 아침 일찍 일어나 외출했다. 미스 해비셤 댁을 방문하기에는 아직 너무 일렀기에, 나는 미스 해비셤 댁이 있는 읍내 쪽 교외로 어슬렁어슬렁 걸어가면서—이곳은 조의 집 쪽이 아니었다. 그곳이야 내일 가도 되었다—내 후원자에 대해 생각하고, 또 나를 위해 그녀가 세웠을 계획의 찬란한 모습을 그려보았다.

그녀는 에스텔라를 양녀로 삼았고, 또 그녀는 사실상 나를 양자로 삼은 거나 마찬가지였다. 그러니 우리 둘을 맺어주려는 것이 그녀의 의도가 아닐 리가 없었다. 그녀는 나로 하여금 황폐한 집을 복구하고, 어두운 방들에는 햇빛이 들게 하고, 멈춘 시계들이 다시 가도록 하고, 차가운 벽로에는 불길이 타오르게 하고, 거미줄들을 떼어내고, 쥐와 해충 따위를 없애도록—요컨대 기사 모험담에 나오는 젊은 기사의 빛나는 모든 행동들을 다 수행하고서 공주와 결혼하도록 마련해 두었던 것이다. 그 집을 지나치면서 나는 발을 멈추고 쳐다보았다. 그을린 붉은 벽돌담들, 막아놓은 창문들, 그리고 마치 힘줄이 툭툭 불거진 노인의 팔뚝처럼 잔가지들과 덩굴로 굴뚝 기둥까지 휘감고 있는 억센 푸른 담쟁이덩굴 등등이 내가 바로 그 주인공인 화려하고도 매력적인 신비를 자아냈다. 물론 에스텔라가 이 신비의 영감이자 핵심이었다. 그러나 비록 그녀가 내 마음을 아주 강력하게 사로잡고는 있을지언정, 비록 내 생각과 희망이 그녀에게 그렇게 쏠려 있을지언정, 비록 내 소년 시절의 삶과 성격에 끼친 그녀의 영향이 막대했을지언정, 나는 심지어 그 낭만적인 아침에도 그녀가 지니고 있는 것 말고는 어떤 속성도 그녀에게 부여하지 않았다. 나는 이 말을 이 자리에서 일부러 언급하는데, 이는 내가 나의 가련한 미로 속으로 빠져드는 실마리가 되기 때문이다. 내 경험에 의하면 연인에 대한 통념이 반드시 옳은 것만은 아니다. 가장 절대적인 진실은, 내가 한 남자로서 에스텔라를 사랑한 것은 그저 그녀가 못 견디게 매혹적임을 알았기 때문이라는 것이다. 분명히, 항상 그런 건 아니었지만, 자주자주 슬프게도 내가 이성을 외면하고, 기대를 외면하고, 평화를 외면하고, 희망을 외면하고, 행복을 외면하고, 있을 수 있는 모든 실망을 외면하면서 그녀를 사랑하고 있음을 알았다. 분명히 나는 그런 사실을 안다고 해서 그녀를 덜 사랑하진 않았으며, 그 사실은 마치 내가 그녀를 완전무결한 존재라고 철석같이 믿었을 때처럼 나의 사랑을 전혀 억누르지 못했다.

나는 예전과 같은 시간에 저택 문에 도착하도록 산책 속도를 조절했다. 떨리는 손으로 초인종을 울리고 나서, 나는 대문을 등지고 돌아서서 숨을 가다듬고 두근거리는 가슴을 알맞게 진정시키려고 애썼다. 옆문이 열리는 소리가 들려오더니 안마당을 가로질러 오는 발소리가 났다. 그러나 나는 녹슨 돌쩌귀가 돌아가며 문이 열릴 때까지 못 들은 척하고 있었다.

마침내 누군가가 내 어깨를 건드리는 바람에 나는 깜짝 놀라 돌아섰다. 다음 순간 나는 수수한 회색 옷을 입은 한 남자가 내 앞에 서 있는 것을 보고 당연히 훨씬 더 깜짝 놀랐다. 미스 해비셤 댁 대문에서 문지기 자리에 있으리라고는 결코 생각지도 못했던 사람이었다.

"올릭!"

"아, 도련님, 도련님보다도 더 많은 변화가 있었죠. 좌우간 들어오세요, 들어오세요. 대문을 열어놓고 있는 건 내가 받은 지시에 어긋나니까요."

내가 안으로 들어서자 그는 대문을 밀어 닫고 자물쇠를 채운 다음 열쇠를 뺐다. "맞아요!" 그는 나보다 앞장서서 집 쪽을 향해 고집스레 몇 발짝 가더니 뒤로 돌아보며 말했다. "난 이 집에 있어요!"

"여긴 어떻게 온 건가요?"

"난 이곳에 왔어요," 그가 받아넘겼다. "내 두 다리로요. 내 옆의 손수레에다 물건 상자를 싣고서 말이죠."

"영영 여기 있을 건가요?"

"내가 여기 있다고 해가 되진 않겠죠, 도련님, 그렇죠?"

나는 그 점을 그다지 확신할 수 없었다. 내가 느긋하게 그의 말대꾸를 마음속으로 곱씹는 동안, 그는 그의 무거운 시선을 마당 포석에서 천천히 들어 올려 내 다리와 팔, 그리고 얼굴을 쳐다보았다.

"그럼 대장간을 떠났나요?" 내가 물었다.

"여기가 대장간같이 보이나요?" 올릭은 마음이 상한 표정으로 사방을 둘러보며 대답했다. "글쎄, 여기가 대장간같이 보이냐고요."

나는 그에게 가저리의 대장간을 떠난 지 얼마나 됐느냐고 물었다.

"여기는 그날이 그날이라서," 그가 대답했다. "계산해 보지 않고는 모르겠는데요. 그렇지만 도련님이 떠나고 얼마 뒤에 이곳으로 왔죠."

"나도 그런 말은 할 수 있어요, 올릭."

"아아!" 그는 비꼬듯 말했다. "하지만 그 뒤에 도련님은 학자가 되셨고요."

이때쯤 우리는 집 건물에 다다랐는데, 그의 방은 안마당이 내다보이고 조그만 창문이 하나 달려 있는 바로 옆문 안쪽의 방이었다. 규모가 작다는 점에서, 그 방은 프랑스 파리에서 통례적으로 문지기에게 할당되는 그런 곳과 다르지 않았다. 열쇠 몇 벌이 벽에 걸려 있었는데, 거기에다 그는 이제 대문 열쇠도 걸어놓았다. 그리고 안쪽 조그만 구획, 즉 구석진 곳에 조각 이불이 덮인 그의 침대가 놓여 있었다. 전체적으로 너저분하고 답답하며 졸린 분위기를 풍겼다. 한편 창가 구석의 그늘 속에 음울하고 의기소침한 모습으로 어렴풋이 보이는 그는 자기 방과 잘 어울리는 인간 들쥐처럼 보였다. 말 그대로 그는 인간 들쥐였다.

"전에 이 방을 본 적이 없는데." 내가 말했다. "그렇지만 전에는 이곳에 문지기가 없었지."

"그렇죠." 그가 말했다. "이 집에는 보안이 전혀 안 돼 있다는 소문이 나돌고, 그래서 죄수들과 온갖 부랑자들이 왔다 갔다 하면 위험하다고 생각되어서야 비로소 문지기가 생긴 거죠. 난 남이 덤비면 똑같이 받아칠 수 있는 사람으로 추천받았고, 그래서 내가 이 일을 택한 겁니다. 이 일은 풀무질과 망치질보다 훨씬 수월해요. 아, 저건 총알이 장전되어 있어요, 정말로요."

내 눈이 벽로 선반 위에 있는 놋쇠로 씌운 개머리판 달린 소총에 쏠려 있었는데, 그의 눈도 내 시선을 따라왔다.

"그럼," 나는 더 이상 대화를 하고 싶지 않아서 말했다. "미스 해비셤에게 올라가 봐도 될까요?"

"내가 그걸 안다면 날 화형에 처하쇼!" 그는 먼저 기지개를 켜고 나서 몸을 흔들며 말을 받아쳤다. "내가 받은 지시는 여기서 끝입니다, 도련님. 내가 여기 이 종을 망치로 한 번 두들겨 울릴 테니, 도련님은 누구든 만날 때까지 복도를 따라 가면 됩니다."

"내가 올 줄 알고 계신 거겠죠?"

"날 두 번 화형에 처하쇼, 내가 그걸 말해줄 수 있다면!" 그가 말했다.

그 말에 나는 내가 처음 투박한 긴 구두를 신고 걸었던 기다란 복도로 방향을 틀었고, 올릭은 종을 울렸다. 종소리가 아직 울려 퍼지고 있을 때 복도 끝에서 나는 세라 포킷을 만났는데, 그녀는 나 때문에 막 체질적으로 푸르락누르락해진 것 같았다.

"오!" 그녀는 말했다. "당신인가요, 핍 씨?"

"접니다, 미스 포킷. 포킷 씨와 가족 모두가 다 안녕하심을 전해드리게 되어 기쁩니다."

"그들은 조금이라도 더 현명해졌던가요?" 세라는 우울하게 고개를 저으며 말했다. "그들은 안녕하기보다는 더 현명해져야 해요. 아, 매슈, 매슈! 가는 길은 알겠죠, 나리?"

어둠 속에서 계단을 여러 번 올라 다녔으므로 나는 웬만큼 잘 알고 있었다. 나는 이제 그 계단을 옛날보다 한층 가벼운 구두를 신고 올라가서, 예전 방식대로 미스 해비셤의 방문을 두드렸다. "핍의 노크 소리야." 즉시 그녀가 말하는 소리가 들렸다. "들어와라, 핍."

미스 해비셤은 오래된 탁자 가까이 놓인 의자에 낡은 옷차림으로 앉아 있었는데, 두 손을 지팡이에 열십자로 겹쳐 놓고 그 위에 턱을 괸 채 두 눈은 벽로의 불길을 향하고 있었다. 그녀의 곁에는 한 번도 신은 적 없는 흰 구두를 손에 들고 고개를 숙인 채 그것을 바라보고 있는 우아한 숙녀가 앉아 있었는데, 내가 한 번도 본 적 없는 숙녀였다.

"들어와라, 핍." 미스 해비셤은 돌아보거나 올려다보지도 않고 계속해서 중얼거렸다. "들어와라, 핍, 잘 지냈니, 핍? 그래, 마치 내가 여왕인 듯이 내 손에 입 맞춰주는구나……. 그래서?"

그녀는 갑자기 눈만 움직여서 나를 치켜보더니, 엄격하면서도 희롱하는 태도로 되풀이했다.

"그래서?"

"저는 들었습니다, 해비셤 마님." 나는 다소 당황하여 말했다. "마님께서 친절하시게도 제가 와서 뵙기를 바라신다는 말씀을요. 그래서 즉시 왔습니다."

"그래서?"

내가 전에 한 번도 본 적이 없는 그 숙녀가 두 눈을 들어 짓궂게 나를 쳐다보았는데, 바로 그때서야 나는 그게 에스텔라의 눈이라는 것을 알아보았다. 그러나 그녀는 너무나 많이 변했고, 너무나 많이 아름다워졌고, 너무나 많이 여성다워졌으며, 사람들의 찬미를 받을 만큼 모든 것들이 아주 훌륭하게 자라 있었기에, 그녀에 비하면 나에겐 아무런 변화가 없었던 것 같았다. 그녀를 쳐다본 순간 나는 내가 다시 절망적으로 상스럽고 천박한 소년으로 되돌아갔다는 생각이 들었다. 아, 나를 엄습한 그 거리감과 격차라니! 그녀가 손 닿을 수 없는 존재가 되어버리다니!

에스텔라는 나에게 손을 내밀었다. 나는 그녀를 다시 만나게 되어 기쁘다는 것과 이 만남을 아주 오래오래 기다려왔다는 것에 대해 더듬거리며 몇 마디 말을 했다.

"이 애가 많이 변했지, 핍?" 미스 해비셤은 탐욕스런 표정으로 이렇게 묻고는, 나더러 거기 앉으라는 신호로 자신의 지팡이로 두 사람 사이에 있는 의자를 두드렸다.

"제가 방에 들어왔을 때는, 해비셤 마님, 얼굴이나 자태를 보고는 에스텔라 같은 점이 전혀 없다고 여겼습니다. 그런데 이제는 모든 것이 아주 이상하게도 안정이 되어 옛날의……."

"뭐? 옛날의 에스텔라로 돌아왔다고 말하려는 건 아니겠지?" 미스 해비셤이 내 말을 가로막았다. "저 애는 거만하고 무례했지. 그래서 너는 저 애한테서 달아나고 싶어 했고. 기억이 안 나는 거니?"

당황한 나는, 그건 오래전 일이며 그때는 잘 몰랐노라는 등등의 말을 했다. 에스텔라는 한껏 침착한 태도로 미소를 짓고는, 의심할 나위 없이 내가 자기를 아주 잘 봤었고, 자기는 틀림없이 매우 불쾌한 아이였을 것이라고 말했다.

"저 애도 변했니?" 미스 해비셤이 에스텔라에게 물었다.

"무척 많이 변했어요." 에스텔라는 나를 쳐다보며 대답했다.

"덜 상스럽고 덜 천박해졌니?" 미스 해비셤은 에스텔라의 머리카락을 가지고 놀며 물었다.

에스텔라는 소리 내어 웃었다. 그리고 손에 들고 있는 구두를 쳐다보고는 다시금 소리 내어 웃더니, 나를 한 번 쳐다보며 구두를 내려놓았다. 그녀는 여전히 나를 소년으로 취급하면서도, 여전히 나를 유혹했다.

우리는 나에게 그토록 많은 영향을 끼친 그 낡고 이상한 것들에 둘러싸인 채 이 꿈같은 방에 앉아 있었다. 그리고 나는 에스텔라가 프랑스에서 막 집에 돌아왔으며, 곧 런던으로 갈 예정이라는 것을 알게 되었다. 예전처럼 거만하고 제멋대로이긴 했지만, 그녀는 그 성향마저도 자신의 아름다움에 완전히 종속시켜 버렸기에, 그것들을 그녀의 아름다움과 분리하는 것은 불가능했고 어쩌면 자연의 이치에 어긋나는—적어도 나는 그렇게 여겼다—일처럼 느껴졌다. 사실을 말하자면, 내 소년 시절을 혼란시켰던 돈과 상류층에 대한 그 모든 비참한 갈망들로부터—나로 하여금 처음으로 집과 매형 조를 창피하게 여기게 했던 그 모든 비뚤어진 열망들로부터—이글거리는 불덩이 속에서 나타난 그녀의 얼굴, 모루 위의 쇳덩이에서 어른거리는 그녀의 얼굴을 내리치는 환상, 밤의 어둠 속에서 그녀의 얼굴이 나타나 대장간의 나무 창문으로 안을 들여다보고는 휙 사라졌다고 여기던 그 모든 환상들로부터 그녀의 존재를 떼어내 생각하는 것은 불가능했다. 한마디로, 그녀를 과거든 현재든 내 삶의 가장 깊숙한 곳에서 떼어놓는 것은 불가능한 노릇이었다.

나는 그날 나머지 시간을 그 집에서 머물고 밤에 호텔로 돌아갔다가, 이튿날 런던으로 돌아가기로 결정했다. 우리가 잠시 대화를 나눴을 때, 미스 해비셤이 산책이나 하라고 우리를 방치된 정원으로 내보냈다. 그리고 미스 해비셤이 말하기를, 금방 돌아와서 옛날처럼 자기의 바퀴 의자를 잠시만 밀어달라고 했다.

그래서 에스텔라와 나는 옛날에 내가 딴 길로 들어서서 헤매다가 그 창백한 어린 신사, 지금의 허버트와 일전을 벌였던 대문 옆 정원으로 나갔다. 나는 떨리는 마음으로 그녀의 옷 끝자락까지 흠모했는데, 한편 그녀는 매우 침착했으며 아주 결정적으로 내 옷 끝자락 같은 건 존경하지도 않았다. 허버트와 내가 한판 붙었던 장소에 가까이 이르렀을 때 그녀는 걸음을 멈추고 말했다.

"내가 그날 그 싸움을 숨어서 구경했다니, 나도 참 괴짜 같은 아이였던 게 틀림없어. 어쨌든 난 그 싸움을 숨어서 구경했고, 그것도 아주 재미있게 보았어."

"넌 나한테 크게 보상해 줬어."

"내가 그랬니?" 그녀는 무심하게 건성으로 대답했다. "이제 생각나는데, 나는 네 상대에게 큰 반감을 품고 있었어. 그 애가 여기 와서 나를 성가시게 한 게 못마땅했거든."

"그와 나는 이제 각별한 친구 사이야."

"그러니? 그러고 보니 네가 그 애 아버지 밑에서 공부한다고 들은 것 같은데?"

"그래."

나는 마지못해서 수긍했다. 너무 소년 같아 보일 것 같았고, 그녀는 이미 나를 충분히 소년으로 취급하고 있었기 때문이다.

"네 운명과 미래의 가망이 바뀐 이후로, 너는 사귀는 친구들도 바꿨나 보구나." 에스텔라가 말했다.

"당연하지." 내가 말했다.

"그리고 필연적으로," 그녀는 도도한 어조로 덧붙였다. "한때 너에게 어울리던 친구라도 지금은 너에게 아주 안 어울리는 친구가 되겠지."

내 양심에 비추어 보건대, 내가 조를 보러 갈 생각이 조금이라도 남아 있었는지조차 의심스럽다. 하지만 혹시라도 그런 마음이 남아 있었다면, 지금 그녀의 말 한마디가 그것을 완전히 날려버렸다.

"그때는 너에게 닥쳐올 큰 행운에 대해 넌 아무것도 모르고 있었지?" 에스텔라는 손을 살짝 흔들어서 내가 허버트와 겨루던 때를 의미하며 말했다.

"조금도 몰랐지."

내 곁에서 걷는 그녀의 완벽하고 우월한 태도와 그녀 곁에서 걷는 나의 앳되고 복종적인 태도는 내가 느끼기에 강한 대조를 이루었다. 만일 내가 그녀의 배필로 정해지고 그녀를 위해 따로 떨어져 있게 되었다고 스스로 생각하지 않았더라면, 그것은 끊임없이 내 마음을 보다 더 괴롭혔으리라.

편안하게 산책하기에는 정원의 잡초가 너무 웃자라고 무성했다. 그래서 우리는 정원을 두세 바퀴 돌고 다시 나와서 양조장 마당으로 들어섰다. 나는 그녀에게 내가 그 집에 처음 왔던 날 그녀가 술통 위를 걷고 있는 것을 보았던 장소를 정확하게 가리켜주었다. 그랬더니 그녀는 차갑고 무심한 표정으로 그쪽을 바라보며 말했다. "내가 그랬니?" 내가 그녀가 집에서 나와서 나에게 고기와 음료를 주었던 곳을 그녀에게 상기시켜 주자 그녀는 말했다. "난 기억도 안 나는데." "네가 나를 울린 것도 기억 안 나니?" 내가 물었다. "응, 안 나." 그녀는 그렇게 말하고서 고개를 가로저으며 주위를 둘러보았다. 나는 진실로 믿건대, 그녀가 전혀 기억하지도 신경 쓰지도 않는다는 사실이 내 안에서 다시금 눈물이 나게 했다. 그리고 그런 눈물이야말로 가장 쓰라린 눈물이다.

"넌 꼭 알아야만 해." 에스텔라는 화려하고 아름다운 여성이 아량을 베풀어주는 듯한 태도로 말했다. "나에게는 심장이 없다는 것을. 그게 내 기억력과 관련이 있다면 말이야."

나는 실례지만 그런 말은 믿을 수 없다는 취지로 몇 마디 허튼소리를 했다. 나는 그런 말을 믿을 바보가 아니라는 둥, 심장 없이 어찌 그런 미인이 있을 수 있겠느냐는 둥.

"아아! 내게도 칼에 찔리거나 총에 맞을 심장이야 있지, 분명히 있어." 에스텔라는 말했다. "그리고 물론, 만일 심장의 박동이 멈춘다면 나도 죽게 되겠지. 하지만 넌 내 말의 뜻을 알고 있어. 내 심장엔 부드러움이라곤 없어, 없어―동정심도―감정도―무감각이지."

그녀가 가만히 서서 나를 주의 깊게 바라볼 때, 내 마음에 떠오른 것은 도대체 **무엇**이었을까? 미스 해비셤에게서 보았던 그 어떤 것이었을까? 아니다. 물론 그녀의 몇 가지 표정과 몸짓에는 미스 해비셤과 닮은 기미가 있긴 했다. 아이들이 오랜 시간 가까이 지내며 영향을 받은 어른들의 모습과 습관을 자연스레 닮아 가는 것처럼 말이다. 어린 시절이 지나면, 서로 전혀 다른 얼굴에서도 가끔씩 놀라울 정도로 비슷한 표정이 나타나는 경우가 있다. 그런데도 난 그 유사성이 미스 해비셤에게서 비롯되었다고는 확신할 수 없었다. 나는 에스텔라를 다시 쳐다보았다. 그녀는 여전히 나를 바라보고 있었지만, 그 느낌은 사라지고 없었다.

그게 **무엇**이었을까?

"진심으로 하는 말이야." 에스텔라는 이맛살을 찌푸리기보다는(그녀의 이마에는 주름살이 없었으니까) 어두운 안색으로 말했다. "우리가 앞으로 자주 많이 만나야 한다면, 그걸 빨리 믿는 게 나을 거야." 그녀는 내가 입을 열려고 할 때 급히 나를 가로막았다. "아니! 나는 그 어디에서도 내 애정을 베푼 적이 없어. 그런 것 따위는 전혀 없었다고."

조금 뒤 우리는 아주 오랫동안 방치된 양조장에 들어갔는데, 그녀는 내가 여기 왔던 첫날 그녀가 밖으로 나가는 것을 보았던 그 높은 발코니를 가리키면서, 자기가 그곳에 올라갔던 일이며 내가 그 아래에서 겁먹고 서 있는 걸 봤던 일이 생각난다고 말했다. 내 눈길이 그녀의 하얀 손을 따라가자니, 또다시 아무래도 알 수 없는 그 똑같은 희미한 느낌이 내 마음을 스쳐갔다. 내가 무심결에 놀라는 바람에, 엉겁결에 그녀가 손을 내 팔에 얹었다. 순간적으로 그 유령 같은 느낌이 다시 한번 스쳐가더니 사라져 버렸다.

그게 무엇이었을까?

"무슨 일이야?" 에스텔라가 물었다. "또 겁먹은 거야?"

"네가 방금 말한 걸 내가 믿는다면 그렇겠지." 나는 그 느낌을 떨쳐버리려고 그렇게 대답했다.

"그럼 넌 내 말을 안 믿는다 이거지? 좋아. 아무튼 난 말했다. 미스 해비셤이 네가 옛날 그 장소로 곧 와주기를 기다리고 있을 거야, 비록 거기에 있는 다른 오래된 물건들과 함께 이제 그 일도 끝나버리리라는 생각이 들긴 하지만. 우리 정원을 한 바퀴 더 돌고 나서 들어가자. 자! 오늘은 내 잔인함 때문에 네가 눈물을 흘리게 하진 않을 거야. 너는 내 시동이 되는 거야. 그러니 네 어깨를 좀 빌리자."

에스텔라의 멋진 옷이 땅바닥에 끌리고 있었다. 그녀는 이제 한 손으로는 옷을 잡고, 또 다른 손으로는 내 어깨를 살짝 어루만지며 나와 함께 거닐었다. 우리는 황폐한 정원을 두세 바퀴나 더 돌았는데, 정원이 나를 위해 온통 꽃을 피운 것만 같았다. 만일 낡은 담장의 갈라진 틈에서 자라는 녹황색 잡초들이 이제껏 핀 꽃들 가운데 가장 귀중한 꽃들이었다 할지라도, 그 정원이 내 기억 속에 이보다 더 소중하게 간직될 수는 없었을 것이다.

우리 둘 사이에는 그녀를 내게서 떼어놓을 만큼의 나이 차이가 없었다. 물론 나이란 것이 그녀 쪽에선 더 유리하게 작용하긴 했지만, 우리는 거의 동갑내기였다. 그러나 그녀의 아름다움과 태도가 만들어내는 접근할 수 없는 듯한 분위기는, 내가 느끼는 기쁨 한가운데서도 나를 괴롭혔다. 그녀와 나를 한 쌍으로 염두에 둔 듯한 미스 해비셤의 의도가 분명해질수록, 그녀가 나와 가까워질 수 없는 존재처럼 보이는 것도 더 분명해졌기 때문이다. 불쌍한 녀석!

마침내 우리는 집 안으로 들어갔는데, 거기서 나는 놀랍게도 내 후견인이 용무가 있어 미스 해비셤을 보러 내려왔으며 오찬 때 돌아올 거라는 말을 들었다. 썩고 있는 식탁이 펼쳐진 방의 겨울나무처럼 앙상한 촛대 가지에는 우리가 나간 사이에 불이 켜져 있었고, 미스 해비셤은 바퀴 의자에 앉아서 나를 기다리고 있었다.

우리가 잿더미 같은 결혼 피로연 식탁 주위를 옛날처럼 천천히 돌기 시작했을 때, 바퀴 의자 자체를 과거로 밀고 가는 기분이었다. 그러나 그 장례식장 같은 방에서 팥죽 냄새 나는 노파가 의자에 등을 기대고 깊숙이 앉아 눈을 떼지 않고 에스텔라를 지켜보고 있는데도, 에스텔라는 오히려 전보다 더 화사하고 아름다워 보여서 나는 한층 강한 매혹에 빠져 있었다.

이렇게 시간은 어느덧 흘러가고, 우리의 이른 오찬 시간이 가까이 다가왔다. 에스텔라는 치장을 위해 우리 곁을 떠났다. 우리가 긴 피로연 식탁의 중간 근처에서 멈추자, 미스 해비셤은 말라빠진 팔 하나를 바퀴 의자 밖으로 내밀어 그 꽉 쥔 손을 누런 식탁보에 올려놓았다. 에스텔라가 밖으로 나가기 전 문간에서 어깨 너머로 뒤돌아볼 때, 미스 해비셤은 보기에 아주 무서우리만큼 탐욕적인 강렬함으로 그 손에 입 맞춰 그녀에게 보내주었다.

에스텔라가 나가고 우리 둘만 남게 되자, 미스 해비셤은 나를 돌아보고 속삭였다.

"저 애는 아름답고 우아하고 잘 자랐지? 넌 저 애를 사모하니?"

"그녀를 보는 사람은 누구나 그럴걸요, 해비셤 마님."

그녀는 한 팔로 내 목을 감더니, 바퀴 의자에 앉은 채로 내 머리를 자기에게 바짝 끌어내렸다. "저 애를 사랑해 줘라, 저 애를 사랑해 줘, 저 애를 사랑해 줘! 저 애는 너를 어떻게 대하지?"

내가 미처 대답하기도 전에(혹시 내가 그렇게 어려운 질문에 대답이라도 할 수 있었다면 말인데) 그녀는 되풀이했다. "저 애를 사랑해 줘, 저 애를 사랑해 줘, 저 애를 사랑해 줘! 저 애가 너에게 호의를 보이거든, 저 애를 사랑해 줘. 저 애가 너에게 상처를 준다 해도, 저 애를 사랑해 줘. 만일 저 애가 네 가슴을 갈가리 찢어놓는다 해도…… 그리고 나이가 들고 더 강해질수록, 더 깊이 찢어놓겠지만…… 저 애를 사랑해 줘, 저 애를 사랑해 줘, 저 애를 사랑해 줘!"

이 말을 할 때 목소리에 실렸던 그런 격렬한 열망을 나는 결코 본 적이 없었다. 내 목을 감싸고 있는 그녀의 깡마른 팔에서, 격정에 사로잡힌 근육이 부풀어 오르는 것이 느껴졌다.

"내 말 좀 들어봐라, 핍! 나는 저 애를 사랑받게 하려고 입양했단다. 나는 저 애를 기르고 교육했단다, 사랑받게 하려고 말이다. 내가 저 애를 지금의 모습으로 키워낸 것은 바로 저 애가 사랑받게 하려고 그랬단 말이다. 저 애를 사랑해 주렴!"

그녀는 사랑이란 말을 충분히 거듭거듭 말했으므로, 그녀가 빈말을 하는 것이 아니라는 것은 의심의 여지가 없었다. 그러나 자주 되풀이된 그 말이 사랑이 아니라 증오, 절망, 복수, 비참한 죽음이었을지라도, 그녀의 입에서 흘러나오는 그 말이 지금보다 더 저주처럼 들릴 수는 없었을 것이다.

"너에게 일러주마." 그녀는 여전히 급하고 격정적인 속삭임으로 말했다. "진정한 사랑이 무엇인지 말이다. 그것은 맹목적인 헌신이고, 절대적인 겸손이고, 무조건적인 복종이고, 네 자신과 온 세상에 맞서는 신뢰와 믿음이며, 마음을 빼앗긴 사람에게 네 마음과 영혼을 모두 바치는 것이란다—내가 그랬듯이 말이야!"

이야기가 거기에 이르자, 그녀는 말을 끝낸 후 미친 듯이 소리쳤다. 나는 그녀의 허리를 감싸안았다. 왜냐하면 그녀가 수의 같은 옷을 입은 채 바퀴 의자에서 일어나더니, 차라리 벽에 몸을 부딪쳐 죽는 것이 낫겠다 싶은 듯 허공을 쳐댔기 때문이다.

이 모든 것은 몇 초 만에 끝났다. 내가 그녀를 바퀴 의자에 끌어 앉힐 때, 내가 익히 알고 있는 향내를 의식하고 돌아보니 방에 내 후견인이 들어와 있었다.

그는 언제나(내가 아직 언급하지 않은 것으로 기억하는데) 가히 위압적인 크기의 화려한 비단 손수건을 가지고 다녔는데, 이 수건은 그의 직업상 대단히 중요한 것이었다. 나는 그가 마치 금방이라도 코를 풀려는 듯이 예의 바르게 이 손수건을 펼치다가, 마치 의뢰인이나 증인이 확실한 언질을 주기 전에는 그럴 시간을 가지면 안 된다는 것을 안다는 듯 그런 동작을 중단함으로써, 그의 의뢰인이나 증인을 매우 겁먹게 하여 아주 당연한 일처럼 즉시 확실한 언질을 받아내는 것을 본 적이 있다. 내가 방에서 그를 보았을 때, 그는 이 의미심장한 손수건을 양손에 쥐고서 우리를 쳐다보고 있었다. 나와 시선이 마주치자 그는 잠깐의 침묵과 그 자세만으로도 분명히 이렇게 말하는 듯했다. '정말입니까? 기이하기도 해라!' 그런 다음 그는 놀랄 만한 소리를 내며 손수건으로 코를 풀었다.

미스 해비셤도 나와 거의 같은 순간에 그를 보고, (다른 모든 사람들처럼) 그를 두려워했다. 그녀는 마음을 진정시키려고 무척 애를 쓰며, 그가 항상 시간을 잘 지킨다고 더듬더듬 말했다.

"항상 시간을 잘 지키죠." 그는 우리에게 다가오면서 같은 말을 되풀이했다. "(잘 있었나, 핍? 제가 좀 밀어드릴까요, 미스 해비셤? 한 바퀴만 돌까요?) 그래, 자네 여기 와 있었나, 핍?"

나는 그에게 내가 언제 도착했으며, 미스 해비셤이 내가 내려와서 에스텔라를 만나보기를 얼마나 바랐었는지를 말했다. 이 말에 그는 대꾸했다. "아아! 아주 멋진 젊은 숙녀야!" 그런 뒤 그는 그의 큼직한 손 하나로 바퀴 의자에 앉은 미스 해비셤을 밀며, 다른 손은 마치 바지 주머니가 비밀스런 것들로 가득 차 있다는 듯 그 속에 집어넣었다.

"그래, 핍! 자넨 전에 에스텔라 양을 얼마나 자주 만났었지?" 그는 바퀴 의자를 밀다가 멈췄을 때 물었다.

"얼마나 자주냐고요?"

"아아! 몇 번이냐고? 만 번은 되나?"

"오! 물론 그렇게 많지는 않습니다."

"두 번?"

"재거스." 나로서는 무척 안심되게도 미스 해비셤이 끼어들었다. "우리 핍은 상관하지 말고, 그와 함께 가서 오찬이나 들어요."

그는 이 말에 응했다. 그래서 우리는 함께 어두운 계단을 더듬어 내려갔다. 우리가 뒤뜰의 포석을 가로질러 별채로 향하는 중에, 그는 미스 해비셤이 음식을 먹고 마시는 것을 얼마나 자주 보았느냐고 나에게 물었다. 그리고 그는 여느 때처럼 백 번과 한 번 사이의 선택의 폭을 나에게 제시했다.

나는 생각해 보고 말했다. "전혀 없습니다."

"그리고 앞으로도 결코 못 볼 거야, 핍." 그는 찡그리는 미소를 지으며 받아넘겼다. "그녀는 현재의 이런 생활을 시작한 이래로 먹거나 마시는 모습을 결코 남에게 보여준 적이 없지. 밤에 이리저리 돌아다니면서 손에 잡히는 대로 음식을 먹는다는군."

"저, 변호사님." 내가 말했다. "한 가지 여쭤봐도 될까요?"

"그래." 그가 말했다. "근데 대답은 거절할 수도 있어. 물어봐."

"에스텔라의 성씨 말인데요. 그게 해비셤인가요, 아니면……?"
나에겐 덧붙일 말이 없었다.

"아니면 뭐?" 그가 말했다.

"해비셤입니까?"

"해비셤이라네."

이런 말을 주고받는 사이에 우리는 오찬상이 있는 곳에 도착했는데, 에스텔라와 세라 포킷이 우리를 기다리고 있었다. 재거스 씨가 주인 자리에 앉고 에스텔라는 그 맞은편에 앉았으며, 나는 푸르락누르락하는 친구(세라 포킷)를 마주하고 앉았다. 우리는 식사를 맛있게 잘했고, 하녀 하나가 식사 시중을 해주었다. 이 하녀는 내가 그 집을 들락거리면서도 한 번도 본 적이 없었지만, 어쨌거나 그동안 줄곧 그 이상한 집에 있었던 것이다. 식사가 끝난 뒤, 오래된 특선 포르투갈산 적포도주 한 병이 내 후견인 앞에 놓였고(그는 분명 포도주에 정통했다), 두 숙녀들은 우리 곁을 떠났다.

그 집 지붕 밑에서 보인 재거스 씨의 결연한 과묵함에 비견될 만한 것을 나는 그 어떤 곳에서도, 심지어는 그에게서조차도 결코 본 적이 없었다. 그는 자기 표정을 밖으로 드러내지 않았으며, 식사 중에 한 번도 에스텔라의 얼굴로 눈길을 돌리지 않았다. 그녀가 그에게 말을 걸 때도, 듣고 있다가 적절한 때 대답할 뿐 결코 그녀를 쳐다보지 않는다는 것을 나는 알 수 있었다. 한편 그녀는 불신까지는 아니라도 흥미와 호기심을 가지고 그를 자주 쳐다보았지만, 그의 얼굴에는 그것을 의식하는 낌새가 전혀 나타나지 않았다. 식사하는 내내 그는 나와 대화하면서 내 유산에 대해 자주 언급했고, 세라 포킷에게 더 큰 질투심을 불러일으키는 것을 노골적으로 즐겼다. 그러나 여기서도 그는 마치 아무런 의식이 없는 듯 행동했고, 심지어 내가 아무런 의도 없이 스스로 그 이야기를 꺼내도록 유도하는 듯 보였다—사실 어떻게 그런 분위기를 조성했는지는 알 수 없지만, 실제로 강요했다—순진한 나한테서 그런 말이 나오도록 말이다.

그와 나만 남았을 때 그는 마치 자신이 지니고 있는 견문 때문에 전체적으로 잠자코 있어야겠다는 젠체하는 태도로 앉아 있었는데, 정말 나로서는 견디기 힘들었다. 달리 볼일이 없자 그는 바로 자기 포도주잔에게 반대신문을 했다. 그는 잔을 자신과 촛불 사이에서 잡고, 포도주 맛을 보고, 그것을 입안에서 굴리다가 삼키고, 다시금 잔을 쳐다보고, 냄새를 맡고, 맛을 보고, 들이키고, 다시 잔을 채우고 나서 또 잔에게 반대신문을 했다. 나는 마치 그 와인이 내 불리한 정보를 그에게 들려주고 있는 것처럼 신경이 곤두섰다. 세네 번쯤 용기를 내어 말을 꺼내볼까 생각했지만, 내가 무언가를 물으려 할 때마다 그는 잔을 들고 와인을 입안에서 굴리며 나를 바라보았다. 마치 자기는 대답하지 않을 것이니 물어봤자 소용없음을 유념하기 바란다는 듯했다.

내 생각에 미스 포킷은 나를 보는 것이 자신을 미치게 만들 위험이 있다는 것을 의식한 듯했다. 어쩌면 그녀는 참다못해 그 끔찍한 모슬린 모자를—옥양목 자루걸레 비슷한 아주 흉물스런 모자였다—찢어 던지고, 자기 머리카락—확실히 **그녀의** 머리에서는 자란 적 없는 가발—을 땅에 흩뿌릴지도 모른다고 생각한 것 같았다. 나중에 우리가 미스 해비셤의 방에 올라갔을 때 그녀는 나타나지 않았다. 그래서 우리 넷이서 휘스트[1] 카드놀이를

1 오늘날 널리 보급된 브릿지 게임 이전 18, 19세기에 유럽에서 유행했던 카드놀이의 하나. 52장의 카드로 하는 게임으로, 보통 두 사람씩 편을 먹고 네 사람이 시계 방향으로 돌아가면서 카드를 내는 방식을 취한다. 패의 끗수는 A, K, Q, J, 10, 9, 8, 7, 6, 5, 4, 3, 2의 순서로 되어 있다.

했다. 놀이를 하고 있는 중에, 미스 해비셤은 환상적인 방식으로 화장대에서 가장 아름다운 보석을 몇 개 꺼내 에스텔라의 머리와 가슴과 팔 주변에 달아주었다. 광채와 빛깔이 화려하게 빛나는 보석으로 장식한 에스텔라의 아름다움이 자기 앞에 펼쳐지자, 내 후견인조차도 두꺼운 눈썹 아래에서 그녀를 바라보며 눈썹을 약간 치켜올리는 것을 나는 보았다.

그가 우리 으뜸패를 어떻게 압수해 갔는지, 마지막 순간에 초라한 작은 카드들을 내놓아 우리의 킹과 퀸의 영광을 어떻게 완전히 무너뜨렸는지에 대해서는 유구무언이다. 또한 그가 우리를 이미 오래전에 풀어버린 아주 뻔하고 보잘것없는 세 개의 수수께끼처럼 여기는 태도에 내가 무슨 느낌을 받았는지에 대해서도 유구무언이다. 내가 견디기 어려웠던 것은, 그의 차가운 존재감과 내가 에스텔라를 향해 품고 있는 감정이 상반된다는 점이었다. 그에게 에스텔라에 대해 말하는 것을 도저히 스스로 용납할 수 없다는 것, 그가 그녀 앞에서 구두를 삐걱이며 걷는 모습을 내가 참을 수 없다는 것, 그가 손을 씻어버림으로써 그녀를 털어버리려는 걸 내가 견딜 수 없다는 것 등을 내가 안다는 것은 문제 되지 않았다. 진정한 고통은, 내 찬미의 대상이 그와 불과 한두 걸음 거리에 있어야 한다는 것—에스텔라에 대한 내 감정이 그와 같은 공간에 존재해야 한다는 것—바로 **그것이** 참을 수 없는 괴로움이었다.

우리는 9시까지 카드놀이를 했다. 그런 뒤 에스텔라가 런던에 올 때 나에게 미리 기별을 넣어주기로, 그러면 내가 역마차역으로 그녀를 마중 나가기로 정했다. 그런 다음 나는 그녀와 작별하여, 그녀의 손에 입을 맞추고 떠났다.

내 후견인은 보어 호텔의 내 옆방에 들었다. 밤이 이슥토록

"저 애를 사랑해 줘, 저 애를 사랑해 줘, 저 애를 사랑해 줘!"라고 말하던 미스 해비셤의 목소리가 내 귀에 울렸다. 나는 그 말을 내 말로 바꿔서 베개에 대고 수백 번 되풀이했다. "난 그녀를 사랑해, 난 그녀를 사랑해, 난 그녀를 사랑해!" 그때 문득 감사한 마음이 밀려왔다. 한때 대장장이 소년에 불과했던 내가 그녀를 운명으로 맞이할 사람이 되었다는 것에 대해. 하지만 곧, 내가 두려워하던 바대로 그녀가 그 운명에 조금도 열광적으로 감사해하지 않는다면, 도대체 언제쯤 나에게 관심을 가지게 될지 생각해 봤다. 지금은 조용히 잠들어 있는 그녀의 마음을 나는 언제쯤 깨울 수 있을까?

아아, 어쩌나! 나는 이런 것들을 숭고하고 고결한 감정이라 여겼다. 하지만 그녀가 조를 경멸할 것이라는 이유로 내가 그를 멀리하는 것에 대해선 한 번도 비열하거나 초라하다고 생각해 본 적이 없었다. 조가 내 눈에 눈물이 글썽이게 한 것이 불과 하루 전인데, 눈물이 말라버렸다. 하느님, 저를 용서하소서! 금방 말라버리고 말았습니다.

30장

이튿날 아침 블루 보어에서 옷을 입으면서 그 문제를 곰곰이 생각한 끝에, 나는 올릭이 과연 미스 해비셤 댁에서 신뢰할 만한 지위를 차지하는 데 합당한 사람인지 의심된다고 내 후견인에게 말하기로 결심했다. "아, 물론, 적절한 인물이 못 되지, 핍." 내 후견인은 이미 전반적인 상황에서 만족스러운 결론을 내린 듯 편안하게 말했다. "신뢰할 만한 지위를 차지하는 사람이 적절한 인물인 법은 결코 없으니까 말이야." 그는 이 특정한 직책 역시 예외 없이 부적절한 사람이 맡고 있다는 사실에 한층 신명이 난 듯했다. 그래서 내가 올릭에 대해 아는 바를 들려주는 동안 그는 만족스런 태도로 내 말을 경청했다. "잘 알겠어, 핍." 내가 말을 마치자 그는 말했다. "내가 즉시 돌아가서 급료를 지급하고 그 친구를 해고하도록 하지." 이런 즉각적인 행동에 다소 놀라서 나는 조금 늦추는 것이 좋겠다고 하고, 심지어 그 친구 자체가 다루기에 힘들지도 모른다는 암시까지 해주었다. "오 아니, 그는 그렇지 않을 거야." 내 후견인은 그의 손수건 끝을 가다듬으며 아주 자신 있게 말했다. "나는 그 친구가 나와 그 문제를 논의하는 꼴을 보고 싶네."

우리가 정오 역마차로 함께 런던으로 갈 예정인 데다가 펌블추크에 대한 심한 공포 속에 아침을 먹느라 컵조차 제대로 들 수 없었으므로, 나는 이 올릭 문제를 계기로 삼아 재거스 씨에게 산책을 하고 싶다고 말하고, 또 그가 일을 볼 동안 나는 런던 가는 길을 따라 걸어가려 하니, 역마차가 따라 오면 내가 승차할 것이라고 마부에게 알려주겠느냐고 부탁했다. 이렇게 해서 나는 아침 식사 직후에 블루 보어에서 도망칠 수 있었다. 그러고는 펌블추크의 가게 뒤쪽의 탁 트인 시골길로 약 3킬로미터쯤 둘러 걷은 다음, 그와 마주칠 염려가 있는 지점에서 약간 벗어난 중심가로 들어섰다. 나는 비교적 안전하다고 느꼈다.

조용한 고향 읍내를 다시 한번 와보는 것은 재미있었고, 여기저기서 사람들이 갑자기 나를 알아보고 계속 응시하는 것도 기분이 나쁘지 않았다. 몇몇 상인들은 심지어 가게에서 불쑥 뛰쳐나와 나보다 몇 걸음 앞서 걸어가더니, 마치 무언가를 깜빡 잊은 듯 돌아서서 나와 정면으로 마주 보며 지나갔는데—이런 경우에 그들과 나 중에서 누가 더 고약하게 시치미를 뗐는지 나는 모르겠다—그러지 않은 척하는 그들인지, 아니면 못 본 척하는 나인지. 어쨌든 내 위치는 남들 눈에 두드러졌고, 나는 그다지 불만이 없었다. 운명이 나를 한없는 악동인 트랩 씨 양복점 점원과 마주치게 할 때까지만 해도.

거리를 따라 시선을 던지던 중, 어느 순간 트랩네 소년이 다가오는 것이 보였다. 그는 텅 빈 파란색 자루로 제 몸을 때리며 걸어오고 있었다. 나는 그를 차분하고 무심하게 바라보는 것이 나에게 가장 어울리는 반응일 뿐만 아니라 그의 사악한 마음을 가장 잘 진정시킬 수 있는 태도라고 판단했다. 그래서 그런 표정을 짓고 앞으로 나아갔고, 나름 성공했다고 스스로를 칭찬하려던 순간 갑자기 그 점원이 무릎을 부들부들 떨며 맞부딪치더니, 머리를 곤두세우고 모자를 벗어던졌다. 그는 온몸을 심하게 떨며 도로 쪽으로 비틀거리더니 사람들을 향해 "날 붙잡아 줘요! 너무 무서워요!"라고 외쳤다. 마치 내 위엄 있는 모습에 질려 두려움과 참회의 발작을 일으킨 것처럼 보이려는 의도였다. 내가 그를 지나칠 때 그의 이는 덜그럭거리며 요란한 소리를 냈고, 그는 극도의 굴욕을 연기하며 먼지 바닥에 널브러졌다.

견디기 어려운 일이었지만, 이건 아무것도 아니었다. 내가 약 180미터도 채 못 갔을 때, 이루 말할 수 없는 공포와 경악, 분노 속에서 다시금 트랩네 점원이 다가오는 광경을 목격하고야 말았다. 그는 좁은 모퉁이를 돌아 나오고 있었다. 그의 파란 자루는 어깨에 걸쳐 있었고, 눈에는 성실한 근면함이 반짝였으며, 트랩의 양복점으로 경쾌하게 걸어가겠다는 단호한 의지가 걸음걸이에서 드러났다. 그런데 나를 알아보자마자 그는 마치 충격을 받은 듯 몸을 부들부들 떨며 아까처럼 심한 발작을 일으켰다. 하지만 이번에는 몸을 빙글빙글 돌리며 비틀거렸고, 무릎은 더욱 심하게 휘청거렸으며, 손을 번쩍 들어 마치 자비를 구하는 듯한 모습이었다. 그의 이 과장된 행동은 주변에 모여 있던 구경꾼들에게 커다란 즐거움을 주어 환호를 받았지만, 나는 아주 당혹스러웠다.

나는 우체국까지도 가지 못한 채, 트랩네 점원이 뒷길로 돌아 나오는 모습을 또다시 보았다. 이번에는 완전히 다른 모습이었다. 그는 파란색 자루를 마치 내가 방한 외투를 걸친 것처럼 걸치고는 반대편 포장도로를 따라 나를 향해 점잔빼며 걸어오고 있었다. 그는 한 패거리의 즐거워하는 젊은 친구들을 대동하고 왔는데, 그는 그들에게 이따금 손을 흔들며 큰 소리로 외쳤다. "느네(너희)들은 모른다!" 그가 내 바로 옆을 지나가면서 셔츠 깃을 세우고, 옆머리를 비비 꼬며, 한쪽 팔을 허리에 올려 억지로 품격 있는 태도를 취하고, 몸을 이리저리 흔들고 팔꿈치를 꿈틀거리면서 지나가는 모습이 나에게 가한 모욕과 분노는 말로 다 표현할 수 없었다. 그는 마치 오랜만에 조우한 옛 친구라도 되는 듯 희극적인 표정을 지으며 자신의 똘마니들에게 느릿느릿 말했다. "느네들은 모른다, 느네들은 몰라. 맹세코 느네들은 모른다고!" 그러고 나서 그는 갑자기 닭처럼 목청을 돋우며 "꼬끼오!" 하고 울더니, 마치 한때 나를 대장장이로 알고 있었던 비참한 닭이라도 되는 양 그 괴상한 울음소리를 내며 다리를 절뚝거리며 나를 쫓아왔다. 그가 다리 위에서 나를 따라오며 우는 모습은, 내게 씌워진 치욕의 절정이었다. 결국 나는 마치 마을에서 쫓겨난 사람처럼 모욕감에 휩싸인 채 황야로 내던져지는 기분으로 그곳을 떠났다.

하지만 그날, 내가 그 점원의 목숨을 빼앗지 않는 한 도대체 무슨 방법이 있었을지 지금도 모르겠다. 길거리에서 그와 몸싸움을 벌이는 것도, 그의 심장의 맨 깊은 곳에서 흘러나올 피보다 덜한 어떤 보상을 요구하는 것도, 모두 무의미하고 비참한 일이었을 것이다. 게다가 그는 결코 해를 입을 수 없는 소년이었다. 마치 잡으려 하면 미끄러져 빠져나가는 교활한 뱀처럼, 궁지에 몰려도 포획자의 다리 사이로 날렵하게 빠져나가며 조롱하듯 날카롭게 울어댔다. 결국 나는 다음 날 우편으로 트랩 씨에게 편지를 보냈다. "핍 씨는 사회의 최상층에게 자신이 마땅히 져야 할 책임을 망각한 채 모든 존경할 만한 사람들에게 혐오감을 불러일으키는 소년을 고용하는 자와 더 이상 거래할 수 없음을 통보하는 바입니다"라고 적었다.

재거스 씨가 탄 역마차가 제 시간에 뒤따라 와줘서, 나는 다시 마부석에 올라타 무사히 런던에 도착했다—그러나 내 따뜻한 가슴이 사라져서 마음이 가뿐하지는 못했다. 런던에 도착하자마자, 나는 (내가 직접 방문하지 않은 것에 대한 보상으로) 조에게 속죄의 대구 한 마리와 굴 한 통을 보내고서 바너드 여관으로 갔다.

허버트가 식은 고기 요리로 저녁 식사를 하고 있다가 나를 반갑게 맞아주었다. 추가분의 식사를 가져오도록 내 시동 악심덩이를 커피하우스에 보내고 나서, 나는 바로 그날 저녁에 내 단짝 친구에게 심정을 털어놓아야겠다고 느꼈다. 악심덩이가 복도에 (복도라는 건 단지 열쇠 구멍으로 통하는 작은 방에 다름 아니었다) 있어서는 비밀이 전혀 보장될 수 없었으므로, 나는 연극을 보라고 그 녀석을 내보냈다. 내가 이 엄한 감독자 같은 시동의 가혹한 속박 아래 노예 처지가 되어 있다는 증거로서, 내가 항상 그 녀석에게 일거리를 찾아주기 위해 이리저리 쫓겨 다니며 비열한 술책을 강구했다는 것보다 더 나은 증거를 찾기는 힘들 것이다. 일거리 찾기가 너무 옹색해서, 때로는 몇 시인지 보고 오라며 그를 하이드파크[1] 코너로 보낼 때도 있었다.

저녁 식사가 끝나고 우리가 벽난로의 불똥막이 철망에다 발을 올려놓고 앉았을 때, 나는 허버트에게 말했다. "나의 친애하는 허버트, 너에게 들려줄 아주 특별한 이야기가 있어."

"나의 친애하는 헨델," 그가 대답했다. "나는 네 신뢰를 고맙게 여기고 존중할 거야."

"이건 내 자신과 관련된 거고, 허버트," 나는 말했다. "또 다른 한 사람과도 관련된 거야."

허버트는 다리를 꼬고, 머리를 한쪽으로 갸우뚱 기울인 채 벽난롯불을 바라보았다. 그리고 얼마간 벽난롯불을 멍하니 바라보

1 런던 중심부에 있는 규모가 큰 공원.

다가, 내가 말을 계속하지 않자 나를 쳐다보았다.

"허버트." 나는 그의 무릎에 손을 얹으며 말했다. "나는 사랑해. 흠모해, 에스텔라를."

허버트는 놀라움에 얼어붙는 대신, 아무렇지도 않은 듯한 태도로 대답했다. "그렇지. 그래서?"

"그래서라니, 허버트? 할 말이 그거밖에 없어? 그래서라니?"

"그다음은 뭐냐, 이거 아니겠어?" 허버트가 말했다. "그건 당연히 내가 알고 있으니까."

"네가 그걸 어떻게 알아?" 내가 물었다.

"내가 그걸 어떻게 아냐고, 헨델? 아니, 너한테 들었으니까."

"난 너한테 말한 적이 없는데."

"말한 적이 없다고! 넌 머리를 깎기 전에 미리 나에게 말해준 적이 한 번도 없지. 하지만 나에게는 그걸 눈치챌 감각이라는 게 있거든. 너는 말이야, 내가 너를 안 이후 줄곧 그녀를 흠모해 왔어. 너는 너의 흠모하는 마음과 네 짐을 여기로 가져왔어, 함께 말이야. 말한 적이 없다고! 아니, 넌 언제나 하루 종일 나한테 말했어. 네가 네 자신의 내력을 들려줄 때, 네가 아주 어렸을 때 그녀를 처음 본 순간부터 흠모하기 시작했다고 넌 분명히 나한테 말했어."

"그래, 됐어, 그런데," 새롭지만 나쁘지 않은 사실을 알게 된 나는 말을 이었다. "나는 끊임없이 그녀를 흠모해 왔어. 그런데 그녀가 돌아왔어, 정말 아름답고 대단히 우아한 여인으로 말이야. 그리고 나는 어제 그녀를 만났어. 내가 전에 그녀를 흠모했다면, 지금은 그 곱절로 흠모해."

"그렇다면 넌 행운이구나, 헨델." 허버트는 말했다. "네가 그녀의 배필로 선택되고 또 그렇게 예정되어 있다니 말이다. 금기 사향을 침해하지 않고도, 그 사실에 대해 우리 둘 사이에는 아무런 의심의 여지가 있을 수 없다는 것 정도는 말할 수 있을 거야. 너의 흠모에 대해 에스텔라의 견해는 어떤지 넌 알고 있어?"

나는 침울하게 머리를 가로저었다. "아아! 그녀는 나에게서 수천 킬로미터나 떨어져 있어." 나는 대답했다.

"인내하는 거야, 친애하는 헨델. 시간은 충분해, 시간은 충분하다고. 그런데 너는 하고 싶은 말이 더 있지?"

"그걸 말하기는 부끄럽다." 나는 대답했다. "그래도 생각만 하는 것보다 말해버리는 것이 더 나쁠 건 없겠지. 넌 나를 행운아라 부르는데, 물론 난 행운아야. 바로 어제만 해도 일개 대장장이 소년이었는데, 나는…… 나는 뭐랄까…… 오늘은……."

"말해, 훌륭한 사람이라고, 그런 표현을 쓰고 싶으면 말이야." 허버트는 미소를 짓고 자기 손으로 내 손등을 두드리며 대답했다. "내면에 충동과 망설임, 배짱과 수줍음, 행동과 몽상 등이 기묘하게 뒤섞여 있는 훌륭한 사람 말이야."

나는 잠시 멈추고 과연 내 성격에 이런 혼합물이 있는지 생각해 보았다. 전체적으로 봤을 때 나는 그런 분석을 전혀 인정하지는 않았지만, 그렇다고 따져볼 만한 가치가 있다고 생각지도 않았다.

"내가 오늘의 나를 뭐라고 부를까 하고 물을 때, 허버트," 나는 말을 이었다. "그 물음은 내가 지닌 생각이 뭔지 암시하는 셈이야. 넌 내가 재수 좋다고 말하지. 출세하려고 내가 한 일은 아무것도 없고, 오로지 행운의 여신이 그래줬다는 것을 난 알아. 그건 매우 운이 좋은 거지. 그렇지만, 내가 에스텔라를 생각할 때는……."

("그런데 네가 에스텔라를 생각 안 할 때가 있기는 하고?" 허버트

는 눈길을 벽난롯불로 향한 채 끼어들었다. 나는 그걸 그의 친절하고 동정적인 마음에서 나온 말이라고 여겼다.)

"……그럴 때는, 친애하는 허버트, 내가 얼마나 의존적이고 불안하다고 느끼는지, 그리고 얼마나 수많은 위험에 노출되어 있는지 말할 수가 없어. 네가 방금 말했듯이 금기 사항을 피해서 하는 말인데, 한 분의(그분을 거명하지는 않겠지만) 굳건한 마음에 여전히 내 모든 재산 상속 문제가 달려 있어. 그런데 기껏해야 그 유산이 무엇인지 아주 막연하게 알고 있을 뿐이니, 얼마나 불분명하고 불만스럽겠느냐고!" 이 말을 하면서, 내 마음속에 늘 있긴 했지만 어제 이후로 가장 강렬해진 감정의 응어리를 어느 정도 덜어낼 수 있었다.

"자, 헨델." 허버트가 예의 명랑하고 희망찬 태도로 대답했다. "내가 보기엔, 애정으로 인해 낙심을 하게 되면 우리는 선물로 받은 말의 입안을 확대경으로 들여다보고 흠잡는 습성이 있는 것 같아.[1] 마찬가지로 내가 보기엔, 자세히 살펴보는 데 주의를 집중한 나머지 우리는 그 짐승의 장점들 가운데 하나를 완전히 간과하는 것 같단 말이야. 넌 너의 후견인 재거스 씨가 당초에 네가 유산만 물려받게 되는 건 아니라고 말했다고 나한테 말하지 않았어? 그리고 비록 그가 그렇게 말하지 않았다고 하더라도—아주 과한 가정이란 걸 인정할게—런던에 있는 수많은 사람 중에서도, 재거스 씨가 확실한 근거 없이 지금처럼 너와 관계를 유지할 사람이라고 믿을 수 있겠어?"

나는 허버트의 이 말이 설득력 있다는 것을 부정할 수 없다고

1 '선물로 받은 물건을 흠잡지 마라'라는 속담을 원용한 말로, 말馬은 입 속을 보면 그 나이를 안다고 하는 데서 거저 얻은 물건이나 행운에 대해 이것저것 따져보고 괜히 불평하지 말라는 뜻이다.

말했다. 나는 진실과 정의를 다소 마지못해 인정하는 것처럼(이런 경우에 사람들이 종종 그러하듯이) 그 말을 했다—마치 내가 그것을 부정하려고 했던 것처럼!

"나도 내 말이 설득력이 **있었다고** 생각해." 허버트는 말했다. "그리고 난 좀 더 설득력 있는 것을 상상하다가는 네가 난감해질 거라고 생각해. 나머지에 대해서 넌 네 후견인이 말해줄 때까지 기다려야 하고, 또 네 후견인은 그의 의뢰인이 말해줄 때까지 기다려야만 해. 넌 스물한 살이 되어야 비로소 네 처지를 알게 될 테고, 그럼 그땐 아마 뭔가 좀 더 알아내게 될 거야. 좌우간 넌 그럴 때에 점점 더 가까이 다가가고 있어, 왜냐하면 그날은 마침내 꼭 올 테니까."

"넌 참 걱정을 모르는 성격을 지녔구나!" 나는 그의 명랑한 태도를 고맙게 찬탄하면서 말했다.

"난 그래야만 돼." 허버트는 말했다. "난 그 외 다른 건 많이 가지지 못했거든. 그런데, 내가 방금 말한 것에 깃든 훌륭한 분별력은 내 자신의 것이 아니라 우리 아버지의 것임을 나는 인정해야겠다. 내가 네 이야기와 관련해서 우리 아버지가 하신 유일한 말씀은 결정적인 것이었지—'그 사안은 이미 결정됐다. 아니었다면 재거스 씨가 관여하지 않았을 거다.' 그리고 이제 우리 아버지나 그 아버지의 아들인 나에 대해 더 이야기하기 전에, 그리고 속마음에 은밀하게 응답하기 전에, 내가 잠시 너에게 심히 불쾌하게, 정말로 불쾌하게 굴까 하는데."

"넌 성공하지 못할걸." 내가 말했다.

"아, 아냐, 난 그럴 수 있어!" 그가 말했다. "하나, 둘, 셋, 그럼 자, 시작할게. 헨델, 내 착한 친구야." 가벼운 어조이긴 했지만, 그는 대단히 진지하게 말했다. "우리가 발을 벽난로 철망에 얹어

놓고 이야기를 해오면서 내가 쭉 생각해 봤는데, 만일 네 후견인에 의해서 에스텔라가 언급된 적이 없다면 그녀는 분명히 네 재산 상속의 조건이 될 수 없는 거야. 네가 나한테 말한 것을 내가 제대로 이해하고 있다면, 네 후견인은 직접적으로나 간접적으로나 어떤 식으로든 그녀를 전혀 언급한 적이 없다는 거지? 이를테면, 네 후견인이 궁극적으로 네 결혼에 대해 어떤 견해를 가지고 있다는 것을 암시조차 한 적이 전혀 없다는 거지?"

"전혀 없었어."

"그렇다면, 헨델, 에스텔라를 차지하지 못해 배 아파서가 아니라 내 영혼과 명예를 걸고 내가 말하지! 넌 그녀에게 매여 있는 몸이 아니니까, 그녀로부터 떨어질 수는 없겠어? 내가 불쾌하게 굴 거라고 말했잖아."

나는 고개를 옆으로 돌렸다. 왜냐하면 내가 대장간을 떠나던 날 안개가 장엄하게 걷히던 아침에, 그리고 내가 마을 어귀의 손가락 푯말에 손을 얹었을 때 나를 엄습했던 것과 같은 한 가지 감정이, 바다에서 불어오는 고향 습지의 바람처럼 갑자기 휘몰아쳐서 또다시 내 가슴을 강타했기 때문이다. 우리 둘 사이에는 잠시 침묵이 흘렀다.

"그래. 하지만 친애하는 헨델." 허버트는 마치 우리가 침묵하지 않고 계속 이야기해 오고 있었던 것처럼 말을 계속했다. "그런 감정이 천성이나 환경으로 인해 아주 낭만적으로 성장한 한 소년의 가슴에 너무 단단히 뿌리를 내리고 있기 때문에 이 문제를 아주 심각하게 만드는 거야. 그녀가 어떻게 자랐는지 생각해 보고, 또 미스 해비셤을 생각해 봐(내가 또 불쾌하게 굴었고, 이제 넌 나를 혐오하겠지). 이러다가는 일이 비참해질 거란 말이야."

"나도 그건 알아, 허버트." 나는 여전히 고개를 돌린 채 말했다.

"그러나 어쩔 수가 없어."

"그녀를 멀리할 수 없다는 말이야?"

"그래. 불가능해!"

"시도도 못 하겠어, 헨델?"

"그래. 못 하겠어!"

"좋아!" 허버트는 이렇게 말하고, 잠을 자고 있었던 것처럼 활기차게 몸을 흔들며 일어나더니 벽난롯불을 뒤적였다. "이제 다시 기분 좋게 만들어보자!"

그리하여 그는 방 안을 돌아다니며 커튼을 펼쳐놓고, 의자들을 제자리에 놓고, 주위에 흩어져 있는 책들과 기타 물건들을 말끔히 정돈하고, 복도를 살펴보고, 우편함을 들여다보고, 방문을 닫고 나서, 벽난로 옆 자기 의자로 돌아왔다. 그리고 그는 거기에 앉아서 자기 왼쪽 다리를 두 팔로 끌어안았다.

"내가 한두 마디 하려는 참이었어, 헨델, 우리 아버지와 우리 아버지의 아들에 대해서 말이야. 유감스럽게도 우리 아버지의 집이 살림살이에 있어서는 특별히 훌륭하지는 못하다는 사실을 우리 아버지의 아들인 내가 굳이 말할 필요는 없을 거야."

"그래도 늘 넉넉함이 있잖아, 허버트." 나는 뭔가 고무적인 말을 해주려고 이렇게 말했다.

"아, 그래! 내가 믿기로는 쓰레기 청소부도 굳게 시인하면서 그렇게 말하고, 뒷골목의 선박용품 가게에서도 그렇게 말하거든. 진지하게 말하겠는데, 헨델, 이건 심상치 않은 문제라서, 사정이 어떤지는 너도 나만큼 잘 알고 있을 거야. 내 생각엔 한때 아버지도 뭔가 해보려고 했던 시절이 있었을지도 몰라. 하지만 그런 시절이 있었다 해도 이제는 다 지나간 일이야. 그런데 말이야, 네가 사는 시골 동네에서도 혹시 본 적 있어? 서로 어울리지 않는 부부 사이에서 태어난 아이들이 유독 결혼을 서두르는 경향이 있다는 걸?"

이건 퍽 야릇한 질문이어서, 나는 역으로 그에게 물었다. "그러니?"

"난 모르지." 허버트는 말했다. "내가 알고 싶은 게 바로 그거야. 왜냐하면 우리의 경우가 확실히 그렇거든. 내 바로 아래 여동생으로 열네 살도 되기 전에 죽은 불쌍한 샬럿이 두드러진 한 예야. 어린 제인도 마찬가지야. 결혼해서 가정을 이루고자 하는 열망에서, 너도 짐작할 수 있듯이 그 애는 끝없이 가정생활의 행복을 상상하며 자신의 짧은 인생을 다 보낸 셈이지. 아동복을 입은 꼬마 앨릭도 큐[1]에 사는 어울리는 어린아이와 이미 결혼 약속을 해놓았어. 정말, 우리 형제자매들은 젖먹이만 빼고 다 약혼했다고 볼 수 있지."

"그럼 너도 약혼한 거야?" 나는 물었다.

"그럼." 허버트가 대답했다. "하지만 그건 비밀이야."

나는 그 비밀을 지켜주겠다고 그를 안심시키고, 좀 더 자세한 이야기를 들려달라고 부탁했다.

그는 내 약점에 대해 너무나 현명하고 동정적으로 이야기했기에, 나는 그의 강점에 대해서도 알고 싶었다.

"이름을 물어봐도 될까?" 내가 말했다.

"클라라라고 해." 허버트가 대답했다.

"런던에 살아?"

"그래. 아마도 말해둬야겠는데," 우리가 이 흥미로운 주제에 접어든 이후 이상하게도 멋쩍어하고 용기가 꺾여버린 허버트가 말

1 런던 서부 템스 강변의 유흥지.

했다. "그녀는 우리 어머니의 터무니없는 가문 기준에는 좀 못 미친다고 해야 할까. 그녀의 아버지는 여객선의 식품 조달과 관련된 일을 하셨어. 내 생각에 선박의 사무장 같은 일을 하셨나 봐."

"지금은 뭘 하시는데?" 내가 물었다.

"지금은 병자야." 허버트가 대답했다.

"사시는 것은……?"

"2층에 사셔." 허버트가 말했다. 그건 내가 의도했던 것이 전혀 아니었다. 왜냐하면 내가 의도했던 질문은 그의 생계 수단에 관한 것이었기 때문이다. "난 그를 한 번도 본 적이 없어. 내가 클라라를 알게 된 이후 그는 늘 위의 자기 방에만 틀어박혀 있었거든. 그렇지만 끊임없이 그의 소리는 들어왔지. 엄청난 소란을 피우시거든. 고함지르고, 무슨 무서운 도구로 방바닥에 대못질을 하기도 하고." 나를 쳐다보다가 한바탕 실컷 웃더니, 허버트는 잠시 평소처럼 생기가 넘치는 태도를 회복했다.

"그를 만나보고 싶지는 않아?" 내가 물었다.

"아, 그러고 싶지, 나는 항상 만나보길 기대해." 허버트는 대답했다. "그의 소리를 들을 때마다 천장을 뚫고 굴러떨어지는 게 아닐까 싶거든. 그런데 서까래가 얼마나 오래 버틸 수 있을지는 모르겠어."

그는 다시 실컷 소리 내어 웃더니 다시금 기가 꺾여서, 한밑천을 벌기 시작하자마자 이 젊은 숙녀와 결혼할 작정이라고 말했다. 그는 자신을 의기소침하게 하는 하나의 자명한 명제로서 이렇게 덧붙였다. "너도 알다시피, 주변을 살피고 있는 동안에는 결혼 같은 건 **할 수가 없어**."

그와 함께 깊은 생각에 잠겨 벽난롯불을 쳐다보면서, 또 이 같은 밑천을 번다는 것이 때로는 얼마나 실현하기 힘든 꿈인지를 생각하면서, 나는 양손을 호주머니에 넣었다. 한쪽 호주머니에 들어 있는 접힌 종이쪽지 하나가 내 주의를 끌었고, 꺼내서 펼쳐 보니 그건 매형 조가 건네준, 로시우스 같은 명성을 지닌 유명한 지방 아마추어 연기자에 관한 연극 광고 전단이었다. "아차, 이런." 나는 무심결에 큰 소리로 덧붙였다. "바로 오늘 밤이구나!"

이것 때문에 우리의 화제는 순식간에 바뀌었고, 우리는 서둘러 연극을 보러 가기로 결정했다. 그렇게 해서, 나는 허버트의 연애 문제를 도울 수 있는 모든 현실적이고 비현실적인 방법을 동원하겠다고 약속했고, 허버트는 그의 약혼녀가 이미 내 이야기를 들어 알고 있으며 곧 나를 그녀에게 소개하겠다고 했다. 우리는 서로에 대한 신뢰를 확인하며 따뜻하게 악수를 나눈 후 촛불을 불어 끄고, 난로를 정리하고 문을 잠근 뒤 웝슬 씨와 덴마크[1]를 찾아 나섰다.

2권으로 이어집니다.

1 웝슬 씨가 출연하는 셰익스피어의 〈햄릿〉은 그 원제목 〈햄릿, 덴마크의 왕자 *Hamlet, Prince of Denmark*〉에서 알 수 있듯이 배경이 덴마크이기 때문에, 이 연극이 공연되는 극장을 비유적으로 일컬은 것이다.

위대한 유산 1

초판 인쇄	2025. 5. 23.
초판 발행	2025. 5. 30.
저자	찰스 디킨스
역자	이세순
편집	강지수
발행인	이재희
출판사	빛소굴
출판 등록	제251002021000011호(2021. 1. 19.)
팩스	0504-011-3094
전화	070-4900-3094
ISBN	979-11-93635-43-8(04800)
	979-11-93635-25-4(세트)
이메일	bitsogul@gmail.com
주소	경기도 고양시 덕양구 꽃마을로 66 한일미디어타워 1430호
SNS 인스타그램	instagram.com/bitsogul
X(트위터)	x.com/bitsogul
네이버 블로그	blog.naver.com/bitsogul

빛소굴 세계문학전집 목록